BERND PERPLIES

IMPERIUM DER DRACHEN

DAS BLUT DES SCHWARZEN LÖWEN

Roman

INK
EGMONT

Originalausgabe November 2014 bei INK
verlegt durch EGMONT Verlagsgesellschaften mbH,
Gertrudenstraße 30–36, 50667 Köln

1. Auflage
Lektorat: Andy Hahnemann
Kartenillustration: Markus Weber
Satz: Greiner & Reichel, Köln
Printed in the EU (670421)
ISBN 978-3-86396-070-4

www.egmont-ink.de

MIX
Papier
FSC FSC® C017859

Für Yvonne

I

UNTER ARIOCRASTS SCHWINGEN

20. Tag des 5. Mondes
im 282. Jahr der cordurischen Könige

Das Klirren der Schwerter hallte durch die steinernen Gänge des Tempels. Die Schreie Sterbender, gebrüllte Befehle, das Rasseln von Rüstungen und das Trommeln vieler Stiefel mischten sich hinein.

»Sie kommen näher«, flüsterte Enari.

»Ich weiß«, erwiderte Deomene. »Uns bleibt nicht mehr viel Zeit.«

Der Tod hatte Evolos, die Hauptstadt von Dyrrach, erreicht, und jetzt hielt er auch in diesen heiligen Hallen Einzug. Der Schwarze Löwe kannte keine Gnade. Männer, Frauen und Kinder fielen unter den Waffen seiner Soldaten, Häuser brannten, Götterstatuen stürzten. Er würde sie alle auslöschen, ihr ganzes Volk.

Deomene strich sich mit der graubraunen Hand über die Knochenwülste, die ihre Augen einrahmten, und versuchte, die furchtbaren Gedanken aus ihrem Kopf zu verdrängen. Es half nichts, mit einem Schicksal zu hadern, das so unvermeidlich war wie der Lauf der Sonne und des Mondes. Weder sie noch Radirha oder Enari würden ihr Volk retten können. Sie hätten es selbst dann nicht vermocht, wenn sie große Kriegerinnen gewesen wären und nicht bloß die Wächterinnen der Ewigen Flamme von Ariocrast, dem Gottdrachen des Wissens und der Heilung.

Deomene, obwohl schon lange eine alte Frau mit ergrautem Haar und hageren Gliedern, war keineswegs schwach oder wehrlos. Genau wie ihre Gefährtinnen war sie eine Berührte Dyrracherin. Ariocrast war mit und in ihr. Hätte sie den Kampf gesucht, wäre mehr als ein Feind von ihrem Zorn überrascht worden. Aber Radirha, Enari und sie hatten etwas Wichtigeres zu tun, als ihre Leiber den Speeren und Kurzschwertern entgegenzuwerfen. An einen Sieg gegen die Eroberer war nicht mehr zu denken. Doch wenn ihr Plan Erfolg hatte, war ihnen zumindest ihre Rache und damit ein Hauch von Genugtuung sicher.

Irgendwo in den Tiefen des Tempels war ein Poltern und Bersten zu hören, als sei eine der großen Statuen im Hauptzeremonienraum von ihrem Sockel gestoßen worden. Vielleicht hatte auch einer dieser elenden Quano-Theurgen, dieser Unheilsmagier, die ihrem Volk jede Kraft raubten, die Statue mit einer gewaltsamen Emanation zerschmettert.

»Macht weiter!«, befahl Deomene. »Rasch.«

Die drei Priesterinnen knieten im hinteren Bereich des Sanktuariums, eines fensterlosen, mit seinen nackten Steinwänden und der gewölbten Decke an eine Höhle erinnernden Raums tief im Inneren der Tempelanlage. An der Rückwand direkt neben ihnen erhob sich auf einem steinernen Podest ein weiteres, mächtiges Abbild von Ariocrast. Der vollkommen aus Gold gegossene Gottdrache saß auf den Hinterbeinen und hatte die gewaltigen Schwingen weit gespreizt. Die schuppigen Vorderglieder hielt er halb ausgestreckt, und in seinen zu einer Schale gewölbten Pranken brannte die Ewige Flamme, ein Sinnbild für die Erleuchtung, die er seinen Anhängern versprach. Es lagen kein Holz und keine Kohle in Ariocrasts Klauen. Das Feuer schien einfach so in der Luft zu entstehen, vom göttlichen Geist genährt.

Deomene wusste, dass dies eine Täuschung war. Unter der Kammer lag eine Felsspalte, durch die Gase aus den Tiefen der Erde aufstiegen. Dank des Geschicks der Architekten dieses Tempels strömten sie durch Leitungen im Boden in den Leib der Drachenstatue, um an den Pranken schließlich auszutreten.

Für gewöhnlich verspürte sie ein Gefühl tiefsten Friedens, wenn sie vor der Statue kniete und dem endlosen Flackern der Flamme zusah. Heute jedoch hatte sie keinen Blick dafür. Begleitet vom rituellen Gemurmel der jungen Akolythin Enari und unter Mithilfe ihrer Gefährtin Radirha, welche die Flüssigkeit in der flachen Schale umrührte, die zwischen ihnen auf einem kupfernen Dreibein ruhte, wirkte Deomene ihren Zauber.

Es war ein uraltes Ritual, dem große Schöpfungskraft innewohnte. Doch so heilig der Akt für die drei Priesterinnen aus dem Volk der Dyrracher sein mochte, er barg auch die Saat für den grauenvollen Fluch, mit dem Deomene ihren Peiniger zu belegen gedachte. *Wenn die Gottdrachen mir hold sind und ich ihn zu Gesicht bekomme*, dachte sie.

Sie war die Hohepriesterin, die Älteste im Tempel des Ariocrast und eine der angesehensten Frauen ihres Volkes. Der Schwarze Löwe würde es sich nicht nehmen lassen, sie persönlich in Ketten zu legen. Doch natürlich bestand die Möglichkeit, dass ein übereifriger Hauptmann oder ein hasserfüllter Theurg sie zuerst entdeckte und umbrachte. *Lassen wir es einfach nicht dazu kommen*, sagte sie sich. »Unser Schicksal liegt unter Ariocrasts Schwingen«, fügte sie leise hinzu und sprach damit eine der tiefen Wahrheiten ihres Glaubens aus.

Radirha und Enari blieben ihr die gebräuchliche Erwiderung schuldig. Die beiden Frauen warfen Deomene nur kurze Blicke zu, in denen sich der verzweifelte Wunsch widerspiegelte, es möge ein gutes Schicksal sein. Eins, in dem die blutbesudelten Klingen ihrer Feinde keine Rolle spielten. Dann fuhren sie mit ihren Beschwörungen fort, die dem Zweck dienten, den Funken Ariocrasts in dem Gebräu zu binden, das zwischen ihnen kalt dampfte.

Draußen in den Gängen wurden das Waffengeklirr und die Schreie der Kämpfenden lauter. Ob man das Geschehen tatsächlich einen Kampf nennen konnte, war zweifelhaft. Viel wahrscheinlicher handelte es sich um ein Massaker, das die eindringenden Soldaten an den Gläubigen anrichteten.

Deomene spürte, wie der schwelende Zorn in ihren Eingeweiden stärker wurde, heißer. Am liebsten wäre sie aufgesprungen, hätte die Macht ihres Gottes in ihren faltigen, greisen Körper gerufen und diese Mörder für ihre Gräueltaten bezahlen lassen.

Das Gemurmel von Enari wurde hastiger und Radirha rührte etwas schneller, während Deomene die Ingredienzien, die sie zuvor aus geheimen Kellern des Tempels geholt hatten, nacheinander in genau bemessener Menge in die Schale gab. Ein dumpfes, rotorangefarbenes Glühen wurde sichtbar, wie das Licht eines sehr alten Feuers aus dem Schoß der Erde.

»Es dauert zu lange«, murmelte Deomenes alte Freundin. »Wir haben zu spät begonnen.«

»Nein«, widersprach Deomene. »Sag so etwas nicht.«

Ein krachender Donnerschlag, der durch die Gänge hallte, ließ alle drei zusammenzucken. Krieger brüllten triumphierend. Ein Mann schrie über den Jubel hinweg, in der Sprache Cordurs. Deomene verstand nur wenig von dem, was er sagte, doch ein Satz erklang laut und deutlich: »Findet die Priesterinnen!«

»Wir schaffen es nicht rechtzeitig«, flüsterte Radirha verzweifelt.

»Wir müssen«, erwiderte Deomene. »Wir müssen.«

Enari raffte ihr bodenlanges, weißes Akolythengewand und stand auf. In ihren Augen loderte ein Feuer, das Deomene nur zu gut nachempfinden konnte. »Macht ohne mich weiter«, sagte sie. »Das Ritual ist weit fortgeschritten; ihr braucht mich nicht mehr. Ich werde gehen und sie aufhalten.«

Vor Schreck hörte Radirha auf zu rühren, was gegenwärtig glücklicherweise folgenlos für das Ritual blieb, und ihre Augen weiteten sich im Schatten der Knochenwülste. »Das ist dein Tod, Enari.« Die alte Frau hob eine Hand, als wolle sie die junge aufhalten.

Enari ergriff die dargebotene Rechte ihrer Mentorin und drückte sie kurz. »Unser aller Tod liegt nicht mehr fern, fürchte ich. Ich möchte kämpfend sterben und nicht wie ein Opfertier auf dem Altar wehrlos erschlagen werden.«

»Dann geh«, sagte Deomene mit zustimmendem Nicken. »Reiß ein paar dieser Schlächter mit dir in den Tod.«

Ein unheilvolles Lächeln umspielte die schmalen Lippen der jungen Frau. Zum Abschied legte sie die Hand kurz auf die knochig gefurchte Stirn, bevor sie herumwirbelte und barfuß und mit wehendem schwarzem Haar davoneilte.

Radirha und Deomene wechselten einen besorgten Blick, bevor sie erneut anfingen, die Beschwörungsworte zu intonieren und die verbliebenen Zutaten in das Gebräu zu geben. »Das Blut«, sagte Radirha leise. Sie hob den schlanken, fein verzierten Zeremoniendolch auf, der neben ihr auf dem Steinboden lag, und hielt ihn Deomene mit dem Griff voran hin.

Andächtig nahm die Hohepriesterin ihn entgegen. Ihr Blick glitt über die mit alten Schriftzeichen bedeckte Klinge, die im Schein der Ewigen Flamme rotgolden schimmerte. »Möge der kochende Lebenssaft des Gottdrachen, der durch meine Adern rauscht, unseren Feind verderben und seinen Sieg schal werden lassen«, sprach sie, zog den Ärmel ihres weiten Gewandes zurück und setzte den Dolch an ihren linken Unterarm. Sie wappnete sich gegen den Schmerz und stach die Klinge ins zähe Fleisch. Dunkles Blut trat aus der Schnittwunde und rasch hielt sie den Arm über die dampfende Schale, damit es sich mit dem Gebräu vermischte.

»Es soll geschehen, wie es geschehen soll«, intonierte Radirha und begann die Abschlussworte des Rituals zu sprechen.

Ein ohrenbetäubendes Brüllen erfüllte das Innere des Tempels, begleitet von einem Stampfen und Donnern, als bewege sich ein gewaltiges Untier durch die heiligen Hallen des Ariocrast. Deomene presste die Lippen zusammen und ihr dünner Arm, aus dem noch immer das Blut tropfte, zitterte.

Ein Fauchen war zu vernehmen, dann wurde das Gemäuer erschüttert, als schlage einer der zornigen Kriegsgötter ihrer Feinde mit einem gewaltigen Hammer auf die Grundfesten des Tempels ein. Steinstaub rieselte von der Decke und Radirha hielt instinktiv das Dreibein fest, auf dem die Schale stand. Wenn das Gebräu verschüttet wurde, waren all ihre Bemühungen umsonst.

Der schmerzerfüllte, lang gezogene Schrei einer Frau wehte zu ihnen herüber, bevor er unvermittelt abbrach. *Und Enaris Opfer wäre auch umsonst gewesen*, dachte Deomene düster. Das würde sie nicht zulassen!

Das Geräusch selbstbewusst marschierender Soldaten näherte sich vom Gang vor dem Sanktuarium. Der letzte Widerstand der Tempelbewohner war dahin und der Feind hatte sie beinahe erreicht.

Radirha nahm die letzten zwei kleinen Fläschchen auf, die sie aus den Kellern mitgebracht hatten. Unter eiligem Gemurmel schüttete sie den Inhalt in die Schale. Das dumpfe Glühen verstärkte sich, und ein Geräusch wie das Zischen einer wütenden Schlange war zu hören.

Die andere Priesterin nickte Deomene zu, woraufhin diese tief Luft holte, beide Hände hob und in die unheilvoll leuchtende Flüssigkeit tauchte. Sie zuckte zusammen und ein leises Stöhnen kam über ihre Lippen, denn obwohl das Gebräu eiskalt war, brannte es auf ihrer Haut, als bade sie ihre Rechte und Linke in flüssiger Lava. Doch Deomene ertrug den Schmerz und wartete, bis sie sicher sein konnte, dass die Flüssigkeit ihre Haut benetzt hatte.

Der Vorhang, der das Sanktuarium vom Gang trennte, wurde beiseite gerissen. Rasch zog Deomene die Hände aus der Schale und Radirha kippte diese um, damit keiner der Neuankömmlinge erkannte, was genau sie getan hatten. Zischend bildete die Flüssigkeit eine breiter werdende Pfütze auf dem Steinboden und tränkte den Saum ihrer schlichten Gewänder, als sich die beiden Frauen erhoben.

»Wer wagt es, diese heilige Stätte zu betreten?«, verlangte Deomene mit aller ihr zu Gebote stehenden Autorität zu wissen. Sie mochte eine alte Frau sein und nicht groß von Statur, aber sie war noch immer die Hohepriesterin eines Gottdrachen.

In Bronze und Leder gekleidete Soldaten strömten in den Raum, mindestens ein halbes Dutzend. Sie trugen spitze Helme mit Nacken- und Wangenschutz, und von ihren Kurzschwertern und den metallenen Rundschilden troff Blut. Den Verzierungen an ihren Rüstungen zufolge musste es sich um die Leibgarde des Heerführers selbst handeln. Stilisierte schwarze Löwenschädel prangten auf Brustplatten und Schildbuckeln. Reihen fremdartiger Symbole, die in goldener Farbe auf ihre Klingen und Schilde gemalt worden waren sowie ihnen in Schärpen eingestickt quer über die Brust hingen, deuteten außerdem darauf hin, dass die Männer von Quano-Theurgen unheilige Segnungen erfahren hatten.

Diese Befürchtung der Hohepriesterin bestätigte sich sogleich, als die nächsten ungebetenen Gäste auftauchten, drei hagere Gestalten in braunen Roben, deren graue Gesichter im Schatten der Kapuzen verschwunden wären, wenn ihre in kühler Ruhe erhobenen Hände nicht von einer gleißenden Aura gelbweißen Lichts umgeben gewesen wären. Es sah aus, als hielten sie winzige Sonnen zwischen den Fingern.

Deomene spürte, wie Wellen unsichtbarer Energien in den kleinen Raum schwappten und über sie hinwegspülten. Wie Wasser, das in eine Glut gegossen wird, löschten sie die Hitze in ihren Adern und raubten ihr jede Kraft. Diese Männer besaßen wahrlich Macht, wenn es ihnen gelang, Deomenes eigene Gaben so vollständig zu unterdrücken. »Dämonen«, spie sie den drei Theurgen entgegen. »Ariocrast soll Euch mit seinen Krallen zerfetzen.«

»Er hat es versucht«, antwortete ihr der Mann, der zuletzt eintrat. »Mehrfach sogar. Doch selbst ein Gottdrache vermag die Armee des Schwarzen Löwen nicht zu bezwingen.«

»König Agathon …« Deomene ballte die Fäuste und trat einen Schritt auf ihn zu. »Euer Gestank wehte Euch voraus.«

»Hütet Eure Zunge, Priesterin oder ich lasse sie Euch abschneiden«, warnte Agathon sie, und seine Miene verfinsterte sich. Der König des Cordurischen Reichs war noch vergleichsweise jung an Jahren, aber ein kräftiger Mann, und die schwere Kriegsrüstung, die er trug, ließ ihn, gemeinsam mit dem Fell eines schwarzen Löwen, das ihm als Trophäe über die Schulter hing, noch eindrucksvoller erscheinen. Auch an seinem mit Gold verzierten Schwert klebte frisches Blut, das bewies, dass dieser Mann seine Truppen nicht von einem fernen

Feldherrenhügel befehligte, sondern sich an ihrer Spitze in die Schlacht stürzte.

»Legt Hand an die Hohepriesterin, und ich reiße euch in Stücke«, mischte sich Radirha ein, ein Satz, der unter gewöhnlichen Umständen aus dem Mund einer alten, fragilen Frau für Gelächter gesorgt hätte. Doch keiner der Eindringlinge lachte. Sie alle wussten, dass der Schein trog – und dass nur die Kräfte der Quano-Theurgen sie vor einem raschen, hässlichen Tod bewahrten.

Agathon warf Deomenes Gefährtin einen kurzen Blick zu und ein Lächeln trat auf seine Lippen, denn auch er wusste natürlich, wie leer diese Drohung war, solange die drei Roben tragenden Männer mit ihren gleißenden Händen einen schützenden Halbkreis hinter ihm bildeten. »Ihr kläfft wie ein in die Enge getriebener Straßenköter. Aber genug der Höflichkeiten.« Ohne Eile wischte er seine Waffe am schwarzen Gewand ab und schob sie hinter seinen Rundschild, bevor er sich wieder Deomene zuwandte. »Beenden wir diese unwürdige Szene«, befahl er ebenso ruhig wie bestimmt. »Ich lasse Euch die Wahl: Ihr könnt hier unter den Augen Eures machtlosen Gottes sterben. Oder Ihr unterwerft Euch mir und folgt mir als Kriegsgefangene nach Aidranon …«

»Niemals«, zischte Deomene und sprang unvermittelt nach vorne. »Niemals!«, wiederholte sie, diesmal aus vollem Halse schreiend, während sie den Schild Agathons zur Seite zerrte. »Ihr Ungeheuer!« Oh, wie sie es sich wünschte, von ihrer alten Kraft erfüllt zu sein. Sie hätte den muskulösen Arm dieses selbstgerechten Schlächters wie einen trockenen Zweig zerbrochen.

Stattdessen ließ sie blitzschnell ihre rechte Hand vorschnellen und riss Agathon mit den vergifteten Fingernägeln blutige Furchen in die linke Wange. Dabei traf es sie fast wie ein

Schlag, als ihr auch noch die letzte Stärke aus dem alten Leib gesaugt wurde. Der König verfügte offenbar über eine persönliche Schutzaura, eine Rückversicherung, falls seine Theurgen dem Feind zum Opfer fallen sollten.

Mit einem überraschten Aufschrei zuckte Agathon zurück. Doch er fasste sich sofort wieder, schüttelte Deomene ab, holte aus und schleuderte sie mit einem machtvollen Hieb seines Schildes zu Boden.

Radirha nahm den Angriff ihrer Anführerin zum Anlass, ebenfalls auf den König loszuspringen, doch sie hatte die kurze Strecke kaum halb überwunden, als drei gleißende Energieschläge in rascher Folge auf ihren Körper einhämmerten. Schreiend vor Schmerzen brach sie zusammen. Den Theurgen allerdings schien das nicht zu genügen. Sie rückten zwei Schritte vor und setzten ihre magischen Angriffe fort. Die Emanationen aus ihren Händen hagelten auf Deomene und Radirha ein wie die Tritte einer brutalen Straßenbande auf ein wehrlos im Staub liegendes Opfer. Der einzige Unterschied lag darin, dass sie nicht vor Vergnügen johlten, sondern mit grauenvoller Bedachtsamkeit zu Werke gingen.

Wieder und wieder trafen die Energieschläge Deomene, die ihnen nichts entgegenzusetzen hatte. Die Sinne schwanden ihr, bis sie nichts mehr wahrnahm als das helle Knistern der Entladungen, bunte Flecken vor den Augen und Schmerzen, grauenvolle Schmerzen überall im Körper.

»Das genügt!«, rief eine Stimme, die von weit her zu kommen schien.

Die Marter endete so plötzlich, wie sie begonnen hatte.

»Auf die Knie mit ihnen«, befahl Agathon und die ihn begleitenden Gardisten beeilten sich, der Weisung Folge zu leisten. Jeweils zwei packten Deomene und Radirha an den Oberarmen, zogen sie grob in die Höhe und hielten sie fest.

Verzweifelt sammelte Deomene den letzten Rest ihres Zorns und hob den Kopf, um ihren Bezwinger furchtlos anzufunkeln.

»Also schön«, knurrte der König, als er langsam sein Schwert zog und sich den Schild von einem der Soldaten abnehmen ließ. Frisches Blut rann ihm über die Wange und den Hals hinunter. Er hielt den Kopf ein wenig gesenkt, und auf seinen Zügen lag die Mordlust eines hungrigen Raubtiers. Beinahe glich er wirklich dem legendären Schwarzen Löwen, den er im Kampf besiegt hatte und dessen Namen er trug. »Ihr habt den Tod gewählt. Der Tod soll Euch ereilen.«

»Ihr seid ein Ungeheuer«, wiederholte Deomene mit letzter Kraft, »und ich verfluche Euch. Das Ende meines Volkes soll auch das Ende Eures Geschlechts sein. Eure Nachkommen sollen Zeugnisse Eurer Grausamkeit sein. Sie sollen Monster sein, so wie Ihr.«

»Es reicht!«, donnerte Agathon. »Ihr habt mich lange genug beleidigt, Weib!« Er drehte sich zu seinen Theurgen um. »Bindet Sie!«

Die grauhäutigen Quano gehorchten, indem sie ihre Hände einmal mehr auf Radirha und Deomene richteten. Dünne Lichtfäden peitschten den beiden Priesterinnen aus ihren Fingern entgegen und fesselten sie stärker, als es jedes gewöhnliche Seil vermocht hätte. Deomene stöhnte erneut auf, und ihr Körper sackte im Griff der Soldaten zusammen.

Das Schwert in der Rechten schon zum Schlag bereit, trat Agathon vor, packte Radirha unwirsch an den Haaren und richtete ihren Blick auf Deomene. »Verabschiedet Euch voneinander, denn jetzt ist Eure letzte Gelegenheit dazu.«

Die Blicke der beiden Frauen kreuzten sich. Deomene verspürte, wie eine tiefe Ruhe sie überkam. Das Ende war von Anfang an unvermeidlich gewesen. Sie hoffte bloß, dass ihre Mühen nicht umsonst gewesen waren. »Leb wohl, teure Freundin«, sagte sie leise. »Wir sehen uns unter Ariocrasts Schwingen wieder.«

Radirha nickte bloß. Tränen standen ihr in den Augen.

Die Hohepriesterin sah ihren Bezwinger an und nickte stumm.

Agathon zwang den Kopf ihrer Gefährtin nach unten. Wäre er ein normaler Mann mit einem gewöhnlichen Schwert gewesen, hätte Deomene sein Vorgehen für grausam gehalten, denn den dicken, mit Knochenwülsten bedeckten Nacken eines Dyrrachers zu durchschlagen war alles andere als leicht und erforderte sicherlich mehrere Hiebe.

Doch der König von Cordur besaß nicht nur die Kraft und das Geschick des erfahrenen Kriegers, sondern auch die übernatürliche Stärke der Quano-Zauberei.

Sein kräftiger Schwertarm schlug einmal zu. Radirhas Kopf ließ er achtlos zu Boden fallen. Dann kam Agathon wortlos zu ihr herüber, packte ihr Haar und schlug ein zweites Mal zu.

Es wurde Nacht um Deomene.

2

DER FLUCH DER DRACHENHEXE

4. Tag des 4. Mondes
im 284. Jahr der cordurischen Könige

Ein Reisender, der sich mit dem Schiff über die Auriolische See der Königsstadt Aidranon näherte, mochte ihre Größe und Pracht zunächst unterschätzen. Ihr am Fuße einer mächtigen Klippe liegender Seehafen, der durch eine Bucht vor den Gezeiten geschützt wurde, war durchaus eindrucksvoll. Atemberaubend war er jedoch nicht, was vor allem daran lag, dass sich die Herrscher Cordurs seit jeher mit ihren Heeren und Handelszügen bevorzugt über Land bewegten und die Meere dem mächtigen Rivalen Carthaos überließen. Zahlreiche Ruder- und Segelschiffe lagen an den gemauerten Kais, die dazu dienten, vor der Küste zu patrouillieren oder mit den nahen Inseln Handel zu treiben.

Zweifellos fielen dem Reisenden auch der Leuchtturm oben am Rand der Klippe und die trutzige Seefestung auf, die den Hafen vor Angreifern schützte. Doch auch diese beiden Bauwerke waren nicht dazu angetan, die Augen des Neuankömmlings vor Erstaunen groß werden zu lassen, und für die eher schäbigen Wohnhäuser und holzgezimmerten Hütten, die sich entlang gewundener Straßen die steile Küste hinaufzogen, galt das schon gar nicht.

Das wahre Gesicht Aidranons offenbarte sich einem erst, wenn man durch das Seetor trat, welches, als Teil der schützenden Stadtmauer am oberen Rand der Klippe gelegen, das Hafenviertel vom Hauptteil der Stadt trennte. Denn von dort übersah der Reisende plötzlich ein Meer von Gebäuden, das sich in einem weiten Halbkreis beinahe drei Meilen weit in jede Richtung über das küstennahe Hügelland erstreckte. Rotbraune Ziegeldächer drei- oder sogar viergeschossiger Wohnhäuser glänzten in der hellen Nachmittagssonne. Auf breiten, gepflasterten Straßen tummelten sich freie Bürger, Kaufleute, Soldaten und Sklaven. In kleinen Parks wuchsen Schatten spendende Planata-Bäume, und Springbrunnen sprudelten zur Erfrischung. Über alldem aber ragten die prächtigen Sechsgöttertempel, die Große Bibliothek, das Ratsgebäude und die Akademie auf. Das imposanteste Bauwerk jedoch war der mächtige, auf dem nächsten Hügel errichtete Königspalast.

Von dort aus hatte man den besten Blick über die Stadt. Bei klarem Wetter konnte König Iurias Agathon, wenn er auf der obersten Aussichtsplattform des himmelwärts strebenden Verdamon-Turms stand und über Land und Meer schaute, sogar die ersten Inseln ausmachen, die dreißig Meilen vor der Küste aufgereiht waren wie ungeschliffene Edelsteine auf einer Schnur.

Heute musste er sich mit der etwas weniger spektakulären Aussicht zufriedengeben, die sich ihm aus dem breiten, von Steinsäulen gesäumten Fenster bot, das von seinem Strategiezimmer aus nach Süden wies. Es kümmerte ihn nicht, denn genau genommen achtete er kaum auf die zu seinen Füßen liegende Stadt. Sein Blick wanderte von dem goldenen Kuppeldach des aus weißem Marmor erbauten Trahjana-Tempels über das Große Forum hinüber zur ziegelgedeckten Markthalle, die als Hauptanlaufplatz für die Händler Aidranons galt. Doch sosehr ihm diese Momente der stillen Betrachtung für gewöhnlich dabei halfen, zur Ruhe zu kommen: Heute gelang es Iurias nicht, seine Sorgen zu bezwingen.

Hinter ihm wurden Schritte laut, und als der König sich umdrehte, betraten seine obersten Heerführer und Berater den Raum. Iurias nickte den sechs Männern zu, von denen zwei die Gewänder von Großbürgern und Senatoren trugen, drei militärische Kleidung und einer – ein grauhäutiger Quano – die Robe eines Theurgen. Die sechs bildeten den Kleinen Rat, eine Gruppe wechselnder Würdenträger, denen Iurias sein Ohr lieh, auf dass sie ihm beim Regieren des unablässig wachsenden Cordurischen Reichs mit Rat und Tat zur Seite standen.

»Ich grüße Euch, mein König«, sagte der älteste der drei Militärführer, ein Mann mit wettergegerbtem Gesicht und schütterem, eisengrauen Haar, in dessen Blick zugleich die Härte eines langen Lebens als Soldat und die tiefe Hingabe zu seinem Herrscher zu erkennen war.

»Legar Rameos«, erwiderte Iurias. »Es tut gut, Euch zu sehen.« Er hob die Arme in einer alle einschließenden Geste. »Und Euch auch, edle Freunde. Kommt. Setzt Euch. Lasst Euch von den Dienerinnen Wein einschenken.«

Im Grunde gab es, vielleicht von Rameos, seinem ehemaligen Lehrmeister und väterlichen Freund, abgesehen, keinen in diesem Rund, dem er sein Leben anvertraut hätte. Mindestens zwei der Anwesenden hätte der König aus eigenem Betreiben wahrscheinlich nicht einmal in den Kleinen Rat berufen. Ihm selbst stand lediglich zu, die Hälfte der jeweils fünf Jahre dienenden Kandidaten auszuwählen. Die andere Hälfte bestimmte der mächtige Große Rat der Stadt, der damit seine Interessen gewahrt sehen wollte. Doch auch wenn Agathon einige dieser Männer nur der Form halber als Freunde bezeichnete, lag ihnen allen Cordurs Macht und der innere Friede am Herzen.

Das einte sie genug, um eine leidlich gute Zusammenarbeit zu gewährleisten.

Während sich die Gruppe auf den breiten Sitzgelegenheiten im linken Teil des Raums niederließ, huschten in fließende Gewänder gekleidete junge Frauen durch den Raum, um die Pokale der Männer mit dem tiefroten Wein aus dem Süden Cordurs zu füllen. Die bronzefarbene Haut und das lange, glatte, tiefschwarze Haar verrieten, dass sie aus dem fernen Xol stammten. Iurias hatte es sich zur Gewohnheit gemacht, bei wichtigen Besprechungen nur die Anwesenheit von Sklaven zuzulassen, die des Cordurischen nicht mächtig genug waren, um irgendjemandem seine Pläne zu verraten.

Die Männer hoben die Pokale und tranken auf das Wohl Cordurs. »Nun«, sagte Iurias, »berichtet mir, wie es um das Reich bestellt ist. Aber belastet mich nicht mit Unbedeutendem. Ihr wisst sicher alle, dass mein Geist heute mit anderen Sorgen beschäftigt ist.«

Verständnisvolles Nicken antwortete ihm.

Der Militär, der neben Rameos Platz genommen hatte, ein kaum weniger verdienter Mann namens Sereno, räusperte sich. »Mein König, die Piratenplage im Ydrischen Meer bereitet uns nach wie vor Kopfzerbrechen. Von den Küsten konnten wir sie vertreiben, aber es muss Unterschlupfe auf hoher See geben, Inseln, die wir bislang noch nicht finden konnten und von wo aus sie zuschlagen, um unsere Handelstransporte zwischen Dyrrach, Quanish und Cordur zu überfallen.«

Iurias runzelte die Stirn. »Ist es denn immer noch nicht gelungen, einige dieser Seeteufel gefangen zu nehmen und einer gründlichen Befragung zu unterziehen, Legar?«

»Doch, durchaus«, bestätigte Sereno nickend. »Leider versteht der gewöhnliche Halsabschneider wenig von Navigation, und die Kapitäne und Steuermänner konnten sich uns stets entziehen, entweder indem sie sich ins Meer oder kämpfend in eine unserer Klingen stürzten.«

»Sosehr ich zu schätzen weiß, dass diese Männer ihre Heimat mit ihrem Leben zu schützen bereit sind, so wenig können wir diese Plage noch länger dulden. Wie soll Cordur wachsen und gedeihen, wenn unsere Goldschiffe aus Dyrrach immer wieder ausgeraubt werden?« Unwillig nahm Iurias einen Schluck Wein zu sich und dachte nach. »Wenn Eure Truppen nicht imstande sind, eines Piratenkapitäns habhaft zu werden, sollten sie vielleicht das Meer Meile für Meile nach den Verstecken dieser Verbrecher absuchen.«

Serenos Augen weiteten sich. »Das Ydrische Meer ist gewaltig, mein König. Dazu brauche ich mehr Schiffe.«

Fragend hob Iurias die Augenbrauen und wandte sich dem Quano-Theurgen zu. »Botschafter Arastoth, ich weiß, dass die Quano keine eigene Seefahrt betreiben, aber könnte die Zauberkunst Eures Volkes nicht helfen?«

Der grauhäutige, haarlose Mann schüttelte den Kopf. »Ich bedaure, König Agathon. Wir betreiben keine Ritualmagie wie etwa diese barbarischen Druiden der Borden. Unsere Magie wirkt auf eine unmittelbarere Art und Weise.«

Iurias vermochte bis heute die Mimik der Quano nicht recht zu deuten, doch ihm war, als hielte sich Arastoths Bedauern, nicht zu Diensten sein zu können, in Grenzen. *Ich glaube, es wird Zeit, in Quanish unsere Truppen zu verstärken, damit diese Grauschädel sich etwas mehr anstrengen, ihren Teil zu diesem Bündnis beizutragen*, dachte er.

»Auch die Quano gewinnen, wenn der Seehandel mit Cordur sicherer wird«, bemerkte der neben ihm sitzende Großbürger und Senator Grekeas aus dem Haus Verga, ein hagerer Mann, dessen scharfe Züge ihm das Aussehen eines Raubvogels verliehen.

»Daran zweifle ich nicht, aber wir vermögen die uns verliehene Gabe nicht zu ändern«, erwiderte Arastoth.

Der König beugte sich auf seinem Stuhl nach vorne. »Legar Sereno, wie viele Schiffe braucht Ihr?«, wollte er wissen.

»Mindestens zwanzig.«

»Könnten wir diese aus der Auriolischen See abziehen?«

»Nicht ohne unsere Macht dort gegenüber Carthaos merklich zu schwächen. Und das sollten wir nicht wagen. Ihr wisst, dass unsere Feinde sofort beginnen würden, weitere Inseln zu besetzen.«

Iurias nahm einen weiteren Schluck Wein. Ihm kam ein Gedanke. »Grekeas, können wir es uns leisten, kurzfristig zwanzig neue Schiffe in Auftrag zu geben?«

»Dank des erfolgreichen Kriegszuges in Dyrrach ist die Staatskasse gut gefüllt, mein König«, gab der Rat zurück. »Aber zieht Ihr wirklich in Erwägung, bloß für die Bekämpfung der Piratenplage so hohe Kosten auf Euch zu nehmen?« Er wirkte nicht sehr angetan von der Vorstellung.

»Mitnichten«, sagte der König. »Wir werden uns zweier Ärgernisse zugleich entledigen. Wir bauen die Schiffe, finden diese verdammten Piraten, räuchern sie aus, verlegen die komplette Flotte in die Auriolische See und treiben dort die Carthaoten aufs Festland zurück.«

»Wenn wir in Aidranon so viele Schiffe bauen, wird Carthaos das mitbekommen«, gab Rameos zu bedenken. »Ihre Spione sind überall.« Er richtete einen beinahe vorwurfsvollen Blick auf den dritten Militär im Raum, dessen schwarz-silbernes Gewand sich von den anderen beiden unterschied und ihn als Angehörigen der Königsgarde auswies.

»Würde mir freie Hand gelassen, gäbe es diese Spione nicht mehr lange«, knurrte der vierschrötige Offizier.

»Würde Ihnen freie Hand gelassen, Legar Galban, wäre Aidranon nicht mehr das strahlende Juwel Cordurs, sondern ein Gefängnis«, entgegnete der zweite Großbürger und Vertreter des Großen Rats, Lahrian aus dem Haus Kamenor. Von allen Anwesenden war er derjenige, den Iurias am wenigsten leiden konnte. Der gut aussehende und für sein Einfühlungsvermögen gerühmte Mann war ein brillanter Redner – leider ging es in seinen Reden ständig darum, den Einfluss des Volkes auf die cordurische Politik zu stärken und die Macht des Königs zu beschneiden. *Irgendwann überspannst du den Bogen*, dachte Iurias. *Dann muss ich dich loswerden.* Und er würde sich auch nicht davon abhalten lassen, dass Lahrian vor zehn Jahren mit dem Segen von Iurias' Vater Heroas Agathon seine jüngste Schwester Inrikeis geheiratet hatte.

Laut sagte er: »Wir bauen die Schiffe an der Ostküste, in einer der Städte am Ydrischen Meer, in Brendesi oder Thessara. Das dürfte weit genug entfernt sein, um unsere Bemühungen vor den Augen des Feindes zu verbergen. Vor allem, wenn wir ihre Aufmerksamkeit auf ein anderes Ziel lenken, etwa indem wir von Atlesia aus einen kleinen Vorstoß über die Meerenge von Thanus wagen.« Er nickte Rameos zu. »Leitet das in die Wege, Legar Rameos, indem Ihr einen Boten zu unseren Besatzungstruppen dort schickt.«

»Sofort, mein König.«

»Sehr gut. Was habt Ihr noch für mich?«

Lahrian richtete sich ein wenig auf seinem Stuhl auf. »Gestattet mir, Euch darüber in Kenntnis zu setzen, was auf der letzten Sitzung des Großen Rats besprochen wurde.«

»Natürlich«, sagte Iurias, auch wenn er sich innerlich wand. Nichts interessierte ihn weniger als die ewigen Streitereien der Senatoren. Wäre das Bestehen des Rats nicht eine seit Jahrhunderten bestehende Tradition, die eine Art Gegengewicht zur Macht des Königs darstellte und dessen Auflösung daher für größte Unruhe in der Oberschicht Cordurs gesorgt hätte, wäre Iurias nichts lieber gewesen, als sich dieser zusätzlichen Bürde zu entledigen.

Der Senator setzte gerade zu seinem Bericht an, als unvermittelt ein Mann in einer Rüstung hereinstürzte, auf deren Brustplatte der schwarze Löwenkopf prangte. »Mein König«, rief er atemlos.

»Daimur«, sprach Iurias einen seiner treusten Leibwächter an, während er gleichzeitig auf die Beine kam. »Ist es geschehen?«

»Ja, Herr«, bestätigte der Angesprochene nickend.

»Und ist es ein Junge oder ein Mädchen?«, wollte Iurias aufgeregt wissen. Auch die übrigen Anwesenden erhoben sich nun von ihren Plätzen und sahen den Boten der frohen Kunde erwartungsvoll an.

»Ein … ein Junge, mein König«, erwiderte Daimur, doch er wirkte keineswegs so glücklich, wie er anlässlich der Nachricht, dass dem Herrscher von Cordur soeben ein Erbe geschenkt worden war, eigentlich hätte sein sollen.

Mit zwei raschen Schritten war Iurias bei ihm. Er wünschte sich, befreit lachen und nach mehr Wein rufen zu können, um diesen besonderen Augenblick gebührend zu feiern. Stattdessen krallte sich die Angst in seine Eingeweide. »Was ist los, Daimur? Warum schaust du mich so seltsam an? Stimmt etwas nicht mit meinem Sohn?«

Der Soldat schluckte merklich. »Herr, ich … Kommt bitte mit mir und seht selbst.«

Iurias drehte sich zu seinen Gästen um. Es sah besorgte und betroffene Gesichter, wenngleich dieser Ausdruck von Mitgefühl, da war sich der König sicher, zumindest im Fall von Grekeas und Arastoth nur eine Maske war. »Verzeiht, aber alles Weitere muss warten«, verkündete er. »Wir treffen uns morgen erneut zur fünften Nachmittagsstunde. Leitet den Schiffsbau in die Wege, Grekeas. Und findet mir diese verfluchten Piraten, Sereno.«

Er wartete die Bestätigung von Rameos und den anderen nicht ab, sondern stürmte aus dem Raum. Daimur beeilte sich, ihm nachzufolgen.

Schnellen Schrittes durchquerte Iurias die Gänge seines Palasts, um in den Westtrakt zu gelangen, wo sich die Gemächer befanden, in denen die Königin während der letzten Stunden in den Wehen gelegen hatte. Die Diener, denen er begegnete, sprangen aus dem Weg und drückten sich an die Wände. Sie alle wussten, dass der König, wenn er in einem Gemütszustand wie diesem war, nicht lange fackeln und vermeintliche Hindernisse schnell aus dem Weg räumen würde.

Vor der Tür, hinter der sich Cassendrea und sein neu geborener Sohn aufhielten, stand ein weiterer seiner treusten Leibwächter. Schon vor Wochen hatte Iurias sie persönlich ausgewählt und zum Schutz der jungen Mutter abgestellt. Er glaubte zwar nicht, dass jemand im Palast es wagen würde, seine schwangere Frau anzugreifen, aber er wusste, dass er nicht ohne Feinde war, und die Aussicht auf einen Erben mochte manchen seiner Gegner selbst zum Unvorstellbaren verleiten.

»Mein König«, sagte Pheleos, als er in vorauseilendem Gehorsam die Tür aufzog. »Wie gut, dass Ihr kommt.« Aus dem Inneren war das klagende Wimmern einer Frau zu hören.

Im vorderen Bereich der Gemächer saßen zwei Frauen beisammen, eine jung und von unschuldiger Schönheit, die andere älter und mit rundem Gesicht. Es musste sich um die Ammen handeln. Beide wirkten so verunsichert und verängstigt, als hätten sie nicht soeben den Sohn des Königs zur Welt gebracht, sondern einem Dämon aus der Dunkelwelt ins hässliche Antlitz geschaut.

Iurias bedachte sie kaum mit einem Seitenblick, bevor er durch den mit einem Tuch verhängten Durchgang stürzte, der ins Hauptgemach führte.

Im Raum dahinter herrschte trotz der Nachmittagssonne diffuses Halbdunkel. Jemand hatte die schweren Vorhänge vor die Fenster gezogen. In dem großen Bett an der Stirnseite des Raums lag Cassendrea, dahingestreckt wie eine Erschlagene. Arme und Kopf hatte sie in die weißen Laken vergraben. Ihr langes, dunkles Haar war nur lose hochgesteckt, das helle, leichte Geburtsgewand noch nass von der Wassergeburt, die soeben erst in einer großen Wanne stattgefunden hatte.

An ihrer Seite stand Chrysostomus, der Leibmediker des Königs, ein Mann, der sich für gewöhnlich nicht mit Entbindungen abgab, aber an diesem besonderen Tag bereitstand, um mit helfender Hand einzugreifen, wenn bei der Geburt Schwierigkeiten eingetreten wären. Cassendrea allerdings wirkte unverletzt, wenngleich vollkommen aufgelöst. Sie schluchzte so heftig, dass ihr ganzer schlanker Körper bebte.

»Was in Vegares Namen ist hier geschehen?«, verlangte Iurias zu erfahren. Sein Blick zuckte von der Königin zum Mediker und zurück. Hinter sich hörte er jemanden die Tür zum Gang schließen, dann tauchte Daimur im verhängten Durchgang auf und postierte sich an der Wand, ein stummer Wächter und Zeuge des Geschehens.

Der Mediker trat auf Iurias zu. Auf seinem bärtigen, von Falten durchzogenen Gesicht lag Kummer, und an seinen Händen und den weiten Ärmeln seines robenartigen Gewandes klebten Reste von Blut. »Mein König«, sagte er leise. »Es tut mir leid …«

Eine grauenvolle Ahnung verwandelte Iurias' Magen in einen harten Knoten. »Bei den Sechsgöttern …«, flüsterte er erstickt, während er Chrysostomus an den Oberarmen packte. »Ist er tot? Ist mein Sohn tot zur Welt gekommen, treuer Chrysostomus?«

Der ältere Mann blinzelte und schüttelte den Kopf. »Nein, Herr, das nicht.«

»Was ist es dann? So sprecht doch, oder hat euch das Entsetzen die Zunge gelähmt?«

»Nein, mein König«, erwiderte der Mediker. »Aber warum etwas in schlimme Worte fassen, das Ihr mit eigenen Augen sehen könnt. Kommt her.« Er begab sich zu einer Krippe hinüber, die einige Schritte vom Bett entfernt stand, fast so, als hätte sie jemand beiseite gerückt, weil die Königin ihre Nähe nicht ertrug.

Aus der Krippe drangen leise Laute, wie von einem Säugling. Tot war sein Sohn offensichtlich wirklich nicht. Doch dass er hier am fernen Ende des Raums lag, statt in den Armen seiner Mutter, konnte nichts Gutes verheißen. Langsamen Schrittes näherte sich Iurias ihm.

»Wappnet Euch, mein König«, warnte Chrysostomus ihn. »Ihr müsst jetzt stark sein.« Dann beugte er sich über die Krippe und schlug das Tuch, in das der Säugling gewickelt war, zur Seite.

Iurias musste sich zusammenreißen, um nicht bestürzt aufzukeuchen. Was er dort erblickte, traf ihn wie der Keulenhieb eines bordischen Berserkers, wie ein Blitz von Procyros, dem Gott des Krieges. Seine Lippen wurden zu einem schmalen Strich, und er ballte die Fäuste, während er den Säugling, seinen Sohn, ansah und um Fassung rang.

Die Haut des Kindes war nicht von einem frischen Rosa, sondern hatte eine schmutzigbraune Färbung. Unförmige Wucherungen zogen sich den Nacken und Rücken hinab, bedeckten Teile seines Gesichts, seiner Schultern, Hüften und Oberschenkel. Das Unheimlichste allerdings waren seine Augen, die nicht braun waren, wie die seines Vaters und seiner Mutter, sondern von einem rötlichen Gelb, das an geronnenes Feuer denken ließ.

Eine gefühlte Ewigkeit starrte er auf den neugeborenen Jungen hinab, diese Abscheulichkeit, die aus dem Schoß der Königin gekrochen war. Nun verstand er Cassendreas Verzweiflung, denn auch in ihm erstickte sie jedes andere Gefühl. *Mein Sohn*, dachte er. *Mein Erbe … Oh, ihr Götter, warum straft ihr mich so sehr? Habe ich euch nicht stets treu gedient?*

Endlich gelang es ihm, sich von dem Ungeheuer in der Krippe abzuwenden. Er atmete mehrmals tief ein und aus. Sein Körper fühlte sich an wie die gespannte Sehne eines Speergeschützes. Wie sehr wünschte er sich, irgendetwas zu zerschmettern und all sein Entsetzen und seine Trauer hinausschreien zu können. Aber er war ein Soldat. Er würde sich nicht vergessen. Nicht hier und nicht jetzt.

Iurias hob den Blick und sah, dass die Königin ihn aus tränenverschleierten Augen anblickte. »Wir sind verflucht.« Die Worte kamen ihr stockend und unter Schluchzen über die Lippen.

Ihm kam die Prophezeiung der alten Drachenpriesterin in den Sinn, die er vor zwei Jahren auf dem Dyrrach-Feldzug erschlagen hatte. *Das Ende meines Volkes soll auch das Ende Eures Geschlechts sein. Eure Nachkommen sollen körperliche Zeugen Eurer Grausamkeit sein. Sie sollen Monster sein, so wie Ihr.*

»Nein …«, flüsterte er, und die Narbe auf seiner linken Wange, die er ihren Klauen verdankte, brannte plötzlich. »Nein!« Er funkelte Cassendrea mit einer Wut an, die nicht ihr galt. »Das lasse ich nicht zu! Ich bin der König von Cordur! So eine elende Hexe wird mich nicht bezwingen.«

Er fuhr herum und wandte sich an Daimur, der stumm an der Wand auf Befehle wartete. »Hol mir Orontoghast her.«

»Den Erztheurgen?«, fragte Chrysostomus zweifelnd. Auf seiner Miene zeichnete sich deutliche Missbilligung ab. Iurias wusste, dass der Mediker als Naturkundiger nicht viel von dem Zauberwerk der Quano hielt.

Doch das kümmerte den König im Augenblick wenig. »Wo Eure Heilkunst versagt, kann vielleicht seine Magie etwas bewirken. Oder habt Ihr besseren Rat für mich?«

Der ältere Mann schüttelte bedauernd den Kopf. »Nein, mein König.«

Daimur eilte davon, um den höchsten der Quano-Magier in Aidranon zu suchen. Unterdessen kam Iurias ein weiterer Gedanke. Er musste dafür Sorge tragen, dass dieser Vorfall nicht bekannt wurde. Die Nachricht, dass der König und die Königin von Cordur eine Missgeburt zur Welt gebracht hatten, wäre Öl auf das Feuer machtgieriger Männer wie Grekeas. Unwillkürlich blickte Iurias zu der Krippe hinüber, in der dieses Geschöpf, dieses Kind lag, das nur halb ein Mensch war. *Niemand darf es erfahren!*, entschied er.

Er zog den Mediker beiseite. »Wer alles hat dieses Kind gesehen?«, fragte er leise.

»Niemand, mein König, außer den Ammen, Euren beiden Leibwächtern, ich selbst und die Königin«, antwortete Chrysostomus. »Mir war sogleich klar, dass die Kunde über dies hier nicht weitergetragen werden dürfe. Daher habe ich auch Pheleos befohlen, vor der Tür Wache zu stehen, um das Hereinkommen neugieriger Diener oder Hofdamen zu verhindern.«

»Sehr gut.« Iurias legte dem älteren Mann die Hand auf die Schulter. »Ich gehe davon aus, dass ich mir Eurer Verschwiegenheit sicher sein darf?«

»Bei meiner Ehre als Mediker, mein König«, versprach sein Gegenüber. »Nie habe ich auch nur ein Wort über irgendwelche Gebrechen, von denen ich Euch oder die Königin heilte, verloren – und das wird auch weiterhin der Fall sein. Procyros soll mich erschlagen, wenn ich diesem Schwur untreu werde.«

Iurias nickte zufrieden und ließ den Mann los. »Ich wusste, dass ich Euch vertrauen kann, treuer Chrysostomus.« Er beugte sich näher und senkte die Stimme noch ein wenig. »Was diese Ammen angeht … Verbindet Euch etwas mit einer von Ihnen?«

Der Mediker blinzelte beunruhigt. Er schien zu überlegen, was er antworten sollte. Iurias wusste, dass Chrysostomus jede Gewalt verabscheute, vor allem Unschuldigen gegenüber. »Muss das wirklich sein, mein König?«

»Die Gefahr ist zu groß. Sie würden reden.«

»Könnte nicht Orontoghast sie einfach vergessen lassen, was geschehen ist? Ich schätze seine Gaben nicht, aber hier scheinen sie mir barmherziger zu sein.«

»Das wären sie wohl«, räumte Iurias ein. »Ich werde ihn fragen, ob sich das bewerkstelligen lässt. Und nun seid so gut und bringt die Königin an einen freundlicheren Ort. Dort soll sie zur Ruhe kommen, während ich mich um alles Weitere kümmere.«

Chrysostomus neigte gehorsam das weise Haupt. »Ja, Herr.« Er ging zum Bett hinüber und begann leise auf Cassendrea einzureden.

Iurias zog den Vorhang beiseite und ging in den Vorraum. Die beiden Ammen saßen noch immer beisammen. Fragend blickten sie ihn an. Er öffnete die Tür zum Gang und befahl Pheleos zu sich. »Bring diese beiden Frauen irgendwohin, wo sie sich erholen können. Gib ihnen Wein und etwas Zeit.« Er schenkte den beiden Ammen ein kurzes Lächeln und gab den Weg frei.

»Danke, Herr«, sagte die Ältere, als beide aufstanden und in den Gang huschten. Bevor Pheleos ihnen folgen konnte, hielt der König ihn am Arm zurück. »Und danach«, fügte er im Flüsterton hinzu, »sorgst du dafür, dass keine von beiden jemals auch nur ein Wort über das hier Geschehene verlieren kann. Verstehen wir uns?«

Die Miene des Soldaten verhärtete sich. »Natürlich, mein König.«

3

DEM TODE GEWEIHT

4. Tag des 4. Mondes
im 284. Jahr der cordurischen Könige

Im Laufe der Jahre hatte Iurias gelernt, auf die kaum merklichen Veränderungen in den Gesichtern der Quano zu achten, die bei diesem äußerlich geradezu steinern wirkenden Volk auf Gefühlsregungen hindeuteten. Am heutigen Abend hätte er den Kummer des greisen Quano selbst dann erkannt, wenn er nie zuvor einem der grauhäutigen, kahlköpfigen Männer und Frauen begegnet wäre.

»Ihr bringt mir schlechte Neuigkeiten, Orontoghast«, kam er dem Erztheurgen zuvor, als dieser mit langsamen Schritten das stille, dunkle Strategiezimmer betrat, in das Iurias sich zurückgezogen hatte, um sich zu sammeln und ein stummes Gebet an die Sechsgötter zu schicken. Wie es schien, hatten sie ihn nicht erhört.

Der Erztheurg legte den Säugling, den er in ein dickes Tuch gewickelt hatte, auf den Tisch. Das Kind rührte sich nicht. Iurias fragte sich, ob es bei den Versuchen des Magiers, es von den Entstellungen zu befreien, gestorben war. Doch dann zuckte das Bündel kurz. Wie es schien, lag der Junge bloß in einem tiefen Schlaf.

»Es tut mir leid, mein König«, sagte Orontoghast mit der

leisen, heiseren Stimme des Alters. »Ich habe all mein Wissen und all mein Können aufgewandt. Doch das, was den Knaben verändert hat, sitzt tief. Sein ganzer Leib ist nur zum Teil menschlich. Ihn zu heilen überschreitet meine Möglichkeiten, und wenn ich es nicht vermag, zweifle ich, dass irgendein Quano dazu imstande ist.«

Iurias spürte, wie sich seine Kiefermuskeln verspannten. »Ihr könnt also nichts für ihn tun?«, fragte er gepresst und warf dem Bündel auf dem Tisch einen weiteren, kurzen Blick zu.

Der Erztheurg hob die Hände und drehte die Handflächen nach oben, eine Geste der Ratlosigkeit. »Ich könnte wohl den Anschein erwecken, als sei er ein gewöhnlicher Knabe. Doch das wäre eine Illusion. Sein Leib, sein Herz, blieben uns nach wie vor fremd.«

»Nein«, sagte der König kopfschüttelnd. »So soll mein Erbe nicht aufwachsen. Sein Dasein wäre eine Lüge. Und die Wahrheit …« Er brach ab und holte tief Luft. Während die Sonne im Westen über dem Meer versunken war, hatte er lange darüber nachgedacht, und auch wenn er sich noch immer innerlich dagegen sträubte, fiel ihm keine andere Erklärung für das Geschehene ein, als dass die Drachenhexe aus dem Ariocrast-Tempel in Evolos ihre Finger dabei im Spiel hatte.

»Die Wahrheit, mein König, ist, dass Euer Sohn das Opfer dunkler Magie wurde«, bestätigte Orontoghast Iurias' Befürchtungen. »Und dem Anschein nach zu urteilen, möchte ich sagen, handelt es sich um dyrrachische Magie. Der Fluch eines Gottdrachen hat ihn entstellt. Oder eines seiner Diener.«

»Es war eine Dienerin«, sagte Iurias dumpf. »Eine Hohepriesterin, und genau genommen hat sie *mich* verflucht.«

Auf den Zügen des Erztheurgen zeigte sich ein Anflug von Überraschung. »Davon habt Ihr mir nie etwas berichtet.«

Iurias wandte sich ab und ging ein paar Schritte zum Fenster. »Ich habe ihre Worte für das Gekeife eines zahnlosen alten Weibes gehalten«, bekannte er, während er auf die Lichter des nächtlichen Aidranons hinunterblickte. »Das war wohl ein Fehler.« Er drehte sich wieder zu seinem Gast um. »Könnt Ihr wenigstens mir helfen, wenn für meinen Sohn jede Hilfe zu spät kommt?«

»Ich will es gerne versuchen, mein König«, erwiderte der Quano und neigte das Haupt. »Was soll unterdessen mit dem Knaben geschehen?«

Der König wusste, dass es nur eine Antwort auf diese Frage geben konnte. Er spürte, wie eine Welle der Trauer über ihm zusammenschlug, die ihn niederzuwerfen und zu ertränken drohte, doch mit schierer Willenskraft hielt er sich aufrecht. Er ließ zu, dass seine Züge so hart und gefühllos wurden, dass selbst ein Quano nichts mehr darin über seinen Gemütszustand würde lesen können. »Ich nehme an, Euer Rat würde lauten, ihn zu töten.«

»Vergebt mir, mein König, aber Ihr habt recht«, gab Orontoghast zurück. »Der Knabe ist von dunkler Magie erfüllt. Nichts Gutes kann daraus erwachsen. Ich vermag ihm einen schmerzlosen Tod zu bescheren. Dann äschern wir ihn ein und setzen ihn still in einer Urne bei. Es werden keine Spuren verbleiben, die auf seinen Makel hindeuten. Sagt der Königin, der Knabe sei an der Last seines nicht lebensfähigen Leibes eingegangen. Dem Rat und Eurem Volk erzählt die traurige Geschichte eines plötzlichen Kindstods. Die Männer werden Euch ihr Beileid aussprechen. Die Frauen Euer Unglück beklagen. Niemand wird ahnen, was geschehen ist. So lautet mein Rat.«

Iurias nickte widerstrebend. Er wünschte sich, ihm bliebe ein anderer Ausweg, denn selbst dem Schwarzen Löwen, der seinen Feinden im Kampf keine Gnade erwies, fiel es schwer, sein eigen Fleisch und Blut umzubringen. *Andererseits ist es gar nicht mein eigen Fleisch und Blut*, dachte er. *Es ist ein Wechselbalg, den diese Hexe uns eingepflanzt hat.* Der Gedanke rief Zorn in ihm hervor und er hielt sich daran fest, weil er besser war als Trauer.

»Tut es«, befahl er dem Erztheurgen. »Befreit mich von diesem ... Ding. Und nehmt so schnell wie möglich diesen Fluch von mir.« *Und danach*, fügte Iurias in Gedanken hinzu, *werde ich diese elenden Dyrracher für all das bezahlen lassen!*

Orontoghast zog die Kapuze seiner dunkelblauen Robe über den kahlen Schädel und trat auf den Tisch zu, auf dem das Menschenkind lag. Es musste mittlerweile Hunger und Durst haben, und es schrie nur deshalb nicht, weil er es mit einer beruhigenden Emanation in tiefen Schlaf versetzt hatte. Mit einem kurzen Auflegen seiner knöchernen Hand frischte er den Zauber ein wenig auf, dann nahm er das Bündel, neigte zum Abschied den Kopf und verließ den Raum. Der König blieb zurück.

Auf leisen Sohlen glitt der Erztheurg durch die stillen, spätabendlichen Gänge des Palasts. Die wenigen Diener, Wachen und Höflinge, die ihm begegneten, warfen ihm kurze, misstrauische Blicke zu. Die meisten von ihnen hatten Angst vor ihm oder verspürten zumindest einen gehörigen Respekt vor dem geheimnisumwitterten und etwas unheimlichen alten Quano. Zweifellos fragten sie sich, welchen finsteren Geschäften er zu dieser späten Stunde nachging. Doch da überall bekannt war, dass Orontoghast hoch in der Gunst des Königs stand und sich weitgehend frei im Palast bewegen durfte, stellte niemand unangenehme Fragen.

Um ganz sicher zu gehen, dass sich dies auch nicht änderte, wenn er hinunter in die Keller stieg, wo sich sein Sanktuarium befand, rief der Erztheurg die Gaben zu Hilfe, die ihm von Gahat, der Weltseele von Yeos, verliehen wurden, und kleidete sich in eine Aura der Unscheinbarkeit. Man würde ihn zwar weiterhin wahrnehmen, ihm aber aufgrund der theurgischen Emanationen keinerlei Beachtung schenken und ihn schnell wieder vergessen. Vor allem würde sich niemand daran erinnern, dass Orontoghast ein eigenartiges Bündel an die Brust gepresst bei sich trug.

Orontoghast erreichte den Ostflügel des Palasts und öffnete eine schwere Holztür, die sich in einer Nische befand. Dahinter führte eine Treppe aus breiten, steinernen Stufen durch einen gewölbten, fensterlosen Gang in die Tiefe. Neben der Tür stand eine kleine Laterne auf einem Sims, die man entzünden konnte, um in den Kellergewölben des Palasts Licht zu haben. Zwar gab es zahlreiche Lichtschächte, die zumindest bei Tag für ein wenig Helligkeit sorgten, doch nachts war es dort unten so finster wie in der Seele eines Dämonenfürsten.

Der alte Quano ließ die Laterne unbeachtet. Zum einen vermochten seine großen, dunklen Augen auch bei geringer Beleuchtung noch beinahe so gut zu sehen, wie die eines Menschen bei Tag, zum anderen gehörte das Erzeugen von Licht-Emanationen zu den leichtesten Übungen eines Theurgen.

Er öffnete sich den Energien Gahats und ließ eine kleine, schimmernde Kugel aus Licht um seine linke Hand entstehen, die er dann vor sich ausstreckte, während er mit der Rechten das Kind weiter festhielt. Dann begab er sich die Treppe hinunter und schritt anschließend durch die menschenleeren Gänge unterhalb des Palasts.

Diese Keller ähnelten mitnichten einem feuchten Verlies. Vielmehr war der Boden mit Steinplatten ausgelegt und gemauerte Wandteile, mit Malereien bedeckte Stützbögen und gelegentlicher Zierrat in Nischen und auf Simsen zeugten davon, dass auch in den Kellern der Häuser von Aidranon die Zivilisation herrschte. Nur die kühle Luft, die Finsternis und die völlige Stille unterschieden diesen Teil der Palastanlage von allen anderen.

Er erreichte eine weitere Tür, unscheinbar, wie die meisten anderen hier unten auch. Auf den ersten Blick wirkte sie unverschlossen, doch eine neugierige Seele, die der Versuchung erliegen mochte, einige der Geheimnisse des »Quano-Magiers« zu ergründen, würde schnell feststellen, dass der Eingang verriegelt war – und zwar von innen, unerreichbar für alle, die nicht die Gaben eines Theurgen besaßen.

Orontoghast öffnete die Tür mithilfe einer gezielten Emanation und trat ein. Der Raum dahinter war nicht gefliest und gemauert, sondern aus dem Fels geschlagen worden. Die Quano zogen es vor, mit ihren Füßen unmittelbar auf dem Rücken von Yeos zu stehen und die Ströme Gahats zu spüren, wenn sie ihre religiösen Zeremonien und magischen Rituale abhielten. Da die Anbetung der Weltseele und das Kanalisieren ihrer Energien für einen Theurgen ein und dasselbe waren, erinnerte der Raum von seiner Einrichtung her ebenso an einen Tempel wie an eine Alchemistenküche. Neben einem Altar, einer Gebetssäule und mehreren flachen Sitzkissen, die im Kreis darum angeordnet waren, standen lange Tische in der Kammer, auf denen zahlreiche Kästen, Kolben, Tiegel und Werkzeuge lagen, mit deren Hilfe Orontoghast die verborgenen Aspekte Gahats erforschte.

Der Erztheurg verriegelte den Eingang wieder. Dann legte er das schlafende Neugeborene auf den Altar, nicht weil er den Akt des Tötens religiös überhöhen wollte, sondern weil die anderen Tische einfach zu vollgestellt waren. Genau genommen empfand er gar nichts bei dem Gedanken, den missgestalteten, aber offenbar durchaus lebensfähigen Sohn des Königs umzubringen. Es bereitete ihm keine Freude, aber er würde auch keine Reue verspüren.

Bei einem Quano-Kind hätte er sicher anders gedacht. Quano-Leben war heilig. Aber dies hier war bloß ein Mensch, und auch wenn Orontoghast mehrere Menschen kannte, denen er Respekt entgegenbrachte und die er schätzte, mangelte es diesem Volk, das selbst erdachte Götzen anbetete, an Verbindung zur Weltseele, womit es im Verständnis des Erztheurgen kaum mehr als eine besonders intelligente Tierart darstellte.

Während er darüber nachsann, ob er den toten Körper des Kindes hier in seiner eigenen Feuerstelle oder lieber außerhalb des Palasts verbrennen sollte, entzündete der alte Quano einige Kerzen, denn auch wenn es ihn kaum anstrengte, selbst Licht zu erzeugen, war es auf Dauer doch eine lästige Ablenkung, neben anderen Tätigkeiten die Kontrolle über die Emanation aufrechterhalten zu müssen.

In diesem Augenblick vernahm er ein Geräusch, das von der Tür herüberdrang. Als er den Kopf drehte, sah er, wie der schwere Holzriegel scheinbar von Geisterhand angehoben wurde und zur Seite glitt. Mit milder Neugierde fragte er sich, wer sich zu dieser späten Stunde noch in den Kellern des Palasts herumtrieb. Er warf einen raschen Blick zu dem Bündel auf dem Altar. Der Sohn des Königs war so gut in Laken eingehüllt, dass man ihn nicht erkennen konnte. Es war also besser, sich arglos zu geben, statt noch hastig zu versuchen, das todgeweihte Neugeborene zu verstecken – zumal ihm dafür ohnehin keine Zeit mehr geblieben wäre.

Die Tür öffnete sich und zu Orontoghasts Überraschung trat Botschafter Arastoth ein. Der Erztheurg hatte damit gerechnet, dass vielleicht einer der wenigen anderen Quano, die im Palast lebten, nicht schlafen konnte und darum die Ruhe im Gebet suchte. Doch der Abgesandte seines Volkes besaß nicht nur ein eigenes Haus in Aidranon, er verfügte auch über ein persönliches Sanktuarium. »Botschafter«, begrüßte Orontoghast den Neuankömmling und bewegte sich ein wenig nach links, um den Blick seines Besuchers vom Altar abzulenken.

»Lasst ab von Eurem Vorhaben, Orontoghast«, sagte Arastoth. Er blickte zu dem Bündel auf dem Altar und ließ keinen Zweifel daran, was er mit seinen Worten meinte.

Woher weiß er es?, fragte sich der Erztheurg misstrauisch. Niemand war im Raum gewesen, als der König und er den Entschluss gefasst hatten, sich der Missgeburt zu entledigen. Einen Herzschlag lang erwog er, den Unwissenden zu spielen, doch er verwarf den Gedanken gleich wieder. Es war unnötig, Arastoth zu beleidigen, indem er auf eine offensichtliche Lüge zurückgriff.

»Wenn Ihr über meine Absichten so gut unterrichtet seid, wie Ihr zu sein scheint, dann könnt Ihr Euch auch zweifellos ausmalen, was auf dem Spiel steht«, antwortete er stattdessen.

»Das kann ich in der Tat«, sagte Arastoth, während er langsam auf den Erztheurgen zukam. Orontoghast kannte den Botschafter erst seit Kurzem, aber er hatte während eines gemeinsamen Gebets bereits festgestellt, wie nahe Arastoth der Weltseele stand. Es war ausgesprochen bedauerlich, dass er sich so viel mehr für die Politik als für den Dienst an Gahat zu begeistern wusste. In ein paar Weltenläufen hätte er sicher einen bemerkenswerten Erztheurgen abgegeben.

»Ich weiß etwa«, fuhr Arastoth fort, »dass dieser Knabe lebendig für uns von größerem Wert ist als tot.«

Verwirrt und auch ein wenig belustigt legte Orontoghast die Haut unter der Knochenwulst auf seiner Stirn in Falten. »Was wollt Ihr mit einem Menschenkind anfangen, Arastoth?«

»Das weiß ich noch nicht«, gab dieser zurück. »Aber er ist der Sohn von König Iurias Agathon. Eines Tages mag das von Bedeutung sein.«

»Offenbar wisst Ihr doch nicht so viel über diese Angelegenheit, als ich dachte«, sagte Orontoghast. »Der Knabe ist verflucht. Das schwarze Blut der Dyrracher fließt in seinen Adern. Er ist eine Gefahr. Er muss sterben.«

Arastoth breitete die Arme aus. »Was manche für eine Bedrohung halten, könnten andere als Geschenk betrachten.«

»Redet nicht wie ein Politiker mit mir«, versetzte der alte Quano unwillig. »Eure Spielchen interessieren mich nicht. Ich möchte ein Unheil abwenden, bevor es heranreifen kann. Und König Agathon dabei helfen, den Frieden zu erhalten und zu befördern, der zwischen unseren Völkern herrscht.«

Sein Gegenüber gab einen Zischlaut der Enttäuschung von sich. »Man hat mir schon erzählt, dass Ihr ein Feigling und ein Speichellecker wärt. Und wie es aussieht, entspricht das der Wahrheit.«

Orontoghast riss die Augen auf. »Was erlaubt Ihr …«

In diesem Augenblick machte Arastoth eine rasche Bewegung.

Vollkommen überrumpelt und daher außerstande, sich zu schützen, wurde der Erztheurg von der ganzen Wucht der Emanation getroffen. Es fühlte sich an, als habe ihm jemand mit einem riesigen Holzhammer auf den Schädel geschlagen. Der Kopf eines Quano mochte robuster sein als der eines Menschen, doch Orontoghast war alt und Arastoths Hieb hatte ihn zielsicher getroffen.

Benommen sank er auf die Knie. *Unmöglich*, dachte er mit einem seltsamen Gefühl der Losgelöstheit. *Er hat mich angegriffen …*

Arastoth war sich bewusst, dass er soeben einen furchtbaren Frevel begangen hatte. Die Unversehrtheit eines Quano war einem anderen Quano heilig. So wenig sein Volk Skrupel haben mochte, anderen, geringeren Völkern Schaden zuzufügen oder sich ihrer zu bedienen, so undenkbar war es, dass einer von ihnen den Bruder angriff – zumal einen Mann vom Rang und Stand eines Erztheurgen.

Aber Arastoth lebte lange genug unter Menschen, um gelernt zu haben, dass außergewöhnliche Umstände manchmal extreme Maßnahmen erforderten. Und den Erben von Iurias Agathon in die Finger zu bekommen, zählte zweifellos zu den Gelegenheiten, wie man sie womöglich nur einmal im Leben bekam.

Er glitt an die Seite des am Boden Liegenden. Erleichtert stellte er fest, dass Orontoghast noch lebte, denn so unerhört Arastoths Handeln auch sein mochte, einen Mord hatte er nicht begehen wollen. Dunkles Blut trat unter der Stirnwulst des Erztheurgen hervor. Doch die Wunde sah, soweit Arastoth das zu sagen vermochte, nicht gefährlich aus. Der alte Mann war bloß betäubt, was Arastoth beabsichtigt hatte und auszunutzen gedachte.

Der Botschafter legte Orontoghast eine Hand mit dürren Fingern aufs Gesicht. Einmal mehr öffnete er sich den Energien Gahats, ließ sich von ihnen durchströmen und hüllte den schwachen, ungeschützten Geist des anderen in Emanationen der Überzeugung. »Du wirst diese Begegnung vergessen«, beschwor Arastoth ihn. »Ich war nicht hier. Alles verlief wie geplant. Du hast das Kind getötet und eingeäschert. Du hast dem König treu gedient.«

Der Erztheurg murmelte etwas Undeutliches. Seine trüben, schwarzen Augen schienen etwas an der steinernen Decke über ihm zu suchen, ohne es zu finden.

»Und jetzt schlaf«, befahl Arastoth ihm und hüllte Orontoghast in eine Aura der Ruhe und Stille. »Ruh dich etwas aus, alter Mann.«

Die Augenlider seines Gegenübers flatterten. Dann sanken sie nach unten, und Orontoghasts knochiger Leib wurde schlaff. Rasch schleppte Arastoth ihn zu einem der Stühle mit hoher Lehne, die im Raum standen, und setzte ihn darauf. Er nahm ein tönernes Gefäß von einem der Arbeitstische und füllte es mit kalter Asche aus dem Kamin, bevor er es neben den Erztheurgen auf den Boden stellte. Danach ging er zu dem Neugeborenen hinüber, riss ein Stück Stoff von dem Tuch ab, in welches Agathons Sohn eingewickelt war, und mischte es unter die Asche. Schließlich hob er das Kind hoch, drückte es an seine eigene, schmale Brust und huschte aus dem Keller.

Der Morgen war kaum mehr als ein fahler Silberstreif am Horizont, als Arastoth durch das Hafenviertel hinunter zu den Piers eilte. Der Geruch von Fisch und der Geschmack von Salzwasser hingen in der kühlen Luft. Die Gegend hatte nicht den besten Ruf. Zumindest bei Nacht galten die Straßen und Gassen zwischen den niedrigen Häusern als unsicher, aber der Quano machte sich keine Sorgen. Nicht einmal der dümmste Halsabschneider, der um diese frühe Stunde unterwegs sein mochte, wäre auf den Gedanken gekommen, einen Theurgen zu überfallen. Natürlich waren auch Quano nicht unverwundbar. Doch wenn man sie nicht bei der ersten Gelegenheit tötete, bekam man meist keine zweite mehr, vor allem, wenn man sich mit einem der Magier anlegte – und wer vermochte schon zu sagen, welcher Quano nun im Einklang mit Gahat lebte und welcher nicht?

Halb unter seinem weiten Umhang verborgen, trug Arastoth den Sohn König Agathons in einem Korb bei sich. Noch in der Nacht hatte er ihn aus dem Palast geschmuggelt, nur um ihn danach im Schutze eines seiner persönlichen Verstecke hier in der Stadt einem ganz besonderen Ritual zu unterziehen. Nun zierten den nackten Körper des Jungen arkane Symbole, die Arastoth ihm in stundenlanger Mühe und mithilfe der Kraft Gahats auf Rücken, Oberarme und Oberschenkel gezeichnet hatte, dort, wo sich die Missbildungen des Neugeborenen am stärksten gezeigt hatten. Der Zauber vermochte das, was mit dem Kind geschehen war, nicht zu heilen, aber er konnte den Fluch unterdrücken – und mit ihm die körperlichen Anzeichen, sodass der Sohn des Königs wie ein normaler Menschenknabe aussah. Alle paar Jahre würde Arastoth die Symbole auffrischen müssen. Was er dem Heranwachsenden dann als Grund nennen würde, musste er sich noch überlegen.

Der Quano lief an den gemauerten Schiffsanlegern entlang, bis er einen kleinen Steg am Rand der Hafenanlage erreichte. Dort lag das Segelboot eines freischaffenden Händlers – manche hätten ihn wohl einen Schmuggler genannt –, dem Arastoth zwar nicht blind vertraute, der aber für die richtige Summe zuverlässig die ihm gestellten Aufgaben erfüllte. Eine bessere Möglichkeit, den Jungen aus der Stadt zu schaffen, hatte sich in der Kürze der Zeit nicht ergeben.

»Mein Herr«, begrüßte ihn der Mann, der bereits auf dem Boot wartete, wie es ihm von einem Boten, den Arastoth zuvor ausgesandt hatte, befohlen worden war. »Was kann ich für Euch tun?«

»Wo ist die Frau, die ich habe herschicken lassen?«, verlangte Arastoth zu wissen, als er über eine Planke an Bord ging.

Der Mann deutete auf die Luke, die in den Bauch des Schiffs führte. »Unter Deck«, erwiderte er. »Bei den Männern. Ich hielt es für besser, wenn um diese Stunde hier oben nicht zu viel

Betrieb herrscht. Zumindest nicht, solange wir noch auf Euer Eintreffen warteten. Außerdem ist es dort unten wärmer.« In seiner Stimme schwang ein Hauch von Belustigung mit, die Arastoth nicht gefiel.

»Ihr werdet diese Frau nicht anrühren«, zischte er und trat einen Schritt auf den Schmuggler zu. »Ich brauche sie gesund und wohlbehalten. Haben wir uns verstanden, Kapitän?«

Sein Gegenüber hob abwehrend die Hände. »Ihr bezahlt gut, Herr. Ich würde es mir niemals mit Euch verscherzen wollen. Meine Männer werden ihre Hände bei sich behalten, das verspreche ich Euch – und wenn ich sie Ihnen persönlich dafür abhacken müsste.«

»Gut«, sagte der Quano.

»Doch was hat es mit der Frau eigentlich auf sich, wenn die Frage gestattet ist«, fuhr der Mann fort. »Sie sah mir nicht wie eine Edle auf der Flucht aus oder wie eine Sklavin, die zu Eurem Vergnügen an Bord ist.«

»Sie ist eine Amme. Und sie soll sich während der Überfahrt hierum kümmern.« Arastoth öffnete den Umhang und reichte dem Schmuggler den Korb.

Die hellen Augen im dunklen Gesicht des Mannes weiteten sich. »Ist das ein Kind?«, entfuhr es ihm.

»Ganz recht.«

»Es ist kein Quano-Kind«, stellte sein Gegenüber fest.

»Nein«, bestätigte Arastoth. »Es handelt sich um einen cordurischen Knaben. Mehr braucht Ihr nicht zu wissen.«

Der Schmuggler grinste. »Schon klar«, erwiderte er.

»Außerdem«, fuhr Arastoth fort, »hat er erst vor Kurzem das Licht der Welt erblickt und braucht dringend die Pflege durch eine kundige Hand. Also gebt ihn der Amme und setzt dann Euer Segel.«

»Wohin fahren wir?«

»*Wir* fahren nirgendwohin. Ich bleibe in Aidranon. Ihr hingegen werdet die Südspitze von Cordur umrunden und das Ydrische Meer hochfahren, bis Ihr die Pelikoni-Inseln erreicht. An der Küste, die den Inseln gegenüberliegt, befindet sich ein Dorf, Efthaka. Gute Menschen leben dort, vor allem Fischer. Sucht die Familie des Fischers Bourabas, gebt ihm diesen Beutel mit Münzen und übersendet ihm meine Grüße.« Arastoth holte einen kleinen Beutel hervor und legte ihn in den Korb. »Sobald es mir möglich ist, werde ich selbst dorthin reisen, um ihm alles zu erklären. Bis dahin soll er sich um den Knaben kümmern, als wäre er sein eigener Sohn.«

»Ich verstehe«, sagte der Schmuggler. Seine Augen huschten zu dem Geldbeutel.

»Euer eigener Lohn wird wie stets mehr als großzügig ausfallen«, sagte der Quano und holte einen zweiten, dickeren Geldbeutel hervor. »Ich vertraue darauf, dass dem Knaben auf der Reise nichts geschieht und dass er wohlbehalten in Efthaka eintrifft.« Arastoth beugte sich ein wenig nach vorne und sah sein Gegenüber eindringlich an. »Das ist mir ausgesprochen wichtig. Dem Knaben darf nichts geschehen! Ihr bürgt mir dafür mit Eurem Leben. Und schärft auch Bourabas ein, dass mir an der Gesundheit dieses Kindes viel liegt. Sollte ich aus irgendeinem Grund erfahren, dass er vor seiner Zeit zu Tode gekommen ist, wird selbst der Zorn Eures Kriegsgottes Procyros gegen den meinen gering sein.«

Obwohl der Mann sich Mühe gab, ungerührt zu wirken, bebte seine Stimme ein wenig, als er antwortete. »Ich werde Euch nicht enttäuschen, Herr. Der Junge wird leben. Das schwöre ich.«

4

IOLANS TRÄUME

28. Tag des 6. Mondes
im 301. Jahr der cordurischen Könige

Sechzig Fuß über den blaugrünen Fluten des Ydrischen Meers stand Iolan am Rand der Klippe und blickte in die Tiefe. Der warme Sommerwind fuhr ihm durchs schulterlange, dunkle Haar und ließ den Saum seiner bis zu den Knien reichenden und von einem breiten Gürtel gehaltenen Tunika flattern. Sein Vater hätte ihn einen lebensmüden Narren gescholten, wenn er gewusst hätte, dass Iolan sich hier oben aufhielt. Doch Iolan hatte keine Angst davor abzustürzen.

Seit seiner Geburt vor siebzehn Sommern hatten sich elf mutige, verrückte junge Männer aus seinem Dorf von hier aus in die Wellen geworfen, die gegen die Steilküste im Osten Cordurs brandeten. Drei waren dabei ums Leben gekommen, weil sie zu kurz gesprungen und auf den Felsen gelandet waren, die unmittelbar vor der Klippe aus dem Wasser ragten.

Manch einer der Alten behauptete, dass man vom Klippenrand aus noch immer die dunklen, getrockneten Blutlachen sehen konnte, die von ihren zerschmetterten Leibern auf dem Stein zurückgelassen worden waren. Das war, wie Iolan wusste, natürlich Unsinn, ein Märchen, um allzu leichtfertige Jungen davon abzuhalten, es den Todesmutigen nachzumachen. Die

Gezeiten und die Winterstürme sorgten regelmäßig dafür, dass die Felsen überspült wurden, und nachdem die Leichen der Glücklosen von den Fischern geborgen worden waren, hatte das Seewasser auch alle verbliebenen Spuren ihres tödlichen Übermuts abgewaschen.

»Iolan!«, drang auf einmal eine leise Stimme aus der Wildnis hinter ihm herüber. Iolan glaubte, sie Markos zuordnen zu können, seinem vier Jahre älteren Bruder, der in den von Gestrüpp und niedrigen Bäumen bewachsenen Hügeln nach ihm suchte. Doch er antwortete nicht auf den Ruf, sondern blickte weiter auf das Wasser zu seinen Füßen, das im Licht der Morgensonne glitzerte.

Die acht Klippenspringer, die ihr Leben nicht verloren hatten, waren von den jungen Männern und Frauen im Dorf wie Helden gefeiert worden. Selbst einige der älteren Fischer von Efthaka – so hieß die vielleicht zweihundert Köpfe zählende Küstensiedlung, die Iolans Heimat war – hatten ihnen widerwillig Respekt gezollt. Obwohl sie natürlich darauf hingewiesen hatten, dass Mut wenig Wert hatte, wenn er nicht mit Besonnenheit einherging. Ein Fischer, der an der zerklüfteten Ostküste Cordurs seinen Lebensunterhalt verdienen wollte, brauchte stets beides.

»Iolan! Wo bist du?«

Gedankenverloren beugte Iolan sich noch ein wenig nach vorne und leckte sich über die salzigen Lippen. Die Spitzen seiner geschnürten Lederstiefel ragten über den Klippenrand hinaus. Manch einen hätte in diesem Moment der Schwindel erfasst, doch Iolan vermochte ruhigen Auges in den Abgrund zu blicken. Höhen, das hatte er schon als Kind festgestellt, bargen für ihn keinen Schrecken.

Ein Schritt noch, dachte er. *Ein kraftvolles Abstoßen und es wäre getan …* Schon seit der letzte Wintersturm an Kraft verloren hatte und der Frühling heraufgedämmert war, lockte ihn diese Klippe auf eine Weise, die er nicht in Worte fassen konnte. Trotz aller Bewunderung, die er für Clavio hegte, der anlässlich seiner Seeweihe im letzten Jahr als bislang jüngster aller Klippenspringer das Wagnis eingegangen war, von hier oben ins Meer einzutauchen, ging es Iolan nicht darum, irgendjemandem seinen Mut zu beweisen. Lebensmüde war er erst recht nicht. Vielmehr verspürte er ein tieferes Sehnen in seiner Brust, die Arme auszubreiten, mit einem kräftigen Sprung die Fesseln seines erdengebundenen Daseins abzustreifen und sich dem Wind hinzugeben, der an ihm zerrte.

Selbstverständlich hatte Iolan niemandem im Dorf etwas davon erzählt. Die Leute würden ihn bloß für verrückt erklären, allen voran sein Vater, dessen Vorstellung vom Leben einzig und allein darin bestand, Tag für Tag aufs Meer hinauszufahren und mit genug Fischen heimzukehren, um seine Familie ernähren zu können. Nicht, dass Iolan ihn deswegen geringgeschätzt hätte. Er liebte seinen Vater und er liebte sein Leben in Efthaka. Warum es ihn dennoch hinauf zu der Klippe zog, wusste er selbst nicht genau.

Ich werde es tun, sagte er sich. *Ich werde es …*

»Iolan.« Plötzlich war Markos' Stimme direkt hinter ihm. Er schrie nicht, denn er wollte Iolan nicht erschrecken und damit versehentlich abstürzen lassen. Aber in seiner Stimme lag hörbare Anspannung, die auch nicht wich, als er weitersprach. »Was machst du hier oben? Bist du von allen Göttern verlassen?«

Iolan drehte den Kopf und blickte seinem Bruder entgegen. Markos war einen halben Kopf kleiner als er, aber seine kräftigen Muskeln, die wilden Locken, die ihm in den Nacken und in die Stirn fielen, und der kurze Bart ließen ihn dennoch eindrucksvoll wirken, und wenn ein Fremder die beiden sah, bestand kein Zweifel, wer von ihnen das Sagen hatte.

»Was soll das?«, verlangte Markos verärgert zu wissen. »Willst du dich etwa umbringen? Einen Tag vor deiner Seeweihe?« Er selbst hatte nie Bestrebungen gezeigt, von der Klippe zu springen. Markos war viel zu besonnen dafür. In diesen Dingen kam er mehr nach ihrem Vater als Iolan.

»Wie kommst du darauf, dass ich sterben würde?«, entgegnete Iolan.

»Du stehst am Rand einer sechzig Fuß hohen Klippe, und ich sehe keine Flügel aus deinem Rücken wachsen. Komm her.« Markos packte ihn am Arm und zog ihn mit einem entschiedenen Ruck vom Rand weg.

»He«, beschwerte Iolan sich und schüttelte die Hand des Bruders ab. Mürrisch blickte er ihn an. »Ich wäre nicht der Erste, der von dieser Klippe springt.«

»Nein, das ist wahr. Aber die anderen Männer waren alle kräftiger als du. Und sie hatten mehr Erfahrung im Klippenspringen. Bist du jemals von einem Felsen gesprungen, der höher als sieben Fuß war?«

Iolan schüttelte den Kopf. Bislang hatte kein besonderer Reiz für ihn darin gelegen.

»Dann glaube mir, dass dies hier gefährlich und dumm ist.«

»Ich sterbe nicht, wenn ich dort hinunterspringe«, beharrte Iolan. »Das weiß ich einfach. Ich kann es schaffen. Im Grunde …« Er brach ab und warf einen unsicheren Blick zu der Bruchkante, wo die Erde endete und hinter der nur noch das Blau des Meeres und das Blau des Himmels existierten. Als er sich wieder seinem Bruder zuwandte, sah er, dass auf dessen Stirn eine steile Sorgenfalte entstanden war.

»He, Iolan«, sagte Markos und seine Stimme klang nun sanfter. »Geht es dir gut? Du bist schon seit ein paar Tagen so seltsam. Was beschäftigt dich? Machst du dir Gedanken um die Seeweihe? Oder stimmt etwas zwischen dir und Elea nicht?«

»Nein, das hat beides nichts mit dem hier zu tun«, erwiderte Iolan.

»Na schön, worum geht es dann?«, wollte Markos wissen. »Rede mit mir, wenn dich Sorgen plagen, Iolan. Ich bin dein Bruder.«

Iolan schnaubte mit freudloser Belustigung und schüttelte den Kopf. »Du kannst mir nicht helfen, Markos. Würde ich es dir erzählen, du hieltest mich ohnehin bloß für verrückt.«

Sein Bruder setzte sich auf einen Felsbrocken unweit des Klippenrands, stützte die Unterarme auf die Oberschenkel und blickte ihn von unten erwartungsvoll an. »Versuch es«, forderte er Iolan auf.

Ergeben zuckte dieser mit den Achseln. Dann begann er langsam auf und ab zu gehen. »Es ist schwer zu beschreiben. Ich habe schon seit bestimmt vier Mondwechseln immer wieder diesen einen Traum. Ich stehe hier oben auf der Klippe. Es ist früh am Morgen und die Sonnenscheibe erhebt sich im Osten aus dem Meer. Ich schaue in die Tiefe. Mir ist klar, dass der Sprung gefährlich ist, aber ich verspüre keine Angst. Ich weiß einfach, dass mir nichts passieren kann.«

Er hielt kurz inne und warf erneut einen raschen Blick zum Klippenrand. Danach sah er seinen Bruder unverwandt an. In Markos' dunkelbraunen Augen lagen Erwartung und ein erstaunlicher Ernst. »Ich springe«, fuhr Iolan fort. »Mit einer einzigen kraftvollen Bewegung werfe ich mich nach vorne in die Luft. Einen kurzen Moment zweifle ich, während ich stürze. Das Meer schnellt mir entgegen. Panik wallt in mir auf, doch nicht genug, um mich zu wecken. Und dann, kurz bevor ich unten aufkomme, breite ich auf einmal meine Flügel aus und rausche über die Wellen hinweg. Ich schmecke die Gischt, und meine Füße berühren das Wasser. Aber dann schlage ich mit den Flügeln, steige auf und erhebe mich in den Himmel. Es ist …« Er blinzelte, als er nach Worten suchte. »… ein unbeschreibliches Gefühl.« Iolan spürte, wie ein Lächeln auf seine Lippen trat, während er sich an den Traum erinnerte.

Sein Bruder starrte ihn eine Weile schweigend an. Langsam schüttelte er den Kopf. Ein Grinsen breitete sich auf seinen Zügen aus, und er stand wieder auf. »Du hattest recht, Iolan«, gestand er. »Ich halte dich wirklich für verrückt.« Doch in seinen Worten schwang nur milder Spott mit.

Freundschaftlich schlug Markos ihm auf den Oberarm. »Na komm, Iolan. Mutter hat das Abendessen fertig und wir sollten sie nicht noch länger warten lassen. Und das sage ich dir: Was immer dieser Traum bedeuten mag, er ist ganz sicher kein Zeichen, dass die Sechsgötter von dir erwarten, dich von diesem Felsen zu werfen. Denn so einfach sind Träume nicht zu deuten. Befrag doch den alten Cheron dazu. Der wird dir meine Worte bestätigen.« Cheron gehörte zum Ältestenrat von Efthaka und hütete zugleich den kleinen Sechsgötterschrein des Dorfes. Wenn jemand aus dem Zug der Vögel am Himmel, einem Wetterphänomen oder eben einem Traum etwas herauslesen konnte, dann war er es.

Aber irgendwie hegte Iolan nicht das geringste Bedürfnis, noch einmal mit jemandem über seine Träume zu reden. *Das hier ist noch nicht vorbei*, dachte er, als er der Klippe den Rücken kehrte und Markos nachfolgte, der sich bereits mit forschen Schritten zurück zum Dorf begab. *Ich komme wieder.*

»Du musst deine neue Tunika noch einmal anprobieren, die deine Mutter für dich genäht hat, Sohn«, sagte Bourabas der Fischer, während die Familie zum abendlichen Mahl um den Tisch in der Mitte der Hütte versammelt war. »Es soll doch alles gut passen.«

»Ja, Vater«, antwortete Iolan, der rechts von ihm saß. »Wir können es nach dem Essen machen.«

»Gut.« Am Kopfende des Tisches nickte Bourabas zufrieden und schob sich ein Stück von dem geräucherten Fisch in den Mund, der mit Brot und einigen violetten Gnepa-Früchten auf seinem Teller lag. »Bist du aufgeregt wegen morgen?«, fragte er kauend.

Iolan riss ein Stück Brot ab und wischte damit das Kräuter-Öl vom Teller, das er über seinen Fisch gegossen hatte. »Ein wenig«, gestand er.

»Unser Iolan wird ein Mann.« Markos an seiner Seite grinste und schlug Iolan mit der Linken begeistert auf die Schulter. »Danach wird sich einiges für dich ändern, das verspreche ich dir.«

»Wirst du Elea dann fragen, ob sie deine Frau wird?«, wollte Mirene von der anderen Seite des Tischs wissen. Iolans Schwester war drei Jahre jünger als er und damit auf dem besten Weg, selbst eine Frau zu werden. Sicher nicht zuletzt deshalb schienen sich all ihre Gedanken in letzter Zeit darum zu drehen, von einem der noch ungebundenen Fischerburschen im Dorf umworben zu werden. Iolan zweifelte nicht daran, dass ihr Wunsch bald in Erfüllung gehen würde. Mirene mochte noch einen sehr mädchenhaften Körper haben, aber schon bald würde sie eine der schönsten jungen Frauen in Efthaka sein – genau wie ihre zwei Jahre ältere Freundin Elea, die sich Iolan vor gut einem Jahr versprochen hatte.

»He, dräng ihn nicht. Es ist doch erst sein achtzehnter Sommer«, verteidigte Markos seinen Bruder, als Iolan nicht sofort auf Mirenes Frage antwortete.

»Ganz richtig«, meinte auch sein Vater. »Er soll erst mal lernen, wie man eine Familie ernährt, bevor er mit Elea eine gründet. Außerdem … wer weiß …« Ein verschmitzter Ausdruck trat auf seine wettergegerbten Züge und er zwinkerte Iolan zu. »Vielleicht lernt Iolan ja auch noch eine andere kennen, wenn er anfängt, mit mir nach Brendesi zu fahren, um Handel zu treiben.«

»Oh, Bourabas«, empörte sich Iolans Mutter und versetzte ihrem Mann einen Stüber. »Du bist ein Klotz.«

»Es gibt schöne Frauen in Brendesi, das kannst du nicht leugnen, Rania«, verteidigte sich dieser.

Iolan musste lächeln. Natürlich bezog sich sein Vater damit auf seine Mutter, die er vor vielen Jahren in der fünfzig Meilen südlich gelegenen Küstenstadt Brendesi kennengelernt hatte. »Hört ihr jetzt mal auf, mein kommendes Leben zu planen?«, versetzte er gutmütig. »Ich bin froh, wenn ich den kommenden Tag überstehe, ohne mich zum Gespött des Dorfs zu machen.«

»Gespött?« Sein Vater griff nach einer der Gnepa-Früchte und biss herzhaft hinein. Violetter Saft spritzte in seinen grau melierten Bart. »So ein Unsinn. Du kannst segeln, als wäre dir ein Windelementar zu Diensten, und wirfst den Speer so zielsicher, als hätte Procyros selbst, gepriesen sei sein Name, dich ins Kriegshandwerk unterwiesen. Keine Ahnung, von wem du das Talent geerbt hast. Dein alter Vater trifft einen Schafsbock kaum, wenn er dreißig Fuß von ihm entfernt steht.«

»Nun mach dich nicht ungeschickter, als du bist«, ermahnte Iolans Mutter ihn. Sie verdrehte die Augen. »Einen Schafsbock auf dreißig Fuß treffe ja sogar ich. Nicht dass es für uns viel Anlass gäbe, mit Speeren auf unsere Tiere zu werfen.«

Bourabas lachte nur. Dann streckte er die Hand aus und klopfte Iolan auf den Unterarm. »Nein, du wirst uns alle mit Stolz erfüllen, Iolan. Da bin ich mir ganz sicher.«

»Ich werde mein Bestes geben«, versprach Iolan.

»Gut so.« Sein Vater nickte. »Gut, mein Junge.«

Nach dem Mahl räumten Iolans Mutter und Mirene den Tisch ab und verschwanden nach draußen, um das Tongeschirr zu waschen. Markos verabschiedete sich für den Abend und verließ die Hütte, um zu seiner eigenen zurückzukehren, die nicht weit entfernt stand. Obwohl er selbst noch keine Familie hatte, war er vor einem Jahr ausgezogen, einerseits um Iolan, mit dem er bis dahin das Zimmer geteilt hatte, etwas mehr Raum zu gönnen, andererseits, weil nicht jeder Abend so harmonisch verlief wie der heutige.

Damals vor einem Jahr hatten sich Markos und Bourabas oft gestritten. Iolan wusste nicht genau worüber, aber beide Männer schienen schon bald zu dem Schluss gekommen zu sein, dass es langsam für Markos an der Zeit sei, sich seine eigene Hütte zu bauen. Und obschon sich ihr Verhältnis seitdem verbessert hatte, war Iolans Bruder in der Hütte geblieben, die er mithilfe von Freunden eigenhändig errichtet hatte. Iolan fragte sich, wann der Tag kommen mochte, an dem auch er ausziehen würde.

Er wollte gerade ebenfalls vom Tisch aufstehen und sich in seine Kammer zurückziehen, bis seine Mutter ihn rief, um die neue Tunika anzuprobieren, als sein Vater ihn mit einer Geste zurückhielt. »Warte, Iolan. Setz dich wieder. Ich muss etwas mit dir besprechen, solange … solange wir allein sind.«

Iolan machte ein fragendes Gesicht. »Was ist, Vater?«

Bourabas zögerte, als wisse er nicht, wie er sein Anliegen in Worte fassen sollte. »Ich bin mir nicht sicher, ob das der richtige Augenblick ist, einen Tag vor deiner Seeweihe«, begann er. »Andererseits bedeutet diese Zeremonie, dass du ab morgen nach cordurischem Gesetz ein Mann bist, der für sich selbst steht. Meine Verantwortung für dich endet damit – auch wenn das nicht heißen soll, dass ich danach nicht mehr für dich da bin. Keineswegs.«

Er rieb sich die von jahrelanger Arbeit auf See schwieligen Hände, als brauche er Zeit, um sich die Worte zurechtzulegen. »Was ich damit eigentlich sagen will, ist dies: Es wird sich ganz sicher viel verändern, wenn du erst ein Mann bist, Iolan. Du wirst darüber nachdenken müssen, wie du dein Leben verbringen willst. Welche Frau soll an deiner Seite sein? Welches Ziel soll deine Arbeit haben? Solche Dinge eben.«

Iolan hatte auf einmal ein ganz seltsames Gefühl. Sein Vater war für gewöhnlich kein Mann großer Worte, und eine Ansprache wie diese hatte er ihm noch nie gehalten. Irgendetwas, so glaubte er, beschäftigte seinen Vater sehr. Und ebenso glaubte er, dass dieser noch nicht ansatzweise damit herausgerückt war, worum es sich in Wahrheit handelte. »Das hat doch alles seine Zeit«, sagte Iolan. »Markos ist vier Sommer älter als ich und er hat auch noch keine Frau erwählt.«

Sein Vater blinzelte, als irritiere es ihn, bei einer scheinbar wohl vorbereiteten Rede unterbrochen worden zu sein. »Ja, ja, das ist richtig. Aber manche Veränderungen mögen schneller eintreten, als du es glaubst. Ich …« Er stockte und rang einen kurzen Moment mit sich, bevor er fortfuhr. »Ich wollte dich bloß wissen lassen, dass ganz gleich, was geschehen mag, ich dein Vater bin. Ich werde immer für dich da sein. Denn auch wenn ich es dir nie gesagt habe, bist du …« Bourabas räusperte sich beinahe verlegen. »Du bist mir sehr wichtig. Und ich bin dankbar, dass ich all die Jahre miterleben durfte, wie du zu dem Mann wurdest, der morgen seine Weihe erlebt.«

Überrascht sah Iolan seinen Vater an. Sein Magen begann sich unwillkürlich zu verkrampfen. »Du machst mir ein wenig Angst. Das klingt alles so nach Abschied, nach den Worten eines Mannes, der bald gehen muss. Bist du irgendwie krank? Musst du sterben?«

Die Augen seines Vaters weiteten sich erschrocken. »Nein!«, entfuhr es ihm. »Nein, keine Sorge, mir geht es gut. Du hast das falsch verstanden.«

»Aber warum erzählst du mir das alles dann?«, wollte Iolan wissen.

»Weil ich …« Bourabas der Fischer zuckte mit den Schultern. Dann verzogen sich seine Lippen zu einem etwas kläglich wirkenden Lächeln. »Einfach nur so. Mir war danach. Mein letzter Sohn geht zur Seeweihe. Das lässt einen Vater nicht kalt, schätze ich.« Er stand auf und schlug Iolan übertrieben aufgeräumt auf die Schulter. »So, und jetzt hol deine Mutter, damit sie dir die feinste Tunika auf den Leib schneidert, die morgen auf dem Dorfplatz zu sehen sein wird.«

Iolan nickte und gehorchte. Doch als er bereits nach draußen gelaufen war, warf er noch einen Blick über die Schulter. Sein Vater hatte sich wieder hingesetzt und schien auf seine Hände zu starren. Was immer dieses seltsame Gespräch zu bedeuten gehabt hatte, Iolan bezweifelte, dass der morgige Festakt der Anlass gewesen war.

5

DIE SEEWEIHE

1. Tag des 7. Mondes
im 301. Jahr der cordurischen Könige

Der Ritus der Seeweihe wurde jedes Jahr genau am ersten Tag des siebten Mondes gefeiert. Es handelte sich um eine Festlichkeit, mit der alle jungen Männer, die im entsprechenden Jahr ihren achtzehnten Sommer erlebten, in den Kreis der Erwachsenen aufgenommen wurden. Von diesem Tag an durften sie eine eigene Familie gründen, eine eigene Hütte bauen und ein eigenes Fischerboot führen. Nicht mehr ihre Eltern, sondern sie selbst waren von nun an für ihre Entscheidungen und ihr weiteres Schicksal verantwortlich. Es war einer der wichtigsten Tage im Leben eines Bewohners von Efthaka.

Junge Frauen waren von der Seeweihe ausgenommen. Die Tradition hatte ihren Ursprung unter den Fischern der Ostküste von Cordur und betraf daher auch nur die Söhne Efthakas. Für die Mädchen des Dorfes gab es einen eigenen Übergangsritus, das Blütenfest, das drei Monde früher stattfand und das zusammen mit dem Erblühen der wilden, frühlingshaften Natur an der Küste des Ydrischen Meers das Erblühen fünfzehnjähriger Mädchen zur Frau feierte, die sich von diesem Zeitpunkt an mit einem Mann vermählen durften.

Ein Jahr und drei Monde war es nun her, seit Elea den Gesetzen der Küstenbewohner Cordurs den Schritt zur Frau vollzogen hatte. Von diesem Augenblick an hätte sie sich jederzeit einen kräftigen Burschen aus dem Dorf erwählen oder dem Werben eines solchen nachgeben können, um die Hütte ihrer Eltern zu verlassen und zur Herrin ihres eigenen Haushalts zu werden. Viele ihrer gleichaltrigen Freundinnen hatten wenig Zeit verloren, genau das zu tun. Elea hingegen hatte sich noch in der Nacht nach dem Blütenfest Iolan versprochen. Während einiger wundervoller Stunden unten am Strand hatte sie ihn wissen lassen, dass sie auf ihn warten würde – bis zu seiner Seeweihe und auch darüber hinaus, sollte es nötig sein.

An jene Nacht musste Iolan denken, während er an diesem Morgen im Gänsemarsch mit fünf Gleichaltrigen über den gewundenen Pfad die Böschung zum Strand hinuntermarschierte, um zu den Booten zu gelangen, die dort lagen. Er wusste, dass Elea zusammen mit seiner Mutter und Mirene oben auf den Hügeln stand und zu ihm und den anderen hinunterschaute. Sie würde zusehen, wie Iolan sein Boot und seine Harpune nahm und aufs Meer hinausfuhr, um am Abend hoffentlich erfolgreich zurückzukehren.

Nach bestandener Prüfung würde Iolan den Segen der Dorfältesten empfangen, danach würde er wie alle anderen seine neue Tunika anziehen und das Dorf würde feiern. Was darüber hinaus während dieser Abendstunden zwischen ihm und Elea geschehen mochte, ließ sein Herz beinahe noch heftiger schlagen als die unmittelbar bevorstehende Herausforderung.

Sie erreichten den Strandstreifen am Fuße der Böschung, der hier, unweit des Dorfs, von grobem Sand und Kies bedeckt war. Eine Abordnung der Fischer Efthakas, darunter auch Bourabas, erwartete sie dort ebenso wie sechs kleine Segelboote, die von den Vätern der Prüflinge bereitgestellt worden waren.

In der Mitte der Gruppe stand Cheron, der Priester und Dorfälteste, und blickte ihnen erwartungsvoll entgegen. Im Gegensatz zu den Fischern, die für diesen Teil der Weihe ihre schlichten Arbeitsgewänder trugen, hatte der alte Mann mit dem lichten Haar und langen Bart seine prächtigste Zeremonienrobe angelegt, ein fließendes Kleidungsstück aus blauer Xol-Seide, auf dem die Symbole der Sechsgötter prangten. Die ungewöhnliche und kostbare Robe war nicht in Efthaka hergestellt worden, sondern stammte von einem Händler aus Brendesi.

Als sie alle versammelt waren, erhob Cheron das Wort. »Als Jungen«, verkündete er feierlich, »stecht ihr heute in See. Als Männer werdet ihr zurückkehren. Denn das Meer, das Leben spendet und Leben nimmt, das weit ist und frei, das unser Dasein bestimmt, wie nichts anderes auf dieser Welt, wird euch erheben in die Gemeinschaft derer, die ihre Kindheit und Jugend hinter sich gelassen haben. Voller Stolz und Freude werde ich diese Weihe bezeugen, wie es Jahr für Jahr das Vorrecht und die Pflicht eines der Ältesten von Efthaka ist. Und danach …« Auf seinem runzligen Gesicht erschien ein verschmitztes Lächeln. »… werden wir feiern, bis der nächste Morgen graut.«

Die sechs Jungen johlten beifällig.

»Also schiebt eure Boote ins Wasser«, fuhr Cheron fort, »fahrt hinaus, fangt euren Fisch und kehrt danach zu uns zurück.«

Iolan und die anderen setzten sich in Bewegung. Zwei Übereifrige rannten sogar, obschon es auf den Ausgang der Weihe keinen Einfluss hatte, wie schnell man zum Strand zurückkehrte. Tatsächlich wurde der größte Fisch am Abend gefeiert, nicht der erste Fang. Die Regeln für die Prüfung waren einfach. Jeder von ihnen würde mit seinem Boot hinaus auf das Ydrische

Meer fahren, wobei sie einander, außer in höchster Not, nicht näher als eine halbe Meile kommen durften, damit keiner den anderen bei der Arbeit störte. Dann würden sie Angel, Netz oder Harpune zur Hand nehmen und das tun, was später ihr Lebensinhalt sein sollte: Fische fangen – oder in diesem Fall einen einzigen, möglichst großen Fisch, den zu erwischen besonderen Mut und besonderes Geschick erforderte.

Wie die meisten seiner Altersgenossen hatte sich Iolan für die Harpune entschieden, einen langen Wurfspeer mit widerhakenbewehrter Eisenspitze und einem Seil am Schaft, das man am Boot vertäuen konnte. Denn nur mit einer Harpune konnte man die berüchtigten Makarai fangen, fast sieben Fuß lange Raubfische, die nicht nur eine Herausforderung für jeden Fischer darstellten, sondern eine Familie auch eine ganze Weile ernähren konnten. Der erfolgreiche Fang eines Makarais am Tag der Seeweihe galt als staunenswerte Tat und gutes Omen – und wie jeder Junge war Iolan erpicht darauf, das Ende seiner Jugend durch beides zu krönen.

»Bleib vorsichtig, mein Sohn«, ermahnte Bourabas Iolan, als hätte er dessen Gedanken gelesen. »Mut ziert einen Mann, Tollkühnheit bringt ihn verfrüht vor das Tribunal der Sechsgötter.«

»Keine Angst, Vater«, erwiderte Iolan. »Ich will mein Leben sicher nicht aufs Spiel zu setzen. Es wartet zu viel auf mich bei meiner Rückkehr.« Er drehte den Kopf und blinzelte die Böschung hinauf, die sich hinter ihm erhob. Im Schein der hellen Morgensonne sah er die kleinen Gestalten Ranias, Mirenes und Eleas auf dem Hügelkamm stehen, die dort mit anderen Dorfbewohnern dem Schauspiel am Wasser folgten. Markos war nicht zu sehen. Er ging, wie die meisten Männer Efthakas, seinem Tagewerk auf See nach und würde erst heute Abend zum Fest wieder da sein.

Einen kurzen Moment lang ließ Iolan seinen Blick auf Elea ruhen. Auch wenn er ihr hübsches Gesicht mit den dunklen Augen und vollen Lippen, das von lockigem schwarzem Haar eingerahmt wurde, nur undeutlich erkennen konnte, schlug sein Herz schneller bei ihrem Anblick. Über ein Jahr hatte sie auf ihn gewartet. Er würde sich ganz sicher nicht von einem unseligen Fisch ins Verderben reißen lassen.

Allerdings hatte er auch nicht vor, mit einem kaum zwei Fuß messenden Zwerg-Pescan an Land zurückzukehren. Wie so oft lag das richtige Maß wohl irgendwo dazwischen.

Iolan schob das Boot in die Fluten. Die warmen Wellen der Ydrischen See umspülten seine Waden, bevor er an Bord sprang, die bereitliegenden Riemen nahm und über die schwache Brandung hinweg ins tiefe Wasser ruderte. Die anderen Jungen taten es ihm gleich. Als sie sich vielleicht fünfzig Schritte vom Ufer entfernt hatten, zogen sie alle ihre Ruder wieder ein und setzten die kleinen Segel ihrer flinken Boote.

Die Boote waren nicht für das Tagewerk der Fischer gedacht. Dazu war zu wenig Platz an Bord. Sie dienten eher dazu, den Jungen das Segeln und Fischen beizubringen, und zu gelegentlichen Überfahrten zu den vielleicht vierzig Meilen vor der Küste liegenden Pelikoni-Inseln. Um jedoch einen einzelnen Fisch zu fangen, genügten sie – solange man sich nicht mit einem zu großen Brocken anlegte.

Iolans Blick wanderte unwillkürlich zu der Harpune und dem Holzeimer mit blutigen Fischüberresten, die als Köder dienen sollten. Er war gespannt, ob es ihm gelingen würde, einen der größeren Raubfische anzulocken, die in den Gewässern vor der cordurischen Küste beheimatet waren. Und ob am Ende er oder der Fisch den Sieg davontrug.

Er drehte das dreieckige Segel und ließ sich, gegen den Seewind kreuzend, hinaus aufs Meer tragen. Die Boote seiner Mitstreiter wurden zu kleinen weißen Flecken im Blau der Wellen. Eine frische Brise wehte über der Ydrischen See. Der Morgen war klar, und nur ein paar zerfaserte, in großer Höhe träge dahinziehende Wolken hingen am Himmel. Es versprach, ein prächtiger Tag zu werden.

Gischt spritzte über die Bootswand und benässte sein Gewand, aber das machte Iolan nichts aus. Die Sonne würde es bald wieder trocknen. Er wendete sein Boot und fuhr parallel zur Küste nach Norden. Jenseits der Klippe, auf der er gestern gestanden hatte, gab es einige Riffe, in deren Nähe die Jagdgründe mehrerer Raubfischarten lagen. Für ungeübte Segler mochte die Gegend tückisch sein. Iolan allerdings kannte sich dort aus, und sein Vater irrte nicht, wenn er ihm ein gewisses Geschick auf dem Wasser nachsagte.

Die Sonne stand bereits hoch am Himmel, als er schließlich sein Segel einholte und die ersten Köder auszuwerfen begann. Von den anderen Booten sah er bloß noch eines, das als heller Fleck südöstlich von ihm dahintrieb. Wer darin saß, konnte er auf die Entfernung nicht sagen. Alle anderen schienen sich nach Süden oder unmittelbar nach Osten gewandt zu haben.

Iolan ließ seinen Blick über die Wellen schweifen, in der Hoffnung, eine der auffälligen doppelzackigen Rückenfinnen durch die Wasseroberfläche stoßen zu sehen. Doch nichts zeigte sich. Er seufzte ergeben. Ihm blieb wohl nichts anderes übrig, als zu warten. Fische wie einen Makarai konnte man nicht zwingen, sich zu zeigen. Man konnte sie bloß locken und sich in Geduld üben.

Eingelullt vom sanften Schaukeln des Boots auf den Wellen, drifteten Iolans Gedanken einmal mehr zu Elea. Sie kannten sich bereits seit frühester Kindheit. Anders war das in einem Dorf wie Efthaka auch gar nicht möglich. Hier kannte jeder jeden.

Bis zu seinem fünfzehnten Sommer hatte Iolan ihr nicht mehr Interesse entgegengebracht als allen anderen weiblichen Wesen des Dorfs – nämlich überhaupt keines. Dann allerdings war ihm aufgefallen, dass dieses hübsche Mädchen mit dem rundlichen Gesicht und der wilden, dunklen Lockenpracht, das ein Jahr jünger war als er, auffällig seine Nähe suchte.

Zunächst hatte er Eleas Vorstöße als eine besondere Form der Neugierde abgetan. Schon immer war Iolan in Efthaka etwas Besonderes gewesen. Die Dorfgemeinschaft behandelte ihn durchaus wie einen der ihren. Doch niemand hatte vergessen, dass Bourabas Iolan vor siebzehn Sommern in einem steuerlosen Ruderboot auf See treibend aufgefunden hatte. Außerdem waren da noch diese eigentümlichen Tätowierungen, die seinen Nacken, seine Oberarme und Oberschenkel zierten. Iolan bemühte sich, sie durch seine Kleidung zu verbergen, weil er sie keineswegs sonderlich reizvoll fand. Dennoch wussten alle, dass sie existierten – wenn auch nicht, was sie bedeuteten.

Die vorherrschende Meinung war, dass Iolan einem Adelshaus aus dem fernen Xol entstammte und dass die Tätowierungen Symbole seines Standes und seines Erbes seien. Iolan war dankbar dafür, dass sich keine der unerfreulicheren Erklärungen durchgesetzt hatte, etwa dass es sich um Dämonenmale handeln könnte. Und dass niemand die unerfreuliche Wahrheit kannte, die Arastoth – der alte Quano, der Bourabas' Familie alle zwei bis drei Jahre besuchte – Iolan vor etwa einem Jahrzehnt verraten hatte.

Denn Iolan litt Arastoths Aussage zufolge unter einer fremdartigen Krankheit, die vermutlich auch der Grund dafür war, warum man ihn auf See ausgesetzt hatte. Wäre Arastoth, ein Freund seiner Eltern, damals nicht zufällig in der Gegend gewesen, hätte Iolan vielleicht gar nicht überlebt. Doch der alte Theurg hatte die Krankheit mithilfe seiner seltsamen Magie eingedämmt, einer Magie, die in Form ebenjener magischen Symbole aufrechterhalten wurde, die nun Iolans Körper zierten. Ewig hielt diese natürlich nicht an, weswegen der Quano seine unregelmäßigen Besuche in Efthaka nutzte, um sie wieder aufzufrischen.

Unwillkürlich fuhr sich Iolan mit der linken Hand über den rechten Oberarm. Einmal mehr begannen die Zeichen, die wie zumeist unter dem Stoff seiner kurzärmeligen Tunika verborgen lagen, langsam zu verblassen. Er fragte sich, ob Arastoth in diesem Sommer wohl erneut nach Efthaka kommen würde, um sie mithilfe seiner seltsamen Theurgenmagie neu zu ziehen. Außerdem überlegte Iolan, ob er Elea nach der heutigen Nacht die Wahrheit sagen sollte.

Dass ihr Interesse an ihm nicht bloß seiner geheimnisvollen Herkunft oder seinem eigentümlichen Körperschmuck galt, hatte er in den letzten drei Jahren begriffen. Sie liebte ihn, und seit ihrem ersten heimlichen Kuss in den Hügeln an der Küste südlich des Dorfs liebte Iolan auch sie – und das mit einer Inbrunst, die manchmal schmerzte. Obwohl er sich gestern Abend beim gemeinschaftlichen Mahl zögerlich gegeben hatte, konnte er sich nicht vorstellen, irgendeine andere Braut zu wählen, als Elea, ganz gleich, wie hübsch die Frauen in Brendesi auch sein mochten, von denen sein Vater zu erzählen wusste. Ob er den Mut aufbringen würde, sie noch heute Nacht zu bitten, seine Frau zu werden, wusste Iolan nicht. Aber dass er sie in den nächsten Monden fragen würde, dessen war er sich ganz sicher.

Ein schabendes Geräusch holte Iolan aus seinen Gedanken zurück. Sein Blick zuckte zu den ausgelegten Seilen, an denen ein Teil der Köder hing, die er nach und nach ausgeworfen hatte. Eines der aufgerollten Seile wurde rasch über die Bootskante hinweg ins Meer gezogen. Wie es aussah, hatte ein Jäger angebissen.

Obwohl das Fleisch eines Makarais äußerst schmackhaft war, verzichteten die meisten Fischer von Efthaka auf die Jagd nach Raubfischen wie diesem. Die Arbeit war ungleich mühsamer und gefährlicher als das Fischen mit Netzen. Außerdem ließ sich ein so großer Brocken schlecht lagern, weiterverarbeiten und verkaufen. Dennoch hatten die meisten Männer des Dorfes die eine oder andere Methode entwickelt, um mit einem solchen Fisch fertigzuwerden. Iolan vertraute auf das Zusammenspiel von Köderseil und Speer.

Mit zufriedenem Lächeln griff er nach dem Seil und schlang es um eine glatt gescheuerte Stelle unten am Mast, bevor er es unter einer der hölzernen Querstreben im Bootsrumpf durchschob – beides, um mehr Kontrolle über das Seil zu haben und den Zug des Fisches zu verringern. Er stellte sich auf die Strebe und holte das Seil ein, bis er Widerstand spürte. Einen Moment noch ließ er es durch seine lederumwickelten Hände gleiten. Dann packte er zu und fing an, dagegenzuhalten.

Ein kräftiger Ruck ging durch das Boot, der Iolan fast von den Beinen riss. »Dheberans Speer!«, entfuhr es ihm erschrocken. Er hatte erst zwei Mal mit seinem Vater Großfische gejagt, aber in keinem der beiden Fälle hatte ihre Beute solche Kraft gezeigt. *Es muss ein älteres Tier sein*, dachte er, und ungeachtet seiner Sorge, dass dieser Brocken vielleicht etwas zu groß für ihn war, erwachte der Ehrgeiz in Iolans Brust. Wenn er einen Fisch von acht oder neun Fuß Länge ins Dorf brachte, würden die anderen vor Neid erblassen.

Breitbeinig stellte Iolan sich auf Deck. Die Füße stützte er an der Querstrebe ab. Nun konnte er dem Fisch den ganzen Bootsrumpf als Widerstand entgegenhalten. Kein Makarai der Welt, und wog er sechshundert Pfund, vermochte dagegen auf Dauer anzukämpfen.

Das Seil gab etwas nach, was darauf hindeutete, dass der Fisch näher schwamm. Rasch holte Iolan einige Schritte ein, um die Spannung zu halten. Der im Köder verborgene Haken durfte nicht aus dem Maul des Tiers gleiten.

Im nächsten Moment spannte sich die Leine wieder und Iolan entfuhr ein Ächzen, als er alle Kraft aufwenden musste, um den Fisch zu halten. Er stemmte sich gegen die Bootsstrebe und ließ den Mastbaum den Großteil des Zugs abfangen. »Sechsgötter, steht mir bei«, keuchte Iolan. Er wusste, dass sich so ein Kampf zwischen Fisch und Fischer stundenlang hinziehen konnte, bis das Tier müde genug war, um in Bootsnähe gezogen und getötet zu werden. Ob er das Ringen mit einem so starken Gegner durchstehen würde, vermochte er nicht zu sagen.

Ein weiteres Zittern ging durch das Boot, das sich bis in Iolans schmerzende Arme fortsetzte, als der Fisch einmal mehr seine Masse einsetzte, um den jungen Fischer am anderen Ende des Seils zum Aufgeben zu zwingen. »Was bist du?«, schrie Iolan ihm hinterher. Er verzog das Gesicht vor Anstrengung, während er sich seinem Gegner stellte.

Wie zur Antwort tauchte ein Schatten knapp unter der Wasseroberfläche auf, der vor seinem Boot kreuzte. Iolan riss die Augen auf. Das war kein Makarai! Das konnte unmöglich ein Makarai sein! Der Schatten war viel zu groß, ein Ungetüm geradezu, größer als das Fischerboot selbst.

Das ist unmöglich, dachte Iolan entsetzt. *Ich habe einen Orwa an der Leine. Eine andere Antwort ist undenkbar. Kein anderes Tier im Ydrischen Meer ist so groß.*

Iolan hatte noch nie einen Orwa mit eigenen Augen gesehen. Einige der älteren Fischer hatten ihm, als er noch ein Kind gewesen war, von diesem riesenhaften Meeresbewohner erzählt, der so selten war, dass man ihn vielleicht ein Mal in einem Fischerleben zu Gesicht bekam. Sie hatten von einem zwanzig Fuß messenden Monstrum gesprochen, das leicht das Zehnfache selbst des größten Makarai wiegen mochte. Die Rückenfinne ragte, wenn er sich zeigte, wie ein Schwert mehr als einen Schritt aus dem Wasser, und er konnte einen erwachsenen Mann mit einem Bissen zerfleischen.

Von dem Zeitpunkt an, da er alt genug gewesen war, um zu erkennen, dass bei Weitem nicht alles, was die Alten erzählten, der Wahrheit entsprach, hatte Iolan den Riesenfisch – zusammen mit etlichen anderen wundersamen Meeresbewohnern – ins Reich der Sagen und Legenden verbannt. Doch wie es schien, hatte er damit furchtbar falsch gelegen.

Wie um diese Erkenntnis zu unterstreichen, tauchte auf einmal ein nass glänzender, stahlgrauer Rücken aus den Fluten auf. Eine Rückenflosse, doppelt so lang wie die Klinge eines cordurischen Soldaten, stach vor dem Boot in die Luft, bevor der Fisch wieder unter Wasser verschwand. Der Anblick jagte Iolan einen Schauer über den Rücken.

Doch in diesem Moment der Furcht und des Erkennens, dass er sich mit einem Geschöpf angelegt hatte, das ein gewöhnlicher Sterblicher nicht bezwingen können sollte, rührte sich auch seine Verwegenheit. Sein Herz schien auf einmal kraftvoller in der Brust zu schlagen, und in seinen Eingeweiden breitete sich eine Hitze aus, als habe ihn ein Fieber ergriffen. *Niemals zuvor hat ein Fischer solch einen Fisch aus der See gezogen*, dachte Iolan und spürte, wie ein grimmiges Lächeln seine Lippen verzog. *Man wird mich feiern wie einen der Helden aus den Geschichten der Alten. Markos wird staunen und Vater wird vor Stolz platzen.*

Entschlossen packte er das Seil mit beiden Händen. »Na los, Ungetüm«, knurrte er. »Wollen doch mal sehen, wer von uns beiden wen bezwingt.« Langsam, Handgriff für Handgriff, begann er das Seil einzuholen.

Der Orwa antwortete, indem er tiefer tauchte. Das Seil spannte sich und das Boot neigte sich mit leichtem Knarren zur Seite.

Iolan lehnte sich nach hinten, um ein Gegengewicht zu bieten. Im Grunde war es lächerlich. Er hatte dem Riesenfisch kaum etwas entgegenzusetzen. Nur der breite Rumpf seines Gefährts und der Umstand, dass er das Seil um den Mast geschlungen hatte, hielten den Orwa davon ab, Iolan einfach so ins Meer und hinunter in die lichtlosen Tiefen der Ydrischen See zu ziehen.

»Nein …«, presste Iolan angestrengt zwischen zusammengebissenen Zähnen hervor. »Noch hast du mich nicht besiegt.«

Die Hitze in seinem Körper nahm immer weiter zu. Etwas brannte in ihm, wie die Flammen eines hoch auflodernden Feuers. Die Glut fraß sich durch seine Adern, seine Muskeln, in seine Arme und Beine.

Ein dunkles Grollen entrang sich Iolans Kehle. Er stemmte die Beine gegen den Bootsrumpf und seine Armmuskeln spannten sich und schwollen an. Erst verspürte er ein Ziehen, dann ein Reißen. Ihm war, als würde die Tunika, die seinen Leib einhüllte, zu eng, als müsse sein Körper, der mit dem Orwa rang, aus ihr herausplatzen.

Gleichzeitig schien die Spannung, die auf dem Seil lag, nachzulassen. Ächzend griff Iolan zu und zog. Und zog. Und zog weiter.

Neben dem Boot begann das Wasser zu kochen, als der Orwa an die Oberfläche gezwungen wurde. Der Fisch schlug mit der Rückenflosse, rollte sich zur Seite, warf den Kopf nach links und rechts. Doch weder vermochte er den großen Eisenhaken abzuschütteln, der in seinem Maul steckte, noch Iolans unbarmherzige Entschlossenheit zu brechen, mit der dieser das Tier zu sich heranholte.

Iolan ließ mit einer Hand das Seil los und packte den Speer, der neben ihm lag.

Der Orwa erschlaffte und drehte ihm den breiten Kopf zu. Ein kleines, schwarzes, von faltiger grauer Haut umgebenes Auge starrte Iolan an. War es Furcht, was Iolan im Blick des Tiers sah?

»Ja, fürchte dich ruhig«, rief er dem Fisch entgegen. »Jemanden wie mich hast du noch nicht getroffen, nicht wahr?« Er hob den Speer, um ihn der Bestie aus nächster Nähe in den Schädel zu rammen.

Da traf ihn die Erkenntnis wie ein Blitzschlag von Procyros. Er stand hier an Bord eines kleinen Fischerboots und hielt ein fast zwanzig Fuß messendes Seeungeheuer mit einer Hand fest. Das war unmöglich, und doch geschah es in diesem Augenblick. Wie sollte er das irgendjemandem in Efthaka erklären? Wie sollte er erklären, dass er, Iolan, ein Junge von siebzehn Jahren eigenhändig ein derart gewaltiges Geschöpf bezwungen hatte?

Er blickte auf seine Hand, die den Speer fest umklammert hielt. Rotgraue Verästelungen, die an Adern erinnerten, zogen sich über seinen Handrücken, den Unterarm hinauf und in Richtung eines Oberarms, der grau und hart verhornt durch die Fetzen von Iolans Tunika zu erkennen war.

»Bei den Göttern«, flüsterte Iolan. »Was geht hier vor?«

Seine Hände fingen an zu zittern. Dann ergriff das Beben seine Arme und Beine. Er fühlte sich wie von einem Schüttelfrost erfasst. Das Brennen in seinen Eingeweiden ließ nach, und im gleichen Maße spürte Iolan seine übermenschliche Kraft schwinden.

Der Orwa schien seine Gelegenheit zu wittern, denn unvermittelt warf er seinen riesigen Körper herum und tauchte einmal mehr ab. Seine breite Heckflosse schleuderte einen Schwall

Wasser in die Luft, der über Iolan niederging, während ihm gleichzeitig mit einem heftigen Ruck das Seil aus der Hand gerissen wurde.

Das Wasser und der Schmerz brachten Iolan zur Besinnung. Geistesgegenwärtig schlug er mit der scharfen Kante der Speerspitze zu und durchtrennte die Leine. Sie verschwand sofort in den Fluten, zusammen mit dem Orwa, der hinaus in die Weiten der Ydrischen See floh.

Iolans Knie wurden weich, und er musste sich rasch setzen, um nicht auf die Planken zu stürzen. Fassungslos starrte er auf seine beiden Hände, seine Arme, die am Oberkörper völlig zerrissene Tunika. In unheimlicher Schnelle zogen sich die rotgrauen Linien zurück und verblassten. Die verhornten, mächtigen Muskelstränge an Armen, Schultern und Brust schrumpften wieder und wurden zu der glatten, braun gebrannten Haut eines jungen Menschenmannes.

Mit klopfendem Herzen und von einem nie gekannten Entsetzen ergriffen, strich sich Iolan über die tätowierten Oberarme. »Was bei allen Göttern ist da eben passiert?«, fragte er sich.

Doch er bekam darauf keine Antwort.

6

DAS LEBEN EINES MANNES

1. Tag des 7. Mondes
im 301. Jahr der cordurischen Könige

»Was hast du mit deiner Tunika angestellt?«, begrüßte Markos Iolan verblüfft, als dieser am frühen Abend – den am Strand liegenden Booten zufolge scheinbar als Letzter – nach Efthaka zurückkehrte. »Hast du dich mit dem Fisch geprügelt?«

»So ungefähr«, brummte Iolan, ohne weitere Erklärungen folgen zu lassen. Er sprang aus dem Boot, zog es auf den Kiessand und hob seinen Fisch heraus, einen Makarai, der kaum mehr als fünf Fuß maß und keine hundert Pfund wog.

Damit hatte er zwar nicht den kleinsten Fisch mit nach Hause gebracht, wie sich herausstellte, als sie Iolans Beute ins Dorf trugen, wo bereits alle auf ihn warteten. Aber an den mindestens zweihundert Pfund schweren Brocken, den Olias triumphierend und unter Mithilfe zweier Männer auf die Arme hob, kam er nicht einmal annähernd heran.

»Nimm es dir nicht so zu Herzen«, raunte Markos ihm zu und klopfte Iolan aufmunternd auf die Schulter, während die Dorfbewohner Olias zujubelten und dieser von Cheron den verzierten Dreizack überreicht bekam, den er nun ein Jahr lang als Trophäe über dem Eingang seiner Hütte aufhängen durfte.

»Es ist ein guter Fisch«, fuhr sein Bruder fort. »Einer, für den man sich nicht zu schämen braucht. Auch wenn du damit nicht den Sieg errungen hast.«

»Dein Fisch vor vier Jahren war größer«, brummte Iolan missmutig. Er gab sich angemessen zerknirscht, wie er es normalerweise auch gewesen wäre. In Wahrheit scherte ihn die Größe seiner Beute ebenso wenig wie die lächerliche Zierwaffe, über die Olias sich so freute. Andere Dinge gingen ihm im Kopf herum.

Sein Bruder merkte davon nichts. »Ich hatte Glück«, meinte Markos achselzuckend. »Um einen Makarai, wie ich ihn damals aus den Wellen gezogen habe, zu erwischen, braucht es eben nicht nur Können und Mut, sondern auch die Gunst Dheberans.«

Iolan musste an den Orwa denken, den er beinahe mit nach Hause gebracht hätte. Der Gunst welchen Gottes hatte er wohl die übermenschlichen Kräfte zu verdanken, die in jenen Augenblicken des Ringens auf See seine Arme gestärkt hatten?

»Nun los«, forderte sein Bruder ihn auf. »Lauf hinüber zu Vaters Hütte und zieh dich um, damit die Seeweihe vollzogen werden kann. Und danach wird gefeiert!« Er beugte sich etwas näher zu Iolan hinüber. »Ich glaube, du wirst diesen Fisch schon bald vergessen haben, wenn du siehst, wie Elea und Mirene sich für heute Nacht herausgeputzt haben.« Er grinste vielsagend.

»Ja, du hast bestimmt recht«, pflichtete Iolan ihm bei und entschied, all seine Fragen einstweilen beiseitezuschieben. Er bezweifelte, dass es in Efthaka jemanden gab, der sie ihm beantworten konnte. Was also brachte es ihm, wenn er sich das Fest und die kommenden Stunden mit Elea durch allzu viele Sorgen verderben ließ?

Er eilte nach Hause, wo seine Mutter auf ihn wartete. Die neue Tunika, die sie gestern Abend noch fertig angepasst hatten, lag auf dem Tisch im Essraum. Rasch kleidete Iolan sich um, und auch seiner Mutter blieb er eine befriedigende Antwort auf die Frage, warum sein Gewand völlig zerrissen war, schuldig. Er wusste nicht, was er hätte sagen sollen. Anders als Mirene besaß er kein besonderes Talent darin, sich Geschichten auszudenken – und die Wahrheit preisgeben wollte Iolan auf keinen Fall.

Gewaschen und in seine verzierte, blaubraune Festtagstunika gekleidet, kehrte Iolan auf den Dorfplatz zurück. Seine Mutter begleitete ihn, nur um sich zum Rest der Familie zu gesellen, die in der Menge stand und wie alle anderen auf den Höhepunkt der Zeremonie wartete. Im Hintergrund war der Schein mehrerer Holzfeuer zu sehen, über denen, wenn man dem herüberwehenden Geruch Glauben schenken durfte, bereits die ersten Fische und Fleischstücke gegrillt wurden.

»Als Unmündige seid ihr in See gestochen«, ergriff der Älteste Cheron, wie schon am Morgen, das Wort. »Als Männer kehrt ihr zurück.« Sein Blick glitt über die sechs vor ihm Aufgereihten, bis er bei Iolan, der ganz am Rand der Reihe stand, ankam. »Ihr alle habt die Prüfung bestanden. Die See hat euch geweiht, und ich bezeuge diese Weihe.«

Er nahm einen breiten Bronzekelch, den er aus dem Dorftempel mitgebracht hatte, und tauchte ihn in eine große Schale mit Meerwasser, die von zwei Männern unten an der Küste gefüllt worden war. Gemessenen Schrittes trat er auf Iolan und die anderen zu. Beim kräftigen Olias beginnend, blieb er vor jedem der sechs stehen, tauchte zwei faltige Finger in den Kelch und zeichnete seinem Gegenüber mit dem Wasser das Symbol der Sechsgötter auf die Stirn. »Ich bezeuge deine Seeweihe«, intonierte er dabei wieder und wieder. »Du bist jetzt ein Mann.«

Auch Iolan malte er mit seinen nassen Fingerspitzen das Zeichen der Götter auf die Stirn und sprach die rituellen Worte. Ein Hochgefühl ergriff Iolan. Nun war es geschehen. Ab jetzt galt er als vollwertiges Mitglied der Fischer von Efthaka, mit allen Rechten und Pflichten. So schlicht die Zeremonie auch sein mochte, es war ein erhabener Moment.

Cheron wandte sich von Iolan ab und hob den Kelch mit einer Hand hoch in die Luft, nun weniger wie ein rituelles Gefäß und mehr wie einen Becher Wein. »Volk von Efthaka!«, rief er den Zuschauern zu. »Heißt unsere neuen Männer willkommen!« Mit diesem Satz führte er den Kelch an die Lippen und leerte ihn unter dem Jubel der Anwesenden in einem Zug.

Damit war der Bann der feierlichen Atmosphäre gebrochen. Väter, Mütter, Brüder und Schwestern liefen auf die sechs jungen Männer zu, umarmten sie und sprachen ihnen ihre besten Wünsche aus. Auch Iolans Eltern und Geschwister gesellten sich zu ihm, und bevor er sich versah, schlossen ihn Bourabas und seine Frau in die Arme, während Markos ihm den Arm zum Männergruß entbot. »Jetzt wird getrunken«, verkündete sein Bruder, und dem Klang seiner Stimme nach zu urteilen, freute er sich darauf schon den ganzen Tag.

Am Rand der Menge erspähte Iolan Elea, die neben einer der Hütten stand. Sein Herz machte einen Satz. Sie trug ein bodenlanges, weißes Kleid mit feinen braungoldenen Zierborten. Um die nackten Oberarme schlangen sich Bronzereifen und auch in ihrem langen Haar steckte ein Kamm aus Bronze. Ihre Miene spiegelte Freude und Stolz wider, und in ihren dunklen Augen glaubte Iolan freudige Erwartung zu erkennen. »Geht schon einmal vor«, sagte er und schob sich an Markos vorbei. »Ich komme gleich nach.«

Sein Bruder drehte den Kopf und erkannte, was Iolans Aufmerksamkeit erregt hatte. Er nickte und grinste. »Lass dir Zeit, Bruder. Wir sitzen drüben bei den Feuern.«

Iolan drängte sich durch die Menschenmenge, die sich nun mitten auf dem Dorfplatz tummelte. Überall wurde gelacht und geredet und viele hatten bereits ihren ersten Becher Wein in der Hand, um sich damit zuzuprosten. Er trat auf Elea zu, die ihn in den Schatten unter dem Dach der Hütte zog. Lächelnd und ohne ein Wort schlang sie die Arme um seinen Hals, erhob sich auf die Zehenspitzen und küsste ihn.

Iolan umarmte sie ebenfalls und erwiderte den Kuss. Er spürte ihren warmen, anschmiegsamen Körper durch den Stoff der Kleider, und ein Verlangen begann sich in ihm zu regen. *Werde meine Frau*, hämmerte es in seinem Kopf, während sein Herz wie wild in der Brust klopfte. *Noch heute Nacht.*

Doch er sprach die Worte nicht aus, auch nicht, als sich ihre Lippen endlich wieder voneinander lösten und Elea, noch immer in seinen Armen, zu ihm aufblickte. »Nun können wir endlich so zusammen sein, wie wir es uns immer gewünscht haben«, sagte sie leise.

»Ja«, erwiderte Iolan. »Das können wir.« Er zog sie noch einmal an sich und genoss ihre Nähe und Wärme, bevor er sich sanft von ihr löste. »Lass uns zu den anderen hinübergehen. Mein Vater wird sicher schon ganz unruhig mit dem Becher Wein in der Hand, den er auf mein Wohl heben möchte.«

Elea kicherte und nickte. Dann beugte sie sich vor und brachte ihre Lippen ganz nah an sein linkes Ohr. »Einverstanden. Eine Weile bin ich bereit, dich mit all den anderen zu teilen. Wir wollen tanzen und fröhlich sein. Aber die letzten Stunden vor dem Morgengrauen …« Sie strich ihm übers Kinn und warf ihm einen schelmischen Blick zu. »… gehörst du mir.«

»Wie Ihr wünscht, meine Herrin«, gab Iolan zurück und versuchte gar nicht erst zu verhindern, dass ein unglaublich breites Grinsen auf seiner Miene Einzug hielt.

»Markos, du musst mir eine Frage beantworten.« Iolan blickte seinen Bruder von der Seite her an. Er hielt einen Becher mit Rotwein aus Brendesi in der Hand und begann langsam zu spüren, dass es nicht sein erster und auch nicht sein zweiter war.

Markos erwiderte den Blick. »Was möchtest du wissen?«, fragte er, bevor er seinen eigenen Becher an die Lippen führte.

»Warum hast du eigentlich noch keine Frau?«

Sie saßen nebeneinander auf einer Steinbank am Rand des Dorfplatzes und blickten auf die Feiernden, die im Schein der Feuer tanzten und musizierten. Die Nacht war bereits fortgeschritten, und über ihnen erstreckte sich ein glitzerndes, endloses Sternenmeer, das umso deutlicher hervortrat, da der dunkle Neumond am Himmel nicht zu sehen war. Wo sich seine Eltern aufhielten, wusste Iolan nicht. Mirene und Elea dagegen hatten sich unter die Tanzenden gemischt. Gelegentlich sah Iolan das weiße Kleid seiner schönen Versprochenen zwischen den anderen Männern und Frauen aufblitzen. Er freute sich schon auf den Moment, da sie es an ihrem geheimen Platz unten am Strand vor seinen Augen und vom sanften Rauschen der Wellen begleitet von den Schultern streifen würde.

»Ich meine, du bist doch seit vier Jahren ein Mann«, fuhr er fort. »Du hast ein eigenes Heim, und ein ganz übler Fang bist du auch nicht, wenngleich ich natürlich viel besser aussehe als du.« Iolan feixte.

Er erwartete halb, dass sein Bruder sich theatralisch empören und ihm mit der Faust gegen den Arm schlagen würde. Doch Markos ließ sich Zeit mit seiner Antwort. Eine Weile starrte er einfach nur auf die Feiernden, dann schürzte er die Lippen und blickte auf seinen Becher, den er mit beiden Händen umfasst hielt. Schließlich wandte er sich wieder Iolan zu. »Ich bin noch nicht bereit, Bruder«, sagte er. »Eine Frau, Söhne und Töchter … Das ist eine große Verantwortung für einen

Mann. Es bindet ihn an einen Ort und zwingt ihn jeden Tag aufs Neue, an das Wohlergehen seiner Familie zu denken.«

»Das verstehe ich nicht«, sagte Iolan stirnrunzelnd. »Du lebst hier in Efthaka seit deiner Geburt, und in den letzten Jahren bist du fast täglich hinaus aufs Meer gefahren, um zu fischen, so wie unser Vater und die meisten anderen Männer auch. Welchen Unterschied würde es machen, sich eine Frau zu suchen und mit ihr eine Familie zu gründen? Wäre dein Leben nicht erfüllter?«

Markos schenkte ihm ein eigentümliches Lächeln. »Im Grunde genommen hast du recht. Doch ich will dir ein Geheimnis verraten. Ich bin in Efthaka geboren, aber ich möchte hier nicht sterben.«

»Was soll das heißen?«

Iolans Bruder hob den Kopf. Sein Blick verlor sich in den Hügeln jenseits des Dorfs. »Ich möchte die Welt sehen. Schon seit Jahren sehne ich mich danach, auszuziehen und Orte zu bereisen, von denen ich immer nur Geschichten gehört habe. Ich möchte Aidranons Mauern schauen, die Inseln der Auriolischen See umsegeln, die Paläste im fernen Xol bestaunen.« Er drehte sich wieder Iolan zu. In seinen Augen lag ein sehnsuchtsvoller Glanz.

Erstaunt lehnte Iolan sich an die Hüttenwand hinter der Bank. »Darüber hast du nie ein Wort verloren.«

»Nein, zumindest Mirene und dir gegenüber nicht«, gab Markos zu. »Vater weiß von meinem Wunsch. Das war der Grund, weswegen wir vor einem Jahr Streit hatten. Ich wollte fort, aber er warf mir vor, die Familie im Stich zu lassen.«

Deshalb ist er also ausgezogen, dachte Iolan. Laut fragte er: »Und dann?«

Sein Bruder zuckte mit den Schultern. »Ich habe versucht, mich in seine Lage zu versetzen, und verstanden, warum er so denkt. Ein Mann braucht einen Erben, der seinen Platz einnimmt, wenn er nicht mehr ist. Deshalb habe ich mich einverstanden erklärt, bis zu deiner Seeweihe zu bleiben, bis du zu dem Mann geworden bist, den Vater braucht.«

»Heißt das, du willst schon bald fort?«, erkundigte sich Iolan erschrocken.

Markos schüttelte den Kopf. »Nicht heute und nicht morgen. Bis zu deiner Vermählung mit Elea bleibe ich mindestens noch.« Mit vielsagendem Zwinkern hob er seinen Becher und prostete Iolan zu, bevor er erneut einen Schluck trank. »Aber danach möchte ich auf Reisen gehen. Vielleicht komme ich wieder. Vielleicht finde ich dort draußen mein Glück. Ich weiß es nicht. Der Wille der Sechsgötter wird es entscheiden.«

»Hm«, brummte Iolan und drehte seinen eigenen Weinbecher in den Händen. »Ich muss gestehen, ich begreife nicht, was dich aus Efthaka fortzieht. Wir führen ein einfaches, aber freies Leben. Die Dorfgemeinschaft hält zusammen. Unsere Familie ist ohne Sorgen. Und es gibt mehr als nur eine junge Frau, die sich glücklich schätzen würde, die deine zu werden. Geht es uns also nicht gut?«

»Das alles ist wahr«, stimmte Markos ihm zu. Einmal mehr richtete er die Augen auf ein unbekanntes Ziel, das nur er sehen konnte. »Aber nicht nur du stehst manchmal da oben auf der Klippe. Ich tue das auch. Bloß schaue ich nicht nach unten, so wie du, sondern zum Horizont …«

Eine Weile saßen sie schweigend nebeneinander und jeder hing seinen Gedanken nach. Vor ihnen tanzten die Feiernden und die Musik von Flöten und Trommeln spülte über sie hinweg. Iolan hingegen war auf einmal nicht mehr nach Feiern zumute. Der Gedanke, dass sein Bruder Efthaka eher früher als später verlassen würde, bedrückte ihn. *Warum musste er mir das ausgerechnet heute erzählen?*, dachte er missmutig. Andererseits hatte er selbst das Gespräch über Markos' Leben begonnen. Hätte er geahnt, welche Richtung es einschlagen würde, hätte er sich die Frage nach der Familienplanung seines Bruders wohl verkniffen.

»Bist du nun wütend auf mich, kleiner Bruder, so wie Vater es war?«, fragte Markos auf einmal, als hätte er Iolans Gedanken gelesen.

Iolan zuckte mit den Achseln. »Ich weiß es noch nicht. Eigentlich will ich nicht wütend sein. Dafür ist dieser Abend zu schön.«

»Dann lass dir von deinem närrischen Bruder auch keine Zornesfalten auf die Stirn zaubern«, sagte Markos. »Geh zu deiner Versprochenen, nimm sie in die Arme und freue dich, dass du genau weißt, was das Leben für dich bereithält. Nämlich nur das Beste.« Schmunzelnd schlug er seinen Becher gegen Iolans.

Mit einem kräftigen Schluck leerte Iolan sein Trinkgefäß und stand auf. »So will ich es tun«, verkündete er.

Er hatte keine zwei Schritte in Richtung der tanzenden Menschengruppe getan, als ihn eine Mädchenstimme anrief. »Iolan!«

Als er sich umwandte, sah er Mirene, die in ihrem hübschen hellblauen Kleid auf ihn zugelaufen kam. Ihr Gesicht wirkte erhitzt, wahrscheinlich vom wilden Tanz, und eine Strähne dunklen Haars hatte sich aus der Flechtfrisur gelöst.

»Mirene, meine Schwester!«, begrüßte er sie. »Hast du den jungen Kerlen des Dorfs nun endlich genug den Kopf verdreht?«

»Rede nicht so einen Unsinn, du Krabbenschädel«, versetzte Mirene. »Sei lieber still und hör mir zu. Vater schickt mich. Du sollst nach Hause kommen.«

Ungläubig sah Iolan sie an. »Warum das denn? Das Fest ist noch in vollem Gange.«

»Du hast Besuch«, sagte Mirene und in ihrer Stimme lag eine seltsame Anspannung.

»Besuch?«, wiederholte Iolan und hob verwirrt die Augenbrauen. »Wer besucht uns mitten in der Nacht?«

»Arastoth«, erwiderte seine Schwester ernst. »Es ist Arastoth.«

7

BESUCH VON ARASTOTH

2. Tag des 7. Mondes
im 301. Jahr der cordurischen Könige

Es war beinahe drei Jahre her, seit er das letzte Mal Efthaka besucht hatte. Davor hatte er sich zwei Jahre nicht blicken lassen. Die meisten Bewohner des Dorfs glaubten, dass sein Kommen und Gehen keinerlei Plan oder Muster folgte. Tatsächlich wusste Arastoth sehr genau, wann es einmal mehr Zeit wurde, sich von Aidranon oder Fundur, der Hauptstadt von Quanish, auf den Weg zu machen, um dem Fischer Bourabas und seinem Ziehsohn Iolan einen Besuch abzustatten.

Diesmal war er später dran, als ihm lieb war. König Agathon hatte sich mit den Tetrarchen von Xol angelegt, und von An Asturis bis Evolos herrschte an der gesamten Südküste des Inneren Ozeans Unruhe. Das sorgte dafür, dass Agathon seine Verbündeten stärker in die Pflicht nahm, und es bedurfte einiges an diplomatischem Feingefühl, um die Kosten dieser nicht gänzlich freiwilligen Allianz für die Quano so gering wie möglich zu halten.

Einerseits ärgerte Arastoth sich über seinen späten Besuch in Efthaka. Er riskierte einiges mit dem geheimen Spiel, das er hier trieb, vor allem jetzt, da seine Bemühungen endlich Früchte trugen. Andererseits hätte er kaum zu einem günstigeren

Zeitpunkt kommen können. Iolans Seeweihe ließ sein Auftauchen ganz natürlich erscheinen.

»Iolan.« Der Quano-Botschafter, der sich Bourabas und seiner Familie gegenüber stets als reisender Theurg und Heiler ausgegeben hatte, erhob sich vom Tisch im Essraum, als der soeben zum Mann geweihte Ziehsohn des Fischers, in dessen Adern das Blut des Königs von Cordur floss, die Hütte betrat. Bourabas und Rania, mit denen Arastoth gerade einen Becher Wein getrunken hatte, blieben sitzen.

»Meister Arastoth«, begrüßte Iolan ihn. »Was für eine Überraschung, Euch zu sehen.«

»Eine Überraschung?« Arastoth heuchelte Entrüstung. »Dachtest du etwa, ich hätte deine Seeweihe vergessen? Ich mag nicht häufig unter diesem Dach weilen, aber diesen Tag konnte ich mir doch nicht entgehen lassen.« In herzlicher Geste breitete er die Arme aus. »Lass dich umarmen, Iolan. Ich freue mich für dich.«

Agathons Sohn zögerte gerade so lange, dass Arastoth ein wissendes Lächeln unterdrücken musste. Ein Quano war in Efthaka nach wie vor ein seltener Anblick, und obschon Arastoth Bourabas und seine Familie in den letzten beinahe zwei Jahrzehnten etwa ein Dutzend Mal besucht hatte, schien Iolan Arastoths grauhäutige, hagere Gestalt fremdartig genug, um eine instinktive Scheu davor zu empfinden. Doch er fing sich schnell wieder, kam heran und ließ sich von dem Quano in eine kurze Umarmung schließen.

»Lass dich anschauen«, sagte Arastoth, ganz Freund der Familie, als sie sich wieder voneinander lösten. »Du bist groß geworden, seit ich das letzte Mal eure Gastfreundschaft genießen durfte. Und du trägst dein Haar jetzt länger, wie ich sehe, gleich deinem Bruder. Wahrhaftig, es steht ein Mann vor mir und kein Knabe mehr.« *Glücklicherweise ähnelst du deinem wirklichen Vater nicht so sehr, wie ich es befürchtet habe*, fügte er in Gedanken hinzu. *Das hätte mein Unterfangen schwieriger gemacht.*

»Ich danke Euch für Eure Worte, Meister Arastoth.« Iolan warf seinen Eltern einen unsicheren Blick zu. Nach Arastoths Dafürhalten schauten sie viel sorgenvoller drein, als es beim Besuch eines alten Freundes angebracht gewesen wäre. Womöglich befürchteten sie, dass der Tag gekommen war, da der Quano-Theurg das Kind, das er einst in ihre Obhut gegeben hatte, wieder abzuholen gedachte. »Ihr wart lange nicht mehr hier«, fuhr Iolan fort, scheinbar bloß um irgendetwas zu sagen. »Wie ist es Euch ergangen?«

»Oh, ausgesprochen gut«, erwiderte Arastoth, während er sich wieder an den Tisch setzte. »Ich war viel auf Reisen, in Cordur und in Quanish, immer auf der Suche nach neuen Wegen der Heilung für Körper und Geist.« Er tat, als käme ihm erst in diesem Augenblick ein Gedanke. »Wo wir davon sprechen. Wie geht es deinen Schutzsymbolen, Iolan? Darf ich sie sehen?« Bittend streckte er eine dürre Hand aus.

Erneut zögerte Iolan kurz. Sein Vater nickte ihm auffordernd zu. »Nun mach schon, Iolan. Meister Arastoth ist ein Wohltäter dieser Familie. Ohne ihn wärst du vielleicht schon nicht mehr am Leben.«

Du ahnst nicht, wie wahr deine Worte sind, mein einfältiger Fischerfreund, dachte Arastoth. Er zwang sich zu einem Lächeln und bedeutete Agathons Sohn, näherzutreten.

Endlich schüttelte Iolan seine Befangenheit ab. »Natürlich«, sagte er. »Verzeiht mir, Meister Arastoth.« Pflichtschuldig setzte er sich neben den Quano an den Tisch und schob den linken Ärmel seiner verzierten Tunika hoch. Darunter kamen die arkanen Symbole zum Vorschein, die auf Uneingeweihte wie eigentümliche Tätowierungen aussehen mussten, tatsächlich aber theurgischen Emanationen geschuldet waren, die Iolans Haut verändert hatten.

Doch die Magie war vergänglich. Bereits nach zwei Jahren ließ ihre Wirkung nach und die Zeichen begannen zu verblassen. Und was geschah, wenn der Bann zerfiel, konnte selbst Arastoth gegenwärtig nur raten. Er war sich allerdings ziemlich sicher, dass er diesen Tag nicht ohne sorgsame Vorbereitung erleben wollte.

Wie er es befürchtet hatte, waren die Symbole auf Iolans Oberarm kaum noch von der Kraft Gahats erfüllt. Ein Unkundiger würde den Unterschied kaum bemerken, aber für Arastoths wissende Augen war deutlich zu erkennen, dass die Symbole besser heute als morgen einer Auffrischung bedurften.

Arastoth wandte sich an Bourabas und seine Frau. »Es ist, wie ich befürchtet habe. Die Kraft meines Heilzaubers schwindet. Ich muss ihn dringend erneuern, am besten sofort?«

»Muss das heute Nacht sein?«, antwortete Iolan an seines Vaters statt unwillig. »Im Dorf wird gefeiert. Und Elea wartet sicher schon auf mich.«

»Iolan, glaube mir, ich würde dich nicht damit behelligen, wenn es nicht unbedingt notwendig wäre, rasch zu handeln«, sagte der Quano. »Ich war zu lange fort und der Schutz ist bloß noch ein schwaches Licht gegen die Dunkelheit, die in deinem Körper lauert.«

Zu Arastoths Erstaunen warf ihm Iolan plötzlich einen ausgesprochen seltsamen Blick zu, so als hätte er etwas gesagt, das in seinem Gegenüber eine ganz bestimmte Saite zum Klingen brachte. *Ist irgendetwas vorgefallen?*, fragte der Quano sich. *Zu dumm, dass ich den Jungen nicht zu ausführlich dazu befragen kann, ohne dass er anfängt, sich Gedanken zu machen.*

Um seine Unsicherheit zu überspielen, fuhr er rasch fort. »Das Ritual dauert nicht lange, das weißt du. Und …« Er hob eine Hand und warf Iolan einen vielsagenden Blick zu. »... im Anschluss daran habe ich auch noch eine Überraschung für dich.«

»Eine Überraschung?«

»Ein Geschenk zu deiner Seeweihe, das dir, wie ich glaube, einige Freude bereiten wird.«

Bourabas stand auf. »Komm, Rania«, sagte er zu seiner Frau. »Lassen wir Meister Arastoth allein, damit er seine Wunder wirken kann.« Der Fischer wandte sich an seinen Ziehsohn. »Wir sagen Elea, dass du Besuch hast, aber dich bald wieder zu uns gesellen wirst.«

»Danke, Vater«, antwortete Iolan. »Ich bin gleich bei euch.«

Ich fürchte, da irrst du, mein junger Freund, dachte Arastoth. Zu seiner Überraschung verspürte er einen Anflug von Bedauern, das er jedoch sofort unterdrückte. Was getan werden musste, musste getan werden.

Sie warteten, bis seine Eltern die Hütte verlassen hatten. Dann stand der Quano-Heiler auf und nahm seine Tasche an sich, die neben dem Eingang auf dem Boden lag, um einige Utensilien zum Vorschein zu bringen, die Iolan bereits von früheren Behandlungen kannte. Iolan zog unterdessen seine Tunika aus, damit Arastoth ihn wie in den Jahren zuvor an Oberarmen, Rücken und Oberschenkeln behandeln konnte.

»Leg dich auf den Tisch«, befahl ihm der Quano, während er den Weinkrug und die Tonbecher zur Seite stellte. Iolan kam der Aufforderung nach. Der Holztisch fühlte sich hart und unbequem an. Allerdings wusste er aus Erfahrung, dass dies noch der angenehmste Teil der Prozedur war, der er sich alle paar Jahre zu unterziehen hatte.

»Wir beginnen mit den Armen, dann die Beine, schließlich der Rücken«, sagte Arastoth.

Iolan nickte bloß stumm und versuchte an etwas anderes zu denken. Er fragte sich, ob er dem Quano davon erzählen sollte, was heute auf See passiert war. Diese unbändige Kraft, zusammen mit der unheimlichen Wandlung seines Körpers beschäftigten ihn auch nach einigen Bechern Wein noch mehr, als ihm lieb war. Hatte diese Erfahrung irgendetwas mit der Krankheit zu tun, von der Arastoth ihm, seit Iolan denken konnte, erzählte? Oder mit den seltsamen Träumen, die ihn seit einiger Zeit heimsuchten?

Ein brennender Schmerz ging durch seinen Arm, als streiche ihm jemand mit einer Brennnessel über die nackte Haut. Das Gefühl war nicht schmerzhaft genug, um einer Folter gleichzukommen, aber doch so unangenehm, dass Iolan froh war, das Heilritual nicht häufiger durchleben zu müssen.

Er drehte den Kopf und sah den Quano, der mit halb geschlossenen Augen und leicht abwesenden Zügen auf Iolans linken Arm starrte. In der Rechten hielt er, wie stets, eine Art schwarzen Kohlestift, mit dem er bedächtig die Symbole auf Iolans Haut nachfuhr, ohne sie allerdings wirklich zu berühren. Zumindest spürte Iolan den Strich der Stiftspitze nicht. Umso deutlicher spürte er die Hitze, die dem gelben Schein geschuldet war, der von der linken Handfläche des Quano ausging.

Was genau Arastoth dort tat, vermochte Iolan nicht zu sagen. Es handelte sich um irgendwelche theurgische Magie der Quano, die der grauhäutige, glatzköpfige Mann mit der ringförmigen Schädelwulst und den schwarz glänzenden Augen vollbrachte, indem er sich einer Macht öffnete, die er Gahat nannte und der er sich mit Leib und Seele verschrieben hatte. So ähnlich hatte er es einem deutlich jüngeren und mit der unbändigen Neugier eines Knaben gesegneten Iolan jedenfalls einst erklärt.

Iolan zwang sich, langsam ein- und auszuatmen und nicht auf den Schmerz zu achten. Er richtete seine Gedanken lieber auf Elea und die süßen Vergnügen, die in dieser Nacht noch auf ihn warteten. Vielleicht hätte er Elea zu ihrem geheimen Platz vorschicken sollen. Dann hätte sie dort schon mit Decken und Kerzen ihrer beider Liebesnest einrichten können. Auch wenn er es Arastoth wirklich nicht vorwerfen konnte, dass jener zu seiner Seeweihe gekommen war, wünschte sich Iolan, er läge jetzt schon an der Seite von Elea am Strand statt auf diesem Tisch. Selbst auf die sicher gut gemeinte Überraschung hätte er gerne verzichtet, bloß um schneller wieder bei den Feiernden auf dem Dorfplatz zu sein. Aber er wollte den Freund seines Vaters und seinen langjährigen Wohltäter nicht vor den Kopf stoßen.

Schweigend brachten sie das Ritual hinter sich. Arastoth war zu beschäftigt, um zu sprechen, und Iolan verspürte nicht den Wunsch, etwas zu sagen. Endlich trat der Quano zufrieden nickend zurück und bedeutete Iolan, dass er sich wieder erheben durfte. Mit brennenden Gliedern und einem Rücken, der sich anfühlte, als habe ihm der Vollstrecker des Dorfrats zehn Hiebe mit der Rute versetzt, ließ Iolan sich vom Tisch gleiten. Schmerzhaft verzog er das Gesicht. Er stellte fest, dass seine Oberarme und Oberschenkel gerötet waren. Das Ritual hatte diesmal deutlichere Spuren hinterlassen als die letzten Male, an die er sich erinnerte. Iolan betete, dass das Brennen nachließ, bevor er mit Elea zum Strand hinunterging.

»Hier, nimm diese Salbe, Iolan«, sagte Arastoth, als hätte er seine Gedanken gelesen, und reichte ihm eine Dose mit gelber Arznei. »Sie kühlt und lindert die Hautreizung. Es tut mir leid, dass es sich diesmal etwas unangenehmer anfühlt. Wie ich bereits sagte, bin ich spät dran diesmal und musste den Symbolen mehr Energie zuführen, um sie zu stärken.«

»Danke.« Iolan schmierte die schwach nach Kräutern riechende Salbe auf Arme und Beine und ließ den Quano seinen Rücken behandeln. Danach streifte er seine Festtagstunika wieder über. Mit einem Lächeln, von dem er hoffte, dass es nicht allzu gezwungen wirkte, wandte er sich an den Gast. »Ihr erwähntet eine Überraschung.«

Arastoth neigte den Kopf. In seinen schwarzen Augen funkelte es vielsagend. »Richtig. Und ich denke, nun hast du sie dir doppelt verdient. Komm. Folge mir.«

»Ihr habt sie nicht bei Euch?« Iolan hob erstaunt die Brauen.

»Nein. Es wäre kaum sinnvoll gewesen, mein Geschenk an dich ins Dorf zu schleppen. Wir müssen wohl oder übel hinlaufen. Aber es ist nicht weit. Ich habe nicht vor, dich länger als nötig von deiner Versprochenen fernzuhalten.« Arastoth blinzelte ihm auf vertrauliche Art und Weise zu, was bei dem Quano allerdings irritierend wirkte, weil das Blinzeln eher einem gemächlichen Schließen und Öffnen der Augenlider glich – und überhaupt etwas war, das Iolans Erfahrung nach sehr selten vorkam.

Ergeben ließ sich Iolan aus der Hütte führen. Arastoth ging nicht zum Dorfplatz, sondern schlug stattdessen den Weg Richtung Meer ein. Rasch wurde es dunkel um sie, doch der Quano umgab seine rechte Hand mit einem sanften, goldenen Schimmer, der sie davor bewahrte, in der Finsternis fehlzutreten.

»Gehen wir zum Strand?«, wollte Iolan wissen.

»Gut erkannt«, erwiderte Arastoth.

Sie erreichten die Böschung, die hinunter zum Wasser führte, und kletterten sie etwas umständlich hinunter. Iolan hätte dem Quano wohl einen besseren Pfad weisen können, aber das wäre ein Umweg gewesen. Ihm fiel ein Schiff auf, das nicht weit vor der Küste in den ruhigen Fluten der nächtlichen See lag. Soweit Iolan das anhand des Lichts der Bordlaternen beurteilen konnte, handelte es sich um einen Handelssegler mittlerer Größe mit einem großen zentralen Mastbaum und zwei Reihen Rudern.

»Ist das Euer Schiff, Meister Arastoth?«, fragte er.

»Ja«, antwortete der Quano.

»Meine Erinnerung mag mich trügen, aber es wirkt größer als das, mit dem Ihr das letzte Mal nach Efthaka gekommen seid.«

»Das Schicksal meinte es gut mit mir«, sagte Arastoth. »Im letzten Winter heilte ich einen reichen Kaufmann in Thessara von einem schweren Leiden. Zum Dank schenkte er mir dieses Schiff und genug Mittel, um es zumindest bis zum Herbst betreiben zu können. Danach muss ich mir überlegen, was ich damit anstellen werde. Aber bis dahin genieße ich die Bequemlichkeit des Reisens.«

Das Glühen an Arastoths Rechter verstärkte sich und der Quano winkte dem Schiff zu. Ein Mann trat ans Schanzkleid des Ruderseglers, hob eine Laterne und winkte zurück.

»Der Kapitän«, erklärte Arastoth. »Ein guter Mann.«

Sie gingen ein paar Schritte den Strand entlang, und auf einmal bemerkte Iolan, dass ein Schatten auf dem Strand vor ihnen lag. Er hatte etwa die Größe und Form eines …

»Meine Überraschung«, verkündete der Quano. »Ein Geschenk von mir zu deiner Seeweihe.«

Iolan öffnete den Mund, um etwas zu sagen, doch für einen Moment war er sprachlos. Im Licht von Arastoths glühender Hand lag ein Boot am Wellensaum. Es war etwas größer als jenes, das sein Vater ihm für die Prüfung des vergangenen Tages geliehen hatte. Vor allem aber wirkte es deutlich schnittiger und besser verarbeitet. Das war nicht das allein auf den Nutzen hin gebaute Boot eines Handwerkers aus einem Fischerdorf wie

Efthaka. Der elegant geschwungene Rumpf und das kunstfertig genähte Segel zeugten von der Hand eines Mannes, der viel Zeit und Geschick auf die Anfertigung dieses Bootes verwandt hatte. Im hinteren Bereich befand sich sogar ein kleiner, überdachter Bereich, der vor Wind und Wetter schützte.

»Ein Boot für einen Mann, der den Blick zum Horizont richtet«, sagte Arastoth. »Nicht bloß zum Fischen, sondern auch, um Entdeckungsfahrten entlang der Küste von Cordur zu unternehmen. Vielleicht kommst du damit ja sogar mal nach Quanish und besuchst mich.« Er schmunzelte. »Was sagst du?«

Iolan ließ seine Hand über das polierte Holz am Bug gleiten. Er drehte sich zu dem alten Quano um, nach wie vor um Worte ringend. Mit einem derart wertvollen Geschenk hätte er niemals gerechnet. »Ihr … Ihr seid großzügiger, als ich es verdiene.«

»Ich bin bloß ein Mann, der in letzter Zeit Glück hatte, und der dieses Glück gerne teilen möchte«, gab Arastoth bescheiden zurück. »Weißt du, Iolan, ich habe selbst keine Familie. Es war mir nie vergönnt, Frauen und Nachkommen zu haben. Ich betrachte euch, die Lieben meines Freundes Bourabas, als Familie. Und für jene, die einem so nahe stehen, gibt es keine Geschenke, die zu groß wären.«

Schweigend blickte Iolan den dürren, grauhäutigen Quano an. Und zum ersten Mal in seinem Leben sah er in Arastoth nicht bloß einen wohlmeinenden, wenn auch leicht unheimlichen Fremden, sondern den Mann, den sein Vater schon seit sehr langer Zeit einen Freund nannte.

»Darauf trinke ich!« Lachend hob Markos seinen Becher und prostete den beiden merklich angeheiterten Mädchen zu, die ihrerseits die Hand mit ihren Trinkgefäßen durch die Armbeuge der jeweils anderen führten und dergestalt verschlungen Schwesternschaft tranken. Im Grunde machten Elea und Mirene das mindestens drei Mal im Jahr zu unterschiedlichen Anlässen, aber jede Bekräftigung ihrer Freundschaft war einen Becher Wein wert.

»Nichts soll uns entzweien«, verkündete Elea.

»Schwestern bis in alle Ewigkeit«, fügte Mirene hinzu.

»Darauf trinke ich auch«, sagte Markos. Er führte erneut den Becher an die Lippen und nahm einen Schluck. Der Wein in seinem Gefäß schmeckte dünn, was daran lag, dass Markos ihn, schon seit Iolan in der Hütte ihrer Eltern verschwunden war, mit Wasser streckte. Seine Mutter hatte ihn am Beginn des Abends gebeten, Mirene im Blick zu behalten, die, seit sie ein gewisses Alter erreicht hatte, dazu neigte, es bei Feiern wie dieser etwas zu toll zu treiben. Bourabas und Rania wollten ihr den Spaß nicht verderben. Das Leben an der Ostküste von Cordur war für gewöhnlich von harter Arbeit geprägt, und die wenigen Feste, die man in Efthaka feierte, waren dafür ein geringer Ausgleich. Allerdings gab es Grenzen, die auch Mirene nicht überschreiten sollte, und es oblag Markos, darauf zu achten, dass das nicht passierte.

Die beiden Mädchen umarmten und küssten sich auf die Wange, bevor sie sich auf die Holzbank zurücksinken ließen, die sie, erschöpft vom vielen Tanzen, kurz zuvor aufgesucht hatten. Die Bank war eine von bestimmt zwei Dutzend, die von den Dorfbewohnern herangetragen und um die Grillfeuer aufgestellt worden waren. Auch wenn die meisten von ihnen sich bereits kräftig die Bäuche vollgeschlagen hatten, brieten noch immer einige Fische und Fleischstücke über den Feuern und verströmten einen würzigen Duft nach Essen.

Elea seufzte behaglich. »Was für ein wundervolles Fest.«

»Das ist es«, pflichtete Mirene ihr bei und legte den Kopf an die Schulter der Freundin.

»Ich frage mich bloß, wo Iolan bleibt …« Elea schob sich mit der Hand eine verirrte Strähne ihres dunklen Haars aus dem Gesicht und schaute sich suchend um.

Markos schmunzelte. »Keine Sorge, er wird sicher gleich kommen. Er mag heute Nacht seinen Namen vergessen oder wo bei einem Fischspeer das spitze und das stumpfe Ende ist, aber an dich wird er bestimmt denken.«

»Pfui, sag mir nicht, dass er schon so betrunken ist.« Eleas hübsche Nase kräuselte sich angewidert. Sie warf Markos einen beinahe vorwurfsvollen Blick zu, so als sei es seine persönliche Schuld, wenn sein Bruder nicht wusste, wann man genug hatte.

»Verzeih, ich übertreibe«, beruhigte Markos sie. »Er war sehr maßvoll bislang.«

»Spätestens der Besuch von Arastoth dürfte ihn wieder nüchtern gemacht haben«, warf Mirene ein. »Dieser Quano mag ein netter Mann sein – Vater jedenfalls sagt nur Gutes über ihn –, aber mir ist er trotzdem ein wenig unheimlich, und ich glaube, Iolan geht es nicht anders.«

»Solange er mir Iolan unversehrt zurückgibt, will ich ihm verzeihen, dass er ein hässlicher alter Kerl ist«, sagte Elea. »Möchtest du nicht mal schauen, wo dein Bruder bleibt? Ich wäre dir auf ewig dankbar.« Sie warf Markos einen gespielt schmachtenden Blick zu.

Markos verspürte einen kurzen Stich in der Brust. Es war in der Tat nicht übertrieben, Elea als eine der schönsten, ja, vielleicht sogar die schönste Frau im Dorf zu bezeichnen. Und obwohl er sich darüber ärgerte, verspürte er einen winzigen Anflug von Neid auf Iolan, dass Elea ihn als den Mann erwählt hatte, mit dem sie ihr Leben verbringen wollte. *Andererseits sollte ich mich wohl glücklich schätzen*, dachte er. *Sie würde mich wahrscheinlich davon abhalten können, Efthaka jemals zu verlassen.*

»Ich will sehen, was ich herausfinden kann«, versprach er. Er wollte gerade aufstehen, als plötzlich ein Schrei erklang. Dann ein weiterer, begleitet von lauten Pochgeräuschen, als klopfe jemand mit dem Fingerknöchel auf Holz. Verwirrt blickte Markos sich um – und ihm gefror das Blut in den Adern. Mehrere Pfeile steckten in den Bänken, und einige der Dorfbewohner, die auf ihnen Platz genommen hatten, sackten stöhnend zusammen.

Markos hob den Blick zum Nachthimmel. Im Schein der Flammen sah er weitere schlanke Geschosse lautlos durch die Finsternis jagen. Er wirbelte zu Mirene und Elea herum. »In Deckung!«, schrie er, während er seine Schwester, die neben ihm saß, an der Schulter packte und zu Boden riss.

Gleichzeitig begriffen auch die Mädchen, was geschah. Mirene stieß einen spitzen Schrei aus. Elea öffnete ebenfalls den Mund, doch kaum einen Lidschlag später fuhr ein scharfer Luftzug an Markos' Schulter vorbei, und plötzlich steckte ein langer, schwarzgrau gefiederter Pfeil zitternd direkt unterhalb des Kehlkopfes in ihrem Hals. Das Mädchen gurgelte erstickt, ihr Körper zuckte heftig und sank zur Seite. Direkt neben Elea schlug ein weiterer Pfeil in die Rücklehne der Bank ein, genau an der Stelle, wo Mirene eben noch gesessen hatte.

Markos' Schwester schrie erneut. Angst und Entsetzen verzerrten ihr Gesicht.

»Wir müssen hier weg!«, schrie Markos sie an. »Wir werden angegriffen.« Er rannte los und riss sie mit sich, während um sie herum das Chaos ausbrach.

8

FLAMMEN IN DER FINSTERNIS

2. Tag des 7. Mondes
im 301. Jahr der cordurischen Könige

Unvermittelt hob Iolan unten am Strand den Kopf und runzelte die Stirn. Ihm war, als vernähme er leise Geräusche in der Ferne. Er wandte sich von seinem neuen Boot ab. »Hört Ihr das auch?«, fragte er Arastoth.

»Was meinst du, mein Sohn?«, erkundigte sich der alte Quano verwirrt und trat näher, den kahlen, grauhäutigen Schädel zur Seite geneigt, als lausche er.

»Da sind Schreie und …« Unsicher machte Iolan einige Schritte über den Strand auf die nahe Böschung zu. Er richtete den Blick auf seinen Begleiter, der ihm nachgefolgt war, und seine Augen weiteten sich, als er begriff, was noch an seine Ohren drang. »Waffen, die aufeinanderschlagen! Das kommt vom Dorf. Dort wird gekämpft!« Sofort wirbelte er herum und wollte die Böschung hinaufhetzen.

Doch Arastoth kam ihm zuvor. Blitzschnell zuckte seine Hand vor und packte Iolan mit erstaunlicher Kraft am Arm. »Warte«, warnte der Quano ihn. »Du kannst dort nicht hin. Es ist zu gefährlich.«

»Aber ich muss meine Eltern suchen«, erwiderte Iolan und riss sich los. »Und Elea, Markos, Mirene … Wenn das Dorf überfallen wird, brauchen sie meine Hilfe.« Seine Gedanken überschlugen sich. Waren es Piraten aus dem Ydrischen Meer, die über seine Leute herfielen? Oder eine bordische Barbarenhorde? Er brauchte jedenfalls sofort eine richtige Waffe, mehr als bloß das kurze Fischermesser, das er stets in einer Lederscheide hinten am Gürtel trug. Und er wusste auch, wo er sie finden würde.

Iolan rannte los, erklomm die unwegsame Böschung, stolperte im Dunkeln, rappelte sich wieder auf und kämpfte sich weiter. Arastoth folgte ihm deutlich trittsicherer, die Dunkelheit schien ihm nichts auszumachen. Und so hatte er Iolan bereits eingeholt, als dieser die Kuppe der niedrigen Hügelkette erreichte. Erneut griffen seine dünnen, kräftigen Finger nach Iolan.

»Lasst mich gehen!«, fuhr dieser ihn hitzig an.

»Nein!«, widersprach Arastoth ungewöhnlich scharf. Plötzlich lag eine Autorität in seiner Stimme, die Iolan noch nie zuvor bei ihm gehört hatte. »Sieh doch.«

Vielleicht eine Viertelmeile entfernt war das Dorf zu erkennen. Helle Flammenzungen leckten knisternd und fauchend in den schwarzen Himmel hinauf. Die kleinen Fischerhütten brannten lichterloh. Und im unsteten Schein des Feuers sah Iolan die Dorfbewohner um ihr Leben rennen, verfolgt von gerüsteten und bewaffneten Männern, die ohne Gnade alle niederstreckten, derer sie habhaft werden konnten. Die Angreifer konnte Iolan nicht genau erkennen. Aber sie sahen nicht wie Piraten aus – und erst recht nicht wie die kleinwüchsigen, stämmigen Borden.

»Sei vernünftig«, sagte der Quano mit eindringlicher Stimme. »Es ist zu spät. Du kannst ihnen nicht mehr helfen. Dort drüben wartet nur der Tod auf dich. Und du darfst nicht sterben. Das kann ich nicht zulassen.«

Einen Moment lang zögerte Iolan, bis ein schriller Frauenschrei ihn zusammenzucken ließ. *Mutter!*, dachte er. *Elea!* Der Gedanke brachte ihn zur Besinnung, sorgte dafür, dass er alle Vorsicht fahren ließ. »Ist mir egal, was Ihr sagt!«, rief Iolan und befreite sich erneut von Arastoth, diesmal mit einer so heftigen Bewegung, dass er den Quano-Heiler zu Boden schleuderte.

Er warf dem Gefallenen einen kurzen Blick zu. »Tut mir leid«, sagte er. Dann wandte er sich ab und eilte dem orangefarbenen Schein des Feuers entgegen.

»Schnell, versteck dich hier«, befahl Markos und kippte das hinter der Hütte aufgebockte Ruderboot um, dessen Rumpf Bourabas in den letzten Tagen geflickt hatte, sodass es wie eine halbe Nussschale auf der Erde lag. Zwischen den Seilen, Netzen und Holzresten, die in der unmittelbaren Umgebung verstreut waren, fiel es gar nicht auf, und die Dunkelheit, die hier herrschte, tat ein Übriges, um das kleine Boot vor der Aufmerksamkeit ihrer Angreifer zu verbergen.

»Nein, Markos, bitte lass mich hier nicht zurück«, flehte Mirene. »Lass mich nicht allein.« Sie konnte sich in diesem Augenblick kaum etwas Schrecklicheres vorstellen, als dass Markos sie hinter der Hütte ihrer Eltern zurückließ, um loszustürmen und gegen die Angreifer zu kämpfen, die über ihr Dorf herfielen.

»Es geht nicht anders, Mirene«, sagte Markos. Er packte sie an den Oberarmen und sah sie eindringlich an. »Ich muss Vater und Mutter finden. Und ich muss den anderen Dorfbewohnern helfen. Das weißt du. Also sei tapfer und versteck dich unter dem Boot.« Er griff an seinen Gürtel und zog sein Messer hervor, um es ihr zu geben. »Hier, nimm das. Es mag wenig sein, ist aber besser als nichts.«

Mirene schniefte und nickte, während sie das Messer ergriff und fest umklammerte. »Aber du kommst zurück, ja? Du kommst mich holen. Versprich es.«

Ihr Bruder nickte ernst. »Ich schwöre es, kleine Schwester. Und jetzt unter das Boot.«

Er hob den umgekippten Rumpf an, und gehorsam kroch Mirene in ihr behelfsmäßiges Versteck. Auf dem Bauch liegend, drehte sie sich so, dass sie durch einen Spalt zwischen Rumpf und Erde an der Hüttenwand entlangblicken konnte. Viel war nicht zu erkennen. Rotes Licht und huschende Schatten erfüllten die Gassen zwischen den Häusern der Dorfbewohner. Die Angreifer hatten begonnen, die Hütten in Brand zu stecken.

»Markos!«, rief sie noch einmal und streckte einen nackten Arm unter dem Boot hervor.

Ihr Bruder ergriff ihre Hand und drückte sie. Sein Gesicht kam ganz nah an den Spalt, als er sich herabbeugte. »Ich bin bald wieder da.«

»Pass auf dich auf«, bat sie.

»Immer«, erwiderte er. Dann sprang er auf, und sie sah ihn davonlaufen.

Mirene blieb allein zurück. Jetzt, da sie nicht mehr um ihr Leben rannte, sondern reglos auf dem staubigen Erdboden lag, merkte sie, wie sie trotz der warmen Sommernacht am ganzen Leib zu zittern begann. Sie rollte sich auf die Seite, zog die Beine an und schlang die Arme um den Oberkörper. Angestrengt spähte sie durch den Spalt nach draußen. Sie hoffte, Markos, Iolan oder ihre Eltern auszumachen. Gleichzeitig betete sie, nicht von einem ihrer grausamen Feinde entdeckt zu werden.

Elea … oh, ihr Götter … Sie wünschte sich, die Erinnerung verdrängen zu können, doch es gelang ihr nicht. Wie ein Geisterbild stand ihr wieder der Moment vor Augen, in dem Elea aus heiterem Himmel von einem Pfeil durch die Kehle getötet worden war. Eben noch hatten sie zusammen gelacht und einander ewige Freundschaft geschworen. Nun war sie tot, kaltblütig ermordet.

Und mich töten sie auch, wenn sie mich finden, dachte sie. *Oder sie stellen noch Schlimmeres mit mir an.* Sie wusste, was manche Männer mit Frauen taten, die ihnen nach einem Kampf in die Hände fielen. Sie hatte genug Geschichten über schreckliche Misshandlungen gehört, die bei Piratenüberfällen entlang der Küste an Dorfbewohnern verübt worden waren. *Bitte, ihr Götter, lasst sie mich nicht finden …*

»Bei den Göttern, wo sind sie nur?« Gehetzt rannte Markos in dem kleinen Schuppen, der sich etwas windschief an die Hütte seines Vaters lehnte, hin und her. Irgendwo hier, zwischen Segeltuch, alten Ruderriemen, Netzen und Werkzeug mussten das Kurzschwert und der Schild liegen, mit denen Bourabas vor vielen Jahren im Dienst des cordurischen Königs Heroas Agathon gegen die Stämme Atlesias gezogen war. Er hatte sie nach seiner Rückkehr behalten, um seine Familie vor den gelegentlichen Piratenangriffen schützen zu können. In der Zwischenzeit bewahrte Bourabas sie in diesem Schuppen in einer Kiste auf – das hatte Markos zumindest gedacht, allerdings hatte sich die Kiste als leer erwiesen.

Vielleicht hat er sie schon selbst geholt, dachte er. Dann fiel sein Blick auf ein verschnürtes Bündel, das im Schatten unter der Werkbank an der rechten Seite des Schuppens lag. Hastig zerrte er es hervor, wischte mit einem Arm die Werkbank leer, legte es darauf und öffnete die Lederbänder. Als er die Decke zur Seite schlug, lagen Schild und Waffe vor ihm. Bourabas hatte offensichtlich daran gearbeitet. Der Schwertgriff sah neu umwickelt aus, die Klinge frisch geschliffen, und am runden Schild waren etliche Ausbesserungen vorgenommen worden.

Einen Herzschlag lang fragte Markos sich, warum sein Vater das Kriegswerkzeug gerade jetzt ausgebessert hatte. Doch dann schob er den linken Arm durch die Schildschlaufe und nahm das Schwert in die Rechte. Er hatte keine Zeit, sich zu wundern.

Er stürzte aus dem Schuppen zurück auf die Dorfstraße. Wie beiläufig bemerkte er, dass das Feuer eines Nachbarhauses bereits auf das Dach der elterlichen Hütte übergegriffen hatte. Wie gerne hätte er versucht, die wenigen Habseligkeiten seiner Mutter und seines Vaters zu retten oder – besser noch – das Feuer zu löschen. Leider ließen ihm die Angreifer keine Gelegenheit dazu.

Er hatte kaum ein paar Schritte zurückgelegt, als ihm bereits zwei Frauen aus dem Dorf kreischend entgegenkamen. Hinter ihnen tauchte einer der Feinde auf. Im rötlichen Schein der Feuer sah Markos seinen dunklen Waffenrock und den silbernen Brustharnisch. Der Mann trug einen konischen Helm, der bis auf einen T-förmigen Schlitz vorne, der Augen, Nase und Mund frei ließ, vollkommen geschlossen war und kaum etwas von seinem Gesicht preisgab, was ihn nur noch bedrohlicher erscheinen ließ. Auch er war mit Schild und Schwert bewaffnet.

Markos spürte, wie sich seine Eingeweide verkrampften. Das war kein Pirat oder Barbar, sondern ein königlicher Soldat, ein Mann aus Cordur, der die Fischer von Efthaka eigentlich beschützen, statt bekämpfen sollte. Und doch jagte er diese beiden Frauen mit dem Eifer eines mordlustigen Raubtiers.

Procyros, steh mir bei, dachte Markos. Es war nicht so, dass dies sein erster Kampf gewesen wäre. Markos hatte sich jahrelang mit Gleichaltrigen aus dem Dorf gemessen, zwei Piratenangriffe erfolgreich mit abgewehrt und eine räuberische Barbarenhorde vertrieben. Aber mit königlichen Soldaten die Klinge zu kreuzen war etwas anderes – und das nicht nur, weil sie Männer wie er waren und in Dörfern wie Efthaka aufgewachsen sein mochten.

Es spielte keine Rolle. Daran durfte er jetzt nicht denken. Sie griffen seine Leute an, er musste sie töten, wenn er konnte. Mit einem wütenden Schrei warf er sich dem Krieger entgegen. Der hatte ihn nicht kommen sehen und bezahlte diese Unachtsamkeit bitter, als Markos seinen eigenen Schild in den des Soldaten hakte und ihn nach unten drückte, um dem Mann von oben das Schwert in den ungeschützten Halsbereich zwischen Helmunterkante und Schulterpanzer zu stechen. Er riss die Klinge wieder zurück und Blut spritzte ihm in einer roten Fontäne entgegen. Der Mann schrie auf und taumelte. Markos riss seinen Schild hoch und zur Seite und versetzte dem Behelmten damit einen kräftigen Schlag gegen die Kinnpartie. Er wirbelte herum und fiel zu Boden. Markos machte sich nicht die Mühe, nachzustechen. Der Mann war so gut wie tot.

»Habt ihr meine Eltern gesehen?«, schrie Markos den beiden Frauen hinterher. »Bourabas und Rania?« Aber sie achteten gar nicht auf ihn, sondern flohen panisch einfach weiter.

Er fluchte und wandte sich in Richtung Dorfplatz. Dort waren sie ihm zuletzt aufgefallen. Sie hatten mit Cheron und ein paar der anderen Ältesten zusammengesessen.

Überall herrschte heilloses Chaos. Tote Dorfbewohner säumten die Straßen, viele der Hütten brannten mittlerweile, angesteckt von Soldaten, die Fackeln und Laternen durch Fenster und Türen warfen. Markos erwischte einen zweiten Angreifer von hinten und stach ihn nieder. Es war nicht die Art, wie ein Mann kämpfen sollte, aber dieses Gemetzel hier kannte ohnehin keine Regeln.

Beinahe hatte er den Dorfplatz erreicht, als ihn ein lauter Schlag gegen seinen Schild zusammenzucken ließ. Er fuhr herum und sah, dass sich ein Pfeil knapp unterhalb der Oberkante durch das Metall gebohrt hatte und nur wenige Fingerbreit von seiner nackten Schulter entfernt hängen geblieben war. Eine Handbreit höher und er hätte Markos am Hals erwischt.

Markos hob den Blick. Auf dem Dach eines benachbarten Hauses gewahrte er einen knienden Soldaten mit einem Kurzbogen, der von seiner erhöhten Position aus die Dörfler beschoss. Er hatte bereits einen neuen Pfeil auf die Sehne gelegt. Ohne nachzudenken, warf Markos sich nach vorne. Er spürte, wie etwas an seinem Rücken vorbeizischte, dann prallte er auf den harten Erdboden auf, rollte sich ab und kam wieder auf die Beine. Blitzschnell erfasste er die Lage. Es gab keine Möglichkeit, auf das Dach zu klettern, bevor der Schütze ihn erwischte. Aber er konnte sich die Leichen der Getöteten zunutze machen.

Markos ließ sein Schwert los und schüttelte den Schild ab. Dann kroch er auf einen der gefallenen Soldaten des Königs zu, dessen rechte Hand noch eine brennende Fackel umklammert hielt. Rasch nahm er sie, rollte sich herum und schleuderte sie mit aller Kraft auf das Dach hinauf und dem Schützen entgegen. Der versuchte auszuweichen und verzog dabei seinen nächsten Schuss. Der Pfeil jagte harmlos in die dunkle Nacht.

Während er noch abgelenkt war, hechtete Markos zwei Schritte weiter auf einen jungen Fischer zu, der am Rand des Dorfplatzes blutend und kaum bei Bewusstsein neben seinem fallen gelassenen Jagdspeer auf der Erde lag. Markos ergriff die Waffe, zielte kurz und warf sie dann ebenfalls auf seinen Feind.

Der Bogenschütze bemerkte das Wurfgeschoss zu spät. Mit voller Wucht traf es ihn an der linken Schulter und warf ihn herum. *Das muss reichen*, dachte Markos. Er rappelte sich auf, wandte sich um – und wurde von einem heftigen Schildstreich mitten ins Gesicht getroffen.

Der Schlag wirbelte ihn einmal um die eigene Achse und warf ihn zurück in den Staub. Markos blinzelte. Alles drehte sich um ihn. *Aufstehen!*, schrie eine Stimme in seinem Inneren. *Kämpfe, sonst bist du verloren!*

»Dreckiger, kleiner Hurensohn!«, brüllte ihn jemand von hinten an. »Ich bring dich um!«

Mühsam rollte Markos sich herum und sah sich einem weiteren Soldaten gegenüber, der über ihm aufragte, das Schwert zum Schlag erhoben.

Eher einem Instinkt folgend als einem Plan, trat Markos ihm seitlich gegen das rechte Knie. Es knirschte und der Mann schrie auf. Obwohl ihm Blut über die aufgeplatzte Wange floss und sein Schädel wie ein Tempelgong dröhnte, kämpfte Markos sich auf die Knie hoch, packte die Beine des Mannes und rammte ihm die Schulter gegen die Oberschenkel, um ihn zu Fall zu bringen. Keuchend krachte sein Gegner zu Boden, aber es gelang ihm, sich mit seinem Schildarm abzustützen.

Wild hieb er mit seinem Schwert zu, aber mehr als eine oberflächliche Wunde am Rücken vermochte er Markos aus seinem ungünstigen Angriffswinkel heraus nicht zuzufügen.

Markos zog sich an ihm hoch, blockierte seinen Schwertarm und rang ihn unter sich zu Boden. Keuchend rollten sie über die Erde, wobei der Soldat seinen Helm verlor und seinen Schild losließ, der ihn behinderte. Er war etwas kleiner als Markos, aber von stämmiger Gestalt und ein ebenbürtiger Gegner. Erneut schlug er zu, diesmal mit dem breiten Knauf seiner Waffe. Der Schlag war gegen Markos' linke Schläfe gezielt, aber dieser vermochte sich schnell genug wegzudrehen, dass die Waffe bloß noch sein Ohr streifte.

Er ballte die Faust und schlug dem Mann ins Gesicht, einmal, zweimal, dreimal. Doch der schüttelte sich lediglich und blickte ihn aus hasserfüllten Augen an. »Stirb endlich«, presste der Krieger zwischen blutverschmierten Lippen hervor, dann warf er sich mit aller Macht herum und nagelte Markos unter sich am Boden fest. Mit der Linken packte er Markos' Kehle, mit der Rechten hob er wieder sein Schwert.

Hektisch tastete Markos' Rechte nach irgendetwas, das er greifen konnte, um den Schlag abzublocken. Die Finger seiner linken Hand krallten sich unterdessen ins Handgelenk seines Gegners, um dessen Würgegriff zu brechen.

Markos fühlte den Rand des feindlichen Schildes unter seinen suchenden Fingerspitzen, aber er vermochte ihn nicht zu greifen. Ein höhnisches Lächeln trat auf die Züge des Soldaten. Sein Schwert fuhr auf Markos herab.

Plötzlich gab es einen scharfen Luftzug und ein riesiger Schatten fuhr direkt über Markos' Gesicht hinweg. Der Kopf des Soldaten wurde nach hinten gerissen und mit ihm sein zuckender Körper. Leblos brach er zusammen. Es dauerte zwei Herzschläge, bis Markos begriff, was geschehen war. Ein fast zwei Fuß langer Fischerspeer ragte aus dem Antlitz des Mannes. Er war ihm direkt durchs linke Auge gefahren und steckte tief in seinem Schädel.

Eine schlanke, sehnige Gestalt kam herbeigeeilt und kniete neben ihm nieder. »Markos, alles in Ordnung?« Es war Clavio, der bereits mit siebzehn Jahren von der Klippe gesprungen war und deshalb im ganzen Dorf bewundert wurde. Er hatte ihm das Leben gerettet.

»Ja …« Markos schob den erschlafften Leichnam des Soldaten von sich herunter. Er betastete seine Wange und seine Schläfe. »Ja, ich glaube …«

In diesem Augenblick sah er seine Eltern auf der anderen Seite des Dorfplatzes. Er hatte keine Ahnung, ob sie schon die ganze Zeit dort drüben ausgeharrt hatten oder eben erst aus einer der Gassen aufgetaucht waren. Seine Mutter lag am Boden, ihr Haar ein dunkler Vorhang, der ihr Gesicht verdeckte. Über ihr stand sein Vater, einen brennenden Holzscheit aus einem der Grillfeuer in beiden Händen. Er versuchte verzweifelt, sich gleich zwei Gegnern zu erwehren.

Markos fuhr zu Clavio herum, der soeben seinen Speer aus dem Gesicht des Soldaten zog und dabei ein angewidertes Geräusch von sich gab. »Gib mir den Speer!«, forderte er den jungen Mann auf.

»Was?« Clavio sah ihn verwirrt an.

Markos' Blick zuckte hinüber zu seinem Vater. Noch stand er. »Schnell, gib mir den Speer!«, schrie er Clavio an und entriss ihm die Wurfwaffe, bevor der andere weiter protestieren konnte. Dann drehte Markos sich wortlos um und rannte los.

»Danke, Clavio! Ich schulde dir was!«, rief der junge Fischer und Klippenspringer ihm missmutig nach.

Markos beachtete ihn nicht weiter. Er hatte keine Zeit dafür.

Das Geschehen um ihn schien sich zu verlangsamen. Sein eigener Herzschlag dröhnte regelrecht in seinen Ohren. Mit übernatürlicher Klarheit nahm Markos den langsamen Tanz des Todes wahr, der sich vor seinen Augen abspielte. Er sah, wie Bourabas das brennende Holzscheit schwang. Der eine Soldat, der noch Schwert und Schild trug, parierte den Schlag mit seinem Schild. Funken stoben in die Höhe und erhellten das behelmte Gesicht des Mannes.

Markos wollte ausholen und den Speer werfen, aber er wagte es nicht. Er war noch zu weit entfernt, und wenn er ungeschickt warf, traf er am Ende seinen Vater statt einen der Soldaten. *Nur noch ein paar Schritt, ein paar Schritt*, hämmerte es in seinem Schädel.

Unendlich langsam fuhr die Klinge des Soldaten herab – und diesmal gelang es Markos' Vater nicht, rechtzeitig zurückzuweichen. Das Schwert grub sich in seinen Arm und schlug die Hand ab, die das Holzscheit hielt.

Mit einem Aufschrei fuhr sein Vater zurück. Das bärtige Gesicht verzog sich zu einer Grimasse des Schmerzes, während er den versehrten Arm an die Brust zog. Der andere Soldat setzte nach und stieß sein eigenes Schwert vor.

»Neeeiiin!«, schrie Markos und der Laut klang in seinen Ohren wie das dunkle Wehklagen eines riesigen Meeresbewohners. Er ließ alle Vorsicht fahren, zog den Speer seitlich am Kopf zurück, kam schliddernd zum Stehen und schleuderte die Waffe.

Der Fischerspeer traf den Soldaten in die linke Seite, noch während er die Klinge in Bourabas' Brust versenkte. Der Mann ließ sein Schwert los und taumelte zur Seite, die Hände um den hölzernen Schaft des Speers geklammert, die Augen vor Entsetzen weit aufgerissen.

Während Bourabas sich das blutige Schwert aus der Brust zog und mit versagenden Knien zu Boden sackte, fuhr der andere Soldat zu dem neuen Angreifer herum und wollte seine eigene Waffe heben. Doch er war zu langsam. Mit der Wut eines wilden Tieres und all seine eigenen Verletzungen vergessend, warf sich Markos auf ihn und brachte ihn zu Fall.

Der Mann prallte mit dem Helm gegen eine der Holzbänke, sein Kopfschutz verrutschte und nahm ihm die Sicht. Blind um sich schlagend, versuchte er sich seines Gegners zu erwehren, doch Markos hielt ihn, quer auf ihm liegend, zu Boden gepresst. Seine Linke umschloss das blutige Schwert, das neben seinem Vater auf der Erde lag. Mit tränenverschleierten Augen hob Markos es auf. Dann stach er zu. Und wieder. Und wieder. Und wieder.

9

EFTHAKAS ENDE

2. Tag des 7. Mondes
im 301. Jahr der cordurischen Könige

In der Hütte sind Vaters Waffen. Ich muss es nur zur Hütte schaffen, dann kann ich kämpfen. Immer wieder hallten diese Gedanken in Iolans Geist wider, während er von Grauen erfüllt auf das Dorf zurannte.

Er hatte es beinahe erreicht, als endlich sein Verstand die Führung über sein Handeln übernahm und ihn davon abhielt, einfach blind in das Chaos aus Feuer und sterbenden Menschen hineinzustürmen. Er musste vorsichtig sein, zumindest bis er sich seiner Haut erwehren konnte.

Obwohl jede Faser seines Körpers danach schrie, den Dörflern gegen die Angreifer beizustehen, zwang er sich, außerhalb des Lichtscheins zwischen den Bäumen und Sträuchern in Deckung zu bleiben. Geduckt durch die Wildnis schleichend schlug er einen Bogen um Efthaka, bis er die Hütte seiner Eltern am Rand des Dorfs erreicht hatte.

Zu seinem Schrecken brannte auch sie lichterloh. Aus den Fenstern der Hütte schlugen Flammenzungen und dunkler Qualm stieg durch die Ritzen im Tonziegeldach in den Himmel. Auch auf den Schuppen neben der Hütte, wo, wie Iolan wusste, sein Vater Schwert und Schild aufbewahrte, hatte das

Feuer übergegriffen. Das hölzerne Dach brannte bereits und mit jedem Augenblick fraß sich der rote Dämon, der über Efthaka gekommen war, weiter vor.

Iolan huschte zum Eingang des Schuppens und warf einen Blick hinein. Über die Holzdecke spielten Flammenzungen. Jeden Moment konnte sie einbrechen.

Andererseits stand die Kiste, in der die Waffen verstaut waren, keine drei Schritt von ihm entfernt. Er biss sich auf die Unterlippe. Sein Blick huschte erneut zur Decke, dann wieder zur Kiste. »Verdammt«, murmelte er.

Iolan gab sich einen Ruck und sprang ins Innere. Rasch eilte er zu der Kiste und warf sie auf. Bis auf ein paar alte Decken herrschte darin gähnende Leere. Von einem Kurzschwert oder Schild keine Spur.

Über ihm knackte es unheilvoll. Ein brennendes Brett fiel hinter ihm zu Boden. Schleunigst zog er sich zurück. Keinen Moment zu früh. Dem ersten Brett folgten weitere, dann brach das halbe Dach ein. Funken stoben auf und regneten in einer Wolke winziger glühender Punkte auf die Erde und Iolan herab. Rasch legte er ein paar Schritte Abstand zwischen sich und den Schuppen und klopfte seine Tunika ab.

Dabei stieß er mit dem Fuß gegen einen am Boden liegenden Gegenstand und wäre beinahe gestolpert. Ein leiser Schrei des Erschreckens war zu hören. Iolan drehte sich um und erkannte das Ruderboot, das sein Vater in den letzten Tagen hinter dem Haus aufgebockt hatte, um den Rumpf zu reparieren. Es lag umgedreht auf der Erde – und wie es schien, versteckte sich jemand darunter.

Iolan ließ sich zu Boden sinken und versuchte unter das Boot zu schauen. »Mirene, bist du das?«, fragte er. Der Schrei hatte weiblich geklungen – und wer sollte sich sonst hinter dem Haus seiner Eltern verbergen. »Ich bin es, Iolan.«

»Iolan?«, drang es unter dem Boot hervor.

Nun war er ganz sicher, dass es sich um seine jüngere Schwester handelte. Mit einer Hand hob er das Boot in die Höhe. Dort lag sie, flach auf die staubige Erde gepresst, das Kleid schmutzig und das Gesicht tränennass. Mit den Händen hielt sie ein Messer umklammert, das Iolan als das Fischermesser von Markos erkannte.

»Iolan!«, entfuhr es ihr. Sie kroch unter dem Boot hervor und im nächsten Moment lagen sie einander kniend in den Armen. »Du lebst. Den Göttern sei Dank«, schluchzte Mirene in seine Schulter. »Ich hatte Angst, du wärst auch tot.«

»Nein, mir geht es gut«, erwiderte Iolan, während er sie auf die Beine zog. »Ich bin unverletzt. Was ist mit dir?«

Mirene wischte sich mit dem Arm über das Gesicht. »Mir … mir ist auch nichts passiert.«

Iolan zog seine Schwester hinter den brennenden Schuppen, wo man sie von den Dorfstraßen aus nicht sehen konnte. »Was ist hier geschehen? Wo kommen die Angreifer her? Wo sind Vater und Mutter? Und was ist mit Markos und Elea?« Die Worte sprudelten nur so aus ihm hervor, und er musste sich beherrschen, um Mirene nicht an den schmalen Schultern zu packen und zu schütteln.

»Ich … ich weiß es nicht«, stammelte Mirene. »Eben noch hatten wir gefeiert, dann regnete es Pfeile vom Himmel. Elea …« Sie stockte und es lag ein Ausdruck von Entsetzen auf ihrem jungen Gesicht. Iolans Magen verkrampfte sich. »Elea ist tot.« Wieder brach Mirene in Tränen aus.

»Nein …« Iolan spürte, wie ihn Schwindel erfasste. Er schwankte, wie ein Gladiator, der einen Keulenhieb gegen den Schädel hatte einstecken müssen. »Nein, das kann nicht sein.« Nun packte er Mirene doch bei den Schultern. »Sag, dass das nicht wahr ist.«

Sie schüttelte den Kopf, unfähig, ihre Trauer und ihren Schrecken angemessen in Worte zu fassen. »Es tut mir leid. Es tut mir so leid.« Sie ließ sich an seine Brust sinken und umschlang ihn mit den Armen wie eine Ertrinkende.

Sein Verstand weigerte sich, das Gehörte zu begreifen. Die Frau, mit der er den Rest seines Lebens hatte verbringen wollen, konnte nicht einfach sterben. Das musste ein schrecklicher Irrtum sein. So grausam konnten die Sechsgötter unmöglich sein.

Dann erwachte der Zorn in ihm, ein glühend heißer Zorn, der sich in seinem ganzen Körper ausbreitete und ihn mit dem beinahe überwältigenden Wunsch erfüllte, loszustürmen und so viele dieser elenden Hurensöhne umzubringen, wie er konnte.

Nein!, befahl er sich. *Erst muss ich Mirene in Sicherheit bringen. Und nach meinen Eltern und Markos suchen. Danach bleibt genug Zeit für Rache.* Und seine Rache würde er bekommen. Wer immer für Eleas Tod verantwortlich war, würde bitter dafür bezahlen.

Er wandte sich an seine Schwester. »Mirene, weißt du, wie es um unsere Eltern steht? Wurden sie gefangen genommen oder auch umgebracht?«

Mirene zuckte schniefend mit den Achseln. »Ich habe sie nicht mehr gesehen, seit die Kämpfe losbrachen. Markos sucht sie. Er wollte zum Dorfplatz laufen, ist bis jetzt aber nicht zurückgekehrt.«

Iolan dachte kurz darüber nach und traf dann eine Entscheidung. »Gut. Verschwinde aus dem Dorf, Mirene. Unten am Strand wirst du ein Handelsschiff finden. Es gehört Arastoth. Bitte den Kapitän um Schutz und Hilfe. Ich suche die anderen und folge dir danach.«

»Nein, ich möchte bei dir bleiben«, widersprach Mirene.

»Sei nicht närrisch«, schalt Iolan sie. »Ich kann dich in dem Chaos hier nicht beschützen. Ich kann mich ohne Waffe kaum selbst schützen. Es wird mir leichter fallen, Vater und Mutter zu suchen, wenn ich dich in Sicherheit weiß. Also tu, was ich dir …«

Weiter kam er nicht, denn in diesem Moment taumelte ein bärtiger, grauhaariger Mann um die Ecke der brennenden Hütte. Es war Anoas, der Zimmermann von Efthaka. Er blutete aus mehreren Wunden und vermochte kaum noch die langstielige Axt zu halten, die er für gewöhnlich zum Spalten von Holzscheiten verwendete. Dem Blut am Axtblatt zufolge diente sie ihm heute als Waffe. Als er Iolan und Mirene erkannte, weiteten sich seine Augen. »Lauft …«, keuchte er. »Rettet euch.«

Er hatte die Worte kaum über die Lippen gebracht, als auch schon seine Verfolger auftauchten, drei Soldaten in den unverkennbaren Farben des Königs von Cordur. *Warum greifen uns königliche Soldaten an?*, durchfuhr es Iolan. *Wir haben doch nichts getan.*

»Da sind noch zwei.« Der Anführer der drei deutete auf Iolan und Mirene. »Bringt sie um.«

»Flieht, um Verdamons willen!«, brüllte Anoas, bevor er herumfuhr, um sich, die Axt in einem weiten Halbkreis schwingend, seinen Verfolgern ein letztes Mal zu stellen. Sein Selbstopfer verschaffte Iolan und Mirene kaum ein halbes Dutzend Herzschläge Vorsprung. Noch während Iolan die Hand seiner Schwester packte und sie mit sich in die Gasse zwischen den Häusern zog, um die Soldaten abzuschütteln, sah er aus den Augenwinkeln, wie einer der Krieger Anoas' Axthieb mit dem Schild ablenkte und die anderen von der Seite auf ihn eindrangen. Sterbend sackte der Zimmermann an der Wand des brennenden Schuppens zusammen.

»Schnell, Mirene«, drängte Iolan sie. An seinen ursprünglichen Plan, sie alleine hinunter zum Strand zu schicken, war nun nicht mehr zu denken. Mit mehreren Verfolgern im Nacken würde sie es niemals zum sicheren Schiff schaffen – sofern es überhaupt noch am Strand vor Anker lag und sich nicht weiter aufs Meer hinaus zurückgezogen hatte.

Sie hasteten an brennenden Hütten und toten Dorfbewohnern vorbei. Noch immer waren von überallher Schreie und Waffengeklirr zu hören, aber der Kampf um Efthaka schien an einigen Stellen bereits zum Erliegen gekommen zu sein. Die Fischer und ihre Familien hatten der Übermacht ihrer Feinde kaum etwas entgegensetzen können.

Hinter ihnen vernahmen sie schnelle Schritte. Iolan warf einen Blick über die Schulter. Die Soldaten, die Anoas ermordet hatten, waren ihnen bereits auf den Fersen. Ein Anflug von Verzweiflung überkam ihn. Mirene in ihrem langen Kleid würde ihnen niemals entkommen. Und da er seine Schwester nicht im Stich lassen konnte, blieb ihm keine andere Wahl, als zu kämpfen. Doch drei Feinde gleichzeitig zu bezwingen, war ein Ding der Unmöglichkeit.

Jetzt könnte ich die Kraft brauchen, die mich bei meinem Ringen mit dem Orwa überkommen hat, dachte Iolan. Dann hätte er seinen Feinden einen Ochsenkarren entgegenwerfen oder sich mit einem brennenden Dachbalken verteidigen können. Aber ungeachtet der Angst um Mirene und der Wut über Eleas Tod fühlte er nichts in seiner Brust als den heftigen Schlag seines wild pochenden Herzens und die Schmerzen seiner vom Qualm gereizten Lungen.

Sie bogen um eine Häuserecke, dann eine weitere. Die Soldaten blieben ihnen auf den Fersen und holten unerbittlich auf. Es war aussichtslos. Im Rennen klaubte Iolan ein Kurzschwert von einem gefallenen Soldaten auf. Danach fühlte er sich ein wenig besser.

Trotzdem war ihre Flucht zum Scheitern verurteilt. Sie hetzten zwischen zwei Hütten hindurch, und auf der anderen Seite erwarteten sie weitere Soldaten. Iolan wich an eine der Hauswände zurück. »Duck dich«, befahl er Mirene, während er sich vor sie stellte und sein Schwert schwang, um ihre Gegner auf Abstand zu halten.

Einem von ihnen vermochte er eine geringfügige Fleischwunde am Oberschenkel beizubringen. Dann traf ihn von hinten ein kräftiger Schlag auf den Kopf. Iolan taumelte. Vor seinen Augen tanzten bunte Flecken. Plötzlich wusste er nicht mehr, wo oben und unten war. Gleich darauf krachte er zu Boden und schlug sich erneut den Kopf an. Sein Blickfeld verengte sich und Schwärze schwappte über ihn hinweg.

Wie aus weiter Ferne glaubte er das panische Kreischen Mirenes zu vernehmen. Mit erstaunlichem Gleichmut nahm er es hin. Auch die herrische Stimme überraschte ihn kaum mehr. »Weg von ihm, ihr Narren. Das ist Iolan!«

Das Einzige, was Iolan in dem Augenblick, bevor er vollends das Bewusstsein verlor, wirklich beschäftigte, war die Frage, ob er wohl gleich Elea gegenübertreten würde.

»Sorge dich nicht, Vater«, sagte Markos mit erstickter Stimme. »Alles wird wieder gut.« Er kauerte mit seinem Vater halb hinter der Holzbank, die dem zweiten der Soldaten zum Verhängnis geworden war. Für den Moment waren sie ungestört.

Bourabas, der verblutend in seinen Armen lag, blickte ihn aus trüben Augen an. Sein bärtiger Mund verzog sich zu einem matten Lächeln. »Du bist ein schlechter Lügner, Markos«, erwiderte sein Vater schwach. Jeder seiner Atemzüge wurde von einem schrecklichen, feuchten Gurgeln begleitet. »Aber das ist gut so«, fuhr er fort. »Es hat dich … hat dich zu einem aufrechten Mann gemacht.« Er hustete und blutiger Schaum trat auf seine Lippen.

Die faltige Hand seines Vaters tastete über den staubigen Dorfplatz. »Rania«, keuchte er, als er den schlaffen Arm seiner Frau fand, die neben ihnen lag. Er wollte sich ihr zuwenden, schaffte es aber nicht. Stattdessen sah er Markos wieder an. »Ist sie …?«

Markos nickte stumm. Seine Mutter war tot. Sein Vater würde es gleich sein. Und ihre Götter hatten tatenlos zugesehen. *Ich hasse euch dafür*, dachte Markos verbittert.

»Ist schon gut«, sagte Bourabas. »Ist gut. Ich hätte … ohne sie hätte ich nicht leben wollen. So sind wir bald wieder zusammen. In einer … einer besseren Welt.«

»Ja, Vater«, sagte Markos. Zwar zweifelte er an diesem Tag mehr als je zuvor an allem Göttlichen, aber er wollte nicht in den letzten Augenblicken, die seinem Vater noch blieben, mit ihm streiten.

Bourabas packte ihn am Arm. »Markos …«

»Ich bin da, Vater.«

»Kümmere dich um deine Geschwister, Iolan und Mirene. Du musst sie beschützen. Sie haben jetzt nur noch dich.«

Markos spürte, wie sich ein Kloß in seinem Hals bildete. Erneut sah er sich um. Niemand beachtete sie. »Das werde ich. Ich verspreche es.«

»Gut.« Bourabas hustete wieder. Jeder Atemzug klang angestrengter als der letzte. »Gut.« Die Finger des Fischers gruben sich in Markos' Arm. »Da ist noch etwas. Ich … ich hätte es dir schon vor langer Zeit sagen sollen.« Seine Stimme wurde so leise, dass Markos sich vorbeugen musste, um ihn zu verstehen.

»Was?«

Sein Vater schloss die Augen.

Markos schüttelte ihn sanft. »Vater. Was hättest du mir sagen sollen?«

»Hüte dich ...«, murmelte Bourabas, ohne die Augen zu öffnen. »Iolan ist mehr als ... mehr ...« Er verstummte.

»Nein, nein, stirb noch nicht«, bat Markos und schüttelte seinen Vater noch einmal. »Was ist mit Iolan? Sprich. Bitte.«

Die Hand seines Vaters sank kraftlos zu Boden. Sein Körper erschlaffte in Markos' Armen. Bourabas war tot.

Von der anderen Seite des Dorfplatzes näherten sich Kampfgeräusche. »Verzeih. Ich kann nicht bleiben«, flüsterte Markos. Er küsste seinen Vater auf die faltige Stirn, bevor er ihn zu Boden gleiten ließ, sich Schwert und Schild eines seiner Feinde griff und geduckt davonhuschte.

Er fragte sich, was er nun machen sollte. An einen Sieg gegen die Soldaten glaubte er nicht mehr. Mittlerweile brannte ganz Efthaka und jeder Widerstand schien gebrochen zu sein. *Vielleicht sollte ich Mirene nehmen und einfach verschwinden*, dachte Markos. Elea war tot, sein Vater und seine Mutter waren tot, und wenn er nicht aufpasste, starb auch er.

Während er zurück zur Hütte seiner Eltern schlich, kam ihm der Gedanke, dass er seit Beginn des Überfalls weder Iolan noch Arastoth gesehen hatte. Wo steckten die beiden? Er wusste, dass die Quano mit ihrer Theurgie bemerkenswerte Taten vollbringen konnten. Daher glaubte er kaum, dass jemand wie Arastoth einfach so stumm und unbemerkt den Schwertern der königlichen Soldaten zum Opfer gefallen war.

Halte dich an das, was du hast, ermahnte er sich. Zunächst galt es, seine kleine Schwester zu retten. Schließlich hatte er das seinem Vater versprochen.

Doch als er das umgekippte Boot erreichte, unter dem er sie zurückgelassen hatte, erlebte er eine unangenehme Überraschung. Der Bootsrumpf war umgedreht und von seiner

Schwester fehlte jede Spur. Neben den brennenden Trümmern des Schuppens lag die Leiche von Anoas, dem Zimmermann, die blutige Axt, mit der er sich verteidigt hatte, noch fest umklammert. Markos wurde eiskalt. Hier hinten hatte ein Kampf stattgefunden. Die Soldaten mussten Mirene gefunden haben.

Rasch sah er sich um. Er fand keine Leiche, weder neben der Hütte noch im Gestrüpp der dahinter liegenden Hügel. *Konnte sie entkommen? Oder haben sie sie als Gefangene mitgenommen?* Die Ungewissheit machte ihn schier wahnsinnig.

Mit finsterer Miene blickte er auf die vor ihm liegende Straße mit ihren brennenden Häusern und den verstreuten Körpern. Nach wie vor waren Schreie und Kampfeslärm zu vernehmen, aber nur noch an wenigen Stellen. Womit das Risiko, entdeckt zu werden und die Aufmerksamkeit der Soldaten auf sich zu ziehen, immer größer wurde.

Markos biss die Zähne zusammen. *Aber was bleibt mir anderes übrig? Ich habe es Vater versprochen.* Mit diesem Gedanken stürzte er sich aufs Neue in das Flammenchaos, das einst ein idyllisches Fischerdorf gewesen war. Doch er fand seine Geschwister in dieser Nacht nicht mehr.

Iolan und Mirene waren fort.

10

SPUREN IM SAND

2. Tag des 7. Mondes
im 301. Jahr der cordurischen Könige

Als am nächsten Morgen die Sonne aufging, fand sie an der Stelle, wo am Abend zuvor noch ein heiteres Fischerdorf gestanden hatte, bloß noch ein weites Rund rauchender Ruinen vor. Efthaka gab es nicht mehr. Die königlichen Soldaten, die mit Feuer und Schwert über die feiernden Menschen und ihre Heime hereingebrochen waren, hatten es ausgelöscht. Überall lagen erschlagene Menschen und Tiere, und in den Qualmgeruch mischte sich der süßliche Gestank des Todes.

Von einem Gefühl dumpfen Grauens erfüllt, streifte Markos durch die Straßen. Den Schild und das Schwert, die er gestern erbeutet hatte, trug er immer noch bei sich, wobei er die Klinge hinter den Schild gesteckt hatte. Eine heftige Prellung am linken Knie ließ ihn humpeln. Sie war ein Andenken an die gestrige Nacht, genau wie die Schnittwunde am rechten Oberarm und einige weitere oberflächliche Blessuren, die er sich bei zwei Zusammenstößen mit königlichen Soldaten zugezogen hatte, während er verzweifelt und erfolglos nach Iolan und Mirene gesucht hatte.

Zu seiner Überraschung waren die Soldaten irgendwann auf einmal verschwunden. Nachdem sie das Dorf in Schutt und Asche gelegt und einen Großteil der Bewohner umgebracht hatten, zogen sie sich einfach zurück. Sie machten sich nicht die Mühe, die Hüttenruinen zu durchwühlen oder jede versteckte Seele zu finden und auszumerzen – ein Umstand, der Markos vermutlich das Leben rettete –, und genau diese Haltung, diese eigentümliche Gleichgültigkeit, was Beute oder Gefangene betraf, verwirrte Markos mehr als alles andere.

Er fand seinen Weg zurück zum Dorfplatz, wo bereits einige andere Überlebende damit beschäftigt waren, die Toten zu bergen. Sie legten sie in mehreren Reihen nebeneinander, falteten ihnen die Arme vor der Brust und schlossen ihnen die Augen. Jene, die besonders stark verstümmelt waren, wurden mit Decken und Resten von Segeltuch verhüllt.

Auch Bourabas und Rania lagen unter den Toten. Im Gegensatz zu manchen der Ermordeten wirkten Markos' Eltern im Tod beinahe friedlich. Dieser Umstand änderte nichts an ihrem grauenhaften Ende, aber er milderte den Schmerz, den er empfand, als er sie betrachtete, ein wenig. *Ich hoffe, ihr habt euch in der Ewigkeit wiedergefunden*, dachte Markos.

Er trank ein paar Schlucke Wasser aus einem der heil gebliebenen Krüge, aß ein vergessenes Viertel Fladenbrot und setzte anschließend seine Suche nach Iolan und Mirene fort. Gegen Mittag war er ziemlich sicher, dass die beiden nicht zu den Toten der letzten Nacht gehörten. Entweder waren sie geflohen oder von den Soldaten verschleppt worden.

Nach und nach fanden diejenigen, die nach dem Angriff erfolgreich in die Wildnis geflohen waren, ihren Weg in die Ruinen von Efthaka zurück. Kaum dreißig Männer, Frauen und Kinder hatten das Gemetzel lebend überstanden. Die fünffache Menge an Toten war zu beklagen, darunter alle Dorfältesten. Einige wenige Bewohner wurden noch immer vermisst.

»Habt ihr Iolan und Mirene gesehen?«, fragte Markos jeden, der neu hinzukam. Einer nach dem anderen schüttelte den Kopf.

Es war schließlich Olias, der am gestrigen Abend den Preis für den größten Fisch errungen hatte, der ihm Auskunft zu geben wusste. »Sie wurden von den Soldaten weggebracht«, sagte er nickend. »Ich habe sie beobachtet, von meinem Versteck in den Hügeln aus. Iolan schien verletzt oder ohne Bewusstsein zu sein, denn zwei Soldaten haben ihn getragen. Mirene wurde einfach abgeführt.«

»Wohin?«, wollte Markos wissen. »Hast du gesehen, wohin sie gebracht wurden, Olias?«

Olias nickte. »Sie gingen in Richtung Küste. Ich bin ihnen natürlich nicht gleich nachgeschlichen. Ich wollte nicht, dass sie mich entdecken. Aber eine Weile später bin ich ihnen doch gefolgt. Am Strand war niemand mehr zu sehen. Auf See konnte ich allerdings die Lichter eines Schiffes erkennen. Sie müssen an Bord gegangen sein.«

»Danke, Olias. Du warst mir eine große Hilfe.«

Obwohl sein Knie pochte und geschwollen war und auch seine anderen Verletzungen schmerzten, machte Markos sich auf den Weg zur Küste. Er kam nur langsam voran. Das unwegsame Gelände und die Mittagshitze machten ihm zu schaffen. Schlafmangel, Blutverlust und die Anstrengungen der Nacht hatten ihn vollkommen erschöpft. Daran änderte auch die karge Mahlzeit nichts, die er soeben zu sich genommen hatte. *Großartig*, dachte er. *Jetzt habe ich ein halbes Dutzend Kämpfe auf Leben und Tod überstanden, nur um hier in der Wildnis zusammenzubrechen.*

Trotzdem marschierte er verbissen weiter. Er musste einfach wissen, was aus seinen Geschwistern geworden war. *Bis zum Strand gehe ich*, entschied er. *Wenn die Spur von dort wei-*

terführt, muss ich zurück ins Dorf, um mich auszuruhen und auszurüsten, bevor ich ihr weiter nachgehe. Dass er es alleine nicht mit einer ganzen Schar Soldaten aufnehmen konnte, war ihm durchaus klar – schon gar nicht in seinem gegenwärtigen Zustand. Dennoch würde er Iolan und Mirene folgen, wenn nötig bis ans Ende der Welt. Und wenn er sie gefunden hatte, würde ihm sicher auch ein Weg einfallen, sie zu befreien.

Als er die Küste erreichte, fand er abseits der Stelle, an der am gestrigen Tag die Prüfung zur Seeweihe vollzogen worden war, tatsächlich eine ganze Menge Spuren im Sand. Zwar ließ sich nicht erkennen, ob die Fußabdrücke von den Stiefelsohlen der Soldaten stammten, aber welche andere Gruppe sollte hier vorbeigekommen sein?

Die Spur führte nach Norden, an der Küste entlang. Markos beschattete die Augen gegen die helle Sonne und sah sich um. Weit und breit vermochte er weder Mann noch Schiff zu sehen. Er folgte den Fußspuren eine Weile, bis sie plötzlich am Wellensaum endete. *Sie hatten Boote*, ging es ihm durch den Sinn, *den Schleifspuren auf dem Sand nach zu urteilen, mindestens vier.*

Unbeholfen sank er in die Hocke und begutachtete die Spuren. »Das waren keine großen Schiffe«, murmelte er zu sich selbst. »Höchstens Ruderboote. Das heißt, sie hatten ein größeres Schiff draußen auf dem Meer vor Anker liegen.« Aber warum fuhr ein Schiff voller Soldaten die Ostküste Cordurs hinauf und brannte ein kleines Fischerdorf nieder, ohne sich die Mühe zu machen, nach Wertgegenständen zu suchen oder auch nur mehr als eine Handvoll Gefangene zu nehmen?

Eine Handvoll Gefangene?, überlegte Markos. *Sie haben Iolan und Mirene mitgenommen. Andere Gefangene hat Olias nicht erwähnt. Waren sie die beiden einzigen?*

Die Worte seines Vaters kamen ihm in den Sinn. *Iolan ist mehr als …* »Mehr als was?«, fragte sich Markos, während er den Blick hob und aufs Meer hinausstarrte, in der Hoffnung, vielleicht irgendwo noch ein fernes Segel auszumachen. »Mehr als bloß ein Fischersohn? Mehr als nur ein Kind, das du vor siebzehn Sommern in einem treibenden Ruderboot auf dem Meer aufgelesen hast, Vater?« Er ballte die Faust. »Verdammt, warum hast du nicht früher mit mir darüber gesprochen?«

Nicht, dass es irgendetwas an dem Soldatenüberfall geändert hätte. Aber vielleicht hätte er in dem Fall zumindest einen Anhaltspunkt gehabt, wohin die Soldaten Iolan und Mirene bringen wollten.

Da er hier draußen nicht mehr viel erreichen konnte, kehrte Markos ins Dorf zurück.

Auf dem Dorfplatz lagen mittlerweile alle Toten beisammen. Einige der Verstorbenen hielten Ölbaumzweige, ein Symbol für eine friedliche Reise ins Jenseits, die ihnen von trauernden Angehörigen in die kalten Hände gedrückt worden waren. Schon bald würden diese die Toten verbrennen und ihre Asche über dem Meer verstreuen, wie es Brauch in Efthaka war. Bloß würden sie diesmal sehr große Urnen brauchen.

Die Überlebenden hatten Tische und Bänke zusammengestellt und an Speisen und Getränken zusammengetragen, was ihnen geblieben war. Ein paar herrenlose Hühner und Ziegen streunten um sie herum, während sie dort saßen und sich stärkten, erschöpfte Gestalten mit aschgrauen Gesichtern.

»Markos!«, rief einer der Männer. »Komm her und setz dich zu uns. Wir beratschlagen gerade, was wir jetzt machen sollen.«

Markos gesellte sich zu den anderen. Er zählte zwölf Kinder, sieben Frauen und neun Männer, darunter Olias und Clavio. Natürlich kannte er alle der Anwesenden mehr oder weniger gut, doch an Familie war ihm, wie es schien, nur Kathamnia, die jüngere Schwester seines Vaters, und ihr zwölf Sommer alter Sohn Eron geblieben. Markos trat auf Kathamnia zu und umarmte sie stumm.

»Iolan und Mirene?«, fragte sie leise. Offensichtlich hatte Olias ihr erzählt, was ihn zum Strand getrieben hatte.

Er schüttelte niedergeschlagen den Kopf. »Sie sind fort. Ich glaube, dass die Soldaten sie mit einem Schiff weggebracht haben.«

»Iolan wurde entführt?«, fragte ein älterer Fischer, Paitro, der am Kopfende der Tafel saß und gegenwärtig die Rolle des Anführers einzunehmen schien.

»Und Mirene«, bestätigte Markos.

»Wieso haben die Soldaten sie mitgenommen?«, fragte jemand.

»Fehlen noch andere Dorfbewohner?«, wollte Paitro wissen.

Kathamnia nickte. »Mein Mann ist noch immer nicht aufgetaucht. Und er war auch nicht unter den Toten. Ich bete, dass er noch lebt.«

»Meine große Schwester ist auch verschwunden«, warf Olias ein.

Einige Dorfbewohner nannten weitere Vermisste. Insgesamt waren es noch ein knappes Dutzend, die fehlten – aber niemand konnte mit Sicherheit sagen, dass die königlichen Soldaten sie mitgenommen hatten. Es war ebenso möglich, dass sie sich noch in der Wildnis verbargen oder unter den Trümmern der abgebrannten Hütten verschüttet lagen.

»Was wollten die Soldaten überhaupt in Efthaka?«, stellte Kathamnia die Frage, die wahrscheinlich alle beschäftigte. »Haben wir nicht immer treu unsere Abgaben nach Brendesi entrichtet?«

»Das haben wir, soweit ich das zu sagen vermag«, antwortete Paitro ernst.

»Sie haben auch keine Forderungen gestellt«, bemerkte Markos. »Hätten sie nicht, wenn sie etwas eintreiben wollten, zunächst mit den Dorfältesten gesprochen und ihnen gedroht? Tote zahlen keinen Tribut.«

»Vielleicht handelte es sich um einen grauenhaften Fehler«, überlegte eine Frau. »Könnten die Soldaten geglaubt haben, ein Piratennest anzugreifen?«

»In dem Frauen und Kinder leben?«, entgegnete Clavio. »Sie haben uns doch beim Feiern beobachtet, bevor sie ihre Pfeile lossandten. Ich sage euch: Die wussten genau, auf wen sie schießen.«

»Aber es kann doch nicht einfach eine sinnlose Mordtat gewesen sein«, meldete sich eine weitere Frau zu Wort. »Es waren keine Barbaren, sondern königliche Soldaten.«

Seufzend schüttelte Paitro den Kopf. »Wir fürchten, dass wir auf diese Frage keine Antwort finden werden. Wir mögen rätseln, so viel wir wollen. Die Einzigen, die uns ihr schreckliches Handeln erklären könnten, sind die Krieger, die inzwischen weitergezogen sind.« Er senkte den Blick, und seine Hände drehten den Tonbecher, den er hielt, missmutig hin und her.

Einen Moment senkte sich schwermütiges Schweigen über die Tafel, an der die Überlebenden saßen. Von den Ruinen ihrer Heime stieg feiner Rauch in den klaren Nachmittagshimmel und wurde vom auffrischenden Seewind verweht. Neben ihnen ruhte das Heer der Verstorbenen, die auf ihre Feuerbestattung harrten. Am anderen Ende der Tafel hielt eine Frau ihr Kind in den Armen und schluchzte leise.

»Was machen wir denn jetzt?«, fragte Kathamnia leise und warf einen unsicheren Blick in die Runde. »Unser Dorf ist zerstört, fast alle sind tot. Wie soll es weitergehen?«

»Zunächst müssen wir unsere Männer, Frauen und Kinder bestatten, wie es der Brauch und unser Glaube ist«, befand

Paitro. »Sie sollen ihren Weg zu den Göttern finden. Und danach …« Er zögerte und hob ratlos die Schultern. »Betrachtet man es genau, liegen nur zwei Pfade vor uns, die wir beschreiten können. Wir können uns entscheiden, in Efthaka zu bleiben und das Dorf wieder aufzubauen, so gut es uns möglich ist. Wir mögen nur noch wenige sein, aber ich denke, unsere Gemeinschaft ist groß genug, um zu überleben. Der andere Weg führt in die Fremde. Wir verlassen Efthaka, geben das Dorf und unser bisheriges Leben auf und suchen entweder in Brendesi oder einem der benachbarten Fischerdörfer ein neues Zuhause.« Ergeben hob er die Hände. »Das sind die Möglichkeiten, die mir in den Sinn kommen.«

Seine Worte sorgten für einige Unruhe unter den Anwesenden. Während die einen erklärten, dass sie an diesem Ort des Grauens nicht länger würden leben wollen, betonten die anderen – und es waren überraschend viele, wie Markos fand –, dass Efthaka immer ihre Heimat gewesen war und es auch jetzt bleiben sollte. »Wir können aufbauen, was niedergebrannt wurde!«, rief Kathamnia leidenschaftlich. »Schon früher mussten wir manch schwere Zeiten überstehen. Die Ereignisse der letzten Nacht mögen schlimmer sein als alles, was uns je widerfahren ist, aber sie sollen uns nicht besiegen.«

Beifälliges Gemurmel begleitete ihre Worte.

»Lasst uns nichts überstürzen«, sagte Paitro. »Wir wollen die Toten bestatten, über alles in Ruhe nachdenken, und schließlich soll jeder für sich entscheiden, ob er bleiben oder gehen wird. Ich für meinen Teil, das kann ich euch schon sagen, werde bleiben. In Efthaka wurde ich geboren und hier will ich am Ende meiner Tage sterben. Und kein Sturm, kein Pirat, kein bordischer Barbar und erst recht kein Soldat unseres fernen Königs Agathon wird mich davon abbringen.« Der Fischer nickte bekräftigend und stand auf. Für ihn war damit alles gesagt.

Nach dem Mahl bestand Kathamnia darauf, sich um Markos' Wunden zu kümmern. Da sie gelegentlich im kleinen Haus der Heilung Kranke und Verletzte versorgt hatte, verstand sie sich gut genug darauf, um ihm sagen zu können, dass er außerordentliches Glück gehabt hatte und aller Voraussicht nach keine bleibenden Schäden zurückbehalten würde – nur die ein oder andere Narbe.

Den verbliebenen Nachmittag verbrachten sie damit, am Strand große Scheiterhaufen aufzurichten. Sie legten die Toten eng nebeneinander darauf, segneten sie mithilfe einiger aus den Trümmern des Dorftempels geretteter Sechsgöttersymbole und zündeten die Holzstöße an. Die Bestattung war nicht ganz so würdevoll, wie Markos es kannte. Zum einen fehlte es an Brennholz, um die hundertfünfzig Dorfbewohner einzeln zu verbrennen, zum anderen hatte an diesem Abend kaum noch jemand die Kraft, eine feierliche Zeremonie abzuhalten, zumal mit Cheron der Priester des Dorfs ebenfalls unter den Toten war und Paitro die Liturgie nur bruchstückhaft beherrschte.

Für die Nacht verteilten sie sich über die halbwegs unzerstörten Häuser, und als der nächste Morgen graute, fuhr das ganze Dorf mit den am Strand liegenden Fischerbooten, die erstaunlicherweise von den Soldaten nicht angerührt worden waren, aufs Meer hinaus und verstreuten die Asche der Toten über dem Wasser. Die Wellen glitzerten verheißungsvoll im Licht der aufgehenden Sonne. Einige Seevögel schwebten klagend über den Booten. Es war ein schöner Tag für diese traurige Fahrt.

Auf dem Rückweg setzte sich Clavio neben Markos auf die Ruderbank. Der junge Klippenspringer, der in der letzten Nacht seine ganze Familie verloren hatte, sah Markos düster an. »Du wirst nicht in Efthaka bleiben, oder?«, fragte er.

Markos schüttelte den Kopf. »Ich kann nicht. Wenn Iolan und Mirene wirklich von den Soldaten entführt wurden, besteht die Hoffnung, dass sie noch am Leben sind. Ich werde sie suchen gehen. Das bin ich nicht nur meinen Eltern schuldig, sondern auch Iolan und Mirene selbst.«

»Wo wirst du deine Suche beginnen?«, wollte Clavio wissen.

»Ich schätze, dass ich als Erstes nach Brendesi reise«, antwortete Markos. »Es ist die nächste größere Hafenstadt. Vielleicht hat ihr Schiff dort Halt gemacht. Und wenn ich dort keine Spur finde …« Gedankenvoll blickte er hinaus aufs Meer. »Dann gehe ich nach Aidranon. Der König selbst soll mir Rede und Antwort stehen und mir sagen, warum Efthaka ausgelöscht wurde – und wo meine Geschwister sind.«

»Du willst vor König Agathon treten und ihn herausfordern?« Clavio warf ihm einen zweifelnden Blick zu. »Vielleicht hast du doch einen heftigeren Schlag gegen den Kopf bekommen, als Kathamnia dachte.« Er schenkte Markos ein schiefes Lächeln, das jedoch verblasste, als er in Markos' Augen blickte. »Bei Verdamon, du meinst es ernst. Du würdest wirklich nach Aidranon gehen, um deine Geschwister zu finden?«

»Ich würde bis ans Ende der Welt reisen, wenn es nötig wäre«, gab Markos mit grimmiger Miene zurück. »Ich habe nun kein anderes Ziel mehr im Leben, als sie zu finden und zu retten. Und wenn es mir dabei gelingt, die Mörder meiner Eltern zur Rechenschaft zu ziehen, umso besser.«

Fassungslos starrte Clavio ihn einen Moment lang an. Dann überraschte er Markos mit einer ungewöhnlichen Bitte: »Lass mich mit dir ziehen.«

»Du willst mitkommen?«

»So ist es«, sagte Clavio. »Genau wie du habe ich nichts mehr, das mich in Efthaka hält. Ich glaube, ich würde es nicht ertragen, einfach auf den Ruinen neue Hütten zu errichten und so zu tun, als wäre nichts geschehen. Irgendjemand hat meine Leute auf dem Gewissen. Wenn ich ihn finde, schreibe ich ihm die Namen meiner Eltern und meiner Geschwister mit dem Fischermesser in den Leib und werfe ihn dann den Makarai zum Fraß vor. Und so wie es aussieht, werde ich diesen Mann am ehesten finden, wenn ich dich begleite.«

Sein Bauchgefühl riet Markos, Clavios Bitte abzulehnen. Clavio war ein Hitzkopf und er mochte sie beide in Schwierigkeiten bringen, lange bevor sie ihrem Ziel auch nur nahe waren. Doch gleichzeitig musste er daran denken, wie Clavio ihm in der letzten Nacht das Leben gerettet hatte. Die Welt jenseits von Efthaka war ein gefährlicher Ort. Es schadete nicht, einen Reisegefährten zu haben, der keine Angst kannte und so gut mit dem Speer umzugehen wusste wie Clavio.

Markos hielt ihm den Arm hin. »Einverstanden. Du kannst mich begleiten.«

»Ich danke dir.« Clavio ergriff den Arm und drückte ihn voller Entschlossenheit. »Wann ziehen wir los?«

»In ein paar Tagen. Sobald mein Knie verheilt ist und wir uns für eine längere Reise vorbereitet haben.« Markos spürte, wie ein zynisches Lächeln auf seine Lippen trat. Er hatte immer davon geträumt, in die weite Welt hinauszuziehen. Noch vorgestern Nacht hatte er mit Iolan darüber gesprochen. Nun kam es endlich dazu – doch ein Teil von ihm wünschte, er hätte die Götter mit seinem jahrelangen Fernweh niemals in Versuchung geführt.

Als er sich an die Unterhaltung erinnerte, fiel Markos plötzlich etwas ein, das er im Durcheinander der jüngsten Ereignisse vollkommen vergessen hatte: Arastoth, der geheimnisvolle Quano-Heiler, war vorgestern nach langer Abwesenheit kurz vor dem Soldatenangriff im Dorf aufgetaucht. Er wollte Quano nicht unterstellen, etwas mit dem Überfall zu tun zu haben.

Zumindest kam es ihm sehr unwahrscheinlich vor, dass Arastoth dafür *verantwortlich* war, denn weshalb hätte er sich dann mitten ins Dorf und damit in Gefahr begeben?

Andererseits gab es seit jener Nacht auch von Arastoth keine Spur mehr. Wenn er also nicht irgendwo in den heruntergebrannten Resten einer der Hütten lag – und dies wurde mit jeder Stunde, in der die Überlebenden die Trümmer durchsuchten, unwahrscheinlicher –, hatten die Soldaten womöglich auch ihn entführt. Und das wiederum warf weitere Fragen auf. Waren die Soldaten vielleicht in Wahrheit hinter Arastoth her gewesen und hatte ihr Überfall diesen Umstand bloß verschleiern sollen? Und wenn ja, warum jagten sie den alten Mann, und wer gab sich solche Mühe, dies zu verbergen?

Markos richtete den Blick aufs Meer und blickte mit zusammengekniffenen Augen über die glitzernden Wellen. Sein Bauchgefühl sagte ihm, dass an dieser ganzen Geschichte deutlich mehr dran war, als es bislang den Anschein hatte …

11

DER LETZTE ERBE

3. Tag des 7. Mondes
im 301. Jahr der cordurischen Könige

Als Iolan erwachte, hatte er das Gefühl, er leide noch immer unter den Nachwirkungen des heftigen Kopftreffers. Die Welt schien leicht hin und her zu schwanken. Dann vernahm er das Knarren von Holz und Tauen sowie einen leisen, monotonen Trommelschlag und begriff, dass er sich auf einem Schiff befinden musste, das auf den Wellen schaukelte.

Verwirrt schlug er die Augen auf.

Er lag auf einem schmalen Bett in einer engen, schmucklosen Kammer, die sich im Heck des Ruderseglers befinden musste, denn durch ein offenes Fenster vermochte Iolan die Spur des Schiffes im Wasser zu sehen. Das Meer erstreckte sich bis zum Horizont. Am Himmel ging gerade die Sonne auf. Sie mussten sich also ungefähr in westliche Richtung bewegen, was wiederum bedeutete, dass sie nicht an der Ostküste von Cordur entlangfahren konnten. »Wo bin ich?«, murmelte er.

Er schlug das dünne Laken beiseite, das ihn bedeckte, und stellte fest, dass er nur mit seinem Lendenschurz bekleidet war. Die Tunika hatte ihm jemand ausgezogen und, wie er mit einem Seitenblick erkannte, gefaltet auf einen Stuhl neben dem Bett gelegt. Erstaunlicherweise konnte Iolan keinerlei Blessuren des Kampfes um Efthaka an sich feststellen. Nur die magischen Symbole prangten in kräftigem Schwarz auf seinen braun gebrannten Armen und Beinen.

Wie lange war ich bewusstlos?, fragte Iolan sich, als er die Beine über die Bettkante schwang und seine nackten Füße auf das hölzerne Deck stellte. *Oder hat mich jemand auf magische Weise geheilt? Und ist das hier Arastoths Schiff? Hat er mich aus Efthaka gerettet?* Er glaubte sich daran zu erinnern, die Stimme des alten Quano vernommen zu haben, bevor er das Bewusstsein verlor, aber vielleicht bildete er sich das auch nur ein.

»Nun, es gibt eine einfache Lösung, um Antworten auf meine Fragen zu erhalten«, sagte er sich, stand auf und streifte seine Tunika über. Er schnallte den Gürtel um, der darunter lag, und zog die Stiefel an, die er hinter dem Stuhl fand. Zu seinem Bedauern waren sowohl das erbeutete Schwert als auch der Schild verschwunden. Auch sein Fischermesser fehlte. *Offenbar fürchtet jemand, ich könnte im Wahn aus dieser Kammer ausbrechen und ein wildes Gemetzel veranstalten*, dachte Iolan mit einem Anflug von Sarkasmus, und er spürte, wie sich sein Mund zu einem schiefen Grinsen verzog.

Das Grinsen verging ihm, als ihm in den Sinn kam, dass er vielleicht schlicht ein Gefangener an Bord war. Rasch durchquerte er die kleine Kammer, legte die Hand auf die Türklinke und drückte sie herunter.

»Bei den Göttern, hast du mich erschreckt«, entfuhr es Mirene, als Iolan etwas zu schwungvoll die Tür aufstieß, die sie anscheinend in ebendiesem Augenblick ebenfalls hatte öffnen wollen. Seine Schwester stand in einem kurzen Gang, an dessen Ende vier Stufen ins Freie auf Deck führten. Sie hatte noch immer ihr Festtagskleid an, aber es wirkte sauberer als zuletzt in Efthaka. Auch ihr Gesicht und ihre Haare schien sie zwischenzeitlich gewaschen zu haben.

»Mirene! Du lebst!« Iolan umarmte seine Schwester und drückte sie einen Augenblick lang fest an sich. Er hatte das Schlimmste befürchtet, nachdem er eingekreist von königlichen Soldaten zu Boden gegangen war. Aber wie es aussah, hatte Mirene keinen Schaden genommen.

»Ja.« Sie lächelte ihn an. »Arastoth hat uns gerettet.«

»Arastoth?«, wiederholte Iolan. »Dann habe ich also wirklich seine Stimme gehört, bevor ich das Bewusstsein verlor. Komm doch herein. Setzen wir uns. Du musst mir unbedingt erzählen, was passiert ist.« Er machte einen Schritt zurück, um Mirene einzulassen.

»Das will ich tun. Ich wollte ohnehin gerade nach dir schauen. Aber sag: Soll ich dir etwas zu essen und zu trinken bringen, bevor wir reden?«

Iolan winkte ab. »Das kann warten.«

»Also gut.« Mirene schlüpfte durch die Tür, und er schloss sie wieder.

Während sie sich auf dem einen freien Stuhl niederließ, hockte Iolan sich auf die Bettkante. Neugierig beugte er sich vor. »Und nun verrate mir, wie wir auf das Schiff gekommen sind und warum bei allen Seeteufeln wir übers Meer fahren. Was ist mit Efthaka, unseren Eltern, Markos? Was ist mit …«

Er hielt inne. Beinahe hätte er nach Elea gefragt. Aber seine Versprochene war tot. Mirene hatte ihm bereits erzählt, dass sie von den königlichen Soldaten ermordet worden war. Aufs Neue erwachte ohnmächtige Wut in ihm, aber er gab sich Mühe, sich zu beherrschen – einstweilen.

Mirene schien erkannt zu haben, was in ihm vorging. Ein bekümmerter Ausdruck verdunkelte ihr hübsches Gesicht. Sie streckte die Hand aus und legte sie ihm aufs Knie. »Es tut mir so leid, Iolan.«

»Das muss es nicht«, erwiderte er und senkte kurz den Kopf. »Du kannst ja nichts dafür.« Er wischte die trüben Gedanken an Elea mit einer vagen Handbewegung beiseite und richtete den Blick wieder auf Mirene. »Und nun sprich. Was ist geschehen?«

Mirene zögerte kurz. Ihre Finger spielten mit einer Falte ihres Kleides. »Ich weiß nicht sehr viel, fürchte ich. Und verstehe noch weniger. Wir waren in höchster Not – die Soldaten hatten dich gerade überwältigt –, als Arastoth unerwartet auftauchte. Er schrie die Königlichen an und wirkte einen mächtigen Zauber. Für einen Augenblick war alles blendend hell. Und als ich wieder sehen konnte, befanden wir uns, also du, ich und Arastoth auf diesem Schiff hier, das wohl das seine ist. Er muss uns einfach so aus der Dorfstraße hierher versetzt haben.« Sie richtete ihre dunklen Augen auf Iolan und eine Mischung aus Furcht und Staunen lag darin. »Wusstest du, dass er solche Dinge kann? Dass er so ein großer Zauberer ist?«

Iolan schüttelte den Kopf. »Ich weiß, dass er über besondere Gaben verfügt, schließlich bannt er seit meiner Geburt diese seltsame Krankheit in mir. Doch bislang hielt ich ihn lediglich für einen Heiler. Andererseits … Wer vermag schon zu sagen, zu welchen Wundern die Quano imstande sind. Es ist ja nicht so, als hätten wir viele von ihnen kennengelernt.« Der Gedanke, dass Arastoth ohne Schwierigkeiten ein halbes Dutzend Soldaten auszuschalten vermochte, beunruhigte Iolan. Es steckte offenbar mehr in dem hilfsbereiten alten Quano, als er gegenüber Bourabas und seiner Familie preiszugeben bereit gewesen war. Doch dieser Angelegenheit nachzugehen hatte Zeit. »Weiter«, forderte er Mirene auf.

»Arastoth ließ den Kapitän wecken und die Ruderer an die Riemen eilen«, fuhr seine Schwester fort. »Er sagte, er wolle rasch übers Meer fliehen, bevor die Soldaten die Verfolgung aufnehmen könnten. Ich war froh, dass er uns beide gerettet hatte. Trotzdem drängte ich ihn natürlich, auch unseren Eltern und Markos und den anderen Dorfbewohnern beizustehen. Er weigerte sich. Er sagte, es gäbe keinen Grund mehr, zu bleiben, denn …«

Mirene brach ab und schluckte. In ihren Augenwinkeln sammelten sich Tränen.

»Bei den Göttern …«, murmelte Iolan, der zu begreifen fürchtete. »Sind sie alle tot? Hat er gesagt, dass Vater, Mutter und Markos alle umgebracht wurden?«

Schniefend schüttelte Mirene den Kopf. Sie wischte sich mit einer Hand über die Augen. »Nicht alle. Markos … Was mit Markos geschehen ist, wusste er nicht. Aber Vater und Mutter … Er sagte, er habe sie … habe sie niedergestreckt auf dem Dorfplatz liegen sehen.« Sie hob die Hand zum Mund und schluchzte leise.

Iolan nahm sie am Arm und zog sie zu sich aufs Bett. Stumm schloss er seine Schwester in die Arme und hielt sie fest. Sie krallte sich mit der Hand in seine Tunika und barg ihren Kopf an seiner Brust, weinend und zitternd. Mit steinerner Miene starrte Iolan ins Leere, und er merkte kaum, wie sich auch seine Sicht verschleierte. *Ich bringe sie um*, schwor er sich. *Ich bringe diese Schlächter alle um.*

Eine Weile saßen sie auf dem Bett und suchten Halt aneinander. Schließlich schob Iolan seine Schwester eine Armeslänge von sich. »Weißt du, wohin wir unterwegs sind? Ich sehe kein Land draußen.« Er deutete durch das offene Fenster hinaus auf die blauen Wellen.

»Wir befinden uns …« Mirene schniefte ein letztes Mal und räusperte sich. Ihre Augen waren rot und sahen verquollen aus. »Wir sind südlich von Thessara. Wir umrunden gerade die Südspitze von Cordur, glaube ich.«

»Was?«, entfuhr es Iolan. »Das Schiff ist schon so weit gefahren? Das müssen doch hundert Meilen oder mehr sein. Wie lange war ich bewusstlos?«

»Bewusstlos nur ein paar Stunden, aber Arastoth hat dich danach in einen tiefen Schlaf versetzt. Du hattest eine schlimme Kopfverletzung und er sagte, so würde sie besser heilen. Einen Tag und zwei Nächte hast du geschlafen.«

Iolan stand auf. »Ich muss mit Meister Arastoth sprechen. Unsere Eltern und Elea mögen tot sein, doch Markos ist es vielleicht nicht. Ganz abgesehen davon, dass wir unsere Familie nicht einfach in den Trümmern des Dorfs liegen lassen können, bis die Aasfresser kommen, müssen wir herausfinden, was mit Markos geschehen ist. Er soll umdrehen.«

»Er hat nicht auf mich gehört, warum sollte er auf dich hören?« Mirene sah zweifelnd zu ihm hoch.

»Ich weiß es nicht, aber ich muss es einfach versuchen. Wo finde ich ihn?«

»Oben auf Deck, nehme ich an. Die meiste Zeit verbringt er beim Kapitän am Steuerstand.«

»Also werde ich ihn dort aufsuchen.«

Mirene erhob sich ebenfalls. »Möchtest du danach vielleicht etwas essen?«, fragte sie. »Dann würde ich beim Verpflegungsmeister etwas für dich holen und hierher bringen.«

Iolan dankte ihr und verließ die kleine Kammer. Er begab sich auf Deck und sah sich nach Arastoth um. Es herrschte wenig Betrieb. Höchstens ein halbes Dutzend wettergegerbte Männer, ausschließlich Cordurier, wie es den Anschein hatte, hielten sich auf Deck auf und beschäftigten sich mit Reparaturarbeiten oder Schiffspflege.

Aus der Nähe betrachtet, wirkte Arastoths Schiff noch größer als vom nächtlichen Strand aus. Es musste mindestens vierzig Schritt lang und sechs Schritt breit sein. In der Mitte erhob sich ein hoher Mastbaum, dessen Segel allerdings eingerollt war, da derzeit praktisch kein Wind wehte. Am Bug gab es ein kleineres, an einem schrägen Mast angebrachtes Segel, das ebenfalls nicht gesetzt war. Stattdessen bewegte sich das Schiff mithilfe von Muskelkraft vorwärts. Sicher zwanzig Ruder auf beiden Seiten des Rumpfs tauchten in gleichbleibendem Takt in die Wellen ein und trieben Arastoths Gefährt nach Westen.

Zu seiner Rechten konnte Iolan die Küstenlinie von Cordur erkennen, schroff aufragende, graue Felsen, die von Strauchwerk und windschiefen, kleinen Bäumen bewachsen waren. Das Geschrei in der Felswand nistender Seevögel wehte zu ihm herüber, begleitet vom leisen Rauschen flacher Wellen, die gegen den Fuß der Klippen schlugen.

Als er sich umdrehte, erblickte Iolan den erhöhten Steuerstand des Ruderseglers. Am großen Ruder, das von einem aufgespannten Segeltuch beschattet wurde, stand ein gedrungener, bärtiger Mann mit haarigen, muskulösen Armen, der eine blaue, goldbesetzte Tunika trug. Offenbar handelte es sich bei ihm um den Kapitän. Neben ihm saß Arastoth, noch immer in seinen schlichten Kapuzenmantel gekleidet, bequem auf einem breiten Sessel. Die hageren Arme auf die Lehnen gelegt, betrachtete er mit seinen schwarz glänzenden Augen das Treiben auf Deck.

»Meister Arastoth!«, rief Iolan und erklomm die schmale Treppe hinauf zum Steuerstand. »Ich muss dringend mit Euch sprechen.«

»Ah, Iolan, ich habe mich schon gefragt, wann du erwachen würdest.« Der Quano winkte ihn näher und musterte ihn. »Deiner Miene entnehme ich, dass deine Schwester dich bereits über das Geschehene unterrichtet hat.«

»Das hat sie«, bestätigte er. »Vor allem sagte sie mir, Ihr hättet unsere toten Eltern und Markos, der vielleicht noch am

Leben ist, einfach zurückgelassen. Versteht mich nicht falsch: Ich danke Euch dafür, dass Ihr Mirene und mir das Leben gerettet habt. Aber warum seid Ihr danach geflohen? So, wie meine Schwester mir Euer Auftreten beschrieb, wusstet Ihr Euch wohl gegen die Angreifer zu wehren. Und habt Ihr nicht ein ganzes Schiff voller kräftiger Männer, die Euch zu Gebote stehen? Warum habt Ihr Efthaka einfach seinem Schicksal überlassen?«

Iolan brach ab, weil er merkte, dass er lauter geworden war, als es sich gegenüber dem Herren dieses Schiffs geziemte. Mit einer bewussten Willensanstrengung öffnete er seine zu Fäusten geballten Hände und senkte den Blick. »Verzeiht, Meister Arastoth«, presste er hervor.

Mit einer erstaunlich fließenden Bewegung erhob sich der Quano von seinem Stuhl. »Ich verstehe deinen Zorn«, sagte er, während er langsam auf Iolan zuging. »Aber ich hatte Gründe für mein Handeln.« Er legte seine Rechte auf Iolans Schulter und vollführte mit der Linken eine vage Geste in Richtung Bug, wo sich derzeit niemand aufhielt. »Gehen wir ein Stück.«

Schweigend folgte Iolan dem Quano, der gegen die Sonne die Kapuze über den Kopf schlug und gemessenen Schrittes den Steuerstand verließ. Iolan verstand, dass Arastoth nicht darauf erpicht war, sich vor seiner eigenen Besatzung rechtfertigen zu müssen. Trotzdem war er noch immer zu aufgewühlt, um sich mit einfachen Beschwichtigungen abspeisen zu lassen.

Sie spazierten zum Bug, wo Arastoth neben dem schrägen Mastbaum stehenblieb. Er legte eine Hand auf das Holz und blickte, das Gesicht halb im Schatten der Kapuze verborgen, hinaus auf die Wellen. »Ich bedaure, was geschehen ist, Iolan«, begann er, nachdem er sich offenbar kurz gesammelt hatte. »Das musst du mir glauben. Bourabas war mir ein treuer Freund, und ich mochte auch deine Mutter. Die Bewohner von Efthaka sind einfache, gute Menschen gewesen, und solche sind mir lieber als jeder reiche und mächtige Mann, der im Herzen allerdings verdorben ist.«

Er drehte den Kopf und sah Iolan an. »Dass sie sterben mussten, betrübt mich sehr. Aber du überschätzt mich, wenn du glaubst, dass ich all diese Soldaten hätte bezwingen können. Und hätte ich die *einfachen, guten Menschen* an Bord dieses Schiffes, für die ich verantwortlich bin, den Schwertern dieser königlichen Mörder entgegenwerfen dürfen? Vielleicht wären fünf Dorfbewohner entkommen. Aber zum Preis von zehn meiner Leute, die auch irgendwo ein Dorf und eine Familie haben. Wäre das gerecht gewesen?«

Zähneknirschend musste Iolan sich eingestehen, dass der alte Quano damit wohl recht hatte. Er befehligte kein Kriegsschiff, und die Männer an Bord waren höchstwahrscheinlich kein bisschen geübter im Umgang mit Klinge und Speer als die meisten Fischer von Efthaka. »Trotzdem müssen wir umkehren«, beharrte er. »Die Soldaten werden längst fort sein. Die Toten verdienen es, ehrenvoll bestattet zu werden. Und die Lebenden brauchen vielleicht unsere Hilfe. Markos braucht vielleicht unsere Hilfe.«

Arastoth schüttelte den Kopf. »Dieses Wagnis können wir nicht eingehen. Es ist zu gefährlich. Nicht ohne Grund treibe ich die Ruderer unter Deck zur Eile an. Ich befürchte, dass uns die Soldaten des Königs auf den Fersen sind.«

»Sie verfolgen uns?«, fragte Iolan erstaunt. »Aber warum?« Argwöhnisch verengten sich seine Augen. »Sind sie etwa hinter Euch her? Haben sie Efthaka angegriffen, weil sie Euch auf der Spur und bis dorthin gefolgt waren?«

»Gahat behüte uns, du missverstehst«, erwiderte Arastoth. »Nicht hinter mir sind sie her. Sie sind …« Er brach ab, als fragte er sich, ob er wirklich weitersprechen sollte. »Iolan, sie verfolgen *dich*. Wegen *dir* kamen die Soldaten des Königs nach Efthaka.«

»Was? Soll das ein übler Scherz sein?«

»Keineswegs.« Beinahe beschwörend hob sein Gegenüber die Hände. »Iolan, was ich dir jetzt sagen werde, solltest du eigentlich niemals erfahren. Aber die Ereignisse haben sich anders entwickelt, als Bourabas und ich es uns erhofft haben. Ich bin gezwungen, einer unschönen Wahrheit ins Auge zu schauen, nämlich der, dass es dir wohl nicht vergönnt sein soll, ein sorgloses, unbehelligtes Leben in Unwissenheit zu führen.«

Iolan spürte, wie sich ein seltsames Gefühl in seiner Magengegend breitzumachen begann. Er musste daran denken, wie er einst nach Efthaka gekommen war: von seinem Vater in einem Boot treibend auf dem Meer gefunden. Schon immer war ihm die Geschichte irgendwie falsch vorgekommen, und nun schien sich sein Verdacht zu bestätigen. »Was für Geheimnisse Euch auch auf der Zunge liegen, sprecht sie aus.«

»So soll es sein«, sagte Arastoth nickend. »Ich möchte mit mir beginnen. Obwohl ich mich durchaus auch als Heiler betätige, ist das mitnichten meine eigentliche Profession. Ich bin ein Geweihter, ein Theurg von gewissem Einfluss, und ich lebe im Tempel in Aidranon. Bereits seit der Zeit vor deiner Geburt beobachte ich voller Sorge, wie aus König Iurias Agathon, einstmals ein vielversprechender junger Herrscher, ein grausamer Tyrann geworden ist, der danach strebt, alle Völker rund um den Inneren Ozean zu unterwerfen. Krieg ist das Einzige, was ihn interessiert. Das Leid seines Volks kümmert ihn nicht.«

Darauf wusste Iolan nichts zu sagen. Geschichten über die Taten König Agathons waren stets nur sehr spärlich bis nach Efthaka vorgedrungen.

»Etwa ebenso lange«, fuhr Arastoth fort, »versuche ich bereits mit den bescheidenen Mitteln, die mir zu Gebote stehen, seine Macht zu schwächen und den Weg für einen neuen, friedlicheren Herrscher zu ebnen. Es gibt einige, die wie ich denken – teilweise wichtige Männer, Senatoren, Kaufleute, Priester. Gemeinsam bilden wir eine Art geheimer Bewegung. Leider kann sich Agathon geradezu blind auf sein Militär verlassen. Die Soldaten stehen hinter ihm, weil er sie auf Feldzüge schickt, die ihnen reiche Beute einbringen. Daher war all unseren Bemühungen bislang wenig Erfolg beschieden.«

»Ich verstehe wenig von Politik«, sagte Iolan. »Was hat das alles mit mir zu tun?«

»Mehr, als du denkst. Vor siebzehn Sommern gab es ein wahrhaft bedeutendes Mitglied in unseren Reihen, einen Senator, sein Name war Lahrian Kamenor. Er war ein guter Freund von mir und ein gefährlicher politischer Gegner des Königs, denn er galt nicht nur als wortgewaltig, er hatte auch Jahre zuvor, als die Dinge anders standen und er noch ein Günstling des alten Königs Heroas gewesen war, die jüngste der Schwestern Agathons geheiratet, sodass ein, wenn auch geringer, Anspruch auf den Thron bestand. All diese Dinge waren der Grund dafür, dass Lahrian Agathon ein Dorn im Auge war. Eines Abends – Lahrian befand sich mit seiner Familie auf seinem Landsitz vor den Mauern von Aidranon – drangen Soldaten bei ihm ein. Sie waren wie Räuber gekleidet, aber ihre Waffen verrieten sie. Sie töteten Lahrian, seine Frau, seine Eltern, seine drei Kinder und alle Diener. Danach steckten sie das Anwesen in Brand, um ihre Spuren zu verwischen. Nur eine junge Dienerin entkam mit Lahrians jüngstem Sohn, kaum mehr als ein Säugling damals. Sie brachte ihn zu mir, denn sie kannte mich als guten Freund des Hauses. Ich wiederum brachte das Kind so weit wie möglich von Aidranon fort, denn ich wollte verhindern, dass auch der letzte Sohn Lahrians das Schicksal seiner ganzen Familie teile.«

Arastoth warf Iolan einen bedeutungsvollen Blick zu. »Ich brachte ihn nach Efthaka, wo er bei einer einfachen Familie aufwachsen sollte, deren Bekanntschaft ich einige Zeit zuvor hatte machen dürfen, ohne Angst, ohne Ränke und ohne die ständige Lebensgefahr, in der er in Aidranon geschwebt hätte.«

»Das ...« Iolan lehnte sich an den schrägen Mastbaum und suchte dort Halt. Was Arastoth ihm enthüllt hatte, drohte ihn zu überwältigen. »Das ist unglaublich«, murmelte er.

»Und doch ist es die ganze traurige Wahrheit«, sagte Arastoth. »Du bist Iolan, der letzte Erbe des Hauses Kamenor. Iurias Agathon weiß, dass du überlebt hast. Und er fürchtet dich so sehr, dass er über Leichen gehen würde, um dich tot zu sehen.«

12

EIN NEUER SPIELSTEIN

3. Tag des 7. Mondes
im 301. Jahr der cordurischen Könige

Arastoth war zufrieden mit sich. Bis jetzt hatte er seine Rolle gut gespielt, und alle Lügen und Halbwahrheiten waren ihm so glatt über die Lippen gekommen, dass sie ihm vermutlich sogar von einem Angehörigen seines eigenen Volkes abgekauft worden wären. Jemand wie Iolan, der als Mensch ohnehin Mühe hatte, die für gewöhnlich sehr zurückgenommenen Gefühlsregungen in der Miene eines Quano zu lesen und der obendrein kaum Erfahrung mit Arastoth und Seinesgleichen besaß, würde niemals Täuschung von Wahrheit unterscheiden können.

Doch auch wenn er keinen Grund hatte, Arastoths Geschichte anzuzweifeln, schien Iolan Schwierigkeiten zu haben, sie hinzunehmen. Ein Durcheinander an Gefühlen zeigte sich auf seiner leicht lesbaren Miene. Unglauben und Erschrecken waren die vorherrschenden. »Ich kann es einfach nicht fassen«, sagte er zum wiederholten Mal. »Warum sollte König Iurias Agathon mich tot sehen wollen? Ich bin doch ein Niemand.«

»Eben nicht«, erwiderte Arastoth geduldig. »Du bist der Sohn von Lahrian Kamenor, einem einst bedeutenden Senator, der obendrein zumindest gewisse Bande zum Königshaus selbst besaß, jedenfalls genug, um ihn mit Unterstützung anderer wichtiger Spieler in Aidranon auf den Thron zu heben, wäre es zu einem Umsturz gekommen. Dem hat Agathon vorgebeugt, indem er Lahrians ganze Familie töten ließ, darunter auch seine eigene Schwester! Doch seit er erfahren hat, dass du überlebt hast …«

»Wie konnte das überhaupt geschehen?«, unterbrach Iolan ihn. »Es wusste doch niemand von meinem Leben in Efthaka, sonst wären diese Soldaten viel früher dort aufgetaucht.«

»Ich bin mir nicht sicher«, antwortete Arastoth mit leichtem Unwillen, »aber ich vermute, dass die Dienerin, die dich damals gerettet hat, töricht genug war, sich einer Freundin anzuvertrauen, die das Gehörte weitergetratscht hat, bis es an die Ohren von jemand gelangte, der mit dieser Information etwas anzufangen wusste. Jedenfalls wurde die Dienerin von der Königsgarde festgesetzt und, wie ich annehme, so lange bedroht oder gefoltert, bis sie alles preisgab, was sie wusste. Zu meinem Glück kannte sie mich nur unter falschem Namen, sodass ich zwar ein Haus an die Häscher Agathons verlor, aber trotzdem untertauchen und nach einer gewissen Zeitspanne meine Arbeit fortsetzen konnte.«

Arastoth drehte den Kopf, um sich zu vergewissern, dass Iolan und er nach wie vor völlig ungestört waren. Was hier gesprochen wurde, ging niemanden an Bord des Schiffs etwas an, auch wenn es natürlich kein Geschenk irgendeines erfundenen Kaufmanns in Thessara war, sondern eines der Schiffe, die er als Botschafter von Quanish unterhielt. Doch so handverlesen die Besatzung auch sein mochte, bei über hundertfünfzig Ruderern und Seeleuten gab es immer ein schwarzes Schaf, und auch seine Feinde besaßen ein gut ausgebautes Netz an Spionen und Informanten.

»Wie dem auch sein mag, seit er von deinem Überleben erfahren hat, fürchtet Agathon, dass du zu dem Mann heranwachsen könntest, der dein Vater einst war, und dann nach Aidranon zurückkehrst, um Rache zu üben und gegen seine Tyrannei vorzugehen. Er hatte keine Ahnung, dass du von deinem Erbe nichts weißt und dass ich auch nicht vorhatte, den einzigen Sohn meines alten Freundes wieder in den Kampf gegen den König hineinzuziehen. Du solltest einfach glücklich in Efthaka sein.« Auch das war natürlich eine Lüge, wenngleich der kleine Teil in Arastoths Innerem, der im Laufe der Jahre gelernt hatte, gewisse Menschen nicht nur zu respektieren, sondern sogar zu schätzen, tatsächlich bedauerte, diesen unbescholtenen jungen Mann für seine Pläne missbrauchen zu müssen.

Der Quano zuckte wie ergeben mit den Schultern. »Doch Eure Götter wollten es offenbar anders. Sie ließen zu, dass Agathon dich nach vielen Jahren der Suche schließlich doch noch fand.«

»Aber wie konnten mich seine Soldaten aufspüren?«, fragte sich Iolan. »Efthaka liegt doch bestimmt Hunderte von Meilen von Aidranon entfernt, und es ist wahrlich kein Flecken, auf den man sein Augenmerk richtet.«

»Genau vermag ich das nicht zu sagen. Doch natürlich kann ich nicht ausschließen, dass ein Spion Agathons mich beobachtet hat und so bemerkte, dass ich während der Jahre immer mal wieder nach Efthaka reiste. Vielleicht lag es auch daran, dass der Schutzzauber, den ich über dich gesprochen habe, in den letzten Monaten schwach geworden ist. Der König gebietet über Quano-Theurgen, die nach dem Blute Lahrians suchen.«

»Schutzzauber?«, wiederholte Iolan. Dann fiel sein Blick auf die Symbole an seinen Armen, die aus dem Ärmel seiner Tunika lugten. »Hat das etwas hiermit zu tun?« Er wollte den Stoff nach oben schieben, doch Arastoth hielt ihn auf.

»Halt!«, warnte er ihn. »Niemand sollte sie sehen. Denn du hast recht. Ich habe diese Symbole nicht auf deinen Körper gezeichnet, um dich vor einer Krankheit zu schützen. Sie waren eine Tarnung, um dich vor Entdeckung durch die Theurgen Agathons zu bewahren.« Eine Lüge, mit einer Lüge kaschiert – es war beinahe zum Lachen. »Wie ich schon sagte«, fuhr Arastoth fort, »verzögerten Ereignisse, auf die ich keinen Einfluss hatte, mein Kommen, sodass der Schutz bereits sehr schwach war, als ich endlich zur Seeweihe in Efthaka eintraf. Es ist möglich, dass dich Männer, die mächtiger sind als ich, dadurch finden konnten. Glücklicherweise haben wir die Symbole gerade noch rechtzeitig verstärkt, um zu verschleiern, wo im Dorf sie dich beim Angriff finden würden.«

»Für Efthaka kam dieser neue Zauber allerdings zu spät«, bemerkte Iolan, und die Verbitterung in seiner Stimme warnte den Quano, vorsichtig zu sein. Er durfte durch das Eingeständnis seines eigenen Versagens nicht den Zorn des jungen Mannes auf sich lenken.

»Es tut mir leid, Iolan«, sagte Arastoth ernst, aber nicht reumütig. »Ich wünschte, es wäre anders gekommen, das kannst du mir glauben. Ich wünschte, Iurias Agathon wäre nicht der Tyrann, der er ist, und ich wäre nicht seit beinahe zwei Jahrzehnten gezwungen, gegen ihn vorzugehen. Dann würde ich nicht ständig in Gefahr leben. Mein Freund Lahrian – dein leiblicher Vater! – hätte nicht sterben müssen. Ich wäre nie gezwungen gewesen, dich fern deiner Heimat in Efthaka zu verstecken. Und die guten Fischer dieses Dorfs – Bourabas, Rania und all die anderen – hätten vorgestern nicht den schrecklichen Preis dafür zahlen müssen. Ich bete jeden Tag zu Gahat, dass die Welt eine bessere sein möge. Aber sie ist, wie sie ist, mit all ihrer Ungerechtigkeit und ihren Grausamkeiten – und sie wird es bleiben, wenn wir nicht weiterkämpfen, und zwar so lange, bis wir Erfolg haben und Agathon nicht mehr der Herr des Cordurischen Reichs ist.«

Indem er *wir* sagte, hatte Arastoth zwar vor allem sich selbst und seine Mitstreiter in Aidranon gemeint. Aber es schadete nicht, wenn Iolan sich bereits ebenfalls angesprochen fühlte und sich zum Kreis der Verschwörer zählte.

Dass dem so war, bestätigte ihm der junge Mann mit seinen nächsten Worten. »Wie kann ich Euch dabei helfen, Meister Arastoth?«, fragte er, und in seinen Augen funkelte eine Unheil verheißende Entschlossenheit.

Gut, dachte der Quano zufrieden. *Sehr gut. So wird der neue Spielstein gesetzt.* »Gar nicht«, widersprach er der Form halber. »Versteh mich nicht falsch, Iolan. Ich halte dich für einen Mann, der ebenso tapfer wie ehrenvoll ist. Doch nach allem, was deiner Familie geschehen ist – deinen beiden Familien –, kann und will ich nicht auch noch dein Leben aufs Spiel setzen. Deshalb habe ich eigentlich nur vor, deine Schwester und dich nach Aidranon zu bringen …«

»Wir sind unterwegs in die Höhle des Löwen?«, unterbrach ihn Iolan überrascht.

»Gewissermaßen, ja«, gestand Arastoth ein. »Aber sorge dich nicht. Aidranon ist groß. Man wird euch dort nicht so schnell finden. Zumal es nur ein Zwischenaufenthalt sein soll. Sobald wir dort sind, werde ich mit Freunden von mir sprechen, die euch hoffentlich außer Landes bringen können, vielleicht nach Atlesia oder nach Phoekia.«

Iolan schien einen Moment über seine Worte nachzudenken, dann schüttelte er den Kopf. »Ich will nicht den Rest meines Lebens in fremden Ländern verbringen, immer in Angst, dass der König wieder seine Soldaten schicken könnte, wenn er irgendwie Wind davon bekommt, dass ich überlebt habe. Lieber bleibe ich bei Euch und kämpfe.«

»Du musst dich um deine Schwester kümmern, Iolan«, wandte Arastoth ein.

»Ihr werdet einen Weg finden, Mirene in Aidranon zu verstecken«, sagte Iolan. »Davon bin ich überzeugt. Und sobald sie in Sicherheit ist, will ich Euch helfen, Agathon zu Fall zu bringen. Ihr sagt es selbst: Er hat nicht bloß die Familie, die ich kannte, auf dem Gewissen, sondern auch die, der ich entstamme. Dafür soll er bezahlen. Also schließt mich nicht aus, nur weil Ihr glaubt, mich beschützen zu müssen.«

Ach, der Zorn der Jugend, ging es Arastoth durch den Sinn. *Welch heiß geschmiedete Waffe er doch ist.* »Nun gut«, lenkte er ein. »Mir scheint, dass ich nicht das Recht habe, dir dieses Anliegen zu verweigern. Doch wir dürfen nichts übereilen. Jeder Zug gegen den König will wohl geplant sein.«

»Ich folge Eurer Führung, Meister Arastoth«, versprach Iolan. »Hauptsache, Ihr verhelft mir zu meiner Rache.«

Der alte Quano schenkte seinem Gegenüber ein dünnes Lächeln. »Alles zu seiner Zeit, mein junger Freund. Alles zu seiner Zeit …«

Mirene wartete schon eine ganze Weile in Iolans Kabine, als ihr Bruder endlich zurückkehrte. Sie hatte ihm Wasser, Brot, Hartkäse und ein paar sauer eingelegte Evoli-Früchte geholt, doch er warf nur einen gequälten Blick in Richtung des einfachen Mahls. »Es tut mir leid, aber ich fürchte, mir ist der Appetit vergangen.«

»Was ist los?«, wollte Mirene wissen und erhob sich von ihrem Stuhl. Mit gelinder Sorge musterte sie ihren Bruder. Er sah aus, als laste plötzlich das Schicksal der Welt auf seinen Schultern, und als habe er sich entschieden, es mit grimmiger Entschlossenheit zu tragen. »Was hat Arastoth dir gesagt?«

Er trat an ihr vorbei zum Fenster. Beiläufig griff er nach dem Teller mit Essen, nahm eine Evoli und schob sie sich in den Mund. In bangem Schweigen wartete Mirene darauf, dass er seine Gedanken so weit gesammelt hatte, um ihr zu berichten.

Und schließlich begann er leise zu erzählen. Er drehte sich zu ihr um, schritt ruhelos in der engen Kammer hin und her und berichtete ihr von den Ungeheuerlichkeiten, die Arastoth ihm eröffnet hatte: von seiner wahren Familie in Aidranon, ihrem Tod durch die Hand des Königs, wie man ihn fortgebracht und in Efthaka versteckt hatte und dass die Soldaten wahrscheinlich bloß seinetwegen über das Dorf hergefallen waren.

»Oh, Iolan«, rief Mirene entsetzt, als er geendet hatte, und fiel ihm in die Arme. »Das glaubst du doch nicht alles, oder? Das kann doch nur eine dumme Geschichte von Arastoth sein.«

Ihr Bruder packte sie bei den Armen und sah sie eindringlich an. »Ich wünschte, du hättest recht. Aber warum sollte Arastoth mir solche Dinge erzählen, wenn sie gelogen wären?«

»Ich weiß es auch nicht«, gestand Mirene. »Nur weshalb sollten die Soldaten ganz Efthaka niederbrennen, wenn sie deiner habhaft werden wollten? Sie hätten dich viel einfacher bei der Prüfung zur Seeweihe auf dem Meer einfangen können.«

»Arastoth meinte, sie hätten nicht gewusst, nach wem genau sie suchen mussten. Außerdem sagte er nichts davon, dass sie mich gefangen nehmen wollten. Mein Tod war ihr Ziel. Und wenn man nicht weiß, wen genau man umbringen soll, bringt man eben alle um. König Agathon ist ein Gewaltherrscher. Auf seinen Feldzügen hat er schon viele Dörfer niederbrennen lassen, darauf möchte ich wetten.«

»Und nun sind die Soldaten hinter uns her?«

Iolan nickte. Sein Mund wurde zu einem schmalen Strich, und in seinen Augen lag auf einmal eine Härte, die Mirene erschreckte. »Allerdings werden sie uns nicht einholen, bevor wir Aidranon erreichen. Da ist sich Meister Arastoth sicher.«

»Wir fahren in die Hauptstadt?«, wiederholte Mirene. »Aber was sollen wir denn dort?«

»Meister Arastoth wird uns mit Freunden von sich zusammenbringen, die uns vor den Soldaten des Königs zu verstecken wissen«, erklärte Iolan ihr. »Und dann werde ich den Kampf gegen Agathon aufnehmen wie einst mein Vater.«

Mirene spürte, wie es ihr bei seinen Worten kalt den Rücken hinunterlief. »Dein Vater, Iolan, war ein friedliebender Fischer und er lebte in Efthaka.«

Seine kräftigen Hände krallten sich in ihre Arme und sein Gesicht verzog sich vor Zorn und Schmerz. »Aber Efthaka gibt es nicht mehr, Mirene!«, fuhr er sie lauter an, als er vermutlich wollte. »Es wurde niedergebrannt, und alle dort sind tot. Das Leben, das wir kannten, ist vorbei. Wir müssen nach vorne blicken – und Vergeltung üben für das, was uns angetan wurde. Was Vater, Mutter und Elea und Markos angetan wurde.«

Erneut stiegen ihr Tränen in die Augen und Mirene senkte den Blick. Sie hasste sich dafür, so schwach zu sein, aber diese letzten zwei Tage waren einfach zu viel für sie gewesen. Sie sah die vor Angst, Schmerz und Überraschung verzerrten Gesichter ihrer Freunde vor sich und glaubte, fernes Waffengeklirr und die Schreie der Sterbenden zu hören. Sie atmete tief ein und aus und versuchte, die schrecklichen Erinnerungen zu verdrängen. Ganz gelang es ihr nicht.

»Pass auf, Iolan, in was du dich verwickeln lässt«, sagte sie leise. Sie tupfte sich mit den Fingern die Tränen aus den Augenwinkeln und hob wieder den Kopf. Ernst sah sie ihren Bruder an. »Ich möchte dich nicht auch noch verlieren.«

Seine Miene wurde weicher und er schloss sie, diesmal sanfter, in die Arme. »Das wirst du nicht«, versprach er ihr. »Ich werde immer für dich da sein, Mirene. So wahr mir die Sechsgötter helfen.«

Am Abend saß Arastoth in seiner Kammer im Heck des Ruderseglers. Die Einrichtung war spartanisch. Persönliche Gegenstände fanden sich nur wenige in dem Raum. In einer Ecke stand seine Gebetssäule. Eine Truhe enthielt seine Reisekleidung, einige Ritualgegenstände und die tragbaren Alchemistenutensilien, die er immer mitnahm, wenn er unterwegs war. Auf einem kleinen Brett an der Wand neben seiner Schlafstätte stand eine aus dunklem Jaramma-Holz geschnitzte Figur des ehrwürdigen Quano-Erztheurgen Naroshaz, ein Geschenk seiner längst verstorbenen Eltern, das ihn jeden Tag daran erinnern sollte, was im Leben wirklich von Bedeutung war: Demut, Güte und das Streben nach der Einheit mit Gahat.

Im Grunde konnte Arastoth die Figur nicht ausstehen, weil sie ihm stets vor Augen hielt, wie einfältig seine Eltern in manchen Dingen gewesen waren. Sie hatten niemals begriffen, wie die Welt wirklich war. Und sie hatten die Menschen nicht so gut kennengelernt wie er. Natürlich, auch er träumte davon, sein Leben als bescheidener, gütiger Mann verbringen zu können – doch solange die Menschen die Geschicke der Länder rund um den Inneren Ozean lenkten, würde dieser Traum keine Erfüllung finden. Also war er weiter gezwungen, zu täuschen und zu töten und den tadelnden Blick des hölzernen Naroshaz deswegen zu ertragen.

Arastoth ergriff den Krug mit Wasser, der vor ihm auf dem Tisch stand, und füllte die flache, schmucklose Bronzeschale, die dort ebenfalls ihren Platz hatte. Anschließend nahm er vorsichtig die kleine Phiole auf, die er zuvor aus seiner Truhe geholt hatte. Träge glitt die silberne Flüssigkeit das Glas entlang, als er es kippte. Eine mächtige Magie wohnte ihr inne, aber es war keine Quano-Magie, sondern sie stammte von den Sidhari, die sich tief in der Wüste südlich des Inneren Ozeans verbargen. »Wasser des Sehens« nannten sie das Gebräu, und aus was es bestand, hatte Arastoth trotz eingehender Studien nie herausfinden können. Er wusste nur, dass die Flüssigkeit ausgesprochen selten war und dass gewisse Händler Unsummen für sie verlangten.

Doch gelegentlich war der Nutzen die Kosten wert. Menschliche oder tierische Boten konnten abgefangen werden. Außerdem waren sie langsam. Mit dem Wasser des Sehens konnte man ohne jede Verzögerung mit jemandem in Verbindung treten, der sich an einem anderen Ort befand. Es gab kein mächtigeres Instrument, um Nachrichten zu übermitteln, sofern man nicht dazu imstande war, sich über weite Strecken direkt in Gedanken auszutauschen, wie man es manchen Geschöpfen nachsagte, die den Geschichten der Alten und Abergläubischen zufolge irgendwo auf Yeos beheimatet waren.

Vorsichtig entkorkte Arastoth die Phiole und ließ drei Tropfen der silbernen Flüssigkeit in das Wasser fallen. Die Tropfen trübten die Flüssigkeit für einen Augenblick, doch im nächsten Moment wurde sie klar und glänzend wie ein Spiegel. Arastoth wusste, was nun geschah. Ein Bild würde in der glatten Wasseroberfläche entstehen, so als schaue er durch ein in den Boden der Schale eingelassenes Fenster direkt an den Ort, an dem sich sein Mitverschwörer gegenwärtig aufhielt.

Letzten Endes spielte es aber keine Rolle, was in der Schale zu sehen war. Arastoth wandte ohnehin den Blick ab, so wie es auch der andere tun würde. Sie wollten nicht wissen, wer ihr Gegenüber war. Aus Sicherheitsgründen kannten sie einander auch bloß unter falschen Namen, denn während König Agathon durchaus argwöhnte, dass Arastoth und einige andere Männer in seinem Umfeld wenig vertrauenswürdig waren, hatte er von diesem Feind an seiner Seite noch keine Ahnung. Das hatte ihr ominöser Verbündeter zumindest behauptet, als er sich auf verstohlenen Wegen Legar Castano, einem Mitstreiter Arastoths, als Quelle aus dem Palast angeboten hatte.

Lange Zeit hatte sich Arastoth dagegen gesträubt, mit jemandem zusammenzuarbeiten, dessen Gesicht und Namen er nicht kannte. Doch in den letzten vier Jahren hatte sich seine Quelle als ebenso wertvoll wie verlässlich erwiesen.

»Schatten«, flüsterte eine Stimme aus der Schale neben ihm.

»Geist«, begrüßte Arastoth sie leise, erstaunt, so rasch Antwort zu erhalten. Zwar meldete sich sein geheimnisvoller Mitverschwörer um diese Abendstunde häufig bereits nach kurzer Zeit, doch diesmal musste er seine eigene Phiole praktisch vor Augen gehabt haben, um so schnell zu bemerken, dass die silbrige Flüssigkeit darin mit einem Leuchten von Arastoths Bitte um ein Gespräch kündete.

»Warum ruft Ihr mich?«, fragte sein Mitverschwörer.

»Es gibt etwas, das getan werden muss, und dazu brauche ich Eure Hilfe. Es ist nicht leicht, aber von großer Wichtigkeit für unsere Sache. Darüber hinaus muss es schnell erledigt werden, denn ich bin, selbst bei langsamer Fahrt, nur noch fünf bis sechs Reisetage von Aidranon entfernt, und wenn ich dort eintreffe, muss es geschehen sein. Kann ich auf Euch zählen?«

»Sagt mir, worum es geht, und ich werde tun, was in meiner Macht steht.«

Arastoth holte tief Luft. »Orontoghast muss sterben«, verkündete er.

Einen Moment herrschte Schweigen in der Schale mit dem Wasser des Sehens. Ob sein Gegenüber betroffen oder einfach überrascht war, vermochte der Quano-Botschafter nicht zu sagen. »Der ehemalige Erztheurg von Aidranon?«, hakte Geist nach.

»Ja.«

Wieder dauerte es einen Moment, bis Geist antwortete. »Das ist kein unbedeutendes Unterfangen. Er mag nicht mehr so im Zentrum der Aufmerksamkeit stehen wie zu der Zeit, als er noch der oberste Priester der Quano-Gemeinschaft von Aidranon war. Dennoch steht er nach wie vor hoch in der Gunst König Agathons und genießt einen gewissen Schutz. Ganz abgesehen davon ist er ein mächtiger Theurg und damit ein schwer zu bezwingender Gegner. Ich hoffe also, Ihr habt einen guten Grund für diesen durchaus riskanten Schritt.«

»Den habe ich, das versichere ich euch«, antwortete Arastoth. »Ansonsten würde ich Euch nicht darum ersuchen.« Orontoghast gehörte nicht nur zu den wenigen Personen, die wussten, dass Agathons Sohn damals als halbes Ungeheuer das Licht der Welt erblickt hatte, er war auch der wahrscheinlich einzige Mann in ganz Aidranon, der imstande wäre, Iolans Tarnung zu durchschauen, wenn er ihn traf. Arastoths Bannzauber verlieh dem jungen Mann eine einzigartige Aura, und der Erztheurg würde sie zu deuten wissen. Das durfte nicht geschehen.

»Lässt sich diese Tat bewerkstelligen?«, fragte der Quano-Botschafter.

»Ja«, erwiderte Geist, wenn auch mit einem Zögern. »Allerdings könnt Ihr Orontoghast und seine Fähigkeiten besser einschätzen als ich. Wenn es etwas gibt, das ich über ihn wissen sollte, sagt es mir jetzt.«

»Das will ich tun«, versprach Arastoth. »Sorgt Euch nicht. Mir ist am Gelingen dieses Unterfangens mindestens ebenso gelegen wie Euch.« *Denn es wäre unglaublich ärgerlich, wenn Iurias Agathon verfrüht erkennen würde, was auf ihn zukommt …*

13

EIN WEG BEGINNT, EINER ENDET

8. Tag des 7. Mondes
im 301. Jahr der cordurischen Könige

Genau eine Woche nach dem schrecklichen Angriff der königlichen Soldaten auf Efthaka beschlossen Markos und Clavio, sich auf den Weg zu machen. Ihre Verletzungen waren weitgehend verheilt, und viel länger wagte Markos auch nicht zu zögern, denn mit jedem Tag wurde die Spur, die ihn zu Iolan und Mirene führen sollte, kälter.

Der alte Paitro, der mittlerweile zum Ältesten des Dorfs – dem gegenwärtig einzigen – berufen worden war, bedauerte ihre Entscheidung zu gehen. Denn bis auf ein Paar, das bei dem Gemetzel beide Kinder verloren hatte und aus Schmerz nicht länger in Efthaka leben wollte, hatten sich alle anderen entschieden zu bleiben. »Jeder Mann, jede Frau und jedes Kind zählt. Wir werden wieder aufbauen, was uns genommen wurde«, versuchte Paitro sie umzustimmen.

»Es tut mir leid«, gab Markos zurück. »Ich kann nicht bleiben, solange die Aussicht besteht, dass Iolan und Mirene noch leben.«

»Und ich kann nicht bleiben, solange die Aussicht besteht, meine Familie zu rächen«, verkündete Clavio grimmig.

Paitro seufzte. »Also geht denn, mit Trahjanas Segen. Doch

hüte dich, Clavio. Gewalt zeugt immer nur neue Gewalt. Wenn dein ganzes Leben fortan vom Sinnen auf Rache bestimmt ist, wird es dich innerlich zerfressen, und irgendwann wirst du dadurch zu Tode kommen.«

»Du irrst dich gewaltig, Ältester. Wenn mein Messer erst das Blut der Mörder meiner Eltern und Geschwister geschmeckt hat, werde ich frei sein. Als freier Mann werde ich nach Efthaka zurückkehren. Du wirst schon sehen.«

Paitro warf ihm einen zweifelnden Blick zu, bevor er sich an Markos wandte. »Und was ist mit dir? Wird Efthaka auch dich wiedersehen, nachdem du – die Sechsgötter mögen es geben – Erfolg hattest?«

Stumm zuckte Markos mit den Achseln, dann schüttelte er den Kopf. »Ich weiß es noch nicht, Ältester. Ich kann es einfach noch nicht sagen.«

Er verabschiedete sich von Kathamnia und ihrem Sohn Eron, und kurz darauf waren Clavio und er unterwegs. Ursprünglich hatten sie vorgehabt, mit einem der Boote die Verfolgung aufzunehmen. Aber Markos fürchtete, es später irgendwo zurücklassen zu müssen, sobald ihre Spur ins Landinnere oder quer über den Ozean führte. Außerdem war es unauffälliger, sich über Land zu bewegen, und Markos hielt es für klug, so verstohlen wie möglich zu reisen.

Sie wandten sich nach Süden und schlugen, die nahe Handelsstraße mit Bedacht meidend, einen Weg ein, der sie durch die hügelige Küstenlandschaft führte. Ihr erstes Ziel sollte Brendesi sein, das sich etwa fünfzig Meilen südlich befand. Markos hoffte, dass die Soldaten mit ihrem Schiff in der Handelsstadt Halt gemacht hatten und es ihm und Clavio gelang, dort ihre Spur aufzunehmen. Genau genommen wussten sie nicht, ob die Mörder nach Norden oder nach Süden an der Küste entlang davongesegelt waren. Es ließ sich nicht einmal ausschließen, dass sie in Richtung der Pelikoni-Inseln verschwunden waren und eine Route quer übers Ydrische Meer nach Quanish eingeschlagen hatten. Doch irgendwo mussten sie ihre Suche beginnen, und da es im Norden außer rauem, kargem Land nicht viel gab, schien Brendesi im Süden die naheliegende Wahl zu sein.

»Warst du schon einmal in Brendesi, Clavio?«, fragte Markos seinen Begleiter, während sie an blühenden Sträuchern und kurz gewachsenen, borkigen Bäumen vorbeimarschierten. Zikaden zirpten im hohen Gras, und es lag eine drückende, windstille Schwüle in der Luft, die ein Gewitter in den Abendstunden erwarten ließ.

»Nein«, erwiderte Clavio. »Es fand sich nie ein Anlass, die weite Reise zu unternehmen. Mein Vater hat das Dorf nie gerne verlassen, und alleine wollte ich mich auch nicht auf den Weg machen. So wichtig war mir Brendesi nie.« Er schob sein Bündel mit Reiseproviant, Pfanne und Decke auf dem Rücken zurecht, das er neben einem erbeuteten Kurzschwert und seinem Fischspeer mit sich führte. »Aber du hast die Stadt schon ein paar Mal besucht, nicht wahr?«

Markos, der seinerseits Decke und Proviant mitführte, und dazu Schild und Schwert seines Vaters trug, die er beide in den vergangenen Tagen auf den Straßen von Efthaka gesucht und gefunden hatte, nickte. »Das habe ich. Die Familie meiner Mutter lebte bis vor einem Jahr in Brendesi, und gelegentlich waren wir bei ihr eingeladen.«

»Deine Mutter stammt aus Brendesi?«

»Ja, mein Vater hat sie dort einige Sommer vor meiner Geburt kennengelernt. Er hat schon immer gerne Handelsreisen in die Stadt unternommen, und so hat er sie getroffen. Auch später ist er des Öfteren nach Brendesi gereist, um seinen geräucherten Fisch zu verkaufen. Nach meiner Seeweihe hat er mich manchmal aufgefordert, ihn zu begleiten. Ich glaube, er hoffte insgeheim, ich würde dort ebenso eine Frau finden, wie er.«

»Er hatte wohl keinen Erfolg damit«, stellte Clavio das Offensichtliche fest.

»Nein«, bestätigte Markos. Er musste lächeln, als er sich der kaum verhohlenen Versuche seines Vaters erinnerte, ihn mit der Tochter des Hausverwalters von Tante Damaris zu verkuppeln. Und mit der besten Freundin seiner Cousine. Und mit der jungen Näherin, die im Haus nebenan gewohnt hatte. *Vergib mir, dass ich keine von ihnen erwählt habe*, dachte er.

Clavio neben ihm seufzte. »Es ist eine Schande, dass wir Brendesi unter solch düsteren Umständen besuchen. An jedem anderen Tag hätte mir dieses Abenteuer gefallen, und ich wäre nicht abgeneigt gewesen, ein hübsches Paar braune Augen, Brüste und Schenkel kennenzulernen. Doch alles, woran ich heute denken kann, ist, dass mein Vater nie mehr die Gelegenheit haben wird, eine Handelsreise dorthin zu unternehmen – ganz gleich, ob er das nun wollte oder nicht.«

Markos legte ihm die Hand auf die Schulter. »Ich verstehe genau, was du meinst, mein Freund.«

Es fühlte sich eigenartig an, Clavio plötzlich als *Freund* zu bezeichnen. Sie waren zusammen aufgewachsen, doch Markos hatte nie viel mit dem jungen Draufgänger zu tun gehabt. Er war nie jemand gewesen, der von Klippen sprang oder sich auf andere Weise leichtfertig Gefahren aussetzte. Stattdessen hatte er versucht, so viele nützliche Fertigkeiten wie möglich zu erlernen, um irgendwann bereit zu sein, für sich selbst sorgen zu können, wenn er hinaus in die Welt zog. Außerdem hatte Markos sich als großer Bruder immer auch um Iolan und Mirene kümmern müssen, anders als Clavio, der der Jüngste in seiner Familie gewesen war.

Dennoch wusste er Clavios Gesellschaft zu schätzen, auch wenn sie so unterschiedlich waren und auch wenn es noch viele Geschichten aus ihrem Leben geben mochte, die sie einander am Lagerfeuer erzählen konnten, bevor sie sich richtig kannten. Der Kampf um Efthaka und der Verlust ihrer Familien hatte sie in kürzester Zeit zu Leidensgefährten gemacht. Das gemeinsame Ziel und der Halt, den sie einander auf dem Weg dorthin gaben, machte sie dann wohl zu Freunden.

»Wie werden wir vorgehen, wenn wir Brendesi erreichen?«, fragte Clavio und brach damit das Schweigen, das zwischen ihnen eingetreten war.

»Das Beste wird wohl sein, im Hafen herumzufragen«, meinte Markos. »Wie viele Schiffe mit cordurischen Soldaten an Bord können dort in den letzten Tagen, von Norden kommend, schon angelegt haben?«

»Zwei oder drei genügen schon, um uns in Schwierigkeiten zu bringen.«

»Dann werde ich nach einem Quano fragen, der an Bord gewesen sein könnte.«

Clavio warf ihm einen verwirrten Blick zu. »Was für ein Quano?«

Markos erzählte ihm von Arastoth und dass dieser in der Nacht des Angriffs in Efthaka gewesen war. »Ob er in diesen Geschehnissen nun Opfer oder Täter ist, wissen nur die Götter. Aber mir will einfach nicht in den Kopf, dass sein Auftauchen am Abend der Seeweihe ein Zufall war, nachdem er fast drei Jahre lang nichts von sich hatte sehen und hören lassen.«

»Mir war der Kerl schon immer unheimlich«, brummte Clavio. »Diese graue, haarlose Haut und diese schwarzen Augen … Er sah wie ein Toter aus. Und hager wie eine Leiche war er auch. Außerdem erzählt man sich die schauerlichsten Dinge über ihre Zauberkräfte.«

»Mein Vater hielt große Stücke auf ihn«, gab Markos zu bedenken. »Arastoth soll meiner Mutter und ihm einst einen großen Dienst erwiesen haben.« *Und er hat sich jahrelang um Iolan gekümmert*, fügte er in Gedanken hinzu, aber das sprach er nicht laut aus. Clavio musste nichts über die Eigentümlichkeiten in Iolans Leben wissen. »Aus diesem Grund fällt es mir schwer, ihn zu verdammen. Trotzdem stimmt hier etwas nicht.«

»So oder so schadet es nicht, nach ihm zu fragen«, gab Clavio zu. »Quano sind hierzulande selten genug, um auch den Leuten in Erinnerung zu bleiben, die sonst nicht so genau aufpassen. Und gerade Seeleute gehören ja eher zu dem Schlag Menschen, die Fremden gegenüber misstrauisch sind. Habe ich zumindest gehört …«

»Du meinst gegenüber Fremden wie uns?« Markos bedachte seinen Begleiter mit einem schiefen Grinsen.

»He, wir sind Fischer, also beinahe auch Seeleute«, wandte Clavio ein. »Außerdem …« Er zog sein Bündel nach vorne, griff hinein und holte eine schlanke, versiegelte Tonflasche hervor. »… habe ich dieses feine Getränk dabei, das ich aus den Trümmern bergen konnte. Das sollte genügen, um ein paar Zungen zu lockern.«

»Hoffen wir es«, sagte Markos.

»Hoffnung!« Das Wort hallte durch die hohe Kammer wie ein Fluch. »Mit Hoffnung allein hält man kein Reich zusammen. Dazu bedarf es Soldaten. Und mehr Soldaten ist genau das, was wir jetzt brauchen.« König Iurias Agathon war von seinem verzierten Sitzplatz aufgesprungen, und auf seinem wettergegerbten Gesicht lag offene Abscheu. Obwohl sein schwarzes Haar bereits von ersten grauen Strähnen durchzogen wurde und sein Körper von Jahr zu Jahr etwas massiger und schwerfälliger wurde, wirkte er in Orontoghasts Augen eindrucksvoller und Ehrfurcht gebietender denn je. Seit seiner Jugend trug Agathon den Beinamen »Der Schwarze Löwe«, und wie ein alter, an Lebenserfahrung reicher und niemals besiegter Löwe wirkte er tatsächlich, wenn er mit einem aufbrausenden Brüllen die Männer in ihre Schranken wies, die seine Führungskraft anzuzweifeln wagten.

»Natürlich ist Hoffnung allein zu wenig, mein König«, beeilte sich Senator Arilon zu sagen, einer der acht Berater, die gegenwärtig im Kleinen Rat des Königs vertreten waren. »Aber ich möchte anmerken, dass Cordur in den letzten Jahren neben Atlesia und Quanish auch noch Dyrrach und Phoekia unter Kontrolle zu halten hat. Dazu kommen gewisse Unruhen an der nördlichen Grenze und Zwistigkeiten mit Carthaos in der Auriolischen See. Unsere militärische Macht hat ihre Grenzen. Daher vergebt mir, wenn ich *hoffe*, dass die Tetrarchen von Xol es bei ihren Drohgebärden belassen und nicht tatsächlich gegen uns in den Krieg ziehen. Sonst könnten wir an der Südküste des Inneren Ozeans deutlich mehr verlieren als bloß die Siedlungen westlich von Pryphos.«

»Botschafter Yariim.« Agathon wandte sich an den schmächtigen, dunkelhäutigen Mann, der links neben Arilon saß. »Ihr kommt gerade aus Phoekia. Wie beurteilt Ihr die Lage?«

Der Angesprochene wiegte das beinahe kahle Haupt. »Vergebt mir, wenn ich das sage, aber sie könnte besser sein, mein König. In Pryphos selbst war ich nicht, aber sogar unter den Menschen in Geolath gibt es welche, die mit Sorge gen Westen blicken. Der Bau neuer Siedlungen und die Errichtung eines Feldlagers westlich von Pryphos …«

»Ist notwendig, um unseren Anspruch an der Küste zu sichern«, unterbrach ihn Legar Metheos, der Oberbefehlshaber der Seeflotte.

Ungehalten über die Unterbrechung verzog der Gesandte des jüngsten Vasallenstaats des Cordurischen Reichs das faltige Gesicht. »Gut möglich, doch dass wir damit früher oder später die Tetrarchen verärgern würden, wussten wir«, gab Yariim zurück. »Dass sie nun ihrerseits Truppen östlich von Durgai sammeln, sollte niemanden in diesem Rund verwundern. Ebenso wenig, dass sie Cordur davor warnen, das Reich nicht über Pryphos hinaus auszudehnen. Ich vermag nicht zu sagen, was in den Köpfen der Herrscher von Xol vorgeht, ob sie es wirklich wagen, Cordur über harsche Worte hinaus die Stirn zu bieten. Aber auch die Tetrarchen wissen, dass Pryphos und Geolath weit von Aidranon entfernt sind. Ein Krieg dort unten wäre kostspielig für das Cordurische Reich.«

»Wenn wir der Forderung Xols nachgeben, wird man uns das als Zeichen der Schwäche auslegen«, entgegnete Metheos. »Es wird nicht nur Xol ermutigen, weiter gegen uns vorzurücken. Auch Atlesia oder Dyrrach könnten sich aufs Neue erheben, wie Aasfresser um ein sterbendes Raubtier.«

»In Atlesia herrscht seit Jahren Frieden«, meldete sich ein Mann auf der anderen Seite des Runds zu Wort, der sich gerade von einer Dienerin Wein einschenken ließ. »Und daran wird sich nichts ändern, ganz gleich, ob es Krieg in Xol gibt oder nicht.« Orontoghast hatte seinen Namen vergessen, aber er wusste, dass der schlanke, junge Diplomat der Gesandte Atlesias war. Einmal mehr hatte Legar Metheos mit seiner unverblümten Wortwahl bewiesen, dass er vielleicht gut mit dem Schwert umgehen konnte, aber für das Feld der Politik gänzlich ungeeignet war. Wäre er ein Mensch gewesen, hätte Orontoghast wahrscheinlich mitleidig gelächelt.

Eine Weile noch lauschte der greise Quano, der bis vor drei Jahren, bis zu seinem hundertfünfzigsten Geburtstag, das Amt des Erztheurgen von Aidranon innegehabt hatte, der Debatte der Mitglieder des Kleinen Rats. Dann ließ er die Gedanken treiben. An Tagen wie diesen fragte er sich, warum er sich bloß von Agathon hatte überreden lassen, fünf Jahre lang als offizieller Berater des Königs im Kleinen Rat zu dienen. Er könnte in diesem Moment so gemütlich in seiner Stadtvilla am Rand von Aidranon sitzen und sich dem stillen Studium Gahats hingeben.

Zumal Diskussionen über die Frage, ob man Stärke zeigen oder nachgiebig sein sollte, ohnehin in den meisten Fällen auf Ersteres hinausliefen. Iurias Agathon mochte im Grunde ein guter Mann sein, aber er war ohne Zweifel besser darin, Krieg zu führen, als den Frieden aufrechtzuerhalten. Das Volk verehrte ihn wegen seiner militärischen Erfolge und der Reichtümer, die er durch sie nach Aidranon gebracht hatte, aber Agathon hatte sich auch viele Feinde geschaffen. Vor fünfzehn Jahren hätte Orontoghast noch mit mehr Eifer versucht, des Königs Energien in die rechten Bahnen zu lenken. Mittlerweile hatte er jedoch eingesehen, dass er, wenn er Gehör finden wollte, Agathon besser nur in persönlichen Fragen Rat erteilte, nicht in denen der Politik.

Orontoghast kehrte aus seinen Gedanken zurück und beschloss, der zunehmend hitzig geführten Frage, wie man mit Xol umgehen sollte, ein Ende zu setzen. »Meine Freunde«, sagte er, hob beschwichtigend die Hände und stand mit einer Langsamkeit von seinem Stuhl auf, die zwar seinen alten Knochen geschuldet war, aber zweifellos auch Würde ausstrahlte. Senator Ekureus, der zweite Vertreter der Stadtversammlung im Kleinen Rat, brach ab und alle Blicke richteten sich auf den Ältesten unter ihnen. »Es genügt, wenn wir mit den Tetrarchen von Xol den Streit suchen. Wir sollten uns nicht aneinander aufreiben.«

Er warf einen gemächlichen Blick in die Runde. Legar Metheos wirkte erregt, wie bei fast jeder Sitzung. Die Legare Galban und Castano stellten finstere Mienen zur Schau. Senator Arilon und Botschafter Yariim klebten an Orontoghasts Lippen. Sein Ruf unter den gelehrten Männern Aidranons war beträchtlich. Senator Ekureus schließlich wirkte etwas verärgert über die Unterbrechung und der Gesandte aus Atlesia schien dankbar dafür zu sein, dass endlich jemand dieses Theater beendete. Der König brütete vor sich hin.

»Wir haben heute viele gute Gründe für und gegen eine militärische Antwort auf die Herausforderung der Tetrarchen gehört«, fuhr Orontoghast fort. Glücklicherweise erwartete niemand, dass er sie alle noch einmal zusammenfasste, denn ihm war klar, dass er bestenfalls die Hälfte davon mitbekommen hatte. »Nun benötigen wir Zeit, um sie zu überdenken. Daher schlage ich vor, dass wir diese Ratssitzung beenden und uns vertagen. Xol wird uns nicht heute und auch nicht morgen angreifen. Uns bleibt also noch genug Zeit, um eine Strategie zu entwickeln.«

»Ja, so machen wir es«, erhob auch der König die Stimme. Seine Hände landeten klatschend auf den Lehnen seines breiten Sitzes, dann erhob er sich. »Hiermit vertage ich die Entscheidung. Der Rat trifft sich übermorgen erneut. Bis dahin wollen wir uns Zeit zum Nachdenken nehmen.«

Agathon verabschiedete die anderen, doch Orontoghast setzte sich wieder. Er hatte es sich zur Gewohnheit gemacht, nach den Ratstreffen noch eine Weile zu bleiben und mit dem König zu plaudern. Ihm war bewusst, dass manche Ratsmitglieder dieser besonderen Vertrautheit zwischen dem alten Quano und Agathon mit Neid und Argwohn begegneten. Das galt besonders für Legar Galban und Senator Ekureus.

Aber das scherte Orontoghast nicht. Er war nun über hundertfünfzig Jahre alt und damit am Ende seines Lebens angekommen. Alles, was er erreichen wollte, hatte er erreicht. Kleinliche Machtspielchen interessierten ihn nicht mehr. Diese

Einstellung verlieh ihm die Freiheit, sich seine Freunde nach Belieben auszusuchen.

»Danke«, sagte Agathon, als er sich mit einem Seufzen wieder auf seinen Platz setzte und noch etwas Wein nachschenken ließ.

»Wofür?«, fragte Orontoghast.

»Dass Ihr diesem Schauspiel zänkischer Männer ein Ende gesetzt habt.«

Der greise Quano lächelte milde, eine Geste, die er sich während seiner Jahre unter den Menschen angewöhnt hatte. »Ich bin ein alter Mann und der Abend ist bereits fortgeschritten. Ich war es bloß müde.«

Agathon grinste mitfühlend. »Furchtbar, wenn die Politik so langweilig wird, nicht wahr? Wo sind die guten alten Zeiten hin, in denen man einfach zum Schwert griff und ein paar Schädel einschlug, wenn es irgendwo auf der Welt Schwierigkeiten gab? Man vermisst sie beinahe.«

»Sprecht nur für Euch, Iurias.« Orontoghast hob seinen Becher und prostete dem Mann zu, den er nun schon seit mehr als zwei Jahrzehnten kannte.

»Das hat mir stets genügt«, erwiderte Agathon und erwiderte die Geste, »solange mein Wort Gesetz ist.« Er trank einen Schluck, stellte den Becher ab und schüttelte den Kopf. »Manchmal beneide ich Euch um Eure Entscheidung, einfach zurückzutreten und den Lebensabend mit den Beschäftigungen zu verbringen, die Euch Freude bereiten. Ich wünschte, ich könnte auch so einfach den Herrscherstab und den Königsreif ablegen.«

»Ihr könnt es«, sagte Orontoghast. »Ihr habt drei Kinder, wenn ich mich nicht verzählt habe.« Noch heute dachte er manchmal voller Grauen an die Nacht vor siebzehn Jahren zurück, als er den ersten Sohn des Königs in aller Heimlichkeit hatte töten müssen, weil dieser verflucht gewesen war. Zum Glück war es ihm mit der Hilfe einiger anderer Theurgen Aidranons gelungen, den Bann der Dyrracherhexe vom König zu nehmen. Dessen zweite Frau – die erste hatte Agathon aus Gründen, die Orontoghast nicht ganz nachvollziehen konnte, aus seinem Bett verbannt – hatte ihm in den folgenden zehn Jahren noch zwei gesunde Töchter und einen Sohn geschenkt.

Agathon verzog das bärtige Gesicht. »Listris und Erindrea kommen dem Gesetz nach für die Thronfolge nicht infrage, obschon Listris die Klugheit und Härte eines Mannes besitzt. Aspheon dagegen wurde von seiner Mutter verzärtelt. Er hat ein zu weiches Herz, um König zu sein. Also sagt mir, mein Freund, an wen ich die Bürde des Herrschens weitergeben soll?«

»Ihr seid der König, Iurias«, sagte Orontoghast schlicht. »Ihr allein entscheidet, wer Euer Erbe antreten wird.«

Forschend blickte Agathon ihn an. »Was wollt Ihr damit sagen?«

»Bloß dass ein Gesetz, das der Zukunft des Reichs im Weg steht, durchaus von dem Mann, dessen Wort Gesetz ist, geändert werden kann. Wusstet Ihr übrigens, dass zwei der Tetrarchen einen Sohn im heiratsfähigen Alter haben?«

Agathons Augen weiteten sich unwillkürlich. »Ihr schlagt vor, dass ich Listris zu meiner Thronfolgerin bestimme und mit einem Prinzen aus Xol verheirate?«

Orontoghast zuckte mit den Schultern. »Ich denke nur laut nach.« Ächzend erhob er sich. »Und nun wird es wirklich Zeit für mich, mein König. Vielen Dank für den Wein.«

Der König stand ebenfalls auf. »Vielen Dank für das Gespräch«, sagte er und legte dem alten Quano eine noch immer kräftige Hand auf die Schulter. »Ich schätze Euren Rat nach wie vor mehr als den aller Legaren, Botschafter und Senatoren zusammen.«

Orontoghast gluckste. »Lasst sie das nicht hören, Iurias. Ein paar von ihnen sind so schon wütend genug auf mich.«

Die beiden Männer verabschiedeten sich, und Orontoghast begab sich zu seiner Sänfte, die im Palasthof auf ihn wartete. Begleitet von zwei Soldaten der Königsgarde, die Agathon, aller Einwände Orontoghasts zum Trotz zu seinem Schutz abgestellt hatte, ließ er sich gemächlich nach Hause tragen.

Als sich die Sänfte seinem Haus in der Weststadt näherte, überkam den greisen Quano auf einmal ein eigenartiges Gefühl. Irgendetwas stimmte nicht. Die Emanationen des Ortes fühlten sich falsch an. Als jemand, der bereits seit vielen Jahren im Einklang mit Gahat lebte, nahm er solcherlei Warnungen, ganz gleich wie vage sie blieben, niemals auf die leichte Schulter. »Haltet an«, befahl er seinen Trägern, vier jungen Menschenmännern, die im Gegensatz zu ihm kaum ein Gespür für ihre Umgebung hatten.

Die Diener gehorchten umgehend und ohne Fragen zu stellen.

Langsam stieg Orontoghast aus der Sänfte. Aufmerksam sah er sich um. Die Dunkelheit der Nacht vermochte seine Quano-Augen kaum zu behindern, tatsächlich fiel ihm das Sehen fast leichter als am helllichten Tag.

Wie es um diese späte Abendzeit zu erwarten war, herrschte auf den Straßen der Weststadt, in denen sich vorwiegend Wohnhäuser befanden, kein Leben mehr. Die verzierten hölzernen Fensterläden der Häuser am Straßenrand waren geschlossen, und nur hinter wenigen schien noch etwas Licht hervor. Die meisten Bewohner schliefen bereits.

Eigenartigerweise waren auch alle zur Straße weisenden Fenster seines eigenen Anwesens dunkel. Das wunderte Orontoghast. Die Diener sollten noch wach sein und seine Rückkehr erwarten. Doch es war nichts von ihnen zu sehen.

»Stimmt etwas nicht, Herr?«, fragte der eine der beiden Königsgardisten, der vor der Sänfte her gelaufen war. Es handelte sich um einen jungen Burschen, der versuchte, älter zu wirken, indem er möglichst finster dreinschaute.

»Ich weiß es nicht«, erwiderte Orontoghast leise. »Bleibt hier, bis ich Euch hole. Ich schaue mir das mal an.«

»Vergebt mir, aber wir sollten lieber vorgehen, Herr.« Der Soldat legte die Hand auf das Kurzschwert an seinem Gürtel. »Das ist unsere Aufgabe.«

Orontoghast seufzte leise. Er wusste, dass Agathon es nur gut gemeint hatte, aber er war nicht glücklich darüber, von diesen jungen Kerlen bevormundet zu werden, die sich trotz Schwert und Rüstung deutlich schlechter zu schützen wussten als er selbst.

Ein Blick in die Augen seines Gegenübers bestätigte ihm, dass dieser tatsächlich ähnlich dachte, aber trotzdem fest entschlossen war, der ihm auferlegten Pflicht nachzukommen. »Was haltet Ihr von diesem Vorschlag: Wir gehen gemeinsam«, lenkte Orontoghast ein. »Sollte wirklich Gefahr drohen, werdet Ihr dankbar sein, mich an Eurer Seite zu haben.« Er warf dem besorgten Soldaten einen aufmunternden Blick zu und bedachte ihn mit einem Lächeln. »Ich mag ein alter Mann sein, aber Gahat stärkt und beschützt mich. Keine Angst. Mir wird nichts geschehen.«

Der Mann nickte, froh, das Gesicht wahren zu können. »Nunio, komm her«, befahl er seinem Kameraden und zog sein Schwert. Der andere Gardist tat es ihm gleich.

Unterdessen holte Orontoghast seinen verzierten Stab aus der Sänfte, auf den er sich bei längeren Wegen gerne stützte. Begleitet von den zwei sich aufmerksam umschauenden Soldaten schritt er langsam die Straße hinunter auf den Torbogengang zu, der in den Innenhof der Stadtvilla führte. Das Gittertor, ohnehin eher Zierde als Schutz, war unverschlossen, wie üblich. Orontoghast unterhielt ein gastfreundliches Haus und Verbrechen gab es in der Weststadt kaum.

Das Gefühl, dass etwas nicht stimmte, verstärkte sich. Auch die Fenster in der zweistöckigen Fassade, die zum begrünten Innenhof hinausgingen, waren alle dunkel. Orontoghast ging langsam an dem flachen Spiegelbecken entlang, wobei er einzuschätzen versuchte, ob Gefahr drohte oder ob das, was ihm ein so eigenartiges Gefühl in der Magengrube erzeugte, bereits geschehen war. Seine Begleiter suchten mit ihren Blicken den Hof ab, vermochten aber nichts Auffälliges zu entdecken.

Der alte Quano kam auf den Gedanken, dass er sich und seine zwei Wächter vielleicht in einen Mantel der Unscheinbarkeit hüllen sollte, um mögliche Feinde zu verwirren. Es ärgerte ihn, dass er nicht früher darauf gekommen war. *Ich werde wohl doch langsam senil*, dachte er, als er kurz die Augen schloss, um seine Aura so zu verändern und zu verstärken, dass er und die Männer direkt neben ihm für ihre Umgebung praktisch bedeutungslos wurden.

Unvermittelt spürte er einen heftigen Anflug von Gefahr. »Vorsicht«, warnte er. Er fuhr herum und wirbelte zur Seite, als mit einem kaum hörbaren Sirren mehrere Bogensehnen nach vorne schnellten. Zwei Pfeile prallten mit lautem Klackern an der Stelle vom Boden ab, wo er soeben noch gestanden hatte. Dem Gardisten namens Nunio gelang es auch noch so gerade eben, dem auf ihn abgefeuerten Geschoss auszuweichen. Sein Kamerad hatte weniger Glück. Er keuchte schmerzerfüllt auf, als ihn der Pfeil mitten in die Brust traf und dabei seine Lederrüstung sauber durchschlug. Wie ein nasser Sack fiel er zu Boden.

Ohne darüber nachzudenken, hob Orontoghast die linke Hand und schleuderte eine Emanation aus Licht und Druck in die Richtung der unsichtbaren Schützen, die auf dem Dach des Südflügels kauern mussten. Dachziegel flogen in die Luft und landeten klirrend unten im Hof. Orontoghast glaubte einen unterdrückten Fluch zu vernehmen. Dann schossen weitere Pfeile durch die Luft, ungezielt zwar, aber dennoch gefährlich nah neben ihm einschlagend.

»Wir müssen hier weg!«, rief sein verbliebener Beschützer und packte Orontoghast am Arm. »Es gibt im Hof zu wenig Deckung.«

Der Blick des Quano hetzte nach links und rechts. Das Eingangstor zur Straße lockte, aber es war viel zu weit weg für einen alten Mann. Sosehr Gahat ihm gewogen sein mochte, seine starken Beine von einst vermochte es ihm nicht zurückzugeben. Stattdessen fuhr er herum und wandte sich der Eingangstür zum Haupthaus zu, die deutlich näher lag. Im Gegensatz zum Hofgitter war diese verschlossen, aber das würde Orontoghast nicht aufhalten. »Ins Haus«, befahl er und zerrte den Wachmann mit sich.

Wieder flogen Pfeile durch die Luft. Orontoghast ließ seine Aura in einem rückwärts gerichteten Kegel nach außen bersten und warf damit nicht nur die Büsten zweier hochverehrter Quano-Denker von ihren Sockeln, sondern lenkte auch die Geschosse ab.

Dann konzentrierte er sich auf die direkt vor ihm liegende Tür und riss sie mit einer weiteren Emanation druckvoll aus den Angeln. Sie hatten gerade die Schwelle erreicht, Nunio vorneweg und Orontoghast hinterher, als der alte Quano seinen Fehler bemerkte. *Diese schlauen Mistkerle*, ging es ihm noch durch den Kopf.

Eine gewaltige Explosion zerriss die Stille der Nacht, und eine Flammenwolke stieg in den Himmel, die noch vom fernen Königspalast aus zu sehen war.

14

IN BRENDESI

10. Tag des 7. Mondes
im 301. Jahr der cordurischen Könige

Am übernächsten Tag zur Mittagszeit erreichten Markos und Clavio Brendesi. Im Unterschied zu Efthaka war die Stadt unmittelbar am Wasser erbaut worden, wobei der Hafen durch eine natürliche Bucht geschützt wurde. Die sichelartig um die Bucht angelegte Stadt zählte, soweit Markos wusste, etwa fünfzehntausend Einwohner und galt vor allem als wichtiger Umschlagplatz für die zahllosen kleineren Dörfer entlang der Küste und im Umland. Dabei blieb es in Ruhm und Reichtum stets im Schatten der weitere sechzig Meilen südlich gelegenen Metropole Thessara, die als Pflichtanlegeplatz für alle Schiffe galt, die aus den Vasallenstaaten Quanish, Dyrrach und Phoekia übers Meer kamen und zur Hauptstadt des Cordurischen Reichs, nach Aidranon, weitersegeln wollten.

Um nicht zu kriegerisch zu wirken, verstauten Markos und Clavio ihre Kurzschwerter in den Deckenrollen, und Markos hängte sich seinen Schild auf den Rücken, während Clavio seinen Fischerspeer gemütlich über die Schulter legte, glücklicherweise eine Waffe, die zugleich ein häufig gesehenes Werkzeug der Fischer an der Ostküste Cordurs war und daher kaum Aufmerksamkeit erregte.

Auf den breiten Straßen von Brendesi, die sich zwischen mehrstöckigen weißbraunen Ziegelsteinbauten mit roten Dächern und manchmal vorgesetzten Säulengängen erstreckten, herrschte das bunte Treiben einer Händlerstadt. Bauern aus dem Umland, die mit Ochsen- oder Eselskarren anreisten, waren auf dem Weg zum Markt. Töpfer, Weber, Zimmerleute und andere boten in offenen Werkstätten ihre Waren feil. In einer Seitenstraße, die auf einen kleinen Platz zu führen schien, sah Markos eine aufwendige Krankonstruktion aus schweren Holzbalken, mit deren Hilfe eine große Steinstatue auf das Dach eines tempelartigen Bauwerks gehievt wurde. Und überall waren in weiße, graue und braune Gewänder gekleidete Stadtbewohner zu sehen, die Einkäufe besorgten, sich mit ihren Nachbarn unterhielten oder anderen Tätigkeiten nachgingen.

Sie durchquerten die Stadt, um zum Hafen zu gelangen. In Efthaka zogen die Fischer ihre Boote für gewöhnlich einfach auf den Strand, wenn sie abends nach Hause kamen. Hier gab es aus Stein gemauerte Piers und davon abzweigende Holzstege, an denen Schiffe unterschiedlicher Größe festgemacht hatten. Lagerhäuser, Tavernen, Zimmermannswerkstätten und eine Badeanstalt, auf deren Balkon im ersten Stock sich bemerkenswert viele stark geschminkte Frauen in luftigen Gewändern rekelten, die den arbeitenden Seeleuten zuschauten, bildeten einen weitgehend lückenlosen Streifen entlang der breiten Uferstraße.

Bei den meisten Schiffen, die in Brendesi vertäut lagen, handelte es sich um kleinere Fischerkähne, wie Markos sie von zu Hause kannte, oder um einreihige Rudersegler örtlicher Händler. Im hinteren Teil des Hafens ragten zwei größere Schiffe der königlichen Flotte auf, die über zwei Ruderreihen und hohe Masten verfügten, an deren Spitze das Banner des Cordurischen Reichs wehte, der silberne, von Lorbeer bekränzte

Seeadler auf karmesinrotem Grund neben König Agathons schwarzem Löwen. Am auffälligsten war ein bauchiges, sicher vierzig Schritt langes Schiff, das keine Ruder hatte, aber den ausladenden Masten nach zu urteilen zwei große Segel in der Schiffsmitte und am Bug aufwies. Das Bugsegel war ordentlich gerefft. Das Hauptsegel lag abgenommen auf Deck. Mehrere Männer machten sich gerade daran zu schaffen.

»Ich schlage vor, dass wir uns aufteilen«, sagte Clavio zu Markos. »Du hörst dich mal dort hinten bei den Kriegsschiffen um, ich gehe die Damen im Badehaus befragen.«

Markos warf seinem jüngeren Begleiter einen spöttischen Blick zu. »Wie ich sehe, kehren deine Lebensgeister zurück.«

»Ich versuche mich abzulenken, indem ich die schöne Aussicht vor mir genieße«, gab Clavio grinsend zurück. Dann verblasste sein Lächeln und ein Ausdruck von Schmerz huschte über seine Züge. »Ich kann nicht unablässig zurückblicken. Es würde mir das Herz brechen.«

Markos wurde ernster. »Ja, ich verstehe, was du meinst. Und wahrscheinlich ist genau das der richtige Weg. Was man«, fuhr er auf einer leichteren Note fort, »von deinem Plan für unser gegenwärtiges Vorgehen nicht sagen kann. Wir bleiben zusammen. Sicher ist sicher. Und wir halten uns ganz bestimmt von den Soldaten dort hinten fern. Nachher fragen sie dich noch, wo du ein Schwert aus ihren Beständen her hast.« Er deutete auf den Knauf von Clavios erbeuteter Waffe, der aus der Wolldecke ragte.

»Schön, dann führe du«, sagte Clavio achselzuckend. »Ich folge dir.«

Sie begannen ihre Nachforschungen in einer der Tavernen, wobei sie bald feststellen mussten, dass sich die meisten Seeleute wenig darum scherten, ob ein Militärschiff mehr oder weniger im Hafen vertäut lag. Ein Mann verwies sie an den Wirt eines benachbarten Etablissements, das besonders bei Soldaten beliebt war, weil es dort exotische Tänzerinnen aus Xol gab – die einzigen in der Stadt, wie er hinzufügte.

Doch auch dort hatten Markos und Clavio kein Glück. Der Wirt brummte nur, dass ständig fremde Krieger des Königs bei ihm ein und aus gingen und er in der Regel nicht wisse, woher sie kämen und wohin sie gingen. Auch die zwei glutäugigen Tänzerinnen mit der bronzefarbenen Haut, die Clavio unbedingt befragen wollte, konnten ihnen nicht weiterhelfen, denn sie verstanden kein Wort von dem, was Markos' Begleiter ihnen zu sagen versuchte.

Einige Fischer an den Piers brachten sie auf den Gedanken, beim Hafenmeister vorstellig zu werden. »Wenn jemand weiß, welche Schiffe wann hier vorbeigekommen sind, dann Theodonus«, meinte einer der Männer. Markos bedankte sich für ihre Hilfe und ging mit Clavio zu dem mit niedrigen Säulen und Rundbögen geschmückten, zweigeschossigen Gebäude hinüber, in dem der Aufseher über alle Geschäfte in diesem Viertel saß.

Der Hafenmeister erwies sich als mürrischer Mann mittleren Alters, dessen kräftige Arme und schwieligen Hände noch von der harten Arbeit zeugten, die er früher verrichtet hatte. Sein nicht unbeträchtlicher Leibesumfang und das wallende weiße Gewand, zu dem er den purpurfarbenen Überwurf eines königlichen Beamten trug, legten jedoch den Verdacht nahe, dass er inzwischen nur noch rein administrativen Aufgaben nachging und sich die Hände nicht mehr selbst schmutzig machte.

»Was kann ich für Euch tun?«, verlangte er unwirsch zu wissen, als Markos und Clavio durch die nur mit einem dünnen Tuch verhangene Türöffnung ins Zimmer traten – das Gepäck und die Waffen hatten sie im Vorraum bei einem der Sekretäre gelassen. Obwohl keine erkennbare Arbeit auf dem schweren

Holztisch lag, hinter dem der Hafenmeister hockte, trug er die Miene eines Mannes zur Schau, den man soeben bei etwas unglaublich Wichtigem gestört hatte. Hinter ihm an der Wand hing ein großes Mosaik, das den Hafen von Brendesi im Sonnenschein zeigte. In einer Ecke des hellen, zum Hafen hin weisenden Raums stand eine Steinbüste, die vermutlich König Iurias Agathon zeigte, auch wenn Markos sich da nicht sicher war. In einer anderen blickte Trahjana, die Göttin des Reisens, huldvoll von ihrem Sockel herab. Ein Schreibpult und ein Regal mit zahlreichen verschlossenen Lederrollen für Dokumente bildeten die übrige Einrichtung.

»Verzeiht die Störung, edler Theodonus«, erwiderte Markos so respektvoll, wie es ihm angesichts der unfreundlichen Begrüßung möglich war. »Mein Freund und ich sind auf der Suche nach einem Schiff voller Soldaten, das vor ein paar Tagen in Brendesi eingetroffen sein sollte.« Schon den ganzen Nachmittag hatten Clavio und er mit dem Umstand zu kämpfen, dass sie bei ihren Fragen furchtbar vage bleiben mussten, da sie weder ihre wahren Absichten verraten wollten noch etwas Genaues über das Gefährt sagen konnten, das sie verfolgten. Es musste mindestens so groß sein, dass vier große Ruderboote darauf Platz fanden. Und es handelte sich höchstwahrscheinlich um ein Schiff der königlichen Flotte. Mehr wussten sie eigentlich nicht.

»Hier gibt es nur zwei Flottenschiffe, die Seestreife von Brendesi, die zu dieser Stunde hinten im Hafen liegt«, knurrte der Hafenmeister.

»Nein, diese Schiffe sind es nicht. Es müsste sich um einen durchreisenden Rudersegler gehandelt haben, der aus dem Norden kam.«

Theodonus kniff die Augen zusammen, wobei seine buschigen Augenbrauen eine durchgehende Linie bildeten. Er stützte die Ellbogen auf den Tisch und legte die Finger zusammen. »Und was interessiert Euch so sehr an dem Schiff?«, wollte er wissen.

»Mein Bruder befindet sich an Bord«, erwiderte Markos, was nicht einmal eine Lüge war. Der Rest dagegen war eine Geschichte, die sie im Laufe der letzten Stunden in immer feineren Einzelheiten ausgesponnen hatten. »Er dient als Soldat in König Agathons Flotte. Vor einigen Wochen sandte er mir eine Nachricht, dass er nach langer Seepatrouille um den Wechsel vom sechsten auf den siebten Mond in Brendesi sein würde. Leider war es mir nicht möglich, zum Mondwechsel hier zu sein. Nun wüsste ich gerne, ob er hier war und wohin er weitergefahren ist. Vielleicht kann ich ihn in Thessara treffen.«

Der Hafenmeister musterte ihn eine Weile wortlos, als versuche er, die Täuschung in Markos' Augen zu entdecken. Irgendwie hatte Markos den Eindruck, dass Theodonus mehr wusste, als er bereit war preiszugeben.

Er warf Clavio einen kurzen Blick zu und nickte leicht. Womöglich half ihnen hier das Überzeugungsmittel weiter, das sie bisher aus unterschiedlichen Gründen nicht zum Einsatz gebracht hatten.

»Wir verstehen, dass Ihr ein vielbeschäftigter Mann seid, Theodonus«, wandte sich Markos' Begleiter an den Hafenmeister. »Und dass es Euch durchaus Mühe kostet, die gewünschte Information in Erfahrung zu bringen. Wir möchten Euch daher für die Arbeit, die wir Euch machen, gerne entschädigen. Wenn Ihr mich kurz entschuldigt; ich habe etwas in meiner Tasche, das Euch unser Anliegen vielleicht ein wenig schmackhafter macht.«

Der Hafenmeister blickte kurz zu Clavio hinüber und bedeutete ihm dann mit einer knappen Geste seiner beringten Hand, fortzufahren.

Rasch eilte Clavio aus dem Raum, nur um wenige Herzschläge später zurückzukehren. In der Hand hielt er die verkorkte Tonflasche aus dem Besitz seines verstorbenen Vaters. »Hier, riecht einmal daran und kostet einen Schluck«, sagte er lächelnd und entkorkte die Flasche, bevor er sie auf den Tisch stellte.

Zweifelnd sah Theodonus zu ihm hoch. Aber dann folgte er der Aufforderung, nahm die Flasche und führte sie unter die Nase. »Hm«, brummte er. Ohne sich einen Becher bringen zu lassen, setzte er sie an die Lippen und trank einen kleinen Schluck. »Oha.« Es klang anerkennend. »Selbst gebrannt?«, fragte der Hafenmeister, als er die Flasche wieder verkorkte und sie dann betont auf seiner Seite des Tischs stehen ließ.

»Mein Vater war ein Genießer. Und er wusste einen guten Tropfen zu schätzen.« Clavio lächelte erneut einnehmend.

Markos konnte sich vorstellen, wie schwer es ihm fiel.

Doch Clavios Vorgehen zeigte Wirkung. »Nun denn«, sagte der Hafenmeister, während er die Hände auf der Tischplatte faltete. »Was für ein Mann wäre ich, wenn sich mein Herz von so viel Bruderliebe nicht erweichen ließe? Daher will ich Euch sagen, was ich weiß. Das letzte Schiff, das von Norden kommend in Brendesi Halt gemacht hat und Soldaten des Königs an Bord hatte, lief in den Morgenstunden des zweiten Tages dieses Mondes im Hafen ein. Es blieb kaum bis zum Mittag, nahm nur rasch Verpflegung auf und setzte dann wieder Segel.«

»Das muss es gewesen sein!«, rief Markos, vielleicht etwas zu voreilig.

Sein Gegenüber schüttelte den Kopf. »So leid es mir tut, mein Freund, aber dieser Rudersegler kann nicht der Eures Bruders gewesen sein. Es war kein Schiff der königlichen Flotte, sondern ein Handelsfrachter. Ich weiß nicht, warum er Soldaten an Bord hatte. Vielleicht wurden wertvolle Waren befördert. Aber es war kein Kriegsschiff auf Patrouille. Das letzte Kriegsschiff machte vor drei Wochen hier Halt. Also …« In einer Geste des Bedauerns breitete er die Hände aus. »So leid es mir tut, ich kann Euch nicht weiterhelfen. Wie es aussieht, hat das Schiff Eures Bruders Brendesi zu früh erreicht oder es ist noch gar nicht eingetroffen. Gebe Trahjana, dass es von keinem üblen Schicksal ereilt wurde.«

»Ich …« Markos brach ab. Er vermochte nicht zu sagen, ob der Hafenmeister sie absichtlich auflaufen ließ oder ob er Clavios und seine Geschichte einfach so wörtlich nahm, dass er glaubte, nichts Hilfreiches zu wissen. *So oder so*, dachte er, *kann ich jetzt schlecht nach dem Frachtschiff fragen. Das wäre doch sehr auffällig*. Immerhin hatten sie nun eine neue Spur. Und vielleicht erklärte sich damit auch, warum niemand den Rudersegler, den sie suchten, gesehen hatte. Natürlich waren sie davon ausgegangen, dass die Soldaten mit einem Kriegsschiff nach Efthaka gekommen waren. Stattdessen hatten sie sich eines einfachen Handelsschiffes bedient – was den Angriff auf das Dorf in noch seltsamerem Licht erscheinen ließ. *Waren es doch Abtrünnige, die auf eigene Faust ein Fischerdorf ausplündern wollten?*, fragte er sich. Aber warum hatten sie dann nichts geraubt?

Mühsam rang er sich zu einem säuerlichen Lächeln durch. »Habt Dank, edler Theodonus, für Eure Zeit. So muss ich wohl unverrichteter Dinge und ohne meinen Bruder gesehen zu haben, in die Heimat zurückkehren.«

»Möchtet Ihr eine Nachricht für ihn bei mir hinterlegen?«, bot der Hafenmeister großzügig an. »Mein Schreiber kann sie für Euch aufsetzen, wenn Ihr des Schreibens nicht mächtig seid.«

Markos schüttelte den Kopf. »Das ist sehr gütig von Euch, aber, nein, danke.« Er blickte zu seinem Begleiter hinüber und unterdrückte ein Seufzen. »Komm, Clavio. Gehen wir.«

Markos und Clavio ließen sich vom Sekretär des Hafenmeisters wieder aus dem Gebäude führen. Der schmächtige Mann wollte sie gerade am Ausgang verabschieden, als Markos ein Gedanke kam. Vielleicht war es eine Verzweiflungstat, aber viel zu verlieren hatte er schließlich nicht. »Wartet kurz«, bat er, als der Mann die Tür hinter ihnen wieder schließen wollte. »Folgt uns doch bitte kurz nach draußen.«

»Warum?«, fragte der Gehilfe. Er mochte nicht viel älter sein als Markos, wirkte aber deutlich unerfahrener. Unsicher blickte er die beiden kräftigen und offensichtlich bewaffneten Männer an.

Markos senkte verschwörerisch die Stimme. »Ich möchte Euch bloß einige Fragen stellen, ohne dass Euer Herr davon erfährt. Keine Sorge, Ihr werdet deswegen keinen Ärger bekommen. Ich werde Euch sogar belohnen, wenn Ihr uns helfen könnt.« Er griff in seine Gürteltasche und holte eine Münze im Wert von fünf Danari hervor, der cordurischen Währung. Dem Hafenmeister gegenüber wäre ein solcher Bestechungsversuch lächerlich gewesen. Dafür reichte ihre Barschaft nicht aus. Dass Clavio Theodonus stattdessen die Flasche mit Selbstgebranntem angeboten hatte, war schon die bessere Entscheidung gewesen. Aber für einen kleinen Angestellten mochte die Münze ein annehmbares Zubrot sein.

»Na schön«, sagte der Gehilfe dann auch und trat vor die Tür, bevor er sie leise zuzog. »Was wollt ihr noch?«

»Euer Herr sagte uns, dass vor etwa einer Woche ein Rudersegler mit Soldaten aus dem Norden eingetroffen sei.«

»Das habe ich gehört«, erwiderte der Mann. Gleich darauf wirkte er verlegen, als habe er ungewollt eine Missetat gestanden. »Versteht mich nicht falsch. Ich habe nicht gelauscht. Aber Theodonus spricht recht laut und er vergisst immer wieder, dass an seiner Tür nur ein großes Stück Tuch hängt.«

Markos wischte mit einer Geste die Entschuldigung beiseite. »Mich kümmert nicht, was Ihr hört. Tatsächlich hoffe ich, dass Ihr noch mehr gehört habt. Denn wir wüssten gerne, wohin das Handelsschiff von Brendesi aus fahren wollte. Wisst Ihr das vielleicht?«

Der schmächtige Mann runzelte die hohe Stirn. »Was schert Euch ein Handelsschiff? Ich dachte, Euer Bruder würde auf einem Rudersegler der königlichen Flotte dienen?«

Markos' Gedanken rasten. Sollte er den Mann einweihen? Oder sich rasch eine weitere Lüge ausdenken?

»Vielleicht haben wir die Nachricht falsch gedeutet«, schlug Clavio unvermittelt vor. »Wir dachten, er wäre auf einem Flottenschiff, doch womöglich gehörte er zur Wachmannschaft des Handelsseglers.« Er zuckte mit den Schultern.

Als der Gehilfe noch immer zögerte, drückte Markos ihm die Münze in die Hand. »Ich suche meinen Bruder«, sagte er sanft. »Das ist die Wahrheit. Ich will niemandem etwas zuleide tun, sondern ihn bloß wiederfinden. Ist es nicht einerlei, was für einen Posten er auf welchem Schiff innehat? Wir glauben ihn an Bord dieses Händlers. Genügt das nicht als Grund für unsere Fragen?«

Sein Gegenüber zuckte unsicher mit den Schultern. »Wahrscheinlich schon.«

»Also?«

»Na schön. Ich habe mit dem Kapitän des Schiffs gesprochen, ihn nach Herkunft, Zielhafen und dem Grund ihrer Fahrt befragt. Das entspricht dem normalen Vorgehen in cordurischen Häfen. Er sagte, sie kämen aus Fundur und wären über die Pelikoni-Inseln hierhergefahren. Ihr Ziel sei Aidranon – was ich mir allerdings fast schon gedacht hatte. Die meisten Handelsschiffe, gerade aus Quanish, wollen nach Aidranon.«

»In die Hauptstadt«, murmelte Clavio, doch Markos vermochte nicht recht zu sagen, ob Überraschung oder Erschrecken in seiner Stimme mitschwang.

»Habt Ihr noch mehr in Erfahrung bringen können?«, wollte Markos wissen. Alles, was der Mann wusste, mochte ihnen später nutzen.

»Nein«, antwortete dieser. »Das ist alles, was ich weiß.« Er zögerte. »Das heißt: Eine Sache fand ich eigenartig. Einige der Soldaten an Deck wiesen frische Wunden auf, als wären sie kurz zuvor in einen Kampf verwickelt gewesen. Ich habe den Kapitän darauf angesprochen, und er meinte, sie hätten auf dem Weg Piraten getroffen. Dabei dachte ich immer, es gäbe schon seit Jahren keine Piraterie mehr im nördlichen Ydrischen Meer.« Der Gehilfe des Hafenmeisters zuckte mit den Achseln. »Ich habe mich nicht weiter darum gekümmert. Das ist nicht meine Aufgabe.«

Markos neigte den Kopf. »Ich danke Euch vielmals. Ihr habt mir neuen Mut gegeben.« Er griff in seine Gürteltasche und hielt dann kurz inne. Ob er den Mann nach einem Quano und einem jungen Mädchen an Bord befragen sollte? Ihre Anwesenheit auf dem Schiff wären weitere Hinweise darauf gewesen, dass sie auf der richtigen Spur waren. Andererseits würde das seine ohnehin schon löchrige Geschichte völlig ruinieren und womöglich gefährlichen Argwohn wecken. Außerdem rechnete er ohnehin nicht damit, dass die Soldaten ihre Gefangenen an Deck herumspazieren ließen.

Daher schwieg er, förderte stattdessen einfach eine weitere Münze zutage und gab sie dem Sekretär. Groß war sein Vorrat an Geld nicht, aber hier war Geiz ein schlechter Ratgeber. »Ich wäre Euch dankbar, wenn Ihr für Euch behalten würdet, dass wir uns unterhalten haben. Es soll niemand auf falsche Gedanken kommen. Ich versichere Euch erneut, dass unsere Motive redlich sind.«

Der Gehilfe steckte die Münze wortlos ein. »Ich wünsche Euch Glück. Möget Ihr Euren Bruder wiederfinden.« Er wandte sich ab und öffnete die Tür zum Hafenamt. Bereits im Türrahmen stehend, drehte er sich noch einmal zu ihnen um. »Oh, und falls Ihr nach einer Passage gen Aidranon suchen solltet, empfehle ich Euch, mit dem Kapitän des Handelsseglers zu sprechen, der gegenwärtig im Hafen liegt. Wenn ich mich nicht täusche, legt er morgen früh ab.«

»Habt Dank«, sagte Markos, dann gingen Clavio und er.

Erfreulicherweise war es nicht schwer, den Besitzer des Handelsschiffes, das gerade im Hafen Waren verschob, davon zu überzeugen, sie trotz der Tatsache, dass sie kaum Geld besaßen, als Passagiere an Bord zu nehmen. Der Mann, ein phoekischer Kaufmann namens Aruun, warf nur einen kurzen Blick auf Markos' und Clavios Waffen und ihre kräftigen Oberarme und willigte sogleich ein, allerdings unter der Voraussetzung, dass sie für ihre Verpflegung selbst sorgten, auf Deck schliefen und willens waren, zur Waffe zu greifen, sollte das Schiff in Schwierigkeiten geraten. Diesen Bedingungen stimmten die beiden gerne zu.

»Dann sehen wir uns morgen bei Sonnenaufgang«, sagte Aruun zum Abschied und hakte beide Daumen in den breiten Gürtel, der sich um einen stattlichen Bauch spannte. »Kommt nicht zu spät. Die Geschäfte warten nicht – und ich auch nicht.«

»Wir werden zur Stelle sein«, versprach Markos. Er war erleichtert, dass sich ihre Weiterreise von Brendesi so einfach gestaltet hatte. Nun besaßen sie nicht nur eine Spur, sondern auch die Möglichkeit, ihr zu folgen. Beinahe ergriff ihn so etwas wie ein Hochgefühl. »Na los, Clavio«, sagte er und schlug seinem Begleiter auf die Schulter. »Suchen wir uns eine Bleibe für die Nacht.«

15

ANKUNFT IN AIDRANON

10. Tag des 7. Mondes
im 301. Jahr der cordurischen Könige

»Pheleos, sprich, was hast du über die Umstände von Orontoghasts Ableben in Erfahrung bringen können?«, verlangte Iurias zu wissen. Er stand neben dem großen Tisch in seinem Strategiezimmer und brütete schon den halben Tag über unangenehmen Regierungsgeschäften. *Hoffentlich hat sich wenigstens an dieser Front etwas Erfreuliches getan*, dachte er.

Der stämmige Leibwächter, dessen schütter werdendes Haar und zunehmender Bauchansatz verrieten, dass auch an ihm die Jahre nicht spurlos vorübergingen, schüttelte missmutig den Kopf. »Es verhält sich alles sehr rätselhaft, mein König«, gestand er. »Wir haben den Ort seines Todes genau untersucht. Im Hof haben wir mehrere Pfeile gefunden, die, wie es aussah, vom Dach oder aus dem Obergeschoss des Südflügels abgeschossen wurden. Wir haben uns dort umgeschaut, aber keine Spuren entdecken können.«

»Pfeile?« Iurias runzelte die Stirn. »Aber Orontoghast wurde nicht erschossen. Es hieß doch, er sei bei einer Explosion des Haupthauses ums Leben gekommen.«

»Das stimmt«, bestätigte Pheleos. »Und ich habe lange darüber nachgedacht, warum jemand zuerst auf ihn geschossen haben sollte. Ich habe darüber sogar mit seinem Nachfolger Urghaskar gesprochen, der noch einmal sein tiefes Beileid zum Ausdruck gebracht hat.«

»Danke«, brummte Iurias. Jeder in Aidranon wusste, wie nahe Orontoghast und er sich gestanden hatten, aber leere Worte holten den alten Quano weder ins Leben zurück, noch halfen sie Iurias dabei, den oder die Mörder seines langjährigen Freundes zu finden. »Hatte er auch etwas Nützliches zu sagen?«

Pheleos nickte. »In der Tat. Er glaubte, dass der erste Angriff der Ablenkung diente.«

»Der Ablenkung?« Bevor sich Iurias den Gedanken recht durch den Kopf gehen lassen konnte, fuhr der Anführer seiner Leibwache bereits fort.

»Genau das, mein König. Urghaskar sagte, dass sein Volk dank der engen Verbindung zur Weltseele Gahat mitunter imstande ist, kommende Gefahren zu erspüren. Deshalb ist es ausgesprochen schwierig, einen Quano zu überraschen. Er merkt bereits, bevor man zuschlägt, dass etwas nicht stimmt, und wird entsprechend vorsichtig sein …«

»Aber man kann diese Gabe auch gegen sie verwenden«, begriff Iurias und setzte, um den Tisch herumgehend, die Ausführung seines Leibwächters fort. »Man erzeugt eine falsche Bedrohung, um die wahre zu verschleiern, und führt so den Gefahreninstinkt der Quano in die Irre.« Er nickte anerkennend. »Sehr schlau von den Angreifern. Sie haben ihn mit Pfeilen beschossen, damit er in Panik gerät und ins Haus flüchtet. Wo ihn der Tod erwartete.«

»So schätzt es Urghaskar auch ein«, sagte Pheleos. »Er wies allerdings darauf hin, dass die Angreifer wohl nur deshalb Erfolg hatten, weil Orontoghast schon sehr alt war und nicht mehr der Schnellste in Körper und Geist. Einen jüngeren Quano, der mit Gahat im Einklang steht, hätte man vermutlich nicht derart überrumpeln können.«

»Nun, das musste der Täter ja auch nicht«, erwiderte Iurias, blieb stehen und tippte sich, den Blick ins Leere gerichtet, gedankenvoll mit dem Zeigefinger gegen das Kinn. »Da wusste jemand sehr genau, wie er Orontoghast erwischen würde.« Er wandte sich wieder seinem Untergebenen zu. »Dennoch bin ich verwundert. Die Explosion war so stark, dass mächtige starke Magie zum Einsatz gekommen sein muss. Warum hat sein besonderer Sinn fürs Arkane Orontoghast davor nicht gewarnt, Pfeilhagel hin oder her?«

»Es handelte sich nicht um einen magischen Angriff. Dessen sind sich die beiden Theurgen, die sich den Schauplatz des Mordes angesehen haben, ziemlich sicher. Sie gehen von alchemistischem Feuer aus. Aber die ganzen Trümmer, die dort liegen, machen eine genauere Untersuchung schwierig. Im Übrigen wurden mehrere Leichen im Haupthaus gefunden. Wie es aussieht, haben die Täter zunächst Orontoghasts Diener getötet, dann ihre Falle gestellt und sich schließlich auf der anderen Seite des Anwesens auf die Lauer gelegt.«

»Damit wäre geklärt, wie es geschehen ist«, knurrte Iurias. »Aber wer den Mord begangen hat und warum, wissen wir nach wie vor nicht.«

Pheleos neigte den Kopf. »Verzeiht, mein König. Wir tun, was wir können, aber der Mord war kein gewöhnlicher Überfall auf der Straße. Er wurde gut vorbereitet und perfekt durchgeführt. Ich gehe davon aus, dass ausgebildete Mörder dahinterstecken, vielleicht Quano oder gar Sidhari.«

»Diese Annahme ist naheliegend. Doch die Dienste solcher Leute sind kostspielig.« Iurias stützte sich mit den Fäusten auf seinem Strategietisch auf. »Setze dich mit Legar Galban in Verbindung, Pheleos. Er soll seine Spione losschicken, um herauszufinden, ob in letzter Zeit Fremde, womöglich gar mit einem gewissen Ruf, in der Stadt aufgetaucht sind. Ich *will* wissen, warum Orontoghast sterben musste.«

»Jawohl, mein König.« Sein Untergebener verbeugte sich und zog sich dann zurück.

Iurias pochte unwillig mit der Faust auf die Tischplatte. *Erst Rameos vor knapp einem Jahr und nun Orontoghast.* Bis vor zwei Tagen hatte er den Tod des Legars, der sein Lehrer und Freund gewesen war, schlicht für tragisch gehalten. Ein Herzversagen, in seinem Alter nicht außergewöhnlich, hatte ihn plötzlich dahingerafft. Doch dieser zweite und keineswegs natürliche Tod eines treuen Mitstreiters, ließ Iurias langsam misstrauisch werden. Versuchten seine Gegner ihn seiner Ratgeber und Stützen zu berauben? Hofften sie, dass er dadurch anfangen würde, Fehler zu begehen, die ihn angreifbar machten?

Orontoghast hatte keine Feinde, dachte Iurias. *Ich kann nicht glauben, dass sein Tod nur mit ihm selbst zu tun hatte. Der Anschlag muss ein politischer Winkelzug gewesen sein, der sich eigentlich gegen mich richtete. Aber warum haben sie es so auffällig gemacht? Meine Gegner müssen doch wissen, dass ich jeden Stein in Aidranon umdrehen werde, um Orontoghasts Mörder zu finden.* Womöglich waren sie in Eile gewesen, und diese Eile hatte sie gezwungen, drastischere Maßnahmen zu ergreifen. Das wiederum bedeutete, dass weitere Schritte seiner Gegner zu erwarten waren. Und ihm blieb nichts übrig, als abzuwarten und wachsam zu sein.

Denn wer ist es, der mich diesmal angreift? Er wusste, dass es unter Aidranons Senatoren und Großbürgern einige gab, die seiner Herrschaft kritisch gegenüberstanden. Doch ohne Beweise konnte er nicht gegen sie vorgehen. So gerne er es getan hätte, er konnte Galban nicht anweisen, jeden einzukerkern, der sich unzufrieden mit König Iurias Agathon zeigte. Seine Gegner waren einfach zu zahlreich, und sie besaßen zu viel

Macht. Der Aufschrei, der durch Aidranons Straßen hallen würde, mochte seinen Thron zerschmettern.

Mit einem wütenden Knurren wischte Iurias die winzigen Standarten vom Tisch, die auf seine sonstigen Probleme an den Grenzen des Reichs hinwiesen. *Die Dunkelwelt soll den Großen Rat und all seine Mitglieder verschlingen!*, dachte er. Alles könnte so viel leichter sein, wäre seine Herrschaft als König uneingeschränkt. Vielleicht sollte er Galban doch befehlen, all seine Gegner einzukerkern – und den Rest der Schwätzer gleich mit –, und den Aufschrei im Volk mit Soldaten und Festspielen zum Verstummen bringen.

Nein, rief Iurias sich zur Ordnung. Er zwang sich, tief ein- und auszuatmen. Genau darauf setzten seine Gegner. Dass er die Beherrschung verlor. Damit würde er ihnen nur in die Hände spielen. Wie auch immer ihr Plan aussah, er musste ruhig bleiben und abwarten, um sie im entscheidenden Moment, wenn er sie offen beim Verrat ertappte, zu zerschmettern.

Was immer sie vorhatten, es würde bald geschehen. Sonst wäre Orontoghast nicht so offensichtlich ermordet worden. Iurias' Blick wanderte zu den am Boden liegenden Standarten seiner Truppen. Er hoffte bloß, dass der Kampf, der ihm in seiner eigenen Hauptstadt bevorstand, das Reich nicht schneller in den Untergang riss, als alle plündernden Borden, taktierenden Carthaoten und reizbaren Xol es je vermocht hätten. *Doch was auch kommen mag*, dachte er grimmig, *glaubt nicht, ich wäre leicht zu bezwingen.*

Es dämmerte bereits, als Arastoths Schiff im geschäftigen Hafen von Aidranon einlief. Iolan, der noch nie auch nur ansatzweise so viele Menschen und Schiffe auf einem Fleck gesehen hatte, hätte ihre Ankunft gerne von Deck aus miterlebt, doch der Quano hatte ihn und Mirene gebeten, in ihrer Kabine zu bleiben. »Meine Heimkehr nach längerer Seereise wird von gewissen Personen stets mit Interesse verfolgt«, hatte er zur Begründung gesagt. »Es wäre besser, wenn diese einstweilen nichts von euch erfahren.« Das hatte Iolan eingesehen, an seiner Enttäuschung hatte es jedoch wenig geändert.

Erst, als es richtig dunkel war, kam Arastoth zu ihnen und führte sie von Bord. Er brachte sie zu einer geschlossenen Sänfte, die direkt neben dem Rudersegler am Pier wartete und von acht sehnigen Quano getragen wurde, ein Anblick, den Iolan ein wenig beunruhigend fand. Er wusste selbst, dass dieses Gefühl unsinnig war, aber die graue, feste Haut und die kahlen, knochigen Schädel der Angehörigen dieses Volks flößten ihm ein dumpfes Unbehagen ein. *Sie sind uns so fremd, auch wenn sie unsere Verbündeten sind*, dachte er.

»Steigt ein«, gebot Arastoth Iolan und Mirene, die der Aufforderung ohne Widerspruch Folge leisteten und sich auf eine der beiden Sitzbänke quetschten. Ihr Begleiter ließ sich ihnen gegenüber nieder und zog den halb durchsichtigen Stoffschleier zu, der vor dem Einstieg hing und den Menschen auf der Straße den Blick ins Innere verwehrte.

»Wohin bringt Ihr uns?«, wollte Iolan wissen, als sich die Sänfte in Bewegung setzte.

»An einen Ort, an dem ihr sicher seid«, erwiderte Arastoth. »Es handelt sich um ein Haus, das mir gehört.«

»Wenn jeder weiß, dass es Euch gehört, wie kann es dann sicher sein?«, wollte Mirene wissen.

»Es weiß nicht jeder, dass es meins ist«, erklärte Arastoth. »Ich besitze mehrere und durchaus wechselnde Rückzugsorte. Man kann nicht vorsichtig genug sein.«

Wenn man sich gegen den König verschworen hat, führte Iolan den Satz in Gedanken fort. Laut sagte er: »Und wie geht es danach weiter?«

Der Quano neigte den kahlen Schädel. »Ich werde Verbindung mit den Männern aufnehmen, die sich unserer Sache verschrieben haben, um mich mit ihnen zu beraten. Unser weiteres Vorgehen will genau durchdacht sein.«

»Ich möchte an diesem Treffen teilnehmen.«

»Das wäre verfrüht.« Arastoth bedachte Iolan mit einem Lächeln, das wohl besänftigend wirken sollte, aber eher gepresst aussah. »Versteh mich nicht falsch, Iolan. Ich möchte dich keineswegs ausschließen. Dein Zorn auf König Agathon ist rechtschaffen und dein Eifer bewundernswert. Allerdings nehmen die Mitglieder dieses Kreises Geheimhaltung sehr ernst. Das ist lebenswichtig für uns. Aus diesem Grund muss ich zunächst allein mit ihnen sprechen und sie fragen, ob sie keine Einwände dagegen haben, dass du dich unserer Sache anschließt.«

Iolan versuchte seine Enttäuschung zu verbergen. »Ich verstehe«, sagte er, und ein Teil von ihm sah tatsächlich ein, dass Arastoth so handeln musste.

»Sind wir Gefangene in diesem Haus?«, wollte Mirene wissen. Sie wirkte nicht sehr glücklich über diese Vorstellung.

»Gahat bewahre, wie kommst du darauf?«, gab Arastoth zurück. »Ihr seid freie Menschen, wie ihr es immer wart. Ich möchte euch jedoch ersuchen, wachsam zu sein, wenn ihr das Haus verlassen solltet. Aidranon ist nicht Efthaka. Hier gibt es vielerlei Gefahren, die dem Arglosen zum Verhängnis werden können.«

Er warf Iolan einen bedeutsamen Blick zu, und der verstand. Auch wenn es unwahrscheinlich war, bestand immer die Möglichkeit, dass jemand seiner wahren Identität auf die Schliche kam. »Wir werden aufpassen«, versprach er.

Mit zwei Fingern schob er den Vorhang einen Spaltbreit zur Seite und schaute nach draußen. Die acht Quano trugen sie eine breite, gepflasterte Straße hinauf, die sich in Serpentinen die steile Küste hinaufschlängelte. Niedrige, weitgehend schmucklose Häuser aus Ziegelsteinen und mit flachen, schindelgedeckten Dächern säumten den Weg. Zwischen den Häusern begannen schmale Gassen, und überdachte Durchgänge führten in kleine Hinterhöfe, in denen Iolan Handkarren, Kisten, bauchige Amphoren und mehr erspähte. Öllaternen, die in Nischen neben Türeingängen standen und an dünnen Ketten von Vordächern baumelten, erhellten die Szenerie.

Trotz der fortgeschrittenen Stunde herrschte viel Betrieb. Anders als Efthaka, wo die Fischer mit der untergehenden Sonne zu Bett gingen und mit dem ersten Licht des neuen Tages aufstanden, schien Aidranon niemals zu schlafen – oder zumindest nicht, bis es bereits weit nach Mitternacht war.

Ihre Sänfte kam an einer Gruppe lachender Männer vorbei, die soeben in eine Taverne am Straßenrand einkehrte. Die Kleidung der Männer erinnerte Iolan an die Soldaten, die sein Heimatdorf überfallen hatten. Er fragte sich, wann seine Verfolger mit ihrem Schiff wohl eintrafen und ob diese wussten, dass er ihrem Gemetzel entkommen war, oder ob sie ihn unter den Toten wähnten.

»Mach den Vorhang zu, Iolan«, sagte Arastoth leise. »Wir nähern uns dem Seetor, und wir wollen doch nicht, dass die Stadtwache euch beide in meiner Begleitung sieht.«

»Glaubt Ihr, sie würden mich erkennen?«, wollte Iolan wissen, als er gehorsam das durchscheinende Tuch losließ.

»Nein, das nicht«, gab der alte Quano zu. »Womöglich würden sie nicht einmal mich erkennen. Für die meisten Menschen sieht ein Quano aus wie der andere. Aber ein Quano in einer Sänfte mit acht Trägern, der mit zwei jungen Menschen unterwegs ist, fällt auf. Sollte sie jemand später nach ungewöhnlichen Begebenheiten befragen, könnten sie sich daran erinnern.«

»Das wollen wir lieber vermeiden«, sagte Iolan. Er presste sich etwas tiefer in die Kissen seines Sitzes.

Gleich darauf kam die Sänfte zum Halt. »Wer will nach Aidranon einreisen?«, fragte eine tiefe Männerstimme.

Einer der Quano-Träger antwortete etwas, aber so leise, dass Iolan kein Wort verstehen konnte.

Für einen Moment war nichts zu hören, außer den Geräuschen des abendlichen Straßenlebens. »Warum lässt er uns nicht passieren?«, fragte Mirene leise und mit leichter Sorge, als sich der Augenblick in die Länge zog.

»Das wüssten wir alle gerne«, antwortete Arastoth. Er lehnte sich entspannt zurück und schloss die Augen.

Du willst nicht hereinschauen, beschwor Iolan die unsichtbare Torwache lautlos. *Wir sind vollkommen unbedeutend.* Tatsächlich kam er sich auf einmal ziemlich unwichtig vor. Und mehr noch: Nichts war irgendwie von Bedeutung, am wenigsten, wer er war, wo er sich befand und wohin sie reisten.

Er glaubte, dass der Träger draußen noch etwas sagte, aber ganz sicher war er sich nicht und eigentlich spielte es auch keine Rolle.

»Nein, schon gut«, erwiderte der Soldat. »Ich muss nicht ins Innere schauen. Ihr könnt passieren.«

Die Sänfte setzte sich wieder in Bewegung. Nach einem Dutzend Schritten schrak Iolan plötzlich zusammen, als zahlreiche Geräusche und Gerüche wie eine Flut über ihn hereinbrachen. Es war, als habe jemand eine dicke Wolldecke um seinen Kopf geschlungen und unvermittelt fortgezogen. Neben ihm keuchte Mirene auf. Ihr schien es ähnlich zu gehen.

»Was ist das?«, entfuhr es Iolan überrascht. »Auf einmal ist alles lauter und klarer, als wäre ich zuvor halb blind und halb taub gewesen.«

»Nein, dein Geist vermag lediglich seine Umgebung wieder normal zu erfassen«, widersprach Arastoth.

»Wie meint Ihr das?«

»Ich habe mich gerade eben in eine Aura aus Bedeutungslosigkeit gehüllt, um uns diesen unnötig übereifrigen Wachsoldaten vom Leib zu halten. Leider ließ sich nicht verhindern, dass auch euch die Wirkung der Emanation getroffen hat. Es hat euer Denken und Empfinden gedämpft. Aber das ist nun wieder vorbei.«

Iolan blinzelte verwirrt. »Was vermögt Ihr eigentlich noch alles? Ihr könnt heilen, Euch zeitlos von Ort zu Ort bewegen, den Geist anderer benebeln.«

»Zeitlos von Ort zu Ort bewegen?«, wiederholte Arastoth und hob in mildem Erstaunen die Wulst an seiner Stirn. »Wann habe ich dieses Wunder vollbracht?«

»Als Ihr Mirene und mich aus Efthaka gerettet habt«, rief ihm Iolan ins Gedächtnis. »Mirene sagte, da wäre bloß ein helles Licht gewesen, und im nächsten Moment hätten wir auf Eurem Schiff gestanden.«

»Ah, richtig.« Arastoth nickte. »Ich vergaß. Nun ja …« Er verzog die Lippen zu einem seiner ungelenk wirkenden Lächeln. »… Gahat ist mit mir und verleiht mir die Kraft zu tun, was nötig ist.«

Ganz stellte Iolan diese ausweichende Antwort nicht zufrieden, aber er sagte nichts weiter. Zu seinem Erstaunen meldete sich jedoch Mirene erneut zu Wort: »Sagt, Meister Arastoth, ist es wohl auch Menschen möglich, in die Kunst der Theurgie eingeweiht zu werden?«

Arastoth wirkte beinahe etwas verwundert ob der Frage, denn er zögerte, bevor er den Kopf schüttelte. »Nein, mein Kind. Wir Quano sind auf eine Weise mit Gahat verbunden, die keinem anderen Volk zu Gebote steht. Wenn dich das Arkane reizt, solltest du dich in bordischer Runenmagie versuchen. Aber ich möchte dir davon abraten. Es ist eine grobe, barbarische Kunst. Überhaupt halte ich es für unklug, wenn Frauen sich dem Verständnis der höheren Mächte widmen, verzeih, wenn ich das sage. Dabei kommt nur Ungutes heraus, man sieht es an den Dyrracherhexen oder diesen schamlosen Priesterinnen der Tetrarchen von Xol. Es spricht nichts dagegen, wenn sie sich dem Dienst an den Gottheiten ihres Volkes widmen. Doch alles darüber Hinausgehende überreizt den Sinn der Frauen und lässt sie allzu leicht dem Wahn verfallen – in welcher Ausprägung auch immer.«

»Natürlich, Meister Arastoth.« Mirene senkte den Kopf.

Es verwunderte Iolan, dass Arastoth sich auf eine derart arglose Frage seiner Schwester hin zu solch einer Grundsatzrede hatte hinreißen lassen. Ein einfaches »Nein« hätte auch genügt. Er fragte sich, ob der Quano wohl schlechte Erfahrungen mit einer *Dyrracherhexe* oder einer dieser *schamlosen Priesterinnen der Tetrarchen von Xol* gemacht hatte.

Unterdessen hatten die Träger sie durch das Seetor und eine breite Hauptstraße hinunter ins Herz von Aidranon gebracht. Iolan, der erneut einen Blick nach draußen wagte, sah mächtige, säulengeschmückte Bauwerke, die in den Himmel aufragten. Breite Treppen führten zu Kolonnaden hinauf. Männer und Frauen gleichermaßen saßen dort im Licht von Feuerschalen und unterhielten sich. Lachen war zu hören, und von irgendwoher drang leise Flötenmusik an seine Ohren. Ein Gong am Eingang eines Gebäudes, das den Statuen zufolge, die es bewachten, ein Trahjana-Tempel sein musste, wurde zur vollen Stunde geschlagen.

»Aidranon ist gewaltig«, staunte Iolan, der nie etwas Vergleichbares gesehen hatte.

»Ja, das ist es«, bestätigte Arastoth. »Es gibt kaum eine Stadt auf Yeos, die ihm an Prunk und Größe gleichkommt. Dafür haben die cordurischen Könige in den letzten drei Jahrhunderten gesorgt.«

»Wie viele Menschen leben hier?«

»Manche schätzen, es sind fünfhunderttausend. Wahrscheinlich liegt die Zahl sogar höher. In einigen Teilen der Stadt, wie dem Hafenviertel, kann man nur schätzen, wie viele Personen sich dort erlaubt oder unerlaubt aufhalten.«

»Was meint Ihr mit unerlaubt?«, wollte Mirene wissen. »Darf nicht jeder in Aidranon leben?«

»Nein. Feinde des Reichs finden hier keine Heimat«, erklärte der alte Quano. »So dürfen Xol nur hier leben, wenn sie Sklaven einer Bürgerfamilie sind. Gleiches gilt für Carthaoten. Borden und Sidhari begegnet man zumindest mit Misstrauen, wenngleich man sie nicht der Stadt verweist, solange sie nicht eindeutig fragwürdigen Tätigkeiten nachgehen. Gänzlich verboten ist die Stadt allein den Dyrrachern. Wird einer von ihnen in den Straßen Aidranons aufgegriffen, ist ihm der Tod gewiss.«

»Warum werden diese Dyrracher verfolgt?«, fragte Iolan.

Arastoth blickte ihn aus schwarzen Augen ernst an. »Weil sie gefährlich sind und streng bewacht werden müssen. Es ist besser, wenn sie nicht in Aidranon ihr Unwesen treiben.«

Es war nun schon das zweite Mal, dass Arastoth sich feindselig über Dyrracher äußerte. Entweder trug sein Volk einen Zwist mit diesen Fremden aus oder Arastoth hatte persönliche Gründe, sie zu hassen.

Die Träger beförderten die Sänfte scheinbar durch halb Aidranon, bis sie schließlich ein Gebäude am Rand eines kleinen Parks erreichten. Auf dem Innenhof setzten Arastoths Diener sie ab und einer öffnete den Vorhang. Er sagte etwas zu ihrem Gastgeber, das Iolan nicht verstand. Vermutlich sprach der Mann in der Sprache der Quano.

Arastoth nickte ihm zu und antwortete, bevor er sich an Iolan und Mirene wandte. »Wir sind da«, erklärte er unnötigerweise. Er stieg aus und Iolan und seine Schwester folgten ihm. Als Iolan das »Versteck« des Quano sah, weiteten sich seine Augen.

Das Gebäude war zweigeschossig und in Hufeisenform angelegt. Im ersten Stock verlief eine Galerie über die ganze Länge des Hauses. In der Hofmitte gab es einen kleinen Garten voll blühender Gewächse von einer Art, die Iolan noch nie gesehen hatte. Aus der Amphore einer Steinstatue ergoss sich Wasser in ein rechteckiges Becken, das keinen Abfluss zu haben schien und trotzdem nicht überlief. Alles wirkte sehr sauber und gepflegt, als kümmerte sich auch in Arastoths Abwesenheit ein Heer von Bediensteten um Haus und Hof.

Iolans Blick kreuzte den Mirenes. Ihrer Miene nach zu urteilen schien sie sich genau das Gleiche zu fragen, wie er: Wer bei den Sechsgöttern war Arastoth, der bloß ein Geweihter zu sein behauptete und doch über solch erstaunliche Reichtümer zu verfügen schien, wirklich?

16

PERRIN UND SORAH

11. Tag des 7. Mondes
im 301. Jahr der cordurischen Könige

Am nächsten Morgen lief die *Wellenwanderer*, so hieß der Handelssegler, mit dem Markos und Clavio nach Aidranon fahren wollten, aus Brendesi aus. Es wehte eine frische Brise aus Nordost und hoch am Himmel zogen weiße Schleierwolken dahin. Begleitet vom Kreischen der Seevögel pflügte das Schiff durch die See und machte dabei gute Fahrt. Die beiden Gefährten hielten sich die meiste Zeit an Deck auf und halfen Aruuns kleiner, achtköpfiger Besatzung, das Schiff zu führen, eine Arbeit, mit der sie sich ebenso gut auskannten, wie ihre Gastgeber.

Außer ihnen war noch ein weiterer Passagier an Bord, ein blonder, vierschrötiger Kerl namens Perrin, der nach eigenem Bekunden aus Atlesia stammte, dem nordwestlich von Cordur gelegenen Land, das König Heroas Agathon in langen Jahren befriedet hatte. Das wusste Markos, weil auch sein Vater als junger Mann in Atlesia gekämpft hatte. Perrin trug ein Arsenal von Waffen am Leib und vermied es, über den Zweck seiner Reise viele Worte zu verlieren. Markos argwöhnte, dass entweder Aruun oder einer seiner Kunden den Söldner angeheuert hatte, um eine besonders wertvolle Fracht zu schützen.

Einen weiteren Passagier lernte er erst zwei Tage später kennen und auch das nur zufällig. Die *Wellenwanderer* umrundete gerade die Südspitze von Cordur und kämpfte mit einem ungünstigen Westwind, sodass die Mannschaft mühsam zum Kreuzen gezwungen war. Markos sollte eine Rolle Tau zu holen, die er zwischen den Frachtamphoren voller Wein, Getreide und Gewürzen nicht finden konnte.

Als er eine niedrige Tür öffnete, die in einen Raum im Bug des Schiffes führen musste, fand er sich überraschend in einer kleinen Kammer wieder, die nur von einem winzigen Deckenfenster erhellt wurde, dem er oben auf Deck nie Beachtung geschenkt hatte. In der rechten Hälfte des Raums hing eine behelfsmäßige Hängematte, in der linken lagen zwei Strohsäcke auf dem Boden. Auf diesen kauerte eine menschliche Gestalt. Sie schien in Lumpen gekleidet, hatte strähniges langes Haar und als sie sich bewegte, vernahm Markos das Klirren einer Kette, die, wie er bemerkte, an ihren Fuß- und Handgelenken befestigt worden war und außerdem durch einen stabilen Ring in der Bordwand führte.

Die Gestalt hob den Kopf, und Markos blickte in das schmutzige Gesicht einer Frau. Im Dämmerlicht konnte er nicht viel erkennen, aber er glaubte, dass sie nicht viel älter als er selbst war. Ihre Haut war auffallend blass, Haare und Augen jedoch dunkel wie seine eigenen. Spröde Lippen verzogen sich zu einem sarkastischen Lächeln. »Ich grüße Euch, schöner Herr«, sagte sie mit rauer Stimme, der anzuhören war, dass sie lange nichts mehr zu trinken bekommen hatte. »Ihr seid nicht zufällig der Prinz, der unerwartet auftaucht, um mich zu retten?«

Verwirrt blickte Markos sie an. »Wer bist du?«

»Mein Name ist Sorah«, antwortete die Frau, »und, glaubt mir, das alles ist ein schreckliches Missverständnis.« Sie warf ihm einen treuherzigen Blick zu.

»Missverständnis?«, wiederholte Markos.

Sie nickte. »Ich wurde unter falschen Anschuldigungen in Ketten gelegt und soll nun in Aidranon verurteilt werden. Diese Leute wollen mich töten, mein Herr. Ihr seht wie ein aufrichtiger Mann aus. Ihr werdet doch sicher nicht zulassen, dass eine Frau aus unbedeutenden Gründen an der Stadtmauer aufgehängt wird. Wenn Ihr mir helft, wird Euch meine Dankbarkeit gewiss sein …« Obwohl sie schmutzig war und in Ketten auf Strohsäcken lag, gelang es ihr, sich auf eine Weise zu rekeln, die keinen gesunden Mann kalt lassen konnte. Dabei warf sie ihm aus großen, dunklen Augen lockende Blicke zu.

Markos spürte, wie ihm die Hitze ins Gesicht stieg. Sorah war keineswegs die erste Frau, die ihn zu verführen versuchte. Einige der Mädchen aus Efthaka hatten im Laufe der Jahre durchaus Interesse an ihm bekundet. Doch ihr Werben hatte züchtig gewirkt im Vergleich zum Gebaren Sorahs. Er schluckte und räusperte sich. »Ich will Aruun deinen Fall gerne vortragen und schauen, was ich für dich …«

»He!«, unterbrach ihn eine Stimme in seinem Rücken. Als Markos sich umdrehte, sah er Perrin näherkommen. Der riesige Atlesier musste sich ducken, um nicht mit dem Schädel gegen die Deckenbalken zu stoßen. »Was machst du da? Du hast dort drin nichts zu suchen.«

»Ich wollte nur eine Taurolle holen und bin dabei zufällig auf diese Frau gestoßen«, verteidigte Markos sich. Er deutete auf sie. »Wer ist sie überhaupt?«

»Eine Verbrecherin und meine Gefangene«, knurrte Perrin zur Antwort und warf Sorah einen finsteren Blick zu. »Sie hat geraubt und gemordet. Sie wird ihre gerechte Strafe erhalten. Und dich«, er wandte sich Markos zu und hob einen warnenden Zeigefinger, »geht das kein bisschen was an. Also verschwinde und kümmere dich um dein Tau.«

»Er ist so voller Liebreiz«, warf Sorah von ihrem Strohlager aus ein, wo sie sich wieder zusammengekauert hatte. »Man muss ihn einfach gern haben.«

»Halt deinen Mund, Seeräuberhure«, fuhr der Atlesier sie an und trat ihr mit dem Stiefel gegen den Oberschenkel.

»He!«, entfuhr es Markos, und bevor er darüber nachdenken konnte, ob das wirklich schlau war, packte er Perrin an der Schulter, um ihn zurückzuziehen.

Der wirbelte herum und hatte plötzlich ein kurzes, breites Messer in der Hand und an Markos' Kehle gesetzt. »*Halt* dich da raus, mein Freund«, warnte der Atlesier leise. In seinen hellblauen Augen blitzte es zornig.

In diesem Moment tauchte Clavio auf der Treppe, die hinunter in den Frachtraum führte, auf. »Markos, hast du die Taurolle …« Er brach ab und seine Augen weiteten sich, als er die Lage erfasste. Plötzlich lag auch in Clavios Hand ein Messer. »Was ist denn hier los?«

»Macht jetzt keinen Ärger, ihr beiden«, sagte Perrin. Er packte Markos mit der anderen Hand am Kragen seiner Tunika und drückte ihn gegen den Türrahmen zur Kammer, in der Sorah saß. Markos wehrte sich nicht, um die Lage nicht noch zu verschlimmern.

»Markos?«, fragte Clavio misstrauisch.

»Alles in Ordnung, Clavio«, erwiderte dieser leicht gepresst, während er zu seinem Freund herüberschielte. »Nur eine kleine Meinungsverschiedenheit. Kein Grund, deswegen Blut zu vergießen.« Er richtete den Blick auf Perrin. »Stimmt doch, nicht wahr?«

»Er hat recht, Großer«, warf Sorah trotz der Misshandlung durch den Atlesier erstaunlich gut gelaunt ein. »Obwohl ich es schmeichelhaft finde, dass ihr euch wegen mir an die Kehle geht.«

»Sei still!«, befahlen ihr Markos und Perrin wie aus einem Mund.

Die Lippen des riesigen Atlesier verzogen sich zu einem finsteren Grinsen, dann nahm er das Messer von Markos' Kehle und ließ ihn los. »Sie ist eine echte Plage«, brummte er. »Und nicht so unschuldig, wie sie behauptet. Also spar dir deinen Edelmut für eine Frau auf, die ihn verdient. Denn wegen der hier brauchen wir uns tatsächlich nicht zu streiten.«

Sorah murmelte etwas, das Markos nicht verstand.

»Auch wenn sie deine Gefangene ist, und selbst wenn sie in den Augen des Gesetzes den Tod verdient, ist es nicht nötig, sie vorher zu misshandeln«, gab Markos zurück und funkelte den Atlesier an. Er war keineswegs erpicht darauf, sich mit dem stärkeren und zweifellos kampferprobten Perrin anzulegen, aber es gab Dinge, die man selbst einem Mann wie ihm einfach nicht durchgehen lassen durfte.

Perrin schnaubte abfällig. »Du hast ja keine Ahnung … Sie hat wahrscheinlich mehr Handelsschiffe überfallen, als du in deinem ganzen Leben gesehen hast, und mehr Männer getötet als ein Soldat des Königs von Aidranon am Ende seines langjährigen Dienstes. Aber wenn es für dein Seelenwohl so wichtig ist, hast du mein Wort, dass ich sie in Ruhe lasse, solange wir gemeinsam auf diesem Schiff reisen. Schließlich wollen wir nicht den Unmut unseres Gastgebers auf uns ziehen, indem wir an Bord die Klinge kreuzen – so kurz der Kampf auch dauern würde.« Er bedachte Markos mit einem vielsagenden Lächeln.

»Bilde dir nicht zu viel ein«, warnte Clavio den Atlesier, obwohl auch er sein Fischermesser wieder wegsteckte. »Auch wir haben schon Kämpfe ausgefochten und Männer getötet.«

»Oh, tatsächlich?« Perrin hob die buschigen Augenbrauen und musterte Markos' Begleiter. »Lass mich raten: rivalisierende Fischer aus dem Nachbardorf?«

Clavios Miene verfinsterte sich wieder. »Oh nein, es waren …«

»Spielt keine Rolle«, fiel Markos ihm ins Wort und warf seinem Freund einen warnenden Blick zu. Wenn Perrin wirklich ein Kopfgeldjäger war, wie es den Anschein hatte, erzählten sie ihm besser nicht, dass sie königliche Soldaten umgebracht hatten, auch wenn es aus Notwehr geschehen war.

»Wie auch immer«, knurrte Perrin. »Ihr haltet euch von meiner Gefangenen fern. Ich tue euch nicht weh. Alle sind glücklich.«

Markos nickte. »Dann werde ich nun mal weiter diese elende Taurolle suchen.«

Plötzlich polterte einer der Seeleute die Treppe hinunter. Langsam wurde es im Frachtraum ziemlich eng, wie Markos fand. »Kommt alle rasch an Deck!«, rief er, und in seiner Stimme lag eine Dringlichkeit, die nichts Gutes ahnen ließ.

»Was ist los?«, wollte Markos wissen.

Der Mann warf ihm einen furchtsamen Blick zu. »Piraten!«

»Diese verdammten Hunde«, fluchte Aruun leise, während er, die Augen mit beiden Händen beschattend, auf das blutrote Segel blickte, das südlich von ihnen am Horizont aufgetaucht war. »Warum müssen die ausgerechnet hier nach Beute suchen?«

»Wer sind die?«, fragte Markos, der mit den anderen neben dem Kaufmann an der Reling der *Wellenwanderer* stand.

Aruun senkte die Hände und warf ihm einen unglücklichen Blick zu. »Wenn es stimmt, was die Segel verheißen, handelt es sich bei den Kerlen dort hinten um die Blutigen Klingen.«

»Die Blutigen Klingen?« Clavio hob die Augenbrauen. »Das hört sich nach ziemlich fiesen Burschen an.«

»Von der übelsten Sorte«, bestätigte Aruun. Er fluchte erneut leise in seinen Bart. »Wir müssen kehrtmachen.«

»Was sollte das bringen?«, wollte Markos wissen.

»Gegen den Wind entkommen wir ihnen nie. Sie haben Segel und Ruderer. Mit dem Wind im Rücken gelingt es uns vielleicht, sie abzuschütteln. Die Wahrscheinlichkeit ist zugegeben nicht sehr hoch, aber was bleibt uns sonst?«

»Wir sollten versuchen, das Land zu erreichen«, knurrte Perrin. »Dann verlierst du zwar dein Schiff an die Piraten, aber wenn ihr schnell genug flieht, kommen deine Leute und du wenigstens mit dem Leben davon.«

Aruun schüttelte den Kopf. »Nein, ich gebe mein Schiff nicht so einfach auf.«

»Narr!«, schalt Perrin ihn ungehalten. »Hoffst du ernsthaft, den Piraten entrinnen zu können, wenn du aufs offene Meer hinaus steuerst? Dein Schiff ist breit und schwer, ihres für Schnelligkeit gebaut. Sie werden uns einholen, früher oder später. Das weißt du so gut wie ich.«

»Ich stimme ihm zu«, sagte Markos ernst. »Die *Wellenwanderer* ist wirklich nicht sehr schnell. Wenn Ihr einen Kampf vermeiden wollt, ist die Flucht an Land die einzig sinnvolle Lösung.«

Der Kaufmann warf einen weiteren Blick auf das langsam, aber unerbittlich näher kommende Segel. Mittlerweile hatte sich ein zweites hinzugesellt, ebenfalls blutrot. »Wahrscheinlich habt Ihr recht«, gestand er zögernd ein.

Er drehte sich zu seinen Leuten um. »Männer! Bringt uns näher an die Küste heran. Wir schlagen uns in die Wildnis, um unseren Feinden zu entrinnen.« Er deutete auf das felsige Festland, das keine zwei Meilen entfernt lag.

Die Seeleute beeilten sich, der Anordnung Folge zu leisten. Auf ihren bärtigen Gesichtern lag Furcht. Die Blutigen Klingen mussten ihnen aus Gerüchten und Geschichten wohl bekannt sein. Markos hatte noch nie von ihnen gehört, aber er wusste, was Schiffsbesatzungen von Piraten blühte. Mit viel Glück wurden sie in die Sklaverei verkauft.

Der Wind begann aufzufrischen und drehte gleichzeitig, sodass er nun direkt von Norden, vom Landesinneren her wehte. Das Segel flatterte, und die Seeleute kämpften darum, das Schiff gegen die steife Brise anzusteuern. »Bei den Göttern, was ist das nun?«, rief Aruun verwirrt. »Ein Nordwind an der Südspitze von Cordur? Das gab es noch nie!«

Auch Markos überraschte der Wetterumschwung. Das war keineswegs ein gewöhnliches Phänomen.

»Dunkle Magie«, knurrte Perrin neben ihm. Der hünenhafte Atlesier starrte den Schiffen mit den blutroten Segeln entgegen. »Ich wette mit euch, dass sich auf einem dieser Schiffe ein Borden-Druide befindet. Das würde erklären, warum sich der Wind auf einmal gegen uns verschworen hat. Diese halbwüchsigen Mistkerle vermögen das Wetter zu behexen.«

Markos hatte bislang erst einmal mit Borden zu tun gehabt, und es war keine Erfahrung, die er gerne wiederholen wollte. Sie erreichten selten mehr als eine Körperhöhe von fünf Fuß, aber diesen Mangel an Größe machten sie durch unglaubliche Kraft und Wildheit mehr als wett. Vor ein paar Sommern hatte eine kleine Horde der in Sippen lebenden Borden die Ostküste von Cordur unsicher gemacht. Eine Gruppe von vielleicht zwanzig Kriegern war auch über Efthaka hergefallen. Noch heute träumte Markos manchmal von den halb nackten, muskelbepackten Männern mit den geflochtenen Bärten und den mit blauen Runen bemalten Leibern, die Äxte und Streitkolben schwingend unter schauerlichem Grölen und Lachen durch die Straßen des Fischerdorfs getobt waren.

»Du glaubst, die Blutigen Klingen sind Borden?«, fragte Clavio. Der dumpfen Furcht, die in seiner Stimme mitschwang, konnte Markos entnehmen, dass auch er sich noch lebhaft an diese wilden Männer aus den Landen nördlich der Grenzen Cordurs erinnerte.

»Sicher nicht«, erwiderte Perrin. »Die Burschen sind keine großen Seefahrer, so viel ist klar. Darin ähneln sie den Quano. Aber es gibt immer ein paar Ausnahmen. Vielleicht ist der Druide ein Sklave, der zum Dienst gepresst wird, vielleicht ein aus seinem Stamm Ausgestoßener. Wie dem auch sei: An Flucht ist jetzt nicht mehr zu denken. Es sei denn, ihr wollt zur Küste schwimmen.«

Markos warf einen Blick nach Steuerbord. Das Land war unverändert zwei Meilen entfernt. Genau wie Clavio und alle Fischer Efthakas war auch Markos ein guter Schwimmer. Sie konnten es schaffen – wenn sie das Schiff und seine Insassen ihrem Schicksal überließen. Und sofern dieser Borden-Druide nicht auch die Wellen gegen sie aufzuwiegeln vermochte, um sie alle zu ersaufen. Er warf seinem Begleiter einen fragenden Blick zu. »Clavio?«

»Aruun hat uns kostenlose Passage gewährt, damit wir ihm helfen, wenn Gefahr drohen sollte«, antwortete dieser. »Ich habe ihm mein Wort gegeben, ihm beizustehen. Dieses Wort werde ich nicht brechen, selbst wenn ich gegen einen Borden-Druiden die Klinge ziehen muss.« Die Tapferkeit seiner Worte stand im Widerspruch zu dem angstvollen Flackern in seinen Augen. Doch dann presste er die Lippen zu einem schmalen Strich zusammen und nickte bekräftigend.

»Ich hole meine Waffen«, sagte Markos. »Die Blutigen Klingen werden feststellen, dass auch wir kämpfen können.«

»Diesen Kampf werden wir verlieren«, brummte Perrin grimmig.

»He, hast du eine bessere Idee?«, fuhr Markos den Atlesier an. »Sollen wir uns etwa ergeben und unser Schicksal einfach so hinnehmen?«

»Nein, keineswegs. Ich will damit nur sagen, dass ihr besser Frieden mit euren Göttern macht, solange ihr noch Zeit dazu habt. Wahrscheinlich werdet ihr heute vor sie treten.« Der riesige Mann drehte sich um. »Dann hole ich wohl besser auch mal meine übrigen Waffen. Und vielleicht sollte ich Sorah erledigen, solange ich es noch kann.«

»Sorah …« Der Name der Gefangenen im Bauch des Schiffes brachte Markos auf einen Gedanken. »Sagtest du nicht, sie sei selbst eine Piratin?«

Verwirrt sah Perrin ihn an. »Nicht ganz so schlimm wie die Blutigen Klingen, aber ja.«

»Könnte sie womöglich mit den Klingen verhandeln?«

Der Atlesier warf ihm einen Blick zu, als frage er sich, ob Markos den Verstand verloren habe. »Das ist närrisch. Sie würde uns ihren Freunden zum Fraß vorwerfen.«

»Vielleicht erklärt sie sich bereit, unser Leben zu schonen, wenn wir ihr die Freiheit schenken und den Klingen die Fracht überlassen.«

»Warum sollte sie das tun? Sobald sie nicht mehr durch Ketten gebunden ist und sich in Gesellschaft von Ihresgleichen befindet, hat sie die Oberhand. Nichts wird sie an irgendein Versprechen binden, das sie uns vorab geben mag.«

Markos spürte, wie Zorn in ihm hochkochte. Die beiden Schiffe mit den roten Segeln kamen immer näher. Die Seeleute der *Wellenwanderer* kämpften unter Aruuns Befehl noch immer gegen den Wind, aber sie hätten genauso gut die Hände in den Schoß legen können, so fruchtlos waren ihre Bemühungen. »Hast du nicht selbst gesagt, dass wir sterben, wenn wir kämpfen?«, fragte er Perrin hitzig.

»Das habe ich«, gab der Atlesier finster zurück.

»Also sind unsere Überlebenschancen gleich null, wenn wir uns den Blutigen Klingen mit gezogenen Waffen stellen.«

»Sofern wir es nicht mit zwei Schiffen voll einarmigen, einäugigen Gassenschlägern zu tun haben, ja.«

»Dann würde ich auf Sorah setzen. Ein fast sicherer Tod ist mir lieber als ein sicherer Tod.«

»Höre ich hier etwas von Verhandeln?«, mischte sich Aruun wieder in das Gespräch ein. Er hatte den Versuch aufgegeben, sein Schiff aus dem ständig wechselnden, magischen Wind herauszusteuern.

»Markos will unser aller Schicksal in die Hände einer Verbrecherin legen«, knurrte Perrin. »Wenn ihr mich fragt, können wir uns dann gleich die Kehle durchschneiden.«

»Lasst mich mit ihr reden«, drängte Markos. »Ich kann sie überzeugen, uns zu helfen.« Tatsächlich hatte er keine Ahnung, ob das stimmte. Aber wenn er nicht über Bord springen oder sich in die Schwerter der Piraten stürzen wollte, sah er keine andere Möglichkeit.

»Das ist lächerlich«, knurrte Perrin.

»Wir haben keine andere Wahl.«

»Ich werde sie nicht freilassen, nur damit sie mich zum Dank von ihren Freunden zu Tode foltern lässt.« Obwohl Perrin sich Mühe gab, sie zu unterdrücken, hörte Markos die zunehmende Sorge aus seiner Stimme heraus. Er verstand, dass der Atlesier sich Gedanken darüber machte, was Sorah mit ihm tun würde, sobald sich das Blatt zu ihren Gunsten wendete. Er hatte sie nicht gut behandelt. Sicher würde Sorah es ihm heimzahlen wollen. »Sie ist meine Gefangene«, beharrte der Atlesier, »ich entscheide darüber, was mit ihr geschieht.«

»Und es ist mein Schiff«, warf Aruun ein. »*Ich* entscheide, was mit uns allen geschieht. Und ich sage, wir riskieren es mit dieser Sorah. Die Klingen haben uns in der Falle, und so gerne ich mich wehren würde, wir sind zu wenige, um es mit zwei Schiffen aufzunehmen.«

Unvermittelt zog der Atlesier sein Schwert. »Ich bin ein Krieger«, grollte er. »Ich sterbe im Kampf, nicht in Ketten oder auf Knien. Ist das klar?«

»Ich verstehe«, sagte Aruun ruhig. »Es tut mir leid, das zu hören.« Er nickte verstohlen, aber doch auffällig genug, dass Markos und auch Perrin aufmerksam wurden. Während Markos bloß den Kopf drehte, fuhr der Söldner herum. Hinter ihm stand der Kapitän des Schiffs, der sich während ihres Streits lautlos angeschlichen hatte. In der Rechten hielt er einen zum Schlag erhobenen Hammer.

Keuchend schlug er zu, doch Perrin war schneller. Er bog den Oberkörper zur Seite und der Hammer verfehlte seinen Kopf, um stattdessen die Schulterpartie der harten Lederrüstung des Söldners zu treffen.

»Was?«, entfuhr es dem Atlesier. Scheinbar reflexhaft riss er sein bereits gezogenes Schwert von unten nach oben. Sein mächtiger Hieb schlitzte den Kapitän einmal quer unterhalb des Brustbeins auf. Blut spritzte, und der Mann taumelte schreiend zurück, beide Hände auf den klaffenden Riss in seinem Fleisch pressend.

»Du willst mich umbringen?«, schrie Perrin und fuhr zu Aruun herum. »Du Hund willst mich hinterrücks erschlagen lassen?« Mit vor Zorn blitzenden Augen sprang er auf den Händler zu und seine linke Faust packte den Kragen von dessen Gewand, während er mit dem Schwert in der Rechten ausholte.

»Hilfe!«, schrie Aruun entsetzt.

Ohne nachzudenken, ging Markos dazwischen, hängte sich an den Waffenarm des Atlesiers und versuchte ihn festzuhalten. Clavio griff ebenfalls ein.

Einen Moment lang rangen sie miteinander. Dann schüttelte der Hüne sich einmal kräftig und schleuderte Clavio schwungvoll von sich. Er drehte sich Markos zu, der ihn nach wie vor hartnäckig am Schlag hinderte, und verpasste ihm mit dem Schädel eine heftige Kopfnuss. Ein greller Blitz des Schmerzes explodierte vor Markos' Sichtfeld. Er ließ los und wankte zwei Schritte nach hinten, bevor er gegen das Schanzkleid des Schiffs stieß. Perrin brüllte und sein Schwert blitzte über Markos' Kopf in der Mittagssonne. Der atlesische Söldner schien wie im Kampfesrausch zu sein und nicht mehr zwischen Freund und Feind zu unterscheiden.

Plötzlich verwandelte sich sein Brüllen in ein ersticktes Gurgeln. Einige bange Herzschläge lang blieb die Hand mit dem Schwert noch drohend in der Luft hängen, dann fiel sie herab. Mit metallischem Klappern landete die Waffe auf dem Deck.

Markos blinzelte und sah durch einen Schleier aus Benommenheit, wie der Söldner nach seinem Hals fasste, aus dem der Griff eines Fischermessers ragte. Mit ungläubigem Gesichtsausdruck befingerte er die Waffe, die bereits glitschig vor rotem Blut war, das aus der breiten Halswunde sprudelte. »Was …?« Perrin drehte sich um und Markos erblickte Clavio. Sein Begleiter stand da wie vom Donner gerührt, die Augen weit aufgerissen, die Hand, mit der er zugestochen haben musste, halb geöffnet in der Luft.

»Bei den Sechsgöttern … Ich …« Er brach ab, als Perrin die Arme ausstreckte und seine riesigen Pranken um Clavios Hals legte. Der Söldner schien etwas sagen zu wollen, doch es kam nur ein Gurgeln aus seiner Kehle hervor.

»Clavio«, entfuhr es Markos.

Doch der kam kaum dazu, seine Hände zur Abwehr zu heben. Schon erschlaffte Perrins Griff. Seine Hände glitten von der Kehle, rutschten über Clavios Brust und sackten herab. Gleich darauf ging der Atlesier in die Knie, drehte sich halb und fiel mit einem Krachen seiner Rüstung leblos zu Boden.

17

DIE BLUTIGEN KLINGEN

13. Tag des 7. Mondes
im 301. Jahr der cordurischen Könige

»Das wollte ich nicht«, murmelte Clavio tonlos. Er starrte auf den toten Perrin und dann auf seine rechte Hand. »Es ging alles so schnell. Ich habe gehandelt, ohne nachzudenken. Ich wollte ihn nicht töten, nur kampfunfähig machen. Aber wie …?« Er blickte Markos an, als erwarte er eine Antwort auf diese Frage.

»Ich weiß es nicht«, gestand dieser.

»Der Wahnsinnige«, murmelte Aruun, der von zweien seiner Leute gestützt wurde, auch wenn er wohl bloß weiche Knie hatte und nicht verletzt war. »Er wollte einfach keine Vernunft annehmen.«

Ein kleiner Teil von Markos musste dem Kaufmann recht geben. Perrins Starrsinn hatte zu der Tragödie beigetragen, die ihn selbst das Leben gekostet und den Kapitän, um den sich nun die übrigen Seeleute scharten, zumindest lebensgefährlich verletzt hatte. Dennoch konnte er auch nicht gutheißen, was Aruun getan hatte. Einen Verbündeten hinterrücks ermorden zu wollen, nur weil man unterschiedlicher Meinung war, ließ sich nicht schönreden. Dafür gab es keine Entschuldigung.

Bevor er allerdings Aruun deswegen zur Rede stellen konnte, musste er erst einmal dafür sorgen, dass sie Perrin nicht ins Reich der Toten nachfolgten. Die zwei Schiffe hatten sie nun beinahe erreicht. Hinter dem Schanzkleid der schlanken, schnellen Rudersegler sammelten sich bereits übel aussehende Gesellen, die bis an die Zähne bewaffnet waren. Am Bug des Führungsschiffs stand ein kurz gewachsener, aber breitschultriger Mann, der einen bis zum Bauchnabel reichenden Bart hatte und dessen kahler Schädel und Arme mit blauen Zeichen bemalt schienen. Der Borden-Druide hatte die Hände zu einer Beschwörung erhoben und brüllte etwas in einer fremdartigen Sprache.

»Haltet sie noch ein paar Momente auf Abstand«, sagte Markos mit einem raschen Blick zu Clavio. »Ich rede mit Sorah. Mögen die Sechsgötter geben, dass sie einsichtig ist.« Aus Perrins Gürtel zog er eine kurze Axt hervor, danach rannte er unter Deck.

Sorah erwartete ihn auf ihrem Strohlager ruhend wie eine Herrscherin auf ihrem Bett aus goldbestickten Kissen. Dass sich das Schiff in Gefahr befand, ein Umstand, den sie dem Geschrei der Mannschaft ohne Schwierigkeiten hatte entnehmen können, schien sie nicht im Geringsten zu beunruhigen, vielleicht sogar im Gegenteil. »Hat Euch das Glück verlassen, mein sanftäugiger Herr?«, fragte sie und drehte mit einem Finger eine strähnige Locke ihres langen Haars.

»Sanftäugiger …« Markos schüttelte fassungslos den Kopf. »Denkst du dir diese Dinge eigentlich einfach so aus oder studierst du sie vorher ein?«

Sorah rollte sich vom Rücken auf die Seite und blickte treuherzig zu ihm auf. »Meine Talente sind vielfältiger Natur«, ließ sie ihn wissen.

»Wir haben keine Zeit für Spielchen, Sorah«, knurrte Markos. Er kniete vor ihr nieder, nahm die Kette, die von ihren Händen zu ihren Füßen und dann zur Wand führte, und hob die Axt. Sorah ließ ihn gewähren, ohne sich zu rühren.

»Das würde ich an Eurer Stelle nicht tun«, sagte sie.

»Was?«

»Mich befreien – falls es das ist, was Euch vorschwebt und Ihr mir nicht mit der Axt den Schädel spalten wollt.«

»Warum nicht?«

»Ich könnte Euch binnen dreier Herzschläge eine Eurer Waffen, beispielsweise das Messer am Gürtel, entwenden und damit die Kehle aufschlitzen.« Sie sagte das so ruhig und ohne jeden Stolz, dass er es ihr beinahe glaubte.

Dennoch blieb Markos genauso ruhig. Er baute darauf, dass Sorahs bisherige Neckereien nicht nur einer Laune entsprangen, sondern weil sie ein zumindest gewisses Interesse an ihm hatte – und damit auch an seinem Weiterleben. »Du könntest es vielleicht«, gab er zu, »aber wirst du es auch?« Dabei musterte er ihr blasses und schmutziges Gesicht.

Sorah war keine Schönheit, wie man sie unter den zarten, keuschen Töchtern von Großbürgern fand. Doch es lag etwas Reizvolles in ihren Zügen, dem er sich schwer entziehen konnte. Wenn er ihr in die Augen blickte, hatte er das Gefühl, als sei ihre Seele in sieben Schleier gehüllt. Ihr unerschütterlich sarkastisches Auftreten verbarg Berechnung und Härte, unter denen wiederum so etwas wie Neugierde hervorlugte. Wie es im Inneren ihrer Seele aussah, vermochte er nicht zu ermessen.

»Ich muss das Wagnis eingehen«, sagte er, als sie, statt zu antworten, einfach nur stumm seinen Blick erwiderte. Vielleicht wusste sie selbst nicht, ob sie bereit war, ihn umzubringen.

»Stehen die Dinge so schlecht?«, wollte sie wissen, als er die Kette straff zog und mit der Axt Maß nahm.

»Sogar noch schlechter. Kennst du die Blutigen Klingen?« Mit einem kräftigen Hieb schlug er die Kettenglieder entzwei.

»Kalabristos' Bande.« Sorah nickte, ohne sich ansonsten zu rühren. »Ich bin ihnen das ein oder andere Mal über den Weg gelaufen.«

»Sie haben uns mit einem Wetterhexer festgesetzt und sind im Begriff, das Schiff zu entern«, sagte Markos, während er die Kette durch die Ringe fädelte und so Sorahs Arme und Beine befreite. »Wir geben dem Kerl, was er will. Und du sollst die Freiheit geschenkt bekommen. *Wenn* du mit ihm redest und erwirkst, dass er das Leben der Leute an Bord der *Wellenwanderer* verschont. Was sagst du?« Er stand auf und hielt ihr die Hand hin.

»Was lässt dich glauben, Kalabristos würde auf mich hören?« Sie ergriff die Hand und erhob sich. Obwohl sie versuchte, es mühelos aussehen zu lassen, fiel Markos auf, dass ihre Bewegungen nach dem tagelangen Angekettetsein etwas ungelenk waren. Außerdem bemerkte er, dass sie ihn nicht länger wie einen hochwohlgeborenen Herren ansprach, der er ohnehin nicht war.

»Dein Wächter hielt große Stücke auf dich. Wenn ich mich recht entsinne, wusste er allerhand Übles über dich zu erzählen.«

»Perrin ist ein Schwein.« Sorah stemmte die Hände in die Hüften. »Eigentlich sollte ich hierbleiben und abwarten, bis die Klingen ihn in mundgerechte Stücke gehackt haben, bevor ich eingreife.«

»Das kannst du dir sparen. Perrin ist tot.«

Überrascht hob die Piratin die Augenbrauen. »Wer? Du?« Ein Hauch von Anerkennung schwang in ihrer Stimme mit.

»Nein, mein Freund Clavio. Es war ein Unfall.«

»Ich würde es Glücksfall nennen – für mich und für euch.« Sorah schob sich an ihm vorbei. »Dann will ich mal mit Kalabristos reden.« Im Türrahmen drehte sie sich zu Markos um und stützte die Hände in die Hüften, eine zerlumpte Gestalt mit zerzaustem Haar und Schmutz auf Händen, Füßen und Gesicht. »Wie sehe ich aus?«

»Furchtbar«, gestand er offen.

Sie schenkte ihm ein breites Grinsen. »Das muss reichen.«

Gemeinsam kehrten sie an Deck zurück. Aruun und seine Mannschaft hatten sich zum Steuerstand zurückgezogen und blickten angstvoll auf die Piraten, die kaum noch zwei Schiffslängen entfernt und gerade im Begriff waren, die *Wellenwanderer* von zwei Seiten einzukeilen. Der Kapitän des Handelsfrachters lag neben Aruun auf Deck, aber niemand achtete auf ihn. Wie es schien, hatte Perrins Schwerthieb ihn doch das Leben gekostet.

Perrin selbst lag nach wie vor dort auf den Planken, wo Clavio ihn niedergestochen hatte. Er war allerdings seiner Waffen beraubt worden, die nun Markos' Begleiter alle bei sich trug. »Gerade noch zur rechten Zeit«, rief er Markos entgegen, der hinter Sorah an Deck kletterte.

Die Piratin warf einen Blick auf den leblosen Körper des Söldners und nickte Clavio anerkennend zu. »Stich in den Hals. Von hinten, nehme ich an. Gute Arbeit. Ich hätte es nicht besser machen können.«

»Er ließ mir keine Wahl«, antwortete Clavio alles andere als stolz auf seine Tat.

»Das tat er nie. Verhandeln war gewiss nicht Perrins Stärke. Meine ist es schon.« Mit diesen Worten wandte sie sich dem Führungsschiff der Blutigen Klingen zu.

Unter den gut zwei Dutzend Halsabschneidern, die sich auf Deck versammelt hatten, darunter zwei weitere Borden und eine gute Handvoll glutäugiger, schwarzhaariger Xol, ragte ein Mann merklich heraus. Es handelte sich um einen glatzköpfigen Kerl mit schwarzem Spitzbart und mächtigem Oberkörper, der goldene Ohrringe und eine glänzend rote Weste aus feinstem Stoff trug, womit er wie eine eigentümliche Mischung aus phoekischem Teppichhändler und erfahrenem Arenakämpfer aussah.

»Kalabristos!«, rief Sorah ihn an, nachdem sie auf eine Kiste gesprungen und sich dort so breitbeinig in Pose geworfen hatte, als gehöre ihr nicht nur die *Wellenwanderer*, sondern auch der ganze Ozean, der sie umgab. »Was führt dich und deine Seeteufel so weit nach Norden?«

»Sorah?« Der Piratenkapitän hob seine dunklen Augenbrauen. »Von allen Schrecken des Inneren Ozeans habe ich dich am wenigsten hier erwartet. Man erzählte sich, ein Kopfgeldjäger habe dich vor Geolath erwischt.«

Sorah blickte ihn verschmitzt an. »Die Dinge ändern sich. Wie es scheint, haben die Götter noch etwas mit mir vor.«

»Wie es scheint, haben die Götter einen eigenartigen Sinn für Humor«, erwiderte Kalabristos. Er nickte in Richtung der *Wellenwanderer*. »Das ist nicht dein Schiff.«

»Nein«, bestätigte Sorah. »Aber unter zwei Bedingungen könnte es deins sein – und das ohne einen einzigen Mann zu verlieren.«

Kalabristos lachte. »Ich glaube nicht, dass du mir gegenwärtig Bedingungen stellen kannst.« Mehrere Wurfhaken, an denen Taue befestigt waren, flogen vom Piratenschiff zu Markos und den anderen hinüber und verkanteten sich im Schanzkleid. Die Piraten begannen, die *Wellenwanderer* zu sich heranzuziehen.

»Willst du dich ernsthaft mit mir und diesen Seeleuten anlegen?«, entgegnete Sorah. »Die Kerle am Steuerstand mögen nicht viel hermachen, aber meine zwei Begleiter solltest du nicht unterschätzen. Einer von ihnen hat Perrin einfach so die Kehle durchgeschnitten.« Sie deutete auf Markos und Clavio, die der Unterhaltung argwöhnisch und mit wachsendem Unbehagen folgten. Clavios Hand lag auf dem Knauf des erbeuteten Kurzschwerts und Markos' Finger schlossen sich fester um den Griff seiner Axt.

»Also war es Perrin, der Atlesier, der dich erwischte?«, fragte Kalabristos.

»Kein Geringerer. Aber er konnte seinen Sieg über mich nicht lange genießen.«

»Danke für die Warnung. Dann erschieße ich die beiden lieber, bevor ich an Bord komme.« Er gab einen Wink und auf einmal hoben mehrere seiner Leute Kurzbögen. Mit raschen Bewegungen legten sie Pfeile auf die Sehnen und richteten sie auf Markos und Clavio.

»He!«, entfuhr es Markos, als er sich hinter zwei nahe stehende Fässer duckte. Er warf Sorah einen anklagenden Blick zu.

»Hör dir meine Bedingungen doch erst einmal an, bevor du sie ablehnst«, rief Sorah, ohne Markos zu beachten. »So viel schuldest du mir, würde ich sagen.«

Der Anführer der Blutigen Klingen zögerte. »Also heraus damit«, brummte er, »aber schnell. Meine Leute sind hungrig auf Beute.«

»Erstens …« Sorah hob den Zeigefinger der rechten Hand. »… nimmst du mich zu dir an Bord und setzt mich an einem Hafen meiner Wahl ab. Durgai wäre mir am liebsten, aber ich gebe mich auch mit Iarike zufrieden.«

Auf Kalabristos' Miene machte sich ein Grinsen breit und er vollführte eine einladende Geste. »Du bist ein gern gesehener Gast, das weißt du doch. Wenn deine andere Bedingung ähnlicher Natur ist, kommen wir vielleicht doch ins Geschäft.«

»Sie ist noch besser«, versprach Sorah. »Denn zweitens wirst du niemandem hier an Bord ein Haar krümmen.«

»Das soll wohl ein Scherz sein«, rief der Pirat.

»Stattdessen«, fuhr Sorah fort, »wirst du all diese Leute, die sich kampflos in deine Hände begeben werden, nach Iarike bringen, wo wir sie gewinnbringend auf dem Sklavenmarkt verkaufen werden.«

»*Das* soll wohl ein Scherz sein«, entfuhr es Markos.

Sorah blickte ihn achselzuckend an und ihre Mundwinkel verzogen sich zu einem zynischen Lächeln. »Ich habe bloß versprochen, dass niemand zu Tode kommt, wenn du mich freilässt.«

Kalabristos ließ erneut ein dröhnendes Lachen hören. »Sorah, du bist und bleibst eine Schurkin nach meinem Geschmack.« Er packte ein hinter ihm lose vom Mastbaum herabhängendes Tau und schleuderte es ihr mit einer kraftvollen Bewegung entgegen. »Ich willige ein.«

Ohne den Blick von Markos zu nehmen, fing sie das Tau auf. »Das ist mein Angebot, Hübscher«, sagte sie zu ihm. »Nimm es an und lebe einen weiteren Tag. Oder schlage es aus, und stirb auf diesem Schiff, so wie Perrin gestorben ist.« Mit diesen Worten stieß sie sich schwungvoll ab und schwang sich auf das andere Schiff hinüber.

Kalabristos' Männer hießen sie mit einem begeisterten Grölen willkommen, als wäre sie ihr Kapitän und nicht der glatzköpfige Bursche in der schillernden Weste. Mehrere Hände reckten sich in die Höhe, um sie aufzufangen. Mit sichtlichem Genuss ließ sie sich von ihnen in Empfang nehmen. Noch auf dem Schanzkleid des anderen Schiffes stehend, drehte sie sich zu Markos um. Siegessicher strahlte sie ihn an. »Wie lautet deine Entscheidung, Markos Sanftauge?«

Einen Moment lang hätte er am liebsten seine Axt nach ihr geworfen. So hatte er sich diesen Handel wahrlich nicht vorgestellt. Sie hatte ihn reingelegt, mit ihm gespielt, die ganze

Zeit. *Eigentlich wusstest du es auch*, meldete sich eine tadelnde Stimme in seinem Inneren zu Wort, *aber du hast sie dennoch gewähren lassen. Also bist du selbst schuld.* Andererseits hatten sie im Grunde nie eine andere Wahl gehabt, als sich zu ergeben. Und immerhin ersparte Sorah ihnen mögliche Misshandlungen durch die Piraten.

Er sah zu Aruun und Clavio hinüber. Der Kaufmann nickte schwach. Er wirkte regelrecht zerschmettert. Dieser Tag hatte sein Leben ebenso gründlich ruiniert wie die Nacht des Soldatenangriffs auf Efthaka das von Markos. Clavios Hand rieb noch einen Augenblick über den Knauf des Schwertes, und in seinem Gesicht arbeitete es. Doch schließlich presste er die Lippen zusammen, ließ die Waffe los und nickte ebenfalls. »Alles ist besser als der Tod, oder?«

Markos atmete tief ein und aus. Sein Blick glitt zu der Axt, die er nach wie vor umklammert hielt. *Wären wir bloß zu Fuß nach Aidranon gegangen*, ging es ihm durch den Sinn. Aber für Vorwürfe dieser Art war es nun spät. Er warf die Waffe vor sich auf Deck und hob den Kopf. »Einverstanden. Wir ergeben uns.«

Aber eins schwöre ich dir, Sorah, dachte er, als die Blutigen Klingen an Bord kamen, sie entwaffneten und in ebenjenen Frachtraum sperrten, aus dem Markos die Piratin kurz zuvor befreit hatte. *Bei unserer nächsten Begegnung werde ich es sein, der am Ende lacht.*

18

DER WEISSE ZIRKEL

13. Tag des 7. Mondes
im 301. Jahr der cordurischen Könige

Es kostete Arastoth einige Tage, um den nächsten Schritt seines Plans vorzubereiten und heimlich die Männer über seine Rückkehr in Kenntnis zu setzen, die er für sein weiteres Vorgehen brauchte. Der Weiße Zirkel, wie irgendjemand aus ihrem Kreis vor ein paar Jahren ihre Gruppe genannt hatte, bestand aus Senatoren und reichen Kaufleuten, mehr als nur einem Vertreter der Vasallenstaaten und mit Legar Castano sogar einem höheren Militär. Sie alle hatten ihre Gründe, ein Ende von Agathons Herrschaft nicht nur herbeizusehnen, sondern so tatkräftig zu befördern, wie es in aller Heimlichkeit möglich war.

Manche von ihnen, etwa Senator Grekeas, wünschten sich ein Ende der jahrzehntelangen Eroberungsfeldzüge und Grenzkonflikte, in die Cordur verstrickt war, seit Iurias Agathon mit seinen großen Plänen eines den ganzen Inneren Ozean umspannenden Weltreichs an die Macht gekommen war. Sie hielten die Kriegstreiberei des Königs für eine Verschwendung von Geld und Menschenleben. Andere, wie Botschafter Yariim aus Phoekia, erhofften sich mehr Unabhängigkeit von der Zentralgewalt in Aidranon oder wenigstens mehr Mitspracherecht in der Gestaltung der Reichspolitik. Und ein paar hegten schlicht und ergreifend persönlichen Groll gegen den König, eine Motivation, die Arastoth am besten gefiel, denn sie war erfreulich rein und ohne jeden weiteren Hintergedanken, der seine eigenen Pläne stören könnte.

Sie trafen sich an diesem Abend in den Gewölben unter dem Stadthaus von Senator Grekeas, einem der Gründungsmitglieder des Weißen Zirkels. Ihr Gastgeber hatte sich sichtlich Mühe gegeben, den Ort ihrer Versammlung halbwegs angenehm einzurichten. Bequeme, schalenförmige Sessel standen in einem weiten Rund um einen großen, niedrigen Tisch, auf dem sich erlesene Speisen stapelten. In Wandnischen brannten Laternen und spendeten warmes Licht. Und farbige Tücher an den Wänden verbargen den rohen Stein. Da die Kammer jedoch zu ihrer aller Sicherheit fensterlos war, mangelte es an der angenehmen Wärme des Sommerabends und der frischen Luft, die vom Meer heranwehte. Außerdem gab es nur einen Diener, einen Taubstummen, den Grekeas eigenem Bekunden zufolge in Thessara erworben hatte und der sich um alle neun Verschwörer, den Kern des Weißen Zirkels, gleichzeitig kümmern musste.

Arastoth störte das nicht. Er war nicht hier, um zu essen, zu trinken und es sich gut gehen zu lassen. Das würde später am Abend folgen, wenn er sich unter seinesgleichen befand. Im Augenblick war anderes wichtiger.

»Meine Freunde«, begrüßte Grekeas als Gastgeber sie alle, nachdem sie Platz genommen hatten. »Es freut mich, Euch in meinem bescheidenen Heim einmal mehr willkommen heißen zu dürfen.« Er hob seinen Becher Wein, und die acht Übrigen taten es ihm gleich. »Arastoth hat uns zum heutigen Treffen versammelt, daher will ich keine langen Reden halten, sondern ihm sogleich das Wort erteilen. Was wisst Ihr uns zu berichten?«

»Ich habe Euch zusammengebeten, um Euch zu sagen, dass die Zeit unseres geduldigen Wartens ein Ende hat«, übernahm Arastoth. »Endlich können wir einmal mehr – und diesmal zweifellos mit Erfolg – gegen Iurias Agathon vorgehen.«

Seine Mitstreiter wechselten überraschte Blicke. »Erleuchtet uns«, bat Grekeas. »Was genau hat sich an unserer Lage seit unserem letzten Treffen vor beinahe einem Mondlauf zum Guten geändert?«

»Abgesehen davon, dass Orontoghast getötet wurde«, warf Botschafter Yariim ein.

»Abgesehen davon.« Grekeas nickte beipflichtend. »Doch ob uns diese Tat zum Vorteil gereicht, muss sich erst noch erweisen. So, wie ich es sehe, hat dieser Mordfall den König bloß aufgescheucht. Seine Wachen und Spione halten aufmerksamer denn je Augen und Ohren nach möglichen Feinden offen. Insofern zweifle ich, ob diese Tage so günstig sind, um den König anzugreifen.«

Arastoth hob abwehrend eine Hand. »Von Angriff redet auch niemand – noch nicht. Aber der Moment ist gekommen, um die Figuren auf dem Spielbrett für einen geschickten Zug neu aufzustellen. Denn wir haben einen neuen, mächtigen Verbündeten gewonnen. Hört und staunt: Ich habe einen Nachfahren, einen Sohn, von Lahrian, dem großen Senator und Denker, aufgespürt und heimlich in die Stadt gebracht.«

Seine Eröffnung hatte Ausrufe des Unglaubens unter den Anwesenden zur Folge. »Lahrian Kamenor? *Unserem* Lahrian Kamenor, der vor fünfzehn Jahren mit seiner ganzen Familie in seinem Landhaus verbrannte?«, fragte Grekeas.

»Nicht mit seiner ganzen Familie«, verbesserte Arastoth ihn. »Wie es schien, wurde der jüngste Sohn Lahrians von einer Dienerin gerettet. Auf der Handelsstraße wurden beide von einem durchreisenden Fischer gefunden. Die Frau starb an ihren Verletzungen, ohne ihm etwas über die Herkunft des Jungen gesagt zu haben. Da er ein gutes Herz hatte, nahm er den Knaben mit und zog ihn an Sohnes statt in einem kleinen Dorf an der Küste auf.«

»Und wie kommt es, dass Ihr ihn dort gefunden habt?«, fragte Legar Castano zweifelnd.

Arastoth breitete die Arme aus. »Es muss Gahats Wille gewesen sein«, erwiderte er salbungsvoll. »Wie Ihr wisst, habe ich eine Schwäche für das einfache Volk an den Küsten. Oft bereise ich die Dörfer, um als Heiler Leiden zu kurieren, die ihre einfache Hausmedizin übersteigen.«

»Ich habe bis heute nicht begriffen, was Euch diese niedere Tätigkeit gibt«, bemerkte Senator Agis, ein Mitstreiter von Grekeas im Großen Rat von Aidranon.

»Ein schlichtes Gefühl der Befriedigung«, ließ der Quano ihn wissen. »Ich genieße es, mich gelegentlich fern aller politischer Maskenspiele in einem Umfeld zu bewegen, in dem alle ihre Gefühle und Absichten offen zur Schau tragen. Es hat etwas Erfrischendes, glaubt mir.« Außerdem hatte Arastoth sich auf diese Weise in den letzten beiden Jahrzehnten ein Netzwerk an heimlichen und treu ergebenen Unterstützern überall an den Küsten Cordurs aufgebaut. Aber das sagte er seinen Mitverschwörern nicht.

»Vielleicht war mein Wirken und die Freude daran auch nur der Wille Gahats, ein jahrelanges Vorspiel auf den Fund, den ich vor zwei Wochen machte, als ich just jenen Küstenort besuchte, in dem der Fischer lebte. Seinen Ziehsohn hatte eine seltene Krankheit befallen, und es war mir vergönnt, ihn davon zu heilen. Dabei fiel mir auf, dass Vater und Sohn einander kaum ähnlich sahen, und als ich den Mann darauf ansprach, erzählte er mir die Geschichte von der sterbenden Frau auf der Handelsstraße nach Aidranon. Als er mir die Zeit und den

Ort nannte, erwachte eine Ahnung in mir. Ich fragte ihn, ob der Knabe irgendwelche Zeichen seiner Herkunft bei sich gehabt hätte, woraufhin er sagte, er sei bloß in eine dünne Decke gehüllt gewesen, die er tatsächlich aufbewahrt hatte. Er zeigte sie mir – und sie sah so aus.«

Wie ein Schausteller auf einem der Märkte von Aidranon zog Arastoth ein Laken aus den Tiefen seines Gewands, das wohl dazu dienen mochte, ein Kleinkind einzuwickeln. Es wies ein feines Muster am Rand auf und das Symbol dreier stilisierter Getreideähren, die unter einer Schrifttafel lagen. Natürlich war das scheinbar alte Wickeltuch ebenso eine Täuschung wie der Rest der Geschichte, die Arastoth eben in leichter Abwandlung dessen, was er Iolan erzählte, vorgebracht hatte. Das Tuch hatte er in den letzten Tagen gebraucht auf einem Basar erworben, das Symbol von einem Diener einsticken lassen. Das Ergebnis mochte nicht makellos sein, aber Lahrian und sein Haus waren seit bald zwei Jahrzehnten Geschichte, und um das Erinnerungsvermögen der meisten Menschen war es nicht sonderlich gut bestellt.

Was Senator Agis gleich darauf bewies, als er das Tuch zur Hand nahm und aufkeuchte. »Es ist tatsächlich das Symbol des Hauses Kamenor! Ähre und Schrifttafel. Es besteht kein Zweifel. Ich kann es kaum fassen.«

»Mir erging es ähnlich«, griff Arastoth den Faden wieder auf, während das Tuch unter den Verschwörern die Runde machte. »Mein Staunen war groß, doch meine Freude noch größer. Gahat war an diesem Tag wahrlich mit mir, denn ich hatte den tot geglaubten Sohn unseres vor Jahren unter so eigentümlichen Umständen dahingeschiedenen Freundes gefunden.«

Der Quano war sich im Klaren darüber, dass er hier ein gewisses Wagnis einging. Iolan sah Lahrian Kamenor bestenfalls entfernt ähnlich, außerdem war er zumindest ein Jahre älter, als dessen jüngster Sohn es jetzt wäre. Aber auch hier baute er auf das schlechte Gedächtnis seiner Mitverschwörer und der übrigen Bewohner Aidranons.

Obwohl er es Iolan auf ihrer Fahrt nach Aidranon anders erzählt hatte, waren übrigens nie stichhaltige Beweise dafür gefunden worden, dass der Brand in Lahrian Kamenors Landhaus etwas anderes als ein tragischer Unfall gewesen war. Doch dass der Tod des großen Redners Iurias Agathon in die Hände gespielt hatte, stand außer Zweifel. Und wo jemand vom Ableben eines anderen profitierte, waren gemunkelte Unterstellungen, dass etwas nicht mit rechten Dingen zugegangen war, rasch zur Hand. Auch im Weißen Zirkel glaubten einige fest daran, dass Lahrian ermordet worden war, und Arastoth befeuerte diese Annahme gerne.

»Schön und gut«, meldete sich Kathesian zu Wort, ein reicher Kaufmann aus Aidranon, der auf bessere Handelsbeziehungen mit Carthaos und Xol hoffte, wenn Iurias Agathon nicht mehr war. »Ihr habt also womöglich den Sohn von Lahrian Kamenor gefunden. Das ist zugegebenermaßen eine erstaunliche und erfreuliche Neuigkeit. Aber was genau sollen wir mit ihm anfangen? Wie soll er den König zu Fall bringen? Der junge Mann kann doch höchstens achtzehn Sommer zählen, und er wurde von einem Fischer aufgezogen. Das Leben in der Stadt ist ihm fremd, der Umgang in gehobenen Schichten ebenso. Und in der Politik hat er keine Erfahrung.«

Senator Grekeas runzelte die Stirn. »Ich sehe mich gezwungen, Kathesian zuzustimmen. Iurias Agathon hat den großen Lahrian Kamenor bezwungen. Er hat diese Volkssenatoren vor fast einem Jahrzehnt abgewehrt, die wir gegen ihn in Stellung gebracht haben, und auch Legar Diodatheo, der vor vier Sommern schon mit seinen Truppen auf Aidranon zumarschierte, wurde von ihm geschlagen. Was genau soll so ein junger Mann also ausrichten?«

Arastoth bedachte die Anwesenden mit einem wissenden Lächeln. »Es ist gut, dass Ihr alle ihn unterschätzt, denn dann werden auch der König und seine Leute ihn unterschätzen. Aber ich sage Euch, dass in diesem jungen Mann ein Feuer brennt, das Iuris Agathon verzehren wird. Ich habe ihm von seiner Familie erzählt und von den fragwürdigen Umständen ihres Todes.«

Um die Mundwinkel von Senator Agis zuckte es verräterisch. »Womöglich habt Ihr gar den König in diesem Zusammenhang erwähnt?«, fragte er.

»Womöglich«, bestätigte Arastoth. »Jedenfalls ist sein Hass auf Iurias Agathon frisch und rein, und er ist bereit, alles für uns zu tun, um seine Rache zu bekommen.«

»Damit wäre er auf jeden Fall ein nützliches Werkzeug«, sagte Legar Castano. »Aber Zorn allein reicht nicht, um Agathon zu töten. Er ist von Quano-Theurgen umgeben, wird von Leibwächtern beschützt, er kämpft trotz seines Alters noch mit Kraft und Geschick, und unter seinem Harnisch baumelt eine ganze Kette voller Schutzamulette auf seiner Brust.«

»Eins nach dem anderen«, erwiderte Arastoth. »Ich sagte ja bereits, dass noch niemand von Angriff spricht. Zunächst einmal möchte ich euch ersuchen, den jungen Mann, der auf den Namen Iolan hört, in unseren Kreis aufzunehmen. Danach sollten wir ihn in die höhere Gesellschaft Aidranons einführen.«

Senator Grekeas lächelte schmallippig. »Es dürfte für einige Aufregung sorgen, wenn bekannt wird, dass der Sohn von Lahrian Kamenor in Aidranon weilt.«

»Einige werden zweifeln, dass sein Anspruch echt ist«, gab Castano zu bedenken. »Schließlich taucht er aus dem Nichts auf.«

»Wenn sich genug von uns für ihn verbürgen, sollte das alle Zweifler zum Verstummen bringen«, entgegnete ihr Gastgeber. »Wenn ich selbst oder Ihr, Senator Dorimedon, als seine Fürsprecher auftreten, dürfte Iolans Aufnahme in die Kreise des Großbürgertums von Aidranon wenig im Wege stehen.« Grekeas nickte dem dritten Politiker im Raum zu, der bislang schweigend der Unterhaltung gefolgt hatte. Dorimedon konnte auf eine lange Laufbahn im Großen Rat zurückblicken, und wenn er einmal mit leiser, ernster Stimme das Wort ergriff, konnte er sich für gewöhnlich der Aufmerksamkeit seines Umfelds sicher sein.

Arastoth räusperte sich. »Ich fürchte, dass wir ihn einstweilen nicht unter seinem wahren Namen in Aidranon auftreten lassen können.«

Agis hob die buschigen Augenbrauen. »Warum nicht?«

»Gewisse Umstände zwangen mich dazu, Iolan glauben zu lassen, dass Agathon auch ihm nach dem Leben trachte und ihm womöglich Soldaten des Königs auf der Spur seien.«

»Warum habt Ihr ihm *das* erzählt?«

»Nur so konnte ich ihn überzeugen, dass es zum Schutz seiner Ziehfamilie das Beste wäre, sein Heimatdorf zu verlassen«, erklärte Arastoth.

»Was sollen wir mit einem Sohn Lahrians anfangen, den wir nicht öffentlich präsentieren können?«, erregte sich Botschafter Yariim.

»Ich sage nicht, dass wir uns seine Herkunft nicht zunutze machen sollten«, gab Arastoth zurück. »Allerdings sollten wir den richtigen Zeitpunkt abwarten. Lasst ihn uns zunächst als Verwandten von einem von uns ausgeben. Das verschafft Iolan die Gelegenheit zu lernen, sich in der Gesellschaft Aidranons zu bewegen. Und dann, wenn in zwei oder drei Mondläufen genug wichtige Leute ihn kennen, enthüllen wir, wer er in Wahrheit ist. Stellen wir es geschickt an, können wir diesen Moment zugleich mit einer Anklage gegen den König verknüpfen. Ich habe eine feurige, von Zweideutigkeiten gespickte Rede vor Augen, die den Tod einer gewissen Familie zum Thema hat.«

Grekeas nickte langsam. »Wenn der Zeitpunkt klug gewählt ist, käme das einem Donnerschlag gleich. Der tot geglaubte Sohn des berühmten Lahrian Kamenor, der in der Hütte eines Fischers entdeckt wurde, ist zurückgekehrt, um das Erbe seines Vaters anzutreten. Diese Art von Geschichte sollte genau nach dem Geschmack der feinen Gesellschaft sein.«

»Und selbst wenn sich Iurias Agathon entschließen sollte, gegen den Sohn Lahrians vorzugehen, wird es ihm schwerfallen, denn Iolan ist einfach schon zu vielen Leuten bekannt«, fügte Arastoth hinzu.

»Das klingt ja alles bis jetzt schön und gut«, sagte Yariim, »doch selbst wenn alles wie geplant verläuft und wir Iolan Kamenor erfolgreich erst unter falschem Namen im Senat und in Bürgerkreisen einführen und später seine wahre Identität enthüllen: Was dann? Er mag sich einen gewissen Ruf erarbeiten, sofern er klug ist und unserer Führung folgt. Vielleicht kann er ein paar alte Freunde seines Vaters für uns gewinnen, oder er wird ein paar seiner Feinde aus ihrem Schlummer wecken. Doch wie soll er unsere Sache letzten Endes vorantreiben? Ihm fehlt die Bildung und Erfahrung seines Vaters. Bis er imstande sein wird, den König politisch herauszufordern, mögen Jahre vergehen.«

Scheinbar verärgert runzelte Arastoth die Stirn. »Ich weiß noch nicht, wie sich das Ganze entwickeln soll. Hätte ich den perfekten Plan, wäre ich glücklich. Aber den müssen wir gemeinsam schmieden. Zunächst war mir allein wichtig, Euch wissen zu lassen, dass wir nun einen Erben Lahrians unter uns haben, der den König hasst und treu jeder unserer Weisungen folgen wird. Das sollten wir uns zunutze machen.« Tatsächlich wusste der Quano-Botschafter durchaus, wie sich sein Plan weiter entwickeln sollte. Aber er würde sich hüten, seine Mitstreiter im Weißen Zirkel einzuweihen. Es gab Dinge, die durften auch sie nicht wissen, Dinge, die zu gefährlich waren, um sie außerhalb seines engsten Vertrautenkreises bekannt zu machen.

Diesen einen Moment, die Frage, was genau Iolan dem Weißen Zirkel nutzen solle, hatte er ebenso kommen sehen wie gefürchtet. Wenn der Zirkel entschied, dass Iolan nicht wertvoll genug sei, um ihre Unterstützung zu verdienen, warf das Arastoths Pläne weit zurück. Daher hoffte er, dass zumindest die Strategen ihres Runds, wie Senator Grekeas und Legar Castano, zu dem Schluss kamen, es sei auch dann kein Schaden, eine neue Spielfigur aufs Brett zu bringen, wenn man ihre unmittelbare Schlagkraft noch nicht abschätzen konnte.

Eine Weile herrschte Schweigen in der Kammer unter der Stadtvilla des Senators. Alle Anwesenden schienen über Arastoths Worte nachzudenken. Unauffällig blickte der Quano von einem zum anderen, und was er sah, gab ihm Anlass zur Hoffnung.

»Ich stimme Arastoth zu«, sagte Grekeas dann auch schließlich. »Lahrian Kamenor war ein bedeutender Mann, und sein Erbe hallt noch immer im Großen Rat nach. Seinen Sohn auf unserer Seite zu wissen, und mag er bis zum heutigen Tag ein einfacher Fischer gewesen sein, könnte sich als ausgesprochen nützlich erweisen – selbst wenn es Jahre dauern sollte, bevor die Saat, die wir hier säen, Früchte trägt. Mit etwas Glück sorgt das Auftauchen des Nachfahren eines Mannes, den der König manchen zufolge gesetzwidrig ermorden ließ, dafür, dass er die Nerven verliert. Zusammen mit dem Tod Orontoghasts mag das genügen, um ihn zu Fehlern zu verleiten, aus denen wir unseren Vorteil ziehen können.«

»Wo wir gerade erneut von ihm sprechen«, warf Senator Therius ein, »weiß jemand von Euch mehr über den Tod von Orontoghast?« Er stellte die Frage in derart mehrdeutigem Tonfall, dass kein Zweifel an dem bestand, was er eigentlich wissen wollte.

Niemand ergriff das Wort. Achselzucken und Kopfschütteln herrschten stattdessen vor. »Offenkundig hatte er mehr Feinde, als es gemeinhin den Eindruck machte«, wagte Arastoth zu bemerken.

Der Senator sah ihn prüfend an, aber ein Mensch würde einen Quano niemals der Lüge überführen können – zumindest nicht anhand eines verräterischen Gesichtszuckens.

»Nun, einerlei«, wischte Senator Agis die Frage beiseite. »Kommen wir zu einem Beschluss. Jeder, der dafür ist, den jungen Iolan in unseren Zirkel aufzunehmen und zu unserem späteren Nutzen zu fördern, möge jetzt die Hand heben.«

Einige der Versammelten, darunter Botschafter Yariim, zögerten, doch letztlich stimmten alle für den Vorschlag. Arastoth musste sich zusammenreißen, um nicht ganz entgegen seiner Art breit zu lächeln.

»Damit ist es einstimmig entschieden«, sagte Senator Grekeas. Er wandte sich an Arastoth und nickte auffordernd. »Stellt uns Iolan vor.«

Später am Abend war Arastoth bei einer weiteren Versammlung zu Gast. Dieser wohnten nur drei Personen bei, allesamt Quano, die nicht geringe Ämter in Aidranon bekleideten und die das Verlangen einte, die Herrschaft der Menschheit über die Reiche an den Küsten des Inneren Ozeans zu brechen.

»Es ist angenehm, dich wiederzusehen, Arastoth«, sagte der erste Quano. »War deine Reise an die Küste des Ydrischen Meers von Erfolg gekrönt?«

Arastoth nickte bedächtig. »Ich habe alles erreicht, was ich mir erhofft hatte – und noch mehr. Der Überfall der bestochenen Soldaten auf das Fischerdorf verlief reibungslos. Ich habe mit dem Kapitän des gemieteten Handelsschiffes gesprochen, als er vor vier Tagen nach Aidranon zurückgekehrt ist. Er hat die Männer sicher wieder in Iarike abgesetzt. Niemand von ihnen wird ein Wort über das Geschehen verlieren. Offiziell haben sie bloß wertvolle Fracht aus Quanish nach Cordur eskortiert. Der Sohn des Königs konnte derweil erfolgreich zurückgeholt werden. Er vertraut mir ohne Vorbehalte, und er weiß weder, wer er wirklich ist, noch hat er eine Ahnung von der Macht, die in ihm schlummert. Ich habe ihn als wiedergefundenen Sohn des menschlichen Senators Lahrian Kamenor nach Aidranon gebracht. Sowohl er selbst als auch der Weiße Zirkel glauben diese Geschichte gegenwärtig.«

»Gut«, sagte sein Gegenüber. »Sehr gut.«

»Und hat der Weiße Zirkel ihn wie beabsichtigt in seine Reihen aufgenommen?«, fragte der zweite Quano.

»Das hat er«, bestätigte Arastoth. »Er wird ihn in die menschliche Gesellschaft Aidranons einführen und über kurz oder lang in die Nähe des Königs bringen.«

»Und dann, wenn er Iurias Agathon gegenübersteht.« Der erste Quano lächelte nicht – untereinander lächelten Quano nie –, aber er wirkte doch sehr zufrieden. »Dann schlagen wir zu.«

19

DER SKLAVENMARKT

18. Tag des 7. Mondes
im 301. Jahr der cordurischen Könige

Seit Jahrzehnten schon war die Auriolische See, die zwischen Cordur im Osten und Carthaos im Westen lag und von Hunderten kleinerer und größerer Inseln gesprenkelt wurde, ein Meer, das jeder ehrbare Seemann mied, so gut es ging. An den Küsten von Cordur und Carthaos entlangzusegeln, mochte noch angehen. Wenn man ernsthaft Seehandel betreiben wollte, konnte man diese Routen ohnehin kaum vermeiden. Einmal quer durch die Auriolische See zu fahren, wagten allerdings nur die Mutigsten oder die Verzweifelten.

Denn ebenfalls schon seit Jahrzehnten rangen das Cordurische Reich und Carthaos um jeden Flecken Land in diesen Gewässern, so unbedeutend er auch sein mochte. Daher mussten Seefahrer, die zwischen diesen Inseln unterwegs waren, ständig damit rechnen, auf Soldaten oder Freibeuter der einen oder anderen Seite zu stoßen, die ihnen willkürlich anmutende Zölle abknöpften oder – schlimmer noch – das eigene Schiff zur Kriegsbeute erklärten. Die Besatzungen solch unglücklicher Handelssegler wurden für gewöhnlich verschleppt und zur Arbeit in Steinbrüchen, Bergwerken oder Rodungskolonnen gezwungen. Musste man sie rascher wieder loswerden, brachte man sie an Orte wie den Inselhafen Iarike, um sie dort zu verkaufen.

Die Stadt befand sich an der Ostspitze einer großen Insel mitten im Inneren Ozean. Wenn Markos Aruun richtig verstanden hatte, war Iarike vor etwa zweihundert Jahren gegründet worden, um den Handel zwischen Cordur und Carthaos, Xol und Phoekia zu befördern. Es war der hehre Versuch gewesen, einander auf neutralem, gemeinsam verwaltetem Boden zu begegnen.

Mittlerweile führten die Reiche rund um den Inneren Ozean lieber Krieg, als sich um den friedlichen Austausch von Kultur und Waren zu bemühen. Doch die Bewohner von Iarike hatten sich angepasst. Um nicht in diese Kämpfe verwickelt zu werden, hatten sie sich ihrer Verwalter entledigt und sich kurzerhand für unabhängig erklärt. Sowohl Cordur als auch Carthaos hatten in der Folge versucht, die Insel einzunehmen, doch ihre Lage fernab des Festlands machte es schwierig, sie zu halten.

Also hatten die Reiche aus der Not eine Tugend gemacht und stillschweigend beschlossen, die Bewohner von Iarike gewähren zu lassen. Cordur und Carthaos unterhielten zwar noch zwei kleine Garnisonen an den gegenüberliegenden Enden der Stadt, doch die dort stationierten Soldaten rekrutierten sich aus dem Bodensatz ihrer jeweiligen Heere und mischten sich in die Geschicke von Iarike wenig ein. Denn letzten Endes diente es jedem, wenn es einen Ort gab, an dem man unbehelligt und frei von den Beschränkungen politischer Bündnisse und Zwistigkeiten seinen Geschäften nachgehen konnte.

»Und so ist Iarike ein Ort ohne jedes Gesetz geworden«, raunte Aruun unheilschwanger, während Markos, Clavio und er aneinandergekettet und von einigen grimmig dreinblickenden Männern bewacht auf Deck warteten, bis Kalabristos sein

Schiff am Pier des Hafens festgemacht hatte. »Hier bekommst du alles, was man sich vorstellen kann«, fuhr der Kaufmann fort. »Jedwede Gelüste werden befriedigt. Du möchtest dich an phoekischen Tinkturen berauschen? Mit Liebessklaven aus Xol tändeln? Seltene Gifte oder Waffen aus Carthaos erwerben? Oder kräftige Kämpfer für deine Gladiatorenschule finden? Hier ist alles möglich.«

»Das gefällt mir überhaupt nicht«, gestand Markos, während er den Blick über den geschäftigen Hafen gleiten ließ. Bis heute hatte er Brendesi für eine geschäftige Handelsstadt gehalten. Doch im Vergleich zum Hafenviertel von Iarike wirkte Brendesi geradezu dörflich. Schiff um Schiff reihte sich aneinander, und nur ein kleiner Teil der Gefährte stammte der Bauart nach zu urteilen aus Cordur. Menschen unterschiedlichster Haut- und Haarfarbe tummelten sich auf den Piers, blonde Atlesier, sonnengebräunte Cordurier und bronzehäutige, schwarzhaarige Xol. Eine kleine Sippe breitschultriger Borden drängte sich durch die Menge, und ganz kurz glaubte er gar eine dunkelhäutige Gestalt mit langen schwarzen Haaren und spitz zulaufenden Ohren zu sehen, doch als er genauer hinschauen wollte, war sie auf einmal verschwunden. *War das ein Sidhari?*, fragte er sich.

»Los geht's«, knurrte einer der Piraten und stieß Markos den Schaft seiner langstieligen Axt in den Rücken. Über eine Holzplanke wurden Clavio, er, Aruun und seine gefangene Mannschaft von Bord gebracht. Kalabristos führte die kleine Truppe an. Von Sorah hatte Markos seit ihrer Gefangennahme vor der Küste von Cordur nichts mehr gesehen.

»Markos!«, rief in diesem Moment eine Stimme hinter ihnen her.

Er drehte sich um, und da stand sie auf einmal neben einer geöffneten Luke, die unter Deck führte. Ihre Metallfesseln waren fort, sie hatte sich gewaschen, und Kalabristos musste ihr neue Kleider geschenkt haben, denn sie trug ein knielanges, ärmelloses Gewand aus rotem Stoff mit goldener Borte, dazu einen breiten Gürtel und Männerstiefel. Ihre Haare hatte sie mit einem ebenfalls roten Tuch gebändigt und an ihrer Seite hingen zwei schlanke Dolche. Sie sah aufregend aus, gefährlich und erstaunlicherweise ein wenig traurig.

Markos starrte sie bloß wortlos an. Ein Teil von ihm sehnte sich danach, ihr den Hals umzudrehen. Ein anderer wollte sie küssen.

»Ich hoffe, du schaffst es«, sagte sie nur.

Er wusste nicht, was er darauf antworten sollte.

»Weiter«, knurrte sein Bewacher.

Gehorsam wandte er sich ab und trottete davon. Er sah nicht noch einmal zurück, obwohl er gerne gewusst hätte, ob sie ihm nachschaute.

»Fünftausend Danari, wer bietet mehr als fünftausend Danari? Kommt, edle Herren und Damen, dieser Borde hat die Kraft von vier Männern. Er ist gesund und kampferprobt. Ob als Leibwächter oder Arenakämpfer, Ihr werdet es nicht bereuen, ihn erworben zu haben.« Der Mann am Rand der Bühne deutete mit großer Geste auf die in der Mitte des hölzernen Aufbaus stehende Gestalt, einen grimmig dreinblickenden Burschen mit geflochtenem Bart, kurzem Haupthaar und blau bemalten Schläfen. Markos zweifelte nicht daran, dass alles, was der Sklavenhändler sagte, der Wahrheit entsprach, dennoch kamen ihm fünftausend Danari wie schwindelerregend viel Geld vor.

Die Auktionen liefen schon eine ganze Weile und der Tag neigte sich seinem Ende zu. Weil Kalabristos und seine Leute ihre Gefangenen so spät gemeldet hatten, waren sie ganz ans Ende des Tagesverkaufs gesetzt worden. So hatte Markos, der die Stunden seit ihrem Eintreffen auf dem Sklavenmarkt von Iarike zusammen mit den anderen in einer Art Pferch verbracht hatte, reichlich Zeit gehabt, sich das Treiben anzuschauen.

Der Sklavenmarkt befand sich im Süden der Stadt, umgeben von einem Labyrinth schmaler Straßen und dicht an dicht stehender, mehrgeschossiger Häuser, in denen pro Gebäude mehr Menschen zu leben schienen, als in halb Efthaka – vor dem Überfall der königlichen Soldaten. Bei dem Markt selbst handelte es sich um einen kreisrunden Platz, an dessen Nordseite eine hölzerne Bühne errichtet worden war, auf der die Waren angepriesen wurden. Die Pferche mit Sklaven, die zu erwerben waren, verteilten sich links und rechts davon, und wie es schien, waren auch Direktverkäufe ohne Auktion möglich, denn Aruuns Mannschaft war bereits geschlossen von einem carthaotischen Händler mitgenommen worden. Nur Aruun selbst, Clavio und er warteten noch auf ihr Schicksal.

»Für sechstausendsiebenhundert Danari verkauft!«, rief der Händler am Bühnenrand begeistert, und ein Diener hinter ihm schlug auf einen bronzenen Gong, um die Auktion des Borden abzuschließen.

»Jetzt bist du dran«, knurrte Kalabristos, deutete auf Aruun und öffnete den Pferch.

Niedergeschlagen wandte sich der Kaufmann dem Ausgang zu. »Ich wünsche euch alles Gute«, verabschiedete er sich von Markos und Clavio. »Mögen eure Götter über euch wachen und euch vor einem grausamen Schicksal bewahren.«

Markos war versucht, darauf hinzuweisen, dass es kaum viel grausamer kommen konnte, aber er schwieg, denn natürlich wusste er, dass es durchaus einen Unterschied machte, ob er als Futter für wilde Tiere in einer Arena endete oder als Leibwächter eines wohlhabenden Bürgers. Er wollte die Götter nicht in Versuchung führen.

Während jenseits der Holzstäbe der Verkauf von Aruun seinen Lauf nahm, trat Clavio an Markos' Seite. »Das ist dann wohl das Ende unserer Reise«, stellte er verbittert fest. »Weit sind wir nicht gekommen.«

»Noch ist nicht alles vorbei«, erwiderte Markos. »Noch atmen wir, und selbst wenn mich mein Schicksal auf die andere Seite des Meeres führen sollte: Irgendwann werde ich nach Aidranon gelangen und dort meinen Bruder und meine Schwester finden. Und sollten sie nicht mehr dort sein, suche ich weiter nach ihnen, bis ich sie aufgespürt habe.«

»Oder du stirbst in zwei Wochen unter dem Schwert eines Gladiators oder zerfetzt von den Tatzen eines Löwen«, gab Clavio zu bedenken.

Markos wandte sich seinem Begleiter zu. »Wir hätten in Efthaka sterben können, aber wir haben überlebt. Wir hätten bei dem Angriff der Blutigen Klingen sterben können, aber auch das haben wir überlebt. Die Sechsgötter haben einen Plan mit uns, Clavio, sonst hätten sie uns umkommen lassen, wie alle anderen auch. Also lass die Hoffnung nicht fahren, sondern kämpfe weiter. Unser Tag wird kommen.«

Clavio legte Markos die Hand auf die Schulter. »Du würdest einen guten Anführer abgeben«, sagte er.

»In einem anderen Leben vielleicht«, gab Markos zurück und grinste matt.

»Das meine ich ernst. Ich glaube, wenn du nicht bei mir wärst, würde ich hier drin verrückt werden. Doch selbst als Sklave verkauft zu werden schreckt mich wenig, solange ich dich bei mir weiß. Du wusstest schon in Efthaka immer, was zu tun ist. Und du weißt es auch hier in der Fremde.«

»Danke, Clavio.« Er verschwieg dem anderen, dass er selbst seine Rolle deutlich nüchterner betrachtete. Und er fühlte sich bei Weitem nicht so sehr als Herr der Lage, wie Clavio es anzunehmen schien. Zorn, Enttäuschung und Angst vor dem Kommenden rumorten in seinen Eingeweiden, und es kostete ihn enorme Willensanstrengung, nichts davon an die Oberfläche dringen zu lassen. Ihre Lage war so schon schlimm genug. Es wurde nicht besser, indem er wie ein ruheloses Raubtier im Käfig auf und ab tigerte.

Kurz darauf wurde Aruun für beinahe vierzigtausend Danari an einen wohlhabenden Großbürger aus Cordur verkauft. Wie es aussah, trieb eine gute Bildung den Preis für einen Sklaven enorm in die Höhe.

Wieder kam Kalabristos mit drei Männern an den Pferch. »Jetzt du, Cordurier«, knurrte er und deutete auf Clavio. Zwei seiner Gehilfen packten Markos' Begleiter an den Armen und zogen ihn aus dem Käfig.

»Nein, halt, wartet!«, rief Clavio erschrocken. »Was tut ihr da? Ihr müsst uns zu zweit versteigern. Wir gehören zusammen. Versteht ihr? Wir gehören zusammen.«

»Sei still, Sklave«, fuhr Kalabristos ihn an. »Wenn ihr so gute Kämpfer seid, wie Sorah behauptet hat, seid ihr einzeln viel mehr wert als zusammen. Den zusätzlichen Gewinn werde ich mir doch nicht entgehen lassen.«

»Markos?« Clavio sah Markos um Beistand suchend an.

»Clavio!« Markos' Gedanken rasten. Er überlegte, was er tun könnte, um den Piraten von seinem Vorhaben abzuhalten. Doch ihm wollte nichts einfallen. Mit angespannten Muskeln stand er vor ihren Häschern.

Kalabristos und der dritte Mann hatten mittlerweile ihre Kurzschwerter gezogen und richteten sie auf ihn. »Denk nicht einmal daran, irgendeine Torheit zu versuchen«, warnte der Pirat ihn. »Ich will dich wirklich nicht töten, denn tot bringst du mir kein Geld mehr ein. Aber wenn du nicht auf der Stelle zurückweichst, dann, bei allen Dämonen der Dunkelwelt, erschlage ich dich hier und jetzt, das schwöre ich.« Er richtete seine Klinge auf Clavios Kehle. »Oder ich erschlage ihn, wie wäre es damit?«

»Nein!« Markos hob abwehrend die Hände. »Nein, schon gut.« Langsam machte er zwei Schritte nach hinten. Sein Blick kreuzte sich mit Clavios. »Denk an alles, was ich dir gesagt habe. Gib die Hoffnung nicht auf. Kämpfe weiter. Dann wird alles gut.«

»Oh ja, alles wird gut«, wiederholte Kalabristos grinsend. »Insbesondere für mich.« Er wandte sich an seine Leute und machte eine herrische Geste. »Los, auf die Bühne mit ihm.«

Hilflos musste Markos mit ansehen, wie Clavio ohne ihn weggebracht wurde. Er zog sich an den Holzgitterstäben hoch, um mitzubekommen, welche Entwicklung die Versteigerung nahm. Sie verlief etwas schleppend, was nicht zuletzt daran lag, dass Clavio, der einst so tapfere Klippenspringer von Efthaka, fern der Heimat und völlig Fremden ausgeliefert, mutlos und niedergeschlagen wirkte und keineswegs wie der gesunde und vor Kraft strotzende Krieger aus Cordur, als der er angepriesen wurde. Letztlich bekam jemand für dreitausendvierhundert Danari den Zuschlag. »Verkauft an den Bürger mit der purpurnen Toga«, verkündete der Händler am Bühnenrand.

Markos zog sich noch etwas höher und reckte den Hals, um in der Menge einen Blick auf den Käufer zu erhaschen. Wenn er es geschickt anstellte, würde ihn der Mann vielleicht auch erwerben. Doch er konnte nur violetten Stoff und einen kahlen Kopf erkennen, der von einem schütteren Haarkranz umgeben war. Dann tauchten Kalabristos' Leute am Eingang zum Pferch auf. »Gib dir gefälligst etwas mehr Mühe als dein Freund«, zischte der Pirat ihn an. »Sonst hole ich dich von der Bühne und nehme den Verlust in Kauf, bloß um mir das Vergnügen zu gönnen, dich an den Bug meines Schiffs zu nageln.«

»Glaub nicht, dass ich dir dort Glück bringen würde«, gab Markos grimmig zurück.

Kalabristos schnaubte. »Darauf würde ich es ankommen lassen. Aber genug geredet. Los jetzt.«

Grob wurde Markos auf die Bühne gezerrt, wo man seine Ketten an einem Ring im Boden befestigte. Danach zogen sich seine Bewacher zurück und ließen ihn allein in der Mitte stehen.

Suchend ließ Markos seinen Blick über die Menge schweifen. Von Clavio war keine Spur zu sehen. Er musste bereits weggeführt worden sein. Aber er fand den Mann in der purpurfarbenen Tunika wieder. Zu Markos' unendlicher Erleichterung schien dieser ihn durchaus mit Interesse zu mustern. Aber auch auf anderen Gesichtern lag Neugierde.

»Und hier haben wir noch einen Cordurier«, stellte der Sklavenhändler ihn der Menge vor. »Ein junger Mann, kräftig und gesund, vermag mit Schwert und Speer zu kämpfen, und die Damen überzeugt er durch sein gutes Aussehen und den sanften Umgang.«

»Zeigt uns etwas mehr von ihm«, rief ein Mann aus der Menge, woraufhin zwei Wächter auf Markos zutraten, ohne Rücksicht seine Tunika aufrissen und seinen Oberkörper entblößten. Zwei oder drei anerkennende Rufe wurden laut.

»Zweitausend«, meldete sich eine Stimme im hinteren Bereich des Platzes zu Wort, deren Urheber Markos nicht rasch genug ausmachen konnte.

»Zweitausenddreihundert«, rief ein anderer.

»Zweitausendfünfhundert«, bot ein Dritter.

»Kann er lesen?«, wollte eine Frau in einem blauen, bodenlangen Gewand wissen.

»Kannst du lesen?«, fragte der Händler Markos.

Markos richtete seinen Blick auf den Träger der purpurfarbenen Tunika und sah ihn unverwandt an. »Ich vermag ein

Boot zu reparieren«, sagte er mit lauter Stimme, »ein Netz zu flicken, einen Makarai mit einem Speer zu erlegen, einen Tisch und Stühle zu zimmern und eine Klinge zu schmieden. Und, ja, ich kann auch lesen und schreiben.«

Der Angesprochene nickte gedankenvoll. »Dreitausend«, sagte er.

»Dreitausendzweihundert«, bot ein Mann etwas links von ihm.

»Dreitausendfünfhundert«, konterte der Togaträger.

»Fünftausend.«

»Fünftausendzweihundert.«

»Zehntausend!«

Ein Raunen ging durch die Menge, und einige schauten sich suchend um, wer für diesen Cordurier so viel Geld bot, der, obwohl er des Lesens und des Schreibens mächtig zu sein behauptete, ganz offensichtlich keine höhere Bildung genossen hatte.

Auch Markos suchte den Mann und fand ihn am rechten Ende des Platzes. Es handelte sich um einen grauhaarigen Alten, der seiner Kleidung nach zu urteilen und der prachtvollen Sänfte, vor der er stand, ein Mann mit Einfluss sein musste. Markos fragte sich, warum so ein Mann an einem Ort wie Iarike Sklaven kaufte.

»Zehntausend sind geboten«, verkündete der Sklavenhändler sichtlich zufrieden. »Wer bietet mehr? Es ist der letzte Verkauf des Tages, und dieser junge Bursche ist jeden Danari wert, den sie heute für ihn bezahlen. Seht euch seine Muskeln an, die aufrechte Haltung, den klugen Blick. Dieser Cordurier ist vielseitig einsetzbar und wird auch die Herren guter Häuser vor Gästen nicht beschämen.«

»Elftausend«, sagte der Togaträger nach einem Augenblick des Zögerns.

»Zwölftausend«, entgegnete der Grauhaarige vor der Sänfte.

»Dreizehntausend.«

Eine Stoffbahn des mit luftigen Schleiern verhangenen Gefährts bewegte sich hinter dem Grauhaarigen. »Fünfzehntausend«, verkündete er.

Markos kniff die Augen zusammen. Saß da noch jemand in der Sänfte und beobachtete das Schauspiel? Er straffte sich, hob das Kinn und wandte sich erneut an den Togaträger. Zwischen ihm und dem offenbar wohlhabenden Neuankömmling würde die Entscheidung fallen. Die übrigen Anwesenden wohnten dem Bietduell nur noch kopfschüttelnd bei. »Ich bin obendrein imstande, mich meiner Haut zu erwehren«, sagte Markos fest. »Als unser Dorf vor kaum mehr als zwei Wochen überfallen wurde, habe ich eigenhändig mehr als ein halbes Dutzend feindliche Krieger erschlagen. Und ich hätte auch den Mann erschlagen, der mich auf diese Bühne geschleift hat, hätte mich nicht meine Sorge für andere davon abgehalten.«

Er warf Kalabristos einen herausfordernden Seitenblick zu, den dieser mit zornigem Funkeln erwiderte. Aber der Pirat erwiderte nichts. Zu hoch war die Summe, die für Markos bereits geboten worden war.

Der Togaträger nickte langsam. »Zwanzigtausend.«

Markos' Blick huschte zu dem Grauhaarigen hinüber. Dieser beugte sich dem Vorhang der Sänfte entgegen und schien sich mit der Person im Inneren zu beraten. Der Mann straffte sich. »Dreißigtausend«, verkündete er mit einigem Gewicht.

Wieder ging ein Raunen durch die Menge. Der Sklavenhändler neben Markos rieb sich die Hände. »Dreißigtausend!«, rief er. »Höre ich ein weiteres Gebot?«

Stille senkte sich über den Platz. Der Togaträger wandte sich ab. Markos schloss niedergeschlagen die Augen. Er hatte versagt.

»Und verkauft für dreißigtausend Danari an den Bürger vor der Sänfte«, verkündete der Händler, bevor hinter ihm der Gong geschlagen wurde.

Die Wächter kamen und wollten Markos von der Bühne führen, doch der drehte sich dem Grauhaarigen zu. »Mein Herr!«, rief er. »Bitte, auf ein Wort.«

Seine Begleiter zögerten und schauten ebenfalls über den Platz hinweg auf Markos' Käufer. Der Grauhaarige erwiderte Markos' flehenden Blick, und nach kurzem Nachdenken nickte er und winkte alle drei näher.

Während der Platz sich nun, da die Versteigerung vorüber war, rasch leerte, wurde Markos, flankiert von den Wächtern, zur Sänfte geführt. »Mein Herr«, rief Markos den Grauhaarigen an.

»Wie heißt du, Sklave?«, wollte sein Gegenüber, durchaus nicht unfreundlich, wissen.

»Mein Name ist Markos.«

Der andere legte die Hand auf die Brust. »Ich bin Curamedes, der Oberste Handelsbeauftragte des Hauses Equesta aus Pryphos. Und dies …« Er schlug den Vorhang der Sänfte beiseite und ein Mann stieg aus. »… ist Senator Virius, der Statthalter von Pryphos.«

Der Senator war einige Jahre jünger als der grauhaarige Handelsbeauftragte, etwa im Alter von Markos' Vater. Er trug edle Schnürstiefel und ein prachtvoll verziertes Gewand aus Purpur und Gold, das von aufwendig gefertigten Spangen gehalten wurde. Er war von schlanker, sehniger Gestalt und etwas größer als Markos. Auf seinen Zügen lag die Härte eines Mannes, der schon seit Jahren immer wieder schwierige Entscheidungen treffen musste, und die Intelligenz in seinen Augen legte den Verdacht nahe, dass er dennoch die meiste Zeit Herr der Lage blieb. »Willkommen im Haus Equesta«, sagte er mit befehlsgewohnter Stimme. »Ich bin jetzt dein neuer Herr. Du wirst ab jetzt tun, was ich dir sage und nur dann sprechen, wenn ich dich dazu auffordere. Du wirst tüchtig, bescheiden und denen meines Hauses gegenüber folgsam sein, die ich dir nennen werde. Wenn du mir gut dienst, wird dein Lohn irgendwann die Freiheit sein. Dienst du mir schlecht, verkaufe ich dich als Rudersklave. Verstehst du mich?«

Alles in Markos sträubte sich gegen diese Art von Unterwerfung, aber er lebte lange genug auf dieser Welt, um zu wissen, dass er einstweilen klug beraten war, sich zu fügen. Für Sklaven galten andere Gesetze als für normale Bürger. Wer aufmüpfig war, hatte sein Leben schnell verwirkt. »Ja, Herr«, erwiderte er daher und neigte den Kopf.

»Gut.« Equesta nickte zufrieden. »Also sprich nun: Was wolltest du mir sagen?«

»Ich wurde mit einem Gefährten hierher gebracht, einem guten, fleißigen Burschen namens Clavio. Der Edelmann in der purpurnen Toga erwarb ihn, kurz bevor ich auf die Bühne gebracht wurde.« Markos deutete auf den Erwähnten, der gerade den Sklavenhändler auszuzahlen schien.

»Und?«, wollte Equesta wissen.

»Ich flehe Euch an, Herr, kauft dem Edelmann Clavio ab. Er reiste als mein Begleiter. Ich fühle mich für ihn verantwortlich.«

Der Senator aus Pryphos musterte Markos gedankenvoll. »Ich bezweifle, dass er mir diesen Clavio verkaufen wird, nachdem ich ihm dich weggeschnappt habe.«

»Fragt ihn, ich bitte Euch.«

Equesta warf Curamedes einen kurzen Blick zu und der schüttelte kaum merklich den Kopf. »Das kann ich nicht, selbst wenn ich es wollte. Ich habe schon zu viel Geld ausgegeben, seit ich vorhin meine Gemächer verließ, um ein paar Sklaven zu erstehen. Der Grund dafür bist du. Hättest du den Preis für dich nicht dermaßen in die Höhe getrieben, sähe es vielleicht anders aus. Aber so? Es tut mir leid.«

Enttäuscht ließ Markos die Schultern sinken. Sosehr er sich auch bemüht hatte, er hatte versagt. Er würde Clavio niemals wiedersehen. Die Worte, die Sorah ihm vom Schiff aus zum Abschied zugerufen hatte, kamen ihm in den Sinn. »Ich hoffe, du schaffst es«, murmelte er kaum hörbar.

20

AUF LAHRIANS SPUREN

19. Tag des 7. Mondes
im 301. Jahr der cordurischen Könige

»So habe ich mir unseren Aufenthalt in Aidranon nicht vorgestellt.« Mürrisch setzte Iolan sich auf eines der Liegesofas, die im Aufenthaltsbereich des Teils von Arastoths Stadthaus standen, in dem Mirene und er untergebracht waren. »Seit einer Woche sind wir nun schon hier – und noch ist nichts passiert. Schön, wir mögen zwar nicht eingesperrt sein, aber sobald wir uns einem Ausgang auch nur nähern, taucht ein Bediensteter auf, um uns dringend davon abzuraten, nach draußen zu gehen. Und wo ist Arastoth? Er hat mir versprochen, mich mit seinen Mitstreitern bekannt zu machen, diesem Weißen Kreis oder wie er auch heißt …«

»Weißer Zirkel«, verbesserte Mirene ihn, die auf einem benachbarten Liegesofa ruhte und in eine Stickarbeit vertieft war.

»Weißer Zirkel, auch gut. Na jedenfalls ist noch nichts dergleichen geschehen. Weder haben wir Besuch von seinen Freunden erhalten, noch hat er mich zu einem ihrer Treffen mitgenommen. Wie lange soll ich denn noch warten?« Er schaute zu Mirene hinüber, die seinen Blick vorwurfsvoll erwiderte.

»Wenn du schon unzufrieden über unsere Lage bist, wie denkst du, fühle ich mich dann wohl?«, fragte sie ihn.

»Wie meinst du das?«

Seine Schwester ließ ihre Stickarbeit sinken. »Arastoth hat uns vor den Soldaten gerettet, und dafür bin ich ihm dankbar. Aber er hat uns auch praktisch aus Efthaka entführt und hierher nach Aidranon gebracht. Ich wollte nie hierher, und anders als du hege ich auch kein selbstmörderisches Bedürfnis, mich mit dem König anzulegen. Viel lieber hätte ich versucht, nach Efthaka zurückzukehren oder Tante Damaris in Brendesi zu finden.«

»Tante Damaris lebt jetzt in einem Dorf nördlich von Thessara«, verbesserte Iolan sie unwillkürlich.

»Auch dorthin zu ziehen wäre mir recht gewesen«, sagte Mirene. »Doch weder das eine noch das andere ist möglich. Und so frage ich mich, wie mein zukünftiges Leben aussehen soll? Wie lange muss ich in diesem Haus leben, in dem es praktisch nur Quano gibt und in dem ich keine Aufgabe habe, wenn ich sie mir nicht selbst schaffe? Wie geht es weiter, Iolan? Wo wird es enden?«

Unsicher blickte Iolan seine Schwester an. Er hatte bislang kaum einen Gedanken daran verschwendet, wie sie sich fühlte, und er schämte sich dafür. Letzten Endes war er für Mirene verantwortlich, aber in den vergangenen Tagen hatte er vor allem an sich selbst gedacht. »Ich weiß es nicht«, gestand er. »Noch nicht.«

Mirenes schmale Schultern sackten unmerklich nach unten. »Schon gut«, sagte sie leise. »Ich verlange gar nicht, dass du die Antworten auf meine Fragen hast. Du sitzt ja genau wie ich in der Fremde fest.«

Stumm saßen sie einen Moment nebeneinander. Um sich und sie abzulenken, deutete Iolan auf Mirenes Stickarbeit. »Was machst du da?«

»Ich fertige ein Tuch für dich an«, erwiderte sie. Seine

Schwester hob die Stickerei hoch und zeigte sie ihm. Auf dem weißen, quadratischen Stück Stoff waren drei eingestickte blaue Wellenlinien und ein springender Fisch zu sehen. Der Fisch war noch nicht ganz fertig, aber schon jetzt ließ sich erkennen, dass es ein Makarai werden würde. Ein aufgezeichnetes Oval, wie ein Bootsrumpf, umgab das Bild.

Iolan stand auf und trat zu seiner Schwester. Er nahm die unteren Zipfel des Tuchs auf und betrachtete das Motiv genauer. »Es ist wunderschön«, sagte er. »Vielen Dank.«

»Es soll dir zur Erinnerung dienen, wer du bist und woher du kommst«, erklärte Mirene, die zu ihm aufschaute. »Du kannst es dir über dein Bett hängen, wenn es fertig ist.«

Iolan umfasste ihre Schultern und gab ihr einen Kuss auf die Stirn. »Keine Angst, ich habe nicht vor zu vergessen, woher ich komme«, versicherte er ihr. Bei diesen Worten kam ihm ein Gedanke. Er wandte sich halb von Mirene ab und warf über die Schulter einen Blick zur Tür. »Da fällt mir etwas ein, womit ich mich beschäftigen könnte, bis Arastoth geruht, mich an seinen Unternehmungen teilhaben zu lassen.«

»Und das wäre?«, wollte Mirene wissen.

»Lahrian«, antwortete Iolan. »Ich könnte versuchen, mehr über Lahrian Kamenor herauszufinden, der ja angeblich mein echter Vater ist. Ich weiß so gut wie nichts über ihn, und ich bin neugierig, wer er war. Arastoth hat ihn als ziemlich wichtigen Mann beschrieben, also sollte es nicht zu schwer sein, etwas über ihn herauszufinden.« Von neuem Eifer erfüllt, rieb er sich die Hände. »Genau das werde ich tun. Ich schaue mich in Aidranon um und versuche, mehr über meine Vergangenheit in Erfahrung zu bringen.«

»Hältst du das für klug, Iolan? Du weißt, dass Arastoth und seine Quano-Diener uns stets eindringlich davor gewarnt haben, das Anwesen zu verlassen, wann immer wir Anstalten dazu unternommen haben.«

»Dann verschwinde ich diesmal einfach, ohne ihnen vorher Gelegenheit zu geben, es mir auszureden.«

»Das wird unseren Gastgeber nicht erfreuen.«

Iolan schnaubte. »Arastoth hat ausdrücklich betont, dass wir keine Gefangenen sind. Und wenn er uns tagelang allein lässt, sollte er sich nicht wundern, dass wir uns nach eigenen Beschäftigungsmöglichkeiten umsehen.«

»Wie du meinst.« Mirene klang nicht sehr erbaut von seinem Plan, aber das war Iolan gleichgültig. Er hatte die Nase voll davon, nur herumzusitzen. Und sich eingehender mit Lahrian Kamenor zu beschäftigen erschien ihm wie eine äußerst sinnvolle Angelegenheit. »Sag Arastoth, dass ich vor dem Abendessen zurück bin – falls er meine Abwesenheit überhaupt bemerken sollte.« Voller Entschlossenheit strebte er dem Ausgang zu.

»Bring dich bloß nicht in Schwierigkeiten«, rief Mirene ihm nach.

»Niemals«, gab er zurück.

Unter dem Vorwand, sich lediglich ein wenig im Park vor dem Haus umschauen zu wollen, verließ Iolan das Anwesen. Den Protest des Quano-Majordomus, der in Abwesenheit von Arastoth für Mirene und ihn verantwortlich war, nahm er hin. Tatsächlich schlenderte er zunächst ein wenig zwischen den Bäumen und Ziersträuchern umher, bevor er ganz unauffällig außer Sicht verschwand und die nächstbeste Straße in Richtung Stadtmitte davonlief. Tagsüber war Aidranon noch viel belebter als in den Abendstunden, und Iolan machte sich keine größeren Sorgen, dass er inmitten all der Menschen, die ihren eigenen Geschäften nachgingen, besonders auffallen könnte.

Obwohl er eher schlecht als recht lesen konnte, war sein erstes Ziel die Bibliothek. Wenn Lahrian Kamenor ein so bedeutender Senator gewesen war, musste es Aufzeichnungen über ihn geben. Er fragte sich bei einigen Bewohnern der Stadt bis zu einem großen quadratischen Gebäude durch, an dessen Frontfassade, die durch einen vorgebauten Säulengang geschützt wurde, mächtige Steinreliefs hingen, die Episoden aus der kriegerischen Vergangenheit des Cordurischen Reichs zu erzählen schienen.

Als Iolan durch das große Portal in die weitläufige Eingangshalle trat, wurde er sogleich von einem älteren Mann in einer weißen Toga aufgehalten. »Wohin möchtest du, mein Sohn?«, fragte er in einem Tonfall, in dem eher Missbilligung als Hilfsbereitschaft mitschwang.

»Ich suche Wissen über den verstorbenen Senator Lahrian Kamenor«, antwortete Iolan.

»Ah.« Sein Gegenüber betrachtete ihn von oben bis unten. Obwohl Iolan, genau wie Mirene auch, von Arastoth mit neuen Kleidern versorgt worden war, kam er sich etwas fehl am Platze vor, denn er musste eher wie ein Arbeitersohn als wie ein junger Gelehrter wirken. Das schien der Bibliothekar auch so zu sehen, denn er fragte: »Auf welche Akademie gehst du, mein Sohn?«

»Ich ... Eigentlich keine. Ich lerne zu Hause. Und mein Lehrer trug mir auf, mich über Kamenor kundig zu machen.«

»Natürlich.« Der Mann nickte verständnisvoll, aber Iolan argwöhnte, dass er ihm kein Wort glaubte. »Dann wird dein Lehrer sicher Mitglied in dieser Bibliothek sein.«

»Ich nehme es an«, sagte Iolan absichtlich vage.

»Bitte, gehen wir doch hinüber zur Auskunft. Dort können wir nachschauen.« Der Bibliothekar deutete auf ein hufeisenförmiges Pult aus Marmor, das an der linken Wand des Raums stand. Dahinter erhoben sich mehrere Regale mit Schriftrollen. »Wie heißt dein Mentor noch gleich?«, wollte der Mann wissen, der so eifersüchtig den Zugang zur Bibliothek schützte, als handelte es sich dabei um die Schatzkammer des Königs selbst.

»Bourabas«, nannte Iolan aufs Geratewohl den Namen seines Ziehvaters. Seine Aussichten, mit dieser Scharade durchzukommen, waren ohnehin gering.

Wie er es erwartet hatte, schüttelte der Mann, nachdem er zwei Schriftrollen aus dem Regal hinter sich hervorgezogen und stirnrunzelnd befragt hatte, den Kopf. »Es tut mir leid, ich finde hier keinen Bourabas.«

»Dann ist er vielleicht kein Mitglied Eurer Bibliothek«, mutmaßte Iolan.

Sein Gegenüber neigte bedauernd den Kopf. »In dem Fall kann ich dir leider keinen Zugang zu unseren Schriften gewähren.«

»Aber ich muss dringend mehr über Lahrian Kamenor herausfinden«, beharrte Iolan. »Bitte, könnt Ihr mir nicht helfen?« Er sah den Mann flehend an.

Der zuckte mit den Schultern. »Nun, du könntest dem Lahriansschrein einen Besuch abstatten, wenn du nicht schon dort warst. An den Wänden wird einiges über sein Leben und Wirken erzählt.«

»Lahrian hat einen eigenen Schrein?« Der erstaunte Ausruf kam Iolan über die Lippen, bevor er ihn zurückhalten konnte.

Der Bibliothekar sah ihn an, als wäre er ein Bauerntölpel vom Land. *Naja, genau genommen bin ich das auch*, musste sich Iolan zähneknirschend eingestehen. »Selbstverständlich wurde Senator Lahrian aus dem Haus Kamenor nach seinem Tod ein Schrein errichtet. Er war ein bedeutender Politiker und Denker. Ein ganzer Park ist ihm gewidmet: der Lahrianspark im Nordosten der Stadt. Hast du noch nie von dem gehört?«

»Nein«, gestand Iolan. »Meine Familie und ich sind erst vor wenigen Wochen nach Aidranon gezogen. Ich kenne mich noch nicht sehr gut in der Stadt aus. Im Nordosten der Stadt sagt Ihr?«

Der Bibliothekar nickte. »Folge der Hauptstraße nach Norden bis zum Dheberan-Tempel. Dort biegst du in die Straße des Doridios ein. Diese gehst du hinunter bis zur Markthalle. Hinter der Halle liegt ein kleiner Platz und jenseits davon beginnt der Lahrianspark. Er ist nicht sehr groß, aber gut zu finden. In der Mitte der Anlage steht der Lahriansschrein.«

»Habt vielen Dank«, sagte Iolan. »Ich weiß Eure Hilfe sehr zu schätzen.«

»Ja, ja, schon gut, mein Sohn.« Der Bibliothekar winkte ab. »Jetzt verschwinde aus meiner Bibliothek und halte nicht weiter den Betrieb auf.«

Dank der Beschreibung des Bibliothekars fiel es Iolan nicht schwer, den Park zu finden. In den nahen Markthallen herrschte reges Treiben. Die Grünanlage dagegen wirkte beinahe verwaist. Nur ein älterer Mann saß auf einer steinernen Bank und schrieb etwas auf eine Schiefertafel, die auf seinem Schoß lag. Eine Handvoll Männer und Frauen durchquerten den Park mit der Zielstrebigkeit von Menschen, die lediglich dem kürzesten Weg zu einem anderen Ziel folgten.

Als Iolan sich dem Lahriansschrein näherte, einem länglichen, säulengeschmückten Bauwerk mit flachem Giebeldach, fiel ihm eine Sänfte davor auf, neben der vier kräftige Männer standen. Anders als gewöhnliche Träger hatten sie Schwerter umgegürtet und wirkten durchaus imstande, damit umzugehen. Ihr ganzes Gebaren weckte in Iolan den Verdacht, dass es sich bei den Männern um ungerüstete Königsgardisten oder zumindest Leibwächter eines Senators oder wohlhabenden Kaufmanns handelte. *Denen gehe ich besser aus dem Weg*, entschied Iolan.

Er schlug einen weiten Bogen um Bäume und Hecken herum, bis er die Rückseite des Schreins erreichte. Zu seiner Enttäuschung gab es dort keinen zweiten Eingang – wohl aber ein paar hoch liegende Fensteröffnungen. Vom Boden aus waren diese nicht zu erreichen, wer sich jedoch nicht scheute, einen der hinter dem Gebäude wachsenden Bäume zu erklimmen, mochte mit etwas Geschick ins Innere vordringen.

Unschlüssig fuhr sich Iolan mit der Hand über den Mund. Im Grunde war es Unsinn, diesen Weg in den Schrein zu wählen. Die Vernunft riet ihm, einfach eine Weile abzuwarten, bis der hohe Besuch den Schrein verlassen hatte und mit seinen Wächtern verschwunden war. Doch Iolan verspürte Neugierde. Ganz offensichtlich erfreute sich Lahrian Kamenors Denkmal keines besonderen Zuspruchs unter den Bewohnern von Aidranon. Umso interessanter war die Frage, welche wichtige Persönlichkeit sich ihm verbunden genug fühlte, um ihre Tagesgeschäfte für einen Halt in seinem Schrein zu unterbrechen. *Ich kann jeden Freund brauchen, den ich kriegen kann – und wenn ich so ein wenig Unabhängigkeit von Arastoth erlange, umso besser*, dachte Iolan.

Er schob die Sorge, dass er den unbekannten Besucher durch sein Eindringen verärgern könnte, beiseite, und näherte sich einem der Bäume. Behände zog er sich hinauf in die Krone und arbeitete sich von dort auf die Fensteröffnung zu. Mit einem kurzen Sprung erreichte er sie, klammerte sich fest und zog sich auf das breite Sims im Mauerwerk. Vorsichtig spähte er ins dahinterliegende Halbdunkel.

Das Innere des Schreins erwies sich als etwas unübersichtlich. Nicht nur stützten zahlreiche Säulen die hohe Decke, es standen auch mehrere übermannshohe Steintafeln dazwischen, die vermutlich von Lahrians Taten kündeten. In auf schlanken Metallständern ruhenden Schalen flackerten Flammen, die etwas zu reingolden waren, um von gewöhnlichen Feuern herzurühren. Iolan nahm an, dass sie alchemistischen Ursprungs waren.

Einen Besucher konnte Iolan nicht ausmachen. Vielleicht war dieser in der Zwischenzeit bereits gegangen. Oder er hielt sich in einem anderen Bereich des Schreins auf. *Ich werde es feststellen*, sagte sich Iolan und glitt leise an der Wand hinunter auf den mit Steinfliesen ausgelegten Boden. Eine warnende Stimme in seinem Hinterkopf wies ihn darauf hin, dass es ausgesprochen unklug sein mochte, sich an einen Bürger von Aidranon anzuschleichen, der mit vier Bewaffneten unterwegs war. Ein Hilferuf des Mannes, und Iolan würde sich dem spitzen Ende von mehreren Klingen gegenübersehen. *Aber ich bin Lahrians Sohn. Mir wird schon nichts passieren*, brachte er die Stimme zum Schweigen, während er langsam vorwärts schlich.

»He, wer bist du denn?«, erklang unvermittelt eine helle Stimme in seinem Rücken.

Ertappt zuckte Iolan zusammen. Abwehrend hob er die Hände, bevor er sich umdrehte – und erstarrte.

Vor ihm stand kein Senator und kein wohlhabender Kaufmann, sondern eine junge Frau. Sie trug ein blaues, bodenlanges Kleid mit silbernen Zierelementen, und ebenfalls silberne Armreife schlangen sich um ihre nackten Oberarme. Ungewöhnlicher als ihre erlesene Kleidung waren ihr Haar und ihre Hautfarbe. Ihre Haut war so hell, dass sie den Marmorsäulen ähnelte, die sie umgaben, und ihr hochgestecktes und mit einem kostbaren Kamm geschmücktes Haar saß wie eine goldene Krone auf ihrem Kopf. In all den Jahren hatte Iolan sich immer gefragt, wie Actuani, die blasse Göttin der Weisheit und des Winters, die als kleine Statue in einer Nische des Sechsgötterschreins in Efthaka gestanden hatte, wohl in Fleisch und Blut aussehen würde. Die Frau – bei genauerem Hinsehen erkannte Iolan, dass sie kaum mehr als ein Mädchen war, sicher keinen Tag älter als Mirene – mochte zu jung sein, um die fleischgewordene Actuani zu sein, aber wenn die Göttin eine Tochter hatte, musste sie genau so aussehen.

»Ich habe dich etwas gefragt«, sagte die junge Frau. In ihrer Stimme lag keinerlei Furcht, eher eine Art Befehlston, so als sei sie es gewohnt, Bedienstete anzuweisen. Wahrscheinlich gehörten die vier Bewaffneten zu ihr. Als Iolan ihr immer noch nicht schnell genug antwortete, neigte sie den Kopf ein wenig und runzelte die feine Stirn. »Kannst du mich verstehen? Sprichst du meine Sprache?«

»Ich … äh … ja.« Iolan blinzelte und versuchte seine Befangenheit abzuschütteln. »Mein Name … mein Name ist Iolan.«

»Iolan?«, wiederholte sie.

Er nickte.

Ihre Augen glitten an ihm hoch und runter, und anscheinend gefiel ihr, was sie sah – oder vielleicht gefiel ihr auch nur, ihn so verwirrt zu haben –, jedenfalls zeigte sich ein kleines Lächeln auf ihren Lippen. »Und was machst du hier in Lahrians Schrein, Iolan? Wenn ich mich recht entsinne, wird der Eingang von vier Männern bewacht. Ich hoffe, ich muss sie nicht schelten, weil sie ihren Posten verlassen haben.«

»Nein«, beeilte Iolan sich zu sagen. »Nein, das müsst Ihr nicht. Allerdings …« Er folgte seinem Bauchgefühl und wagte selbst ein verschmitztes Lächeln. »… solltet Ihr sie fragen, warum sie nicht darauf geachtet haben, ob jemand versucht, über einen Baum und durch eines der hinteren Fenster in den Schrein zu gelangen.«

Zu seiner Freude wurde ihr eigenes Lächeln breiter. »Ja, das sollte ich wohl.« Sie trat einen Schritt auf Iolan zu. Ihre

Furchtlosigkeit einem fremden Mann gegenüber erstaunte ihn. »Und was führt dich in den Lahriansschrein, Iolan? Ich hoffe nicht, dass du mir nachstellst.« Ihre Augen verengten sich ein wenig.

»Nein, sicher nicht«, versicherte Iolan ihr. »Ich wusste nicht, wer den Schrein besucht. Aber … nun ja, ich muss gestehen, dass ich neugierig war, wer sich für Lahrian interessiert. Er scheint nicht viele Freunde in Aidranon zu haben. Der Park ist beinahe leer und er liegt hinter einer Markthalle, wenn Ihr versteht, was ich meine.«

»Das ist wahr«, pflichtete die junge Frau mit dem goldblonden Haar ihm bei. Langsam begann sie zwischen den Säulen entlangzuschlendern, und Iolan folgte ihr. »Sein Name war bedeutend genug, dass ihm der König die Ehre eines eigenen Schreins nicht verwehren konnte. Doch der König war sicher kein Freund von Lahrian und seinen Vorstellungen einer Volksherrschaft. Dieses Missfallen äußert sich zweifellos in der Lage dieses Ehrenmals. Und weil Lahrian Kamenor als verpönter Denker gilt, gibt es kaum Menschen, die es wagen, ihn zu besuchen.«

»Außer Euch«, merkte Iolan an.

Sie lächelte wieder. »Und dich. Was uns zu Verschwörern in gemeinsamer Sache macht, zu Rebellen wider die vorherrschende Meinung.«

»Äh, sicher. Wenn Ihr das so seht.« Iolan musste sich eingestehen, dass er von der Vorstellung, dass diese Tochter einer Göttin ihn für einen Mitverschwörer in gemeinsamer Sache hielt, höchst angetan war. »Darf ich fragen, was Euch an Lahrian interessiert? Es gibt doch bestimmt nicht viele Frauen, die an verpönten Denkern Gefallen finden.«

»Willst du damit andeuten, dass Politik nichts für Frauen ist?« Und wieder lag da eine Schärfe und Herausforderung in ihrer Stimme, die ihm vor Verlegenheit das Blut ins Gesicht schießen ließ.

»Nein, nein. Das meine ich nicht. Ich denke nur, dass Eure Familie, Euer Vater, es womöglich gar nicht gerne sieht, wenn Ihr Euch in diesem Park aufhaltet.«

»Vielleicht ist genau das der Zweck meiner Beschäftigung mit Lahrian Kamenor«, gab sie mit vielsagendem Blick zurück. »Ein klein wenig Widerstand gegen meinen Vater, der im Übrigen durchaus die Ansicht vertritt, dass Frauen sich keine Gedanken über Staatsgeschäfte machen sollten.« Ihre Augen glänzten im Schein der eigenartigen alchemistischen Feuer in tiefem Blau – neben ihrem blonden Haar noch etwas, das man unter gebürtigen Corduriern so gut wie nie sah. *Ihre Eltern müssen aus dem Norden kommen*, dachte Iolan. *Aus Atlesia oder den Ländern, die noch nördlicher liegen.* »Und wie sieht es mit dir aus?«, fragte ihn die junge Frau. »Wen versuchst du zu verärgern, indem du dich hier einschleichst?«

Unwillkürlich musste Iolan grinsen. *Arastoth*, wäre wohl die naheliegende Antwort gewesen. Doch genau genommen ging es hier gar nicht um den Quano. Es ging um Iolan selbst. Er beschloss, ein gewisses Wagnis einzugehen. »Ich versuche niemanden zu verärgern«, antwortete er daher und wurde ernster. »Eigentlich will ich bloß mehr über Lahrian Kamenor erfahren. Ich möchte wissen, wer er war und wofür er stand.«

»Erstaunlich«, sagte die junge Frau und musterte ihn mit neuem Interesse. »Du wirkst nicht wie ein Student der Philosophie oder Staatskunde.«

»Das bin ich auch nicht, ganz sicher nicht«, gab Iolan zu.

»Was bist du dann?«

»Ich bin …« Er holte tief Luft. Entweder war er soeben im Begriff, einen schrecklichen Fehler zu begehen, oder es wurde an diesem Ort und in diesem Moment die Saat für etwas Größeres gelegt. »Ich bin Lahrians Sohn.«

Seine neue Bekannte blieb stehen und ihre Augen weiteten sich. »Du bist *was*?«

»Ich bin Lahrians Sohn«, wiederholte Iolan. »Und glaube mir, vor ein paar Tagen habe ich genauso große Augen gemacht wie du, als ich davon erfahren habe.«

»Du machst dich über mich lustig.«

Iolan schüttelte den Kopf. »Das würde ich niemals wagen. Nein, ich bin wirklich der letzte überlebende Sohn von Lahrian Kamenor – sofern ich den Worten der Männer trauen darf, die es mir gesagt haben.«

Die junge Frau ließ sich auf einer Steinbank nieder, die neben ihnen zwischen zwei Säulen stand, und blickte erwartungsvoll zu ihm auf. »Das musst du mir genauer erklären. Denn bis heute dachte ich immer, dass Lahrians ganze Familie bei diesem Hausbrand umgekommen sei.«

»Gerne«, erwiderte Iolan. Dann erzählte er seiner Begleiterin, wie er als Sohn eines Fischers an der Küste des Ydrischen Meers aufgewachsen war und dass sich um seine Herkunft stets ein Geheimnis gerankt hatte. Den Angriff der königlichen Soldaten auf Efthaka überging er. Auch die Identität von Arastoth gab er nicht preis. Sosehr er sich dieser jungen Frau zugeneigt fühlte, er durfte den geheimen Kreis, dem der Quano angehörte, nicht leichtfertig verraten. Also blieb er vage und sprach von einem alten Freund Lahrians, der ihn nach langen Jahren gefunden und mit nach Aidranon genommen hätte. »Und nun bin ich hier«, endete er schließlich, »und versuche mehr darüber herauszufinden, wer mein Vater war.«

Seine Gesprächspartnerin sah ihn mit großen Augen an. Es lag eine Bewunderung darin, die ihm beinahe unangenehm war, denn im Grunde hatte er nichts geleistet, das Bewunderung verdiente. »Das ist eine unglaubliche Geschichte«, murmelte sie.

»Wem sagt Ihr das?«, gab Iolan zurück. »Hätte ich sie nicht selbst erlebt, würde ich sie auch kaum für wahr halten.«

»Ein paar Leute im Großen Rat wären sicher sehr aufgeregt, sollten sie erfahren, dass der Sohn von Lahrian Kamenor in der Stadt weilt«, meinte die junge Frau.

»Das kann ich mir vorstellen. Aber falls Ihr mit einem dieser Leute verwandt sein solltet, sagt ihm bitte nichts von mir. Ich bin noch nicht bereit, von allen angestarrt zu werden.«

Sie nickte. »Das kann ich gut verstehen. Ich würde auch …«

In diesem Augenblick wurden sie von einer Männerstimme unterbrochen, die vom Eingang ins Innere des Schreins hallte. »Herrin? Es wird Zeit. Man wartet auf uns.«

Die junge Frau verzog das Gesicht. »Ist es schon so spät?«, flüsterte sie.

»Was sagt Ihr?«, fragte der Wachmann.

»Nichts«, rief sie zurück »Ich komme gleich. Wartet draußen auf mich.«

»Sehr wohl, Herrin.«

Sie verdrehte die Augen. »Mein ganzer Tag ist durchgeplant«, stöhnte sie mit leiser Stimme. Sie schien nicht ganz darauf zu vertrauen, dass der Bewaffnete den Schrein verlassen hatte. »Momente wie diesen muss ich lange suchen.«

»Das tut mir leid«, sagte Iolan, der ebenfalls die Stimme senkte.

»So hat jeder von uns seine Sorgen mit der Familie.« Die junge Frau schenkte ihm ein ironisches Lächeln, während sie sich von der Bank erhob.

Iolan tat es ihr gleich. Er neigte etwas unbeholfen den Kopf. »Es war mir eine Ehre, Euch kennengelernt zu haben.«

Ihr Lächeln wuchs. »Ja, mir auch, Iolan aus dem Haus Kamenor. Vielleicht begegnen wir uns mal wieder.«

»Das würde mich freuen«, gestand Iolan, und er meinte es absolut ernst.

»Gut«, sagte sie. »Dann verrate ich dir, dass ich meine Studien in diesem Schrein in fünf Tagen zur gleichen Stunde fortzusetzen gedenke. Das solltest du auch tun. Du scheinst noch ziemlich viel über deinen Vater lernen zu müssen.« Sie warf ihm einen neckenden Blick zu.

Iolan spürte, wie sein Herz einen kleinen Satz in der Brust machte. »Ja«, pflichtete er ihr bei. »Das ist wahr.«

»Dann sehen wir uns in fünf Tagen. Und bis dahin gewöhn dir ab, mich auf einen so hohen Sockel zu stellen. Für meine Diener bin ich eine Herrin. Für dich bin ich Erindrea.« Mit diesen Worten drehte sie sich anmutig um und schritt beinahe lautlos zwischen den Säulen davon.

Iolan starrte ihr noch hinterher, als sie schon lange verschwunden war.

21

NACHT ÜBER AIDRANON

24. Tag des 7. Mondes
im 301. Jahr der cordurischen Könige

Draußen auf den Straßen Aidranons kam das Leben langsam zur Ruhe, in der Taverne *Zum Goldenen Füllhorn* wurde unterdessen weiter gezecht, gesungen und gelacht. Der Schankwirt selbst oder die Frau des Schankwirts oder die Tochter des Schankwirts – so ganz genau hatte Hastios das nicht mitbekommen, als er für sich und seinen Bruder ein Abendessen aufs Zimmer bestellt hatte – feierte Geburtstag, und wie es schien, waren alle Gäste eingeladen mitzufeiern. Hastios verspürte nicht das geringste Interesse daran. Ihm war schon der Lärm der Menge im Schankraum unter ihrem beengten Quartier zu viel.

Aber das *Goldene Füllhorn* war ein gutes Versteck. Die Taverne lag, eingeklemmt zwischen zwei anderen Vergnügungsstätten fragwürdigen Charakters, im tiefsten Dickicht des Hafenviertels, in das sich die königlichen Soldaten nur selten verirrten. Es besaß mehrere Ausgänge und Fluchtmöglichkeiten nach vorne und hinten heraus, und es stiegen genug Fremde hier ab, dass der Schankwirt, der ohnehin kaum Fragen stellte, sich die Gesichter seiner Gäste nicht allzu genau merkte.

Es war ein großartiger Ort, um für zwei Wochen unterzutauchen, bis die Stadtwachen wegen des Todes des alten Quano-Theurgen Orontoghast nicht mehr ganz so aufmerksam waren – auch wenn man dafür in Kauf nehmen musste, an jedem zweiten Abend durch lautstarke und ausufernde Feierlichkeiten wachgehalten zu werden.

Sein Bruder Ioril wandte sich vom kleinen Fenster ab, von dem aus er das Treiben auf der Straße vor dem *Goldenen Füllhorn* beobachtet hatte. Genau wie Hastios trug auch er in ihrem Versteck seine mit Bronzenieten verstärkte Lederrüstung, und an seinem Gürtel steckten zwei Dolche, genau die richtige Art von Waffen in einer engen Umgebung wie der Taverne. Sie waren beide vorsichtige Menschen. Obwohl sie bei ihrer Arbeit für gewöhnlich weder Zeugen noch Spuren zurückließen, schadete es nicht, auf ungebetene Gäste vorbereitet zu sein. Man lebte in ihrem Geschäft des bezahlten Mordes nicht lange, wenn man nicht ständig damit rechnete, selbst in Gefahr zu schweben.

»Wann kommt endlich das Essen«, brummt Ioril. »Ich verhungere.«

»Mir scheint, dass der Wirt heute besonders viele Gäste zu verköstigen hat«, gab Hastios zurück. »Der Schankraum platzt aus allen Nähten.«

Sein Bruder knurrte unwillig. »Ich bin froh, wenn wir aus diesem Drecksloch wieder raus sind. *Goldenes Füllhorn* … dass ich nicht lache.« Er trat mit dem Fuß gegen seine morsche Bettstatt.

»Wir hatten nach dem Mord an Orontoghast, und nachdem wir unsere beiden Handlanger losgeworden sind, die Wahl: Aidranon verlassen oder im Hafenviertel untertauchen«, gab Hastios zurück. »Ich glaube mich zu erinnern, dass du der Ansicht warst, in dieser Stadt gäbe es noch einiges für uns zu holen, Bruder. Also beschwer dich nicht über unsere Unterkunft.«

»Hm«, brummte Ioril und kratzte sich am bärtigen Kinn. »Ich würde es trotzdem gerne mal erleben, dass unser Versteck eine Stadtvilla mit sauberen Betten, eigenem Badehaus und einer Horde williger Sklavinnen ist, statt immer bloß solche Absteigen.«

»Dann sollten wir unseren Blick vielleicht mal nach Xol wenden. Man sagt, dort gäbe es eine Menge Intrigen zwischen den Adligen. Und dass die Belohnungen für einen Auftragsmord fürstlich sind.« Hastios schenkte seinem Bruder ein vielsagendes Grinsen.

»Bleib mir mit den Xol vom Leib«, gab Ioril zurück. »Gift im Essen, Gift an Frauenlippen, giftige Käfer … Auf solch hinterhältige Art sollte niemand sterben.«

»Du bist erstaunlich zimperlich für jemanden, der gerade erst einen Mann erschossen und zwei weitere mit Pfeilschüssen von einem Dach in eine Sprengfalle getrieben hat«, bemerkte Hastios.

»Ich würde jederzeit einen Pfeil oder Dolch in der Brust dem qualvollen Ende vorziehen, das einem von Gift zerfressene Eingeweide bescheren.« Sein Bruder schlug mit der flachen Hand auf den Tisch. »So, und jetzt gehe ich und setze unserem Wirt mal die Klinge an die Kehle, damit er endlich unseren Fisch brät. Verhungern ist nämlich auch keine schöne Todesart.«

»Denk an das Klopfzeichen«, sagte Hastios.

»Ich denke *immer* an das Klopfzeichen«, versetzte sein Bruder, bevor er die Tür öffnete, auf den Flur spähte und aus dem Zimmer verschwand.

Hastios hatte seine Worte noch in den Ohren, als kurze Zeit später jemand dreimal an die Tür pochte – und dann noch zweimal. Das war durchaus ein Klopfzeichen. Allerdings nicht das verabredete. Es fehlte ein einzelner Schlag in der Mitte. Andererseits war das Geräusch zu auffällig, um das arglose Pochen des Schankwirts zu sein, der ihr Essen brachte. Und Besuch erwarteten sie keinen. Das Ganze kam ihm ausgesprochen eigenartig vor.

Sicherheitshalber zog Hastios seine beiden Dolche, hob sie kampfbereit und kauerte sich neben die Tür. »Ja?«, fragte er.

Im nächsten Moment wurde die Tür regelrecht aus den Angeln gerissen und flog in den Raum. Hätte er dahinter gestanden, wie es die meisten Menschen wohl taten, wenn sie nachfragten, wer sie besuchen kam, wäre er wahrscheinlich zu Boden gegangen.

Eine Gestalt tauchte im Türrahmen auf. Sie trug einen bodenlangen Mantel, eine Kapuze verhüllte ihren Kopf.

Hastios zögerte keinen Moment, sondern wirbelte herum und auf seinen Gegner zu. Ohne zu zögern, rammte er ihm die beiden Dolche in den Bauch. Eine der beiden Klingen glitt an einem metallischen Widerstand ab, die andere fuhr durch Stoff und Haut.

Sein Gegner, der keine Anstalten machte, seinerseits zum Angriff überzugehen, keuchte schmerzerfüllt. Hastios hob den Blick – und erkannte seinen Irrtum. »Ioril!«, entfuhr es ihm erschrocken.

Sein Bruder taumelte ihm in die Arme. Instinktiv fing Hastios ihn auf, da erblickte er eine zweite Gestalt im halbdunklen Gang hinter Ioril. Der Mann hatte seinem Bruder offenbar aufgelauert und ihn gezwungen, zu klopfen. Das falsche Klopfzeichen hatte Hastios warnen sollen, was auch geklappt hatte. Allerdings hatte Hastios danach die falschen Schlüsse gezogen.

Er schob seinen Bruder zur Seite und hob erneut die Dolche. Von der rechten Klinge tropfte frisches, hellrotes Blut. Doch es gelang ihm nicht einmal, ein zorniges Wort über die Lippen zu bringen, bevor der Fremde eine Handbewegung vollführte, und Hastios von einem unsichtbaren Hammerschlag getroffen wurde. Der Hieb warf ihn nach hinten und er fiel auf das morsche Bett, das unter dem Aufprall zusammenbrach.

Ächzend rollte er sich herum und kam wieder auf die Knie. Seine rechte Hand fuhr nach oben, und als sein Gegner im Türrahmen auftauchte, schleuderte Hastios ihm die Waffe mit tödlichem Geschick entgegen. Doch der andere Mann hob bloß die Hand und der Dolch wurde mitten im Flug abgelenkt, um harmlos an der rechten Raumwand abzuprallen. Hastios versuchte es ein zweites Mal, diesmal mit einem tief gezielten Wurf, aber auch dieser Dolch traf sein Ziel nicht.

Dann trat der Fremde aus dem Schatten des Gangs ins Licht der Öllampe, die das Quartier der Brüder erhellte.

Hastios' Mund wurde staubtrocken und seine Eingeweide verkrampften sich zu einem harten Knoten. Sein Gegner war ein Quano, auch wenn das kaum noch zu erkennen war. Das kantige Gesicht des Mannes war ein Trümmerfeld. Eines seiner schwarzen Augen schien blind zu sein, ein Teil der Nase fehlte, und eine Kraterlandschaft kaum verheilter Wunden sprenkelte seine grauen Züge. Dennoch – oder gerade deswegen – bestand kein Zweifel daran, um wen es sich bei ihrem Angreifer handelte. »Orontoghast«, krächzte Hastios.

»Ah, du erkennst mich wieder. Dann bin ich hier offenbar in der Tat richtig«, sagte der greise Quano. Die Ruhe in seiner Stimme war noch Furcht einflößender, als wenn er voller Wut gebrüllt hätte. Der Mann, der eigentlich tot sein sollte, trat vollends in den Raum und schloss die Tür hinter sich. Er faltete die Hände und ein Narr hätte auf den Gedanken kommen können, dass er, unbewaffnet wie er drei Schritte von Hastios entfernt einfach so dastand, ein leichtes Ziel abgab. Diesem Irrglauben erlag der Attentäter nicht.

»Was wollt Ihr?«, fragte Hastios mit rauer Kehle. »Seid Ihr gekommen, um Euch zu rächen und uns zu töten?«

»Allen Grund dazu hätte ich, nachdem ihr mein Haus in die Luft gesprengt habt – und mich beinahe gleich mit«, entgegnete der alte Quano. Er schüttelte den Kopf. »Aber das wäre kurzsichtig von mir. Daher, nein, bin ich nicht hier, um euch in die Dunkelwelt eures Sechsgötterglaubens zu schicken. Ich werde sogar im Gegenteil deinen Bruder von der todbringenden Stichwunde heilen, die du ihm in deiner Aufregung zugefügt hast.« Er deutete auf Ioril, der wie Hastios am Boden lag und sich mit bleichem Gesicht den Bauch hielt, während zwischen seinen Fingern der Lebenssaft aus ihm herausfloss.

»Nennt Eure Bedingungen«, sagte Hastios schlicht. Ihm war bewusst, dass er sich nicht in der Position befand, zu verhandeln.

»Zum einen werdet ihr Aidranon umgehend verlassen. Ihr werdet mit niemandem reden, und ihr werdet niemanden vor mir warnen. Ihr geht einfach hinunter zum Hafen und besteigt das nächste Schiff, das Aidranon verlässt. Das nötige Geld dafür solltet ihr ja besitzen. Solltet ihr versuchen, mich zu täuschen, werde ich davon erfahren und euch töten. Ich weiß jetzt, wer ihr seid. Und …« Er schritt gemächlich durch den Raum und hob den blutigen Dolch vom Boden auf, den Hastios erfolglos nach ihm geschleudert hatte. »… ich habe euer Blut. Mehr brauche ich nicht, um euch zu bestrafen, wann immer es mir beliebt.«

Hastios schluckte. Er hatte zwar gedacht, dass sich die Gaben der Quano darauf beschränkten, ihre unmittelbare Umgebung zu beeinflussen. Ganz sicher war er sich allerdings nicht. »Verstanden«, sagte er daher.

»Zum anderen werdet ihr mir verraten, wer euch beauftragt hat. Mir ist bewusst, dass einige in eurer Zunft so etwas wie einen Ehrenkodex besitzen, der es ihnen verbietet, sich gegen den zu wenden, der sie bezahlt hat. Ich vermag das, was ich wissen muss, jedoch so oder so in Erfahrung zu bringen, und die schmerzlosere Methode wäre, wenn du es mir einfach sagst. Und du solltest nicht versuchen, mich anzulügen.«

Hastios knirschte mit den Zähnen. In den Kreisen, in denen sein Bruder und er bekannt waren, galten sie als absolut vertrauenswürdig. Stets hatten sie ihren Auftraggebern gegenüber betont, eher zu sterben, als zu Verrätern zu werden. Andererseits war diese Behauptung noch niemals auf die Probe gestellt worden. Immer hatten sie ihre Aufträge erfolgreich durchgeführt, nie war ihnen ein Feind so nah gekommen wie Orontoghast. Hastios hätte gerne gewusst, wie es dem greisen Quano gelungen war, nicht nur die mörderische Explosion seines Hauses zu überstehen, sondern sie auch noch im Labyrinth des Hafenviertels aufzuspüren.

Er warf einen Blick hinüber zu seinem Bruder. Wenn der Quano-Theurg nicht eingriff, würde Ioril sterben, daran bestand kein Zweifel. Und ebenso wenig zweifelte Hastios daran, dass der Alte wirklich imstande war, die Wahrheit aus den dunklen Nischen seines Bewusstseins ans Licht zu zerren – und wenn er dafür seinen Verstand umgraben und ihn in den Wahnsinn treiben musste.

Xol soll um diese Jahreszeit sehr schön sein, dachte er noch. Dann hob er den Kopf, blickte Orontoghast an und sagte diesem, was er wissen wollte.

Mirene war gerade damit beschäftigt, die letzten Stiche an ihrer Stickerei zu beenden, als ein Diener den Aufenthaltsbereich betrat. Der Quano war, soweit sie das beurteilen konnte, noch ein recht junger Bursche, vielleicht in Markos' Alter, und er hörte auf den Namen Yokashano. Sie fand ihn ganz nett, denn er gehörte zu den wenigen Quano in diesem Haus, die sich immerhin bemühten, ihre menschlichen Gäste nicht ganz so unterkühlt zu behandeln. Mal gelang es ihm besser, mal schlechter.

»Wo ist Iolan?«, fragte er ohne Vorrede und sah sich um. »Arastoth möchte euch sehen.«

Mirene biss sich auf die Lippen. Jetzt war es also doch passiert. Nachdem er vor einigen Tagen auf den Geschmack gekommen war, hatte Iolan sich immer wieder heimlich aus der Stadtvilla geschlichen. Mirene hatte ihm davon abgeraten, sich fortwährend allein in Gefahr zu begeben, aber er hatte nicht auf sie gehört.

Bislang hatte Arastoth, der selbst viel unterwegs war, davon nichts mitbekommen, zumindest hatte er Iolan wegen seiner Ausflüge nicht zur Rede gestellt. Nun aber war der Moment der Wahrheit gekommen. Allerdings war Iolan auch noch nie so lange weg gewesen wie heute. Ein wenig sorgte Mirene sich, aber das sollte Yokashano nicht merken. »Ich weiß nicht, wo er ist«, antwortete sie daher wahrheitsgemäß und so unbeteiligt, wie sie konnte. »Er treibt sich ständig irgendwo herum.«

»Hier auf dem Anwesen?«

»Wahrscheinlich eher draußen auf den Straßen.«

Yokashano senkte die Stirnwulst. »Das sollte er nicht.«

»Sag das ihm und nicht mir. Ich habe ihn auch schon ermahnt, dass er bestimmt irgendwann in Schwierigkeiten gerät, wenn er auf eigene Faust loszieht.«

Darüber schien der Quano nachdenken zu müssen. »Dann bereite wenigstens du dich vor. Arastoth hat für heute Abend ein paar Gäste eingeladen, und er möchte euch ihnen vorstellen. Zieh dich so an, wie es dir angemessen erscheint, und komm danach in den Speiseraum im Hauptflügel des Hauses. Arastoth weilt bereits dort, und auch unsere Besucher sollten nicht lange auf sich warten lassen.« Yokashano drehte sich um und schickte sich an, den Raum zu verlassen. Auf der Türschwelle blieb er noch einmal stehen. »Hat Iolan gesagt, wann er zurückkehren wird?«, fragte er über die Schulter.

»Nein«, gab Mirene zurück, »aber er sollte bald wieder hier sein.« *Hoffe ich zumindest*, fügte sie in Gedanken hinzu.

Ein Hauch von Missbilligung um die Mundwinkel, zog sich Yokashano zurück. Mirene legte unterdessen ihre fast fertige Stickarbeit zur Seite und ging in ihr Schlafgemach, um sich frisch zu machen und das gute Kleid anzuziehen, das Arastoth ihr gekauft hatte. Sie kämmte ihr Haar und steckte es anschließend, der gängigen Mode in Aidranon entsprechend, mit einem Kamm hoch. So vorbereitet begab sie sich zum Speiseraum.

Dort hatten sich neben Arastoth bereits zwei weitere Männer versammelt. Einer von ihnen wurde von einer Frau begleitet. Alle drei waren bereits im fortgeschrittenen Alter, der einzelne weißhaarige Mann, der sich auf einem der Sessel niedergelassen hatte, hätte leicht einen Platz unter den Dorfältesten von Efthaka einnehmen können.

»Da ist ja schon Mirene«, begrüßte Arastoth sie beim Eintreten und stellte sie damit gleichzeitig seinen Gästen vor. »Sie ist Iolans Ziehschwester und wollte ihn gerne nach Aidranon begleiten, um das Leben in der großen Stadt kennenzulernen.«

Das stimmte so nicht ganz. Doch Mirene hatte schon vor langer Zeit gelernt, dass es das Klügste war, Erwachsene einfach reden zu lassen und stumm zuzuhören, bis man begriffen hatte, welche Absichten sie mit ihren Worten verfolgten. Daher neigte sie lediglich den Kopf und lächelte die Besucher an, wie man es zweifellos von ihr erwartete.

»Eine feine junge Dame«, bemerkte die ältere Frau, deren Kleid und Schmuck sie als Angehörige eines reichen Hauses von Aidranon auswiesen.

»In der Tat«, bestätigte ihr Begleiter, der vermutlich ihr Mann war. Er machte einen Schritt auf Mirene zu und neigte ebenfalls den Kopf. »Ich bin Senator Grekeas aus dem Haus Verga, das ist meine Frau Idune.« Er wies mit einer Hand in ihre Richtung. »Unser Begleiter ist Senator Dorimedon, wir alle sind Freunde deines Gastgebers Arastoth.«

»Sehr erfreut«, brummte Dorimedon etwas wortkarg.

»Wo ist dein Bruder?«, wollte Idune wissen. Sie wirkte freundlich, war aber, wie ihr Mann auch, von einer leichten Aura der Herablassung umgeben, die sie wahrscheinlich gar nicht bemerkte.

»Iolan wird sich etwas später zu uns gesellen«, antwortete Arastoth an Mirenes Stelle. »Setzen wir uns doch. Wir wollen mit dem Essen schon einmal beginnen.«

Auch wenn Mirene nicht den leisesten Schimmer hatte, weswegen Arastoth sie zu dieser Gesellschaft hinzugebeten hatte, folgte sie der Aufforderung und sank auf eines der Liegesofas, die sich um einen breiten Tisch gruppierten. Diener trugen Wein und Speisen auf, und das Abendessen begann.

Während des Mahls unterhielten sich die Männer vor allem über Politik, etwas, wozu Mirene nichts beitragen konnte. Wenn sie es recht verstand, waren sie in Sorge über einen möglichen Krieg an der Südgrenze des Cordurischen Reichs. Sie erregten sich über die sture Haltung des Königs in dieser Angelegenheit und sprachen von irgendwelchen Tetrarchen aus Xol, die sicher schon bald den nächsten Schritt unternehmen würden.

Während des Hauptgangs versuchte Idune Mirene in ein, wie sie es nannte, Frauengespräch zu verwickeln. »Politik interessiert mich genauso wenig wie dich«, erklärte sie lächelnd. Sie rückte ihr Kissen zurecht und beugte sich etwas näher zu der auf dem Nachbarsofa liegenden Mirene hinüber. »Wie gefällt es dir in Aidranon?«

»Die Stadt ist sehr groß«, erwiderte Mirene so vage wie möglich, ohne lügen zu müssen. »Es leben viel mehr Menschen hier als in meiner Heimat. Das ist alles sehr überwältigend.«

»Ihr kommt von der Küste, nicht wahr?«

»Ja, aus einem kleinen Fischerdorf namens Ef…« Sie stoppte sich gerade noch rechtzeitig. Es mochte einerlei sein, ob Grekeas, Idune und Dorimedon den Namen ihres Heimatorts kannten. Aber vielleicht auch nicht. »… Effiki«, erfand sie auf die Schnelle etwas.

»Davon habe ich noch nie gehört«, gestand Idune.

»Das ist nicht verwunderlich«, sagte Mirene. »Das Dorf ist sehr klein. Es gibt dort nur ein paar Hütten, einen kleinen Sechsgötterschrein und einen Festplatz in der Mitte. Nichts, was Effiki besonders machen würde.«

Ungebeten tauchten in ihrer Erinnerung Bilder an die schönen Tage auf, die sie in Efthaka verbracht hatte. Sie dachte an die lauen Sommerabende, an denen sie mit ihrer Freundin Elea im Meer gebadet oder am Strand Muscheln gesammelt hatte. Und sie musste daran denken, wie sie und ihre Eltern, Markos und Iolan gemeinsam um den großen Tisch ihrer Hütte herumsaßen, lachten und sich erzählten, was sie am Tag erlebt hatten. Sie vermisste dieses Leben schrecklich, auch wenn das Tuch ihrer Gewänder rauer und die Speisen auf dem Tisch einfacher gewesen waren. Sie vermisste ihre Eltern.

Mirene spürte, wie sich ein Kloß in ihrem Hals bildete und ihr Tränen in die Augen stiegen. Rasch wandte sie den Blick ab und überspielte den Anfall von Trauer und Heimweh, indem sie nach ihrem Becher griff, der vor ihr auf dem Tisch stand.

Zu ihrer Erleichterung kam in diesem Augenblick Iolan herein, die Haare frisch gekämmt und in eine Tunika gekleidet, die dem Sohn eines berühmten Senators angemessen war.

»Iolan, da bist du ja«, rief Arastoth und winkte ihn näher. »Wir haben dich schon erwartet.«

»Verzeiht meine Verspätung«, sagte Iolan und verneigte sich. »Ich versuche seit dem Tag meiner Ankunft, Aidranon besser kennenzulernen, und der Dheberan-Tempel an der nördlichen Hauptstraße hat mich jede Zeit vergessen lassen.«

»Vollkommen verständlich, mein junger Freund«, erwiderte Senator Grekeas großmütig. »Setz dich und speise mit uns. Wir haben viel zu besprechen, Iolan, Sohn des Lahrian.«

Mirene sah, wie ein Schatten über Iolans Antlitz huschte. Im nächsten Augenblick war er bereits wieder fort, und kein anderer der Anwesenden schien ihn bemerkt zu haben. Dennoch nahm sie sich vor, ihren Bruder zu fragen, ob etwas nicht stimmte.

Das Mahl verlief in etwas steifer Atmosphäre. Weiterhin bestritten vor allem Arastoth und Grekeas die Unterhaltung, wobei sie Iolan möglichst häufig in ihr Gespräch einzubeziehen versuchten. Vor allem der Senator bemühte sich auf eine Weise um ihren Bruder, die Mirene argwöhnen ließ, dass er noch etwas mit ihm vorhatte.

Sie musste nicht lange warten, bis sie Antwort auf die Frage bekam, was das wohl sein mochte. Beim Nachtisch, der aus einer Auswahl erlesener Früchte und süßem Nektar bestand, rückte Arastoth mit dem eigentlichen Anlass dieses Essens heraus. »Du hast dich ohne Zweifel gefragt, warum wir heute zusammengekommen sind, Iolan«, sagte er. Mirene sprach er – wie so oft – nicht mit an.

»Ich habe mir meine Gedanken gemacht, ja«, antwortete Iolan. »Aber bevor ich etwas Falsches sage, verratet Ihr es mir vielleicht einfach, Meister Arastoth.«

Der alte Quano nickte. »Das will ich. Wir, also meine Mitstreiter und ich, haben beschlossen, dass die Zeit reif ist, dich in die Gesellschaft von Aidranon einzuführen. Du sollst lernen, dich in ihr zu bewegen und Bekanntschaft mit den richtigen Leuten machen. Das ist eine wichtige Voraussetzung für alles Weitere. Allerdings«, er hob einschränkend eine graue Hand, »können wir dich nicht als Lahrian Kamenors Sohn der Welt vorstellen. Das wäre verfrüht und könnte unsere Gegner zu unerfreulichen Schritten verleiten, denen wir im Augenblick noch nicht genug entgegenzusetzen haben. Stattdessen werden Mirene und du daher als Verwandte von Senator Grekeas und seiner Frau Idune auftreten. Ihr zieht morgen Abend ins Haus des Senators um. Diese Tarnung gibt uns die Freiheit, dich in Aidranon einzuführen, ohne dass gleich die falschen Leute auf dich aufmerksam werden.«

»Wir freuen uns schon, eure Gastgeber sein zu dürfen«, fügte Idune hinzu, damit das Ganze weniger wie ein Befehl und mehr wie eine Einladung klang.

»Ich verstehe«, sagte Iolan, der von einem zum anderen blickte. »Was ist mit den ... Männern, die wissen, dass ich lebe und möglicherweise nach mir suchen?«

Arastoth winkte ab. »Sie stellen gegenwärtig keine Gefahr dar, da sie in unseren Kreisen nicht verkehren. Außerdem werden wir deine Haare ein wenig frisieren und dich auch sonst wie einen jungen Mann aus gutem Hause herrichten. Darüber hinaus kennen sie dein Gesicht nicht, und ich bin ja auch noch da, um allzu neugierige Augen abzulenken.«

»Dann ist ja gut. In dem Fall bin ich gespannt auf die nächsten Tage.« Iolan hob seinen Becher und lächelte den Senator an. Doch irgendwie fand Mirene, dass sein Lächeln ein wenig gezwungen wirkte.

»Was ist los mit dir?«

Iolan, der mit Mirene soeben ihren eigenen Aufenthaltsbereich betreten hatte, sah sich zu seiner Schwester um. Es war spät geworden und das Haus zur Ruhe gekommen. »Was meinst du?«, begegnete er ihrer Frage mit einer Gegenfrage.

Stirnrunzelnd baute sie sich vor ihm auf. »Versuche gar nicht, es zu leugnen, Iolan. Irgendetwas bedrückt dich. Ich habe es den ganzen Abend schon bemerkt. Du hast es gut vor Arastoth und den anderen verborgen, aber ich bin deine Schwester. Ich kenne dich länger als sie. Und ich habe gleich, als du hereingekommen bist, gemerkt, dass etwas nicht stimmt.«

Iolan blickte seine Schwester stumm an. Mirene hatte recht. Etwas stimmte in der Tat ganz und gar nicht. Aber sollte er sie mit seinen Sorgen überhaupt belasten?

»Schließ mich nicht aus, Iolan«, bat Mirene, die offenbar seine Gedanken gelesen hatte. Sie ergriff seine Hand und sah ihn ernst an. »Ich bin deine Schwester. Wenn wir miteinander nicht mehr reden können, mit wem sollen wir dann reden?«

Ich habe ja noch Erindrea, beantwortete Iolan lautlos ihre Frage. In Gedanken kehrte er zu seinem heutigen Treffen mit der jungen, blonden Frau zurück, ihrer zweiten Begegnung, die erneut im Lahriansschrein stattgefunden hatte. Es war ein wundervoller Nachmittag gewesen, der allerdings mit einer sehr verstörenden Enthüllung geendet hatte. Ohne sich der Tragweite ihrer Worte bewusst zu werden, hatte Erindrea ihm etwas erzählt, das ihn zutiefst irritiert hatte. Doch mit ihr konnte er darüber nicht sprechen, noch nicht. Ihm blieb in der Tat nur Mirene.

»Du hast recht«, sagte Iolan und begab sich zu dem Liegesofa hinüber. Er setzte sich allerdings nicht, sondern nahm nur eines der Kissen und drehte es unschlüssig in den Händen.

Mirene ließ sich neben ihm nieder und blickte ihn erwartungsvoll an.

»Ich … ich habe ein Mädchen getroffen«, begann Iolan zögernd. »Eine junge Frau aus, wie es scheint, einer Senatorenfamilie.«

Mirene zog stumm die Augenbrauen zusammen, und Iolan spürte, wie ihm heiß wurde. Er konnte sich lebhaft vorstellen, was seiner Schwester durch den Kopf ging: Es war noch keinen Mondlauf her, dass sie Eleas Asche – die Asche seiner Versprochenen! – über dem Meer verstreut hatten, und schon stand er hier und erzählte ihr von einer anderen. Abwehrend hob er eine Hand. »Nein, es ist nicht so, wie du denkst. Erindrea und ich sind bloß … Verschwörer in gemeinsamer Sache.« Er wählte absichtlich die Worte, die auch Erindrea selbst verwendet hatte. »Ich habe sie am Lahriansschrein getroffen, wo ich mehr über meinen Vater herausfinden wollte. Er ist ein verpönter Denker, aber sie ist genauso an ihm interessiert wie ich. Sie meint, es ärgere ihren Vater. Und … naja, es tut einfach gut, mit jemandem sprechen zu können, der so viel mehr über Lahrian Kamenor weiß als ich. Aber ich bin *nicht* in sie verliebt!«

Mirene lehnte sich auf dem Sofa zurück und stützte sich mit den Händen auf. »Die Art, wie du dich herauszureden versuchst, verrät deine Gefühle für sie, Iolan«, stellte sie fest. »Aber es ist schon gut. Wir sind von Arastoth in eine völlig fremde Welt gebracht worden, ohne Halt und ohne Freunde. Wir haben bloß uns, und ich kann dir nicht helfen, herauszufinden, wer du bist. Wenn sie es kann, werde ich es ihr nicht übelnehmen.«

Mit nicht geringer Bewunderung sah Iolan seine Schwester an. In Efthaka war sie noch so ein Kind gewesen, doch die letzten Wochen hatten sie vielleicht noch mehr verändert als ihn. Er zwang sich, neben ihr Platz zu nehmen, und holte tief Luft. »Genau da liegt der Haken«, eröffnete er Mirene. »Erindrea hat mir einiges über Lahrian erzählt. Wie er gelebt hat, wofür er kämpfte und wie er starb. Er ist mit seiner ganzen Familie in seinem Landhaus verbrannt.«

»Das hat dir doch Arastoth schon erzählt.«

»Ganz richtig. Bloß stimmt mit seiner Geschichte etwas nicht. Der Brand ereignete sich im Sommer 286. Vor fünfzehn Jahren! Zu dem Zeitpunkt lebte ich bereits bei unseren Eltern in Efthaka, da bin ich ganz sicher.«

Mirene blinzelte verwirrt. »Könnte sich deine neue Freundin geirrt haben?«

»Das habe ich mich auch gefragt«, erwiderte Iolan, »aber sie hat mir die in Stein gemeißelten Todesdaten gezeigt, die im Schrein für jedermann ersichtlich sind. Es gibt keinen Zweifel. Lahrian ist gestorben, lange nachdem ich von Arastoth fortgebracht wurde. Und nun frage ich mich: Warum hat mir Arastoth die Geschichte anders erzählt?«

Seine Schwester machte ein nachdenkliches Gesicht. »Das ist wirklich seltsam.«

»Ich würde ja Arastoth fragen, aber ich bin mir unschlüssig, ob das eine gute Idee ist«, sagte Iolan. »Er hat mich jetzt schon zwei Mal belogen. Jahrelang ließ er mich in dem Glauben, die Runen, die meinen Körper bedecken, sollten mich vor einer Krankheit bewahren, dabei dienten sie als Schutz vor Entdeckung. Diese Lüge will ich ihm nachsehen. Er wollte mich einfach nicht beunruhigen. Aber warum passt all das, was er mir über meine Vergangenheit gesagt hat, so gar nicht zu den tatsächlichen Ereignissen?«

Mit einem langsamen Kopfschütteln richtete Iolan den Blick ins Leere. »Jedenfalls frage ich mich nun, ob vielleicht alles, was ich bislang zu wissen glaubte, falsch ist. Welches Spiel treibt Arastoth mit mir? Und wenn Lahrian Kamenor nicht mein Vater ist, wer ist es dann?«

22

AN SÜDLICHEN GESTADEN

2. Tag des 8. Mondes
im 301. Jahr der cordurischen Könige

Die Überfahrt nach Pryphos dauerte beinahe zwei Wochen, was vor allem daran lag, dass Senator Virius mit seinem großen und gut geschützten Rudersegler zunächst Geolath ansteuerte, um dort einige Geschäfte zu tätigen. Danach fuhren sie an der Küste von Phoekia entlang, bis sie in Pryphos eintrafen, einer Stadt in den entferntesten, südlichsten Ausläufern des Cordurischen Reichs.

Markos, dessen rechtes Handgelenk mittlerweile ein Sklavenband zierte, das ihn als Besitz des Hauses Equesta kennzeichnete, machte sich während der Seereise an Bord nützlich. Weil er als ehemaliger Fischer über einige Erfahrung auf See verfügte, übertrug ihm der Kapitän einige zusätzliche Aufgaben, für welche die neu erworbenen Sklaven, die aus dem Inland stammten, nicht geeignet waren.

Der Sklave, der vielleicht am wenigsten für eine Fahrt übers Meer geeignet sein mochte, war der Borde mit dem geflochtenen Bart und den blau bemalten Schläfen, der kurz vor Markos auf dem Sklavenmarkt von Iarike versteigert worden war. Markos hatte gar nicht mitbekommen, dass Curamedes auch den Barbarenkrieger gekauft hatte. Erst an Bord, kurz vor dem

Auslaufen, als alle Sklaven zum Anbringen der Armbänder zusammengeführt worden waren, hatte Markos den grimmig dreinblickenden Borden getroffen.

Anfangs ließ dieser niemanden an sich heran und verrichtete nicht nur seine Arbeit in hartnäckigem Schweigen, sondern gab sich auch in den wenigen Ruhestunden eigenbrötlerisch. Doch gerade weil er ungebrochen zu sein schien und nicht wie so viele andere Sklaven sein Schicksal bejammerte, fühlte sich Markos zu ihm hingezogen. Wenn er, sobald sie in Pryphos anlegten und die Aufmerksamkeit seiner neuen Herren nachließ, eine Flucht in Angriff nehmen wollte, konnte er einen unbeugsamen Mitstreiter gut gebrauchen.

Nach den zwei Wochen auf See wusste er immerhin drei Dinge über den Borden: Sein Name lautete Frittjelf, er hatte aus irgendeinem Grund seine Ehre verloren und war dadurch schon vor drei Jahren in die Sklaverei verkauft worden – wobei ihn wechselnde Schicksale schließlich nach Iarike geführt hatten –, und er musste der seeuntauglichste Mann sein, den Markos jemals getroffen hatte. Am Anfang ihrer Fahrt übergab er sich mindestens zwei Mal täglich, und auch später schien reine Willenskraft und bordische Sturheit ihn davon abzuhalten, jede verzehrte Mahlzeit kurz darauf den Wellen zu überantworten.

Aus diesem Grund schien Frittjelf heilfroh zu sein, als der Rudersegler des Statthalters endlich in den Hafen von Pryphos einlief, und auch Markos war dankbar dafür. Zwar konnte er nicht sagen, dass Virius oder Curamedes ihn und die anderen Sklaven schlecht behandelt hätten, dennoch hatte er, allen möglichen Gefahren zum Trotz, die mit einer Flucht einhergingen, nicht vor, länger als nötig in den Diensten seines neuen Herrn zu bleiben. An seinem Ziel, Iolan und Mirene zu suchen, hatte sich nichts geändert. *Auch wenn mein Weg in den letzten Tagen deutlich länger geworden ist.*

Während er das eingeholte Hauptsegel festzurrte und wartete, dass die Ruderer das Schiff vorsichtig an den Pier manövrierten, nahm Markos die Stadt, die nach dem Willen seines Herren für die nächsten Jahre seine Heimat sein würde, in Augenschein. Man merkte Pryphos an, dass es weit vom Herzen des Cordurischen Reichs entfernt lag. Alles hier wirkte etwas einfacher und verbrauchter, die Schiffe, die Häuser, selbst die Menschen. Pryphos war eine Grenzstadt und damit die Speerspitze der Zivilisation, wie König Iurias Agathon sie verstand. Dahinter lag eine der gewaltigsten und wildesten Einöden der bekannten Welt. »Die Wüste Shaom …«, flüsterte er.

»Was murmelst du?«, fragte Frittjelf ihn. Der Borde stand neben dem Mast und hielt ein Tau bereit, um es den Männern an Land zuzuwerfen, sobald sie nahe genug waren.

»Südlich des Inneren Ozeans liegt die Wüste Shaom«, erklärte Markos.

»Na und?«, gab der Borde zurück. »Was interessiert mich eine Wüste? Gibt doch nichts als Staub und Felsen dort.«

»Die Sidhari leben in ihr«, sagte Markos.

Frittjelf schnaubte. »Und was soll das sein? Denn wenn es sich dabei nicht zufällig um ein Volk barbusiger Kriegerinnen handelt, interessiert es mich nicht.«

Überrascht schaute Markos ihn an. »Du hast noch nie von den Sidhari gehört?«

»Nein. Woher sollte ich? Gab keine bei uns im Norden.«

Markos stützte sich mit den Unterarmen aufs Schanzkleid und sein Blick wanderte über die staubigen Straßen hinaus in die Ferne. »Cheron, einer unserer Dorfältesten, hat ab und zu von ihnen erzählt. Sie sollen wie Phantome sein, die eins mit der Wüste sind. Man sieht und hört sie nicht kommen, bevor sie wie aus dem Nichts auftauchen und über den nachlässigen

Wanderer herfallen. Die Geister der vier Elemente sind ihre Verbündeten, und sie beherrschen sie, als wären diese ein Teil von ihnen. Ihre Haut ist schwarz wie verbranntes Holz und ihre Ohren sind spitz wie die eines Teufels. Das Außergewöhnlichste aber sind ihre Augen. Sie glühen, als brenne ein Feuer in ihnen. Doch wenn man es erst sieht, dieses Glühen, ist es bereits zu spät.«

Er wandte den Blick vom Horizont ab und sah wieder Frittjelf an. Der Borde wirkte, als wäre ihm ein wenig unbehaglich zumute. »Barbusige Kriegerinnen hätten mir besser gefallen«, brummte er.

Ihr Schiff legte an, und während Virius sogleich von einer Sänfte abgeholt wurde, teilte Curamedes die Sklaven zum Ausladen der erworbenen Handelsgüter ein, die zunächst von Bord geschafft und danach auf große Ochsenkarren verladen werden mussten.

Diese Aufgabe schien Frittjelf zu liegen. Mitunter stemmte er Lasten, für die sonst zwei oder drei Männer nötig waren, und trug sie auf seinen kräftigen Schultern an Land. Markos hatte das Gefühl, als kanalisiere der Borde all den Zorn über die eigene Schwäche auf See in die körperliche Arbeit.

Als sie fertig waren, stiegen alle, die nicht mehr an Bord gebraucht wurden, auf zwei weitere Karren, und die Kolonne machte sich auf den Weg. Während sie durch die Straßen fuhren, die zwar irgendwann einmal gepflastert, aber danach kaum noch gepflegt worden waren, besah sich Markos die Stadt genauer. Die meisten der weiß getünchten Häuser waren von einfacher Bauart. Es gab lackierte hölzerne Fensterläden und Stoffmarkisen und viele Eingänge wiesen mit brauner und gelber Farbe gemalte Verzierungen auf. Säulengänge, mit Reliefs geschmückte Portale oder ähnliche architektonische Feinheiten fanden sich allerdings nur an wenigen Bauwerken, die sich vor allem im Zentrum und am Hang eines flachen Hügels im Osten gruppierten.

Auch Springbrunnen und schimmernde Wasserbecken, wie es sie Geschichten zufolge in Städten wie Thessara und Aidranon in großer Zahl gab, sah Markos keine. Auf einem großen, kreisrunden Platz, den sie überquerten, erhob sich die überlebensgroße Statue eines siegreich dreinblickenden Feldherrn – womöglich Iurias Agathon –, und an einigen Straßenecken standen kleinere Büsten und Statuen in Hausnischen, manchmal verehrte Ahnen, meist Verkörperungen der Sechsgötter. Der auffälligste Schmuck von Pryphos waren hingegen seine blühenden Sträucher und die hohen Palmgewächse, die überall in kleinen Grünanlagen zu finden waren und in deren Schatten sich die Einwohner von ihrem Tagewerk erholten.

Die meisten Menschen hier trugen, wie Markos auffiel, langärmelige und bodenlange Gewänder. Viele schützten zudem ihr Haupt mit gewickelten oder auch offen getragenen Tüchern. Die Sonne brannte in diesen Breiten aber auch merklich kräftiger als in Cordur. Vermutlich musste man sich schützen, damit einem nicht die Haut verbrannt oder das Hirn gekocht wurde. Wenigstens wehte ein stetiger Seewind über die Stadt, der für etwas Linderung sorgte.

Ihre Wagenkolonne bewegte sich langsam auf das gute Viertel der Stadt im Osten zu, ein Umstand, der Markos kaum verwunderte. Der Statthalter von Pryphos lebte sicher nicht am Hafen. Erst als sie das von einer hohen Steinmauer umgebene Anwesen erreichten, begann er allerdings zu begreifen, wie reich sein neuer Herr wirklich war. Das Land, auf dem Virius lebte, musste mindestens halb so groß sein, wie ganz Efthaka.

Die Kolonne passierte den Haupteingang, ohne allerdings hindurchzufahren. Durch das offene Tor vermochte Markos eine prächtige Gartenanlage auszumachen, in deren Mitte ein imposantes Gebäude stand. Viel mehr sah er in dem kurzen Moment nicht, doch das wenige genügte, um seine Augen vor Staunen groß werden zu lassen.

Frittjelf neben ihm gab ein anerkennendes Brummen von sich. »Wie es aussieht, lebt es sich an diesem Ende der Welt besser, als ich dachte. Schade nur, dass die übervollen Tafeln und die Badebecken voller Jungfrauen nicht für uns gedacht sind.«

Markos warf ihm einen schrägen Blick zu. »Badebecken voller Jungfrauen? Das ist die bordische Vorstellung vom Himmel?«

Frittjelf grinste ihn breit an. »Wenn du die Morasttümpel und das Weibsvolk meiner Heimat kennen würdest, hättest du mehr Verständnis dafür. Dass mich ein Badebecken bei den Ahnen erwartet, glaube ich, zugegeben, nicht. Doch eine Tafel, die sich unter Fleischbergen und Brot und Käserädern und Humpen voll guten Biers biegt, ist in der Tat wichtiger Teil der bordischen Vorstellung vom Nachleben.«

Markos lächelte. »Nun, ich bezweifle, dass du dieses Getränk namens Bier in Pryphos bekommen wirst, was immer das genau ist, aber der Senator wird uns bestimmt nicht hungern lassen. Schwache Sklaven sind zu nichts nütze. Und um uns ans Siechtum zu verlieren, hat er zu viel für uns bezahlt.«

»Dein Wort im Ohr des Waldvaters«, brummte sein Begleiter.

Ihre Wagenkolonne bog um eine Ecke und näherte sich einer hufeisenförmigen Anordnung von Gebäuden, die sich an das Anwesen des Statthalters anschlossen. Wie sich herausstellte, handelte es sich dabei um Lagerhäuser und Wirtschaftsgebäude, in denen Curamedes den Herrscherstab schwang. Die Kutscher fuhren die Ochsenkarren in die Mitte des Hofs, und dann befahl der Oberste Handelsbeauftragte des Hauses Equesta den Männern, die Kisten und Amphoren, die Stoffballen und Säcke mit Saatgut auszuladen.

Markos hingegen wurde von ihm beiseite gewunken. »Du lädst keine Waren ab«, sagte er. »Geh hinüber zum Seitentor des Anwesens und sage dem Wachmann dort, er soll dich zu Geminius bringen. Das ist der Majordomus des Hauses Equesta. Grüße Geminius von mir und richte ihm aus, du seiest der von Virius Auserwählte. Er wird dir dann eine Unterkunft geben und dich einweisen. Hast du verstanden?«

»Ja, Herr«, bestätigte Markos. Sein Blick suchte den von Frittjelf, der gerade eine bauchige und zweifellos absurd schwere Tonamphore auf die Schultern wuchtete. Markos nickte ihm zu, und der Borde erwiderte den stummen Gruß.

Der Wächter führte Markos durch den prachtvollen Garten des Anwesens, in dem es sowohl mehrere Springbrunnen als auch zwei längliche Wasserbecken mit farbigem Mosaikboden gab. Das Haupthaus wies eine breite Front auf und besaß nach hinten zwei Säulengänge, die zu zwei kleineren Bauwerken führten, die untereinander ebenfalls durch einen Säulengang verbunden waren, sodass insgesamt ein Quadrat entstand, in dessen Mitte sich ein Garten aus niedrigen Hecken und Kieswegen befand.

Im Eingangsbereich des Haupthauses trafen sie auf Geminius. Der Majordomus war etwas kleiner als Markos, aber von enormem Körperumfang. Er war mittleren Alters, hatte ein weiches, freundliches Gesicht und kaum noch Haare auf dem Kopf. »Curamedes schickt mich«, sagte Markos. »Mein Name ist Markos, und ich bin der von Virius Auserwählte – was immer das heißen mag.«

»Ah ja, sehr gut«, erwiderte Geminius eilfertig. »Komm mit, Markos. Wir wollen dich waschen und einkleiden. Danach bringe ich dich zum Statthalter, der dir deine neue Aufgabe zuweisen wird.«

Er führte Markos durch die Halle und einen Gang entlang in den hinteren Teil des Hauses. Das Innere des Senatorendomizils stand dem Äußeren in nichts nach. Die Böden waren mit Marmor ausgelegt und kunstvolle Säulen erhoben sich zur Decke. Statuen und exotische Pflanzen standen in den Ecken und Bilder zierten die Wände. Ein Diener polierte eine Bronzebüste, die Virius selbst oder einen ihm sehr ähnlich sehenden Mann zeigte. Und im Atrium plätscherte ein kleines Wasserspiel, das aus unter dem Boden verlegten Rohren gespeist werden musste.

Das Zimmer, in das Geminius Markos führte, schien von sechs Personen bewohnt zu werden, so viele Lagerstätten gab es zumindest. Im Augenblick hielt sich niemand darin auf. Der Majordomus zeigte Markos eine Waschschüssel und wartete, bis dieser sich vom Schweiß und Staub der Reise gesäubert hatte. Anschließend reichte er ihm eine neue Tunika samt Gürtel und neue Stiefel. Im Gegensatz zu vielen Gewändern der Einwohner von Pryphos hatte die Tunika einen cordurischen Schnitt. Sie endete über den Knien und hatte nur kurze Ärmel.

Als Markos fertig war, überraschte Geminius ihn, indem er eine Kiste öffnete und einen Lederharnisch hervorzog. »Dieser Harnisch gehört ebenfalls dir«, sagte er. »Im Haus brauchst du ihn nicht zu tragen, aber wenn du in den Straßen von Pryphos deinen Dienst tust, wirst du ihn zur Sicherheit anlegen. Außerdem bekommst du ein Kurzschwert.«

Verblüfft hob Markos die Augenbrauen. »Ich diene dem Statthalter als Soldat?«

»Nein«, antwortete Geminius kopfschüttelnd, »als Leibwächter. Aber das wird er dir selbst erklären. Gehen wir.«

Sie begaben sich zurück zum Atrium und von dort aus in den Speiseraum des Hauses, das dem Hausherrn offensichtlich zugleich als Audienzzimmer diente. Der Statthalter von Pryphos erwartete sie auf einem Liegesofa ruhend. In der einen Hand hielt er einen Trinkpokal, in der anderen ein Blatt Pergament, das er studierte. »Der Sklave Markos, wie befohlen«, verkündete Geminius und neigte ehrerbietig den Kopf.

Virius ließ das Pergament sinken. »Ah, danke, Geminius. Nimm den Bericht wieder an dich. Ich habe ihn zu Ende gelesen. Und dann kannst du gehen.«

»Sehr wohl, Herr.«

Während der Majordomus eilig das Dokument entgegennahm, es zusammenrollte und sich zurückzog, leerte der Statthalter bedächtig seinen Pokal, stellte ihn ab und erhob sich. Mit prüfendem Blick trat er auf Markos zu. »Nun siehst du wieder wie ein Mensch aus«, stellte er zufrieden fest. »Sehr gut.« Er hakte die Daumen in seinen Gürtel. »Hat dir Geminius bereits mitgeteilt, welche Aufgabe dir in diesem Haushalt zugedacht ist?«

»Er sagte, ich solle einer Eurer Leibwächter werden, Herr«, gab Markos zurück.

Virius schmunzelte. »Fast. Du wirst ein Leibwächter sein, aber nicht der meine. Vielmehr wirst du Da'aria zu Diensten sein, meiner Tochter. Du wirst ihr zur Verfügung stehen, wann immer sie es wünscht. Insbesondere, wenn sie das Haus verlässt, wirst du sie begleiten und vor allem Ungemach schützen. Dienst du ihr wohl, und ich merke, dass meine Tochter bei dir in guten Händen ist, wird es dir in diesem Haus an nichts mangeln. Versagst du bei deiner Aufgabe …« Er machte eine vielsagende Pause. »Ich muss wohl nicht betonen, dass meine Tochter das Teuerste ist, was ich auf dieser Welt habe. Meine Frau ist vor zwei Jahren gestorben, weitere Kinder waren mir nicht vergönnt. Daher bin ich bereit, alles für sie zu tun – und ich erwarte das auch von dir.«

Markos wusste einen Moment lang nicht, was er sagen sollte. Er hatte ja mit einigem gerechnet, aber nicht damit, dass ein Mann wie Virius ihm, einem Fremden, den Schutz seiner Tochter anvertrauen würde. »Ich fühle mich geehrt, doch verzeiht mir die Frage: warum ich? Ist es nicht leichtfertig, einen soeben erworbenen Sklaven für diese Aufgabe zu erwählen?«

Virius hob mit süffisantem Lächeln die Brauen. »Oh, glaube nicht, dass du sie allein beschützen wirst. Zumindest nicht in den ersten Wochen. Abgesehen davon blieb mir keine andere Wahl. Ihr letzter Leibwächter kam durch eine unerfreuliche Krankheit zu Tode, und die anderen Diener in diesem Haus sind für diese Aufgabe aus dem einen oder anderen Grund wenig geeignet. Ich musste also einen neuen Leibwächter erwerben, und wie du dich erinnerst, habe ich gut für dich bezahlt. Das tat ich, weil ich eine recht zuverlässige Menschenkenntnis besitze, und mein Gefühl sagt mir, dass du der Richtige für diese Aufgabe bist.«

»Ich verstehe. Verzeiht die Nachfrage.«

Virius wedelte die Worte mit einer Handbewegung weg. »Es gibt nichts zu verzeihen. Was ich in Iarike sagte, dass du nicht sprechen sollst, wenn du nicht angesprochen wirst, und dass du am besten auch nicht selbst denken sollst, gilt ab jetzt nicht mehr. Vom Leibwächter meiner Tochter will ich, dass er all seine Sinne und seinen ganzen Verstand einsetzt. Mir gegenüber erwarte ich absoluten Gehorsam. Meiner Tochter gegenüber grundsätzlich auch … aber im Zweifelsfall wiegt mein Wort schwerer als das ihre, und wenn du irgendwelche Bedenken hinsichtlich ihres Treibens hast, wirst du sie mir ungefragt mitteilen.«

»Natürlich«, versicherte Markos. In seinem Kopf wirbelten die Gedanken umher. Diese Entwicklung war gar nicht so übel. Vielleicht würden ihm die Nähe zu seinem Hausherrn und die dadurch gewonnenen Freiheiten bei seiner Flucht helfen. *Lassen wir einen Mondlauf vergehen, dann bin ich spätestens weg von hier*, dachte er.

»Gut«, sagte Virius unterdessen und rieb sich die Hände. »Jetzt wollen wir Da'aria aufsuchen und euch einander bekannt machen.«

Der Statthalter führte Markos in einen Raum, der an das Speisezimmer angrenzte. Es schien sich um einen Aufenthaltsraum zu handeln, dessen breite, bodentiefe Fenster zum Ziergarten des Innenhofs hin wiesen und dem Raum eine luftige Offenheit verliehen. Fragil anmutende Tische und bequeme Sitzgelegenheiten standen auf dem spiegelnden Marmorfußboden verteilt. Ebenfalls verteilt lagen dort zahlreiche Pergamente. Der größte Teil von ihnen war nur teilweise beschrieben.

In einer Ecke des Raums saß ein schmächtiger Mann, der in seiner rotbraunen Toga und mit dem sorgsam frisierten Haar und Bart wie ein Gelehrter aussah. Er hatte die Hände in den Schoß gelegt und wirkte etwas unglücklich. Neben ihm hatte sich eine gemütlich erscheinende Dienerin niedergelassen, die, ohne auf das Durcheinander zu achten, in eine Näharbeit vertieft war.

An einem Tisch einige Schritt von ihnen entfernt und im Zentrum des Pergamentunwetters sitzend, kauerte ein schlankes junges Mädchen von vielleicht zwölf Sommern. Es trug ein hübsches dunkelblaues Gewand aus schimmerndem Stoff, und ein feingliedriges Gespinst aus netzartig verknüpften Goldkettchen lag um ihre schmalen Schultern. Mit vor Konzentration zusammengezogenen Augenbrauen blickte es auf ein Blatt Pergament, das vor ihm lag, während es in schnellen, eleganten Strichen mit einem Kohlestift Buchstaben darauf schrieb.

Markos riss die Augen auf – was weniger dem Alter oder der Tätigkeit seines Schützlings geschuldet war als vielmehr dem Umstand, dass Da'arias Haut merklich dunkler war als die ihres Vaters. Dass diese tiefe Bräune nicht allein von der Sonne am Himmel über Pryphos herrührte, zeigte sich, als sie den Kopf drehte und nicht nur die kleinen spitz zulaufenden Ohren sichtbar wurden, sondern auch ihre Augen, die von einem durchdringend kräftigen Grün waren. »Hallo, Vater!«, rief Da'aria freudig. »Ich schreibe gerade ein Gedicht für dich.«

»Wundervoll, mein Schatz«, erwiderte Virius in einem Tonfall, in dem zugleich Stolz und milde Belustigung mitschwangen. Er wandte sich an Markos. »Das ist dein neuer Schützling, Da'aria.«

Markos nickte wie betäubt. *Eine Sidhari*, dachte er fassungslos. *Oder, wenn der Statthalter ihr Vater ist, wohl eher eine Halb-Sidhari*, verbesserte er sich.

»Leider bin ich nicht sehr gut«, fuhr das Mädchen unterdessen fort, ohne Markos auch nur eines Blickes zu würdigen. »Deshalb musste ich ein paar Mal neu anfangen.« Unwillig betrachtete sie das Durcheinander, das sie umgab.

»Ich dachte, auf dem Lehrplan von heute hätte das *Studium* von Gedichten gestanden.« Der Statthalter schaute zu dem Mann hinüber, der offensichtlich der Lehrer seiner Tochter war.

»Das ist wahr, Herr«, antwortete der Schmächtige niedergeschlagen. »Allerdings kam die junge Herrin bereits nach vier Werken zu dem Schluss, dass sie es besser vermöge, die Schönheit der Wüste zu beschreiben als Vendesa oder Pallatos, weswegen ich ihr Pergament und Kohlestifte holen musste.«

Seufzend schritt Virius zu seiner Tochter hinüber. »Liebes, du sollst deine Lehrer doch nicht so herumscheuchen.«

»Seine Altmännergedichte haben mich gelangweilt«, verteidigte sich Da'aria. »Mutter wusste viel schönere Lieder von der Wüste zu singen. Und ich kann das auch – wenn ich noch ein wenig übe.«

»Davon bin ich überzeugt, aber du musst dich auch etwas in cordurischer Kultur auskennen. Das ist wichtig, denn du bist meine Tochter und ich bin der Statthalter von Pryphos.«

Da'aria verzog das dunkle Gesicht und das Leuchten ihrer grünen Augen schien etwas schwächer zu werden. »Wenn es dein Wunsch ist …«

»Das ist es. Aber bevor du dich wieder Vendesa oder Pallatos widmest, möchte ich dir deinen neuen Leibwächter vorstellen.« Virius deutete auf Markos. »Das ist Markos. Er wird dich beschützen und für dich da sein, wann immer du ihn brauchst.«

Da'aria musterte Markos mit zweifelndem Blick. »Ich brauche keinen neuen Leibwächter. Ich habe doch Aman'dur.«

»Aman'dur kann nicht immer auf dich aufpassen«, entgegnete ihr Vater. »Er hat auch andere Aufgaben, um die er sich kümmern muss. Natürlich wird er bei dir bleiben, bis du Markos besser kennengelernt hast.«

»Verzeiht, Herr, wer ist Aman'dur?«, wollte Markos wissen.

»Ich bin Aman'dur«, erklang direkt hinter ihm eine weiche, dunkle Stimme, die in Markos unwillkürlich das Bild einer großen Raubkatze wachrief. Er musste sich zusammenreißen, um nicht aufgeschreckt herumzuwirbeln. Betont langsam drehte Markos den Kopf.

Neben ihn trat eine hochgewachsene Gestalt mit nachtschwarzer Haut. Der Mann war von schlanker Statur, aber auf seinen nackten Oberarmen zeichneten sich harte Muskeln ab. Er trug ein einfaches Gewand wie Markos, allerdings schlangen sich zwei gekreuzte Waffengurte um seine Brust, in denen nicht weniger als sechs elegant geschwungene Dolche unterschiedlicher Größe steckten. Auf seinem glatten, asketischen Gesicht lag ein warnender Ausdruck, und in seinen bernsteinfarbenen Augen loderte es wie von einem inneren Feuer.

»Es freut mich, dich kennenzulernen«, sagte Markos. »Du bist Da'arias anderer Leibwächter?«

»Ich bin ihr Halbbruder«, verbesserte ihn der Sidhari. »Ihre Mutter war auch die meine; und als sie gezwungen war, die Shaom zu verlassen und hierher, nach Pryphos, kam, begleitete ich sie.«

»Ich verstehe. Das klingt nach einer langen, traurigen Geschichte.«

»Die ich dir nicht erzählen werde.«

»Ich könnte sie dir erzählen«, erbot sich Da'aria fröhlich. »Aber ich mache es auch nicht.«

Ein reizendes Geschwisterpaar, ging es Markos durch den Kopf.

Senator Virius klatschte in die Hände. »Wie ich sehe, seid ihr auf dem besten Weg, euch anzufreunden. Sehr schön. Ich kümmere mich derweil wieder um meine Geschäfte.« Er senkte die Stimme ein wenig. »Denk dran, Markos: Dein Leben ist fortan mit dem von Da'aria verbunden. Geschieht ihr etwas, ist es verwirkt.«

»Das sagtet Ihr bereits, Herr«, gab Markos zurück. »Ich werde es nicht vergessen.«

»Gut. Und du, Da'aria«, fuhr Virius lauter fort, »benimm dich, wie es einer jungen Dame geziemt. Mach deinem Lehrer und denen, die dich beschützen wollen, keinen Kummer.«

»Ja, Vater«, brummte das Mädchen.

»Oh, und was dein Gedicht betrifft: Ich möchte es heute Abend gerne hören. Denn im Grunde fand ich Vendesa auch immer furchtbar langweilig.« Virius zwinkerte seiner Tochter zu.

Da'arias Miene hellte sich auf. »Ja, Vater!«, rief sie mit neuem Eifer.

23

NAHENDES UNHEIL

3. Tag des 8. Mondes
im 301. Jahr der cordurischen Könige

Am südlichen Nachmittagshimmel braute sich ein Gewitter zusammen. Schwere, bleigraue Wolken türmten sich über der Auriolischen See auf. Das flackernde Licht von Blitzen zuckte durch die Wolkenschichten, und ferner Donner grollte Unheil verheißend.

Das Unwetter, das Iurias durch die offenen Fenster seines Strategiezimmers näher kommen sah, passte gut zu seiner gegenwärtigen Stimmung. Soeben war ihm von einem Boten die Kunde zugetragen worden, dass die Tetrarchen von Xol Truppen in Marsch gesetzt und die Siedlungen an der Küste westlich von Pryphos angegriffen hatten. Nun mussten sie bereits auf dem Weg zu dem Feldlager seiner 11. Legion sein, dem westlich von Pryphos gelegenen, äußersten Bollwerk des Cordurischen Reichs.

Damit hatten sie schneller gehandelt als erwartet. Sollten sich seine Gegner dazu entscheiden, dem Cordurischen Reich gleich noch seine am weitesten entfernt liegende Handelsstadt abspenstig zu machen, wäre es um sie geschehen. Seine Truppen, die er von Sallust im Herzen von Phoekia in Marsch gesetzt hatte, um die Garnison von Pryphos zu verstärken, würden wahrscheinlich nicht rechtzeitig eintreffen, um die Stadt zu verteidigen.

Was sollte er tun?

»Ich könnte die Garnison aus Geolath mit Schiffen nach Pryphos schicken«, murmelte er, während sein Blick über die Karte auf seinem Strategietisch glitt. »Das sollte schnell genug gehen. Aber damit lasse ich Geolath schutzlos, und das wird mir das Volk von Phoekia übel nehmen. Vielleicht sollte ich eine Botenechse nach Iarike schicken, um Söldner anzuheuern. Doch wenn Xol tatsächlich unfassbare vierzigtausend Mann in Marsch gesetzt hat, werden mir ein paar Hundert Söldner auch nicht helfen ...«

Iurias verfluchte leise den Umstand, dass Cordur noch immer über zu wenig Schiffe verfügte, um rasch nennenswerte Truppenbestände über den Inneren Ozean zu schicken. Ein Großteil seiner Flotte wurde durch den schwelenden Konflikt mit Carthaos um die Inseln in der Auriolischen See gebunden. Natürlich konnte er sie abziehen, aber damit lud er den Erbfeind geradezu ein, sich die Seehoheit über das Meer westlich von Aidranon zu verschaffen. Und früher oder später würden dann die Schiffe der Carthaoten am Horizont vor der Küste von Cordur auftauchen. Das konnte Iurias sich nicht leisten.

»Hätte der Große Rat nicht ständig meine Pläne für den Flottenausbau behindert ...« Iurias musste sich zusammenreißen, um nicht mit der Faust auf den Tisch zu schlagen. So wie es aussah, bestand die einzige vernünftige Möglichkeit darin, den Schaden im Süden zu begrenzen, indem er alle verfügbaren Truppen aus Danaos, Thraca und Sallust in Geolath zusammenzog und westlich der Stadt einen Schutzwall gegen die Truppen aus Xol errichtete. Das würde allerdings bedeuten, Pryphos für das reiche Geolath zu opfern.

»Mein Herr, siehst du nicht, wie nah das Unwetter schon ist?«

Als Iurias die Stimme vernahm, hob er den Kopf und gewahrte Anielle, seine zweite Frau, auf der Schwelle zum Strategiezimmer. Sie schien direkt aus ihren Privatgemächern zu kommen – das dräuende Gewitter musste sie veranlasst haben, nach ihm zu schauen –, denn sie trug nur ein schlichtes weißes Kleid aus dünnem Stoff, unter dem sich ihr Körper schemenhaft abzeichnete. Anielle war beinahe zwanzig Sommer jünger als er, und obwohl sie ihm bereits drei Kinder geboren hatte, besaß die blonde Tochter eines atlesischen Stammesfürsten einen Leib, um den sie manch jüngere Frau beneidet hätte. Noch immer geriet Iurias' Blut bei ihrem Anblick in Wallung, heute allerdings war seine Laune zu schlecht, um sich an ihren schlanken Gliedern und den wundervollen Rundungen erfreuen zu können.

»Natürlich sehe ich es«, brummte er zur Antwort. »Die Wolken sammeln sich überall.« Doch sein Blick war dabei nicht auf das Fenster gerichtet, sondern auf den Strategietisch vor ihm.

»Warum hast du den Dienern nicht befohlen, die Fensterläden zu schließen?«, fragte Anielle ihn. »Wenn der Sturm hereinweht, wird er deine ganze Arbeit durcheinanderbringen.«

Wenn du wüsstest, was der Sturm alles durcheinanderbringen könnte, dachte der König. Laut sagte er: »Ich habe sie weggeschickt. Ich musste nachdenken.«

»Dann lass mich die Läden schließen«, sagte seine stets treue und demütige Frau. Während sie auf leisen Sohlen das Zimmer durchschritt und sich an den hölzernen Fensterverkleidungen zu schaffen machte, ließ Iurias seinen Blick auf ihr ruhen. Anielle war völlig anders als Cassendrea, seine erste Frau. Obwohl sie aus einem Fürstengeschlecht stammte, war sie in all den Jahren in Aidranon nie in die Rolle einer Königin hineingewachsen. In Cassendrea brannte Leidenschaft, was sie herrisch und launisch hatte werden lassen. Anielle dagegen benahm sich noch heute, als sei sie Iurias' Dienerin, nicht die Frau an seiner Seite. Ihre Bescheidenheit zeichnete sie aus, und ihre stille Folgsamkeit war, ebenso wie ihr fruchtbarer Schoß, genau das gewesen, was er damals gebraucht hatte, als Cassendrea nach dem Verlust ihres ersten Sohnes unausstehlich geworden war. Trotzdem wünschte er sich manchmal, Anielle würde ihn stärker herausfordern.

Vielleicht sollte ich sie härter rannehmen, dachte er, *um zu sehen, an welchem Punkt ihr Widerstandsgeist erwacht.* Er schüttelte den Kopf und rieb sich mit der Linken über das bärtige Gesicht. »Nein«, murmelte er. »Ich darf meinen Zorn nicht an ihr auslassen.«

»Was sagst du, Herr?«, wollte Anielle wissen und zog den Kopf aus dem Fenster zurück, von dem aus sie gerade das Unwetter beobachtet hatte.

»Nichts«, erwiderte er. »Ich habe nur laut nachgedacht.«

Sie schloss den letzten Laden, gesellte sich zu ihm an den Strategietisch und strich ihm mit angenehm kühlen Fingern über den Nacken. »Du grübelst zu viel. Deine Muskeln sind ganz verkrampft. Der Abend ist schwül, und Blitz und Donner werden dich ohnehin keinen klaren Gedanken fassen lassen. Komm mit mir auf mein Zimmer. Ich werde dir helfen, dich zu entspannen.«

Iurias seufzte schwer. »Ja, vielleicht sollte ich das wirklich tun.« Er verspürte nach wie vor kein Verlangen, aber seinen Kopf auf ein Kissen zu betten und sich ein wenig von Anielle umsorgen zu lassen, klang verlockend.

In diesem Augenblick tauchte ein Diener im Türrahmen auf. »Verzeiht, mein König, aber Legar Galban wünscht Euch zu sehen.«

Ein aufgeregtes Kribbeln durchfuhr Iurias' Körper. Er hatte Galban eine Weile nicht gesehen. War es möglich, dass die Stadtwache von Aidranon endlich die Mörder von Orontoghast gefunden hatte? Er wagte es kaum zu hoffen, aber vielleicht waren ihm die Götter wenigstens in dieser Sache gnädig, wenn sie ihn schon sonst so schmerzlich prüften.

Er wandte sich an seine Frau. »Geh schon einmal vor, meine Liebe. Ich komme gleich nach.«

Anielle neigte den Kopf. »Ich warte auf dich, mein Herr.«

Als sie den Raum verlassen hatte, gab er dem Diener ein Zeichen. »Lass ihn herein.«

Mit finsterer Miene marschierte der vierschrötige Offizier in der schwarz-silbernen Rüstung der Königsgarde in das Strategiezimmer. Sein schwarzes Haar, in das sich erste graue Strähnen mischten, war zerzaust, und er trug seinen Helm in der Armbeuge, als käme er direkt aus der Schlacht. Sein Schwertgehänge klapperte, als er forschen Schrittes auf den Strategietisch zuging. »Mein König«, begrüßte er Iurias mit einer knappen Verbeugung. Seine Stimme grollte wie der Donner außerhalb des Palasts.

»Ich grüße dich, Galban«, erwiderte der König die Begrüßung. »Ich hoffe, dass du mir erfreuliche Nachrichten bringst. Ich warte noch immer darauf, dass deine Männer mir Orontoghasts Mörder bringen.«

Galban war ein guter Soldat und ein unverbrüchlich treuer Gefolgsmann – weswegen Iurias ihn auch vor mehr als zwanzig Jahren zum Anführer seiner Königsgarde gemacht hatte. Jahrzehnte des gemeinsamen Kampfes verbanden sie. Doch die allzu direkte Art und die lustvolle Brutalität, die Galban zuweilen an den Tag legte, verhinderten, dass Iurias ihn gerne länger um sich hatte – zumindest nicht im Palast oder wenn diplomatisches Fingerspitzengefühl gefragt war. Auch subtile Nachforschungen waren nicht seine Sache.

Daher betrübte es Iurias zwar, aber es überraschte ihn keineswegs, als der andere Mann den Kopf schüttelte. »Ich bedaure, mein König. Meine Männer haben die beiden Hauptverdächtigen, ein Brüderpaar namens Hastios und Ioril, das sich in Unterweltkreisen einen gewissen Namen gemacht hat, bis zum Hafenviertel verfolgt. Dort verliert sich ihre Spur. Ich fürchte, die beiden haben die Stadt auf einem Schiff verlassen.«

»Das ist … höchst bedauerlich.« Iurias ballte die Rechte zur Faust und musste sich zurückhalten, um nicht doch noch auf seinen Strategietisch zu hämmern. Es ärgerte ihn über alle Maßen, dass die Mörder seines alten Freundes ungeschoren davonkommen sollten. Allerdings war es kaum anders zu erwarten gewesen. Jemand, der imstande war, einen ehemaligen Erztheurgen auszuschalten, wusste sich auch vor der Garde zu verbergen.

»Es tut mir leid, mein König«, sagte Galban. »Ich habe die beiden auf meine schwarze Liste geschrieben. Und ich war so frei, Botenechsen nach Iarike, Thessara und Heronkaria schicken zu lassen. Sollten sie irgendwo dort auftauchen, werden sich meine Leute vor Ort um sie kümmern.«

»Gut. Das ist immerhin etwas.« Der König ließ sich auf einem Sessel hinter dem Strategietisch nieder. »Was führt dich also stattdessen zu mir?«

»Einer meiner Informanten, ein Diener im Haus des Senators Grekeas, hat etwas sehr … Eigentümliches in Erfahrung gebracht. Seit einer guten Woche weilen dort offenbar zwei junge Leute, Bruder und Schwester, die der Senator bereits auf drei Gesellschaften als Verwandte aus Geolath vorgestellt hat.«

Iurias hob die Augenbrauen. »Und das kümmert uns, weil …?«, hakte er nach.

»Mein Informant sagt, dass der junge Mann, sein Name lautet Iolan, keineswegs mit Grekeas verwandt ist«, knurrte Galban. Er stützte sich mit seinen breiten Händen auf der Kante des Strategietischs ab und beugte sich vor. »Stattdessen soll es sich um den jüngsten Sohn von Lahrian Kamenor handeln.«

Unwillkürlich richtete Iurias sich auf. »Das ist unmöglich«, entfuhr es ihm. »Lahrian und seine ganze Familie kamen damals bei dem Brand seines Landhauses ums Leben. Niemand hat überlebt. Das wissen wir genau.«

Galban wiegte den schweren Schädel. »Wie es aussieht, hat es doch Überlebende gegeben. Ich kann die Mörder der Familie bedauerlicherweise nicht mehr fragen. Wir haben sie alle kurz darauf ihrer *gerechten Strafe* zugeführt, wie du dich vielleicht entsinnst.«

Leise fluchend stand Iurias wieder auf. Er marschierte zu einem der Fenster hinüber und spähte durch die Holzlamellen der Fensterläden. Die Gewitterwolken hatten Aidranon beinahe erreicht. Die Fahnen der Seefestung flatterten heftig im Wind und die Blitze zuckten nun greller über den dunklen Nachmittagshimmel. Offenbar war Procyros ebenso zornig wie Iurias. Der König hätte gerne gewusst, was dem Gott missfiel.

»Wenn dieser Iolan tatsächlich Lahrians Sohn ist, weiß er vielleicht, was damals geschah«, gab Galban zu bedenken.

»Er war nur ein Kleinkind, kaum ein Jahr alt«, entgegnete Iurias. »Wie sollte er sich an irgendetwas erinnern können? Aber das wird Männer wie Grekeas nicht aufhalten, ihn für seine Zwecke zu missbrauchen. Iolan könnte zu einem Stachel werden, der mir schon bald unangenehm ins Fleisch sticht.«

»Soll ich mich um ihn kümmern?«, fragte Galban. Es bestand kein Zweifel daran, was er damit meinte.

»Nein. Noch nicht. Wir haben bislang nur das gemunkelte Wort eines Dieners. Wir sollten den Burschen und auch Grekeas noch eine Weile beobachten. Vielleicht können wir Iolan am Ende gegen den Senator einsetzen. Das wäre doch mal eine erfreuliche Entwicklung.« Iurias' Miene verhärtete sich. »Aber sollte sich abzeichnen, dass er lästig wird, räumst du ihn aus dem Weg. Ich will keinen zweiten Lahrian Kamenor, der vor jugendlichem Eifer und von Rachegelüsten getrieben im Großen Rat Reden schwingt.«

»Niemand will das«, pflichtete Galban ihm bei. Er straffte sich. »Gibt es sonst noch etwas, das ich für dich tun kann?«

Iurias schüttelte den Kopf. »Nein, im Moment nicht. Du kannst gehen.«

Legar Galban deutete eine Verbeugung an. »Sehr wohl, mein König.« In einer schneidigen Bewegung fuhr er auf dem Absatz herum und stürmte mit wehendem schwarzem Mantel aus dem Strategiezimmer.

Von düsteren Gedanken erfüllt, starrte Iurias ihm nach. In diesen Tagen hatte sich auch alles gegen ihn verschworen …

Keiner der beiden bemerkte die junge Frau, die sich im Vorraum zum Strategiezimmer im Halbdunkel hinter einer Säule verbarg. Erindrea spürte, wie ihre Hände zitterten. Das Herz klopfte ihr bis zum Hals. Eigentlich hatte sie ihren Vater bloß etwas fragen wollen – und dann hatte sie *das* mit anhören müssen.

Ich muss Iolan warnen, dachte sie. *Sie dürfen ihn nicht töten!*

Lautlos zählte sie bis zwanzig, und als Galban, der gerade an ihr vorbeigeeilt war, bis dahin nicht wieder aufgetaucht war, löste sie sich vorsichtig aus ihrem Versteck und huschte auf leisen Sohlen quer durch den Raum davon. Einer der zwei Wachleute, die auf dem Gang vor der Tür auf Posten standen, nickte ihr zu und sie schenkte ihm ein flüchtiges Lächeln. Glücklicherweise schöpfte niemand Argwohn, wenn sie sich hier herumtrieb. Als Prinzessin konnte sie sich im Palast praktisch frei bewegen.

So schnell, wie es ihr möglich war, ohne ungebührlich gehetzt zu wirken, eilte Erindrea durch die Korridore des Königspalasts, um ihre Leibwächter zusammenzurufen und ihnen zu befehlen, die Sänfte zu holen. Als sie an einem offenen Fenster vorbeilief, machte gerade ein besonders greller Blitz die Nacht über den Dächern der Stadt zum Tage. Der beinahe gleichzeitige Donnerschlag ließ sie zusammenzucken.

Dann öffnete der Himmel seine Schleusen und heftiger Regen prasselte auf Aidranon herab.

Lautlos glitt Orontoghast durch die Gänge des Königspalasts. Die um das Gebäude tobenden Elemente ängstigten die meisten menschlichen Bewohner dieser Mauern, sodass sie sich in kleinen Gruppen hinter geschlossenen Türen aufhielten und die hohen, weiten Korridore verwaist waren.

Dem greisen Quano – der ein Gewitter als das begriff, was es war, nämlich ein schlichtes Ungleichgewicht Gahats, das schon bald behoben sein würde – war das sehr recht. Er wollte möglichst ungesehen sein Ziel erreichen, denn der Erfolg seines Handelns mochte davon abhängen, dass die Welt weiterhin glaubte, er sei tot. Natürlich hatte er sich in eine Aura aus Unscheinbarkeit gehüllt, aber es gab manche, die gegenüber diesen Emanationen unempfindlich waren. Sie zum Schweigen zu bringen, sollten sie ihn bemerken, würde drastischere Maßnahmen erfordern, Maßnahmen, zu denen Orontoghast nur im schlimmsten Notfall greifen wollte. Sein ganzes Leben hatte er als Priester Gahats verbracht, der den Frieden liebte und Gewalt verabscheute. Diese Geisteshaltung hatte sich auch durch seinen *Tod* nicht geändert.

Er erreichte den Nordflügel des Palasts und schlich bis in die nordwestliche Ecke. Auch hier waren die Gänge überwiegend leer. Den vereinzelt vorbeieilenden Dienern oder Wachleuten wich Orontoghast ohne Schwierigkeiten aus. In dem Gang, der zu der Tür führte, hinter der sein Ziel lebte, herrschte Dunkelheit. Ein Fensterladen hatte sich gelöst, und ein hereinfahrender Windzug hatte die Öllaternen gelöscht. Klappernd schlug der Laden draußen an die Palastmauer, während vereinzelte Blitze die stummen Büsten früherer Herrscher und Denker erhellten, die, auf halbhohen Säulen ruhend, blicklos ins Leere starrten. Die steinernen Mienen waren ernst oder herrisch, manche blickten gar missbilligend. Orontoghast hatte sich immer gefragt, warum es den cordurischen Bildhauern so viel schwerer fiel, Lebensfreude abzubilden, als Verdruss.

Bedächtig glitt er zu der Doppelflügeltür am Ende des Korridors. Er schloss die Augen und konzentrierte sich. Die Schmerzen, die sein Körper litt, seit er viel zu knapp dem Tode entronnen war, und die auch ausgiebige Heilmeditationen noch nicht vollends vertrieben hatten, lenkten ihn ab und erschwerten ihm die Einheit mit Gahat, was seinen Kräften wenig förderlich war. Zu seinem Glück gab es keine Wachleute in den Räumlichkeiten hinter der Tür, sondern bloß zwei oder drei Dienerinnen.

Mehr hatte Iurias seiner früheren Frau und Königin nicht zugestanden.

Ich bin unwichtig, redete er den Personen im Inneren der Gemächer ein. *Es gibt keinen Grund, Alarm zu schlagen.*

Als Orontoghast das Gefühl hatte, eine hinreichend starke Aura aufgebaut zu haben, drückte er die Türklinke herunter und trat ein. Zwei Dienerinnen saßen in dem Raum, einem angenehm großen Aufenthaltsbereich, in dem mehrere Liegesofas standen, schwere Tontöpfe mit exotischen Farngewächsen und zierliche Tische mit Obstschalen und Weinkrügen. In einem Holzständer neben einem der Sofas hing eine vergoldete Lyra. Die rückwärtige Wand zierte ein aufwendiges Mosaik, das ein Landschaftspanorama zeigte.

Zur Linken gab es einen offenen Durchgang, der in ein Schlafgemach führte, zur Rechten befand sich, dem Geruch von Duftölen nach zu schließen, ein Bad. Ein leises Plätschern von Wasser war zu hören. Es klang so, als nehme Cassendrea ein Bad.

Die beiden Dienerinnen bereiteten gerade einen Teller mit geschnittenem Obst vor, den sie vermutlich ihrer Herrin bringen wollten. Sie beachteten Orontoghast überhaupt nicht, bis er fast direkt neben ihnen stand. Dann hob eines der Mädchen den Kopf und starrte ihn aus gleichgültigen Augen an. In ihrem Gesicht zuckte es kurz. Es schien, als beunruhige sie etwas, ohne dass sie genau könnte, was es war. Orontoghast erlöste sie von dem Versuch, gegen seine Aura anzukämpfen, indem er beide in einen tiefen, tröstlichen Schlaf schickte. Lautlos sanken sie auf ihren Stühlen zusammen.

Zufrieden drehte er sich um und schritt auf das Bad zu. Die Wände der Kammer waren mit Szenen sich waschender Jungfrauen bemalt, ein heiteres Motiv, das dem greisen Quano gefiel. Vor dem einzigen Fenster hing ein schwerer Vorhang, der Blitz, Donner und Wind draußen hielt. Zwei Schalen mit alchemistischem Feuer tauchten den Raum in goldenes Licht, das von den glänzenden Steinbögen im oberen Wandbereich und an der Decke zurückgeworfen wurde.

In der Mitte der Kammer befand sich ein Steinpodest, zu dem drei marmorne Stufen hinaufführten. Darin war ein großzügiges Badebecken eingelassen. Wasser, auf dem eine lockere Schaumschicht schwamm, füllte es beinahe bis zum Rand. Von der Frau, die in dem Becken lag, war nur der Kopf zu sehen, der entspannt in einer Steinmulde am oberen Ende des Bades ruhte.

Cassendrea hatte die Augen geschlossen, und ihr langes, dunkles Haar rahmte ihr Gesicht ein wie ein schwarzer Wasserfall, der sich links und rechts von ihren Wangen in das Badewasser ergoss. Sie wirkte jünger, als sie tatsächlich war, zweifellos eine Folge umsichtiger Körperpflege. Dennoch hatten weder Öle noch Tinkturen verhindern können, dass die kummervollen Jahre einige Falten um Augen und Mundwinkel hinterlassen hatten.

»Guten Abend, meine Königin«, begrüßte Orontoghast sie. Ein kaum wahrnehmbarer Blitz, aber dafür umso lauterer Donner folgten auf seine Worte. Der greise Quano seufzte innerlich. So dramatisch hatte er gar nicht auftreten wollen.

Dennoch verfehlte der Moment seine Wirkung nicht. Cassendrea zuckte zusammen, riss die Augen auf und fuhr herum. Ihre Linke tauchte aus dem Wasser auf und sie musste sich am Beckenrand festhalten, um nicht vor Schreck unter Wasser zu rutschen.

Orontoghast rührte sich nicht, während sie ihn anstarrte wie ein Braunfelk seinen Jäger. Ihre Überraschung währte allerdings nur kurz. Gleich darauf hatte sie sich wieder im Griff, ihre Miene entspannte sich, ihre Hand sank unter Wasser. »Meister Orontoghast. Was für ein unerwartetes Vergnügen. Gilt es unter Quano nicht als unschicklich, unangemeldet im Bad einer Dame aufzutauchen?«

»Wir schämen uns unserer Nacktheit nicht«, erwiderte Orontoghast. »Gahat hat uns so geschaffen, wie wir sein sollten.«

»Bitte seht davon ab, Euch auch noch zu entkleiden. Das wäre mehr, als ich ertragen könnte.«

Vermutlich hätte sich Orontoghast dadurch beleidigt fühlen sollen, aber es kümmerte ihn ebenso wenig, ob die Menschen sein Volk für hässlich hielten, wie es ihn kümmerte, was die Vögel in den Bäumen von ihm dachten.

Als er nicht direkt antwortete, lehnte Cassendrea sich wieder zurück und schloss die Augen. Ihre Selbstbeherrschung war bewundernswert. »Ihr seht schrecklich aus«, stellte sie fest. »Man könnte meinen, ein brennendes Haus wäre über Euch zusammengestürzt.«

»Ich schließe aus Euren Worten, dass Ihr von dem Vorfall gehört habt«, erwiderte er.

»Diese Gemächer sind kein Gefängnis, Meister Orontoghast, sie sind bloß mein Exil. Und ich verfüge nach wie vor über einige Vertraute, die mir berichten, was in Aidranon und sonst auf der Welt so geschieht. Daher habe ich natürlich davon gehört, dass Ihr bei einer magischen Explosion Eures Hauses gestorben seid. Eine Kunde, die offenbar der Nachbesserung bedarf.«

»Das ist wahr. Ich lebe noch, wenn auch nur dank einer gehörigen Portion Glück und der Gaben, die Gahat mir verliehen hat.«

»Schön, das zu hören«, sagte Cassendrea noch immer so ruhig und teilnahmslos, als beträfe sie das alles gar nicht. »Den König wird es sicher auch erfreuen. Er grämt sich furchtbar, seinen ältesten Freund verloren zu haben.«

»Auch wenn es mich schmerzt, ich muss Iurias und die Welt gegenwärtig in dem Glauben lassen, ich sei tot«, antwortete Orontoghast. »Das erleichtert die Suche nach meinem Mörder.«

Cassendrea öffnete die Augen und drehte sich zu ihm um.

Ihre Züge verfinsterten sich. Empört starrte sie ihn an. Orontoghast erwiderte den Blick mit stiller Gelassenheit. Er wusste, dass die zwei bezahlten Meuchler, die er im *Goldenen Füllhorn* aufgespürt hatte, von ihr geschickt worden waren. Die beiden erfreulich mitteilsamen Männer hatten ihn zu einem bestechlichen Wachmann geführt, der ihn an einen Leibdiener Cassendreas verwiesen hatte, der wiederum nach einiger Überzeugungsarbeit mit zitterndem Finger auf die frühere Königin selbst gedeutet hatte. Orontoghast war also nicht hier, weil er wissen wollte, ob Cassendrea ihm irgendwelche Attentäter auf den Hals gehetzt hatte. Ihn interessierte nur noch das Warum.

Obwohl er kein Wort sagte, schien Cassendrea ebenfalls zu dem Schluss zu kommen, dass es keinen Zweck hatte, einen Mann wie Orontoghast anzulügen. Ihre Empörung legte sich und abweisende Kühle trat auf ihre Züge. »Ruft bitte meine Dienerinnen. Ich möchte das Bad verlassen.«

»Ich bedaure, meine Königin, aber die beiden schlafen augenblicklich tief und fest«, gab Orontoghast zurück.

»Dann gebt Ihr mir mein Gewand.« Sie deutete auf ein weißes Kleidungsstück, das auf einem nahen Stuhl lag, vor dem auch zwei ebenfalls weiße Pantoffeln standen.

Während der greise Quano das Gewand holte, stieg Cassendrea aus dem Becken. Wie zum Trotz hielt sie sich stolz und aufrecht und gewährte ihm damit einen Blick auf ihren Körper, der seit Iurias Agathon kaum einem Mann vergönnt gewesen sein dürfte. Orontoghast wusste Schönheit durchaus zu schätzen. Mehr als solcherlei ästhetischen Genuss zog er mit seinen hundertdreiundfünfzig Sommern allerdings nicht aus dem Anblick.

Hilfsbereit hielt er ihr das Gewand hin, das vorne offen war und sich mit einem Gürtel schließen ließ. Nachdem Cassendrea hineingeschlüpft war und auch die Pantoffeln angezogen hatte, schritt sie an ihm vorbei und begab sich in den Aufenthaltsbereich ihrer Gemächer. Ihren schlafenden Dienerinnen warf sie nur einen beiläufigen Blick zu, bevor sie sich auf dem mittigen Liegesofa niederließ.

Orontoghast setzte sich auf das Sofa ihr gegenüber.

»Habt Ihr eine Vorstellung davon, was ich in den letzten Jahren durchgemacht habe, Meister Orontoghast?«, fragte sie ihn. Unwillkürlich zog sie die fein gezupften Augenbrauen zusammen. Auf ihrer Stirn entstand eine Zornesfalte. »Siebzehn Sommer lebe ich nun schon so, vom König abgelegt wie ein altes Kleidungsstück, während er sich mit einer jüngeren Frau vergnügt. Er hat mir alles genommen: meinen Titel, mein Leben, ja selbst meinen Glauben an mich als Frau. Dabei war er es doch, der mir damals dieses Ungeheuer gezeugt hat. Auf seinem Samen lastete der Fluch der Dyrracherhexe.«

Sie bedachte den greisen Quano mit einem verbitterten Lächeln. »Oh, ich habe eine Weile gebraucht, bis ich Euer sorgsam gehütetes Geheimnis herausbekommen habe, aber am Ende erfuhr ich es doch. Leider war es da schon zu spät. Unser gemeinsamer Sohn, den Ihr damals trotz all Eurer Theurgie nicht zu retten vermochtet, war tot, und Iurias vermochte es in seinem Selbstekel nicht einmal mehr, sich mir zu nähern. Er hat mich von sich geschoben und, als wolle er diese schrecklichen Wochen vergessen, einfach eine andere Frau genommen, diese blasse Bastardin eines atlesischen Schweinebauern. Seitdem demütigt er mich Tag für Tag, indem er sie auf meinem Thron sitzen lässt, ihr meinen Platz an der Tafel gewährt und sich mit ihr in meinem Bett vergnügt. Ich weiß, dass ihr Quano Schwierigkeiten habt, menschliche Gefühle nachzuempfinden, aber vielleicht vermögt Ihr dennoch zu verstehen, dass ich keinerlei Liebe mehr für diesen Mann hege. Ich will ihn fallen sehen. Er soll leiden, wie ich gelitten habe.«

»Ich bedaure Euer Schicksal, meine Königin«, sagte Orontoghast, »und ich gestehe, dass ich nicht jede der Entscheidungen des Königs in dieser Sache gutgeheißen habe. Allerdings stellt sich mir die Frage, was ich damit zu tun habe? Wenn Ihr mich hättet töten wollen, weil ich Euren Sohn nicht retten konnte, hättet Ihr es vor siebzehn Sommern versucht und nicht heute.«

Cassendrea presste die Lippen zusammen und sah ihn trotzig an.

Überrascht hob Orontoghast die Stirnwulst, eine Bewegung, die ihm erneute Schmerzen in seinem verunstalteten Gesicht verursachte. »Bemerkenswert. Ihr seid gar nicht die Urheberin des Mordbefehls. Auch Ihr habt nur Befehle ausgeführt – oder sagen wir: Beihilfe geleistet.« Er hob das Kinn und blickte Cassendrea streng an. »Wer hat Euch aufgetragen, mich ermorden zu lassen? Und warum habt Ihr dem Befehl Folge geleistet?«

»Warum? Das will ich Euch verraten. Weil mir versprochen wurde, dass Iurias stürzen wird, wenn ich meinen Teil dazu beitrage. Inwiefern Euer Tod dazu beitragen sollte, vermag ich nicht zu sagen. Das hat man mir nicht mitgeteilt.«

»Wer hat Euch dies nicht mitgeteilt?«, hakte Orontoghast nach.

»Ich weiß nicht, wer diese Leute sind. Genau genommen kenne ich nur einen Mann. Er nennt sich *der Schatten*. Und das ist auch schon alles, was ich über ihn sagen kann. Wir sprechen bloß auf indirekten Wegen. Er ist sehr darauf bedacht, dass weder er mich kennt, noch ich ihn.«

»Aber Ihr müsst doch irgendwie mit diesem Mann in Verbindung getreten sein. Oder er mit Euch.«

Cassendrea lehnte sich auf dem Sofa zurück. »Ich werde dieses Gesprächs langsam müde«, verkündete sie. »Wenn Ihr mich töten wollt, tut es, denn mehr werde ich nicht sagen. Aber, halt … Ihr seid ja ein Mann des Geistes. Euer Glaube verbietet es Euch, zu töten.« Ein dünnes Lächeln umspielte die Lippen der früheren Königin.

»Ihr irrt. Mein Glaube verbietet es mir, anderen *Quano* Schaden zuzufügen«, verbesserte Orontoghast sie milde. »Dennoch hege ich nicht den Wunsch, Euch Schmerzen zuzufügen oder Euch umzubringen, auch wenn Ihr mein Leben offenkundig weniger wertschätzt als ich das Eure. Allerdings werde ich früher oder später von den Toten zurückkehren. An diesem Tag wird Iurias mich fragen, ob ich weiß, wer mich töten lassen wollte. Und ich werde ihn nicht belügen, sondern ihm den Namen nennen, der am Ende meiner Nachforschungen steht. Es würde mein Herz mit Trauer erfüllen, wenn es der Eure wäre, denn ich habe Euch stets geachtet und achte Euch auch heute noch.«

Im Gesicht der früheren Königin arbeitete es. Orontoghast konnte sich lebhaft vorstellen, wie ihr Stolz mit ihrem Selbsterhaltungstrieb rang. Das Urteil, das der König über sie fällen mochte, wenn er von ihrer Intrige hörte, würde ganz sicher nicht so milde ausfallen wie Orontoghasts. Cassendrea mochte viel im Leben verloren haben. Der Luxus, der sie umgab, war für eine einstige Königin ein bescheidener. Aber zumindest ihr Leben besaß sie noch – und nun würde sich zeigen, wie viel es ihr wert war.

»Wenn ich Euch helfe«, begann sie zögernd, »werdet Ihr dann meinen Namen gegenüber Iurias auslassen?«

»Ich bin kein rachsüchtiger Mann«, gab Orontoghast zurück. »Ich möchte nur verstehen, was passiert ist. Und wie ich schon sagte: Ich wünsche Euren Tod nicht. Allerdings …« Er hob mahnend einen Finger und ließ einen drohenden Unterton in seine Stimme einfließen. »… könnte ich meine Meinung ändern, wenn Ihr mich ein zweites Mal ans Messer liefert. Es stört meine Einheit mit Gahat, wenn ich Euch töten würde. Doch ich bin bereit, dies in Kauf zu nehmen, wenn es mein eigenes und Iurias' Leben dauerhaft sicherer macht.«

Cassendrea wurde etwas bleich um die Nase. Sie nickte schwach. »Ich schwöre Euch, mich fortan von allen Intrigen fernzuhalten«, versprach sie. »Ich hasse Iurias unverändert, aber ich möchte auch nicht für eine gescheiterte Sache sterben.«

»Gut. Dann verstehen wir uns«, sagte der greise Quano. »Und nun sagt mir, was Ihr wisst!«

Cassendrea seufzte und senkte den Kopf. »Sprecht mit Legar Castano. Er hat mich mit dem *Schatten* zusammengebracht …«

24

ERINDREAS GESTÄNDNIS

3. Tag des 8. Mondes
im 301. Jahr der cordurischen Könige

»Du erwischst mich nicht!«

Iolan duckte sich unter dem Schlag hindurch und ließ seine eigene Waffe nach vorne schnellen. Mit einem dumpfen Geräusch traf sie seinen Gegner. Er wirbelte weiter, machte zwei schnelle Schritte zum nächsten, setzte über einen tief geführten Hieb hinweg und schlug erneut zu. Keuchend sprang er rückwärts, geriet dabei ins Taumeln und fing sich erst im letzten Augenblick. Der Schweiß rann ihm über das Gesicht und in den Kragen seiner schlichten Tunika, deren Stoff ihm bereits feucht an Brust und Rücken klebte. Sein Herz hämmerte wie wild und seine Beine wurden langsam schwer. Lange würde er das nicht mehr durchhalten.

»Das ist alles, was du zu bieten hast?«, spottete einer der vier Männer, die um ihn herumstanden.

Iolan biss die Zähne zusammen. Er stürmte in seine Richtung, rollte sich ab, um einem Schlag zu entgehen, und riss den Arm zur Seite, in der Absicht, selbst einen Treffer zu landen. Gleich darauf kam er wieder auf die Beine und wandte sich dem vierten Gegner zu. Nach links und rechts ausweichend, entging er dessen von oben geführten Schlägen, bevor er mit einem Knurren zustach und sein Ziel mittig erwischte.

Und noch einmal, dachte er grimmig.

Er machte zwei Schritte, duckte sich, schlug zu, zog sich zurück. Als er dem nächsten Angriff durch einen Sprung zu entgehen versuchte, passierte es endlich. Seine geschwächten Beine ließen ihn zu kurz springen. Der Hieb traf ihn an den Knöcheln und schlug seinen Fuß zur Seite. Iolan kam unglücklich auf und stürzte zu Boden. Schwer atmend blieb er dort liegen. Seine Beinmuskeln zitterten.

Er streckte den Arm mit dem Holzschwert aus, ließ es los und hob abwehrend die Hand – das Zeichen der Kapitulation. »Ich kann nicht mehr«, stieß er keuchend hervor. »Vorbei.«

Die vier Männer, die sich mit ihm im Übungsraum aufhielten, traten von den Kurbeln zurück, mit denen sie die vier hölzernen, in einem Quadrat aufgestellten Übungsgeräte in Bewegung gehalten hatten, die mit senkrecht und waagerecht rotierenden Holzstreben verschiedene Schläge simulierten. Natürlich bewegten sich die vier dicken Holzzylinder, auf die zusätzlich verschiedene Zielfelder gemalt worden waren, die es mit dem Übungsschwert zu treffen galt, nicht so schnell wie echte Gegner. Aber der Parcours diente auch in erster Linie der Verbesserung von Ausdauer und Beweglichkeit.

Ächzend stemmte Iolan sich hoch und klopfte sich die zerkleinerte Baumrinde, die als weiche Auflage den Boden bedeckte, von der durchgeschwitzten Tunika. Dann beugte er sich hinab und hob sein Schwert auf, um es dem nächsten der vier Männer zu reichen. Alle vier gehörten zur Leibgarde von Senator Grekeas, in dessen Haus Iolan und Mirene seit mittlerweile einer guten Woche weilten, und sie hatten Iolan bereits vor drei Tagen eingeladen, sich ihren regelmäßigen abendlichen Ertüchtigungen anzuschließen.

»Danke«, sagte sein Gegenüber und nahm die stumpfe Waffe entgegen. Sein Name war Nabros und er führte die kleine Garde aus zehn Männern an, die den Senator zu Hause und auf Reisen beschützte. »Das war doch schon besser als vorgestern«, fuhr er fort und grinste Iolan an. »Gib uns noch einen Mondlauf Zeit und wir machen einen ganz passablen Kämpfer aus dir.«

»Ich freue mich darauf«, erwiderte Iolan, erschöpft, aber zufrieden.

»Sehr gut. Dann sehen wir uns morgen wieder.« Die Männer sammelten ihre Übungsausrüstung ein. Sie waren für heute fertig hier. Iolan begab sich unterdessen zum Ausgang, um über den Innenhof zu seinem Zimmer zurückzulaufen. Ein Gewitter entlud sich gerade über Aidranon, und der Regen prasselte in wahren Sturzbächen vom dunklen Himmel. Trotzdem nahm Iolan nicht die überdachten Säulengänge an der Seite, sondern lief quer durch den Hof. Die nasse Abkühlung kam ihm gerade recht.

Anders als Arastoth, der ihn und Mirene versteckt und danach weitgehend sich selbst überlassen hatte, sorgte Grekeas dafür, dass zumindest Iolan sich nicht langweilte. Iolan nahm nicht nur an den Übungen der Leibwache teil, sondern erhielt von einem phoekischen Gelehrten, der als Sklave in Grekeas' Haushalt lebte, auch Unterricht in Geschichte und Politik. Neben Lektionen im Studierzimmer gehörten Exkursionen zu den Tempeln und anderen Sehenswürdigkeiten der Stadt zum Lehrplan. Dazu kamen an jedem zweiten Abend Besuche bei Bekannten des Senators. Es war Iolan fast ein wenig zu viel. Andererseits hatte er so einiges aufzuholen. Aidranon war nicht Efthaka. Und Wissen, so viel hatte er schon begriffen, bedeutete hier Macht.

Darüber hinaus bestärkte sich mit jedem Tag sein Eindruck, dass in Aidranon jeder sein eigenes Spiel trieb. Damit einher ging die dumpfe Ahnung, dass er selbst gegenwärtig noch kein Spieler, sondern eine Spielfigur anderer war. Unverändert gingen ihm Erindreas Worte durch den Kopf, mit denen sie ihm enthüllt hatte, dass Lahrian Kamenor, Iolans angeblicher Vater, erst zu einem Zeitpunkt mit seiner Familie ums Leben gekommen war, zu dem Iolan sich längst in Efthaka in der Obhut von Bourabas befunden hatte.

Er wusste noch nicht genau, was er mit diesem Wissen anstellen sollte, und der Trubel der letzten Tage in Grekeas' Haus hatten ihn nicht nur Arastoth ein wenig aus den Augen verlieren lassen, sondern auch verhindert, dass Iolan dieser Frage genauer nachging. Andererseits blieb ihm auch noch ein wenig Zeit. Offensichtlich waren Arastoth, Grekeas und Dorimedon zunächst einmal bestrebt, Iolan von einem einfachen Fischersohn zu jemandem aufzubauen, der sich in der gehobenen Gesellschaft von Aidranon zu behaupten wusste.

So begierig er alles aufsaugte, was man ihn zu lehren versuchte, an den Abenden fühlte Iolan sich meist wie erschlagen, und er war dankbar, wenn er sich endlich in die Gemächer zurückziehen konnte, die man ihm und Mirene zugewiesen hatte. Seiner Schwester wurde ebenfalls mehr Aufmerksamkeit zuteil als im Versteck von Arastoth. Dennoch blieb sie auch in Grekeas' Haus mehr sich selbst überlassen als Iolan. Ein wenig fürchtete Iolan, dass sie vor allem deshalb geduldet wurde, weil Arastoth, Grekeas und die anderen sahen, wie wichtig der Halt war, den sie ihm bot. Er hoffte, dass sie nicht in Gefahr schwebte, sollten diese Männer jemals zu dem Schluss kommen, dass es besser sei, wenn Iolan keine Schwester mehr an seiner Seite hätte.

Keine Angst, Mirene, dachte er, als er wieder in den Schutz des Säulengangs auf der anderen Seite des Hofs trat. *Ich lasse nicht zu, dass man dir etwas antut.*

Er öffnete eine Tür und folgte einem kurzen Gang bis zu ihren Zimmern, die einander gegenüberlagen. Die Tür zum Gemach seiner Schwester stand offen, und als er hereinschaute, sah er Mirene mit ihrer Stickerei beschäftigt. Sie hob den Kopf und lächelte ihn an. »Du kommst gerade zur rechten Zeit, Iolan, ich bin endlich mit dem Tuch fertig geworden, das ich schon vor einer Woche beenden wollte.«

Sie stand von ihrem Platz auf und hielt ihm ihre Arbeit entgegen. Die drei blauen Wellenlinien wirkten jetzt noch echter, und der springende Makarai war gut zu erkennen. Auch das an einen Bootsrumpf erinnernde Oval, das als Rahmen diente, hatte sie nun in feinen Stichen umgesetzt. »Für dich«, sagte sie.

Behutsam nahm Iolan das Tuch entgegen. Er bewunderte das Geschick, mit dem seine Schwester die Stickerei gefertigt hatte. Sie musste einiges an Mühe hineingesteckt haben. »Es ist wundervoll«, antwortete er leise. Ein Gefühl von Wärme stieg in ihm auf. Gerührt trat er vor und umarmte Mirene. »Ich liebe dich, kleine Schwester.«

»Igitt«, entfuhr es ihr und sie stieß ihn von sich. »Du bist völlig durchnässt.« Aber sie lächelte dabei und in ihren Augen lag tiefe Zuneigung.

»Ist nur Wasser. Es regnet draußen, als wolle Verdamon allen Schmutz aus den dunklen Winkeln der Stadt spülen.« Wie um seine Worte zu unterstreichen, blitzte und donnerte es erneut vor den Fenstern.

Mirene schlang die Arme um den Leib und verzog das Gesicht. »Ein Glück, dass wir heute Abend zu keiner Gesellschaft geladen sind.«

»Das ist in der Tat ein Glück«, gab Iolan zurück. Er deutete zur Tür. »Ich werde mir ein trockenes Gewand anziehen. Nachher komme ich noch einmal vorbei.«

»Ist gut«, sagte Mirene. »Ich habe noch einige Übungen zu machen. Herrin Idune versucht, mir lesen und schreiben beizubringen.« Im Gegensatz zu Markos und Iolan war Mirene als Mädchen nicht von den Dorfältesten Efthakas unterwiesen worden, was sie, wie Iolan wusste, schon immer geärgert hatte.

»Viel Erfolg«, wünschte er ihr, bevor er sich auf sein Zimmer begab. Er zog die nasse Tunika aus und hängte sie über einen Stuhl zum Trocknen. Dann ging er zu der Waschschüssel hinüber, die in einer Zimmerecke auf einem Tisch stand, goss sich Wasser ein und wusch seinen verschwitzten Oberkörper mit dem bereitliegenden Schwamm. Durch die hölzernen Fensterläden drangen das Flackern der Blitze, das Krachen des Donners und das Rauschen des Regens in den Raum.

Er betrachtete sich in dem polierten Bronzespiegel, der hinter der Waschschüssel an der Wand hing, ein Luxus, von dem er bis vor wenigen Wochen gar nicht gewusst hatte, dass es ihn gab. Die eher oberflächlichen Wunden, die er sich beim Kampf gegen die Soldaten in Efthaka zugezogen hatte, waren mittlerweile alle verschwunden. Nur ein paar alte Narben an Brust und Armen konnte man erkennen – und Arastoths arkane Symbole, die an Iolans Oberarmen entlangliefen und ihn ein wenig wie einen bemalten Barbarenkrieger aussehen ließen. Nachdenklich fuhr Iolan mit den Fingern über die dunkelbraunen Zeichen. *Dienen sie wirklich dem Schutz vor Entdeckung?*, fragte er sich. Oder hatte der Quano ihn ein weiteres Mal belogen?

Er durchquerte den Raum und suchte sich eine frische Tunika aus der Kleiderkiste. Als er sie gerade überstreifte, räusperte sich auf einmal jemand hinter Iolan. »Verzeiht, Herr.«

Iolan drehte sich um. Er hatte die Tür zu seinem Gemach offen stehen lassen, sodass sich der Diener, der nun auf der Schwelle stand, ihm unbemerkt hatte nähern können. *Darauf sollte ich in Zukunft besser achten*, ermahnte er sich. Laut sagte er: »Was gibt es?«

»Ein Mann läutete eben an der Eingangstür und überreichte mir dieses Stück Pergament. Ich sollte es Euch sofort bringen.« Der Diener reichte Iolan einen gefalteten, braunen Zettel.

»Vielen Dank«, erwiderte Iolan. Er wartete, bis sich der Bedienstete zurückgezogen hatte, bevor er das Pergament neugierig auseinanderfaltete. Die geschwungene Schrift gehörte offensichtlich einer Frau. *»Ich erwarte dich im vorderen Garten. E.*«, stand darauf. *Erindrea!*, durchfuhr es Iolan überrascht. Was hatte sie mitten im schlimmsten Unwetter im Garten des Senators zu suchen? Irgendetwas musste passiert sein. Eine andere Erklärung gab es nicht.

Ohne zu zögern, verließ er seinen Raum und eilte zum Seitenausgang der Stadtvilla. Er hätte zwar auch das Hauptportal nehmen können, wollte aber nicht zu viel Aufmerksamkeit auf sich ziehen. Als er in den Regen hinaustrat, schalt er sich einen Narren, dass er nicht wenigstens eine Decke mitgenommen hatte, die er sich über den Kopf halten konnte. Im Nu war er wieder klatschnass.

Über einen schmalen, mit Steinen gepflasterten Weg erreichte Iolan die Pforte, die zum vorderen Garten des Anwesens führte. Sie war verschlossen, aber die Mauer war nicht so hoch, als dass sie ein ernsthaftes Hindernis für ihn dargestellt hätte. Er nahm Anlauf, sprang an ihr hoch und seine Finger bekamen die obere Kante zu fassen. Rasch zog er sich auf den Mauerfirst, bevor er sich auf der anderen Seite wieder herunterließ.

Der vordere Garten war weit und offen, sodass auch Fremde ihn ungehindert betreten konnten. Viele kleinere Büsche und auch einige hohe Bäume wuchsen dort, die allerdings, weil von schmalem Wuchs, wenig Schutz vor den Elementen boten. Es gab jedoch, umgeben von blühenden Sträuchern, einen kleinen, kreisrunden Steinpavillon, von dem aus man einen prächtigen Blick auf den auf einem nahen Hügel thronenden Königspalast hatte. In dem Pavillon vermutete Iolan Erindrea, und tatsächlich erwartete ihn dort eine schlanke Gestalt, kaum erkennbar in der Dunkelheit.

»Erindrea?«, fragte Iolan leise.

»Ja, ich bin es«, flüsterte sie.

Ein Blitz erhellte den Garten für einen Moment und Iolan erkannte die junge blonde Frau. Sie hatte sich eine blaue Decke um die Schultern gelegt, die ihr Schutz vor dem Regen geboten hatte, während sie den kurzen Weg von der Sänfte bis hierher durch den Garten geeilt war.

»Was machst du hier inmitten dieses Unwetters?«, wollte er von ihr wissen, als er sich zu ihr in den Pavillon flüchtete. Im Licht eines weiteren Blitzes konnte er durch die Sträucher ihre Sänfte sehen, die einige Schritte neben dem Grundstück stand. Ihre vier Träger, die zugleich ihre Leibwächter waren, standen verdrossen im Regen.

»Ich musste dich unbedingt sehen, Iolan«, erwiderte Erindrea. »Ich muss dich warnen.«

»Warnen? Wovor?«

Sie nahm ihn am Arm und zog ihn zu sich, damit sie sich besser verstehen konnten. »Du schwebst in Gefahr. Der König hat herausgefunden, dass du der Sohn von Lahrian Kamenor bist.« Sie sprach schnell und in ihrer Stimme lag ein unüberhörbares Drängen. »Legar Galban, der Anführer der Königsgarde hat ihm berichtet, dass du damals überlebt hast, als Lahrian angeblich mit seiner ganzen Familie ums Leben kam. Sie denken darüber nach, dich zum Schweigen zu bringen. Ich weiß nicht genau, was sie vorhaben und wann sie etwas unternehmen werden, aber dass du nicht mehr sicher bist, steht fest.«

»Was?« Iolan spürte, wie ihm ein Schauer über den Rücken lief. »Wo hast du das gehört?«

Erindrea umfasste seine Arme, als wollte sie verhindern, dass er einfach herumwirbelte und in die Nacht hinaus floh. »Bitte lauf jetzt nicht weg und sei mir auch nicht böse. Ich … Ich war nicht ganz ehrlich mit dir, als ich über meine Familie gesprochen habe. Also im Grunde habe ich nicht gelogen, aber ich habe dir auch nicht alles erzählt. Mein Name ist Erindrea Agathon. Ich bin die Tochter von König Iurias Agathon.«

»Die Tochter …«, stammelte Iolan. »Du … du bist eine Prinzessin?« Er fühlte sich benommen, als habe ihm jemand mit einem Knüppel auf den Schädel geschlagen. Vermutlich machte er in diesem Augenblick ein unglaublich dummes Gesicht, und er war froh, dass Erindrea es in der Dunkelheit nicht sehen konnte.

»Ja, ich bin eine Prinzessin des Cordurischen Reichs«, bestätigte die junge Frau. »Aber nur weil Iurias Agathon mein Vater ist, heißt das nicht, dass ich ihm treu ergeben bin«, fuhr sie erstaunlich heftig fort. Ihre Finger krallten sich in Iolans Unterarme. »Ich hasse ihn, genau wie du, verstehst du? Er hat mich stets spüren lassen, dass er mich lieber nicht bekommen hätte. Meine größere Schwester achtet er für ihre Stärke und Klugheit, meinen kleineren Bruder Aspheon liebt er, weil er männlich und damit ein Stammhalter der Linie Agathon ist. Aber ich … ich war nur das Mädchen, das eigentlich nach der Geburt von Listris ein Junge hätte werden sollen. Er hat sich direkt nach meiner Geburt von mir abgewandt. Was für ein Vater ist das, der zwei seiner Kinder liebt, aber das dritte verstößt? Kannst du mir das sagen?«

»Erindrea.« Iolan hob die Arme und nahm ihr Gesicht in die Hände. Ihre Wangen waren feucht, ob von Regentropfen oder Tränen vermochte er nicht zu sagen. »Beruhige dich. Ich habe es begriffen, und ich glaube dir, dass du mir nichts Böses willst.« Im nächsten Herzschlag wurde ihm klar, dass er die Prinzessin des Cordurischen Reichs gerade behandelte wie ein aufgeregtes Mädchen aus seinem Fischerdorf. Erschrocken zog er die Hände zurück, als hätte er sich verbrannt. »Verzeiht, Eure Hoheit.«

»Nein!« Erindrea packte ihn erneut und schüttelte ihn leicht. »Nein, Iolan, so wirst du mich nicht behandeln. Ich bin keine Hoheit für dich. Wir sind doch Verschwörer in gemeinsamer Sache … Wir sind doch … Freunde.« Ihre Hände rutschten an seinen Armen herab und ergriffen die seinen. Ihre Finger waren kühl und weich, ganz anders als seine eigenen, die trotz der Pflege, die Grekeas' Diener ihnen seit ein paar Tagen zuteilwerden ließen, noch von seiner einfachen, von harter Arbeit geprägten Herkunft zeugten.

Iolan schluckte. Der Sturm in seinem Kopf tobte fast noch heftiger als der ringsum. Erindrea war die Tochter König Agathons, des Mannes, der seine Familie hatte umbringen lassen. Und Agathon wusste, wer Iolan war, oder zumindest wusste er das, was Arastoth Iolan und seinen Mitverschwörern erzählt hatte, auch wenn dessen Geschichte inzwischen mehr als fragwürdig erschien. Das bedeutete, dass er in Lebensgefahr schwebte, obwohl er wahrscheinlich gar nicht der Mann war, für den der König ihn hielt. *Ob ich es Erindrea sagen soll?*, fragte er sich. *Würde sie es mir glauben? Würde der König es ihr glauben?* Vermutlich nicht. Ein Todgeweihter erzählte zweifellos alles Mögliche, um sein Leben zu retten. *Oh, ihr Götter …*

»Iolan«, flüsterte Erindrea, die noch immer seine Hände hielt. »Was wirst du jetzt tun?« Ein Blitz erhellte kurz ihr blasses Gesicht, und er sah die Sorge auf ihren Zügen.

»Ich weiß es nicht«, gab er matt zurück. »Ich muss nachdenken. Hoffen wir bloß, dass der König und sein Legar nicht schon heute Nacht kommen, um mich zu holen.«

»Das werden sie nicht. Wenn ich sie richtig verstanden habe, als ich sie belauschte, wollen sie dich und den Senator noch ein wenig beobachten. Sie hoffen, euch beide auf einen Schlag beseitigen zu können. Dafür aber benötigen sie zumindest den Anschein von Beweisen, dass ihr in eine Verschwörung gegen die Krone verstrickt seid. Denn so einfach ohne Grund kann selbst der König in Aidranon keine Bürger töten – vor allem keine Senatoren und ihre Verwandten.«

»Vielleicht warten sie, bis Grekeas und ich für ein Wochenende aufs Land fahren«, schlug er zynisch vor. »Da stirbt es sich unauffälliger.«

»Ja, vielleicht«, pflichtete Erindrea ihm düster bei.

Iolan ließ endlich ihre Hände los und holte tief Luft. »Danke«, sagte er, während er sich darum bemühte, die Furcht zurückzudrängen, die sich seiner bemächtigen wollte. »Danke, dass du mich gewarnt hast.«

»Ich musste es. Du bist der Letzte aus dem Hause Kamenor. Und außerdem …« Erindrea stockte und schien nach Worten zu suchen. »… will ich einfach nicht, dass dir etwas zustößt«, sagte sie.

»Ich passe auf mich auf«, versprach Iolan. »Aber ich möchte auch nicht, dass dir etwas zustößt. Deshalb solltest du jetzt zum Palast zurückkehren, bevor jemand deine Abwesenheit bemerkt und die ganze Königsgarde ausgesandt wird, um dich zu finden.«

Erindrea schnaubte. »Wahrscheinlich wäre mein Vater froh, wenn ich vom Blitz erschlagen würde. Trotzdem will ich rasch zurückeilen, damit mich nachher niemand fragt, wo ich gewesen bin.« Sie wandte sich zum Gehen, doch dann zögerte sie. »Glaubst du, dass wir uns wiedersehen?«, fragte sie leise.

Iolan presste die Lippen zusammen. »Das wissen nur die Sechsgötter. Mein Herz wünscht es sich, aber mein Kopf sagt, dass ich klug beraten wäre, so schnell wie möglich mit meiner Schwester zu verschwinden, um irgendwo unterzutauchen.« *So, wie es Arastoths ursprünglicher Plan für uns war – oder auch nicht.*

»Dann möchte ich das hier noch tun«, sagte Erindrea.

»Was?«, wollte Iolan wissen und wurde völlig überrumpelt, als sie plötzlich im Dunkeln gegen ihn prallte und ihre Arme um ihn legte.

»Das.« Ihre Lippen suchten die seinen und sie küsste ihn.

Im ersten Moment war er so erschrocken, dass er bloß stocksteif dastand. *Sie ist die Prinzessin von Cordur!*, hämmerte es in seinem Kopf. *Du kannst nicht die Prinzessin von Cordur küssen.* Gleich darauf schob er den Gedanken beiseite, schloss sie ebenfalls in die Arme und ließ es einfach geschehen. Trotz der nassen Kleider erfüllte ihn plötzlich eine wundervolle Wärme, und während das Unwetter um sie, um den Pavillon, den Vorgarten und ganz Aidranon tobte, wünschte er sich, die Zeit in genau diesem Augenblick anhalten und den Moment auf ewig einfrieren zu können.

Doch diese Gnade war ihm nicht vergönnt. Viel zu rasch löste sich Erindrea wieder von ihm und zog sich auf Armeslänge zurück. »Wir werden uns wiedersehen«, flüsterte sie entschlossen, bevor sie sich umdrehte und im Dunkel des Gartens verschwand.

25

IM KÄFIG GEFANGEN

4. Tag des 8. Mondes
im 301. Jahr der cordurischen Könige

In dieser Nacht schlief Iolan schlecht. Das Gewitter war längst weitergezogen und einem kühlen, nur leicht bewölkten Nachthimmel gewichen, doch Iolan drehte sich noch immer auf seiner Bettstatt hin und her, stand auf, trank einen Becher Wasser, starrte in die Nacht hinaus und legte sich wieder hin, nur um dort weiter seinen wirbelnden Gedanken nachzuhängen.

Ich sollte Senator Grekeas warnen, dass der König uns auf der Spur ist. Oder vielleicht sollte ich zuerst mit Meister Arastoth sprechen. Dann könnte ich ihn zugleich fragen, warum die Mosaiksteinchen meiner Vergangenheit nicht zusammenpassen. Aber kann ich ihm noch trauen? Wer weiß, wie viel von den Geschichten, die er mir auf der Fahrt nach Aidranon erzählt hat, wahr ist und welche Ziele er wirklich verfolgt? Andererseits war er all die Jahre meinem Vater ein guter Freund, und wovor er mich auch immer versteckt hat, es hat mir siebzehn Sommer in Efthaka beschert, mit Mirene und Markos und Elea.

Er schloss die Augen und fuhr sich mit der Hand übers Gesicht. *Elea …* Es schmerzte, an sie denken zu müssen, an das, was zwischen ihnen gewesen war und wie grausam und plötzlich es geendet hatte. Zugleich plagte ihn das schlechte Gewissen, weil er vorhin im Pavillon im Garten überhaupt nicht an sie gedacht hatte. Er roch noch immer den Duft von Erindreas Haar und schmeckte ihren Kuss auf seinen Lippen. Sie mochte eine Prinzessin sein und die Tochter des Mannes, den Iolan am liebsten tot sehen wollte, weil er für das Massaker in Efthaka verantwortlich war, doch er konnte nicht leugnen, dass seine Gedanken mit jedem Tag mehr um Erindrea kreisten. Und dieses Sehnen würde nach dem heutigen Abend ganz bestimmt nicht verlöschen. *Es tut mir leid, Elea. Hier ist alles so anders. Die Dinge ändern sich so schnell.*

Er nahm das gestickte Tuch auf, das er neben seiner Bettstatt auf einen Stuhl gelegt hatte. Da er im schwachen Mondlicht, das durch die geschlossenen Fensterläden hereinfiel, kaum etwas sehen konnte, entzündete er eine Öllampe. Im Schein der kleinen Flamme betrachtete er die Wellen, den Fisch und den Bootsrumpf. *Ich darf nicht vergessen, woher ich komme. Arastoth mag mir erzählen, was er will. Vielleicht bin ich der Sohn von Lahrian Kamenor. Vielleicht bin ich der entfernte Verwandte von Senator Grekeas. Oder ich bin nichts von beidem. Letzten Endes zählt, wo ich aufgewachsen bin, wo meine Heimat war, wer mich großgezogen hat – und aus welchem Grund ich nach Aidranon gereist bin. All den Verlockungen und Verstrickungen zum Trotz, denen ich hier ausgesetzt bin, darf ich das nie vergessen.*

Irgendwann glitt sein Bewusstsein hinüber ins Reich der Träume, doch die Bilder, die ihm im Kopf herumspukten, waren noch verstörender als seine Gedanken.

Er sah sich in einem kleinen Segelboot stehen, umgeben von dunklen Wellen, die sich bis zum Horizont erstreckten. Am Himmel flogen Wolkenberge dahin. Er hielt seine Harpune fest umklammert und suchte etwas, von dem er nicht genau wusste, was es war. *Der Makarai*, sagte er sich. *Ich muss ihn fin-*

den. Denn wenn ich ihn bezwinge, kehre ich mit dem größten Fisch ins Dorf zurück und alle werden mich feiern.

Angestrengt starrte er in die Fluten und suchte nach einem Anzeichen, dass einer der Raubfische sich von seinen Ködern hatte anlocken lassen. Auf einmal gewahrte er einen Schatten in der Tiefe unter sich, einen gewaltigen Schatten, der immer größer wurde, während das Geschöpf, das dort in schwarzer Stille hauste, näher kam, um ihn zu verschlingen. Ein tiefes, ursprüngliches Grauen erfasste ihn. Dieses Wesen war zu groß. Es war widernatürlich.

Und dann brach es schäumend durch die Wasseroberfläche, ein Ungeheuer, wie es nur Albträumen entspringen konnte. Der Fisch war riesig, wenn es überhaupt ein Fisch war. Sein massiger Leib wies eine schmutzig rotgraue Färbung auf, und Verästelungen, die an Adern erinnerten, zogen sich darüber hinweg. Iolan konnte ein Maul voller Zähne erkennen, groß genug, um sein Boot mit einem Happen zu verschlingen. Die See kochte um das Ungetüm, und Iolan schrie, während er sich mit seiner Harpune des Geschöpfs zu erwehren versuchte.

Hoch ließ er die Waffe über seinem Kopf herumwirbeln. Er nutzte sie nicht wie einen Spieß, sondern wie eine Stangenwaffe mit messerscharfer Spitze. Eine Kraft, wie er sie noch nie in sich gespürt hatte, durchströmte ihn, und Hitze, als wolle sein Körper von innen verbrennen, floss in seine Glieder. Wie eine von Götterhand geführte, magische Schwertklinge fuhr die Harpunenspitze durch die dicke Haut des Ungeheuers und fügte ihm eine klaffende Wunde zu. Das Monstrum brüllte und bäumte sich auf, und hoch aufgerichtet in seinem Boot stehend erwiderte Iolan das Brüllen. Dabei fiel sein Blick auf seine Arme, und im nächsten Augenblick war das kalte Grauen wieder da: Seine Haut sah genauso aus wie die des Seeungeheuers.

Er erschrak dermaßen, dass ihm der Traum entglitt. Die Bilder wirbelten durch seinen Kopf, wie von einem Sturmwind erfasst, und plötzlich fand er sich an einem anderen Ort wieder. Er stand auf dem nächtlichen Strand unweit der Stelle, wo die Boote der Fischer lagen. Im ersten Moment glaubte er sich alleine, doch dann bemerkte er die Gestalt, die auf dem Hügelkamm stand und zu ihm herabschaute. Ihr weißes Kleid leuchtete im hellen Mondlicht und das lockige, schwarze Haar fiel ihr offen über die Schultern. Als sie merkte, dass er sie erkannt hatte, drehte sie sich um und schritt davon.

Elea!, rief Iolan. *Elea, warte auf mich!*

Er rannte los, über den Sand und die Böschung hinauf. Der Boden gab unter ihm nach, und er rutschte abwärts, doch er kämpfte sich weiter, immer weiter, den Blick unverwandt nach vorne und oben gerichtet, um Elea nicht aus den Augen zu verlieren.

Als er den Hügelkamm erreichte, sah er, dass die weiße Gestalt auf eine rötlich flackernde Lichtquelle zuging. Es war Efthaka, sein Dorf, lichterloh brennend und von Kampfeslärm erfüllt. *Nein, Elea!*, schrie Iolan ihr nach. *Geh nicht dorthin. Dort wirst du sterben.*

Sie hörte nicht auf ihn – natürlich nicht –, sondern näherte sich unbeirrt Schritt für Schritt dem Dorf, und trotz ihrer Langsamkeit schien sie unerreichbar für ihn, ganz gleich, wie sehr er sich beeilte.

Auf einmal stand er mitten auf der Dorfstraße. Männer und Frauen rannten durcheinander. Iolan glaubte den Klippenspringer Clavio und seine Tante Kathamnia zu sehen. Sie alle fielen unter den Schwertern der königlichen Soldaten, die mit verzerrten Gesichtern, Bestien gleich, unter den Fischern und ihren Familien wüteten. Am anderen Ende der Straße erblickte er die Gestalt von Elea, die dort einfach nur stand und ihn anstarrte. Blutrote Flecken verunzierten ihr weißes Kleid.

Mit einem Aufschrei stürzte sich Iolan in den Kampf. Er hatte nun Schwert und Schild in den Händen, und es fühlte sich ein bisschen an wie die Übung mit den Wachleuten von Senator Grekeas. Er duckte sich, wich aus und parierte, bloß um gleich darauf immer wieder vorzustoßen und zuzuschlagen. Doch für jeden Soldaten, der unter seinen wütenden Hieben fiel, tauchte ein neuer auf.

Die Menge der Gegner wurde immer dichter und dichter. Von allen Seiten bedrängten sie ihn, und Iolan schlug um sich, bis seine Arme schwer wurden. *Nein … Ich darf nicht fallen … Darf nicht …* Eine Flut aus Schwertern und behelmten Schädeln, aus denen glühende Augen hervorstarrten, umgab ihn, spülte über ihn hinweg, drohte ihn zu ersticken.

Weg von ihm, ihr Narren. Das ist Iolan!

Es gab einen gleißenden Blitz und die Soldaten flogen auseinander wie Stoffpuppen, die von einer Sturmböe erfasst wurden. Eine Gestalt in einem Kapuzenmantel tauchte über Iolan auf, der am Boden lag, niedergedrückt von der Last seiner Feinde. *Der da*, sagte der Mann, als er die Kapuze zurückschlug, *gehört mir …*

Mit einem Keuchen fuhr Iolan aus dem Schlaf. Sein Herz schlug wie wild in der Brust, und als er sich zu bewegen versuchte, musste er feststellen, dass er sich in seinem Laken verheddert hatte. Außerdem schmerzte seine Haut am Rücken, den Oberarmen und den Oberschenkeln, als litte er unter einem unangenehmen Sonnenbrand. Ächzend stand er auf und tappte im ersten Licht des neuen Tages hinüber zu dem polierten Bronzespiegel. Als er sich davor hin und her drehte, musste Iolan feststellen, dass die Haut um die arkanen Symbole eigenartig gerötet war. *Was geht hier vor?*, wunderte er sich.

Er goss sich etwas Wasser in die Waschschüssel und spritzte es sich ins Gesicht, um die Schlaftrunkenheit zu verscheuchen.

Obwohl es noch früh am Morgen war und große Teile der Stadt schliefen, glaubte er nicht, jetzt noch einmal zur Ruhe zu kommen. Stattdessen öffnete er die Fensterläden und ließ die kühle, frische Seeluft in den Raum. Er stellte sich ans Fenster, schloss die Augen, und für einen Moment gelang es ihm, sich einzureden, er stünde auf der Klippe unweit seines Heimatdorfs.

Aber die Bilder seines Albtraums verfolgten ihn und störten das Gefühl von Frieden. Da war etwas zum Ende des geträumten Kampfes um Efthaka gewesen, das ihm keine Ruhe ließ. Arastoth hatte die königlichen Soldaten zwar zur Seite geschleudert, aber er hatte sie keineswegs wie Gegner angesprochen. Stattdessen hatte er sie Narren gescholten und Iolan für sich beansprucht. *Hat es sich in Wirklichkeit genauso abgespielt?*, fragte Iolan sich. Er konnte sich nicht mehr richtig erinnern, aber dieser eine Satz kam ihm so bekannt vor, als hätte er ihn damals wirklich gehört.

Weg von ihm, ihr Narren. Das ist Iolan!

Bedeutete das, dass Arastoth mit den Soldaten gemeinsame Sache gemacht hatte? War er so skrupellos, dass er das Dorf selbst hatte angreifen lassen? Dass er zur gleichen Zeit aufgetaucht war wie die königlichen Soldaten, war Iolan schon die ganze Zeit eigenartig vorgekommen. Und dann hatte er Iolan unten am Strand gerade in dem Moment sein Geschenk zur Seeweihe überreicht, als oben die Krieger zuschlugen.

Dass ich zurück zum Dorf gerannt bin, hat ihm überhaupt nicht gepasst, erinnerte Iolan sich. *Er wollte mich beinahe zwingen, dem Kampf fernzubleiben. Wahrscheinlich wäre es ihm am liebsten gewesen, wenn ich mit ihm auf seinem Schiff geflohen wäre. Das Schicksal der Dorfbewohner schien ihm egal zu sein. Ist also gar nicht König Agathon mein wahrer Feind, sondern Arastoth?*

Iolan ließ sich auf der Kante seiner Bettstatt nieder und barg den Kopf in die Hände. »Oder werde ich völlig verrückt und sehe bloß Gespenster?«, murmelte er zu sich selbst. Er konnte dem alten Quano nichts nachweisen, aber er wurde auch das seltsame Gefühl nicht los, dass dieser ein doppeltes Spiel spielte.

Dann kam ihm ein Gedanke, und er hob den Kopf. »Ich weiß nicht, ob du es warst, der die Soldaten nach Efthaka geschickt hat«, sprach er einen unsichtbaren Arastoth an, »aber ich kann zumindest nachprüfen, ob du mich einmal mehr belogen hast.« Er hob den Arm und blickte entschlossen auf die arkanen Symbole, die diesen bedeckten. *Ich werde auf eigene Faust versuchen, herauszubekommen, was es damit auf sich hat!*, entschied er. *Und das schon heute Abend.*

Die Aufgaben des Tages – ein Besuch des Trahjana-Tempels, Unterweisungen in Reichspolitik, Kampfübungen mit den Wachleuten des Senators und ein Abendessen mit einem Senator Agis und seiner Familie – brachte Iolan pflichtschuldig, aber ohne besonderen Eifer hinter sich. Die Hautreizung an Rücken, Armen und Beinen ließ zwar gegen Mittag nach, dennoch konnte er an nichts anderes denken als die Frage, an wen er sich wenden sollte, um mehr über diese arkanen Symbole in Erfahrung zu bringen.

Es lag nahe, die Quano-Gemeinschaft von Aidranon zu befragen. Iolan hatte bereits herausgefunden, dass es ein großes Gahat-Heiligtum in der Stadt gab, in dem sicher mehr als genug kundige Theurgen anzutreffen waren. Allerdings wagte er nicht, sich einem von ihnen anzuvertrauen, schließlich wollte er um jeden Preis vermeiden, dass Arastoth von seinen Nachforschungen erfuhr. Und wer wusste schon, wie weit sein Arm reichte?

Er konnte sich auch an die Priester des Actuani-Tempels wenden. Immerhin zählten zu den Wirkungsfeldern der blasshäutigen Göttin Actuani die Suche nach Wissen und die Beschäftigung mit dem Arkanen. Doch auch in diesem Fall fürchtete Iolan, verraten zu werden, wenngleich nicht an Arastoth, sondern an den König. Er hatte keinerlei Vorstellung davon, was die Symbole bedeuten mochten, und es war absolut im Rahmen des Möglichen, dass sie einen staatstreuen Geistlichen zum Handeln zwangen.

Iolan kam zu dem Schluss, dass er wohl am besten beraten war, wenn er sich nach einem freischaffenden Magiekundigen umschaute, der möglichst wenig mit irgendwelchen Senatoren und sonstigen wichtigen Persönlichkeiten der Stadt zu tun hatte. *Ich sollte dem Hafenviertel einen Besuch abstatten*, dachte er.

Als der Abend kam und Iolan sich endlich zurückziehen konnte, ohne damit den Argwohn seiner Umgebung zu erregen, setzte er seinen Plan in die Tat um. Er schloss seine Zimmertür, stopfte ein paar Kissen unter die Wolldecke auf seiner Bettstatt, sodass es im Dunkeln aussah, als würde er schlafen, und kletterte anschließend, in ein einfaches Gewand und einen schützenden Umhang gekleidet, aus dem Fenster, um durch die Sträucher des Gartens und über die Mauer zu verschwinden.

Durch die Straßen von Aidranon lief Iolan zum Seetor. Die Wachen, die dort standen, würdigten ihn kaum eines Blickes. Zwar beobachteten sie die Ströme der Kommenden und Gehenden, aber sie kontrollierten vor allem jene, die nach Aidranon hinein wollten – und selbst das nur nachlässig.

Auf den gewundenen Straßen und schmalen, steilen Gassen des Hafenviertels herrschte genauso viel Betrieb, wie am Tag ihrer Ankunft in Aidranon. Lastkarren mit Waren, die von Schiffen im Hafen stammten, plagten sich die Hauptstraße entlang. Händler boten an ihren Ständen und in offenen Ladenbereichen Waren feil. Und in zahlreichen Tavernen vergnügten sich Seeleute und die Hafenbewohner, die sich keine Bleibe innerhalb der Stadtmauern leisten konnten oder wollten.

Da er über keine eigene Waffe verfügte – sein Fischermesser war seit dem Kampf um Efthaka verschwunden, das dort erbeutete Schwert hatte Arastoth einbehalten –, kaufte sich Iolan zuerst einmal beim nächstbesten Schmied einen Dolch. Vom Majordomus des Senators hatte er etwas Geld für alltägliche Ausgaben bekommen, seit er als Verwandter von Grekeas auftrat. Eine Hand unter dem Mantel auf dem Knauf seines neu erworbenen Dolchs ruhend und wachsam seine Umgebung im Auge behaltend, begann Iolan danach, durch die Gassen des Hafenviertels zu streifen. Er suchte nach einem Laden oder Hauseingang, der darauf schließen ließ, dass dort jemand mit arkanen Kenntnissen zu finden war.

Nach einer Weile erreichte er einen kleinen Platz, auf dem sich eine Gruppe fahrender Schausteller ausgebreitet hatte. In einer Ecke wurde musiziert, in einer anderen zeigten dunkelhäutige Akrobaten ihr Können. In einer Reihe von Käfigen wurden den staunenden Besuchern Tiere dargeboten, von denen Iolan noch nie gehört hatte. Darunter befand sich auch ein Geschöpf, das auf den ersten Blick wie ein toter Steinbrocken aussah, aber urplötzlich zum Leben erwachte, ein breites Maul voll schwarzer, kristallartig glitzernder Zähne entblößte und fauchend gegen die Gitter sprang, als Iolan an den Käfig trat. Erschrocken zuckte er zurück. Die Kreatur mit der schiefergrauen Haut tobte auf ihren vier kurzen Beinen in ihrem Gefängnis herum, bis ein Wärter kam und ihr mit einem Stock ein paar Hiebe verpasste.

»Verzeihung«, wandte sich Iolan an den Wärter, nachdem sich das Geschöpf in eine Ecke zurückgezogen hatte. »Gibt es hier jemanden, der sich mit arkaner Kunst auskennt?«

»Siehst du dort drüben das Zelt?«, fragte der Mann und deutete auf eine abenteuerliche Tuchkonstruktion am Rand des Platzes.

Iolan nickte.

»Da drin findest du Questoi. Er liest aus Teesatz und aus deiner Hand die Zukunft. Außerdem vermag er Furunkel zu heilen und Tränke zu brauen, welche die Manneskraft stärken. Wenn hier jemand Ahnung von arkanen Dingen hat, dann er. Aber …« Der Mann grinste. »… erwarte keine Wunder von ihm.«

»Vielen Dank«, sagte Iolan und bedachte den anderen mit einem matten Lächeln, das jedoch sogleich wieder von seinen Lippen verschwand, als der Mann sich umgedreht hatte. *Bei Actuani*, dachte Iolan finster. *Das klingt nach einem echten Scharlatan.* Er bezweifelte, dass er von diesem Burschen auch nur die geringste nützliche Information erhielt. Andererseits war er nun schon hier, und bislang hatte er keinen anderen Zauberkundigen gefunden. Also konnte er sein Glück auch bei diesem versuchen.

Seufzend begab sich Iolan zu dem Zelt hinüber. Er schlug die Plane am Eingang beiseite und steckte den Kopf hinein. Im Inneren war es noch dunkler als auf dem Platz. Nur eine einzelne Kerze brannte, und in einer kleinen Schale glühte Räucherwerk, das einen würzig-süßen Duft verbreitete. Wäre nicht von draußen durch die Tuchplanen weiteres Licht in das Zelt gefallen, man hätte kaum etwas erkennen können.

So ließ sich immerhin ausmachen, dass allerlei absonderliches Zeug den Raum ausfüllte. Von den Zeltstangen hingen Kräuterbündel, Vogelfedern und verkorkte Flakons. Auf einem Metallständer in der rechten Ecke ruhte etwas, das wie eine makellose, milchigweiße Kristallkugel aussah, auf einer Kiste in der linken stand ein bauchiges Metallgefäß mit zwei Griffen und einem Ausgussmechanismus. Auf dem Boden in der Mitte lagen mehrere zerschlissene Kissen um einen niedrigen Tisch verteilt, auf dem sich Kerze und Räucherschale befanden. Ein Mann namens Questoi war nicht zu sehen.

»Hallo?«, fragte Iolan.

»Kommt herein, junger Herr«, drang eine Stimme durch eine Tuchplane im hinteren Teil des Zelts, wo sich ein zweiter Raum befinden musste. »Setzt Euch. Ich bin gleich bei Euch.«

Zögernd kam Iolan der Aufforderung nach, trat ein und ließ sich mit überkreuzten Beinen auf einem der flachen Kissen nieder, die, wie er feststellte, nicht sonderlich bequem waren. Keine fünf Herzschläge später wurde die Tuchplane ihm gegenüber zur Seite geschlagen, und Questoi gesellte sich zu ihm – zumindest nahm Iolan das an.

Der Mann trug ein bodenlanges Gewand von graugrüner Farbe mit weiten Ärmeln und einem locker geschnürten Ausschnitt. Ein schmaler Gürtel umschlang seine Hüften, an dem eine kleine Gürteltasche hing. Auffällig war ein kreisförmiges Bronzeamulett, das im warmen Licht der Kerze schimmernd auf seiner Brust lag und einen fünfstrahligen Stern zeigte. Der Mann, dessen Alter sich schwer schätzen ließ, stützte sich auf einen etwa eineinhalb Schritt langen Stab, dessen abgewinkelter, geschnitzter Kopf an den Schädel eines Drachen erinnerte. Seine Augenpartie war von einem grauen Tuch bedeckt, als sei er blind.

»Ich grüße Euch, junger Herr«, sagte er überraschend gut gelaunt und überhaupt nicht in dem orakelnd raunenden Tonfall, den Iolan bei einem selbsternannten Wahrsager erwartet hätte. »Wünscht Ihr mehr über Eure Zukunft zu erfahren? Oder dürstet Euch nach einer guten Tasse Tee? Wie es der Zufall will, könnte ich Euch in beiden Fällen weiterhelfen.«

Iolan schüttelte den Kopf, bevor ihm einfiel, dass sein Gegenüber vermutlich blind war. Das alles hatte doch keinen Sinn. Wie sollte dieser Questoi ihm helfen können, wenn er die Symbole auf Iolans Körper noch nicht einmal sehen konnte.

»Oh, dieses zögerliche Schweigen kenne ich gut.« Der Wahrsager gluckste. »Doch wagt es nicht, jetzt einfach aufzustehen und dieses Zelt zu verlassen. Ihr werdet mindestens den besten Tee verpassen, den Ihr in ganz Aidranon zu trinken bekommt. Ich habe ihn aus einem fernen Land mitgebracht. Blätter wie diese gibt es hier gar nicht.« Während er sprach, trat er zu dem bauchigen Metallgefäß, in dessen Schatten noch eine kleinere Kanne stand. Questoi lehnte seinen Stab an die Kiste und hob die Kanne und dann deren Deckel, um daran zu schnuppern. »Hm, gut«, stellte er fest. »Muss nur noch ein wenig aufgewärmt werden.«

Er setzte die kleine Kanne oben auf das Metallgefäß und hantierte ein wenig daran herum. Iolan sah schweigend zu, unsicher, was er von dem Mann halten sollte. Kurz darauf begann sich ein kraftvoller Duft in den Geruch des Räucherwerks zu mischen. Questoi prüfte erneut den Inhalt der Kanne, bevor er ein wenig der Flüssigkeit in zwei Becher goss, die er dann mit offenbar heißem Wasser aus dem bauchigen Metallgefäß auffüllte. Zufrieden gesellte er sich zu Iolan und ließ sich ihm gegenüber nieder. Die beiden Becher stellte er auf den Tisch. Iolan fiel auf, dass er sich im Inneren des Zeltes mit einer so ruhigen Sicherheit bewegte, als kenne er sich hier genau aus. Oder als vermochte er auf Sinne zu vertrauen, die über schlichtes Sehen hinausgingen.

»Trink«, forderte Questoi ihn auf. »Der Tee ist wirklich gut.«

»Danke«, sagte Iolan. Er führte den Becher an die Lippen und nippte an der dunklen Flüssigkeit. Sie war heiß, aber nicht unangenehm heiß. Er bewegte den Tee im Mund hin und her und musste zu seinem Erstaunen feststellen, dass er sich wahrhaftig völlig von dem widerlichen Kräutersud unterschied, den seine Mutter ihm gelegentlich eingeflößt hatte. Er schmeckte weich und ein wenig süß und war von einem Aroma, das Iolan nicht zu beschreiben vermochte. Kaum dass er den ersten Schluck genommen hatte, breitete sich ein warmes Gefühl in seinem Magen aus.

»Und?«, fragte Questoi neugierig.

»Er ist tatsächlich sehr gut«, gab Iolan zu und trank etwas mehr.

»Sage ich doch. Und wenn ich etwas sage, dann ist es auch so. Meistens zumindest.« Der Wahrsager nippte an seinem eigenen Tee. »Und nun verratet mir, was Euch zu mir führt, junger Herr. Wollt Ihr wissen, ob Ihr den Mörder Eurer Familie finden werdet? Oder ob Ihr am Ende Eurer Geschichte den bösen Hexer bezwingen und die Prinzessin zur Frau nehmen könnt?«

Unwillkürlich zuckte Iolan zusammen. »Was sagt Ihr da?«

Questoi lächelte. »Ich rede nur so vor mich hin. Sind es nicht solcherlei Dinge, die einen jungen, abenteuerlustigen Mann wie Euch für gewöhnlich umtreiben?«

»Nein. Ja. Also vielleicht, aber deswegen bin ich nicht zu Euch gekommen.«

»Ah«, machte der Wahrsager. »Jetzt kommen wir der Sache merklich näher.« Er nahm einen Schluck Tee. »Sprecht weiter.«

Iolan schlug seinen Mantel zur Seite und schob den Ärmel seiner Tunika hoch. Sein Blick wanderte von dem grauen Tuch vor den Augen Questois zu den Symbolen auf seinem Arm. »Ich … Ich weiß nicht, ob Ihr imstande seid, mir zu helfen.«

Questoi saß einfach nur da und schien zu warten.

»Wisst Ihr, als ich noch ein Kind war, wurden mir von einem Quano-Theurgen diese eigenartigen Symbole auf den Körper gezeichnet. Er sagte, ich litte an einer seltenen Krankheit, aber die Symbole würden diese unterdrücken. Stets kam er nach zwei oder drei Jahren zu Besuch und frischte die Symbole auf. Vor ein paar Wochen hörte ich dann, dass er … dass er mich belogen hat. Aber ich erfuhr nicht, welchem Zweck die Symbole wirklich dienen.« Das fasste die Geschehnisse nur sehr oberflächlich zusammen, doch Iolan wollte den eigenwilligen Wahrsager nicht in seine ganze Lebensgeschichte einweihen. »Nun bin ich auf der Suche nach jemandem, der mir verraten kann, was es mit diesen Zeichen auf sich hat.«

»Ah, Quano-Theurgie«, sagte Questoi und nickte verständnisvoll. »Eine der seltsameren Arten, diese ganz besondere Kraft zu verstehen, die überall wirkt und zugleich Wunderbares und Schreckliches hervorbringen kann. Es wundert mich nicht, dass Euch die Zeichen an Eurem Körper beunruhigen.«

Hoffnung begann sich in Iolan zu regen. So, wie Questoi sprach, schien er eine gewisse Erfahrung damit zu haben. »Könnt Ihr mir vielleicht mehr über diese Symbole sagen, wenn ich sie Euch beschreibe?«

»Warum möchtet Ihr sie mir beschreiben?«, fragte der Wahrsager milde verwirrt.

»Nun Ihr …« Iolan zögerte verlegen. »Ich dachte, weil Eure Augen …«

»Weil meine Augen blind sind?« Questoi lachte leise. »Oh, mein junger Freund, wenn Ihr sehen könntet, was ich zu sehen vermag, wüsstet Ihr, dass man keine Augen braucht, um das Wesen der Dinge zu erkennen. Aber kommt.« Er winkte ihn näher. »Rutscht zu mir herüber. Ich möchte diese Symbole gerne berühren. Das würde mir den Versuch erleichtern, sie zu verstehen.«

Iolan tat, wie ihm geheißen und kroch um den Tisch herum. »Hier bin ich«, sagte er und hielt Questoi den Arm hin.

Tastend glitten die Finger des Wahrsagers über Iolans Arm, bis sie Arastoths Symbole erreichten. »Hm«, brummte Questoi. »Auf solch theurgisches Werk trifft man nicht alle Tage, so viel steht fest. Legt bitte Euren Mantel ab, damit ich die übrigen Symbole prüfen kann.«

Auch dieser Aufforderung kam Iolan nach. Mit leichtem Unbehagen saß er da, während Questois Finger die Haut seiner Arme betasteten, unter den Stoff der Tunika glitten, um seinen Rücken zu berühren, und schließlich die Symbole auf seinen Oberschenkeln nachzeichneten. Dabei brummte der Wahrsager gelegentlich vor sich hin, allerdings konnte Iolan nicht verstehen, was er sagte.

Schließlich zog er sich zurück, griff nach seinem Becher mit Tee und nippte gedankenvoll daran. Dann wandte er sich Iolan wieder zu. »Der Mann, der diese Symbole gezeichnet hat, könnte Euch drei Dinge über Euch selbst und diese Zeichen erzählen. Ich werde Euch immerhin zwei sagen können. Aber ich muss Euch warnen, genau so wie ich jeden warne, der dieses Zelt betritt. Meine Worte werden Euch verändern. Sie mögen Furcht, Zorn oder Sehnsucht wecken. Wenn Ihr ...« Er brach ab und wirkte auf einmal bekümmert. »Oh.«

»Was ist?«, wollte Iolan wissen.

Questoi zuckte schwach mit den Achseln. »Nun, für gewöhnlich füge ich noch hinzu: Wenn Ihr ein glückliches Leben führen wollt, lasst ab von Eurer Suche nach Antworten, kehrt nach Hause zurück, und empfangt den neuen Tag mit offenen Armen. Aber in Eurem Fall würde das wohl nichts nützen, denn was Euch bestimmt ist, lässt sich nicht einfach abschütteln.«

»Ihr sprecht in Rätseln. Könnt Ihr Euch nicht klarer ausdrücken?«

»Ich könnte es bestimmt, aber ich bin ein Wahrsager, schon vergessen? Man erwartet von mir eine gewisse Rätselhaftigkeit.« Die Mundwinkel seines Gegenübers umspielte ein Lächeln. »Dennoch will ich zumindest etwas deutlicher werden. Diese Symbole, dies sage ich Euch als Erstes, mein junger Freund, halten in der Tat etwas zurück. Sie umschließen Euren Körper und Eure Aura wie ein magischer Käfig, der es anderen unmöglich macht, Euch zu erkennen.«

»Mich zu erkennen?« Iolan runzelte die Stirn. »Was soll das heißen? Ich bin doch nicht unsichtbar!«

»Nein, grundsätzlich nicht, aber ein Teil von Euch eben doch. Der Käfig verbirgt etwas in Euch, schließt etwas ein, das zu Euch gehört, aber – so wollte es der Quano-Theurg – nicht zum Vorschein kommen soll. Womöglich hält er diesen Teil von Euch für eine Krankheit. Dann hätte er Euch gar nicht belogen, zumindest nicht von seinem Standpunkt aus. Aber vielleicht fürchtet er ihn auch, denn so viel vermag ich Euch als Zweites zu verraten …« Questois Stimme wurde leiser und gewann an Nachdruck. »Es schlummert eine gewaltige Kraft in Euch, eine Kraft, wie ich sie bislang nur bei wenigen Sterblichen gespürt habe. Ihr mögt mich einen alten Narren schimpfen, doch ich prophezeie Euch, dass Ihr auf machtvolle Art und Weise Euer jetziges Dasein sprengen werdet, um von neuer Größe erfüllt die Geschicke Zahlloser zu verändern, ob zum Guten oder zum Bösen, liegt ganz allein an Euch.«

Der Wahrsager packte Iolan am Arm und beugte sich vor. »Hütet Euch, Iolan. Hütet Euch vor Euch selbst, denn solche Kraft kann einen Mann verderben. Und wenn das geschieht …« Er hielt inne. Zwei Herzschläge lang herrschte angespanntes Schweigen. Dann ließ Questoi Iolan auf einmal los und lehnte sich zurück.

»Was?«, fragte Iolan. »Was, wenn das geschieht?«

»Nun, dann möchte ich lieber nicht mehr in Aidranon weilen«, erwiderte Questoi leichthin. »Wo wir gerade von verweilen sprechen, ich glaube, ich habe Euch nun lange genug in meinem Zelt festgehalten. Es warten sicher noch andere bedauernswerte Seelen, denen ich mit meinem Tee den Abend versüßen und mit meinen Worten die Nacht verderben kann.« Er schmunzelte und erhob sich.

Verwirrt stand auch Iolan auf. Er wusste nicht, ob er Questoi danken oder verfluchen sollte. Zwar hatte er durchaus etwas in Erfahrung gebracht, aber der Wahrsager schickte ihn letzten Endes mit mehr Fragen als Antworten fort. »Ich danke Euch für Eure Zeit«, zollte er dann doch der Höflichkeit Tribut. »Und für den Tee.«

»Gern geschehen«, erwiderte der Wahrsager lächelnd. »Ich bekomme zehn Danari.«

Es war weit nach Mitternacht, als Iolan ins Haus von Senator Grekeas zurückkehrte. Ungesehen erreichte er sein Zimmer, legte dort den Umhang ab und setzte sich auf seine Bettstatt. Nachdenklich starrte er ins Leere. Dieser Questoi hatte einige ziemlich seltsame Dinge behauptet. Wenn man allerdings berücksichtigte, dass er blind war und auf einem Jahrmarkt als Teesatzleser und Kristallkugelschauer sein Geld verdiente, klang das, was er gesagt hatte, nicht sehr glaubwürdig. *Es schlummert eine gewaltige Kraft in Euch, eine Kraft, wie ich sie bislang nur bei wenigen Sterblichen gespürt habe*, hallten Questois Worte in seinem Geist nach. *Ich prophezeie Euch, dass Ihr auf machtvolle Art und Weise Euer jetziges Dasein sprengen werdet, um von neuer Größe erfüllt die Geschicke Zahlloser zu verändern* … Das hörte sich an wie das Gerede eines Scharlatans oder eines Verrückten.

Oder nicht?

Iolan musste an den Tag denken, an dem er mit dem Orwa gerungen hatte. Der Riesenfisch hätte beinahe sein Boot zum

Kentern gebracht, und dennoch war es Iolan gelungen, ihn zu bezwingen. Er hätte ihn töten und nach Efthaka schleppen können, ein Ungeheuer, das selbst eine ganze Gruppe erfahrener Fischer nicht zu fangen vermochte. *Damals ist etwas mit mir geschehen*, dachte er. *Etwas in mir hat sich geregt. Eine Kraft, die ich noch nie zuvor gespürt habe. Und kurz danach besuchte uns Arastoth und drängte darauf, die Symbole auf meinem Körper zu erneuern – zu meinem Schutz natürlich. Oder hat Questoi recht und Arastoth fürchtet, was in mir steckt? Aber was könnte das sein?*

Iolan stand auf und schritt zu dem Bronzespiegel hinüber. Er zündete eine Öllampe und eine Kerze an und stellte sie links und rechts davon auf. Danach schnallte er seinen Gürtel ab, legte ihn auf den Waschtisch und zog seine Tunika aus. Im Schein der kleinen Flammen betrachtete er die arkanen Symbole, die über seinen Körper verliefen. Solange er denken konnte, stellten sie ein Geheimnis dar, und alle, die von den Zeichen wussten, fragten sich, was es wohl mit ihnen auf sich haben könnte.

Vielleicht ist es an der Zeit, es herauszufinden, dachte Iolan. *Vielleicht ist es an der Zeit, den Bann zu brechen, den Arastoth vor siebzehn Sommern über mich gelegt hat, und mich aus dem Käfig zu befreien, in den er mich steckte.*

Langsam zog Iolan den neu gekauften Dolch aus der Lederscheide. Die makellose Klinge, die noch nie zum Einsatz gekommen war, glänzte im Licht der Lampe und der Kerze. Iolan schluckte und wappnete sich. Er wünschte sich ein paar Gamaha-Blätter, auf denen er hätte kauen können, um die Schmerzen zu betäuben. Doch er besaß keinerlei Arznei in seinem Raum. Also blieb ihm nur, die Zähne zusammenzubeißen und das, was er zu tun gedachte, durchzustehen, so gut es ging.

Iolan holte tief Luft und verzog in Erwartung des Schmerzes das Gesicht. Dann setzte er die scharfe Dolchkante an die Symbole an seinem Arm und begann zu schaben.

26

DIE BLUME DER ERINNERUNG

6. Tag des 8. Mondes
im 301. Jahr der cordurischen Könige

»Das gefällt mir nicht.«

Stumm sah Markos zu, wie Statthalter Virius vor ihnen auf und ab ging. Die Sohlen seiner Sandalen erzeugten klatschende Geräusche auf dem Marmorboden. Ansonsten war kein Laut zu hören. Aman'dur begegnete dem Ausbruch mit unerschütterlicher Ruhe, und selbst Da'aria sah davon ab, wortreich Widerstand zu leisten, wie es für gewöhnlich ihre Art war.

»Ihr habt die Nachrichten ebenso gehört, wie ich«, fuhr Virius fort. »Keine hundert Meilen westlich von Pryphos überfallen Plünderer aus Xol unsere Siedlungen. Das Feldlager der II. Legion ist in Alarmbereitschaft. Wer vermag zu sagen, wie weit einzelne Trupps schon vorgedrungen sind? Du weißt, Aman'dur, dass ich eure Gebräuche achte und respektiere, aber ich kann euch nicht erlauben, in diesen Tagen in die Wüste zu ziehen. Es ist einfach zu gefährlich. Ich möchte keinen von euch an diese Teufel aus Xol verlieren.«

»Und das wirst du nicht«, erwiderte der Sidhari mit seiner weichen, dunklen Stimme, die niemals laut werden musste, um gehört zu werden. »Ich bin der beste Krieger, den es in Pryphos gibt. Und die Wüste ist meine Heimat. Kein Soldat aus Xol wird uns dort draußen finden, geschweige denn fassen können.«

»Dennoch wäre mir wohler, wenn ihr euer Ritual in Stadtnähe durchführen könntet. Gibt es keinen geeigneten Ort im Umkreis von ein paar Meilen?«

Aman'dur schüttelte den Kopf. »Auch wenn unsere Mutter die letzten zwanzig Sommer ihres Lebens in Pryphos verbracht hat, ist sie eine Tochter der Wüste. Um sie zu ehren, muss die Lebensblume auf dem Sand der Shaom erblühen.« Ein Lächeln umspielte seine Mundwinkel. »Freue dich doch, Virius. Ich bestehe gar nicht darauf, die Blume an Vis'daras Lieblingsplatz von einst zu bringen, denn dann wären wir zwei Wochen unterwegs. Stattdessen nehme ich mit dem Ort vorlieb, der ihr in den letzten Sommern ihres Lebens ans Herz gewachsen ist und der kaum eine Tagesreise entfernt liegt.«

»Es würde mich weniger kümmern, wenn du nicht darauf bestehen würdest, Da'aria mitzunehmen«, gab der Statthalter zurück.

»Sie hat das Alter erreicht, um diese Reise mit mir zu unternehmen. Es muss sein.« Obwohl seine Stimme nach wie vor so ruhig war, als sprächen sie über das Wetter, hatte Markos das Gefühl, als klänge Aman'dur ein wenig gereizt.

»Du kannst nicht einfach über meine Tochter verfügen«, erregte sich Virius.

»Sie ist auch die Tochter ihrer Mutter, meine Schwester und eine halbe Sidhari«, hielt der dunkelhäutige Mann entgegen. »Wenn du unser Volk wirklich so achtest, wie du sagst, und wenn du Vis'dara jemals geliebt hast, wirst du deiner Tochter ihr Erbe nicht verwehren.«

Die beiden Männer trugen ein stummes Duell der Blicke aus. Aman'durs bernsteinfarbene Augen glühten, ein Zeichen seines inneren Aufruhrs.

Schließlich sackten die Schultern des Statthalters nach unten und er seufzte. »Also schön. Ich erlaube es. Nimm Da'aria mit in die Wüste und ehrt eure Mutter, wie es eure Gebräuche verlangen. Aber …« Er hob einen warnenden Zeigefinger. »… ich lasse euch nicht ohne Schutz ziehen. Ich gebe euch eine Eskorte aus vier Männern mit.«

Erneut schüttelte Aman'dur den Kopf. »Das ist nicht nötig. Sie würden uns nur verlangsamen und die Gefahr einer Entdeckung erhöhen, sollten wirklich Krieger aus Xol am Rand der Wüste entlangstreifen.«

»Dann ihn.« Virius deutete auf Markos. »Ich bestehe darauf.«

Der Sidhari richtete seinen glühenden Blick auf Markos. »Du stammst aus einem Dorf an der Küste, keiner Stadt, nicht wahr?«

»Das ist richtig«, bestätigte Markos.

»Und du kennst dich in der Wildnis aus.«

»Ich bin noch immer wohlbehalten nach Hause zurückgekehrt.« Dass die meisten Ausflüge, von denen er zurückgekommen war, ihn auf See geführt hatten, verschwieg Markos. Die Aussicht, den unfreundlichen Sidhari begleiten zu müssen, begeisterte ihn zwar nicht gerade. Aber er war es leid, dass Aman'dur seine Fähigkeiten infrage stellte. Außerdem reizte es ihn, die Shaom kennenzulernen.

»Und kämpfen kannst du auch?«, hakte Aman'dur unnötigerweise nach.

»Sonst hätte der Statthalter mich sicher nicht gekauft«, gab Markos zurück. »Aber wenn du möchtest, gebe ich dir gerne eine Kostprobe. Lass mich nur rasch Schwert und Schild holen. Oder einen Speer, wenn dir das lieber ist.«

Die Lippen seines Gegenübers verzogen sich zu einem dünnen Lächeln, und das Glühen seiner Augen ließ etwas nach.

»Das wird nicht nötig sein.« Er wandte sich an Virius. »Ich bin einverstanden. Markos, Da'aria und ich brechen morgen bei Sonnenaufgang auf.«

Mit dem ersten Licht des neuen Tages machten sie sich auf den Weg. Markos war davon ausgegangen, dass sie vielleicht auf Pferden reiten würden, um ihre Reise einfacher und rascher zu gestalten. Doch Aman'dur ging zu Fuß los. »Sidhari reiten nur, wenn Eile nottut«, erklärte er Markos. »Oder wenn wir in den Krieg ziehen. Diese Reise werden wir aus eigener Kraft bewältigen.«

Sie verließen die Stadt über Seitenwege, denn auch wenn es in Pryphos noch ein paar andere Sidhari gab, waren Aman'dur und Da'aria ein Paar, das jeder erkannte. Jenseits der Mauern von Pryphos erstreckten sich zunächst einige Meilen weit Felder, auf denen niedrige, robust aussehende Büsche und Stauden wuchsen, die Markos nicht kannte. Die Erde wirkte allerdings auch so trocken, dass sie kaum für die Getreide und Gemüsesorten, die er aus Cordur kannte, geeignet war.

Sehr bald schon wurde das Nutzland spärlicher, und gegen Mittag hatten sie eine steppenartige Einöde erreicht, in der gelbbraunes Wüstengras die Landschaft prägte und nur gelegentlich ein knorriger Baum mit verkrümmten Ästen und breiter Krone aufragte. Es herrschte eine erbarmungslose Hitze, und Markos war dankbar dafür, dass Aman'dur ihm geraten hatte, ein schützendes Tuch gegen die Sonne mitzunehmen. Auch der Sidhari und seine Schwester hatten sich Tücher um den Kopf gewickelt.

Nichtsdestotrotz fiel Markos auf, dass die ungewohnte Strapaze des langen Fußmarschs von Da'aria ihren Tribut zu fordern begann. Anfangs hatte noch das lebhafte Geplapper des Mädchens jeden ihrer Schritte begleitet. Jetzt schwieg sie eisern und ihr Gesicht wirkte erhitzt. Erstaunlicherweise beklagte Da'aria sich nicht. Obwohl sie als Tochter eines Menschen groß geworden war, schien sie den Brauch der Sidhari, den Geburtstag der eigenen Mutter mit einem bestimmten Ritual zu begehen, sehr ernst zu nehmen.

Aber wir wollen ja nicht, dass uns die Kleine zusammenbricht, dachte Markos. »Aman'dur«, sagte er daher, »wir sind schon weit gelaufen und die Hitze laugt einen aus. Lass uns beim nächsten Baum, an dem wir vorbeikommen, eine Weile rasten, bis die Sonne nicht mehr direkt über uns am Himmel steht.«

Der Sidhari warf ihm einen abschätzigen Blick zu. »Verlassen dich die Kräfte?«

»Ich bin ein Mann, der sich für gewöhnlich von Wind und Wellen tragen lässt«, erwiderte Markos achselzuckend.

Sein Gegenüber schien darüber nachzudenken und schaute dabei auch zu Da'aria. »Also gut. Wir ruhen uns ein wenig aus.«

Sie ließen sich im Schutz einiger Büsche nieder, die neben einer Bodenwelle wuchsen. Markos nahm einen Schluck aus seinem Trinkschlauch. Er hoffte, dass Aman'dur wusste, wo man in dieser Wildnis Wasser finden konnte, denn sie hatten nicht genug für zwei Tage mitgenommen und sein warm gewordener Vorrat begann jetzt schon schal zu schmecken. »Könnt ihr mir etwas darüber erzählen, was ihr vorhabt?«, fragte er seine Begleiter.

»Da'aria?«, forderte Aman'dur seine Halbschwester auf.

»Wir Sidhari«, sagte sie mit einer Selbstverständlichkeit, als hätte sie ihr ganzes Leben in der Wüste verbracht, »verehren die Shaom als Lebensspenderin und Vernichterin.«

»Die Wüste als Lebensspenderin?«, hakte Markos überrascht nach.

»Es lebt mehr, als du denkst, wo alles tot wirkt«, warf Aman'dur ein.

»Als Dienerinnen der Shaom«, fuhr Da'aria fort, »verehren wir unsere Mütter: die Mutter des Zelts, die Mutter des Stammes, die Großen Mütter unseres Volkes. Aus diesem Grund ist es Brauch, den Geburtstag einer Mutter besonders zu feiern. Solange sie lebt, wird sie von ihrem Zelt oder dem Stamm gefeiert. Nach ihrem Tod vollziehen wir ein Ritual, in dem wir uns an sie erinnern. Das Ritual kann ganz unterschiedlich sein. Wir gedenken unserer Mutter, indem wir eine Lebensblume an ihren Lieblingsplatz am Rand der Wüste bringen.«

»Was ist eine Lebensblume?«, wollte Markos wissen.

»Du wirst es sehen«, antwortete Aman'dur.

Kurze Zeit später gingen sie weiter.

Am späten Nachmittag wurde das Gelände felsiger und begann sanft anzusteigen. Obwohl sie nun schon viele Meilen gewandert waren und Da'aria müde zu werden schien, schritt Aman'dur fast noch schneller aus als zuvor. Auf seinen Zügen lag eine Ahnung von Vorfreude und seine bernsteinfarbenen Augen glühten heller als zuvor. »Wir sind beinahe da«, verkündete er.

Sie kletterten über einige Felsbrocken und erreichten eine Anhöhe, von der aus man das Land gut überblicken konnte. Hinter ihnen lag die grünbraune Einöde, durch die sie den ganzen Tag gewandert waren. Vor ihnen aber, am Fuß der niedrigen Berge, erstreckte sich im rötlichen Licht der im Westen untergehenden Sonne die Wüste.

Markos hielt unwillkürlich den Atem an. Es war ihm, als blicke er hinaus auf den Ozean. Wellenkamm um Wellenkamm zog sich bis zum Horizont, ein Farbenspiel aus Rot- und Gelbtönen, durchsetzt von den bläulichen Schatten der rasch nahenden Nacht. Doch dieses Meer wirkte wie in der Zeit angehalten. Es bewegte sich nicht, sah man von einigen Verwehungen ab, wo der schwache Westwind über die Sanddünen strich.

Ein eigentümlich feierlicher Ernst ergriff Markos, während er seinen Blick über die Shaom gleiten ließ. Nun verstand er, warum Aman'dur das Ritual nicht an irgendeinem Flecken neben der Stadt hatte durchführen wollen.

»Ist sie nicht wunderschön?«, fragte der Sidhari neben ihm leise, als hätte er Markos' Gedanken gelesen.

»Dieser Anblick entschädigt für jeden mühevollen Schritt, den wir heute getan haben«, bestätigte Markos.

Eine Weile standen sie nebeneinander auf dem Felsensims und betrachteten stumm das weite Dünenmeer, das bis zum Horizont und darüber hinaus reichte. Markos fragte sich, wie groß die Shaom wohl sein mochte und ob sie jemals irgendjemand vollständig durchschritten hatte. Als er diese Frage an Aman'dur richtete, schüttelte dieser den Kopf.

»Wir Sidhari sind Kinder der Wüste und wir wandern tief im Meer aus Sand auf Pfaden, die kein Mensch jemals alleine gehen könnte. Doch auch uns sind Grenzen gesetzt. Das Herz der Shaom, eine weiße, vor Hitze flirrende Leere, ist so unwirtlich, dass selbst wir uns dort nicht hineinwagen. In ihr findet man nichts als den Tod.« Er blickte Markos an und seine Mundwinkel verzogen sich ein wenig nach oben. »Heute Nacht allerdings wollen wir uns nur wenige Schritte in die Wüste hinaus wagen.«

Sie zogen sich in den Schatten eines nahen Felsens zurück und aßen dort die Hälfte ihres Proviants, während sie zusahen, wie die Sonne als riesige, rot glühende Scheibe den Horizont berührte und dahinter versank. Als sie beinahe verschwunden war, gab Aman'dur das Zeichen zum Aufbruch.

Im Gänsemarsch bewegten sie sich einen schmalen Pfad den Berghang hinunter, den der Sidhari ihnen mit sicherem Tritt suchte. Je tiefer sie kamen, desto wärmer wurde es. Der Sand trug die Hitze des Tages noch in sich und gab sie nun in den kühler werdenden Abend ab.

Schweigend folgten sie einem Dünental, bis der Himmel über ihnen vollständig dunkel geworden war. Eine gewaltige, funkelnde Decke aus Sternen spannte sich nun über ihren Köpfen, ein Anblick, der einen schwindeln lassen konnte – es war, als starrte man in die Unendlichkeit selbst.

Aman'dur führte sie die Flanke einer Düne empor, und als sie die Spitze erreicht hatten, sah er sich prüfend um. Dunkelheit umgab sie auf allen Seiten. Nur das silberne Licht eines halben Mondes ergoss sich über die Wüste und hob die erstarrten Wellenkämme im Ozean aus Sand hervor, die sich mit der Schwärze der dazwischen liegenden Täler abwechselten.

Und da war noch etwas. Markos kniff die Augen zusammen, aber er hatte sich nicht getäuscht. Auch im Wüstensand glitzerte es, ähnlich den Sternen am Himmel, bloß wies dieses Glitzern einen rötlich goldenen Farbton auf. Er ging in die Hocke und schaufelte etwas Sand in seine hohle Hand. Das Glitzern erlosch sofort und der Sand wurde dunkel. »Was ist das?«, fragte er verwundert.

»Wir nennen sie Irr'shimi, die Geister des Sandes«, erwiderte Aman'dur. Behutsam sank er auf die Knie und nahm vorsichtig ein wenig Sand auf. Die Bewegung war so sanft, dass der Sand weiter glitzerte, als der Sidhari ihn Markos entgegenhielt. »Sie zeigen sich nur in der Kühle der Nacht und erwecken die Shaom zum Leben. Dem Suchenden mögen sie den Weg weisen, den Müden erheben sie zu den Sternen. Doch sie sind sehr schreckhaft.« Er vollführte eine rasche Bewegung und der Sand erlosch. »Allerdings währt ihre Angst stets nur kurze Zeit.« Er ließ den Sand zu Boden rieseln und kurz darauf begann er wieder zu glitzern.

»Sie sind so schön«, flüsterte Da'aria verzückt, die bereits am Boden kauerte und mit dem Finger durch den Sand strich, als wolle sie die glühenden Punkte streicheln.

»Setzen wir uns«, sagte Aman'dur. »Dieser Ort ist gut. Wir wollen mit dem Ritual beginnen.«

Mit gekreuzten Beinen ließen sie sich im Kreis nieder. Aman'dur griff in seine Umhängetasche und holte eine kleine, verzierte Öllampe hervor. Er reichte sie Da'aria. Mit einem Schwefelholz entzündete er sie, sodass sie ihrem Rund ein wenig Licht spendete. Dabei sagte er etwas in einer fremden Sprache, die weich und fließend klang. Markos, der zum stummen Beobachter wurde, nahm an, dass es sich um die Sprache der Sidhari handelte. Da'aria nickte, von feierlichem Ernst erfüllt.

Aman'dur beugte sich vor und grub eine kleine Kuhle in den zwischen ihnen liegenden Sand. Dann griff er erneut in seine Umhängetasche und holte einen in Stoff eingeschlagenen, etwa faustgroßen Gegenstand hervor. Als er ihn von seiner Umhüllung befreite, erwies er sich als graubraune und wie es schien verdorrte Kugel aus dürren Zweigen und Blättern. »Das ist Vis'daras Leib«, erklärte er Markos, »verdorrt von der Vernichterin Shaom.« Er legte die Kugel in die Kuhle und sprach dabei erneut einige Worte auf Sidharisch.

Dann schloss Aman'dur die Augen, legte die Hände beinahe meditativ auf die Oberschenkel und begann leise vor sich hin zu murmeln. Markos verstand nicht, was er sagte, aber er spürte, wie ein Kribbeln seinen Körper durchlief und sich die Härchen auf seinen Armen und im Nacken aufstellten. Irgendetwas Machtvolles geschah. Er warf einen raschen Blick zu Da'aria hinüber, die ihren Halbbruder gebannt und beinahe ehrfürchtig anstarrte. Ihre Lippen bewegten sich lautlos, als versuche sie, die Worte mitzusprechen.

Wind kam auf und begann sie zu umkreisen. Er wirbelte den Sand empor und trug ihn in den Nachthimmel. Zu Markos' Erstaunen traf dabei kein einziges Sandkorn Aman'dur,

Da'aria und ihn selbst. Es war, als säßen sie im Auge eines Wirbelsturms, der einen Vorhang aus glitzerndem Sand um sie herum bildete. Und das war das zweite Wunder: Die Irr'shimi schienen vor dem Wind keine Angst zu haben, denn sie funkelten und glitzerten, als lägen sie unberührt auf dem Kamm der Düne.

Die Worte, die Aman'dur immer wieder ausgesprochen hatte, änderten sich. Seine Augen öffneten sich zu Schlitzen, hinter denen bernsteinfarbenes Feuer flackerte. Er streckte die linke Hand aus und hielt sie über die vertrocknete Pflanzenkugel.

Voller Staunen sah Markos zu, wie plötzlich klares Wasser aus dem Sand hervortrat und die Kuhle zu füllen begann. Es umspülte die Kugel, hob sie hoch und ließ sie auf sich treiben, wie ein Blatt auf einer Seeoberfläche.

Und auf einmal öffnete sich der Pflanzenball und feine Blätter breiteten sich sternförmig nach allen Seiten aus. In der Mitte aber befand sich eine Blüte, die ihrerseits übernatürlich schnell aufging und einen zweiten Kreis aus Blättern bildete. Im Zentrum der Blume verbargen sich feine Fühler, die sich entrollten und dann in Blau und Grün und Violett zu glühen anfingen. Das Glühen wurde so hell, dass es den Schein der Öllampe in Da'arias Händen überstrahlte und ihren Kreis in ein farbenprächtiges Spiel aus Licht tauchte.

»Das«, sagte Aman'dur, »ist Vis'daras Seele, auf ewig behütet von der Lebensspenderin Shaom.«

Während der Sidhari noch einige Worte in seiner eigenen Sprache hinzufügte, spürte Markos, wie seine Augen feucht wurden. Er musste an seine eigenen Eltern denken – und er wünschte sich, er wäre imstande, sich ihrer auf ebenso wundervolle Art erinnern zu können.

Etwas hatte sich zwischen ihnen verändert, als sie am nächsten Morgen den Rückweg antraten. Markos vermochte es nicht genau zu benennen, aber ihm war, als betrachte Aman'dur ihn nun mit freundlicherem Blick. Er wusste nicht genau, wie er sich diese Gnade verdient hatte. Vielleicht lag es an der respektvollen Art, mit der er dem gestrigen Ritual und Gedenken des Sidhari und seiner Halbschwester beigewohnt hatte. Tatsächlich hegte er die Hoffnung, dass sich auf diesem Fundament eine Freundschaft aufbauen ließ, denn sosehr er sich bis vorgestern über Aman'durs herablassende Art geärgert hatte, so sehr faszinierten ihn der Mann und seine Kultur schon seit ihrer ersten Begegnung.

Dabei will ich ja gar nicht so lange in Pryphos bleiben, dachte Markos. Es überraschte ihn selbst, dass er in der vergangenen Nacht überhaupt nicht auf den Gedanken gekommen war, den Ausflug in die Wüste für eine Flucht zu nutzen. Andererseits war das womöglich ganz gut so. Er bezweifelte, dass er Aman'dur in der sandigen Einöde, die sein Zuhause war, hätte entkommen können. *Allerdings musste er auf Da'aria aufpassen. Also hätte er mir gar nicht folgen können. Wie es aussieht, habe ich eine prachtvolle Gelegenheit verpasst.*

Er seufzte lautlos. Es hatte keinen Sinn, sich im Nachhinein zu ärgern. Stattdessen sollte er sich freuen, die Beziehung zu seinem Schützling und ihrem Bruder verbessert zu haben. Wenn er erst alleine mit Da'aria Ausflüge in die nähere Umgebung von Pryphos unternehmen konnte, würde sich gewiss eine neue Möglichkeit bieten.

Eine andere Frage, die ihn schon gestern Abend beschäftigt hatte, die er aber nicht hatte stellen wollen, um die feierliche Stimmung nicht zu stören, drängte sich erneut in sein Bewusstsein und er beschloss, ihr nachzugehen. »Aman'dur«, sagte er, »wenn es kein Tabu eures Volkes berührt, wüsste ich gerne, was gestern während des Rituals geschehen ist. Das Tanzen des Sandes, das Auftauchen von Wasser mitten in der Wüste ... War das Magie?«

»Ihr Menschen würdet es wohl so bezeichnen«, antwortete der Sidhari, dessen linke Hand auf der Tasche ruhte, in welcher er die wieder eingetrocknete und in Stoff eingeschlagene Pflanze nach Hause transportierte, die, wie Markos mittlerweile wusste, für Aman'durs Volk nicht nur Lebensblume, sondern auch Blume der Erinnerung hieß. »Es handelt sich um eine Art Naturbeschwörung. Wir Sidhari sind Kinder der Wüste und auf eine Weise mit ihr verbunden, die sich schwer beschreiben lässt. Unsere alten Frauen könnten es dir vielleicht besser erklären, ich vermag nur zu sagen, dass wir die Kraftströme, die das Land durchfließen, berühren und verändern können. So kann ich mir den Wüstenwind ebenso zu Diensten machen, wie ich die verborgenen Wasser, die tief unter dem Sand schlummern, an die Oberfläche zu locken vermag.«

»Ihr beherrscht die Elemente?«, staunte Markos. »So wie die Druiden der Borden?«

Aman'dur zuckte mit den Achseln. »Ich kenne keine Borden, bis auf den einen, der für Virius arbeitet. Aber wenn die Borden ihrem Land so verbunden sind wie wir dem unseren, ist es möglich, dass sich unsere Kräfte ähneln.«

»Wann darf ich endlich lernen, Wind und Wasser zu beherrschen?«, mischte sich Da'aria neugierig ein. »Vis'dara sagte immer: ›Wenn du groß genug bist.‹ Bin ich es jetzt nach diesem Ritual?«

Aman'dur wiegte bedächtig den Kopf. »Wahrscheinlich wäre der Zeitpunkt nun in der Tat gekommen. Doch ich muss zunächst mit Virius sprechen. Er wird nicht froh darüber sein, dass du dich in Sidhari-Zauberei üben willst.«

»Das ist mir egal«, erwiderte Da'aria trotzig. »Ich bin eine

Sidhari, zumindest eine halbe. Und wenn ich die langweiligen Werke cordurischer Dichter kennen muss, will ich auch wissen, was mich die Sidhari lehren können.«

»Ich werde mit ihm sprechen«, versprach ihr Bruder. »Allerdings erhoffe dir nicht zu viel. Es erfordert viel Geduld und Übung, um den Gesang des Windes und das Murmeln des Wassers zu verstehen und ihm auf eine Weise zu antworten, dass jene deinem Willen folgen. Und für dich, die du nie in der Wüste gelebt hast und in deren Adern auch Menschenblut fließt, wird es bestimmt noch mühsamer werden.«

»Ich werde es schon schaffen!« Da'aria schien fest entschlossen zu sein, und ihr finsteres Gesicht erinnerte Markos an Iolan, der genauso dreingeblickt hatte, wenn er in jüngeren Jahren vor einer Aufgabe gestanden hatte, für die er eigentlich noch nicht alt genug war, die er aber dennoch unbedingt bewältigen wollte.

Ein Krächzen am Himmel holte Markos aus seinen Gedanken. Er hob den Kopf und sah sich am strahlend blauen Mittagshimmel um.

»Dort«, sagte Aman'dur aufgeregt und wies mit dem Finger, doch Markos hatte die kleine Gestalt bereits entdeckt, die vielleicht eine halbe Meile vor ihnen keine zwanzig Schritt über dem Boden durch die Luft taumelte.

Er beschattete die Augen mit den Händen. »Das ist eine Botenechse«, stellte er fest. »Was macht die so weit draußen in der Wildnis?«

»Sie muss sich verflogen haben«, meinte Da'aria. »Schaut doch bloß, wie unsicher sie fliegt. Sie muss verletzt sein. Ja, sie ist verletzt! Seht, da steckt ein Pfeil in ihrem Unterleib.«

Markos erkannte, dass das Mädchen recht hatte. Irgendjemand hatte die Botenechse angeschossen, die daraufhin offenbar die Orientierung verloren hatte, denn hier draußen gab es wirklich nichts, was ihr Ziel sein konnte. Die Richtung, aus der sie kam, legte den Verdacht nahe, dass sie eigentlich nach Pryphos hatte fliegen wollen, aber sie hatte die Stadt um sicher zehn Meilen verfehlt.

Die Echse stieß ein weiteres klagendes Krächzen aus. Sie schien auf einen einsamen Baum zuzusteuern, der sich vor ihnen erhob. Doch als sie ihn erreichte, gelang es ihr nicht zu landen. Stattdessen prallte das etwa unterarmlange Tier gegen den Stamm und fiel zu Boden.

»Schnell«, drängte Markos. »Versuchen wir sie zu fangen. Vielleicht trägt sie eine Botschaft, die wichtig ist.«

Sie eilten los, verlangsamten ihre Schritte aber, als sie sich dem Tier näherten, um es nicht in Panik zu versetzen. Wie sich herausstellte, erwies sich ihre Vorsicht als unnötig. Der Zusammenstoß mit dem Baumstamm und der Absturz hatten der verletzten Flugechse den Rest gegeben. Schwach mit den ledrigen Flügeln schlagend, lag sie im Staub. Sie lebte noch, aber fliegen würde sie bestimmt nicht mehr.

Da'aria wimmerte leise. »Hilf ihr, Aman'dur. Sie stirbt.«

»Ich kann ihr nicht mehr helfen, Da'aria«, erwiderte ihr Bruder. »Ich vermag bloß ihr Leiden zu beenden.« Rasch trat er näher, packte das grünbraune Tier, und mit einer Schnelligkeit, die Markos erschreckte, zog er einen seiner zahlreichen Dolche und rammte ihn der Echse in den Brustkorb. Sie erzitterte noch einmal, dann lag sie still in seinen Händen.

Da'aria wandte sich ab und schlug die Hände vors Gesicht. Ein leises Schluchzen entrang sich ihrer Kehle. In einem Augenblick wie diesem wurde sie wieder ganz zu dem jungen Mädchen, das sie in Wirklichkeit war und das in der behüteten Umgebung einer Stadtvilla groß geworden war. Markos überlegte, ob er sie trösten sollte. Seine Schwester Mirene hätte er in einem Augenblick wie diesem in den Arm genommen.

Doch Markos war für Da'aria noch ein Fremder. Aman'dur war ihr Bruder. Ihm oblag es, die Trauer seiner Schwester zu lindern, sofern er das für notwendig hielt. Der Sidhari aber warf ihr nur einen kurzen Blick zu, bevor er sich wieder der toten Botenechse zuwandte. »Sie trägt in der Tat eine Botschaft«, stellte er fest, als er den kleinen Transportbehälter fand, der am linken Bein der Echse festgeknotet war.

Vorsichtig löste er ihn, brach das Siegel und rollte die schützende Lederhaut auseinander, in der ein Pergamentstück steckte. Sein Blick überflog die Nachricht und seine Miene verdüsterte sich. »Wir müssen so schnell wie möglich nach Pryphos zurück.«

»Was steht in der Nachricht?«, fragte Markos.

»Lies selbst, so du lesen kannst«, erwiderte Aman'dur und reichte ihm das Pergament.

Markos nahm es entgegen und überflog die hastig niedergeschriebenen Worte. Es handelte sich nur um drei Sätze, doch als er sie las, wurde ihm trotz der mittäglichen Hitze kalt. *Das Feldlager der 11. Legion ist zerstört*, stand dort. *Das Heer von Xol marschiert nach Pryphos. Flieht, solange ihr noch könnt.*

27

DAS HÖCHSTE MASS AN HINGABE

9. Tag des 8. Mondes
im 301. Jahr der cordurischen Könige

Das Badehaus hinter dem Gahat-Heiligtum war weder das größte noch das schönste von Aidranon. Genau genommen handelte es sich um ein Gebäude von eher schlichter Bauart und Einrichtung. Es verfügte neben dem Umkleideraum über ein Warmbad und ein Kaltbad. Darüber hinaus konnte man sich in einem Raum massieren lassen, in zwei weiteren standen Tonwannen für kleinere, private Badekreise. Einen Schwitzraum hingegen gab es ebenso wenig wie eine Sportanlage. Auch Speisen und Getränke wurden nur in sehr eingeschränktem Maße gereicht. Außerdem waren die Sklaven, die den reicheren Gästen zu Diensten standen, nicht so ansehnlich wie in manchen Luxusbadehäusern am Ratsgebäude, dem Großen Markt oder dem Verdamon-Tempel.

Die Preise entsprachen dem Angebot, und so wurde das Badehaus insbesondere vom einfachen Volk besucht, während sich Senatoren und Großbürger eher selten hier einfanden. Dazu kam, dass es dem Kaufmann Kathesian gehörte, einem Mitglied des Weißen Zirkels, der über alle Räume des Gebäudes jederzeit verfügen konnte. Alles in allem gab es kaum einen günstigeren Ort, um das Angenehme mit dem Nützlichen zu verbinden und neben einem Bad zugleich am helllichten Tag geheime Pläne zu schmieden.

Ihr Kreis, den Arastoth zusammengerufen hatte, bestand an diesem Mittag bloß aus sechs Personen: den Senatoren Grekeas, Dorimedon und Therius sowie Legar Castano, Botschafter Yariim und Arastoth selbst. Die Übrigen, darunter auch Kathesian, waren aus unterschiedlichen Gründen verhindert. Das spielte jedoch keine große Rolle, denn im Grunde ging es lediglich darum, über die Entwicklungen der letzten Wochen zu sprechen und Ideen für das weitere Vorgehen auszutauschen.

Legar Castano war der Letzte, der nur mit einem Handtuch um die Hüften und Holzschuhen an den Füßen den Raum betrat. »Verzeiht meine Verspätung«, begrüßte er die Übrigen, die bereits in den kreisförmig angeordneten Tonwannen mit warmem Wasser saßen und an dem Wein nippten, der ihnen von zwei Sklavinnen gereicht wurde. »Ein Streit um die Rangfolge unter den Optimaren meiner Legion hat mich aufgehalten.«

»Und vermochtet Ihr das Problem zu lösen?«, erkundigte sich Senator Therius.

»Es bedurfte eines scharfen Schwerts, aber: ja«, gab Castano zurück, während er das Handtuch beiseite legte und sich in der für ihn vorbereiteten Wanne niederließ. »Ah, das tut wohl nach dem Staub auf dem Exerzierplatz.«

»Dann sind wir ja alle versammelt«, sagte Grekeas. Er winkte den Sklavinnen. »Schenkt noch einmal unsere Becher voll und verlasst dann den Raum. Wenn wir etwas brauchen, werden wir läuten.«

Die beiden Frauen gehorchten, und kurz darauf waren die Männer unter sich.

»Bitte berichtet, Grekeas«, forderte Arastoth den Senator auf. »Wie entwickelt sich unser junger Freund Iolan?«

»Zunächst einmal muss ich feststellen, dass er wirklich mit großem Eifer alles aufsaugt, was mit der Geschichte, Politik und Gesellschaft von Aidranon zu tun hat. Er kann sich natürlich nicht alles merken, scheint aber außerordentlich bestrebt, den Mangel an Wissen, der seiner einfachen Herkunft geschuldet ist, so rasch wie möglich zu beheben. Ich würde ihn noch nicht unbedingt im Großen Rat auftreten lassen, aber einer gewöhnlichen Debatte auf der Straße oder dem Forum kann er zweifellos folgen.«

»Wie lange braucht er deiner Meinung noch, bis er bereit ist, Aidranon als Iolan Kamenor vorgestellt zu werden?«, fragte Therius.

»Es sollte schneller gehen, als wir anfangs gedacht haben, mein Freund«, erwiderte Grekeas. »In einem Mondlauf könnte er genug gelernt haben. Bis dahin habe ich ihn auch meinem Kreis an politischen Verbündeten vorgestellt.« Er öffnete den Mund, als wolle er noch etwas sagen, schien es sich dann aber anders zu überlegen und nahm stattdessen einen Schluck Wein.

Damit ließ Arastoth ihn nicht durchkommen. »Ihr möchtet uns noch etwas berichten, Grekeas?«, hakte er nach.

Der Senator schüttelte den Kopf. »Nein, es ist nichts. Da war nur eine kleine Sache, die mich beunruhigt hat.«

»Was für eine Sache?«

Nachdenklich kratzte sich der Senator an der spärlich behaarten Brust. »Erinnert Ihr Euch noch an das schlimme Unwetter Mitte letzter Woche?«

»Natürlich«, bestätigte Therius missmutig. »Ein Blitz ist in einen der Bäume in unserem Garten eingeschlagen, woraufhin er umgefallen ist und meinen kostbaren Sechsgötter-Springbrunnen ruiniert hat.«

»In den Tagen darauf war Iolan irgendwie seltsam«, sagte Grekeas. »Er sah blass aus und wirkte abwesend. Die meiste

Zeit hat er sich in seinem Gemach aufgehalten. Meine Frau fürchtete schon, er habe sich eine ernste Krankheit zugezogen. Aber als sie vorsichtshalber einen Heiler gerufen hat, wurde dieser von dem jungen Mann ziemlich unwirsch mit den Worten fortgeschickt, es gehe ihm gut, er sei nur müde.« Der Senator zuckte mit den Achseln. »Vier Tage später besserte sich sein Zustand, und er wirkte aufgeschlossen und wissbegierig wie eh und je. Nur die Körperertüchtigung, die meine Wachleute anfangs mit ihm betrieben haben, scheut er neuerdings, obwohl es einem jungen Mann wie ihm bestimmt nicht schaden würde, sich gelegentlich im Übungsraum zu verausgaben.«

Therius, ohne Zweifel derjenige unter ihnen, dem man seine Vorliebe für Gaumenfreuden am deutlichsten ansah, gluckste. »Er ist nicht der einzige junge Mann, der es scheut, sich unnötig zu verausgaben. Ich würde dieser Laune nicht zu viel Gewicht beimessen.«

»Nein, vermutlich sollte ich das nicht, du hast recht«, stimmte Grekeas ihm zu.

Arastoth dagegen beschloss, dieses Wissen im Hinterkopf zu behalten. Er hatte Iolan einige Tage nicht gesehen. Es mochte nicht schaden, ihm mal wieder einen Besuch abzustatten und sich selbst davon zu überzeugen, dass es seinem Schützling und seiner wichtigsten Waffe im Kampf gegen Iurias Agathon gut ging.

Mit leisem Plätschern verlagerte Botschafter Yariim sein Gewicht in der Wanne. »Habt Ihr mal darüber nachgedacht, zu welchem Anlass wir Iolan als Lahrians Sohn enthüllen wollen? Denn ich hätte hierzu eine gute Idee.« Er blickte vielsagend in die Runde.

»Wir sind begierig, sie zu hören«, ermunterte Arastoth ihn, weiterzusprechen.

»Wie ich jüngst festgestellt habe, jährt sich in diesem Jahr nicht nur der Todestag Lahrians zum fünfzehnten Mal, es gäbe auch seinen sechzigsten Geburtstag zu feiern, sofern derlei Festlichkeiten nicht so missgünstig vom Königspalast beäugt würden.«

Grekeas nickte langsam, als begreife er. »Ihr schlagt vor, den fünften Tag des zehnten Mondes zu nutzen, um eine eindeutige Botschaft gegen die Unterdrückung von Lahrians politischem Erbe an den König zu senden.«

»So lautet mein Plan«, gab Yariim zurück. »Bis dahin haben wir genügend Zeit, um Iolan auf seinen großen Auftritt vorzubereiten und alle Anhänger, die Lahrian einst hatte, um uns zu sammeln. Wir berufen eine Sitzung des Großen Rats ein und stellen Iolan dort der Öffentlichkeit vor.«

Arastoth überschlug im Kopf die Wochen, die bis dahin noch vergehen würden. Der Zeitplan hatte seinen Reiz, wenn auch nicht aus den Gründen, die der Botschafter genannt hatte. Bis dahin sollte es Arastoth gelungen sein, Iolans Hass auf den König neu zu entfachen. Und dann musste er dem jungen Mann nur noch einen heimlichen Besuch abstatten und dem Königspalast einen verstohlenen Hinweis auf die wahre Herkunft Iolans geben, und der Zusammenstoß zwischen Vater und Sohn würde unausweichlich sein. Der Quano gestattete sich ein dünnes Lächeln und prostete seinem Mitverschwörer zu. »Das gefällt mir«, verkündete er. »Ich bin sicher, es wird ein denkwürdiges Ereignis werden.«

Sie sprachen noch über das ein oder andere und verabredeten, sich bald im größeren Kreis noch einmal zu treffen und diesmal auch Iolan endlich hinzuzuladen, um diesen, nun, da er den meisten von ihnen unauffällig vorgestellt worden war, mit der Arbeit des Weißen Zirkels vertraut zu machen und in die weiteren Pläne einzuweihen. Danach verließen sie ihre Wannen mit dem mittlerweile kalt gewordenen Badewasser und zerstreuten sich unauffällig.

Legar Castano begab sich zur Kaserne zurück, wo ihn sein Stellvertreter darüber unterrichtete, dass die Ordnung innerhalb der 5. Legion, seiner Truppe, die in diesem Sommer Garnisonsdienst in Aidranon tat, wiederhergestellt sei. Zufrieden nahm Castano diese Meldung zur Kenntnis. Er konnte Unruhe unter seinen Männern nicht ausstehen. Darüber hinaus konnte er Untätigkeit nicht ausstehen, weswegen er diesen Sommer hier in Aidranon als einzige Strafmaßnahme betrachtete, auch wenn ihm das Gelegenheit verschaffte, sich häufiger mit den Verschwörern zu treffen, die – wie Castano auch – König Iurias Agathon lieber heute als morgen abgesetzt sahen.

Castanos Groll war vor allem persönlicher Natur. Vor siebzehn Jahren, als er noch ein einfacher Centar in Legar Galbans Königsgarde gewesen war, hatte seine Mutter, eine Hebamme bei Hofe, auf tragische Weise den Tod gefunden. Sie war nachts im Dunkeln auf einer Kellertreppe des Palasts ausgerutscht und hatte sich das Genick gebrochen. Da er wusste, wie vorsichtig seine Mutter in allen Dingen des Lebens gewesen war, hatte ihn diese Todesursache stutzig gemacht – und ein paar Wochen später hatten seine behutsamen Nachforschungen ergeben, dass auch die zweite Amme, die den nicht lebensfähigen ersten Sohn des Königs entbunden hatte, gestorben war.

Der Zusammenfall dieser Ereignisse ließ in Castano den Verdacht aufkeimen, dass der Tod seiner Mutter womöglich kein Unfall war. Als er schließlich mitbekam, wie der König seine Königin verstieß, um sich eine neue Frau zu nehmen, sah Castano die Gelegenheit gekommen, jemanden zu fragen, der ihm Aufschluss darüber geben könnte.

So trat er, mit aller Vorsicht und Geduld – Eigenschaften, die ihm schon immer gute Dienste geleistet hatten – ins Leben der früheren Königin. Er wurde erst ein Wachmann in ihrer Nähe, dann ihr Leibwächter, schließlich ihr zeitweiliger Geliebter – ein Jahr, an das er noch heute mit Sehnsucht zurückdachte. Obwohl die Lippen Cassendreas hinsichtlich der Nacht, in der ihr Sohn zur Welt kam, versiegelt blieben, teilte sie Castanos Misstrauen, was den plötzlichen Tod der Hebammen anging. Und sie teilte seinen Zorn auf den Mann, der für ihrer beider Unglück die Verantwortung trug.

Auch wenn sie heute nicht mehr das Bett teilten – Castano argwöhnte, dass sie sich mittlerweile jüngeren Männern zugewandt hatte; er selbst hatte von einem Feldzug in Phoekia eine Sklavin mitgebracht, die er später freiließ und heiratete –, verband Cassendrea und ihn nach wie vor der Wunsch, Iurias Agathon für seine Taten büßen zu lassen. Dieser Wunsch hatte Castano in die Arme des Weißen Zirkels getrieben – und Cassendrea zum *Geist* werden lassen, der Grekeas, Arastoth und die anderen heimlich mit Informationen aus dem Palast versorgte.

Ich sollte sie mal wieder besuchen, ging es Castano durch den Kopf, während er gedankenverloren im Quartier des Legionskommandanten hinter seinem Schreibtisch saß, auf dem sich Stapel von Pergamenten türmten. *Es wäre schön, sie mal wieder zu sehen. Sie einfach nur zu sehen* … Er seufzte und blickte auf seine Arbeit. *Vielleicht morgen oder übermorgen*, sagte er sich.

Er machte einen Vermerk darüber, wann und wo sich der Weiße Zirkel das nächste Mal treffen würde, um es bei seinem für gewöhnlich vollen Tagesplan nicht zu vergessen, und steckte den Pergamentfetzen in die Tasche seiner Tunika. Dann straffte er sich und nahm das erste der zahllosen Dokumente in die Hand, die seiner Aufmerksamkeit bedurften.

Bis in die Abendstunden saß Castano an seinem Schreibtisch und brütete über Wachplänen, Vorratslisten und Feldberichten anderer Legionen des Cordurischen Reichs, die ihm seine Nachrichtenoffiziere regelmäßig vorlegten. Schließlich rieb er sich müde mit der Hand übers Gesicht und kapitulierte vor den noch unbewältigten Aufgaben. Er würde sich morgen darum kümmern. Oder übermorgen.

Jetzt musste er erst einmal nach Hause. Wenn er Glück hatte, wartete seine Frau mit dem abendlichen Mahl auf ihn. Viel wahrscheinlicher war es allerdings, dass sie sich irgendwo in der Stadt vergnügte, im Theater oder mit einem Gespielen. Er hatte schon länger darüber nachgedacht, ob er einen der Diener auf sie ansetzen sollte, den Plan dann aber verworfen. Eigentlich wollte er gar nicht wissen, was seine Frau trieb. Dass die besten Jahre ihrer Ehe hinter ihnen lagen, war ihm selbst klar. Die viele Zeit, die er in der Kaserne oder gar auf Feldzügen fern von Aidranon verbrachte, hatte früher oder später ihren Tribut fordern müssen. Und da ihre Ehe kinderlos geblieben war, konnte sich seine Frau kaum anders über die vielen einsamen Tage und Wochen hinwegtrösten als durch außerhäusliche Vergnügungen.

Vielleicht sollte ich mir auch mal wieder ein außerhäusliches Vergnügen gönnen, überlegte Castano. Es gab in unmittelbarer Nähe zur Kaserne mehr als ein Haus, in dem sich fleischliche Gelüste der unterschiedlichsten Art befriedigen ließen. Es war lange her, dass sich der Legar derartigen Sinnenfreuden hingegeben hatte. Aber hatte einer seiner Optimare nicht erst vor zwei Wochen von den Sklavinnen aus Xol geschwärmt, die neu in einem der Bordelle eingetroffen waren? Castano spürte, wie ihn bei dem Gedanken an die heißen Schenkel einer exotischen Schönheit die Lust überkam. *Ach, warum nicht?*, sagte er sich.

Er ließ alle Zeichen seiner Offizierswürde in seinem Quartier zurück und verließ, bloß in Tunika und Mantel gehüllt, die Kaserne. Sein Schwert hatte er natürlich umgegürtet. Ein Soldat ging niemals ohne Waffe aus dem Haus. Castano überquerte die Hauptstraße vor der Kaserne, folgte einer schmalen Gasse und begab sich zu dem Haus, das sein Optimar ihm empfohlen hatte. Dort nahm er sich gleich zwei der vier Liebesdienerinnen aus Xol, und als er eine ganze Weile später wieder vor die Tür trat, fühlte er sich nicht nur beschwingt wie schon lange nicht mehr, sondern verspürte auch einen Anflug von Bedauern, dass Cordur mit einem Land, das so prächtige Frauen beheimatete, im Krieg lag.

Deutlich später als geplant, kehrte der Legar in sein kleines Stadthaus zurück, das auf der anderen Seite der Kaserne in einem Viertel stand, in dem vor allem höhergestellte Militärs lebten. Wie erwartet, herrschte im Haus bereits Dunkelheit. Seine Frau und die zwei Diener, die bei ihnen lebten, schienen zu schlafen.

Leise schlich er durch das Atrium, als ihm plötzlich ein schwacher Lichtschein auffiel, der aus seinem Studierzimmer drang. Die Tür war nur angelehnt und ein leichtes, goldgelbes Flackern wie von einer Kerze drang durch den Spalt.

Castano runzelte die Stirn. Die Kerze brannte dort sicher nicht, weil er sie am Morgen vergessen hatte auszumachen. Einer der Diener hätte sie vor dem Zubettgehen gelöscht. Also musste sich jemand in dem Raum befinden. Womöglich seine Frau, die nach zusätzlichen Danari suchte, die sie verprassen konnte? Oder gar ein Einbrecher?

Lautlos zog der Legar das um die Hüfte geschnallte Kurzschwert. Wer auch immer der Eindringling sein mochte, Castano würde ihn lehren, dass es ein großer Fehler war, in seinen Sachen herumzuwühlen. So leise er konnte, schlich er näher, die Waffe zum raschen Hieb bereit. An der Tür blieb er stehen und lauschte. Es war kein Geräusch aus dem Raum zu hören.

Langsam schob er die Tür weiter auf und steckte den Kopf durch den Spalt. Auf der gegenüberliegenden Seite des Raums stand sein aufgeräumter Arbeitstisch. Dahinter hing ein Ehrenbanner der Königsgarde, unter diesem befand sich eine Truhe, in der Castano verschiedene Dokumente aufbewahrte. Alles wirkte unberührt.

Er ließ seinen Blick durch den Raum gleiten, während er wachsam ins Innere trat. Nichts hatte sich verändert, seit er den Raum heute Morgen verlassen hatte, und kein Mensch war zu sehen. Bloß in dem sechsarmigen Kerzenständer in der rechten hinteren Ecke brannte eine einzelne Kerze. Verwundert schritt Castano darauf zu. Was hatte das zu bedeuten?

Hinter ihm fiel leise die Tür ins Schloss.

Castano wirbelte herum und hob das Schwert.

»Guten Abend, Legar Castano«, sagte eine Gestalt, die aus der Dunkelheit der linken vorderen Zimmerecke trat. Sie trug ein langes Gewand mit Kapuze. Als sie diese zurückschlug und das graue, uralte Gesicht eines Quano zum Vorschein kam, riss Castano die Augen auf. Er kannte den Mann. »Meister Orontoghast! Ich dachte, Ihr wärt tot.«

Der frühere Erztheurg zuckte mit den schmalen Schultern. »Diesen Satz höre ich neuerdings häufiger«, stellte er fest. Um ihn herum verflüchtigten sich die Schatten, die sich in der Raumecke gesammelt hatten, wie Nebel im Sonnenschein.

Eine Aura der Finsternis, erkannte Castano, dem die Gaben der Quano wohl bekannt waren. »Was bei allen Göttern gibt Euch das Recht, mitten in der Nacht in mein Haus einzudringen?«, verlangte er zu wissen.

»Ich suche nach einer Antwort auf die Frage, wer mich tot sehen will und warum«, erwiderte der Quano beinahe liebenswürdig. »Die Spur führt zu Euch.«

»Das ist lächerlich!«, versetzte Castano. »Ich hatte mit dem Anschlag auf Euer Leben nichts zu tun. Warum sollte ich die Absicht hegen, Euch ermorden zu lassen? Ihr habt mir nie etwas angetan. Ihr seid nicht mein Feind.« Doch noch während er diese Worte aussprach, begannen seine Gedanken zu rasen.

Zumindest die letzte Aussage stimmte nur bedingt. Orontoghast galt als einer der treusten und engsten Vertrauten des Königs. Als solcher zählte er zweifellos zu den Feinden des Weißen Zirkels. Der Legar erinnerte sich, dass die Frage, wer von ihnen den ehemaligen Erztheurgen aus dem Weg geräumt hatte, tatsächlich kurz im Raum gestanden hatte. Keiner hatte die Verantwortung für die gewaltige Explosion übernehmen wollen, die Orontoghasts Stadtvilla wenige Tage zuvor erschüttert hatte.

Und nun stand der Quano in seinem Haus und beschuldigte ihn!

»Freund und Feind sind dieser Tage schwer zu unterscheiden«, gab Orontoghast zurück. »Womöglich seid Ihr wirklich unschuldig. Aber Ihr kennt den oder die Verantwortlichen. Das weiß ich aus sicherer Quelle.«

»Und wer soll diese Quelle sein?«, fragte Castano ungehalten.

»Eine gemeinsame Freundin von uns, die im Palast wohnt«, antwortete sein Gegenüber ruhig.

Den Legar durchfuhr es wie ein Peitschenhieb auf den nackten Rücken. *Cassendrea!* Orontoghast hatte auch ihr einen Besuch abgestattet. Drohend trat er auf den Quano zu. »Was habt Ihr ihr angetan?«

»Gar nichts. Wir haben uns bloß unterhalten.« Orontoghast neigte den kahlen Schädel ein wenig, als wolle er diese Worte berichtigen. »Zugegeben, ich habe ihr ein wenig gedroht, allerdings ausgesucht höflich. Letzten Endes war ihr das eigene Wohl offenbar wichtiger als die Verschwiegenheit. Wofür ich sehr dankbar bin. Ich füge ungern irgendeinem Geschöpf Leid zu.«

Castano spürte, wie ihm der Schweiß ausbrach. Noch hatte Orontoghast nicht einmal angefangen, seine Gaben einzusetzen, aber der Legar hatte im Laufe der Jahre genug Quano kämpfen und Feinde befragen sehen, um zu wissen, wozu diese grauhäutigen Dämonen imstande waren. Wenn Orontoghast es wirklich darauf anlegte, würde er ihm alles, was er wissen wollte, entreißen. Castano würde den Weißen Zirkel verraten, der König würde von den Verschwörern erfahren und man würde sie alle gefangen nehmen, des Hochverrats anklagen und töten.

Dann war es aus. Jeder Widerstand im Reich wäre gebrochen und jedes Feuer erstickt. Iurias Agathon würde ungehindert herrschen, vielleicht weitere zwanzig Jahre lang, bis die Sechsgötter ihn endlich zu sich holten. Und Castanos Mutter würde nie gerächt werden.

Das darf nicht geschehen, dachte der Legar. *Ich darf es nicht zulassen.* Er wusste, was zu tun war. Es gab keinen anderen Weg. Seine Miene verhärtete sich, als er sich wappnete. Dabei verschaffte es ihm einen kleinen Trost, dass er zumindest nicht unbefriedigt diese Welt verlassen musste. *Ich danke euch, ihr namenlosen Schönheiten*, sandte er Grüße an die zwei Liebesdienerinnen aus Xol, die ihm vorhin noch solche Wonnen beschert hatten.

Orontoghast legte den Kopf schief. »Ich bekomme den Eindruck, dass Ihr im Begriff seid, etwas sehr Törichtes zu tun. Bitte versucht nicht, mich anzugreifen. Ich versichere Euch: Ihr werdet damit keinen Erfolg haben und ich muss Euch womöglich Schaden zufügen, was ich nicht möchte.«

»Es tut mir leid, aber Menschen treffen törichte Entscheidungen.« Castano warf Orontoghast einen letzten, spöttischen Blick zu und hob dabei sein Schwert ein wenig. *Wir sehen uns in der Dunkelwelt, König Agathon.* Dann wirbelte er die Klinge herum und stürzte sich nach vorne, direkt in seine Waffe.

»Nein!«, entfuhr es Orontoghast erschrocken.

Es gab einen heftigen Ruck, als sein Körper auf dem Boden aufschlug. Ein gleißend heller Schmerz durchfuhr seine Brust und brannte jede andere Empfindung aus. Castano rollte herum, noch nicht ganz tot. Der Kupfergeschmack von Blut breitete sich in seinem Mund aus. Er musste sich auf die Zunge gebissen haben. Das Licht im Raum flackerte und schien schwächer zu werden.

Die dunkle Gestalt Orontoghasts – war er es wirklich? Castano wusste es nicht – beugte sich über ihn. Der Legar verzog die Lippen zu einem Lächeln. Er hatte gesiegt. Er hatte einen Erztheurgen ausmanövriert. Das sollte ihm mal jemand nachmachen.

Die Kerze war nun beinahe erloschen. Castano spürte nichts mehr. Er schien zu schweben. Ein letzter flüchtiger Gedanke ging ihm durch den Kopf. Etwas über einen Pergamentfetzen in der Tasche seiner Tunika. Doch der Legar vermochte ihm keine Bedeutung mehr zuzuordnen.

Es wurde dunkel um ihn.

Erschüttert starrte Orontoghast auf den vor ihm am Boden liegenden Mann. Eine hässliche Blutlache breitete sich unter ihm aus. Glücklichweise hatte Orontoghast sie beide bereits bei Castanos Eintreffen in eine Aura der Stille gehüllt, ansonsten hätte dessen Selbstmord das ganze Haus aufgeschreckt. Warum hatte der Legar das getan? Warum hatte er sich selbst gerichtet? *Ich muss sehr nahe am Ziel meiner Nachforschungen gewesen sein*, dachte der Quano.

Dieser Gedanke brachte ihn darauf, sich das Zimmer des Legars noch einmal etwas genauer anzuschauen. Bei seinem verstohlenen Eintreffen hatte er den Raum nur oberflächlich überprüft. Leise verriegelte Orontoghast die Zimmertür, die er nach seiner Ankunft hatte offen stehen lassen, um Castano bei seiner späten Rückkehr nach Hause anzulocken. Dann begann er mit einer gründlichen Suche nach Hinweisen auf die Mitstreiter des offensichtlich nicht ganz so unschuldigen Legars.

Er fand überhaupt nichts – und allmählich erwachte ein gelinder Unmut in seiner Brust. Sollte er nach all den Mühen, die er bereits auf sich genommen, und all den Fortschritten, die er bislang gemacht hatte, in eine Sackgasse geraten sein? *Vielleicht sollte ich Castanos Diener befragen*, überlegte Orontoghast. *Oder seine Frau. Jemand muss doch wissen, mit wem er Umgang pflegte.*

Er wollte schon den Raum verlassen, als ihm ein Fetzen Pergament auffiel, der in der Blutlache neben Castano lag. Er musste dem Legar aus der Tasche seiner Tunika gefallen sein, als dieser sich in sein Schwert gestürzt hatte. Neugierig bückte Orontoghast sich danach und hob es auf. Das Pergamentstück war von Blut verschmiert. Mit einer behutsamen Geste wischte Orontoghast es sauber. *Therius, 12/8, Neunte Stunde, Landhaus*, stand darauf gekritzelt.

Nachdenklich blickte Orontoghast ins Leere. Es gab einen Senator im Großen Rat, der Therius hieß, ein gemütlicher, ziemlich weich wirkender Mann, der kaum auffiel. Allerdings war er mit Senator Grekeas befreundet, einem bekannten politischen Gegner des Königshauses. Möglicherweise hatte also auch Therius heimliche Vorbehalte gegen die Regentschaft von Iurias Agathon.

Orontoghast steckte den Zettel ein. Die knappe Notiz darauf mochte keine heiße Spur sein, aber es war die einzige, die er hatte. *Dann wollen wir mal herausfinden, ob Senator Therius ein Landhaus besitzt und wo dieses liegt*, dachte der alte Quano, als er lautlos das Haus des Legars verließ und durch die nächtlichen Straßen davonschlich.

28

DIE KRIEGER VON XOL

10. Tag des 8. Mondes
im 301. Jahr der cordurischen Könige

»Ihr müsst jetzt los! Euch bleibt keine Zeit mehr.« Mit gehetzter Miene stand der Statthalter von Pryphos auf der Schwelle zum Gemach seiner Tochter. Markos fiel auf, dass Virius in der letzten Stunde seine Rüstung angelegt hatte. Das, wie auch seine Wortwahl, legten den Verdacht nahe, dass er nicht vorhatte, sie zu begleiten.

Da'aria schien diesen Verdacht auch zu haben. »Ich gehe nur mit dir, Vater«, beharrte das Mädchen.

»Nein, Da'aria, keine Widerrede diesmal«, verlangte dieser. »Ich komme nach, so schnell ich kann. Aber ich muss mich um die Verteidigung der Stadt kümmern, sonst wird Pryphos sicher fallen.«

Sein Mut ehrte ihn. Markos konnte sich gut vorstellen, dass eine Menge Politiker als Erste das Weite suchten, wenn sich ein feindliches Heer näherte. Doch in diesem Fall schien die Bereitschaft, den verzweifelten Verteidigern der fernsten Grenzstadt des Cordurischen Reichs mit gutem Beispiel voranzugehen, fehl am Platze.

Markos kannte ganz sicher nicht alle militärischen Umstände der drohenden Schlacht, schließlich war er nur ein Sklave, den niemand in irgendwelche Pläne eingeweiht hatte. Aber er wusste, dass in Pryphos lediglich eine sechshundert Mann starke Sublegion der II. Legion stationiert war. Dazu kamen vielleicht noch tausend weitere Soldaten, die der Zerstörung des sechzig Meilen entfernten Feldlagers entronnen waren, und die Bürgerwehr mitsamt der Sklaven. Es hieß zwar, dass in Geolath zwei weitere Legionen standen und noch mehr in Thraca und Sallust. Aber Einheiten, die mehrere Tagesreisen weit weg stationiert waren, halfen ihnen im Augenblick nicht weiter.

Und selbst wenn es gelungen wäre, drei oder vier Legionen vor Pryphos zusammenzuziehen, hätte es wohl keinen Unterschied gemacht. Laut den Berichten von Aufklärern marschierte ein Heer von mehr als dreißigtausend Mann auf sie zu. Und zweifellos befanden sich noch mehr Truppen auf den Ruderseglern, die seit gestern vor der Küste eine Blockade errichtet hatten, um eine Flucht über See zu verhindern. Noch hielten sich die Kriegsschiffe der Tetrarchen der Stadt fern, aber Markos zweifelte keinen Moment daran, dass auch sie angreifen würden, sobald das Hauptheer vor den Toren aufmarschiert war.

Der einzige Ausweg, der den Flüchtenden im Augenblick noch offen stand – wenn sie nicht direkt in die Wüste fliehen wollten –, war der Weg nach Osten, in Richtung Geolath. Schon seit Tagen, seit Markos, Aman'dur und Da'aria die Nachricht der Botenechse von ihrer Wanderung in die Shaom mitgebracht hatten, zog sich ein Flüchtlingsstrom in diese Richtung. Zwar hatte Virius die drängende Warnung zunächst durch ein paar schnelle Reiter überprüfen lassen, doch als diese mit schreckensbleichen Gesichtern und grimmig vorgetragenen Berichten die hastig hingekritzelten Zeilen bestätigten, war vom Statthalter sofort die Evakuierung von Pryphos befohlen worden. Frauen, Kinder, Alte und Kranke sollten die

Stadt umgehend verlassen und Schutz im stärker befestigten Geolath suchen.

Jeden waffenfähigen Mann hatte Virius unterdessen auf die Stadtmauer geschickt, um ihrer aller Heimat so lange zu verteidigen, bis der König auf die eilig ausgesandten Botenechsen antwortete und Entsatztruppen schickte. Wann diese Truppen kamen und ob dann noch etwas von Pryphos übrig war, das sich zu retten lohnte, vermochte im Moment wohl niemand zu sagen. Doch Cordur ergab sich niemals kampflos. Es leistete immer bis zum letzten Atemzug Widerstand. So lautete das Selbstverständnis des Cordurischen Reichs seit Jahrhunderten – und das war wohl auch eines der Geheimnisse seiner Macht.

Markos hingegen war nicht erpicht darauf, die dem Untergang geweihte Stadt eines Königs zu beschützen, der sein eigenes Dorf niedergebrannt hatte. Aus diesem Grund war er dankbar dafür, dass ihm nach wie vor die Aufgabe oblag, auf Da'aria aufzupassen und diese aus Pryphos fortzubringen, solange es noch möglich war.

Mit einem Anflug von Mitleid musste er an Frittjelf denken. Der Borde war, wie alle anderen abkömmlichen Sklaven, zum Dienst an der Waffe gezwungen worden. Seltsamerweise hatte er fast gut gelaunt ausgesehen, als er am heutigen Morgen, mit einem schweren Schmiedehammer bewaffnet, in Richtung Westtor gezogen war.

Auch Aman'dur blieb in der Stadt – als Leibwächter seines Herrn. Markos argwöhnte, dass dieser Umstand mindestens ebenso verantwortlich für Da'arias Unwillen war, aus Pryphos zu fliehen, wie die Aussicht, ihren Vater zurücklassen zu müssen.

»Dein Vater hat recht«, brach Markos die angespannte Stille, in der Da'aria ihren Vater trotzig anstarrte. »Wir müssen aus Pryphos verschwinden, solange wir es noch können. Du vermagst ihm hier nicht zu helfen und deinem Bruder auch nicht. Beide wären weniger in Sorge, wenn sie wüssten, dass du dich in Sicherheit befindest. Bitte komm mit mir.« Auffordernd sah er das Mädchen an.

Da'aria blickte mürrisch von ihrem Vater zu Markos und zurück. »Nun geh endlich«, forderte Virius das Mädchen auf. »Sei eine gute Tochter und gehorche. Du musst schließlich auch an Markos denken. Wenn dir etwas zustößt, ist sein Leben verwirkt, denn er ist dein Leibwächter und seine Aufgabe ist es, für deine Sicherheit zu sorgen. Also trägst auch du Verantwortung für ihn.«

Als sie das hörte, veränderte sich etwas in Da'arias Miene. Ihr Trotz schwand und machte Sorge Platz. Unsicher suchte sie Markos' Blick, der ihr ein mattes Lächeln schenkte. »Also gut«, befand das Mädchen. »Ich möchte niemanden gefährden. Wir verlassen Pryphos, wie Vater es wünscht.«

»Sehr gut, meine Kleine.« Virius trat vor und umarmte seine Tochter. Sein Blick richtete sich auf Markos. »Ihre Sachen sind bereits gepackt. Im Hof steht eine schnelle Kutsche. Nehmt sie.«

»Verstanden, Herr«, erwiderte Markos.

Der Statthalter küsste seine Tochter auf die Stirn. »Lauf schon einmal und sag den Dienern, sie sollen deine Truhen in die Kutsche laden. Ich muss noch etwas mit Markos besprechen.«

»Ja, Vater.« Da'aria nickte eifrig und rannte los.

Als sie allein waren, wurde die Miene des Statthalters ernst. »Früher, als ich es mir gewünscht hätte, vertraue ich dir das Leben meiner Tochter an. Ich tue dies, weil ich nach wie vor glaube, dass du ein guter Mann bist. Aber auch, weil ich kaum eine andere Wahl habe. Bring Da'aria von hier fort und sicher nach Geolath, und ich werde dich dafür gut belohnen.«

Markos sah davon ab, Virius darauf hinzuweisen, wie fraglich es war, dass dieser die Belagerung von Pryphos überlebte. Der Statthalter wusste es selbst. Doch obgleich Virius sein Versprechen womöglich nicht wahr machen konnte, und obgleich das Chaos der Flucht eine großartige Gelegenheit für Markos sein würde, sich abzusetzen, würde er seine Pflicht nicht vergessen. Was für ein Mann wäre er, wenn er ein Kind in Zeiten des Krieges im Stich ließe? Zumal ihm Da'aria, ohne dass sie sich sonderlich darum bemüht hätte, seit seiner Ankunft durchaus ans Herz gewachsen war. Das Mädchen mochte widerspenstig sein und seinen cordurischen Lehrern keine gute Schülerin. Aber ihre Lebensfreude und Neugierde erinnerten Markos an seine eigenen jüngeren Geschwister. »Macht Euch keine Sorgen«, sagte er. »Ich werde gut auf Da'aria aufpassen. Für die Kriege des Reiches kann sie nichts. Daher soll sie auch nicht mehr unter ihnen leiden, als unvermeidbar ist.«

»Das wollte ich hören«, erwiderte Virius. »Wenn ihr Geolath erreicht, begebt euch zum Großen Handelsmarkt. Er wird von einem Freund von mir geführt, Pioremos. Grüßt ihn von mir. Er wird euch aufnehmen und beherbergen, bis ich nachkomme. Dort solltet ihr auch Curamedes und die anderen treffen, die ich bereits vorgeschickt habe.«

»Der Große Handelsmarkt«, wiederholte Markos. »Pioremos. In Ordnung.«

»Sehr gut.« Sein Gegenüber wirkte, als sei ihm eine schwere Last von den Schultern genommen worden. »Und nun los. Mögen die Sechsgötter euch beschützen.«

Die Götter scheinen sich gegen uns verschworen zu haben. Diese düstere Ahnung ging Markos durch den Sinn, als ihnen fünf Meilen vor der Stadt die ersten Flüchtlinge auf der breiten Überlandstraße, die sich an der Küste entlang bis Geolath zog, entgegengerannt kamen. Sie liefen eindeutig in die falsche Richtung – auf Pryphos zu! Ihr Kutscher zügelte die vier Pferde, die vor ihren kleinen, geschlossenen Wagen gespannt waren, und Markos, der neben ihm auf dem Kutschbock gesessen hatte, sprang hinunter.

»Was ist los? Warum halten wir an?«, wollte Da'aria wissen, die mit ihrer Dienerin Ranael, der gemütlichen Frau, die Markos am ersten Tag in Virius' Heim kennengelernt hatte, hinten im Wagen saß.

»Das will ich herausfinden«, antwortete Markos. »He, ihr!«, rief er die Fliehenden an. »Warum kehrt ihr um?«

»Soldaten aus Xol«, erwiderte ein Mann gehetzt, der einen kleinen Jungen auf dem Rücken trug. »Wir haben sie von der Anhöhe dort hinten gesehen.« Er wandte sich halb um und nickte in Richtung der flachen Hügel im Osten. »Sie treiben die Flüchtlinge aus der Stadt vor sich her.«

»Wie viele sind es?«, rief Markos ihm nach, in der Hoffnung, zu erfahren, ob sie es wagen konnten, mit der Kutsche durchzubrechen. Aber der Mann beachtete ihn nicht mehr, sondern eilte bereits weiter. Markos fluchte.

Er sah sich um, erblickte einen Greis mit einem langen Stab, der, ein Bündel aus Habseligkeiten mit der Linken an die Brust gepresst, hastig vorbeihumpelte. »Bitte, guter Mann, könnt Ihr uns sagen, wie viele Feinde dort hinter den Hügeln lauern?«

»Wozu?«, entgegnete der Alte. »Wollt Ihr sie alleine bekämpfen?« Er ließ seinen Blick abschätzig an Markos auf und ab gleiten. »Tut mir leid, mein Junge. Ihr mögt Mut und Kraft haben und wie ein Krieger Schwert und Rüstung tragen, aber das da hinten ist keine Bande aus vier oder fünf Leuten. Das sind mindestens fünfzig Mann und sie reiten auf schnellen Pferden.«

Er hatte die Worte kaum ausgesprochen, als Markos sie selbst sah. Die Krieger aus Xol tauchten auf der Spitze des Hügelkamms auf, erst einer, dann zwei weitere, schließlich mussten es in der Tat mindestens drei oder vier Dutzend Krieger sein. Sie trugen bronzefarbene Brustharnische und ebensolche Helme, um die sie leuchtend blaue Tücher gewickelt hatten. Vom gleichen Blau waren auch ihre Beinkleider und das Banner, das einer von ihnen in die frische Küstenbrise reckte. Ein goldfarbenes Symbol, das Markos auf die Entfernung nicht erkennen konnte, prangte in der Mitte.

Mit der Gemächlichkeit von Jägern, die ihre Beute gar nicht fassen, sondern bloß vor sich hertreiben wollten, ritten sie die Anhöhe hinunter.

Markos fluchte leise. »Wir müssen nach Pryphos zurück«, ließ er die anderen wissen. »Ein Reitertrupp der Xol hat die Stadt im Süden umgangen und blockiert den Fluchtweg nach Geolath.« *Zu spät!*, schalt er sich. *Wir haben zu lange gezögert, bevor wir die Stadt verlassen haben.* Nun war ihr Schicksal auf Gedeih und Verderb mit dem von Pryphos verbunden.

Ihr Kutscher begann das Gefährt zu wenden. »Bitte, Herr, nehmt mich mit«, flehte der Greis unvermittelt. »Der Weg zurück nach Pryphos ist noch weit für meine alten Beine, und diese Ungeheuer werden mich sicher töten.«

Soeben wollte Markos antworten, als er gewahrte, dass eine Gruppe von fünf Reitern aus der Horde ausgeschert war und an den anderen Flüchtlingen vorbei in ihre Richtung preschte.

»Da!«, schrie Da'aria, der die Soldaten ebenfalls aufgefallen waren.

Bei den Sechsgöttern, sie wollen Geiseln nehmen, durchfuhr es Markos. Die Xol mussten die Kutsche bemerkt haben und gingen nun zu recht davon aus, dass hier ein wichtiger Einwohner der Stadt das Weite suchte. »Vergebt uns!«, rief er dem Alten zu. »Die wollen uns, nicht Euch.« Als er auf den Kutschbock sprang, hoffte er, dass er den Mann damit nicht zum Tode verurteilt hatte. »Los!«, befahl er dem Kutscher.

Er musste ihn nicht zweimal bitten. Der Mann ließ die Zügel knallen, und die Kutsche setzte sich mit einem so heftigen Ruck in Bewegung, dass Markos sich festhalten musste, um nicht hinunterzufallen. Ratternd und holpernd raste ihr Gefährt den steinigen Weg zurück, den sie gerade erst gekommen waren.

Markos brauchte sich eigentlich nicht umzudrehen, um zu wissen, dass die Xol die Verfolgung aufnahmen. Als er es aber doch tat, war ihm, als zöge sich eine Schlinge um seinen Hals zusammen. Nicht nur die fünf Reiter setzten ihnen nach, auch in die übrige Horde war Bewegung gekommen. Dass diese Kutsche so offensichtlich zur Flucht ansetzte, schien die Xol in ihrer Vermutung zu bestätigen, hier lohnenswerte Beute machen zu können. Diese Aussicht vor Augen spornten sie ihre Tiere rücksichtslos an und holten unerbittlich auf. *Sie werden uns erwischen*, erkannte Markos. *Und ich habe nichts, um sie abzuwehren. Keinen Speer, keinen Pfeil, nichts.*

»Da'aria!«, brüllte er durch ein kleines Fenster in die Kutschenkabine hinein. »Legt euch auf den Boden, damit euch kein zufälliger Pfeil erwischt.« Dann wandte sich Markos an den Kutscher. »Peitsche die Pferde voran. Nicht anhalten, ganz gleich, was mit mir geschieht.« Er zog seinen Schild vom Kutschendach hinter sich und hängte ihn sich als zusätzlichen Schutz auf den Rücken, bevor er sich erhob und daran machte, auf das Dach zu klettern.

»Was hast du vor?«, wollte der Kutscher wissen.

»Ich werfe unser Gepäck ab«, gab Markos zurück. »Wir sind zu schwer. Und mit etwas Glück bringe ich damit ein oder zwei unserer Feinde zu Fall.«

Der Kutscher wirkte einen Herzschlag lang, als wolle er etwas einwenden, etwa, dass es Markos nicht zustand, das Hab und Gut der jungen Herrin wegzuwerfen, aber er besann sich eines Besseren. Wenn sie überhaupt eine Aussicht auf Entkommen haben wollten, musste die Kutsche so leicht wie möglich werden.

Die Reiter aus Xol kamen immer näher. Markos sah die grimmige Vorfreude auf ihren dunklen Gesichtern, als er auf das bockende Dach der dahinpreschenden Kutsche kletterte. Ächzend zog er sich vorwärts. Auf dem Dach waren nur vier kleinere Kisten verzurrt worden. Die beiden Reisetruhen standen auf einer Ablage hinter der Kabine, mit breiten Ledergurten gesichert.

Während er sich mit einer Hand festhielt, zog er mit der anderen sein Schwert und begann auf die Seile einzuhacken. Eins nach dem anderen durchtrennte er, während er die gespreizten Beine gegen die Holzkante des Dachs presste, um sich festzuhalten. Unterdessen schlossen die Xol fast bis zu ihnen auf.

Ein erster Reiter spannte seinen Bogen und schoss einen Pfeil in Markos' Richtung – dem nichts anderes übrig blieb, als sich flach gegen das Kutschdach zu drücken. Er hatte Glück. Der Pfeil blieb in der niedrigen Holzkante stecken. Ein zweiter sauste heran und schlug mit dumpfem Knall in eine der Kisten ein.

Endlich hatte Markos es geschafft, ihr Gepäck zu lösen. Er hob die erste Kiste hoch und schleuderte sie ihren Verfolgern entgegen. Sein Wurf ging allerdings zu kurz, und die Kiste krachte auf die Straße, wo sie aufplatzte und ihren Inhalt – Kleider, wie es aussah – im Staub verteilte.

Mit der zweiten hatte Markos mehr Glück. Einer ihrer Verfolger ritt so nahe an die Kutsche heran, dass es schien, als wolle er übersetzen, um die Kontrolle über das fliehende Gefährt zu übernehmen. Ihn traf die Kiste mit voller Wucht an der Brust und er stürzte schreiend vom Pferd.

Ein weiterer Pfeil raste heran, verfehlte Markos nur um Haaresbreite und prallte klappernd am Schildrand ab, der Markos über die Schulter ragte. Er ging wieder in Deckung und trat die übrigen zwei Kisten einfach vom Dach. Dem erschrockenen Schnauben eines Pferdes zufolge, an das sich ein Aufschrei anschloss, hatte er damit zumindest einen weiteren Verfolger aufgehalten.

Hastig kroch er zum hinteren Rand der Kutsche. Zwei breite Lederriemen, die unten an der Ablage und oben an der Dachkante befestigt waren, hielten die schweren Lasttruhen an Ort und Stelle. Er wollte sich eben an den Verschlüssen zu schaffen machen, als er sah, wie zwei der drei verbliebenen Gegner erneut ihre Bögen spannten. Sofort zog er den Kopf zurück. Keinen Herzschlag später fuhren die zwei Pfeile in die Kutschverkleidung.

Fluchend rollte er sich herum, löste den Schild von seinem Rücken und hob ihn hoch. In seinem Schutz wagte er sich erneut aus der Deckung. Um Zeit zu sparen, versuchte er probeweise, die Lederriemen mit einem Schwerthieb zu durchtrennen, doch das Material war zu zäh. Er legte das Schwert beiseite und nestelte mit einer Hand den ersten Verschluss auf.

Aus den Augenwinkeln sah er, wie die Xol links und rechts an ihm vorbeiritten. Offenbar waren sie zu dem Schluss gekommen, sich vorerst besser um den Kutscher zu kümmern.

Mit einem Fluch wandte sich Markos von seiner Arbeit ab und kam auf die Knie. Ohne nachzudenken, schleuderte er dem hintersten der drei Reiter seinen Schild hinterher. Die Metallscheibe mit dem Wappen Cordurs auf dem Schildbuckel segelte durch die Luft und traf ihn schwungvoll im Nacken. Der Mann zuckte zusammen und sackte auf dem Hals seines Tieres zusammen, das daraufhin zur Seite ausbrach und ihn hinaus in die Wildnis trug.

Wieder spannten die Männer ihre kurzen Jagdbögen, einer zur Linken, einer zur Rechten der Kutsche. Alles auf eine Karte setzend, richtete Markos sich ganz auf und warf dem einen der beiden sein Kurzschwert entgegen. Ohne darauf zu warten, wie viel Schaden er damit anrichtete, überquerte er in zwei schnellen Schritten das Dach und warf sich dann schreiend dem zweiten Feind entgegen.

Bevor dieser begriff, wie ihm geschah, riss Markos ihn aus dem Sattel. Das Pferd schnaubte erschrocken und geriet aus dem Tritt, als die beiden Männer seitlich an ihm herab in den Staub krachten, aber es stürzte nicht auf sie. Der Aufprall trieb Markos die Luft aus den Lungen, und der Schwung ließ ihn noch zwei oder drei Schritte weiter über die harte Erde rollen. Ohne auf seinen schmerzenden Körper zu achten, sprang er wieder auf und rannte zu dem Reiter hinüber, den er vom Pferd geholt hatte. Der wollte sich gerade keuchend aufrichten, als ihn ein kraftvoller Fußtritt von Markos am Kopf erwischte. Etwas knirschte und der Mann sackte wieder zu Boden.

Rasch verschaffte Markos sich einen Überblick über die Lage. Vier Gegner waren zumindest zeitweilig ausgeschaltet. Der fünfte Mann, dem er sein Schwert entgegengeworfen hatte, ritt jedoch neben der Kutsche her und setzte in diesem Augenblick auf den Kutschbock über. Kaum mehr als hundert Schritt hinter ihnen preschten die übrigen Verfolger heran.

Eines der herrenlosen Pferde trabte neben der Straße an ihm vorbei. Markos rannte darauf zu und schwang sich in den Sattel. »Vorwärts!«, feuerte er das Tier an und rammte ihm unsanft die Hacken in die Flanken. Das Pferd machte einen Satz und galoppierte los, der Kutsche hinterher.

Vor ihnen kamen die Dächer und Türme von Pryphos in Sicht.

Ein aufmerksamer Wachsoldat musste die wilde Verfolgungsjagd bemerkt haben, denn Markos hörte das warnende Läuten einer Glocke über die Ebene hallen. Er hoffte, dass die Verteidiger ihnen zu Hilfe eilten. Ansonsten würde ihre Kutsche die schützenden Mauern der Stadt nicht mehr erreichen.

Dutzende von Gegnern im Nacken und eine schlingernde und nach wie vor aufs Stadttor zurasende Kutsche vor sich, preschte Markos die Überlandstraße entlang. Er spornte sein Pferd an, so gut es ging, und langsam näherten sie sich dem Reisegefährt, aus dem die spitzen Schreie der Dienerin zu hören waren, wann immer die Räder über eine Bodenwelle sprangen.

Auf dem Kutschbock sah er den Kutscher mit dem letzten ihrer fünf Verfolger ringen. Dem Mann steckte ein Pfeil in der Schulter, dennoch wehrte er sich tapfer gegen den Angreifer, der ihn von seinem Platz zu stoßen versuchte. »Halte durch!«, brüllte Markos, während er sein Pferd so nah wie möglich an die Kutsche heranbrachte. Sein Herz klopfte so heftig, als wolle es ihm aus der Brust springen. Er konnte zwar durchaus reiten, aber was er jetzt vorhatte, jagte ihm ziemliche Angst ein. Wenn er sich verrechnete, würde er unter die Räder kommen oder von den nahenden Xol-Reitern erwischt werden. So oder so sah es nicht gut aus.

Er zwang sein Pferd noch etwas näher an die Kutsche. Dann zog er den linken Fuß an und stellte ihn auf den Sattel. Mit einem Aufschrei stieß er sich ab, riss die Arme hoch und krachte gegen die Seitenwand der Kutsche. Seine Finger krallten sich in die obere Holzkante. Ein scharfer Schmerz durchzuckte seine Arme, aber er biss die Zähne zusammen und klammerte sich eisern fest.

Mit einem gequälten Schrei flog der Kutscher vom Kutschbock, segelte mit den Armen rudernd an Markos vorbei und landete im Staub. Dieser schickte ein Stoßgebet zu den Sechsgöttern, dass sie den Mann beschützen mögen. Dann zog er sich an der Seitenwand der Kutsche hoch und zurück aufs Dach. Der Soldat aus Xol war zu sehr damit beschäftigt, die Zügel zu ergreifen und das Vierergespann aus panischen Pferden zu bremsen, um zu bemerken, dass Markos sich ihm von hinten näherte. Mit einem Ruck packte er den Fremden am Kragen. Dieser ließ erschrocken die Zügel los und seine Arme zuckten hoch, um sich des plötzlichen Angreifers zu erwehren. Aber er war zu langsam. Keuchend wuchtete Markos ihn vom Kutschbock.

»Markos!«, vernahm er einen ängstlichen Ruf aus dem Inneren der Kabine.

»Ich bin da!«, schrie er zurück. »Keine Angst.« Er ließ sich auf den Kutschbock nieder und angelte nach den fallen gelassenen Zügeln. »Vorwärts! Los!«, brüllte er die Pferde an und schlug ihnen mit den Lederriemen auf die Rücken.

Auf der Ostmauer von Pryphos regte sich etwas. Markos sah, dass Männer in Stellung gingen. Pfeile wurden aus Köchern gezogen und lange Bögen wurden gespannt.

Rasch warf er einen Blick über die Schulter – und schrie vor Erleichterung laut auf. Die Reiter aus Xol hatten Halt gemacht. Auch sie hatten den Alarm in der Stadt mitbekommen und offenbar nicht vor, sich in Reichweite der Bogenschützen auf den Mauern zu begeben. Einer der Männer riss befehlend einen Arm hoch und sogleich machte die ganze Schar kehrt, bevor sie sich im Galopp zurückzog.

Kurz darauf ratterte ihre Kutsche, ein paar weitere Flüchtlinge überholend, wieder durch das Osttor von Pryphos und Markos atmete auf. Sie waren in Sicherheit … für den Moment jedenfalls.

29

ANGRIFF DER TETRARCHEN

10. Tag des 8. Mondes
im 301. Jahr der cordurischen Könige

Am späten Nachmittag hatte das Heer der Tetrarchen Pryphos vollständig eingekesselt. Während innerhalb der Stadtmauern knapp zweitausend cordurische Soldaten und vielleicht zwanzigtausend Bewohner unter Waffen ausharrten – vom Pferdeknecht, über den Schmied bis zum Scholaren der örtlichen Akademie –, waren rund um die Stadt vierunddreißigtausend Krieger aufmarschiert. Außerdem blockierten nach wie vor etwa zwei Dutzend Rudersegler das Meer vor dem Hafen. Es war eine gewaltige Streitmacht, groß genug, um Pryphos zu überrennen, denn obwohl es Mauern und Tore gab, war die Stadt alles andere als eine Festung. Einer Belagerung würde sie nicht lange standhalten, einem entschlossenen Ansturm noch weniger.

»Ich wünschte, er würde verhandeln«, murmelte Markos, während er von einem der Balkone des Statthalteranwesens zur Ostmauer hinüberschaute, wo Männer eifrig damit beschäftigt waren, das Mauerwerk zu verstärken und die Katapulte auszurichten.

»Das kann er nicht«, sagte Aman'dur leise. Der Sidhari leistete ihm Gesellschaft, wobei sein Blick eher auf die eine Meile vor der Stadt lagernden Truppen gerichtet schien, als versuche er, eine Lücke in ihrem Kordon zu entdecken, durch die man entwischen konnte. »Das Cordurische Reich fordert Xol schon seit Jahren heraus, indem es sich immer weiter nach Westen ausbreitet. Bislang hieß es immer, die Herrscher von Xol seien zu sehr mit sich selbst beschäftigt, um entschieden darauf antworten zu können.«

»Das hat sich offenbar geändert«, brummte Markos.

»Ja«, bestätigte Aman'dur. »Der Schwarze Löwe hat so lange nach der Goldenen Schlange geschlagen, bis diese wütend geworden ist. Nun bäumt sie sich auf und speit Gift. Wenn Virius Pryphos kampflos übergäbe, würden all seine Männer dennoch sterben. Entweder würden die Soldaten aus Xol sie gleich massakrieren, weil sie mit so vielen Sklaven überhaupt nichts anfangen können, oder sie würden sie als Arbeiter in Steinbrüchen oder als Ruderer auf ihren Schiffen sich zu Tode schuften lassen. Dann ist es doch die klügere Wahl, im Kampf zu sterben und dabei möglichst viele Feinde mit in den Tod zu reißen.«

»Aber was ist mit den übrigen Bewohnern der Stadt?«, entgegnete Markos. »Es sind ja nicht nur Männer hiergeblieben, von denen viele übrigens keine Krieger sind, sondern auch Frauen, Alte und Kinder. Vielleicht handelt es sich nur noch um ein paar Hundert, aber allein um ihretwillen müsste der Statthalter doch versuchen, eine friedliche Lösung zu finden.«

Aman'dur legte seine kräftigen Hände auf das Balkongeländer, und obwohl er sich ruhig gab, verriet ihn das helle Glühen in den Augen. Markos hatte den Eindruck, dass er vor innerer Anspannung am liebsten die polierten Holzstreben aus ihrer Verankerung gerissen hätte. »Er hofft noch immer auf Verstärkung aus Geolath«, knurrte Da'arias Bruder. »Wenn König Agathon all seine Truppen aus Phoekia zusammenzieht, kann er dieses Heer schlagen. Zumindest sagt Virius das. Allerdings müsste er dazu eine Reihe anderer Städte weitgehend schutzlos zurücklassen.«

»Und wenn er das nicht will?«

Der Sidhari sah Markos unheilvoll an. »Dann sind wir dem Untergang geweiht.«

Markos erwiderte den Blick einen Moment lang. »Wollen wir hoffen, dass es nicht so weit kommt«, sagte er schließlich. »Aber wenn Pryphos doch fallen sollte, wenn sich abzeichnet, dass diese Stadt und all diese Menschen hier nicht mehr zu retten sind, hätte ich gerne einen letzten Fluchtweg offen.«

Sein Begleiter nickte langsam. »Hast du einen Plan?«, fragte er.

»Ich habe eine Idee«, antwortete Markos. »Wie gut sie ist, sei dahingestellt.«

»Was schwebt dir vor?«

Markos sagte es ihm.

Der Angriff begann tief in der Nacht. Zunächst läuteten zur vierten Stunde nach Mitternacht die Alarmglocken im Hafenviertel, und als Markos, der ohnehin kaum zu schlafen vermochte, auf die Dachterrasse des Anwesens eilte, um sich einen Überblick zu verschaffen, sah er, dass die wenigen Schiffe, die den Hafen nicht mehr hatten verlassen können, bevor die Seeblockade eingesetzt hatte, brannten. Im hellen Feuerschein gewahrte Markos Menschen, die umhereilten und den Brand zu löschen versuchten, bevor er auf die benachbarten Gebäude übergriff. Das Bild rief unangenehme Erinnerungen an die von Flammen verzehrten Hütten in Efthaka wach.

Er lief zurück ins Haus, legte seine Rüstung an, gürtete das Schwert um und stellte den Schild bereit – neue Waffen aus dem Arsenal der Hauswache, da seine alten auf der Überlandstraße zurückgeblieben waren. Gerne hätte er den Menschen im Hafen geholfen, aber seine Pflicht war es, in Da'arias Nähe zu bleiben – komme, was da wolle.

Obwohl es noch mitten in der Nacht war, schlief im Anwesen des Statthalters kaum jemand. Die wenigen, die sich dort noch aufhielten – der Majordomus Geminius, Da'aria und eine Handvoll Sklaven, darunter Frittjelf, den Aman'dur auf Bitten von Markos als Hauswache eingeteilt hatte –, warteten unruhig auf Nachrichten von den Stadtmauern. Virius und Aman'dur hielten sich außer Haus auf. Der Statthalter hatte das Hauptquartier der Verteidiger von Pryphos in der Ratshalle eingerichtet. Markos hoffte, dass sich Aman'dur an ihren gemeinsamen Plan hielt und seinen Herrn, wenn alles verloren war, wie verabredet zum Hafen schaffte.

»Ich hasse solche Nächte«, brummte Frittjelf, der sich gemeinsam mit Markos in der Eingangshalle des Anwesens aufhielt und immer wieder unruhig aus einem der Vorderfenster hinüber zu dem großen Gittertor blickte, wo ein weiterer Wachmann im Schein einer Fackel stand und auf Nachrichten aus der Stadt wartete. »Nächte vor der Schlacht, meine ich«, fügte der Borde erklärend hinzu. »Man weiß, dass der Feind kommen wird. Aber man weiß nicht, wann. Diese Anspannung zermürbt einen.«

»Ich verstehe, was du meinst«, gab Markos zurück. »Aber ich glaube, wir machen uns unnötig verrückt. Es ist etwas anderes, ob man auf eine Horde Plünderer wartet, die das eigene Dorf anzugreifen droht, oder ob man in einem geschützten Anwesen auf einem Hügel mitten in einer ummauerten Stadt sitzt, die von einem Heer belagert wird. So ein Dorf kann binnen Augenblicken überrannt werden. Hier sollte das um einiges länger dauern, sodass wir genug Zeit haben, uns vorzubereiten, wenn die Nachricht eintrifft, dass die Xol gegen Pryphos vorrücken.«

»Kann ja sein. Aber wenn eine Horde Plünderer anstürmt, ist mir klar, was ich zu tun habe. Ich nehme meine Axt und kämpfe. Und wenn ich gut kämpfe, besiege ich sie mit meinen Kameraden. Doch das hier ...« Er schüttelte den Kopf und warf Markos einen finsteren Blick zu. »Warst du mal auf der Mauer?«

Markos verneinte. »Ich bin Da'aria seit unserer Rückkehr nicht mehr von der Seite gewichen. Aber ich habe vom Balkon aus die Zelte und Banner der Xol-Truppen im Osten gesehen.«

»Und das ist noch der kleinere Teil ihres Heeres«, sagte Frittjelf. »Ich stand gestern auf der Westmauer, als die Burschen eingetroffen sind. Bei den Ahnen, die Ebene westlich der Stadt war dunkel vor Männern und Pferden. So etwas habe ich noch nie gesehen. Der Anblick hat mir einen Schauer über den Rücken gejagt – und ich bin niemand, der vor einem Kampf zurückschreckt. Keine Ahnung, was ich machen soll, wenn diese Flutwelle die Tore und Mauern niederreißt.«

»Das will ich dir sagen«, antwortete Markos. »Wir schnappen uns Da'aria und verschwinden.« Ihn plagte ein schlechtes Gewissen, weil er alle übrigen Hausbewohner ihrem Schicksal überließ. Aber wenn sein Plan Erfolg haben sollte, war selbst eine Gruppe aus fünf oder sechs Personen gefährlich groß. Sie mussten schnell und heimlich vorgehen, sofern sie lebend durch die Reihen des Feindes brechen wollten. Er versuchte sich mit dem Gedanken zu beruhigen, dass die Sklaven, die sie zurücklassen mussten, nicht zu den bevorzugten Zielen der Xol zählen würden. Es war also gut möglich, dass diese sie verschonten.

»Am Tor geschieht etwas«, meldete Frittjelf aufgeregt. »Ich glaube, ein Bote ist eingetroffen. Der Wachmann lässt ihn ein.«

»Dann wollen wir ihn ins Haus holen«, sagte Markos und öffnete auch das Eingangsportal der Stadtvilla, das wie alle anderen Zugänge zum Anwesen in diesen Stunden gut verschlossen war.

Diese Sicherheitsmaßnahme hatte Geminius veranlasst, denn wie er Markos belehrt hatte, gab es manchen Feind, der vor dem Hauptangriff kleine Stoßtrupps losschickte, um heimlich die strategischen Köpfe der Verteidiger zu ermorden, auf dass deren Truppen ohne Führung dastanden, wenn es zum Kampf kam. Markos bezweifelte zwar, dass irgendjemand an den Hundertschaften von Soldaten und Bürgern vorbeischleichen konnte, die gegenwärtig die Mauern bemannten. Aber zum einen unterstand nicht ihm dieser Haushalt, und zum anderen musste er zugeben, sich ebenfalls besser zu fühlen, wenn er alle Türen und Fenster so fest verriegelt wusste, wie es bei einem derart offen angelegten Bauwerk eben möglich war.

Der Bote stürmte zur Tür hinein, und wie herbeigezaubert stand plötzlich auch Geminius in der Eingangshalle. Der rundliche Majordomus musste von seinem Zimmer aus gesehen haben, dass jemand mit Neuigkeiten nahte.

»Sie greifen an«, meldete der Bote atemlos. »Die Armee im Westen rückt gegen die Mauern vor. Sie hat Katapulte und Leitern und einen riesigen Wagen, in dem ein Rammbock aufgehängt ist, dessen Spitze ein goldener Stierkopf ziert.« Er wirkte bis ins Mark erschüttert.

»Was ist mit dem Heer im Osten?«, erkundigte sich Geminius, während er ein Seidentuch aus seinem Gewand hervorzog und sich damit die Stirn abtupfte.

»Was östlich der Stadt geschieht, ist mir nicht bekannt«, gestand der Bote.

»Ich gehe hinauf aufs Dach«, verkündete Markos. »Ich möchte mich umsehen.« Er hastete ins Atrium und von dort die an der Hauswand verlaufende Treppe hinauf bis in den zweiten Stock.

Als er auf die Dachterrasse trat, sah er schon den Kampf um die Westmauer toben. Nicht nur der Hafen von Pryphos brannte nun, auch im Westen loderten Flammen in den Nachthimmel. Die Xol mussten Brandladungen über die Mauer geschickt haben, die in Dachstühlen und Baumkronen gelandet waren. Im Schein der Feuer konnte Markos die Verteidiger der Stadt auf den Wehrgängen herumrennen sehen wie aufgeregte Ameisen, auf deren Bau man mit einem Stock geschlagen hatte. Dumpfes Geschrei aus zahllosen Kehlen wehte herüber, und von den Feldern außerhalb der Stadt war das leise Blasen von Hornsignalen zu hören.

Ein ungutes Gefühl machte sich in seiner Magengrube breit. Konnten die Verteidiger dem Ansturm widerstehen? Und wenn die Soldaten aus Xol durchbrachen, wie lange brauchten sie wohl, um die Straßen rund um das Anwesen zu erreichen?

Er drehte sich in die andere Richtung und schaute nach Osten. Die östliche Mauer lag dem Hügel näher, und so vermochte Markos zu sehen, was dahinter auf der Ebene geschah. Im ersten Moment fielen ihm nur die zahlreichen Lagerfeuer auf, die dort draußen brannten. Dann gewahrte er plötzlich auch die vielen kleineren Lichtpunkte im Dunkel, die daneben aufglommen.

Stirnrunzelnd fragte er sich, ob die Xol-Soldaten Kerzen in den Händen hielten. Als die Lichtpunkte einen Herzschlag später in den Himmel aufstiegen, begriff er. *Sie feuern Brandpfeile ab! Auch hier geht der Angriff los!* Unvermittelt einsetzende Alarmglocken auf zwei Wachtürmen kündeten davon, dass die cordurischen Soldaten, die den östlichen Teil von Pryphos schützten, das ebenfalls erkannt hatten.

Seine Sorge verstärkte sich. Markos wusste, dass es leichter war, eine Mauer zu halten, als sie mit Leitern zu erstürmen. Allerdings mussten sich die Verteidiger nicht nur der Angreifer erwehren, sondern auch die Brände unter Kontrolle halten.

Lauter werdendes Geschrei von der Westmauer veranlasste ihn, noch einmal zur anderen Seite der Dachterrasse zu laufen. So richtig erkennen, was dort vor sich ging, konnte er nicht. Aber er hatte das Gefühl, als liefen die Soldaten auf den Wehrgängen noch hektischer umher als zuvor. Und waren dort Tiere auf der Mauerkrone? Markos kniff die Augen zusammen und versuchte, Einzelheiten zu erkennen, aber mehr als umherspringende Schemen konnte er nicht ausmachen.

Von düsteren Vorahnungen erfüllt, machte er kehrt, um wieder nach unten zu gehen. *Wir müssen handeln*, dachte er, *solange die Dunkelheit unserer Flucht noch Schutz bietet. Wenn erst die Sonne scheint, ist die Gefahr, entdeckt zu werden, deutlich größer.* Die Verteidiger würden niemals bis zur nächsten Nacht durchhalten.

Bedauerlicherweise waren ihm noch die Hände gebunden. Virius würde niemals seinen Posten verlassen, wenn nicht alle Hoffnung dahin war. Natürlich konnte Markos sich Da'aria schnappen und mit ihr einfach verschwinden. Niemand würde einen revoltierenden Sklaven in dieser Stunde aufhalten. Er konnte auch ganz allein das Weite suchen. Machte es wirklich einen Unterschied, ob er ein oder zwei Menschen mehr oder weniger aus Pryphos rettete? Wie schwer mochte seine feige Tat in den Augen der Götter wiegen, wenn er nicht bloß Geminius, Da'arias Dienerin und alle anderen, zu den Waffen gerufenen und dem Tode geweihten Sklaven und Handwerker und Scholaren zurückließ, sondern auch noch den Statthalter und seine Tochter dazu?

Warum beabsichtigte er überhaupt, Virius zu retten, der als direkter Bevollmächtigter des Königs zweifellos seinen Teil der Schuld an diesem Kriegszug der Xol trug. War es nicht beinahe gerechter, einfach wahllos irgendjemanden mit sich zu nehmen, der es nicht mehr rechtzeitig aus der Stadt geschafft hatte? Der

Mann, der ihnen, seinen Jungen auf dem Rücken tragend, bei ihrem ersten Fluchtversuch auf der Straße entgegengekommen war, kam Markos in den Sinn. Und auch an den Greis musste er denken, der sie angefleht hatte, ihn mitzunehmen, als sie nach Pryphos zurückgeflohen waren.

Nein! Nein, hör auf!, befahl er sich barsch. *Ich bin nicht Procyros. So gerne ich es täte, ich kann nicht die ganze Stadt retten. Das liegt einfach nicht in meiner Macht.* Er würde sich an seinen Plan halten. Alle Zweifel musste er ausblenden. Es ging einfach nicht anders.

Auf dem Weg zurück zur Eingangshalle nahm er seinen Schild auf und schnallte ihn sich auf den Rücken. Frittjelf verstand die Geste und hob seinen Schmiedehammer, der neben ihm an der Wand lehnte. »Was hast du gesehen? Sprich!«, forderte Geminius Markos auf, als er von dem einen Mann zum anderen blickte.

»Auf der westlichen Mauer wird heftig gekämpft«, erwiderte Markos ernst. »Von Osten wird die Stadt mit Brandpfeilen beschossen. Ich fürchte um die Zukunft von Pryphos. Aus diesem Grund möchte ich Da'aria mit Eurer Erlaubnis zu ihrem Vater bringen.«

»Warum das?« Der Majordomus wirkte überrascht. »Virius wollte, dass sie hier bleibt – in Sicherheit. Wie wir alle.«

»Dieses Haus ist nicht länger sicher«, widersprach Markos mit einer Heftigkeit, die zu jedem anderen Zeitpunkt ausgesprochen ungebührlich gewesen wäre. Gegenwärtig schien Geminius darüber hinwegzusehen. Einige Türen öffneten sich und die verbliebenen Bewohner des Anwesens kamen mit bangen Gesichtern näher. Auch Da'aria war unter ihnen. Das Mädchen wirkte übermüdet und aufgeregt zugleich.

»Wenn die Soldaten in die Stadt eindringen, und wie es aussieht, dauert das nicht mehr lange«, fuhr Markos derweil unbeirrt fort, »werden sie als Erstes die Viertel der Wohlhabenden stürmen, weil sie hoffen, dort reiche Beute machen zu können. Deshalb rate ich dringend dazu, dass wir verschwinden. Frittjelf und ich geleiten Da'aria zum Statthalter, denn ein Kind muss bei seinem Vater sein, wenn …« Er brach ab, als ihm klar wurde, wie sehr er das Mädchen mit seinen Worten ängstigen musste. *Wenn es zum Schlimmsten kommt*, beschloss er den Satz in Gedanken und dachte dabei an die letzten Momente, die er mit seinem sterbenden Vater auf dem Marktplatz von Efthaka geteilt hatte.

Laut sagte er: »Er wird sie in seiner Nähe haben wollen, damit er sicher sein kann, dass es ihr gut geht. Die Übrigen von euch sollten sich in der Stadt verstecken. Egal wo. Zieht die schlichtesten Gewänder an, die ihr habt, und sucht euch die armseligste Bleibe, die ihr findet. Wenn die Götter mit uns sind, werden die Xol einfache Leute verschonen. Sie werden jedenfalls sehr viel eher die einfachen Leute am Leben lassen als die Großbürger der Stadt, die in ihren Augen Erfüllungsgehilfen König Agathons sind und schon allein aus Gründen der Abschreckung hingerichtet werden müssen.«

Geminius blinzelte mehrmals hektisch und holte erneut sein Seidentuch hervor, um sich Schweißperlen von der Stirn zu tupfen. »Ja, das klingt alles sehr vernünftig. Folgen wir Markos' Ratschlägen. Ich will mich nur rasch umkleiden, dann …« Ihm wurde klar, dass die Augen aller Diener auf ihn gerichtet waren. Er hatte jahrelang diesen Haushalt geführt, und so erwarteten sie auch in dieser Stunde Führung von ihm. Der Majordomus straffte sich ein wenig und räusperte sich. »Also, wir werden wie folgt vorgehen«, sagte er und versuchte, seiner Stimme einen festen Klang zu verleihen. »Alle ziehen sich ihre Arbeitskleidung an. Nehmt keine sauberen Stücke, sondern solche, die gewaschen werden sollten. An Habseligkeiten packt nur ein, was unbedingt sein muss. Ich werde es ebenso halten. Wir sollten auch etwas Wasser und Vorräte mitnehmen, nur für den Fall, dass wir uns länger verstecken müssen.«

Markos nickte beipflichtend. Er verzichtete darauf, Geminius für seine Umsicht zu loben, denn er wollte den Majordomus nicht wie ein Kind behandeln. So überfordert er mit ihrer Lage zu sein schien, er war nach wie vor ihr Herr – und solange er keine vollkommen törichten Befehle gab, verdiente er ein Mindestmaß an Respekt. Deshalb fragte Markos auch erneut, statt sich einfach Frittjelf und Da'aria zu schnappen und zu verschwinden: »Darf ich nun das Mädchen zur Ratshalle bringen?«

»Ja«, antwortete Geminius. »Bring die junge Herrin zum Statthalter. Das wird wirklich das Beste sein.«

Markos umfasste entschlossen seinen Schwertgriff und neigte zum Abschied den Kopf. »Mögen die Sechsgötter Euch beschützen, Majordomus.«

Geminius rang sich zu einem kläglichen Lächeln durch. »Mögen sie uns allen gnädig sein.«

30

FLUCHT AUS PRYPHOS

11. Tag des 8. Mondes
im 301. Jahr der cordurischen Könige

Auf den Straßen von Pryphos herrschte beinahe gespenstische Leere, als Markos, Frittjelf und Da'aria den Hügel hinunterliefen, auf dem Virius' Anwesen lag. Der Geruch von Rauch lag in der Luft, und ein orangefarbener Schein hing über den Dächern der Stadt. Im Osten kündete ein schwacher Silberstreif am Horizont bereits den neuen Tag an. Aus mehreren Richtungen war Kampfeslärm zu vernehmen, Männergeschrei, Hornrufe und Katapultdonner. Doch um sie herum war keine Menschenseele zu sehen.

Zunächst wählte Markos noch den direkten Weg zur Ratshalle. Kaum war das Anwesen allerdings außer Sicht geraten, bog er in eine Querstraße ab, die in Richtung des brennenden Hafens führte.

Da'aria blieb stehen. »Ich dachte, wir gehen zu meinem Vater«, sagte sie.

»Nein, das habe ich nur Geminius erzählt«, antwortete Markos. »Wir laufen stattdessen hinunter zum Hafen. Ich habe mit deinem Bruder abgesprochen, dass wir uns dort treffen, sollte die Verteidigung zusammenbrechen. Er wird deinen Vater mitbringen.«

»Was wollen wir am Hafen?«, fragte das Mädchen. »Die Schiffe brennen doch alle. Außerdem bewachen die Xol das Meer.«

»Die großen Rudersegler mögen brennen, aber ganz sicher nicht das kleine Ruderboot, das dein Bruder auf meinen Vorschlag hin gestern am Rand des Hafens versteckt hat. Mit diesem werden wir fliehen, klammheimlich und im Schutze der Dunkelheit. Ich glaube kaum, dass die Xol ein so kleines Boot, das sich entlang der Küste bewegt, bemerken werden.« Das hoffte Markos zumindest, denn auf diese Annahme gründete sein ganzer Fluchtplan. Immerhin wusste er aus Erfahrung, wie schwer ein kleines Boot ohne Segel auf den Wellen auszumachen war. Allerdings hatte er keine Ahnung, wie scharf die Augen ihrer Feinde waren und wie sehr sie darauf erpicht waren, Flüchtende abzufangen.

Da'aria setzte sich wieder in Bewegung, aber sie wirkte nicht sehr überzeugt. »Hat mein Vater diesem Plan zugestimmt?«

»Ehrlich gesagt, weiß ich es nicht«, gestand Markos. »Dein Bruder hat ihn davon unterrichtet, als sie sich zur Ratshalle begeben haben.«

»Er ist bestimmt nicht einverstanden. Pryphos muss verteidigt werden. Da kann er doch nicht weglaufen.«

»Du hast die Burschen vor den Toren nicht gesehen, Kleine«, warf Frittjelf ein. »Sie werden nicht lange brauchen, um in die Stadt zu gelangen. Und in dem Fall ist es gut, einen Ausweg aus dieser Todesfalle zu kennen. Das wird auch dein Vater einsehen.«

Als sie sich dem Hafen näherten, wurde es belebter auf den Straßen. Männer rannten umher und schrien einander Befehle oder Warnungen zu. Seltsamerweise trugen sie keine Wassereimer, sondern hatten Schwerter, Äxte und andere behelfsmäßige Waffen in den Händen. Einige von ihnen bluteten aus Wunden, die sie sich nur im Nahkampf zugezogen haben konnten.

Markos' Nackenhärchen stellten sich auf und er nahm alarmiert seinen Schild vom Rücken, bevor er sein Schwert aus der Gürtelscheide zog. »Das sieht nach einem Kampf aus«, meinte er und blickte Frittjelf an.

»Scheint mir auch so«, gab der Borde grimmig zurück und packte seinen Schmiedehammer fester. »Vielleicht haben die Seetruppen der Xol das Chaos genutzt, um an Land zu gehen.«

Da'aria machte große Augen und drängte sich unwillkürlich näher an Markos. »Und was machen wir jetzt?«, fragte sie leise.

»Wir gehen weiter – und hoffen, dass wir ihnen nicht begegnen.«

Sie hielten sich nah an den Häusern, die den Straßenrand säumten, während sie sich weiter dem Hafen näherten. Nun war auch eindeutig Kampfeslärm zu hören. Das Klirren von Schwertern hallte durch die Straßen und das wilde Geschrei von Kriegern, die ihre Gegner einzuschüchtern versuchten.

Als sie um die nächste Ecke bogen, sahen sie etwa fünfzig Schritt die Straße hinunter die ersten Kämpfenden. Eine Abteilung cordurischer Soldaten hatte mit ihren Schilden eine Barriere gebildet, um den Rückzug verletzter Kameraden zu sichern. Ihnen gegenüber stand eine mindestens dreimal so große Schar Angreifer, die mit aller Macht gegen die Cordurier andrängte. Wäre Markos alleine gewesen, hätte er vielleicht entschieden, seinen Landsleuten zu Hilfe zu kommen. Doch da Da'aria ihn begleitete, war daran nicht zu denken.

»Zurück«, befahl er stattdessen und bog rasch in eine Seitengasse ein, von der er hoffte, dass sie nicht plötzlich in einem Hinterhof endete. Er bedauerte, keine Gelegenheit gehabt zu haben, sich die Straßen der Stadt genauer einzuprägen. Im Grunde kannte er nur die wichtigsten Wege. Aber immerhin konnte er sich am Feuerschein der brennenden Schiffe orientieren.

Sie rannten durch die Gassen, bogen nach links und rechts ab, und immer, wenn vor ihnen ein weiterer Trupp der Invasoren auftauchte, wandten sie sich zur Flucht. Frittjelf gefiel das gar nicht, das konnte Markos sehen. Obwohl er für Cordur, das ihn versklavt hatte, sicher nicht viel mehr Liebe als für Xol empfand, wollte er sich den Männern entgegenwerfen, die ihn jagten und die Stadt niederbrannten und verwüsteten. Es schien einfach in seiner Natur zu liegen. Aber wie Markos auch beherrschte er sich.

Nachdem sie eine gefühlte Ewigkeit zwischen den Häusern der Hafengegend umhergelaufen waren, erreichten sie endlich am Ostrand der Pieranlage das Wasser. Die Kämpfe hatten sich tiefer ins Stadtinnere verlagert, sodass sich niemand in unmittelbarer Umgebung aufhielt. Am anderen Ende des Hafens konnte Markos jedoch eine Abteilung feindlicher Soldaten erspähen, die gerade einen behelfsmäßigen Sammelpunkt für ihre Truppen errichteten. Im Wasser und am Ufer hinter ihnen lagen zahllose lang gezogene Landungsboote vertäut, mit denen sich die Seesoldaten aus Xol dem Hafen kurz zuvor genähert haben mussten.

Ihr eigenes Ruderboot, das deutlich kleiner und unauffälliger war, fanden sie genau an der verabredeten Stelle. Markos fiel ein Stein vom Herzen, als er es unter einigen Netzen halb verborgen, hinter dem hölzernen Verkaufsstand des Fischers entdeckte, der die Küche des Statthalters mit frischem Fisch belieferte. Markos hatte den Mann namens Semion bereits an seinem zweiten Tag in Pryphos zufällig kennengelernt, und einmal hatte Semion, der in Markos eine verwandte Seele erkannte, ihn hierher mitgenommen und ihm sein kleines Reich, sein Fischerboot und seinen Verkaufsstand, gezeigt.

Semion selbst hatte sich abgesetzt, bevor die Xol den Fluchtweg über See blockiert hatten. Markos war froh, dass er nicht zu jenen gehörte, denen heute Nacht der Tod durch die Klingen ihrer Feinde drohte.

»Schnell, Frittjelf«, sagte er, als er sich an den Netzen zu schaffen machte. »Hilf mir, das Boot freizuräumen und ins Wasser zu lassen. Da'aria, halte die Augen offen und warne uns, wenn jemand kommt.«

»Mache ich«, sagte das Mädchen und huschte zur Ecke des Holzverschlags, damit es den Rest der Pieranlagen überblicken konnte. Viel gab es dort im Augenblick nicht zu sehen, außer den brennenden Überresten halb im Wasser versunkener Schiffe.

Nachdem alles vorbereitet war, kletterte Markos erst auf eine Kiste und zog sich dann auf das Dach des Verkaufsstandes. Aman'dur und Virius waren bislang nicht eingetroffen, und Markos wollte schauen, ob er von dort oben erkennen konnte, wie es um Pryphos stand.

Der Ausblick war trostlos. Im Licht des zunehmend heller werdenden Himmels konnte Markos sehen, dass weite Teile der Stadt brannten. Dunkle Rauchwolken stiegen auf und zerfaserten träge in der Morgenluft. Hatte es bislang auch nur den geringsten Zweifel gegeben, war er nun dahin: Die Xol waren nicht nach Pryphos gekommen, um die Stadt zu erobern. Sie wollten ein Zeichen setzten und alles zerstören, was Cordur am Rand seiner Einflusssphäre geschaffen hatte. *Und niemand kann sie daran hindern*, dachte Markos düster.

Zwar vermochte er es von seinem Standpunkt aus nicht mit Sicherheit zu sagen, aber er glaubte nicht, dass die Verteidiger noch lange durchhielten. Die Soldaten aus Xol mussten an mindestens einer Mauerseite durchgebrochen sein. Anders ließ sich das Ausmaß der zu erkennenden Verwüstung nicht erklären. Das bedeutete auch, dass der Kampf nun in den Straßen, zwischen brennenden Häusern geführt wurde. Markos lief ein Schauer über den Rücken. Es war genau wie in Efthaka, nur hundert Mal schlimmer.

Er gesellte sich wieder zu den beiden anderen, die sich hinter dem Verkaufsstand versteckten und wachsam den Blick hin und her schweifen ließen, um mögliche Feinde zu erspähen, bevor diese sie bemerkten. »Es sieht nicht gut aus«, berichtete Markos. »Wie schlimm es wirklich ist, kann ich nicht sagen.«

»Vielleicht sollte einer von uns losziehen und sich mal umsehen«, schlug Frittjelf vor. »Kann bestimmt nicht schaden. Und ist besser, als nur hier rumzusitzen.«

»Das halte ich für unklug«, widersprach Markos. »Wenn Aman'dur mit Virius eintrifft und einer von uns durch die Straßen streift, können wir nicht ablegen.« Er legte den Kopf in den Nacken und schaute zum Himmel hinauf. Im Osten kündete sich mit orangerotem Glanz bereits die Sonne an. *In einer Stunde wird unsere Flucht übers Wasser den Feinden kaum verborgen bleiben*, dachte er.

»Wenn wir wüssten, dass die Verteidiger die Angreifer abgewehrt haben, müssen wir vielleicht gar nicht ablegen«, wandte Frittjelf störrisch ein.

Nachdenklich rieb Markos sich übers Kinn. Die Entfernung zur Ratshalle betrug ungefähr eine Meile. Wenn er sich beeilte und nicht aufgehalten wurde, konnte er rasch dorthin und wieder zurück laufen. Und Da'aria war hier, in unmittelbarer Nähe zu ihrem Fluchtgefährt, so sicher wie irgendwo in der Stadt. »Einverstanden«, sagte er zu dem Borden. »Du und Da'aria, ihr versteckt euch hier, so gut es geht. Brecht den Verkaufsstand auf, wenn es sein muss. Den Besitzer wird es kaum mehr stören. Oder schlagt euch ins Gebüsch. Ich laufe zur Ratshalle und schaue, ob Virius und Aman'dur noch dort sind.«

»He, warum läufst du zur Ratshalle«, beschwerte sich Frittjelf.

Markos sah auf ihn herab. »Weil ich, nimm es mir nicht übel, mein Freund, die längeren Beine habe. Ich kann schneller laufen – und auch weglaufen, sollte es nötig sein.«

Die Miene des Borden verfinsterte sich. »Ich mach dir gleich Beine …«, knurrte er.

»Darüber hinaus«, unterbrach Markos ihn rasch, »bist du der bessere Kämpfer von uns beiden. Das steht außer Frage. Wenn also Da'aria Gefahr droht, kannst du sie besser beschützen als ich.« Seine Worte waren mehr als bloße Freundlichkeit. Dass Frittjelf stark wie ein Ochse war, hatte er bereits bewiesen. Und den Narben an seinen Armen nach zu urteilen, war er auch schon in mehr als einen Kampf verwickelt gewesen. Außerdem zweifelte Markos keinen Moment daran, dass der Borde mit seinem Schmiedehammer wie ein Berserker auszuteilen wusste, wenn es hart auf hart kam.

»Wo du recht hast, hast du recht«, brummte Frittjelf, zumindest ein wenig versöhnt. »Komm, Mädchen. Ich zeige dir die große Kunst des Verschwindens, wie sie nur die Borden beherrschen.« Er stapfte zu den Fischernetzen hinüber.

Da'aria blickte Markos zweifelnd an.

»Du kannst ihm vertrauen«, sagte Markos und legte ihr beruhigend eine Hand auf die Schulter. »Seine Schale mag etwas rau sein, aber er hat ein gutes Herz, und die Borden sind für ihre Tapferkeit bekannt. Er wird gut auf dich aufpassen, bis ich wieder da bin.«

»Bring meinen Vater und meinen Bruder mit, wenn du zurückkommst«, bat das Mädchen.

»Das habe ich vor«, erwiderte Markos. Er hängte sich den Schild wieder auf den Rücken, prüfte den Sitz seines Schwerts, bedachte die beiden mit einem knappen Nicken und glitt dann um die Ecke des Verkaufsstandes.

Verstohlen hastete er an den Hafenanlagen vorbei. Links von ihm brach krachend einer der Rudersegler auseinander und versank, noch von Flammenzungen umleckt im Wasser neben einem der Piers. Rauchschwaden hingen in der Luft und gelegentlich kam er am reglosen Körper eines Erschlagenen vorbei. Lebende Menschen – gleich ob Freund oder Feind – sah er nur wenige. Die Löscharbeiten waren mit der Seeoffensive zum Erliegen gekommen. Bloß hier und da drängte sich noch eine wimmernde Gestalt in eine Hausnische. Und am fernen Ende des Hafens bewachte der Feind, durch behelfsmäßige Barrikaden geschützt, seine Landungsboote. Markos achtete darauf, möglichst außer Sicht zu bleiben.

Er bog in die vom Hafen abgehende Hauptstraße ein und eilte Richtung Stadtmitte. Während er sich dem Marktplatz und damit der Ratshalle näherte, wurde immer deutlicher, dass den Truppen aus Xol tatsächlich auch an anderer Stelle der Durchbruch gelungen war. An immer mehr Stellen rangen Freund und Feind miteinander und die Verteidiger schienen fast immer in der Unterzahl zu sein. Markos machte sich einmal mehr kampfbereit. An Heimlichkeit war kaum mehr zu denken.

Ein großer Trupp cordurischer Soldaten kreuzte aus einer Seitenstraße kommend seinen Weg. Markos schloss sich ihnen kurzerhand an. »Wie ist die Lage?«, fragte er einen der Männer in den hinteren Reihen.

»Xol ist im Westen durchgebrochen. Wir konnten zwar ihren Rammbock zerstören, aber dann haben sie die Mauer mit einem alchemistischen Zauber gesprengt«, antwortete der Mann gehetzt. »Außerdem waren da diese Katzen, nachtschwarz und groß wie Rinder. Sie sind einfach die Stadtmauer hinaufgesprungen, sechs Schritt hoch. So etwas habe ich noch nicht gesehen. Sie haben unter unseren Leuten gewütet wie Dämonen.«

Schwarze Katzen ... Markos erinnerte sich daran, dass man König Iurias Agathon auch den Schwarzen Löwen nannte, weil er einst auf einem Feldzug in Carthaos ein solches Raubtier mit bloßen Händen getötet hatte. Hatten die Xol Schwarze Löwen magisch verändert? Er wollte lieber gar nicht daran denken. »Und was geschieht jetzt?«, wollte Markos wissen.

»Wir haben Befehl, zum Marktplatz vorzustoßen«, sagte der Soldat. »Dort sammeln sich die Verteidiger, um gemeinsam den Rückzug und einen Durchbruch durchs Osttor zu versuchen. Das Heer der Xol dort ist offenbar recht klein und hatte nur die Aufgabe, uns zu beschäftigen. Die wirkliche Gefahr kommt von Westen, wo die Schlangendiener bereits die Stadt verwüsten.«

Schlangendiener. Diese Bezeichnung hatte Markos bisher auch noch nicht gehört. Er nahm an, dass es sich um ein Schimpfwort für die Soldaten der Tetrarchen handelte. Denn dass die Xol Schlangen als heilige Tiere verehrten, hatte ihm einer der anderen Sklaven in Virius' Haus erzählt.

Auf dem Marktplatz herrschte ein furchtbares Durcheinander. Unmengen von Soldaten und bewaffneten Stadtbewohnern drängten sich dort. Nach Westen hin war eine Barrikade aus Kisten, Karren und Möbelstücken errichtet worden. Vielstimmiges Geschrei und lautes Waffenklirren waren zu hören. Und noch ein Geräusch drang von dort herüber: ein wildes, kehliges Brüllen wie von großen Raubtieren. Das mussten die Katzen sein, von denen der Soldat Markos erzählt hatte.

Hastig drängte Markos sich durch die Menschenmenge hinüber zur Ratshalle, einem länglichen Gebäude mit prächtiger

Säulenfassade, dessen Hauptportal man über ein Dutzend breiter Stufen erreichte, die sich entlang der gesamten Gebäudefront erstreckten. Als er diese erklimmen wollte, wurde Markos von zwei Soldaten in cordurischer Rüstung aufgehalten. »Wo willst du hin, Sklave?«, fragte einer von ihnen barsch.

»Mein Name ist Markos«, erklärte er. »Der Majordomus des Statthalters schickt mich. Ich soll Virius eine wichtige Nachricht überbringen.«

»Dann gib sie uns«, forderte der Linke der beiden und streckte die Hand aus. »Wir leiten sie an den Statthalter weiter.«

»Nein«, widersprach Markos, »ich soll sie ihm …«

In diesem Augenblick erschütterte ein Donnerschlag den Marktplatz. Instinktiv duckte sich Markos und wirbelte herum. Gleich darauf prasselte über der Westhälfte des Platzes ein Regen aus Holzsplittern und unappetitlicheren Dingen nieder. Die Xol hatten die Barriere gesprengt. Wo sie eben noch gestanden hatte, ragten nur noch Gerippe von Kisten und Karren auf. Menschen schrien, und überall lagen Tote und Verletzte zwischen den Trümmerteilen.

Bevor sich die Verteidiger von diesem Schlag erholen konnten, wurde ein wildes Getrappel und Rattern laut. Im nächsten Moment ergoss sich eine Flut aus Reitern und Streitwagen auf den Platz. Die Reiter trugen Pfeile und Bögen, an den Rädern der Streitwagen blitzten wirbelnde Klingen. In einer Schneise der Vernichtung preschten sie auf die Ratshalle zu. Riesige schwarze Schemen – geschmeidige, vierbeinige Körper mit seidig glänzendem Fell und funkelnden Augen – hetzten neben ihnen her. Niemand vermochte sie aufzuhalten.

»Flieht, wenn ihr könnt«, schrie Markos die Soldaten an. Doch statt es ebenso zu halten, stürmte er an ihnen vorbei und auf den Haupteingang der Ratshalle zu, den zwei weitere Soldaten soeben zu schließen versuchten. »Wartet, ich muss zu Virius!«, brüllte Markos und warf sich ihnen entgegen. Er prallte gegen den rechten Türflügel, stieß ihn wieder auf und ließ den Mann nach hinten taumeln. Der schrie empört auf. »Verzeihung«, keuchte Markos. »Ich muss zum Statthalter.«

Jemand versuchte ihn zu packen und festzuhalten, doch Markos schüttelte ihn ab und stürzte weiter. »Aman'dur!«, schrie er. »Ich bin es, Markos! Wo seid ihr? Aman'dur!«

»Markos?« In einem Durchgang, der in einen Nebenraum führte, tauchte der dunkelhäutige Sidhari auf. »Was machst du hier?«, wollte er wissen.

»Wir müssen sofort weg. Die Xol-Truppen sind da. Sie haben den Marktplatz erreicht.«

»Was ist denn das wieder für eine Aufregung?« Mit grimmiger Miene tauchte Virius hinter Aman'dur auf. Als er Markos erblickte, hoben sich seine Augenbrauen. »Markos. Du solltest bei Da'aria sein. Was hast du hier zu suchen?«

»Da'aria ist in Sicherheit«, erwiderte Markos rasch. »Frittjelf passt auf sie auf. Ich bin gekommen, um Euch zu holen, Herr. Aman'dur und ich bringen Euch zu Eurer Tochter.«

Der Statthalter hob kopfschüttelnd die Hand. »Das kommt überhaupt nicht infrage. Ich gehe nirgendwohin. Dieser Kampf ist noch nicht vorbei.« Er wandte sich an einige Soldaten, die ebenfalls hinzutraten, um den Grund für die Störung zu erfahren. »Wir ziehen uns zum Famolos-Platz zurück. Auf den Dächern der Therme und des Theaters können wir Bogenschützen postieren und dann …«

Obwohl zu befürchten stand, dass er sich um Kopf und Kragen redete, unterbrach Markos ihn. »Herr! Ihr versteht nicht. Die Xol-Truppen sind *auf* dem Marktplatz. Sie haben die Barrikade gesprengt und richten mit Streitwagen und irgendwelchen schwarzen Katzenungeheuern ein Blutbad unter Euren Männern an. Sie sind im Begriff, das Gebäude zu stürmen.«

Virius' Miene verfinsterte sich. »Schweig!«, befahl er scharf. »Vergiss nie, wer du bist, Skl…«

Weiter kam er nicht, denn in diesem Augenblick donnerte es an der Eingangstür, als habe jemand einen Rammbock dagegen geschlagen. Im gleichen Moment sprangen vier schwarze Schemen in den benachbarten offenen Innenhof der Ratshalle und fielen fauchend die nächstbesten Ratsmitglieder und Soldaten an. Der Anblick der riesigen Raubkatzen ließ blinde Panik unter den Anwesenden ausbrechen.

Schreiend rannten die Ratsmitglieder und Verwaltungsbeamten, die noch Dienst in der Ratshalle taten, auseinander. Jeder suchte sein Heil in der Flucht. Ein Hauptmann rief die Wache zusammen, um den Statthalter zu schützen. Ein tollkühner Soldat warf sich einer der Bestien entgegen, die gerade einen schmächtigen Mann in einer Toga unter sich begraben hatte. Das Untier fuhr herum und ließ ein markerschütterndes Brüllen hören, bevor es den Soldaten ansprang, der verzweifelt seinen Schild hob, um sich zu schützen.

Markos' Blick suchte Aman'durs. »Weg hier.«

Der Sidhari nickte. Er nahm den wie erstarrt auf die schwarzen Tierdämonen blickenden Statthalter am Arm und schob ihn den hohen Gang hinunter, vom Innenhof und dem Hauptportal fort. »Es gibt einen zweiten Ausgang an der Nordseite des Gebäudes«, sagte er.

Als sie losliefen, erwachte auch Virius aus seiner Starre. »Bringt euch in Sicherheit!«, rief er den Übrigen zu, so als fühlte er sich verpflichtet, einen letzten Befehl zu erteilen. »Wir ziehen uns Richtung Osttor zurück. Wir sehen uns dort.«

Du wirst ganz sicher nicht zum Osttor gehen, dachte Markos grimmig, während er Aman'dur folgte, der die Führung übernommen hatte.

Sie erreichten einen Quergang, bogen um die Ecke und ließen das Gemetzel hinter sich. Nur die entsetzten Schreie der Sterbenden und das Brüllen der Katzenwesen verfolgten sie. Vor ihnen befand sich eine Tür in der Wand. Ein Riegel lag quer davor. Aman'dur riss ihn zur Seite und drückte die Klinke hinunter. Die Tür bewegte sich nicht.

»Sie ist zusätzlich verschlossen«, erklärte Virius. »Wartet … wartet, ich habe einen Schlüssel.« Er steckte die Rechte in eine Tasche an seinem Gürtel und fischte einen Moment hektisch darin herum, bevor er einen großen Eisenschlüssel hervorholte. Zitternd reichte er ihn Aman'dur und ließ ihn dabei versehentlich fallen. Doch die Hand des Sidhari zuckte blitzschnell vor und fing den Schlüssel aus der Luft. Hinter ihnen hallte das Brüllen einer der Katzen durch die Gänge.

Eilig öffneten sie die Tür. Ohne sie wieder abzuschließen, rannten sie weiter, unter dem seitlichen Säulenvorbau hindurch und ein paar Treppen hinunter zur Straße.

Auf dem Marktplatz, der zur Linken gut zu sehen war, wurde unvermindert gekämpft. Die Streitwagen rauschten durch die Menge, und ihre an den Rädern befestigten Klingen wüteten unter jenen, die ihnen im Weg standen. Auch die Bögen der Reiter forderten Opfer um Opfer. Doch die Cordurier schienen sich von der Überraschung der einfallenden Truppen erholt zu haben. Die Soldaten sammelten sich in Gruppen, wobei Schildträger jene schützten, die mit Speeren und Bögen bewaffnet waren. Langsam ließen sich die Verteidiger in eine der engeren Straßen zurückfallen, um den Angreifern ihren Vorteil der Beweglichkeit zu nehmen.

Das alles nahm Markos beiläufig wahr, während sie am Rand des Platzes entlangeilten, um eine der schmalen Gassen zu erreichen, die in Richtung Hafen führten. Nun, mit Aman'dur als Führer, bestand Aussicht, auch jenseits der Hauptstraßen auf geradem Weg zu den Piers zurückzufinden.

Sie waren soeben im Begriff, zwischen den Häusern zu verschwinden, als Markos plötzlich einen Luftzug neben seinem Hals spürte. Einen Lidschlag später steckte ein Pfeil im Hinterkopf des schräg vor ihm laufenden Statthalters von Pryphos. Der Anblick war so absurd, so unerwartet, dass Markos überhaupt nicht begriff, was er sah, bis Virius ins Straucheln geriet und zu Boden stürzte. »Aman'dur!«, schrie Markos, fuhr herum und hob den Schild, um sich vor dem nächsten Angriff zu schützen.

Zu seinem Entsetzen sah er einen der Streitwagen heranpreschen. Der Wagenlenker oder der Bogenschütze, der hinter ihm stand, musste die drei Fliehenden erspäht und für ein lohnenswertes Ziel gehalten haben.

»Schütze Virius«, rief der Sidhari. »Die übernehme ich.«

Hastig schob Markos sein Schwert hinter den Schild, bevor er rückwärts ging, um den gefallenen Statthalter zu packen. Während er ihn in den Schutz einer Hauswand zerrte, rannte Aman'dur dem Streitwagen entgegen. Zu Markos' grenzenloser Verwunderung zog er dabei nicht einmal einen seiner zahlreichen Dolche. War der Sidhari vollkommen wahnsinnig?

Dann riss Aman'dur auf einmal einen Speer aus dem Boden, der dort nach einem Fehlwurf steckte, und Markos ahnte, was er vorhatte. Doch der dunkelhäutige Krieger warf den Speer mitnichten nach einem der beiden Pferde, um das Tier zum Stürzen und den Wagen damit zum Umkippen zu bringen. Stattdessen hielt er einen Herzschlag lang an, nahm Maß und schleuderte seine Waffe an den Pferden vorbei direkt auf die beiden Männer. Der Wagenlenker vermochte zur Seite auszuweichen, doch den Bogenschützen, der gerade einen neuen Pfeil aufgelegt hatte, traf der Speer mitten in der Brust. Schreiend fiel er rücklings vom Wagen.

Wie zur Antwort schlug der Wagenlenker mit den Zügeln und spornte seine Tiere an, direkt auf Aman'dur zuzuhalten, um ihn über den Haufen zu fahren. In leicht geduckter Haltung erwartete der Sidhari seinen Gegner. Den rechten Arm hielt er etwas angewinkelt, und in seiner Hand glaubte Markos eine der dünnen, geschwungenen Klingen zu erkennen, die der Sidhari an seinen Waffengurten trug.

Im letzten Augenblick, als er schon den heißen Atem aus den Nüstern der Pferde im Gesicht spüren musste, warf sich Aman'dur nach rechts zur Seite. Noch im Flug zuckte seine Hand vor und das silberne Wurfgeschoss flirrte durch die Luft. Während die Hand des Wagenlenkers mit einem erstickten Aufschrei an seinen Hals fuhr, landete Aman'dur auf dem Boden, rollte sich ab und kam gleich wieder auf die Beine. Er fuhr herum und zog den nächsten Dolch. Aber das war nicht mehr nötig. Der Wagenlenker zog sein Gespann nach links und preschte davon. Blut lief ihm über den Hals und über die Finger, die er auf die Wunde presste.

Das alles vollzog sich in solcher Schnelligkeit, dass Markos kaum Zeit hatte, nach Virius zu schauen. Nun senkte er den Blick, ließ seinen Schild fallen und zog ihn in eine halb sitzende Position. Der Anblick des Pfeils, der aus dem Hinterkopf des Mannes ragte, drehte ihm beinahe den Magen um. Virius lebte noch, aber seine Augen wirkten glasig und er bewegte sich fahrig. *Er ist tot*, dachte Markos. *Sein Körper weiß es nur noch nicht.*

Ein Anfall von Bitterkeit überkam ihn. Nach all den Mühen, all den guten Plänen, hatte ein einfacher Bogenschütze den Statthalter von Pryphos erwischt. Wahrscheinlich hatte der Angreifer nicht einmal gewusst, auf wen er seinen Pfeil abschoss. »Herr …« Markos brach ab. Er wusste nicht, was er sagen sollte. Er hielt Virius fest, dessen Blut seinen Ärmel tränkte, und mit Grauen ging ihm auf, dass es wieder ein Vater war, der in seinen Armen starb, nur war es diesmal nicht sein eigener, sondern Da'arias.

»Aman'dur?«, fragte Virius undeutlich und seine Augen richteten sich auf Markos.

»Nein, ich bin es: Markos.«

»Mar…kos.« Seine Stimme war kaum mehr als ein undeutliches Flüstern. Virius blickte zum Himmel und seine Augenlider flatterten. Seine linke Hand versuchte sich in Markos' Brustpanzer zu krallen, rutschte aber ab. »Schütze … sie«, flehte er. »Schütze …« Ein letztes Ausatmen, das vielleicht den Namen seiner Tochter trug, dann brach der Blick des Statthalters und sein Körper erschlaffte.

Markos spürte, wie seine Augen feucht wurden. Er presste die Lippen zusammen und schickte einen stummen Fluch zu den Sechsgöttern. Warum hatten sie Virius unbedingt noch zu sich holen müssen, jetzt, wo er schon auf der Flucht aus Pryphos gewesen war?

Neben ihm ging Aman'dur in die Hocke. Auf seinem dunklen Gesicht lag Kummer. »Komm«, sagte der Sidhari leise. »Lass ihn. Wir müssen weiter. Wenn auch wir sterben, wird meine Schwester es nicht schaffen. Sie ist das Einzige, was jetzt noch zählt.«

»Wir können ihn doch nicht einfach zurücklassen«, protestierte Markos halbherzig. Es fühlte sich falsch an, den Verstorbenen einfach in der Gasse liegen zu lassen – auch wenn sein Verstand ihm sagte, dass sie keine andere Wahl hatten.

»Doch, das können wir«, erwiderte Aman'dur. »Es ist nur noch ein Körper, eine leblose Hülle. Virius weilt an einem besseren Ort. Und von dort blickt er auf uns herab und wartet darauf, dass wir gehen und Da'aria retten.«

Schweren Herzens nickte Markos. »Ja, du hast recht.« Er ließ den toten Statthalter zu Boden sinken. Während Aman'dur sich bereits wieder erhob, nahm Markos noch einmal die Hand des Toten und streifte den Ring ab, auf dem das Zeichen des Hauses Equesta eingraviert war. Das Schmuckstück mochte ihnen noch nützlich sein, und es würde Da'aria als Andenken dienen. Danach folgte er Aman'dur eilig die Gasse hinunter.

Dank der kundigen Führung des Sidhari erreichten sie unbehelligt den Hafen und das Versteck, wo Markos Frittjelf und Da'aria zurückgelassen hatte. Beide waren noch da. Niemand hatte sie aufgespürt.

»Wo ist mein Vater?«, wollte Da'aria wissen, als Markos und Aman'dur alleine auftauchten.

In stockenden Worten erklärte Markos ihr, was geschehen war, und weil ihr unberührbarer Bruder dazu außerstande zu sein schien, war es auch Markos, der das Mädchen in die Arme schloss, als es daraufhin in Tränen ausbrach. »Es tut mir so leid«, flüsterte Markos ihr zu, während er Da'arias bebenden Körper festhielt. »Aber du musst jetzt stark sein. Wir werden trauern, sobald wir in Sicherheit sind. Erst einmal muss jedoch unsere Flucht gelingen.«

Zunächst wirkte es, als habe Da'aria seine Worte gar nicht wahrgenommen. Doch dann nickte das Mädchen schniefend und löste sich von ihm. Frittjelf, der bereits in das im Wasser schaukelnde Boot gestiegen war, half ihr an Bord. Markos stieg als Dritter ein, Aman'dur löste die Leine und sprang zuletzt in ihr Fluchtgefährt.

Im Osten war unterdessen die Sonne aufgegangen und das glühend rote Feuerauge stieg langsam am Himmel empor. »Es ist viel zu hell«, murmelte Markos, während er die Ruder ins Wasser tauchte und sie langsam an den Felsen entlang aus dem Hafen steuerte. »Sie werden uns sehen.«

Prüfend reckte Aman'dur den Blick in die Höhe. »Es ist noch früh am Morgen. Die Luft auf dem Meer ist frisch. Vielleicht kann ich uns vor den Augen derer, denen wir entfliehen wollen, verbergen.«

»Aber wie?«, wollte Markos wissen.

»Warte es ab«, erwiderte der Sidhari. Er schloss die Augen, seine Schultern sackten herab, und er öffnete wie beschwörend die Hände. Leise Worte kamen über seine Lippen, wieder und wieder, die Sprache seines Volkes, die Wind zum Tanzen und Wasser in der Wüste zum Sprudeln bringen konnte.

Eine warme Brise setzte ein, die aus dem Landesinneren, aus der Wüste kam und über das Meer wehte. Markos fragte sich, warum Aman'dur den Wind heraufbeschwor. Sie besaßen kein Segel – und die Xol brauchten die ihren nicht, um das kleine Fluchtboot mit ihren großen Ruderseglern einzuholen.

Doch auf einmal geschah etwas, womit er nicht gerechnet hatte. Nebel entstand über dem Wasser, erst in feinen, dann in immer dichteren Schwaden. Es dauerte nicht lange und die vor der Küste liegenden Schiffe des Feindes waren im weißen Dunst verschwunden. »Beim Barte meiner Vorväter«, flüsterte Frittjelf andächtig. »Der Sidhari kann Nebel herbeizaubern. Ich fasse es nicht.«

Mit einem dünnen Lächeln öffnete Aman'dur die Augen. »Jetzt, denke ich, sollten wir den Xol entkommen. Aber wir müssen uns eilen. Die Sonne wird den schützenden Schleier bald wieder vertrieben haben.«

Markos nickte beipflichtend. »Also dann«, sagte er, »verschwinden wir von hier.« Als er ihr Boot tiefer in den Nebel hineinruderte, warf er einen letzten Blick auf das hinter ihm zurückbleibende Pryphos. Die Stadt gehörte nun den Tetrarchen. Markos fragte sich, ob der Krieg damit sein Ende fand oder ob er jetzt erst so richtig begann …

31

DER LETZTE TAG

12. Tag des 8. Mondes
im 301. Jahr der cordurischen Könige

In dieser Nacht hatte Iolan einen eigenartigen Traum. Er stand auf der Klippe unweit seines Dorfs und blickte hinaus auf das Ydrische Meer. Im Osten erhob sich gerade die Sonne über den Horizont und ihre Strahlen ließen das Meer tief unter ihm glitzern wie einen Teppich aus Diamanten. Ein frischer Seewind umwehte seinen Körper. Es war ein Tag, wie geschaffen, um die Flügel auszubreiten und sich kühn in die Lüfte zu erheben.

Iolan blickte an sich herab, dann auf die blaugrünen Fluten, die zu seinen Füßen gegen den Fels brandeten. Er konnte es. Er konnte diesen Sprung schaffen. Und ganz gleich, was Markos und die anderen fürchteten: Er würde dabei nicht ums Leben kommen. Tatsächlich würde er die Wellen nicht einmal erreichen.

Furchtlos breitete er die Arme aus und sog seine Lungen voll mit salziger Seeluft. Einen wilden Schrei ausstoßend, warf er sich nach vorne und in die Luft. Sein Körper beschrieb einen Bogen und stürzte dem Meer entgegen. Einen Moment lang schien er den Fluten überhaupt nicht näher zu kommen, im nächsten sprangen sie ihm regelrecht entgegen, wie ein hungriges Raubtier, das in ihm leichte Beute sah.

Für einen Herzschlag oder zwei regten sich Zweifel in Iolan. Hatte er sich geirrt? Würde er dort unten zerschmettert werden wie die glücklosen Springer, die immer wieder von den Dorfältesten als mahnendes Beispiel angeführt wurden? Aus Zweifel wurde Sorge, aus Sorge Panik. Doch es gab kein Zurück mehr. Ihm blieb nur noch eines …

Mit einem zweiten, noch wilderen Schrei, breitete er seine Flügel aus. Sie entfalteten sich zu ihrer ganzen majestätischen Größe, und Iolan spürte, wie ein Ruck durch ihn ging, als sich der Wind in ihnen fing und seinen Sturz abbremste. Das Wasser zog so nah unter ihm hinweg, dass er es beinahe berühren konnte, und er glaubte, die Gischt zu schmecken.

Mit einer einzigen kraftvollen Bewegung schlug er mit den Flügeln. Und wieder. Und wieder. Die Meeresoberfläche blieb unter ihm zurück, und er schwang sich steil hinauf in den morgendlichen Himmel. Es war ein erhebendes, ein unbeschreibliches Gefühl von Freiheit, das er so noch nie erlebt hatte. Er spürte, wie Hitze durch seinen Körper wallte. Brennende Leidenschaft und Begeisterung erfüllten seine Eingeweide und stiegen ihm durch Brust und Hals bis in den Kopf. Iolan schrie auf, doch der Laut war ein markerschütterndes Brüllen und mit dem Brüllen ging eine gewaltige Flammenwolke einher, gleißend hell und alles versengend …

Iolan riss die Augen auf.

Sein Herz hämmerte wie nach einer Übungseinheit mit Grekeas' Hauswache, er war schweißgebadet, und sein Hals schmerzte, als hätte er die ganze Nacht während einer hemmungslosen Feier in einer verrauchten Fischerhütte laut gesungen. *Bei den Sechsgöttern!*, durchfuhr es ihn. Da war er wieder gewesen: der gleiche Traum, den er schon in Efthaka gehabt hatte, kurz bevor die Soldaten das Dorf überfielen. Wochenlang hatte er ihn nicht mehr bewusst durchlebt, doch auf einmal war er wieder da – und dieses Mal hatte sich alles noch wirklicher angefühlt als während der Nächte vor seiner Seeweihe.

Er warf einen Blick zum Fenster. Durch die Schlitze des hölzernen Ladens drang blassgraue Helligkeit in den Raum. Es musste sehr früh am Morgen sein. Alle anderen Bewohner der Villa schliefen bestimmt noch. *Habe ich tatsächlich geschrien?*, fragte sich Iolan unsicher und rieb sich die raue Kehle. Besorgt lauschte er, aber im Haus blieb alles ruhig. Gleich darauf musste er sich verbessern: Ein leises Geräusch war auf dem Flur zu hören.

Jemand klopfte an seine Tür. Beschämt wühlte sich Iolan aus den Laken und setzte sich auf. »Wer ist da?«

»Ich bin es, Iolan. Mirene«, kam die gedämpfte Antwort vom Gang. Die Tür öffnete sich und seine Schwester steckte den Kopf herein. Sie trug ihr dünnes Nachtgewand und ihr Haar fiel zerzaust über die Schultern. Ihre Augen hingegen blickten wach und voller Sorge zu ihm herüber. »Geht es dir gut?«, fragte sie.

»Warum …« Iolan räusperte sich und fuhr sich mit der Hand durchs Haar, um seine Verunsicherung zu überspielen. »Warum fragst du?«

Mirene kam vollends in sein Zimmer und schloss die Tür. »Ich habe Geräusche aus deinem Zimmer gehört. Es klang, als hättest du Schmerzen oder einen Albtraum.«

»Es war nichts«, wiegelte Iolan ab, während er aufstand und an seinem eigenen knielangen Nachthemd herumzupfte, das ihm unangenehm feucht am Leib klebte. »Bloß ein Traum. Ich wollte dich nicht wecken. Es tut mir leid.«

»Du hast mich nicht geweckt«, erwiderte Mirene. »Ich konnte ohnehin nicht schlafen und lag schon wach im Bett. Sonst hätte ich dich vermutlich gar nicht gehört.«

Iolan war froh, dass ihre Worte ihm einen Anlass gaben, von sich abzulenken. »Wieso konntest du nicht schlafen? Ist etwas?« Er ging auf sie zu, legte seine Hände fürsorglich auf ihre Oberarme und sah sie fragend an. »Was bedrückt dich, kleine Schwester?«

»Ach …« Mirene wandte den Blick ab. »Es ist nur so, dass ich mich in Aidranon immer noch nicht so ganz heimisch fühle. Hier im Haus des Senators lebt es sich schöner als in Arastoths Versteck. Dennoch fehlt mir die Vertrautheit unseres kleinen Dorfs. Dort waren die Leute, wie sie eben waren: mal liebenswert, mal barsch, aber immer ehrlich. In Aidranon, so glaube ich manchmal, trägt jeder eine Maske. All diese Leute, denen wir in den letzten Tagen vorspielen mussten, Grekeas' Verwandte zu sein, lächeln und sprechen freundliche Worte. In Wahrheit sind sie allerdings nur auf ihr eigenes Wohl bedacht, und wie es tatsächlich in ihnen aussieht, kann man nicht sagen.«

Sie zuckte mit den Achseln. »Ich vermisse einfach richtige Freunde. Ich versuche zwar, ein paar der Diener für mich zu gewinnen, die mir in jedem Fall aufrichtiger vorkommen als Männer wie Grekeas oder Arastoth. Aber ob ich ihnen trauen darf, sei dahingestellt. Und allein diese Gedanken, dieses ständige Misstrauen, machen mich krank. Aidranon ist dabei, uns zu vergiften.«

Iolan ließ sie los und wandte sich halb ab. »Ich weiß, was du meinst. Ganz so gedankenlos wie in Efthaka kann man in dieser Stadt nicht durchs Leben spazieren.« Er drehte ihr den Kopf wieder zu. »Es wird nicht für ewig sein, das verspreche ich dir. Schau, Arastoths Plan trägt langsam Früchte. Mein Name und Gesicht werden von Tag zu Tag bekannter. Schon bald können wir enthüllen, dass ich der Sohn von Lahrian Kamenor bin. Und dann wird der Große Rat den König für seine Taten zur Rechenschaft ziehen. Oder so ähnlich.«

Ganz genau wusste Iolan bis heute nicht, was Arastoth plante. Dass er selbst mehr als unsicher war, was seine Herkunft anging, machte das Ganze nicht besser. Aber bei allen Zweifeln, die er dem Quano mittlerweile gegenüber hegte, vertraute er ihm zumindest insoweit, dass er glaubte, dieser habe ein ehrliches Interesse daran, gegen König Agathon vorzugehen. Für den Augenblick genügte Iolan dieses gemeinsame Ziel.

»Ach, Iolan«, seufzte Mirene, drängte sich an ihn und schlang ihm die Arme um den Rücken. »Ich wünschte, du würdest von dieser ganzen Geschichte ablassen. Was in Efthaka geschah, ist furchtbar gewesen. Und doch zweifle ich, dass es besser wird, indem du dich gegen den König stellst. Ich habe nur noch dich. Wenn dir auch etwas zustoßen sollte, weiß ich nicht, was ich machen soll.«

Unwillkürlich musste Iolan an die Warnung denken, die Erindrea ihm gegenüber in der Gewitternacht vor fast zehn Tagen ausgesprochen hatte. War es nicht schon zu spät, um sich aus dem Kampf zurückzuziehen? Hatte der König Iolans Beseitigung nicht bereits beschlossen? Bislang war nichts geschehen, was vermutlich an den Schwierigkeiten lag, die Agathon jenseits des Meeres mit Xol hatte und die seine ganze Aufmerksamkeit in Anspruch nahmen. Sobald er den Blick wieder auf seine Gegner in Aidranon richtete, mochte es gefährlich werden. *Vielleicht sollte ich doch Grekeas oder Arastoth warnen*, dachte Iolan, *auch wenn sie vermutlich erfahren wollen, woher ich mein Wissen habe.*

Er legte sich gerade ein paar beruhigende Worte für Mirene zurecht, als diese sich plötzlich versteifte. »Iolan, was ist mit den Symbolen an deinem Arm geschehen?«, fragte seine Schwester überrascht. Sie ließ ihn los und schob den linken Ärmel seines Nachthemds hoch. Rotes, verkrustetes Fleisch kam zum Vorschein, wo er sich die Haut mit dem Dolch abgeschabt hatte. Reste der arkanen Zeichen waren noch immer zu erkennen. Irgendwann hatte Iolan, überzeugt, dass er genug Schaden an Arastoths Zauber angerichtet hatte, sein Werk vor Schmerzen abgebrochen.

Iolan verzog das Gesicht. Die Wunden verheilten gut, aber gelegentlich zuckten Echos der Qualen, die er in jener Nacht und den darauffolgenden Tagen empfunden hatte, durch seine Arme und Beine.

»Nun sag schon«, forderte Mirene ihn auf. »Hast du sie dir weggeschnitten?«

»So ungefähr, ja«, gab Iolan zu.

»Aber warum? Sollten sie dich nicht vor einer Krankheit schützen? Das hat Arastoth doch immer gesagt, wenn er uns besuchte.«

»Wir wissen, dass Arastoth mir nicht in allen Dingen die Wahrheit gesagt hat.«

Mirenes Augen verengten sich. »Du meinst, weil er dich wegen deiner Herkunft belogen hat?«

»Auch«, bestätigte Iolan ausweichend. »Hör zu, Mirene, das ist eine etwas längere Geschichte. Vielleicht sollten wir nicht jetzt darüber sprechen, sondern heute Abend. Ich bin noch müde, und auch du könntest noch zwei Stunden Schlaf gebrauchen.«

Er wusste es sich selbst nicht zu erklären, aber aus irgendeinem Grund widerstrebte es ihm, Mirene von seiner Begegnung mit dem Wahrsager Questoi zu erzählen. Vielleicht, weil er Angst hatte, dass sie ihn auslachte – und das vermutlich zu recht. Questoi hatte die arkanen Symbole als Gefängnis für Iolans innere Kraft bezeichnet. Von dieser allerdings war bis jetzt nichts zu bemerken, sah man einmal davon ab, dass ihn lebhafte Träume plagten.

Seine Schwester setzte eine tadelnde Miene auf. »Oh nein, Iolan, du denkst doch nicht, dass ich jetzt schlafen kann. Ich will wissen, was los ist. Haben wir nicht geschworen, uns alles zu erzählen? Weshalb merke ich erst jetzt, dass du dir schon vor Tagen eigenhändig und in aller Verstohlenheit die Schutzsymbole abgeschabt hast? Da muss doch etwas passiert sein.«

»Nichts ist passiert«, entgegnete Iolan unwillig. »Es gibt kein großes Geheimnis. Meister Arastoth hat sich im Hinblick auf die Bedeutung dieser Zauberzeichen in den letzten Tagen in Widersprüche verstrickt, und ich wusste einfach nicht mehr, was ich ihm noch glauben darf und was nicht. Also habe ich entschieden, endlich die Wahrheit herauszufinden und zu sehen, was geschieht, wenn man sie entfernt.«

»Und?«, hakte seine Schwester nach.

Er zuckte mit den Schultern. »Nichts. Nichts ist geschehen. Vielleicht hatten die Symbole gar keine Bedeutung.«

»Das würde mich wundern«, meinte Mirene. »Arastoth macht nichts ohne Grund. All die Jahre, die er nach Efthaka reiste … Irgendeinen Zweck müssen diese Zeichen erfüllt haben.« Sie sah ihn eindringlich an. »Du musst in dich hineinhorchen, Iolan, ob sich etwas ändert. Denn wenn dein Misstrauen ungerechtfertigt war und Arastoth dich wirklich vor einer seltenen Krankheit beschützt hat, solltest du auf Anzeichen darauf achten, dass sie ausbricht. Du musst auf dich aufpassen, verstehst du?« Ihr Tonfall klang ein wenig vorwurfsvoll.

Iolan schenkte ihr ein mattes Lächeln. »Schon gut, kleine Schwester. Ich habe verstanden. Sollten sich körperliche Gebrechen einstellen, gehe ich zu Arastoth oder einem anderen Quano und lasse die Symbole wiederherstellen. Aber wie ich schon sagte: Bis jetzt merke ich gar nichts. Also mach dir nicht zu viele Sorgen.« Er nickte in Richtung Zimmertür. »Und jetzt geh wieder ins Bett«, sagte er sanft, »versuch wenigstens, noch ein wenig zu schlafen. Das werde ich auch tun.«

»Also gut«, erwiderte Mirene. Sie trat zur Tür und legte die Hand auf die Klinke. »Aber wenn du das nächste Mal Zweifel hast, sprich mit mir. Ich bin immer für dich da, das weißt du. Und ich werde immer für dich da sein, ganz egal, was geschieht.«

Am frühen Nachmittag dieses Tages überraschte Senator Grekeas Iolan mit einer Ankündigung. »Wir werden heute Abend zur achten Stunde aufs Land fahren«, sagte er ihm unter vier Augen. »Senator Therius besitzt ein Haus an der Küste nördlich von Aidranon. Dort wird sich der Weiße Zirkel treffen, die Männer, deren Ziel es ist, Agathon zu Fall zu bringen. Wir sind übereingekommen, dass die Zeit reif ist, dich vollends in unseren Kreis aufzunehmen.«

Von freudiger Überraschung erfüllt, sah Iolan ihn an. »Das ist eine großartige Neuigkeit. Ich habe schon so lange darauf gewartet. Ich fühle mich geehrt.«

Grekeas lächelte milde. »Den meisten, die wir dort treffen werden, bist du bereits auf Gesellschaften oder in der Stadt begegnet. Nun sollst du sie als Mitverschwörer kennenlernen. Danach wird alles anders sein, so viel kann ich dir sagen. Wir sind ein Bund, der treu zusammensteht und keine Zweifel kennt. Ich hoffe, auch du verspürst nach wie vor keine Zweifel an unserer gemeinsamen Sache?«

»Nein, keinerlei Zweifel.« Iolan schüttelte den Kopf.

»Gut«, sagte Grekeas.

Als der Tempelgong eines nahen Trahjana-Tempels zur achten Stunde schlug, machten sich die beiden Männer auf den Weg. Sie fuhren in einer Kutsche, da die Strecke für eine Reise in der Sänfte zu weit war. Wie viele Kutschen reicher Bürger war auch diese mit an einem Holzgestell befestigten Tüchern verhängt, um die Insassen vor der Sonne und neugierigen Blicken zu schützen.

Sie verließen das Wohnviertel, in dem der Senator residierte, und folgten einer der Hauptstraßen zum Verdamon-Tor, dem im Norden der Stadt liegenden Haupttor Aidranons. Von dort aus wandte sich ihre Kutsche nach Nordosten, um auf der Fernstraße Richtung Brendesi und Thessara an der Küste entlangzufahren. Ein auffrischender Westwind umwehte das offene Gefährt und über dem Meer hingen die Wolken eines Sommergewitters, das langsam zum Festland hinüberzog.

Es dauerte nicht lange, bis der Kutscher die gepflasterte Straße verließ und in einen breiten Feldweg einbog, der durch eine Obstbaumpflanzung zu einem Anwesen direkt an der Steilküste führte. Das flache, quadratisch angelegte Landhaus, das von Ölbäumen und blühenden Sträuchern eingerahmt wurde, war so errichtet worden, dass man zum Wasser hin einen prachtvollen, unverstellten Ausblick über die Auriolische See hatte. Einige Schritte vom Haupthaus entfernt, gewahrte Iolan einen kleinen Sechsgötterschrein. Auf der anderen Seite erstreckte sich ein Kräuter- und Gemüsegarten, an den sich ein kleines Wirtschaftsgebäude und eine Weide mit Schafen und Gänsen anschloss. Senator Therius musste ein Mann sein, der gerne Speisen aus eigener Zucht und eigenem Anbau aß.

Vor dem Haus standen bereits einige Gespanne, was bedeutete, dass ein Großteil der Gäste schon vor ihnen eingetroffen sein musste. Die Kutsche hielt und sie stiegen aus. Über einen säuberlich gepflegten Weg schritten sie zum Haus hinüber, wo ein glatzköpfiger Mann in einem langen, kostbar wirkenden Gewand sie empfing. Im ersten Moment wähnte Iolan Senator Therius selbst vor sich, doch dann fiel ihm das Sklavenarmband ins Auge. Es musste sich um den Majordomus des Anwesens handeln. »Hier entlang«, bat der Mann mit einem hörbaren Akzent und führte sie durch den Eingangsbereich und einen Säulengang zum offenen Innenhof des Hauses.

Sie durchquerten einen kleinen Ziergarten mit einem Wasserspiel in der Mitte. Einige weitere Bedienstete des Senators, die Tabletts mit Speisen trugen, kreuzten von links ihren Weg. Auch ihnen, wie ihrem Führer, haftete etwas Fremdländisches an. Iolan fragte sich, ob sie wohl aus Carthaos oder Phoekia stammten.

Im Hintergrund war Männergelächter zu hören. Jenseits des Säulengangs, der den Innenhof nach Süden begrenzte, sah Iolan Licht durch eine offene Tür und mehrere mit dünnen Stoffbahnen verhängte Fenster fallen. In dem Raum, der sich dort befand, schien sich der Zirkel versammelt zu haben.

Der Majordomus blieb neben der Tür stehen und verbeugte sich. Grekeas neigte huldvoll den schmalen Kopf und trat über die Schwelle. Iolan folgte ihm. Der Anblick, der sich ihm bot, verschlug ihm den Atem.

Der Raum hatte einen rechteckigen Grundriss, wobei die breite Seite zum Hof und zum Meer wies. Der Boden war mit Marmorplatten ausgelegt, und aufwendige Fresken zierten die Wände. Sie zeigten die Obstbaumpflanzungen, durch die sie soeben gefahren waren, so als wäre es die Absicht des Künstlers gewesen, den Eindruck zu vermitteln, dass die verhängten Fenster in Wahrheit Wände waren, die Wände dagegen Fenster zur Landschaft vor dem Anwesen. Doch so eindrucksvoll diese Bilder und so kostbar verziert die Liegesofas um die lange Tafel waren, die in der Mitte des Raums standen – für beides hatte Iolan kaum mehr als einen flüchtigen Blick übrig. Seine ganze Aufmerksamkeit galt der Südseite des Raums, die vollständig zum Meer hin offen war. Es gab keine Balustrade, und auch sonst verstellte, von zwei schlanken Stützsäulen abgesehen, nichts den Weg. Ungehindert fiel sein Blick über den nahen Klippenrand auf das Blau der Auriolischen See und verlor sich in der Ferne.

Die Sonne stand als rot glühende Scheibe tief im Westen, und ihr Licht färbte das Meer rotgolden. Eine Handvoll winziger Segel waren auf den Wellen auszumachen, und einige Meilen entfernt sprenkelten kleine Inseln die See, über denen die blaugrauen Wolken des Sommergewitters hingen. Wetterleuchten erhellte die Wolkenberge, und leiser Donner wehte zu ihnen herüber. Es war ein prachtvolles Panorama.

»Ich stelle erfreut fest, dass der Ausblick aus meinem Speisesaal bei unserem neuen Gast seine Wirkung nicht verfehlt.« Der Mann, der diese Worte äußerte, war gut genährt und hatte ein rundes Gesicht, das so freundlich wirkte, dass man sich kaum vorzustellen vermochte, es könne einem Verschwörer gegen den König gehören. »Ich bin Therius, der Besitzer dieser bescheidenen Bleibe.« Er blieb vor ihnen stehen, faltete die Hände vor dem Bauch und verbeugte sich vor Iolan.

»Mein Name ist Iolan …«, begann dieser, die Verbeugung erwidernd.

»… aus dem Haus Kamenor«, fügte Grekeas mit gehobener Stimme hinzu. Er nickte Iolan zu. »Das kann in diesem Kreis offen gesagt werden.«

»Ich freue mich, Euch kennenzulernen«, schloss Iolan die höfliche Begrüßung.

Auch die übrigen Gäste gesellten sich nun zu ihnen. Arastoth, der Iolan beim Eintreten einen seltsamen Blick zugeworfen hatte, gehörte natürlich dazu, ebenso Senator Dorimedon und Senator Agis, die Iolan beide kennengelernt hatte. Auch Yariim, den Botschafter Phoekias, hatte er bereits auf einer Abendgesellschaft getroffen, nicht minder den wohlhabenden Kaufmann Kathesian. Die übrigen sechs Gäste waren ihm unbekannt, wurden ihm aber rasch vorgestellt. Es handelte sich um weitere Kaufleute, einen Vertreter der Freistadt Iarike und einen Dheberan-Priester.

»Dann fehlt ja nur noch Legar Castano«, stellte Grekeas fest, als er sich im Rund der versammelten Männer umsah.

Einige Anwesende senkten daraufhin den Blick und Arastoth schüttelte den Kopf. »Legar Castano wird sich nicht zu uns gesellen«, sagte der Quano. »Er ist tot.«

»Tot?« Grekeas hob die Augenbrauen. »Wann ist das geschehen? Und wie?«

»Vor drei Tagen, am Abend nach unserem letzten Treffen«, eröffnete ihm Arastoth.

»Er hat sich in sein Schwert gestürzt, heißt es«, fügte Therius hinzu.

»Das ist ja erschütternd«, entfuhr es Iolans Begleiter. »Weiß man, warum es geschah? Es hat doch nichts mit dem Weißen Zirkel zu tun?« Er wirkte etwas beunruhigt ob dieses Gedankens.

»Nichts deutet darauf hin«, gab Arastoth zurück. »Es geht das Gerücht um, er habe häusliche Sorgen gehabt. Seine Frau soll regelmäßig andere Männer besucht haben.«

»Wer von uns geht nicht gelegentlich fremd?«, murmelte Therius. »Als wäre das ein Grund, sich umzubringen …«

Arastoth zuckte mit den Achseln. »So lautet jedenfalls die Geschichte, die man sich in der Kaserne seiner Legion und in der unmittelbaren Nachbarschaft erzählt.«

»Er wird eine Lücke in unseren Reihen hinterlassen, so viel steht fest«, warf Botschafter Yariim ein. »Seine Verbindungen zum Militär und zum Palast waren von großem Wert für uns.«

»Und das wusste er auch«, gab Grekeas stirnrunzelnd zu bedenken. »Umso mehr überrascht mich sein Schritt. Und es gibt wirklich keinen Hinweis darauf, dass er ermordet wurde?«

»Keinen, der sich bislang in Erfahrung bringen ließ«, sagte Arastoth. »Ich habe mich mit einem seiner Diener unterhalten. Er war sich ausgesprochen sicher, dass niemand in dieser Nacht im Haus gewesen sei. Es fanden sich weder Spuren eines gewaltsamen Eindringens noch eines Kampfes im Arbeitszimmer des Hausherrn, wo die schreckliche Tat passierte.«

»Was geschehen ist, ist geschehen«, meinte ihr Gastgeber. »Wir können Castano nur bedauern, aber dennoch müssen wir den Blick nach vorne richten.«

»Wohl wahr«, pflichtete Grekeas ihm bei. »Setzen wir uns also. Lasst uns speisen, trinken und über die Zukunft sprechen.«

32

ERSCHRECKENDE ERKENNTNISSE

12. Tag des 8. Mondes
im 301. Jahr der cordurischen Könige

Für gewöhnlich war ein Quano Herr seiner Gefühle. Er wurde nicht schnell wütend, empfand selten mehr als sanfte Zuneigung zu einer anderen Person und verspürte so gut wie nie Furcht. Je stärker seine Einheit mit Gahat wurde, je mehr er sich der Tatsache bewusst war, dass er mit der Weltseele selbst im Einklang stand, einer Macht, die unendlich viel größer war als sein eigenes kleines Dasein, desto weniger vermochten ihn gewöhnliche Geschehnisse aus der Ruhe zu bringen.

Dementsprechend hätte Orontoghast auch niemals zugegeben, Aufregung zu verspüren, während er reglos und im Schutze einer Umgebungsaura in einer Nische des Säulengangs stand und durch einen Spalt zwischen den Vorhängen in das Speisezimmer spähte, in welchem eine erstaunlich große Gruppe von Verschwörern um einen Tisch lagerte, genüsslich Fleisch, Brot und Käse verspeiste und dabei den Untergang des Cordurischen Reichs plante. Dennoch konnte er das rasche Schlagen seines Herzens und das Jagen seiner Gedanken zumindest vor sich selbst nicht verleugnen.

Er war bereits zwei Stunden vor allen anderen am Landhaus des Senators eingetroffen. Ein einspänniger Wagen hatte ihn hinaus aufs Land bis zu den ersten Obstbaumreihen gebracht. Danach hatte sich der greise Quano heimlich und unter Zuhilfenahme aller ihm zur Verfügung stehenden Gaben dem Gebäude selbst genähert. Ungesehen war er eingedrungen und hatte sich umgeschaut. Nachdem er den Raum gefunden hatte, der offenbar für eine Abendgesellschaft vorbereitet wurde, hatte er sich ein gutes Versteck gesucht und auf das Eintreffen der Personen gewartet, die er für schuldig hielt, seinen Tod geplant zu haben.

Die ersten Gäste hatten Orontoghast verwirrt. Der ehrenwerte Senator Dorimedon, ein dem Quano unbekannter Mann, der die Gewänder eines Dheberan-Priesters trug, sowie ein eindeutig wohlhabender Kaufmann sahen so gar nicht nach den üblichen Verdächtigen in einer Mordintrige aus. Andererseits waren Männer, die den Sturz des Königs im Sinn hatten, mitunter zu verzweifelten Maßnahmen gezwungen.

Seine Verwirrung nahm noch zu, als plötzlich Arastoth auftauchte. Sofort nahm Orontoghast seine Aura zurück und drückte sich tiefer in den Schatten der Nische. Er wollte vermeiden, dass der andere Quano, dessen theurgische Gaben in den letzten Jahren sehr stark geworden waren, ein Wirbeln in den Strömen Gahats wahrnahm und dadurch misstrauisch wurde. Derweil fragte sich der ehemalige Erztheurg, ob Arastoth auf eigenes Betreiben hin Teil der Verschwörung war. Oder vertrat er gar als Botschafter den Theurgischen Konvent von Fundur?

Die Männer hatten den Speiseraum betreten und begonnen, sich über Tagespolitik zu unterhalten: die Spannungen in Phoekia, die zunehmende Kluft zwischen Großem Rat und Königspalast, Dinge, die Orontoghast wusste und die ihn wenig kümmerten. Doch dann waren zwei weitere Gäste eingetroffen – und seitdem stand Orontoghast in seinem Versteck und rang um Fassung und die Kontrolle seiner Aura, damit

Arastoth nicht auf den ungebetenen Beobachter aufmerksam wurde.

Dieser junge Mann, der allen als Iolan aus dem Haus Kamenor vorgestellt wurde, hatte etwas an sich, das für ein Kribbeln in Orontoghasts Schädelwulst sorgte. Es stellte bereits eine Ungeheuerlichkeit dar, dass überhaupt ein Erbe des einst mächtigen, doch glücklosen Hauses Kamenor in Aidranon aufgetaucht sein sollte. Aber seine Eingebung verriet dem greisen Quano, dass noch weit mehr in Iolan steckte, als auf den ersten Blick zu erkennen war. Dass auch Arastoth dem jungen Mann während des Mahls immer wieder verstohlene Blicke zuwarf, schien Orontoghast in seiner Annahme zu bestätigen.

Ganz vorsichtig versenkte der ehemalige Erztheurg sich in die Ströme von Gahat, wurde eins mit der Weltseele und lauschte ihren Harmonien. Er richtete seine Aufmerksamkeit auf den jungen Mann, der neben Senator Grekeas saß, wobei er genau darauf achtete, dem unruhigen Pulsieren von Arastoths Aura fernzubleiben. Der Quano-Botschafter war mächtiger denn je. Orontoghast musste all sein Geschick und all seine Erfahrung aufwenden, um von ihm nicht bemerkt zu werden, denn wurde er entdeckt, war es um ihn geschehen. Obschon den Quano das Leben anderer Quano heilig war, zweifelte er nicht daran, dass Arastoth alles tun würde, um diese Zusammenkunft geheim zu halten.

Orontoghast gelang das Kunststück. Behutsam tastete er sich voran, um Iolans Wesen zu berühren. Schon in der Aura des jungen Mannes deutete sich ein düsteres Ungleichgewicht Gahats an. Den Grund dafür würde Orontoghast jedoch erst erkennen, wenn er einen Blick in dessen Inneres warf. Federleicht berührte Orontoghast Iolans Nacken, stellte sich auf ihn ein und tauchte einen körperlosen, tastenden Finger in die Ströme, die durch Iolan flossen.

Agathons Blut!

Er zuckte so heftig zusammen, dass er beinahe alle Tarnung fallen gelassen hätte. Sofort zog Orontoghast sich aus Iolan zurück. Mit aufgerissenen Augen starrte er den unschuldig wirkenden jungen Mann an. Auf einmal – und das erste Mal seit langer, langer Zeit – bebten seine Glieder. *Bei Gahat*, ging es ihm durch den Sinn, als er endlich begriff, was hinter alldem steckte. *Ich muss sofort den König warnen.*

Zwischen Hauptgang und Nachspeise – einige der Anwesenden standen am weiten Fenster und schlossen Wetten darüber ab, ob das Gewitter seinen Weg bis zur Küste finden würde oder zwischenzeitlich an Kraft verlor – nahm Arastoth Iolan beiseite. Schon seit dem Eintreffen seines Schützlings hatte der Quano das Gefühl, dass etwas nicht stimmte. Iolans Verhalten ihm gegenüber wirkte seltsam spröde, und seine Aura fühlte sich eigentümlich kraftvoll und gefährlich an. Entwickelten sich die Dinge schneller, als er es vorgesehen hatte?

»Geht es dir gut im Haus von Grekeas?«, fragte er, um das Gespräch zwischen ihnen irgendwie zu beginnen.

»Es gibt keinen Grund zur Klage«, erwiderte Iolan. »Der Senator und seine Frau behandeln Mirene und mich gut. Wir lernen viel. So werden die Tage nicht eintönig.«

»Gut. Das freut mich zu hören.« Arastoth faltete die Hände und nickte zufrieden. »Bist du aufgeregt, nun, da der Tag naht, an dem wir dich Aidranon unter deinem wahren Namen vorstellen?«

»Natürlich«, gab Iolan zurück. »Ihr verlangt viel von mir. Als Lahrians Erbe muss ich in große Fußstapfen treten. Wisst Ihr, ich habe mich über ihn kundig gemacht. Im Lahriansschrein in der Stadt kann man eine Menge interessanter Dinge über sein Leben erfahren.«

Ein eigenartiger Unterton schwang in seiner Stimme mit, als er das sagte – als wolle er Arastoth herausfordern. *Hat er etwas gelesen, das mein sorgsam errichtetes Kartenhaus einstürzen lässt?*, fragte sich der Quano-Botschafter.

»Viele Dinge, die dort niedergeschrieben stehen, sind übertrieben dargestellt, manche schlichtweg falsch«, sagte Arastoth und unterstrich seine Worte mit einer Aura der Überzeugung. »Wenn du wirklich etwas über Lahrian erfahren willst, frag mich, denn ich war lange Jahre sein Freund.«

Scheinbar unbeeindruckt von dem Versuch der Beeinflussung musterte Iolan ihn prüfend. Dabei schien er über etwas nachzudenken. »Nicht lange genug«, sagte er schließlich.

»Was soll das heißen?«, erkundigte sich Arastoth.

»Ihr habt offensichtlich vergessen, wann er gestorben ist. Auf dem Schiff nach Aidranon habt Ihr mir erzählt, Lahrian und seine Familie wären vor siebzehn Sommern ums Leben gekommen, unmittelbar bevor Ihr mich nach Efthaka brachtet. Tatsächlich ereignete sich der Brand erst vor fünfzehn Sommern. Was hat das zu bedeuten?« Auf Iolans Zügen lag nun offene Anklage.

Arastoth verfluchte sich innerlich für seinen Fehler. Er hatte die Geschichte, die er Iolan auf ihrer Flucht übers Meer erzählt hatte, ein wenig zurechtgebogen, damit sie seinen Zwecken besser diente. Im Nachhinein betrachtet hätte er seine Lüge anders aufziehen sollen. Nun war es zu spät, das zu bedauern. Er hatte Iolan unterschätzt und nicht erwartet, dass er losziehen würde, um in irgendwelchen Schriftrollen oder Schreinen die Lebensgeschichte seines vermeintlichen Vaters nachzulesen.

Der Quano nahm seinen Schützling beim Arm und zog ihn um eine Säule, damit die übrigen Anwesenden ihre Unterhaltung nicht mitbekamen. »Iolan, deine Erinnerung trügt dich«, sagte er leise und eindringlich, während er fieberhaft überlegte, wie er diesen Fehler wiedergutmachen konnte. »Ich sagte nicht siebzehn Sommer, ich sagte fünfzehn.«

»Ihr sagtet siebzehn, da bin ich mir ganz sicher«, widersprach Iolan. »Außerdem wollt Ihr mir doch nicht erzählen, ich wäre zwei Jahre jünger, als immer geglaubt. Sehe ich in Euren Augen wie ein Knabe von fünfzehn Sommern aus?« Er riss sich los und breitete die Arme aus, als wolle er Arastoth Gelegenheit bieten, ihn sich genau anzuschauen.

»Du warst kein Neugeborenes, als deine Familie starb, sondern bereits über ein Jahr alt.«

»Dann müsste ich mich doch an meine wahren Eltern erinnern. Aber da ist nichts – nur die Bilder meines Lebens in Efthaka.«

Mit einem Seufzen schloss Arastoth die Augen und öffnete sich den Strömen von Gahat, um eine starke Aura der Ruhe und der Überzeugung um sie beide zu bilden. »Iolan, du verstehst das alles falsch«, sagte er, als er die Augen wieder aufmachte. »Du machst dir unnötig Gedanken. Alles ist in Ordnung. Du bist Lahrian Kamenors Sohn, der Sohn des Mannes, der von König Iurias Agathon ermordet wurde.«

Iolan blinzelte und schüttelte leicht den Kopf. »Ich bin …« Unvermittelt merkte Arastoth, wie sich etwas Machtvolles in Iolans Aura regte. Sie begann eine Hitze auszustrahlen, die der Quano beinahe körperlich zu spüren glaubte. Gleichzeitig wurde sie fest wie die Klippen, auf denen das Haus ihres Gastgebers stand, und seine Bezauberungsversuche brachen sich daran wie die Wellen der Auriolischen See. Arastoth erschrak, als er die Augen des Jungen sah: Das gewöhnliche Braun war verschwunden. Stattdessen glühten sie rotorange, wie ein Feuer aus den Tiefen der Erde. »Versucht nicht, mich mit Magie zu beschwichtigen«, grollte Iolan mit erschreckend dunkler Stimme. »Ihr habt mich lange genug verhext.«

»Iolan«, zischte Arastoth eindringlich und legte alle Kraft, die ihm Gahat verlieh, in seine Stimme. »Beruhige dich. Du missverstehst meine Absichten. Es ist wahr, dass ich dich belogen habe, mehr als einmal. Aber aus gutem Grund. Ich wollte und will dich beschützen. Das musst du mir glauben. Ich schwöre dir, dass ich dir alles erklären werde, wenn der richtige Zeitpunkt …«

»Arastoth?«, vernahm er die fragende Stimme von Senator Therius aus der Raummitte. »Iolan? Kommt Ihr? Der Nachtisch wird gerade aufgetragen. Ich kann mir nicht vorstellen, dass Ihr das wundervoll zubereitete Obst aus meiner eigenen Pflanzung verpassen wollt.«

Arastoth schnaufte unwillig. Er trat einen Schritt zurück und damit hinter der Säule hervor. »Natürlich nicht, Therius«, rief er angemessen vorfreudig. »Wir kommen schon.« Zu seiner Erleichterung spürte er, wie die Hitze, die von Iolan ausging, nachließ und der Verwirrung Platz machte. Als er sich umdrehte, sah der junge Mann wieder normal aus.

»Was geschieht hier wirklich?«, fragte Iolan und er schien diese Frage sowohl an Arastoth als auch an sich selbst zu richten.

Arastoth gab sich Mühe, eine väterliche Zuversicht auszustrahlen. »Du wirst es bald alles verstehen. Ich verspreche es dir. Doch nimm diesen Männern bitte nicht ihre Hoffnungen, indem du dich von ihnen abwendest. Sie brauchen Iolan Kamenor, so wie du selbst ihn brauchst, auch wenn es dir im Moment schwerfällt, das zu glauben.«

Er streckte die Hand aus und klopfte Iolan scheinbar aufmunternd auf den Oberarm. Dabei verschob er unauffällig den Ärmel seiner Tunika. Es war, wie er es befürchtet hatte. Die theurgischen Symbole waren beschädigt worden. Iolan musste aus Misstrauen oder Neugierde versucht haben, sie zu entfernen. Ihre Kraft schien nicht völlig gebrochen, denn sonst hätten sich die angeborenen körperlichen Missbildungen des jungen Mannes gezeigt. Aber der Bannzauber war schwach genug, dass sich etwas in Iolan regte, das noch nicht hätte erwachen dürfen. Nach all den Jahren der sorgfältigen Vorbereitung schien Arastoth sein wichtigstes Werkzeug nun kurz vor dem Ziel zu entgleiten.

Dennoch zwang er sich zu einem Lächeln. Dann wandte er sich ab und kehrte mit Iolan zum Tisch zurück. Während die anderen sich auf den Liegesofas niederließen, neigte er entschuldigend das Haupt. »Vergebt mir, aber ein dringendes Bedürfnis erfordert einen Moment meiner Zeit. Ich geselle mich gleich wieder zu Euch.«

»Aber natürlich«, erwiderte Therius aufgeräumt. »Der Majordomus wird Euch das Bad zeigen.«

Gemessenen Schrittes verließ Arastoth den Raum. Er hoffte, dass er keinen Fehler beging, Iolan in diesem Augenblick allein zu lassen. Sein Schützling befand sich in einer gefährlichen Lage, die leicht aus dem Ruder laufen konnte, wenn Arastoth nicht rasch ein paar Gegenmaßnahmen ergriff. Er musste sich zusammenreißen, um den carthaotischen Majordomus des Hauses nicht vor sich her zu scheuchen, während sie zum Bad gingen.

Als sie dort eintrafen, nickte er dem Mann dankend zu und schloss die Tür hinter sich. Um ungestört zu sein, nahm er das halbhohe Podest einer in der Ecke stehenden Steinbüste und verkeilte es unter der Türklinke, wobei er sich, als er die Büste daneben auf den Boden stellte, fragte, wem Therius wohl die zweifelhafte Ehre erwies, über das Gästebad zu wachen.

Statt sich zu erleichtern, eilte Arastoth zu der Waschschüssel hinüber, in der man nach verrichtetem Geschäft seine Hände säubern konnte. Er goss etwas Flüssigkeit ein und zauberte die kleine Phiole mit dem Wasser des Sehens aus einer Tasche seines Gewands. Seit er vom Tod Legar Castanos erfahren hatte, trug er die Phiole bei sich, weil er Geist befragen wollte, ob dieser mehr darüber wusste. Bislang hatte er keine Verbindung herstellen können. Es war, als verweigere sich ihm seine Quelle im Königspalast. Dennoch war sie die einzige Person, an die er sich im Augenblick wenden konnte. Daher musste er einfach einen weiteren Versuch unternehmen, sie zu erreichen.

Er ließ drei Tropfen der silbernen Flüssigkeit in das Wasser der Waschschüssel fallen. Es trübte sich, ein Zeichen dafür, dass der Zauber der Sidhari wirkte. Unruhig ging Arastoth im Bad auf und ab. *Meldet Euch, um Gahats willen*, flehte er stumm. *Diesmal ist es wirklich wichtig.*

Arastoth trat ans Fenster und blickte durch die Gitter der hölzernen Läden nach draußen. Das Bad lag im vorderen Teil des Anwesens und vor ihm erstreckten sich die säuberlich angeordneten Obstbaumreihen. Da die Sonne mittlerweile untergegangen war, vermochte er kaum etwas zu erkennen. Am Himmel war zwar noch ein Rest von Helligkeit verblieben, doch unter den Bäumen herrschten bereits tiefe Schatten.

Arastoth wollte sich gerade abwenden, als er glaubte, ein kurzes Aufleuchten zwischen den Stämmen zu sehen, so als liefe dort jemand, der eine Laterne in der Hand hielt. Als er die Augen zusammenkniff, um genauer hinzuschauen, konnte er hingegen keinen Lichtschein mehr entdecken.

»Schatten«, drang eine Stimme aus der Waschschüssel und ließ ihn zusammenschrecken, was ihn gleich darauf ärgerte, denn es bewies, wie angespannt er war. Quano sollten nicht angespannt sein.

Arastoth straffte sich und durchquerte den Raum. »Geist«, begrüßte er seinen Gesprächspartner, erleichtert, dass dieser endlich geruhte, sich wieder zu melden. »Ich bin froh, von Euch zu hören. Es war schwer, Euch zu erreichen. Ich fürchtete das Schlimmste.«

»Es gibt keinen Grund, sich um mich Sorgen zu machen«, erwiderte der andere. »Was wollt Ihr?«

Irrte er sich oder klang die Stimme seines Mitverschwörers abweisend? Wie dem auch sein mochte, ihm blieb keine andere Wahl, als auf Geist zu bauen. »Ich muss Euch um einen Gefallen bitten«, sagte er. »Es ist außerordentlich wichtig, sonst würde ich Euch damit nicht behelligen. Ihr müsst …«

»Hat es mit unserer gemeinsamen Sache zu tun?«, unterbrach Geist ihn.

»Selbstverständlich«, beeilte Arastoth sich zu versichern.

Zu seiner Überraschung war das offenbar die falsche Antwort gewesen. »Dann kann ich Euch nicht helfen«, eröffnete Geist ihm.

Einige Herzschläge lang schwieg der Quano-Botschafter verblüfft. »Wie darf ich das verstehen?«, hakte er vorsichtig nach.

»Ich habe Eure Rufe absichtlich überhört«, antwortete Geist. »Und ich bin diesem hier auch nur nachgekommen, weil ich es für richtig hielt, Euch persönlich darüber zu unterrichten, dass unsere Zusammenarbeit einstweilen beendet ist.«

»Was?«, entfuhr es Arastoth. »Aber warum?« Doch bevor sein Mitverschwörer antworten konnte, glaubte er bereits einen Teil der Antwort zu kennen.

»Es haben sich gewisse Dinge ereignet, die mich dazu zwingen«, sagte Geist. »Mein Leben ist in Gefahr. Ich muss mich eine Weile zurückziehen und abwarten, wie sich die Lage entwickelt.«

»Hat Eure Entscheidung irgendetwas mit dem Selbstmord von Legar Castano zu tun?«, wagte Arastoth zu fragen. Der

Gedanke war nicht abwegig, immerhin hatte Castano sie beide zusammengebracht.

»Auch«, bestätigte Geist nach kurzem, zögerndem Schweigen. »Aber das spielt jetzt keine Rolle. Wichtig ist nur, dass ich mich vorerst zurückziehe. Ruft mich nicht wieder. Sollte ich mich sicher fühlen, werde ich mich melden.«

Arastoths Gedanken rasten. Legar Castano hatte sich umgebracht. Und Geist schien völlig aufgelöst vor Angst zu sein. Was hatte das zu bedeuten? Dass dies alles ein Zufall war, glaubte der Quano-Botschafter keinen Moment lang.

Auf einmal überkam ihn eine schreckliche Ahnung. »Geist«, rief er rasch, bevor dieser die Verbindung beenden konnte.

»Ja?«

Arastoths Herz schlug viel schneller, als es bei einem Quano, der so im Einklang mit Gahat stand, jemals hätte der Fall sein dürfen. »Lebt er?«, fragte er. »Lebt …« Er schluckte, wagte es kaum, den Namen auszusprechen, tat es dann aber doch. »… Orontoghast?«

Zehn hektische Herzschläge lang herrschte Stille auf der anderen Seite des Wassers. Geists Antwort bestand aus einem einzelnen Wort. »Ja.« Aus den Augenwinkeln sah Arastoth, wie das Wasser in der Schale sich trübte. Ihr Gespräch war beendet.

Wie vom Donner gerührt stand der Quano-Botschafter da. Dieser Abend wurde mit jeder verstreichenden Stunde schlimmer. Der ehemalige Erztheurg war bei dem Anschlag auf sein Haus nicht gestorben. Stattdessen hatte er sie alle das nur glauben lassen, während er sich offenbar auf die Jagd nach seinen Mördern gemacht hatte. Und wenn er bereits vor drei Tagen bei Legar Castano gewesen war …

Arastoth fuhr herum und starrte zum Fenster, das auf die dunklen Obstbaumpflanzungen hinauswies. War es möglich? Konnte es sein, dass Orontoghast den Treffpunkt ihrer heutigen Versammlung aus dem Legar herausgepresst hatte? Hatte er das Anwesen besucht und sie heimlich belauscht? Arastoth hatte das Gefühl, die Erde schwanke unter seinen Füßen. Die Dinge gerieten derart schnell in Bewegung, dass es ihn schwindelte.

Er überlegte, die Harmonie mit Gahat zu suchen und nach der Aura Orontoghasts Ausschau zu halten. Aber zum einen nahm er an, dass der ehemalige Erztheurg sich wohl zu verbergen wusste, zum anderen bezweifelte er tatsächlich, dass er in seinem aufgewühlten Zustand überhaupt die nötige Ruhe fand, um die kaum merklichen Veränderungen in den Strömen der Weltseele zu bemerken, die eine gewöhnliche Seele darin hinterließ.

Nicht den Kopf verlieren, ermahnte er sich. *Es ist noch nichts verloren. Nur ist rasches Handeln jetzt noch wichtiger als zuvor.*

Eine Möglichkeit hatte er noch, wenngleich er sie nur ungern wahrnahm. Er schüttete das Wasser in der Schüssel weg, räumte die Tür frei und begab sich nach draußen. Vom Majordomus war keine Spur mehr zu sehen, was Arastoth entgegenkam. Auf leisen Sohlen huschte er zum Eingang des Hauses, schlüpfte nach draußen und lief zu den Kutschen hinüber, deren Tiere und menschliche Lenker pflichtschuldig darauf warteten, dass ihre Herren zu später Stunde zurück nach Aidranon gebracht werden wollten.

Da Arastoth, wenn alles nach Plan verlief, sein eigenes Gefährt später nicht mehr brauchen würde, wandte er sich an seinen eigenen Kutscher, einen Sklaven aus Atlesia.

»Herr?«, fragte dieser. »Wünscht Ihr schon nach Hause zurückzukehren?«

»Nein«, antwortete Arastoth. »Aber ich habe einen Auftrag für dich. Er ist von allerhöchster Wichtigkeit und muss in aller Eile ausgeführt werden. Kannst du reiten?«

»Natürlich, Herr.«

»Gut. Dann spann eines der beiden Pferde aus. Nimm es und reite so schnell du kannst zum Gahat-Heiligtum. Du musst dem Erztheurgen Urghaskar eine Nachricht von mir überbringen. Lass dich von niemandem abhalten, diese Aufgabe zu erfüllen. Von niemandem! Wenn du vor ihm stehst, richte ihm einen Gruß von mir aus und sag ihm: Es ist so weit. Er wird fragen, wo ich bin, und du nennst ihm diesen Ort. Hast du verstanden?«

Der Mann nickte. »Ja, Herr.«

»Gut. Dann reite nun. Reite, als hinge unser aller Leben davon ab.« *Denn vielleicht*, fügte Arastoth in Gedanken hinzu, *tut es das wirklich.*

33

VOM BLUT DES LÖWEN

12. Tag des 8. Mondes
im 301. Jahr der cordurischen Könige

Iolan, beruhige dich.

Du missverstehst meine Absichten.

Ich habe dich belogen.

Aber aus gutem Grund.

Wieder und wieder drehten sich Arastoths Worte in Iolans Geist. Es war, als tanzte eine Horde kreischender Dämonen einen wilden Reigen in seinem Schädel.

Ich will dich beschützen.

Du musst mir glauben.

Ich werde dir alles erklären,

wenn der richtige Zeitpunkt gekommen ist.

Er hatte es geahnt! Von Anfang an hatte etwas nicht gestimmt. Alles hatte zu gut zusammengepasst – und dann wieder überhaupt nicht. Nun war Iolan vollkommen verwirrt. Arastoth hatte ihn betrogen. Aber wie weit war er dabei gegangen? Und welches Ziel verfolgte er?

Ich habe dich belogen.

Aus gutem Grund.

Die Schwüle des Abends machte Iolan zu schaffen. Er fühlte sich erhitzt, wie nach einem langen Lauf. Schweiß benetzte seine Stirn und den Rücken, seine Arme und Beine brannten an den Stellen, wo er die arkanen Symbole abgeschabt hatte. *Vielleicht werde ich krank*, überlegte er. *Womöglich war ein Stück von dem Fleisch, das ich gegessen habe, verdorben.*

Ich will dich beschützen.

Du musst mir glauben.

Iolan hatte keine Ahnung mehr, was er wem noch glauben durfte. Was machte er hier unter diesen Männern, die um ihn herum lachend Trauben, Kirschen, Evolis und anderes Obst verspeisten und dabei von Tagen träumten, an denen der Große Rat das Cordurische Reich beherrschte und nicht mehr König Iurias Agathon? Gehörte er wirklich zu ihnen? Oder war er, der Erbe Lahrian Kamenors, für sie lediglich ein nützliches Werkzeug, ein zweckdienliches Symbol des Widerstands gegen die Krone? Was würde geschehen, wenn sie herausfanden, dass er überhaupt nicht der verlorene Sohn war, den sie in ihm sahen?

»Geht es dir gut, Iolan?«, wandte sich Grekeas an ihn, der rechts neben ihm saß. Das Sofa zu seiner Linken war leer. Arastoth verbrachte eine auffällig lange Zeit im Bad.

Ich habe dich belogen.

Iolan zwang sich zu einem Lächeln. »Sorgt Euch nicht«, erwiderte er. »Ich fühle mich nur ein bisschen eigenartig. Wahrscheinlich liegt es am Wetter.«

»Das mag sein. Trink etwas. Danach geht es dir gleich besser.« Der Senator schenkte ihm aus einer Karaffe wässrigen Wein ein.

»Danke.« Iolan nahm den Becher entgegen und leerte ihn in einem Zug. Doch das Feuer, das in seinem Inneren brannte, wurde dadurch nicht gelöscht.

Ein Windstoß fuhr durch die offenen Fenster und brachte die Flammen der Kerzen und Öllampen zum Flackern. Über dem Meer grollte Donner.

»Oha! Wie es aussieht, werde ich die Diener demnächst doch anweisen müssen, die Fensterläden anzubringen«, bemerkte Therius. »Sonst wird es hier drinnen ungemütlich.«

Senator Agis warf einen prüfenden Blick nach draußen. »Noch besteht Hoffnung, dass die Wolken nach Süden geweht werden. Vielleicht haben wir Glück, und das Unwetter zieht an uns vorüber.«

Iolan glaubte das nicht.

Die beiden halb nackten Männer in der kleinen Arena schwitzten, während sie ineinander verkeilt dastanden und mit schwellenden Armmuskeln versuchten, den jeweils anderen in den Sand zu schleudern. Knurrend bewegten sie sich zwei Schritte vor und wieder zurück, drehten sich und zwangen ihre Oberkörper mal nach links, mal nach rechts, immer im Versuch, den anderen zu überwältigen.

Auf den Holzbänken, die in drei aufsteigenden Kreisen um die etwas tiefer liegende Arena angeordnet waren, saßen die Kameraden der Männer und feuerten ihren jeweiligen Favoriten an. Der ganze Raum, der zu einem Nebenhaus der Palastanlage gehörte und der Königsgarde zur Ertüchtigung und zur Unterhaltung diente, hallte von ihren Rufen wider. Es war laut, die Luft stank nach Schweiß, und trotz der schmalen, offenen Bogenfenster unter der Dachkante herrschte eine fast unerträgliche Hitze.

Iurias war glücklich.

Er gönnte sich nicht oft das Vergnügen, mit dem einfachen Soldatenvolk zu verkehren, aber wann immer er es tat, merkte er, wie gut es ihm tat. Alle tägliche Last, die der Umgang mit Senatoren, Botschaftern und Handelsfürsten mit sich brachte, fiel in diesen Stunden von ihm ab und er genoss es, sich der

Tage zu erinnern, an denen er mit Männern wie diesen draußen im Feld gewesen war, um Dyrrach oder Phoekia zu erobern. Damals bestand ihre einzige Sorge darin, den nächsten Tag zu überleben. Es waren gute Zeiten gewesen.

Einer der beiden Männer, ein Bursche, der den Eindruck erweckte, selbst einen Ochsen umwerfen zu können, gewann die Oberhand und er warf seinen Gegner in den Staub. Die Zuschauer sprangen von ihren Bänken. Manche jubelten, andere machten ihrer Enttäuschung mit scherzhaften Schmähungen des Unterlegenen Luft.

»Sehr gut!«, rief auch Iurias und klatschte in die Hände. Er kannte den Soldaten nicht, nahm sich aber vor, vom Optimar der Palastwache seinen Namen in Erfahrung zu bringen. Für solche Männer gab es in seiner unmittelbaren Leibgarde immer einen Platz.

Neben ihm verzog Legar Galban das Gesicht. Er hatte auf den anderen Mann gewettet und soeben mehr als nur ein paar Danari verloren.

»Gräme dich nicht, mein Freund«, sagte Iurias und schlug Galban lachend auf die Schulter. »Beide Kämpfer haben sich hervorragend geschlagen und sind mehr als würdig, in der Königsgarde zu dienen.«

»Freundliche Worte, mein König«, erwiderte der Legar. »Ich hoffe trotzdem, dass ich heute Abend auch mal gewinne, sonst kann ich die neuen Arenakämpfer, die ich mir für meinen Stall kaufen wollte, vergessen.«

»Du willst dir schon wieder frische Gladiatoren zulegen?«, erkundigte sich Iurias.

Galban nickte. »Lodovides hat von seinem letzten Besuch in Iarike eine ganze Schar mitgebracht. Einige der jungen Kerle haben ein Talent, das ich gerne aufbauen würde. Allerdings muss ich sie erst noch erwerben.«

»Dann solltest du besser aufpassen, auf wen du deine Danari setzt.«

Von der Seite näherte sich ihnen ein Soldat, der sich durch die Sitzreihen drängte. »Mein König«, sagte er leise, als unten zwei neue Streiter in die Arena traten und sich für ihren Ringkampf bereit machten. »Ein Mann ist draußen, der Euch sprechen möchte.«

Stirnrunzelnd sah Iurias den Boten an. »Ein Mann? Was für ein Mann? Wer wagt es, mich in den wenigen Stunden der Zerstreuung zu stören?«

»Ich …« Der Soldat blinzelte verwirrt, als fiele ihm erst jetzt auf, dass ihm eine wichtige Auskunft fehle. »Vergebt mir, mein König. Ich weiß es nicht. Er hat sich nicht vorgestellt. Er trug mir bloß auf, Euch mitzuteilen, dass er Euch dringend sprechen muss. Oh, und er bat mich, darauf hinzuweisen, dass zwei der Tetrarchen einen Sohn im heiratsfähigen Alter haben.«

»Was ist das denn für ein Unsinn?«, brummte Galban neben dem König. »Ist der Kerl etwa ein Parlamentär aus Xol?«

Doch Iurias beachtete ihn gar nicht. Es war, als hätte ihn ein Blitz getroffen. Seine Nackenhärchen richteten sich auf und sein Herzschlag beschleunigte sich. »Wiederhole deine letzten Worte noch einmal.«

»Er sagte: Zwei der Tetrarchen haben einen Sohn im heiratsfähigen Alter«, gehorchte der Soldat arglos.

»Genau das waren seine Worte?«

Der Mann nickte. »Ja, mein König.«

Orontoghast! Ist es möglich, dass …? Iurias stand auf. Um ihn herum hielten die Männer, die erneut begonnen hatten, die Kämpfer in der kleinen Arena anzufeuern, inne und erhoben sich ebenfalls. »Nein!« Abwehrend hob Iurias die Hände. »Macht weiter. Kämpft und erfreut euch am Geschick eurer Kameraden. Ich bin gleich wieder da.«

Die Soldaten setzten sich wieder und der Ringkampf ging weiter.

»Soll ich mitkommen?«, fragte Galban.

»Nein«, erwiderte Iurias. »Das wird nicht nötig sein. Aber du kannst mir dein Schwert leihen.« Er deutete auf den Waffengurt des Legars und dieser schnallte ihn ab, um ihn seinem König zu reichen. Es handelte sich nur um eine kleine Vorsichtsmaßnahme, sollte es einem Scharlatan gelungen sein, bis hierher vorzudringen. Während Iurias ihn anlegte, wandte er sich an den Soldaten. »Wo finde ich den Mann?«

»Er wartet draußen unter den Säulen vor dem Haus«, antwortete der Mann.

»Gut. Bleib hier. Vergnüge dich mit deinen Kameraden. Ich komme allein zurecht.«

»Ja, mein König. Habt Dank.«

Die Hitze und den Lärm der Übungsarena hinter sich lassend, trat Iurias hinaus in den schwülen Sommerabend. Über dem Meer hing bereits ein Linderung versprechendes Gewitter, aber noch war die Luft warm und drückend. Der Palasthof wurde durch Fackeln und Öllampen erhellt, unter dem Säulengang vor dem Haus der Palastwache herrschte dagegen äußerste Schwärze – was vielleicht kein Zufall war.

Iurias wandte sich nach links und ging einige Schritte. Das Schwert hatte er gezogen, hielt es aber gesenkt. »Hier bin ich«, verkündete er den Schatten. »Wo seid Ihr?«

Einige Schritte vor ihm lichtete sich die Dunkelheit ein wenig und ein Mann wurde sichtbar. Die graue Haut, die lange Robe und die vertraute, leicht gebeugte Haltung ließen wenig Zweifel, um wen es sich handelte. Eigentlich sollte dieser Mann tot sein – und doch stand er auf einmal vor ihm. »Orontoghast«, entfuhr es Iurias. »Ihr seid es wirklich!« Der König schob das geliehene Schwert in die Scheide, trat auf den ehemaligen Erztheurgen zu und packte ihn an den Oberarmen. Eine Freude, wie er sie seit Langem nicht mehr gespürt hatte, ergriff ihn.

»Iurias.« Der greise Quano neigte den Kopf. »Es freut mich, Euch zu sehen.«

Der König ließ den alten Freund los und musterte ihn. Ihm fiel auf, dass sein Gesicht von frischen Narben verunstaltet war und eines seiner Augen blind zu sein schien. Ansonsten wirkte Orontoghast wohlauf. »Ich dachte, Ihr wärt tot. Man berichtete mir, Euer Haus sei über Euch zusammengestürzt. Bei Verdamon, ich habe die ganze Stadt nach Euren Mördern absuchen lassen.«

»Verzeiht, dass ich Euch – wie alle anderen auch – täuschen musste«, sagte Orontoghast. »Tatsächlich bin ich dem Tod nur knapp entronnen. Zu knapp, um meine Feinde wissen zu lassen, dass sie versagt hatten. Ich wollte keinen erneuten Angriff riskieren. Außerdem fiel es mir auf diese Weise leichter, mich meinerseits auf die Suche nach jenen zu machen, die meinen Tod wünschten.«

»Darf ich aus Eurem Auftauchen schließen, dass Ihr erfolgreich wart?«, fragte Iurias.

»Ja, so kann man es nennen.«

Iurias legte seinem alten Freund und Mentor die Hand auf die Schulter. »Kommt. Gehen wir in meine Gemächer. Dort können wir ungestört reden.«

»Ich fürchte, dazu bleibt uns keine Zeit«, widersprach Orontoghast. »Wir müssen rasch handeln.«

»Weshalb? Was habt Ihr herausgefunden?«

In knappen Worten schilderte der greise Quano ihm, dass er auf eine Gruppe von Verschwörern gestoßen war, die ganz unverhohlen den Sturz des Königs plante. »Botschafter Arastoth gehört zu ihnen, außerdem die Senatoren Dorimedon, Grekeas und Therius. Es sind noch einige mehr, und sie haben sich in dieser Nacht im Landhaus von Therius vor der Stadt versammelt.«

Iurias spürte, wie sich seine Miene verhärtete und seine Hände zu Fäusten ballten. »Ich ahnte es schon lange, dass ich einigen dieser Männer nicht trauen darf«, knurrte er. »Legar Galban berichtete mir ebenfalls, dass Senator Grekeas fragwürdige Spiele treibt. Bislang fehlte es mir an Beweisen, aber diese Versammlung und der versuchte Mord an Euch geben mir Anlass genug, zuzuschlagen. Ich muss umgehend Galban unterrichten und den Befehl erteilen, sie und ihre Familien noch in dieser Nacht festzusetzen.« Er wollte sich abwenden, doch Orontoghast hielt ihn fest.

»Wartet«, bat er. »Das ist noch nicht alles. Das Wichtigste kommt noch.«

»Was könnte noch wichtiger sein, als dieses Schlangennest auszuräuchern?«, wollte Iurias wissen.

»Ein junger Mann hielt sich unter den Verschwörern auf«, fuhr Orontoghast fort. »Er wurde als Sohn Lahrian Kamenors vorgestellt. Habt Ihr von ihm gehört?«

Der König nickte unwillig. »Er ist vor Kurzem in Aidranon aufgetaucht, wenn auch unter falschem Namen. Noch behauptet man, dass er ein entfernter Verwandter von Senator Grekeas wäre. Aber ein Spion enthüllte mir seine wahre Herkunft.«

»Und doch irrte Euer Spion. Alle irren. Ich begreife nicht, wie das möglich ist, aber als ich ihn sah, gab es für mich keinen Zweifel: Dieser junge Mann, Iurias, ist Euer Sohn.«

Iurias glaubte, sein Herz setze für einen Moment aus. »Was sagt Ihr da? Mein Sohn?«

»Euer Erstgeborener«, bestätigte Orontoghast nickend. »Der Knabe, der vor siebzehn Sommern verflucht zur Welt kam.«

»Aber …« Unwillkürlich senkte Iurias seine Stimme zu einem eindringlichen Flüstern. »Aber das kann nicht sein. Ihr habt ihn damals getötet, mein Freund. Das habt Ihr doch, oder?«

Der greise Quano sah ihn unglücklich an. »Bei Gahat, das dachte ich bis heute jedenfalls. Etwas muss in jener Nacht vorgefallen sein. Und so ungeheuerlich der Gedanke ist, ich glaube zu wissen, was geschah.«

»Dann redet, um Actuanis willen!«

»Es muss Arastoth gewesen sein. Anders kann ich es mir nicht erklären. Auf dem Rückweg hierher habe ich versucht, mir die Nacht von damals erneut ins Gedächtnis zu rufen. Meine Erinnerung an jene Stunden ist verschwommen, doch tatsächlich glaube ich, dass Arastoth darin auftaucht, was ich mir nicht erklären kann, denn bislang hat er für mich in jener schicksalsreichen Nacht keine Rolle gespielt. Allerdings gehört er nun zu den Verschwörern, und so, wie er den jungen Mann behandelte, scheint er ihm nahezustehen. Es kann also nur dies geschehen sein: Arastoth suchte mich in jener Nacht auf und verhinderte, dass ich Eurem Sohn einen schnellen, gnädigen Tod schenkte. Daraufhin täuschte er meine Erinnerung mit einem Geisteszauber und brachte den Knaben fort. Jetzt allerdings ist dieser wieder da. Er ist erwachsen und – verzeiht mir, wenn ich offen spreche – sehr gefährlich.«

Iurias konnte das alles kaum fassen. Er hörte die Worte seines alten Freundes, aber sie ergaben einfach keinen Sinn. »Ihr müsst Euch irren, Orontoghast. Ich habe von dem jungen Mann gehört. Er hat an Grekeas' Seite Gesellschaften besucht und ist durch die Straßen von Aidranon spaziert. Niemand hat etwas gemerkt. Müsste er nicht ein Ungeheuer sein?«

»Arastoth scheint einen Zauber auf ihn gelegt zu haben, der sein Äußeres verbirgt, wie auch ich es vermocht hätte«, erklärte der Quano. »Doch in seinem Inneren brodelt es. In seiner Aura ist der schwarze Fluch der Dyrracherhexe zu erkennen. Er wird mit jedem Moment stärker – und wenn er schließlich hervorbricht, erwacht ein Schrecken in unserer Mitte, dessen Zerstörungskraft ich mir nicht ausmalen mag.«

»Bei den Sechsgöttern …«, murmelte Iurias. Er musste die Hand ausstrecken und sich an einer der Säulen abstützen. Diese Neuigkeit war zu viel für ihn. Sein Erstgeborener lebte. Aber er war ein Monstrum, vor dem selbst Orontoghast zu erzittern schien. Und er paktierte mit Männern wie Grekeas und Arastoth, denen Iurias schon seit jeher nicht über den Weg traute. Ein Mann, in dessen Adern nicht nur das Blut des Schwarzen Löwen floss, sondern zugleich die dunkle Saat dieser elenden Priesterin aus dem Ariocrast-Tempel in Evolos, war schon schlimm genug. Dass er sich in der Hand seiner Feinde befand, kam einer Katastrophe gleich.

Aber konnte er ihn töten? Konnte er sein eigen Fleisch und Blut ein zweites Mal umbringen? Die Vorstellung brachte Iurias schier um den Verstand. *Andererseits ist dieses Ungeheuer nicht mein Sohn*, redete er sich ein. *Es ist das Balg dieser Dyrracherhexe. Ich wurde nur missbraucht, es zu zeugen. Ich kenne diesen jungen Mann nicht, habe ihn nicht aufwachsen sehen, ihn nie Sohn genannt. Er trägt einen Namen, den ich ihm nicht gegeben habe. Im Grunde ist er ein Fremder, ein Verschwörer gegen die Krone und eine Gefahr für das Reich und meine echten Kinder, Listris, Erindrea und Aspheon.*

Iurias holte tief Luft und traf eine Entscheidung. »Wir müssen ihn ausschalten. Am besten schalten wir sie alle aus.« Er warf einen Blick zwischen den Säulen hindurch zum dunklen Himmel, an dem sich die Gewitterwolken ballten. »Es gibt ein Unwetter. Ein Blitz könnte in das Landhaus eingeschlagen sein und es in Brand gesteckt haben. Alle sind darin umgekommen, zu trunken vom Wein, um die Gefahr rechtzeitig zu erkennen. Ein tragischer Verlust.« Er wandte sich an Orontoghast und sah ihn grimmig an. »Ist das ungefähr das, was Ihr Euch vorgestellt habt?«

Der Quano senkte den Blick. »Ich wünschte, es gäbe eine andere Möglichkeit«, sagte er leise. »Aber die Gefahr ist zu groß.«

»Nun gut.« Iurias nickte entschlossen. »Dann werde ich Legar Galban holen. Er soll seine Männer bereit machen. Ich werde sie persönlich anführen.«

»Ist das wirklich weise? Ihr seid der König.«

»Das ist mir bewusst. Und es ist mein Kampf.«

»Nehmt Eure Theurgen mit«, riet ihm Orontoghast. »Ihr werdet sie brauchen.«

Iurias sah ihn fragend an. »Ihr begleitet mich nicht?«

Sein Freund und Mentor schüttelte das graue Haupt. »Ich bin zu alt für solche Dinge. Aber ich werde zu Gahat beten, für euch alle und besonders für Euch, Iurias. Möget Ihr die Kraft finden, zu tun, was getan werden muss …«

Draußen rüttelte der stärker werdende Wind an den großen, hölzernen Läden, die Therius hatte anbringen lassen. Gelegentlich blitzte und donnerte es. Doch die Männer im Inneren des Hauses ließen sich davon nicht stören.

»Ich hebe meinen Becher und trinke auf das Gelingen unserer Pläne!«, rief der beleibte Senator, der ihr Gastgeber war, fröhlich. Die meisten der Anwesenden hatten bereits mehr getrunken, als gut für sie war, und fühlten sich nun dem Sieg über den Tyrannen Agathon näher denn je.

Normalerweise hätte Iolan ihre Vorfreude geteilt. Therius, Grekeas und die anderen beabsichtigten, ihn während einer unangekündigten Feierlichkeit anlässlich des runden Geburtstags und zugleich Todestags von Lahrian Kamenor in den Großen Rat mitzunehmen. Er würde große Worte an die Versammelten richten, um zukünftig zur Symbolfigur für eine Zeit des Umbruchs zu werden, die den König seiner Macht berauben und das Cordurische Reich verändern sollte.

Aber Iolan war nicht nach Feiern zumute. Er konnte immer nur daran denken, dass er wahrscheinlich gar nicht aus dem Haus Kamenor stammte, dass Arastoth ihn belogen hatte und dass er nicht die geringste Ahnung hatte, was der Quano im Schilde führte. Dazu gesellte sich der immer stärker werdende Verdacht, dass Arastoth an dem Massaker von Efthaka alles andere als unschuldig war. Iolan wurde regelrecht übel bei dem Gedanken, aber er konnte ihn nicht abschütteln.

Selbstverständlich hatte er keine Beweise dafür. Wenn nicht ein unwahrscheinlicher Zufall dazu führte, dass ihm einer der Soldaten von damals begegnete, blieb ihm nur, seinem angeblichen Wohltäter ein Geständnis abzuringen. Wie er das allerdings bewerkstelligen wollte, war ihm schleierhaft.

Um ihn hoben die Verschwörer ihre Becher und feierten, dass sie nun, nach langen Jahren des Wartens, endlich voller Tatkraft voranstrebten. Auch Iolan hob seinen Becher, lächelte und trank. Es fühlte sich an, als stünde er neben sich.

Einmal mehr erwachte Zorn in ihm. Für wen hielten diese Männer sich eigentlich? Erst rissen sie ihn aus seinem alten, guten Leben heraus und danach erwarteten sie, dass er sich hinstellte und die Pfeile abfing, die der König abschießen würde, sobald sie ihn herausforderten. Dabei wusste Iolan überhaupt nicht mehr, ob Iurias Agathon wirklich sein Feind war oder ob man ihm das bloß eingeredet hatte. *Ich wünschte, ich könnte mit Erindrea sprechen*, dachte er. *Ich würde ihr die ganze Wahrheit erzählen, einfach alles. Sie würde es bestimmt verstehen. Und vielleicht könnte sie mir helfen, dieses Labyrinth aus Lügen zu durchblicken.* Aber Erindrea war nicht da – und Iolan bezweifelte, dass er sie so bald wiedersehen würde.

Über dem Anwesen krachte ein Donnerschlag und eine Windböe fuhr in die Fensterläden, ließ sie in ihren Halterungen erbeben und bewegte die Vorhänge, die Therius' Diener zusätzlich angebracht hatten, um die Gäste vor den Elementen zu schützen.

»Oh, Procyros schüttelt grimmig seine Faust!«, rief Therius. »Welch Glück, dass wir heute nicht auf Eurem Schiff feiern, Arastoth.«

»So kann man es sagen«, erwiderte der Quano. »Ich denke …«

Iolan sollte nicht mehr erfahren, was Arastoth in diesem Augenblick durch den Kopf ging, denn der Vorhang zum Speiseraum wurde beiseite gerissen und der glatzköpfige Majordomus des Hauses stand im Türrahmen. »Mein Herr!«, rief er aufgeregt. »Die Soldaten des Königs greifen an!«

34

DAS ERWACHEN

12. Tag des 8. Mondes
im 301. Jahr der cordurischen Könige

Erneut donnerte es, aber diesmal klang es, als würde das Eingangsportal des Anwesens auf der anderen Seite des Innenhofs bersten. Die Hälfte der Anwesenden kam auf die Beine. Empörung und Entsetzen gleichermaßen lagen auf ihren Gesichtern.

»Die Königsgarde ist hier?«, rief Therius erschrocken.

»Wie ist das möglich?«, wollte Senator Agis wissen.

»Castano hat uns verraten«, knurrte Botschafter Yariim, »ich schwöre es euch!«

»Ganz ruhig, meine Freunde«, versuchte Grekeas die anderen zu beschwichtigen. »Sie können uns nichts anhaben. Es gibt keine Beweise für unser Tun. Wir sind nur ein paar Freunde, die ein kleines Fest feiern.«

»Bei Actuani, macht die Augen auf!«, fuhr ihn Yariim an. »Die Soldaten brechen das Portal auf! Sie sind nicht hier, um Wein mit uns zu trinken. Iurias Agathon hat Wind vom Zirkel bekommen und will Blut sehen.«

Auf einmal redeten alle durcheinander.

»Das kann er nicht machen.«

»Wer soll ihn daran hindern?«

»Wir müssen hier weg. Gibt es weitere Ausgänge?«

»Ja, einer führt zum Sechsgötterschrein, ein zweiter zu den Ställen.«

»Dann los!«

»Aber wo wollen wir hin? Die Kutscher sind sicher schon in Gewahrsam!«

»Einerlei. Bloß weg von hier.«

Kopflos stürzten die Gäste aus dem Raum. Jedweder Siegestaumel war von einem Herzschlag zum nächsten vergessen. Auch Grekeas und Arastoth eilten auf den Ausgang zu. Keiner von beiden achtete auf Iolan. Ihre Gedanken schienen allein der eigenen Flucht zu gelten. Vom Eingang des Anwesens her war Männergebrüll zu hören, Soldaten, die den Flüchtenden zuriefen, stehen zu bleiben und sich zu ergeben.

Aufgewühlt folgte Iolan den anderen nach draußen. Er hetzte über die Schwelle und hinaus auf den Säulengang, der den offenen Innenhof umgab. Aus den dunklen Wolken, die über dem Haus hingen, fuhr ein kalter Wind auf ihn herab. Ein gleißender Blitz zerriss den Himmel und trockener Donner krachte.

Im Licht der Laternen, die zwischen den Säulen schaukelten und flackerten, gewahrte Iolan Gerüstete mit gezogenen Schwertern, die sich schnell im Haus verteilten. Sie trieben die Bediensteten zusammen und setzten den flüchtenden Verschwörern nach. Er wandte sich nach links, um Grekeas zu folgen, doch gleich darauf drangen bereits Soldaten aus einem Raum vor ihnen und versperrten den Weg. »Ergebt Euch, im Namen des Königs!«

Hektisch wirbelte Iolan herum. Sein Blick suchte Arastoth, der nach rechts geflohen war. Kurz wähnte er ihn zwischen den Säulen zu sehen, dann zerbarsten mit einem Klirren die Laternen in der hinteren Ecke des Hofs und es wurde dunkel dort, wo der Quano sich befand.

Vielleicht komme ich hinten raus, dachte Iolan. Das Anwesen mochte unmittelbar am Klippenrand errichtet worden sein, aber sicher gab es jenseits der verschlossenen Fenster des Speiseraums noch einen schmalen Streifen Mauerwerk und Fels.

Auf einmal wurde der Hof in beinahe taghelles Licht getaucht. Verwirrt wandte Iolan sich um und sah eine Gruppe von vier Männern ins Freie treten. Drei von ihnen trugen lange Roben und hatten jeweils einen Arm gehoben. In der Hand hielten sie, wie es aussah, winzige Sonnen, die so hell leuchteten, dass an eine heimliche Flucht im Schutze der Nacht nicht mehr zu denken war. Im erbarmungslos weißen Strahlen des magischen Lichts war gut zu erkennen, dass es sich bei den Dreien um Quano handelte, die offensichtlich starke Theurgen waren und zugleich die persönliche Eskorte des vierten Mannes.

Dieser trug eine schwarz-silberne Rüstung, einen Schild und ein breites Schwert. Auf dem Kopf saß ein Helm mit schwarzem Federbusch, und um seine Schultern lag ein hoheitsvoll wirkender weinroter Mantel mit einem Besatz aus schwarzem Fell. Rüstung, Schild und Schwert waren mit deutlich sichtbaren theurgischen Symbolen bemalt. »Ergreift alle Verschwörer. Tötet jeden, der Widerstand leistet«, befahl der Mann mit lauter Stimme.

Der König!, durchfuhr es Iolan. Iurias Agathon persönlich war hier, um über seine Feinde zu richten. Die Überraschung lähmte ihn für einen Moment. Er wusste nicht, was er tun sollte. *Flieh!*, schrie ihn die Vernunft an. *Kämpfe und räche deine Familie!*, forderte sein Herz. *Er ist von drei Zauberern und drei Dutzend Soldaten umgeben*, entgegnete die Vernunft. *Du kannst ihn nicht besiegen. Nicht heute. Renn!*

»Da ist der Bursche!«, rief einer der Männer auf der anderen Seite des begrünten Innenhofs und deutete auf Iolan. Dieser schrak zusammen und starrte den König und seine drei Quano-

Theurgen einen Herzschlag lang an. Iurias Agathon erwiderte den Blick, sah ihm direkt in die Augen … und richtete dann seine Schwertspitze auf Iolan. »Tötet ihn«, befahl er.

Die Worte brachten Bewegung in Iolan. Während die Quano ihre Hände ausstreckten, hechtete er zurück durch den Eingang zum Speisesaal. Im nächsten Moment donnerte es, und eine Wolke aus Steinsplittern fegte über die Türschwelle in den dahinter liegenden Raum, als etwas im Innenhof, vermutlich das Wasserspiel, zu Bruch ging.

Erindrea hat mich gewarnt, fuhr es Iolan durch den Sinn. *Er will mich umbringen. Obwohl ich gar nicht der bin, für den er mich hält.* Hastig sprang er über ein Liegesofa und den Tisch, um zu den versperrten Fenstern zu gelangen. Aus dem Haus drangen Schreie und Waffengeklirr. Einige der Verschwörer schienen ihr Heil im Kampf zu suchen. Vielleicht metzelten die Soldaten sie aber auch einfach so nieder. Womöglich wollten sie alle töten und danach das Anwesen in Brand stecken. *Wie bei Lahrian Kamenor …*

Er erreichte die Vorhänge und riss sie beiseite. Dahinter kamen die großen und schweren Holzläden zum Vorschein. Iolan zerrte daran und versuchte die Riegel zu lösen. Doch der Wind drückte von außen gegen die Läden und erschwerte ihm die Arbeit. Angst ergriff von ihm Besitz. Er saß in der Falle.

Einer der Quano erschien auf der Türschwelle. Der grelle Schein der winzigen Sonne in seiner Linken blendete Iolan. Der Mann sagte etwas, das Iolan nicht verstand, und hob die rechte Hand. Iolan warf sich zur Seite. Die magische Druckwelle warf ein Liegesofa durch den Raum, deckte den Tisch ab und zerschmetterte den hölzernen Fensterladen, vor dem Iolan eben noch gestanden hatte. Sich überschlagend flog dieser in die Finsternis davon. Wind wehte in den Raum und brachte die Öllampen zum Flackern.

Iolan kam auf die Beine, packte willkürlich das nächstbeste Wurfgeschoss und schleuderte es seinem Feind entgegen. Das Bronzetablett wirbelte durch die Luft und prallte einen Schritt vor dem Quano an einem unsichtbaren Hindernis ab.

Der königliche Theurg löschte die Miniatursonne und richtete beide Hände auf Iolan. Wieder warf dieser sich in Deckung, wobei er schmerzhaft auf der rechten Schulter aufkam. Er keuchte auf, als ein heftiges Stechen durch seinen ganzen Arm schoss. Hinter ihm wurden ein Liegesofa und ein weiterer Fensterladen über den Klippenrand befördert. Der Quano zerlegte den ganzen Raum.

Ich werde hier sterben, durchfuhr es Iolan. Auf einmal stand ihm diese Erkenntnis so klar vor Augen, als hätte sie jemand an einem hellen Frühlingstag an den Himmel geschrieben. Er konnte diesen Zauberer nicht bekämpfen, und es gab keinen Fluchtweg, wenn er nicht über die Klippe springen wollte. Das wiederum kam purem Wahnsinn gleich. Es war dunkel, ein Unwetter entlud sich über der Gegend, und Iolan hatte nicht die geringste Ahnung, ob dort unten am Fuß der sicher fünfzig Schritt hohen Felswand Klippen im Wasser auf ihn warteten.

Vor Angst und Aufregung brach ihm der Schweiß aus. Ihm wurde heiß, aber erst, als die Hitze immer stärker wurde, begriff Iolan, dass etwas nicht stimmte. Es war, als verzehre ihn ein inneres Feuer. Handelte es sich um eine neue Teufelei des Quano? Wollte er ihn verbrennen?

Iolan vernahm Rufe und Schritte, und als er wieder auf die Beine kam, standen plötzlich alle drei Quano neben der Tür. Den Türrahmen selbst aber füllte Iurias Agathon aus. Erneut wechselten der König und er einen Blick, und zu Iolans grenzenlosem Erstaunen glaubte er einen Moment lang so etwas wie Angst auf den Zügen Agathons zu sehen. Doch gleich darauf war der Eindruck wieder dahin, die Miene des Königs wurde zu einer Grimasse der Entschlossenheit. »Los! Beendet es!«, befahl er seinen Theurgen.

Alle drei streckten Iolan ihre Hände entgegen. Nun war es vorbei. Es gab kein Entkommen. Ihm blieb nur der Tod durch diese Männer – oder der Sturz in die Finsternis. *Mirene, es tut mir leid …*

Die grauen Finger der Quano begannen zu glühen.

Iolan rannte los, auf eine der offenen Stellen zu, wo die Holzläden aus der Verankerung gerissen worden waren.

Fauchend trafen ihn drei gleißende Energieschläge, sandten Peitschenhiebe des Schmerzes durch seine Glieder und rissen ihn beinahe von den Füßen. Iolan schrie auf und rannte weiter.

»Los!«, brüllte Agathon.

Ein weiterer Schlag traf ihn, dann noch einer. Iolan stieß sich ab und warf sich durch die Lücke ins Freie. Eine machtvolle Druckwelle erfasste ihn und schleuderte ihn weiter, als er jemals hätte springen können, in die Finsternis. Blitz, Donner und Sturmwind umgaben ihn, während er in die Schwärze stürzte, dem Meer und den Felsen entgegen, die tückisch unter den Wellen lauerten. Er wollte schreien, aber der Wind riss ihm jeden Laut von den Lippen. Sein ganzer Körper schmerzte und brannte, als stünde er in Flammen. Verzweiflung, Angst und unbändiger Zorn tosten in seinem Geist und brachten sein Blut zum Kochen. Iolan schrie erneut, brüllte, spürte den heftigen Aufprall … und wurde von nasser, kalter Dunkelheit umfangen.

Mit hämmerndem Herzen trat Iurias über die Schwelle in den verwüsteten Raum. Der heftige Wind des Unwetters ließ die halb aus den Halterungen gerissenen Holzläden schlagen, und ein Blitz erhellte das Schlachtfeld, das seine Theurgen hinterlassen hatten.

Es war vollbracht. Sein Sohn war tot. Er hatte zu fliehen versucht, war dabei aber über die Klippe ins Verderben gestürzt. Und Iurias erkannte, dass es richtig und nötig gewesen war, so zu handeln. Kurz bevor der junge Mann, der zunächst noch verstörend menschlich ausgesehen hatte, auf die Fenster zugerannt war, hatten sie einander direkt angeblickt – und Iurias hatte das unheilige Feuer in den Augen des Geschöpfs bemerkt, das gleiche rötlichgelbe Glühen, das er bereits in der Nacht der Geburt gesehen hatte und das ihn seither in seinen Albträumen verfolgte. Dieses Wesen war kein Mensch und konnte niemals das Leben eines gewöhnlichen Menschen führen. Es zu töten, war eine barmherzige Tat gewesen.

Iurias machte einen langen Schritt an den zerschmetterten Fensterläden vorbei auf den schmalen Steinsims außerhalb des Hauses. Der Wind zerrte an ihm und ließ die Haarsträhnen, die unter seinem Helm hervorschauten, flattern. Mit finsterer Miene warf er einen Blick in die Tiefe, auch wenn er selbst wusste, wie sinnlos das war. In der Schwärze am Fuß der Klippe konnte er unmöglich etwas erkennen.

Er ist tot, sagte er sich. *Kein Mensch hätte diesen Sturz überleben können.*

Er erkannte den Fehler in seinem Gedankengang in dem Augenblick, als ein riesiger Körper aus den Fluten der Auriolischen See brach. Ein markerschütterndes Brüllen forderte die Naturgewalten heraus, und eine Flammenfontäne schoss in die Nacht empor. Dann breitete der geflügelte Titan seine Schwingen aus und katapultierte sich mit einem kräftigen Schlag dem Klippenrand entgegen.

Die Götter mögen uns beistehen, dachte Iurias. *Das ist unmöglich! Er hat sich verwandelt. Dazu hätte er niemals fähig sein dürfen!*

Und doch ließ sich nicht leugnen, was seine Sinne ihm zeigten: Der Fluch der Priesterin des Ariocrast hatte seinen Sohn nicht bloß zu einem missgestalteten Halbmenschen gemacht. Er hatte ihm die Gabe verliehen, sich wie ein Berührter Dyracher in einen Drachen zu verwandeln!

Iolan brüllte seine Begeisterung in die Nacht hinaus. Er fühlte sich, als habe er einen Ring aus Ketten gesprengt, der um seine Brust gelegen hatte. Es war wie ein Befreiungsschlag, das Abschütteln eines lebenslangen Jochs, von dem er bis eben gar nicht gewusst hatte und das ihn in ein Dasein und einen Körper gezwungen hatte, die viel zu klein für ihn waren.

Von Angst und Zweifel befreit warf er sich aus dem Meer in die Luft und rauschte zu den Wolken empor, die ihn mit Blitz und Donner begrüßten. Der Wind fuhr ihm unter die gewaltigen Schwingen und trug ihn mühelos in die Höhe, während das Wasser der Auriolischen See in Strömen über seinen mächtigen Schuppenleib rann.

Er warf sich herum und erblickte unter sich das Anwesen des Senators, das vor Soldaten wimmelte, königlichen Soldaten, die ihn hatten ermorden wollen. *Rache!*, war der einzige Gedanke, zu dem er fähig war, als er auf sie zuflog. Er breitete die Schwingen aus, bremste ab und landete krachend auf dem Dach des Anwesens, das daraufhin nachgab und teilweise einbrach.

Unter ihm schrien die Menschen und rannten auseinander wie aufgescheuchte Ameisen. Iolan wollte brüllen, um sie zu lehren, was es hieß, einen Drachen fürchten zu müssen, doch stattdessen stieg ein glühend heißer Strom in seiner Kehle auf. Eine Feuerlanze stieß in den Innenhof hinab, die Wasser verdampfte, Zierbüsche zu Asche zerfallen ließ und Menschen in lebende Fackeln verwandelte, die schreiend vergingen.

Ein machtvoller Schlag traf ihn an der Brust, gleich darauf ein zweiter. Iolan zuckte zurück, drehte den Kopf und erkannte die drei Quano-Theurgen, die in den Hof getreten waren.

Sie bildeten mit den Händen ein eigentümliches Dreieck, als wäre es ihnen dadurch möglich, ihre Kräfte zu bündeln und zu verstärken. Dabei bewegten sie sich an den Säulen entlang in Richtung Ausgang. Iolan machte zwei polternde Schritte über das Dach zur Seite, um sie besser im Blick behalten zu können.

Da begriff er, was sie vorhatten. Zwischen den Säulen stand eine mannshohe Bronzestatue mit siegreich zum Himmel gerecktem Schwert, die sie ihm offenbar durch die Brust jagen wollten. Er reckte den Hals und verdichtete die Wut, die in seinen Eingeweiden brannte, zu einem sonnenheißen Hass, den er in einem brüllenden Inferno auf seine Feinde entließ. Doch er hatte kaum das Maul aufgerissen, als ihn ein weiterer Schlag traf und seinen Schädel zur Seite riss. Die Feuerlanze traf die Männer nicht, sondern zog einmal quer über die Hausfassade und steckte dabei mindestens zwei Räume in Brand.

Als sie die Statue erreichten, entschied Iolan sich zu einer anderen Taktik. Er breitete seine ledrigen Schwingen aus und setzte mit einem großen Sprung quer über den Innenhof, um direkt über den Quano auf dem Dach des gegenüberliegenden Hausflügels zu landen. Mit mächtigen Tritten brachte er dieses über ihnen zum Einsturz. Danach schwang er sich wieder in die Luft, drehte sich und hüllte das Trümmerfeld zusätzlich in eine Flammenwolke ein. Als sich seine Sicht wieder klärte, war von den Quano-Theurgen nichts mehr zu sehen.

Iolan schwang sich etwas höher und sah sich suchend um. Ein Gegner fehlte ihm noch. Ein Blitz über ihm spaltete die Wolken und erhellte die Szenerie zu seinen Füßen. Und da entdeckten seine scharfen Sinne die kleine Gestalt mit dem roten Mantel, die soeben vor dem Anwesen auf ein Pferd stieg. Mit einem Brüllen ließ Iolan den Mann wissen, dass er ihn bemerkt hatte. Der König würde ihm nicht entkommen.

Hastig schwang sich Iurias auf den Rücken seines Pferdes. Um ihn flohen die Soldaten kopflos in die Nacht hinaus. Auch wenn er sie für diese mangelnde Disziplin am liebsten angeschrien hätte, verstand er die Angst seiner Männer. Sie waren ausgezogen, um eine Gruppe politischer Ränkeschmiede festzunehmen, unter denen sich vielleicht ein missgestalteter, unnatürlich starker und schwer zu bezwingender Mann befand. Um ihn zu bändigen, hatte Iurias die drei Quano mitgenommen. Dass sie stattdessen auf einen Menschen treffen würden, der sich einem Berührten Dyrracher gleich in einen Drachen verwandeln konnte, damit hatte niemand gerechnet.

Kaum einer der jungen Königsgardisten hatte in seinem Leben jemals gegen Dyrracher bekämpft. Die meisten von ihnen hatten noch auf der Straße vor ihrem Elternhaus mit Stöcken und Steinchen gespielt, als Iurias mit seinen Truppen Dyrrach erobert hatte – was auch damals nur mit tatkräftiger Hilfe der Quano-Theurgen möglich gewesen war. Insofern hatten die Gardisten dem Ungetüm, das obendrein von geradezu unheiliger Größe war, nichts entgegenzusetzen. Dass sie flohen, war die einzig richtige Entscheidung, wenn sie nicht wie die Glücklosen brennen wollten, die es nicht schnell genug in die Felder geschafft hatten.

Die einzigen vier Personen, die den geflügelten Titan überhaupt bezwingen konnten, waren Iurias' Theurgen und vielleicht er selbst. Da er der König war und in Aidranon gebraucht wurde, hatten sich die drei Quano in einem bewundernswerten Beispiel von Pflichterfüllung bereit erklärt, das Ungetüm als Erste zu bekämpfen und es zumindest so lange zu beschäftigen, bis er entkommen konnte. Doch als er, kaum dass er seinem Pferd die Stiefelhacken in die Seiten gerammt hatte, das wütende Brüllen am Himmel hinter sich vernahm, erkannte Iurias, dass der Plan gescheitert war.

Trotzdem preschte er los, von der verzweifelten Hoffnung getrieben, dass ihm die Flucht doch noch gelingen möge. Im Galopp jagte sein Rappe den Kutschenweg hinunter, zwischen den Obstbaumpflanzungen hindurch, auf die nahe Fernstraße zu.

Ein mächtiges Rauschen und ein Wind, der nicht dem Unwetter geschuldet war, zogen über ihn hinweg, und auf einmal hing ein riesiger Schatten vor ihm in der Luft. Ein Flammenstrahl fauchte aus dem Maul des Ungeheuers, fuhr quer über den Weg und setzte die Erde in Brand.

Iurias' Pferd scheute, aber es gelang ihm, es zu zügeln. Jeder weitere Fluchtversuch wäre sinnlos gewesen. Einem jagenden Drachen entkam man nicht. Ihm blieb nur der Kampf. Wollte er aus diesem siegreich hervorgehen, musste er allerdings schnell sein und seinen Gegner überraschen. Zu seinem Glück war der Drache jung und besaß keine Kampferfahrung. Vielleicht hatte Iurias also auch ohne seine Quano-Theurgen eine Aussicht auf den Sieg.

Er sprang von seinem Reittier und scheuchte es mit einem Klaps in die Baumreihen. Es war nicht nötig, sein Pferd in Gefahr zu bringen. Anschließend hob er Schwert und Schild. »Du willst mich?«, brüllte er den Drachen an und schlug mit der Breitseite seiner Klinge auf den Schildbuckel, der daraufhin bläulich aufglühte. »Dann komm her!«

Zu seiner Erleichterung landete das Ungeheuer wirklich, wobei seine mächtigen Schwingen Staub und Erde aufwirbelten. Grollend hockte das Untier vor ihm auf der Straße, ein Koloss, wie Iurias bislang wenige gesehen hatte. Sein rotgrauer Leib glänzte im Schein der umliegenden Flammen, und der riesige, stachelbewehrte Schädel pendelte leicht hin und her, als versuche der Drache, diesen dreisten Menschen vor sich einzuschätzen.

Ein absurdes Gefühl von Stolz erwachte in Iurias' Brust. Das war sein Sohn! Welch ungeheure Macht ihm innewohnte. Ob diese Drachenpriesterin damals geahnt hatte, was aus ihrem verzweifelten Fluch dereinst erwachsen sollte? Sie hatte ihm das Ende seiner Linie prophezeit, dass aus seinem Samen nur Monster entstehen würden. Und obwohl die Gaben der Quano diesen Bann längst gebrochen hatten, war ihr Fluch zumindest in Teilen erstaunliche Wirklichkeit geworden. *Du und ich, Seite an Seite … Wir könnten die Welt beherrschen*, dachte Iurias. *Leider würde es niemand jemals verstehen … Du wahrscheinlich am wenigsten.*

Der Drache öffnete das Maul. Tief in seiner Kehle brannte das Feuer der Verdammnis.

Iurias hob seinen Schild, stieß einen Kampfschrei aus und fing an zu laufen.

Da war er, der König, der Schlächter und Tyrann. Hier standen sie sich gegenüber, und diesmal war Iolan kein hilfloses Opfer.

Er öffnete das Maul, um Agathon mit dem Feuer seines rechtschaffenen Zorns zu verbrennen.

Der König hob sein Schwert und begann brüllend auf ihn zuzulaufen.

Fauchend spie Iolan ihm seine Wut entgegen, doch der König hob nur seinen Schild, der blau aufzuleuchten begann, als er die Flammenwolke ablenkte und in einem weiten Oval um den sich wie gegen einen Sturm Vorankämpfenden ableitete.

Quano-Magie, durchfuhr es Iolan und sein Hass wurde nur noch größer. Der ganze Körper des Mannes stank nach Quano-Magie, ein Geruch, der Iolan mit jedem Schritt, den der König näher kam, stärker in die Nase stieg. Er wollte ihn in eine weitere Feuerwolke hüllen, als Iurias Agathon plötzlich seinen Schild hob. Ein blendend weißer Blitz ging von ihm aus, der die Dunkelheit mit einem Schlag zum hellen Tag machte.

Brüllend zuckte Iolan zurück. Ihm war, als hätte er direkt in die Sonne geblickt. Vor seinen Augen tanzten bunte Flecken. Er konnte nichts mehr sehen, die Straße nicht, die Bäume nicht und seinen Gegner erst recht nicht. Iolan richtete sich auf die Hinterbeine auf und breitete die riesigen Schwingen aus, um einen Sturmwind zu entfesseln, der den König zurücktreiben würde. Bevor es ihm jedoch gelang, huschte ein undeutlicher Schatten auf ihn zu. Plötzlich glühte fast direkt unter ihm ein weißer Stachel auf, der in der Finsternis einen Halbkreis beschrieb.

Schmerz fuhr Iolan durch die Brust, ein eisiger, stechender Schmerz, der ihm ein gepeinigtes Fauchen entlockte. Sein Gegner hatte ihn mit seiner verzauberten Klinge getroffen, die so kalt war, dass Iolan bis ins Mark erbebte. Er wich zurück und schlug ohne Sinn und Verstand um sich. Vielleicht gelang es ihm, seinen Gegner unter sich zu zerquetschen, bevor dieser ihn erneut und diesmal noch schlimmer verwundete. Seine linke Pranke traf auf etwas und schleuderte es seitlich in die Bäume. Er wollte triumphieren, stattdessen aber packte ihn das Grauen. Die Kälte in seiner Brust breitete sich immer weiter aus, löschte das Feuer in seinem Inneren, raubte ihm die Kraft.

Iolan versuchte dagegen anzukämpfen. Es gelang ihm nicht. Er brüllte, nein schrie, sackte in sich zusammen und seine Sinne schwanden ihm.

Schwer atmend lag Iurias am Fuße eines alten Kirschbaums. Er hatte den Drachen erwischt, mitten in die Brust. Wenn die Quano-Magie, die speziell für den Kampf gegen den Erbfeind aus Dyrrach entwickelt worden war, ihre Wirkung tat, musste das seinen Sohn aus der Ungeheuergestalt zurück in seine menschliche Form zwingen. In einen Zustand, in dem er ihn töten konnte.

Wenn ich es vermag, dachte der König verbittert. Er war nicht mehr der junge, agile Mann von einst, der in Dyrrach mehr als nur eine Bestie bezwungen hatte. Das Alter hatte ihn langsam gemacht, und jetzt zahlte er den Preis dafür. Blind um sich schlagend, hatte der Drache ihn erwischt und gegen einen der nahen Bäume geschleudert. Seine Rüstung und die darauf gezeichneten Schutzsymbole hatten einen Großteil der Wucht abgefangen. Dennoch fühlte Iurias sich regelrecht zerschmettert.

Los, hoch mit dir, sagte er sich. Die Schwächeaura eines Schwerthiebs hielt nur kurze Zeit vor. Wenn der Junge wieder zu Kräften kam und sich erneut verwandelte, war es aus.

Von der Fernstraße kommend, vernahm Iurias das Hufgetrappel und Rattern schneller Wagen. Er zog seinen verrutschten Helm ab und sah zu seiner Überraschung drei offene, zweirädrige Botenwagen heranjagen. Sie hielten direkt auf den unförmigen, rasch in sich zusammensinkenden Klumpen zu, der eben noch ein Drache gewesen war und nun wieder zum Menschen wurde – oder zumindest zu etwas Menschenähnlichem.

Die Wagen hielten an und die Passagiere stiegen aus. Es handelte sich um sechs Quano. Einer von ihnen trug einen Stab bei sich. Er deutete in Richtung des brennenden Anwesens und vier der Männer eilten los. Einer beugte sich zu dem Gefallenen herab. Der Stabträger sah sich suchend um. *Wo kommen die auf einmal her?*, fragte sich Iurias. *Hat Orontoghast Verstärkung geschickt?*

Ächzend versuchte Iurias, wieder auf die Füße zu kommen. Ein stechender Schmerz in seinem linken Bein ließ ihn innehalten. Die Bewegung und sein leises Stöhnen genügten aber, um den Stabträger auf ihn aufmerksam zu machen. Gemessenen Schrittes kam er näher. »König Agathon, Ihr lebt«, sagte der Mann beinahe tonlos.

»So eben noch«, knurrte Iurias. »Wer seid Ihr?« In der Dunkelheit vermochte er die Züge seines Gegenübers nicht zu erkennen.

Der Mann ging neben ihm in die Hocke, wobei er sich auf seinen Stab stützte. Ein sanfter Lichtschein entstand um die Hand, die das Holz umfasste, und erhellte das graue Antlitz des Quano.

»Erztheurg Urghaskar«, entfuhr es Iurias überrascht. »Was führt Euch und die Euren hierher?«

»Es ist bedauerlich«, sagte der Quano mit ruhiger Stimme, während seine großen, schwarzen Augen Iurias ausdruckslos anblickten. »Ihr hättet bei dem Kampf mit dem Drachen sterben sollen.«

»Was?« Iurias starrte den Erztheurgen entgeistert und noch immer ein wenig benommen an.

»Andererseits … vielleicht seid Ihr gestorben.« Urghaskar hob die rechte Hand.

Iurias' Eingeweide verkrampften sich. Er hatte keine Ahnung, was hier vor sich ging, aber etwas lief vollkommen falsch. Seine Linke zuckte zur Brust, um eines seiner Verteidigungsamulette auszulösen.

Aber der Quano war schneller. Er vollführte mit den Fingern eine schnippende Geste und ein Schlag traf Iurias unmittelbar an der Stirn. Sein Kopf knallte nach hinten gegen den Baumstamm. Es knirschte und ein Blitz des Schmerzes zuckte durch seinen Schädel, dann ein zweiter, als der verräterische Quano die Geste wiederholte. Beim Dritten wurde es Nacht um Iurias Agathon.

35

DER KÖNIG IST TOT …

13. Tag des 8. Mondes
im 301. Jahr der cordurischen Könige

Als Iolan wieder zu sich kam, fand er sich auf einer weichen Oberfläche in einem kühlen, aber offenbar überdachten Raum wider. Er blinzelte und versuchte sich zu orientieren. Offensichtlich befand er sich wieder in seinem eigenen Körper, denn er spürte seine Arme und Beine und vermochte wieder halbwegs klar zu denken.

Mein eigener Körper … Ein irres Kichern drohte in seiner Kehle aufzusteigen. Was war denn sein Körper? *Was* war er? Seine Sehnsucht zu fliegen, die Kraft im Kampf gegen den Orwa während seiner Seeweihe, die seltsamen Albträume … Dass etwas mit ihm nicht stimmte, war Iolan lange Zeit schon klar gewesen. Doch er hätte niemals damit gerechnet, dass ein Drache in ihm steckte, ein Ungeheuer, von dem er bislang nur in Geschichten gehört hatte, denn in Cordur gab es keine Drachen. *Wie bei allen Göttern konnte das geschehen?*, fragte er sich. Er wünschte sich, der seltsame Wahrsager Questoi wäre bei ihm oder wenigstens Arastoth, der ihm nun vielleicht endlich die Wahrheit sagen würde.

Er drehte den Kopf und schaute sich um. Wie es schien, ruhte er auf einem Liegesofa, das im Eingangsbereich des Landhauses von Senator Therius stand. Ein paar Öllaternen erhellten den Raum. Durch die aufgebrochene Eingangstür konnte Iolan sehen, dass noch immer Nacht war. Eine kühle Brise wehte herein, begleitet vom leisen Grollen des weiterziehenden Gewitters. Lange schien er nicht bewusstlos gewesen zu sein.

Vom Innenhof her aber drang der Gestank von verbranntem Fleisch in seine Nase und Ascheflocken tanzten in der Luft. Der Geruch weckte Übelkeit in ihm, und so plötzlich, dass er kaum Zeit hatte, sich zur Seite zu beugen, verkrampfte sich sein Magen. Schwallartig erbrach sich Iolan auf die schmutzigen Steinfliesen. Er keuchte, würgte und auch der Rest seines Abendessens klatschte neben ihm zu Boden. So schnell der Anfall gekommen war, endete er auch wieder. Iolan hustete, spuckte angewidert aus und richtete sich auf.

Dabei fielen ihm drei Dinge auf. Zum einen lag er vollkommen nackt auf dem Sofa, nur bedeckt von einer dünnen Decke, die jemand fürsorglich über ihn gelegt hatte. Zum zweiten glänzte eine lange, rote, frische Narbe quer auf seiner Brust, dort, wo Iurias Agathon ihm in Drachengestalt das Schwert in den Leib gerammt hatte. Direkt über der Narbe schließlich hing ein eigentümliches Amulett an einer Lederschnur um seinen Hals. Verwundert nahm er es in die Hand und betrachtete es. Symbole mit eindeutig theurgischem Ursprung – so gut kannte er die Quano-Magie mittlerweile – waren darauf zu erkennen.

»Nicht abnehmen«, warnte ihn eine Stimme. Sie gehörte einem hochgewachsenen Quano in einer langen Robe, den Iolan nicht kannte und der soeben, einen verzierten Stab in einer Hand haltend, den Raum durch die Eingangstür betrat. Er deutete auf das Amulett. »Es unterstützt die Heilung und hält zugleich den … Fluch zurück. Würdest du es abnehmen, könnte er sofort wieder hervorbrechen.«

»Den Fluch?«, wiederholte Iolan. Er setzte sich ganz auf, wobei er nicht nur die Decke um die Hüften schlang, um seine Blöße zu verhüllen, sondern auch sorgsam darauf achtete, seine nackten Füße nicht in das eigene Erbrochene zu stellen.

»Deine Drachengestalt«, erklärte der Quano. »Du erinnerst dich doch noch daran, dass du dich verwandelt hast, oder?«

Beklommen nickte Iolan. Tatsächlich entsann er sich noch allzu gut. Ein fernes Brüllen geisterte durch seine Erinnerung. Ein Gefühl grenzenloser Freiheit und das Rauschen flammenden Zornes hatten ihn erfüllt. Er war auf Freund und Feind gleichermaßen niedergefahren und hatte sie mit dem Inferno in seiner Brust verzehrt.

»Bei den Göttern«, murmelte er, als ihm das ganze Ausmaß seiner Taten klar wurde. Er war zum Mörder geworden, hatte Senatoren ebenso wie Sklaven getötet, außerdem königliche Soldaten und womöglich gar den König selbst! Ein Schauer überkam ihn und er legte fröstelnd die Arme um die Brust. »Wie viele?«, fragte er den Quano. »Wie viele habe ich umgebracht?«

Der Quano, der etwa in Arastoths Alter sein musste, aber von kräftigerem Körperbau war und ein kantigeres Gesicht hatte, setzte sich neben Iolan, wobei er einen abschätzigen Blick auf die Sauerei neben dem Liegesofa warf. »Fast alle«, erwiderte er ruhig. »Fast alle sind tot. Ein paar der Diener und der Gäste des Senators starben nicht durch dein Wirken, sondern wurden von den Soldaten erschlagen. Einige wenige vermochten in die Obstbaumpflanzungen zu fliehen. Sie kamen uns entgegen, als wir uns dem Anwesen näherten. Ich glaube, der phoekische Botschafter Yariim war unter ihnen. Aber die meisten starben, als du mit Feuer und Sturm über sie hereingebrochen bist.«

Iolan biss sich auf die Lippen. Er wagte kaum zu fragen. »Und der König?«

Sein Begleiter nickte stumm.

»Sechsgötter, steht mir bei …« Ein Zittern überkam Iolan und er musste sich zusammenreißen, um nicht mit den Zähnen zu klappern. Eigentlich sollte er Genugtuung verspüren. Er hatte den Mann, der seine Eltern, Markos und Elea und so viele andere auf dem Gewissen hatte, seiner gerechten Strafe zugeführt. Doch er fühlte keineswegs so etwas wie Befriedigung in sich aufsteigen. Zum einen war er sich gar nicht mehr so sicher, dass Agathon wirklich die Verantwortung für die Zerstörung von Efthaka trug. Zum anderen waren so viele Unschuldige dabei umgekommen. Durch die Fenster und Türen sah er ernste, graue Gestalten ihre Leichen bergen. Das hatte er nie gewollt.

»Es ist …« Der Quano neben ihm zögerte, bevor er weiter sprach. »… nicht deine Schuld – nicht ganz jedenfalls. Du wusstest nicht, wer du warst, *was* du warst. Niemand hat dich auf diesen Moment, diese erste Verwandlung, vorbereitet, auf die alles überwältigenden Gefühle, die dich zerrissen hätten, wenn du sie nicht feurig hinausgebrüllt hättest. Es fehlte dir an Weisung, deinem Geist an Kontrolle. So kam es, wie es kommen musste.«

»Woher wisst Ihr so viel darüber?«, fragte Iolan.

»Ich habe viele Jahre die Geheimnisse Gahats studiert«, antwortete der Quano. »Falls du dich wunderst, wer ich bin: Mein Name ist Urghaskar, ich bin der Erztheurg der Quano-Gemeinschaft von Aidranon. Ein Freund von uns beiden, Arastoth, warnte mich vor dem, was geschehen könnte, und ich kam, so rasch ich konnte. Leider zu spät, um das Schlimmste zu verhindern.« Er senkte den haarlosen Schädel.

Arastoths Name ließ Iolan aufhorchen. »Was ist mit Arastoth? Lebt er noch?«

Urghaskar schüttelte den Kopf. »Auch ihn hat der Tod ereilt. Er verbrannte in deinem Feuer. Ich bedaure seinen Tod, obschon er schreckliche Fehler gemacht hat.«

»Ihr meint, dass er all die Jahre geheim gehalten hat, was in mir steckt?« Arastoths Tod berührte Iolan weniger, als er angenommen hätte. Er bedauerte bloß, nun niemals mehr zu erfahren, was der geheimniskrämerische Quano wirklich im Schilde geführt hatte.

»Auch«, erwiderte Urghaskar. »Über eine derart machtvolle Gabe hätte er dich nicht im Unklaren lassen dürfen. Und mich auch nicht. Hätte ich schon vor Jahren von dir erfahren, wäre vieles anders gekommen. Doch er machte aus deinem Leben ein Geheimnis, aus welchen Gründen auch immer.« Der Erztheurg zögerte. »Und da ist noch mehr. Ich würde dir dieses Wissen gerne ersparen, aber ich fürchte, ich muss es dir mitteilen. Wobei …« Er musterte Iolan kurz mit seinen dunklen Augen. »… womöglich sollten wir dir zunächst zu ein paar Kleidern verhelfen. Und du solltest dich mit einem Becher Wein stärken. Du siehst nicht gut aus.«

»Danke, das wäre nett.« Sie erhoben sich und Urghaskar führte Iolan in einen Nachbarraum, der offenbar den Bediensteten gehört hatte. Aus einer der dortigen Truhen nahm Iolan sich ein paar Kleider und Schuhe, die er überstreifte. Bevor er den Raum wieder verließ, wusch er sich das Gesicht an einer Waschschüssel in der Ecke.

Einen Raum weiter befand sich die Küche. Zahlreiche Speisereste des vergangenen Gelages standen noch herum. Ihr Anblick, gepaart mit dem allgegenwärtigen Gestank, drehte Iolan fast erneut den Magen um. Er stürzte sich auf eine der Weinkaraffen und trank gierig ein paar Schlucke, um den säuerlichen Geschmack im Mund wegzuspülen.

Einer der anderen Quano schaute zur Tür herein. »Wir haben geborgen, was zu bergen war, Meister Urghaskar. Die Toten liegen im Säulengang des Innenhofs.«

Der Erztheurg nickte. »Wo befindet sich der König?«

»Wir haben ihn auf eine der unbeschädigten Kutschen gebettet.«

»Das ist gut. Wählt zwei Männer aus, die hier Wache halten und sich um die Verletzten kümmern, sollten noch welche aus der Umgebung auftauchen. Wir Übrigen kehren mit dem König nach Aidranon zurück. Es gilt, die Königin und Legar Galban zu unterrichten, was geschehen ist. Der Legar soll mit seinen Männern später hier aufräumen.«

»Wie Ihr befehlt, Meister.« Der andere Mann verbeugte sich und verschwand.

Unbehaglich blickte Iolan den Erztheurgen an. »Ihr wollt mich an Legar Galban ausliefern?«

Der Quano lächelte dünn. »Keineswegs. Wir werden einen Drachen melden müssen, das lässt sich nicht vermeiden. Es gibt immerhin Zeugen, die das Ungeheuer gesehen haben. Ich vermute, dass das Monstrum aus dem Athlast-Gebirge herunter nach Cordur kam. Was es so weit nach Süden getrieben hat, vermag wohl niemand zu sagen. Aber das soll auch nicht unsere Sorge sein.«

Iolan spürte, wie ihm ein Stein vom Herzen fiel. Er war noch nicht bereit zu sterben – und er nahm an, dass Königsmördern eine besonders qualvolle Hinrichtung bevorstand. »Ich danke Euch«, sagte er. »Aber warum beschützt Ihr mich?« Ihm entging keineswegs, dass er sich in diesem Moment in die Hand eines weiteren Quano begab. Erst war er Arastoth gefolgt, nun hing sein Schicksal von den Launen Urghaskars ab, der zwar durchaus freundlich und hilfsbereit wirkte, aber ebenso wie Arastoth seine eigenen, geheimen Pläne verfolgen mochte.

»Das will ich dir verraten«, gab der Erztheurg zurück, »aber vielleicht solltest du dich setzen.« Er deutete auf einen Küchenhocker.

»Ich stehe lieber«, sagte Iolan.

Urghaskar zuckte mit den Schultern. »Wie du wünschst.« Er richtete den Blick seiner großen, schwarzen Augen unverwandt auf Iolan. »Ich helfe dir, weil ich ein Freund der Edlen Cassendrea bin, der früheren Frau und ersten Königin von Iurias Agathon.«

»Und was hat das mit mir zu tun?«, fragte Iolan.

Sein Gegenüber ließ sich Zeit mit der Antwort. »Kann es sein, dass Arastoth dir nie gesagt hat, wer du wirklich bist?«

»Er sagte viele Dinge. Zunächst wollte er mich glauben machen, ich sei der Sohn von Bourabas dem Fischer. Danach behauptete er, ich würde dem Haus von Senator Lahrian Kamenor entstammen. Beides waren Lügen, wie sich herausstellte. Auf die Wahrheit warte ich noch.«

»Du bist …«, Urghaskar machte eine bedeutungsschwere Pause, »… der Sohn von Königin Cassendrea. Und du bist der Sohn von König Iurias Agathon, sein Erstgeborener, ein verfluchtes Kind, das kurz nach der Geburt sterben sollte, aber von Arastoth gerettet wurde. Warum er so handelte, weiß nur er allein. Es tut mir leid, dass du dies erst jetzt erfährst. Dieses Wissen vor dir und auch mir zu verbergen, war der zweite unverzeihliche Fehler, den Arastoth vor seinem Ableben begangen hat.«

Iolan bedachte ihn mit einem zynischen Lächeln. »Ich weiß nicht, was Euch zu diesem bitteren Scherz veranlasst, aber …«

Fragend neigte Urghaskar den Kopf. »Was lässt dich annehmen, ich würde scherzen?«

Das Lächeln gefror auf Iolans Zügen. »Das … Ihr …« Nun wünschte er sich, er hätte sich doch gesetzt. »Ihr wollt mir wahrhaftig sagen, ich sei Agathons *Sohn*? Sein Erstgeborener? Der Prinz des Cordurischen Reichs?«

»Der Prinz, der tot sein sollte«, verbesserte der Erztheurg. »Der verstoßene Prinz. Ja.«

Fassungslos starrte Iolan den grauhäutigen Mann an. Sein Verstand weigerte sich, an die Wahrheit dieser Worte zu glauben. *Wenn ich der Sohn des Königs bin …*, ging es ihm durch den Kopf, *dann habe ich eben meinen eigenen Vater getötet. Und er wollte auch mich töten.* »Glaubt Ihr …« Seine Stimme klang auf einmal ganz rau und er musste sich räuspern. »Glaubt Ihr, der König wusste, wer ich bin?«

»Ich fürchte, ja«, erwiderte Urghaskar. »Er soll damals den Befehl gegeben haben, dich zu töten. Er sah die Missgeburt, die du warst, und man warnte ihn vor der Gefahr, die du werden könntest, und so hielt er es für die barmherzigste Vorgehensweise, dein Leben zu beenden. So zumindest hat mir Arastoth die Geschichte erzählt.«

»Arastoth hat schon oft gelogen«, sagte Iolan.

»In diesem Fall neige ich dazu, seinen Worten zu glauben. Der Fluch und die Gefahr, die in deinem Leib schlummert, sind jedenfalls keine Einbildung. Und die Aura, die ich in dir erkenne, ähnelt tatsächlich der des Königs und der Königin. Ich halte dich für ihren Sohn. Doch nur Cassendrea wird es bestätigen können.«

Iolan schloss die Augen und schüttelte langsam den Kopf. Ihm war wieder übel. »Ihr Götter«, murmelte er zum wiederholten Mal. »Was ist dies für eine Nacht …?«

»Eine der Veränderungen«, sagte Urghaskar. »Und sie ist noch nicht vorüber.«

Seufzend öffnete Iolan wieder die Augen. »Was geschieht also jetzt? Was werden wir tun?«

»Wir kehren nach Aidranon zurück und bringen den Leichnam des Königs in den Palast. Ich werde Legar Galban von den Schrecknissen berichten, die hier geschahen, und ihn vor dem Drachen warnen. Dich werden wir einstweilen verbergen. Das sollte uns nicht schwerfallen. Bereits als wir losfuhren, herrschte einige Unruhe in der Stadt, weil die Königsgarde anfing, in die Haushalte einiger namhafter Persönlichkeiten einzudringen und Menschen festzunehmen. Außerdem müssen wir ohnehin zunächst etwas für deine Sicherheit tun. Niemand darf erfahren, dass du die Gabe besitzt, dich in einen Drachen zu verwandeln. Wüssten es die Menschen, sie würden dich als Dämon jagen und töten. Leider fehlt ihnen der Glaube daran, dass das Wunderbare und Fremde keineswegs immer böse ist.« Der Quano seufzte, als hätte er mit diesem Vorurteil selbst schon oft zu kämpfen gehabt.

»Ich lasse mir nicht wieder diese Bannsymbole einbrennen«, erklärte Iolan entschieden. »Ich war lange genug ein Gefangener im eigenen Körper. Ich will verstehen, was ich bin und es kontrollieren lernen.« Er musste an das atemberaubende Gefühl völliger Freiheit denken, als er aus den dunklen Wellen hervorgebrochen und in den Himmel aufgestiegen war.

»Das verstehe ich«, sagte Urghaskar. »Und ich unterstütze diesen Wunsch. Wir können versuchen, dem Fluch mit Amuletten Herr zu werden. Damit sollten wir ihn zumindest so weit unterdrücken können, dass du dich nicht ungewollt verwandelst und dass du wie ein gewöhnlicher Mann aussiehst.«

»Wie ein gewöhnlicher Mann? Ich sehe doch ganz normal aus.« Verständnislos betrachtete Iolan seine Hände.

Urghaskar wirkte, als müsse er über etwas nachdenken. »Nimm das Amulett ab«, sagte er. »Und schau dich erneut an.«

Mit leichtem Unbehagen leistete Iolan der Aufforderung Folge. Er zog das Kleinod über den Kopf und legte es neben sich auf den Tisch. Dann blickte er auf seine Hände, Arme und Beine. Einen Moment lang geschah nichts. Auf einmal jedoch spürte er, wie sich Wärme in seinem Körper auszubreiten begann. Dem Brennen, das er in Drachengestalt gefühlt hatte, kam es nicht einmal nahe. Es erinnerte ihn eher an die innere Hitze nach einem schnellen Lauf oder während eines leichten Fiebers. Dennoch spürte er deutlich, dass etwas in ihm vorging. Und dann sah er es. Seine Haut nahm eine graubraune Färbung an und sie wurde dicker, fester. Raue Kämme, die an Knochenauswüchse erinnerten, bildeten sich entlang seiner Arme und spannten im Schulterbereich und im Nacken den Stoff seiner frisch angezogenen Tunika. Auch auf seinem Rücken glaubte Iolan Veränderungen zu spüren, ebenso an den Oberschenkeln und im Gesicht. Sprachlos vor Erschrecken und Verblüffung fuhr er sich mit den Fingern über die Wangen und die Stirn und ertastete dort harte Stellen. »Was hat das zu bedeuten?«

»Das ist deine wahre Gestalt«, sagte Urghaskar, »zum Teil Mensch und zum Teil Drache, verflucht und gesegnet in gleichem Maße und mit Sicherheit einzigartig auf dieser Welt.« Er hob eine Pfanne und hielt Iolan die glänzend polierte Innenseite wie einen Spiegel entgegen. Iolan trat näher und blickte in ein Gesicht, das durchaus noch an das seine erinnerte, nun allerdings von diesen eigenartigen Auswüchsen verunziert wurde. Seine Augen dagegen schienen beinahe zu glühen. Gelblichrot blickten sie ihm entgegen, als würden Flammen darin züngeln.

Entsetzt zuckte er zurück. Der Erztheurg hatte recht. Wer Iolan so sah, musste ihn wahrlich für einen Dämonen aus dem Dunkelreich halten. »Oh, ihr …« Er brach ab. Langsam wurde er es satt, ständig die Sechsgötter anzurufen, um seiner Überraschung Ausdruck zu geben. Mit zitternden Händen und ohne ein weiteres Wort nahm Iolan das Amulett wieder auf und hängte es sich um. So rasch, wie seine neue Gestalt gekommen war, verschwand sie auch wieder, bis er nach einigen Augenblicken derselbe junge Cordurier war wie vorher. »Ich pflichte Euch bei«, sagte er angespannt. »So darf mich niemand sehen.«

»Keine Sorge«, sagte Urghaskar. »Wir werden das zu verhindern wissen. Trotzdem müssen wir dich vor dem Morgengrauen zu Cassendrea bringen, denn nun ist rasches Handeln ist wichtig. Was danach geschieht, hängt von der Königin ab.«

»Was könnte geschehen?«, wollte Iolan wissen.

Der Erztheurg wiegte nachdenklich den Kopf. »Möglicherweise verleugnet sie dich, wird hysterisch und jagt uns aus dem Palast. Vielleicht erkennt sie aber auch die Gunst des Moments, bringt dich in den Großen Rat und lässt dich zum neuen König des Cordurischen Reichs ausrufen.«

»Ah.« Zu viel mehr war Iolan nicht imstande. Er spürte, wie ihm schwindlig wurde. In seinen Eingeweiden rumorte es. *Vielleicht lässt sie dich zum neuen König des Cordurischen Reichs ausrufen* … Warum hatte er auch unbedingt fragen müssen. Als hätte er nicht schon genug in dieser Nacht erlebt und erfahren.

»Aus diesem Grund sollten wir jetzt nach Aidranon zurückkehren. Die Zeit drängt. Und die Nacht ist bereits fortgeschritten.«

Auf Iolans stummes Nicken hin drehte sich der Erztheurg um und verließ den Raum. Iolan folgte ihm ins Freie, wo die Gespanne standen, halb betäubt von all den Dingen, die er erfahren hatte. Urghaskar rief seine Männer zusammen, insgesamt fünf an der Zahl, und erteilte ihnen Befehle in der Sprache der Quano. Iolan schritt derweil auf die wartenden Wagen zu. Mit weichen Knien näherte er sich der Kutsche, auf der König Iurias Agathon aufgebahrt war.

Bevor er jedoch einen Blick auf den Toten erhaschen konnte, legte sich ihm eine Hand auf die Schulter. »Nicht jetzt«, sagte Urghaskar zu ihm. »Du hast heute genug erlitten. Später wirst du, wenn es dir wichtig ist, den König immer noch sehen können.«

Sanft zog er Iolan mit sich zu einem der zweirädrigen Botenwagen. Dieser ließ es widerstandslos geschehen, denn im Stillen pflichtete er dem Erztheurgen bei. Es war in der Tat genug Schreckliches in den letzten Stunden geschehen.

Urghaskar übernahm die Zügel, und ihr Gefährt setzte sich in Bewegung. Der zweite Wagen mit einem weiteren Quano und die Kutsche mit dem toten König folgten ihnen. Während sie den Vorplatz überquerten und durch die Reihen der Obstbäume fuhren, warf Iolan einen letzten Blick auf den Landsitz des Senators zurück. An zwei oder drei Stellen brannte es noch. Qualm stieg in den dunklen Nachthimmel, an dem langsam die ersten Sterne auftauchten, während die Wolkendecke dünner wurde. Ein beinahe voller Mond goss sein silbernes Licht über die Landschaft.

Iolan hatte immer noch Mühe, das alles zu begreifen. Als Verschwörer in einem geheimen, politischen Zirkel der Oberschicht Aidranons war er an diesem Abend hierhergekommen. Und nun war er ein Vatermörder, ein Königssohn, ein Drache in Menschengestalt. *Was noch?*, dachte er und ein bitteres Lächeln trat auf seine Lippen. *Was kommt wohl noch?*

Und als wolle sich eine höhere Macht einen bösen Scherz mit ihm erlauben, durchzuckte ihn unvermittelt eine weitere, unerfreuliche Erkenntnis: *Wenn ich wirklich Agathons Sohn bin … dann ist Erindrea … meine Schwester!*

Als die davonfahrenden Wagen kleiner wurden, trat ein Mann aus den Schatten der Obstbäume und ging zu den beiden zurückgebliebenen Quano. Die zwei Wachen nahmen seine Ankunft stumm zur Kenntnis, bevor sie den in der Finsternis entschwindenden Gefährten weiter nachblickten.

»Wie fühlt es sich an, von Urghaskar aus dem Spiel genommen zu sein, Botschafter?«, fragte der eine.

»Oh, der Erztheurg tat wohl daran, Iolan meinen Tod vorzutäuschen«, erwiderte Arastoth ruhig. »Iolan traute mir zuletzt nicht mehr, und am Ende war er gefährlich nahe dran, die Wahrheit über die Geschehnisse in Efthaka zu erraten. Das wäre sehr unerfreulich gewesen. Es ist besser, wenn er denkt, er hätte mich umgebracht. Sein schlechtes Gewissen wird mich in seiner Erinnerung in einem besseren Licht dastehen lassen.«

Er warf den beiden Männern einen Seitenblick zu und gestattete sich ein vielsagendes Lächeln. »Aus dem Spiel bin ich deshalb jedoch keineswegs. Meine Rolle mag sich ändern. Aber ich bin noch nicht fertig hier. Ganz und gar nicht. Es liegt noch eine Menge Arbeit vor uns, bevor sich Iolans Bestimmung erfüllt hat, und ich bin fest entschlossen, meinen Teil dafür zu tun, dass sich alles genau so entwickelt, wie ich es bereits seit seiner Geburt geplant habe ...«

PERSONENVERZEICHNIS

Agis ein Senator in Aidranon, Mitglied des Weißen Zirkels
Aman'dur der Sidhari-Halbbruder von Da'aria
Anielle die atlesische zweite Frau von Iurias Agathon
Anoas der Zimmermann von Efthaka
Arastoth der Botschafter aus Quanish in Aidranon, Mitglied im Weißen Zirkel
Arilon ein Senator in Aidranon, sitzt im Jahr 301 im Kleinen Rat
Aruun ein Kaufmann aus Phoekia
Aspheon der zweite Sohn von Iurias Agathon
Bourabas ein Fischer aus Efthaka, Iolans Ziehvater
Cassendrea die erste Frau von Iurias Agathon und Mutter von Iolan
Castano ein Legar des cordurischen Militärs, sitzt im Jahr 301 im Kleinen Rat, Mitglied des Weißen Zirkels
Cheron einer der Dorfältesten von Efthaka und Priester der Sechsgötter
Chrysostomus der Leibmediker von Iurias Agathon
Clavio ein junger Mann aus Efthaka und bewunderter Klippenspringer
Curamedes der Oberste Handelsbeauftragte von Haus Equesta
Da'aria Equesta die Tochter von Virius und Schwester von Aman'dur, eine Halb-Sidhari
Daimur ein treuer Leibwächter von Iurias Agathon
Damaris Iolans Tante mütterlicherseits aus Brendesi

Deomene eine dyrrachische Hohepriesterin des Ariocrast
Dorimedon ein Senator in Aidranon, Mitglied des Weißen Zirkels
Ekureus ein Senator in Aidranon, sitzt im Jahr 301 im Kleinen Rat
Elea Iolans Versprochene in Efthaka
Enari eine dyrrachische Priesterin des Ariocrast
Ennios ein Kaufmann aus Aidranon, Mitglied im Weißen Zirkel
Erindrea die zweite Tochter von Iurias Agathon
Eron der zwölfjährige Sohn von Kathamnia
Frittjelf ein bordischer Krieger
Galban ein Legar des cordurischen Militärs, Anführer der Königsgarde, sitzt im Jahr 301 im Kleinen Rat
Geminius der phoekische Majordomus von Haus Equesta
Grekeas ein Senator in Aidranon, Mitglied des Weißen Zirkels
Heroas Agathon der Vater von Iurias Agathon (verstorben)
Idune die Ehefrau von Grekeas
Inrikeis die jüngste Schwester von Iurias Agathon und Frau Lahrians
Iolan der Sohn von Iurias Agathon
Iurias Agathon der König des Cordurischen Reichs
Kalabristos ein carthaotischer Piratenkapitän
Kathamnia die Tante väterlicherseits von Iolan aus Efthaka
Kathesian ein Kaufmann aus Aidranon, Mitglied des Weißen Zirkels
Lahrian Kamenor der angebliche Vater von Iolan, ein Senator aus Aidranon
Listris die erste Tochter von Iurias Agathon
Lodovides ein Sklavenhändler und Arenastallbesitzer
Markos der Sohn von Bourabas und Ziehbruder von Iolan
Metheos ein Legar des cordurischen Militärs, sitzt im Jahr 301 im Kleinen Rat
Mirene die Tochter von Bourabas, dem Fischer und Ziehschwester von Iolan

Nabros der Anführer der Leibgarde von Senator Grekeas
Olias ein junger Mann aus Efthaka
Orontoghast der ehemalige Erztheurg von Aidranon, sitzt im Jahr 301 im Kleinen Rat
Paitro ein älterer Fischer aus Efthaka, Anführer der Überlebenden
Pallatos ein bekannter Dichter Cordurs (verstorben)
Perrin ein atlesischer Kopfgeldjäger
Pheleos ein treuer Leibwächter von Iurias Agathon
Pioremos der Betreiber des Großen Handelsmarktes in Geolath
Radirha eine dyrrachische Priesterin des Ariocrast
Ranael die Leibdienerin von Da'aria
Rameos ein Legar des cordurischen Militärs
Rania Iolans Ziehmutter in Efthaka
Semion ein Fischer aus Pryphos, der das Haus Equesta beliefert
Sereno ein Legar des cordurischen Militärs
Sorah eine carthaotische Piratin und Gefangene von Perrin
Theodonus der Hafenmeister von Brendesi
Therius ein Senator in Aidranon, Mitglied im Weißen Zirkel
Tiuves ein Botschafter Atlesias, sitzt im Jahr 301 im Kleinen Rat
Urghaskar der neue Erztheurg von Aidranon ab dem Jahr 298
Valando ein Vertreter der Freistadt Iarike, Mitglied im Weißen Zirkel
Vendesa ein bekannter Dichter Cordurs (verstorben)
Virius Equesta der Statthalter von Pryphos und Vater von Da'aria
Vis'dara die Sidhari-Mutter von Da'aria und Frau von Virius (verstorben)
Yariim der phoekische Botschafter in Aidranon, sitzt im Jahr 301 im Kleinen Rat, Mitglied im Weißen Zirkel
Yokashano ein junger Quano-Diener im Haus von Arastoth in Aidranon

VERZEICHNIS DER GÖTTER

Actuani cordurische Göttin der Weisheit und des Schicksals, verkörpert den Winter

Ariocrast dyrrachischer Gottdrache des Wissens und der Heilung

Dheberan cordurischer Gott des Handwerks und Handels, verkörpert den Herbst

Gahat die Weltseele, spirituelle Energiequelle der Quano

Procyros cordurischer Gott des Krieges, verkörpert den Sommer

Trahjana Gemahlin Verdamons, cordurische Göttin des Reisens und der glücklichen Heimkehr

Vegare cordurische Göttin der Fruchtbarkeit, von Heim und Herd, verkörpert den Frühling

Verdamon Allvater, der oberste Gott der Cordurier, verkörpert die Staatsmacht